Sara Paretsky
Brandstifter

Sara Paretsky

Brandstifter

Ein V. I. Warshawski-Kriminalroman

Aus dem Amerikanischen von
Dietlind Kaiser

Piper
München Zürich

Die amerikanische Originalausgabe erschien 1990 unter dem Titel
»Burn Marks« bei Delacorte Press, New York.

ISBN 3-492-03447-0
2. Auflage, 13.–20. Tausend 1992

Gesetzt aus der Garamond-Antiqua
Gesamtherstellung: Clausen & Bosse, Leck
Printed in Germany

Für Patti Shepherd, Jayanne Angell
und Bill Mullins, die vor mir an mein
Schreiben glaubten.

Inhalt

1 Weckruf

Wir saßen in der Falle, meine Mutter und ich, in ihrem Schlafzimmer, dem winzigen Raum im oberen Stock unseres alten Hauses an der Houston Avenue. Unten bellten und kläfften die Hunde, die uns nachstellten. Gabriella war vor den Faschisten aus ihrer italienischen Heimat geflohen, aber sie verfolgten sie bis nach Südchicago. Das Hundegebell steigerte sich zu ohrenzerfetzendem Geheul, das die Schreie meiner Mutter noch übertönte.

Ich setzte mich auf. Es war drei Uhr morgens, und jemand lehnte sich gegen die Klingel. Vom aufdringlichen Realismus des Traums war ich naßgeschwitzt, und ich zitterte.

Das hartnäckige Klingeln rief die Zeit meiner Kindheit wieder herauf: wie oft hatten Telefon oder Türglocke meinen Vater geweckt und zu einem dringenden Polizeieinsatz gerufen. Meine Mutter und ich sind immer aufgeblieben und warteten auf seine Rückkehr. Obwohl mich die Furcht aus ihren glühenden dunklen Augen anstarrte, wollte sie sich ihre Angst nicht anmerken lassen; jedesmal machte sie mir in der Küche süßen Kinderkaffee – einen Eßlöffel Kaffee mit Milch und Kakao – und erzählte mir abenteuerliche italienische Volksmärchen, von denen ich Herzrasen bekam.

Ich zog Sweatshirt und Shorts über und fummelte an meinen Türschlössern herum. Das Klingeln hallte hinter mir her, als ich die drei Treppen zum Hauseingang hinunterstolperte.

Meine Tante Elena stand auf der anderen Seite der Glastür und drückte den Finger entschlossen auf den Klingelknopf. Um die Schultern trug sie als wenig kleidsames Cape eine verblichene Steppdecke. An der Mauer lehnte ein Matchsack aus Vinyl; ein violettes Nachthemd quoll oben heraus. Ich glaube nicht an Vorahnungen oder Psi, aber ich wurde das Gefühl nicht los, der Traum – ein vertrauter Alptraum aus meiner Kindheit – sei von düsteren Vibrationen ausgelöst worden, die Elena in mein Schlafzimmer schickte.

Elena, die kleine Schwester meines Vaters, war von jeher der Problemfall der Familie gewesen. »Sie trinkt ein bißchen, wißt ihr«, hatte meine Großmutter in besorgtem Flüsterton mitgeteilt, als Elena bei einem Thanksgiving-Essen weggesackt war. Mehr als einmal weckte ein verlegener Streifenpolizist meinen Vater um zwei Uhr morgens, um ihm mitzuteilen, Elena sei eingebuchtet worden, weil sie auf der Clark Street auf Freierfang gegangen war. In solchen Nächten gab es keine Märchen in der Küche. Meine Mutter schickte mich mit einem leisen Kopfschütteln wieder ins Bett, während sie sagte: »Das liegt in ihrem Wesen, *cara*, wir dürfen sie nicht verurteilen.«

Als meine Großmutter vor sieben Jahren gestorben war, hatte Peter, der überlebende Bruder meines Vaters, Elena seinen Anteil am Bungalow in Norwood Park geschenkt, unter der Bedingung, daß sie ihn nie wieder um etwas bitten sollte. Wohlgemut unterschrieb sie die Papiere, aber vier Jahre später war sie den Bungalow wieder los: Ohne mit mir oder Peter zu sprechen, hatte sie ihn als Sicherheit in ein abenteuerliches Bauprojekt eingebracht. Als sich die windige Firma verflüchtigt hatte, war Elena der einzige Geschäftspartner, den das Gericht auftreiben konnte – also wurde ihr Haus konfisziert und verkauft, um die Schulden zu bezahlen.

Meiner Tante blieben dreitausend. Davon und von ihrer Rente hatte sie in einer Pension an der Kreuzung zwischen Cermak Road und Indiana Avenue gelebt, hin und wieder ein bißchen Siebzehn und Vier gespielt und es, wenn die Rentenschecks kamen, immer mal wieder mit der alten Masche probiert. Die jahrelange Trinkerei hatte ihr schmale Furchen in Kinn und Stirn gegraben, aber ihre Beine waren bemerkenswert schön geblieben.

Sie sah mich durch die Glastür und nahm den Finger vom Klingelknopf. Als ich die Tür öffnete, legte sie die Arme um mich und küßte mich begeistert.

»Victoria, Herzchen, du siehst großartig aus!«

Der bittere, hefige Gestank von abgestandenem Bier umhüllte mich. »Elena – was zum Teufel machst du hier?«

Der üppige Mund schmollte. »Baby, ich brauche einen Schlafplatz. Ich bin verzweifelt. Die Bullen wollten mich in ein Asyl bringen, aber natürlich habe ich an dich gedacht, und also haben sie mich hierhergefahren. Ein *wirklich* netter junger Mann mit einem absolut hinreißenden Lächeln. Ich habe ihm alles über deinen Paps erzählt, aber damals war er noch ein kleiner Junge, natürlich hat er ihn nie kennengelernt.«

Ich knirschte mit den Zähnen. »Was ist mit deiner Pension passiert? Haben sie dich rausgeschmissen, weil du die alten Rentner gevögelt hast?«

»Vicki, Baby – Victoria«, verbesserte sie sich hastig. »Red nicht so vulgär – das paßt nicht zu einem Mädchen wie dir.«

»Elena, laß den Scheiß.« Als sie zum zweiten Tadel ansetzte, rief ich mich schnell zur Ordnung. »Ich meine, hör auf, solchen Unsinn zu reden, und sag mir, warum du um drei Uhr morgens auf der Straße stehst.«

Sie schmollte noch mehr. »Ich versuch ja, dir das zu erzählen, Baby, aber du unterbrichst mich dauernd. Es hat einen Brand gegeben. Unser reizendes kleines Heim ist abgebrannt. Runtergebrannt zu Schutt und Asche.«

In den trüb gewordenen blauen Augen stiegen Tränen auf und liefen durch tiefe Furchen zum Kinn. »Ich hatte noch nicht geschlafen und gerade noch Zeit, meine Sachen in die Tasche zu stopfen und die Feuertreppe hinunterzusteigen. Manche haben nicht einmal das geschafft. Der arme Marty Holman mußte sein künstliches Gebiß zurücklassen.« Die Tränen versiegten so plötzlich, wie sie gekommen waren, und sie verfiel statt dessen in schrilles Gekicher. »Du hättest ihn sehen sollen, Vicki, lieber Himmel, du hättest sehen sollen, wie der alte Knacker ausgesehen hat, mit den eingefallenen Wangen und den Glubschaugen, wie er mümmelnd herumgejammert hat: Meine Zähne, ich hab meine Zähne verloren.«

»Muß urkomisch gewesen sein«, sagte ich trocken. »Du

kannst nicht bei mir wohnen, Elena. Das würde mich in achtundvierzig Stunden zum Selbstmord treiben. Vielleicht noch früher.«

Ihre Unterlippe zitterte wieder, und sie sagte in einer schrecklichen Imitation von Kindergebrabbel: »Sei nicht gemein zu mir, Vicki, sei nicht gemein zur armen alten Elena, die mitten in der Nacht abgebrannt ist. Gottverflucht noch mal, du bist mein Fleisch und Blut, die Kleine meines Lieblingsbruders. Du kannst die arme alte Elena doch nicht auf die Straße hinauswerfen wie eine durchgelegene Matratze.«

Hinter uns flog krachend eine Tür zu. Der Bankangestellte, der vor kurzem in die nach Norden gelegene Erdgeschoßwohnung gezogen war, trat ins Treppenhaus, die Hände in den Hüften, das Kinn herausfordernd vorgereckt. Er trug einen Baumwollschlafanzug mit marineblauen Streifen; so verschlafen er aussah, sein Haar war tadellos gekämmt.

»Was zum Teufel ist denn hier los? Vielleicht müssen Sie Ihr Brot nicht mit Arbeit verdienen, Gott allein weiß, was Sie da oben den ganzen Tag lang treiben, aber ich muß arbeiten. Wenn Sie Ihrem Geschäft schon mitten in der Nacht nachgehen müssen, dann nehmen Sie wenigstens etwas Rücksicht auf Ihre Nachbarn und tun es nicht im Hausflur. Wenn Sie nicht sofort Ruhe geben und wie der Blitz von hier verschwinden, ruf ich die Bullen.«

Ich schaute ihn kalt an. »Ich fabriziere da oben Crack. Das ist meine Lieferantin. Sie können als Komplize festgenommen werden, wenn die Polizei Sie mit uns erwischt.«

Elena kicherte, sagte aber: »Sei doch nicht so unhöflich zu ihm, Victoria – man weiß nie, wann man mal einen Jungen mit so wunderschönen Augen braucht.« Dem Bankmenschen zugewandt, setzte sie hinzu: »Keine Bange, Herzchen, ich komme jetzt rein. Wir gönnen Ihnen den Schönheitsschlaf.«

Hinter der geschlossenen Tür der südlichen Erdgeschoßwohnung begann ein Hund zu bellen. Ich knirschte noch etwas heftiger mit den Zähnen und zog Elena ins Haus, nahm ihr den Matchsack ab, als sie unter seinem Gewicht wankte.

Der Bankangestellte beobachtete uns mit zusammengekniffenen Augen. Als Elena auf ihn zutorkelte, verzog er das Gesicht in blankem Entsetzen, retirierte hastig zu seiner Wohnungstür und fummelte am Schloß herum. Ich versuchte, Elena nach oben zu zerren, aber sie wollte stehenbleiben und über den Bankmenschen reden, von mir hören, warum ich ihn nicht gebeten hatte, ihre Tasche zu tragen.

»Das wäre der ideale Weg gewesen, daß ihr euch kennenlernt und die Wogen ein bißchen glättet.«

Ich war nahe daran, vor Verzweiflung zu schreien, als die Tür zur südlichen Erdgeschoßwohnung aufging. Mr. Contreras kam heraus, ein umwerfender Anblick in einem purpurroten Morgenmantel. Die Golden-Retriever-Hündin, die ich mir mit ihm teilte, zerrte am Halsband, aber als das Tier mich sah, ging das kehlige Knurren in aufgeregtes Jaulen über.

»Ach, Sie sind's, Engelchen«, sagte der alte Mann erleichtert. »Die Prinzessin hat mich geweckt, und dann hab ich den ganzen Lärm gehört und mir gedacht: Ach du lieber Gott, das Schlimmste ist passiert, mitten in der Nacht bricht einer hier ein. Sie sollten ein bißchen rücksichtsvoller sein, Engelchen – für Leute, die zur Arbeit müssen, ist es gar nicht schön, wenn die mitten in der Nacht aus dem Bett geholt werden.«

»Stimmt.« Ich strahlte ihn an. »Und ganz gleich, was hier öffentliche Meinung ist, ich gehöre auch zur arbeitenden Bevölkerung. Und glauben Sie mir, ich hab nicht mehr Lust, um drei Uhr morgens aus dem Bett zu steigen als Sie.«

Elena legte ihr herzlichstes Lächeln auf und hielt Mr. Contreras die Hand hin wie Prinzessin Diana, die einen Soldaten begrüßt. »Elena Warshawski«, sagte sie. »Hocherfreut, Sie kennenzulernen. Die Kleine ist meine Nichte, und sie ist die hübscheste und liebste Nichte, die eine Frau sich wünschen kann.«

Mr. Contreras schüttelte ihr die Hand und blinzelte sie an wie eine Eule, der man mit einer Taschenlampe ins Gesicht leuchtet. »Nett, Sie kennenzulernen«, sagte er mechanisch, wenn auch nicht sonderlich begeistert. »Hören Sie, Engelchen,

Sie sollten die Dame – Ihre Tante, sagen Sie? –, Sie sollten sie zu Bett bringen. Sie ist nicht ganz in Hochform.«

Der bittere Hefegestank war auch ihm in die Nase gestiegen. »Ja, genau das mach ich jetzt. Komm schon, Elena. Gehen wir nach oben. Der Bettzipfel ruft.«

Mr. Contreras wandte sich seiner Wohnung zu. Der Hund war verärgert – wenn wir alle hier schon ein Fest feierten, wollte er auch dabeisein.

»Das war gar nicht höflich von ihm«, schnaubte Elena, als Mr. Contreras' Tür hinter uns zuging. »Er hat mir nicht mal seinen Namen gesagt, wo ich mich dazu überwunden und mich vorgestellt habe.«

Sie maulte auf dem ganzen Weg die Treppe hinauf. Ich sagte gar nichts, legte ihr nur die Hand auf den Rücken, um sie in die richtige Richtung zu steuern, und schob sie weiter, als sie auf dem Treppenabsatz im ersten Stock eine Atempause einlegte.

In meiner Wohnung hatte sie nichts Besseres zu tun, als all mein Zeug mit Ohs und Ahs zu bestaunen. Ich kümmerte mich nicht darum, stellte den kleinen Tisch beiseite, damit ich die Couch ausziehen konnte. Ich machte das Bett und zeigte ihr das Bad.

»Jetzt hör mir zu, Elena. Du bleibst nicht länger hier als eine Nacht. Bilde dir ja nicht ein, daß ich es mir anders überlege.«

»Aber ja doch, Baby, ja. Was ist denn aus dem Flügel deiner Ma geworden? Hast du ihn etwa verkauft, damit du dir dieses reizende kleine Klavier leisten konntest?«

»Nein«, sagte ich kurz angebunden. Der Flügel war dem Brand zum Opfer gefallen, der in meiner Wohnung vor drei Jahren gewütet hatte. »Und glaub ja nicht, daß ich wegen deiner Schwärmerei über das Klavier vergesse, was ich gesagt habe. Ich gehe wieder zu Bett. Ob du schläfst oder nicht, ist deine Sache, aber morgen früh gehst du woandershin.«

»Ach, mach doch kein so häßliches Gesicht, Vicki, Victoria, meine ich. Wenn du so die Stirn runzelst, ruinierst du deinen Teint. Und an wen soll ich mich denn wenden mitten in der Nacht, wenn nicht ans eigene Fleisch und Blut?«

»Laß den Quatsch«, sagte ich schläfrig. »Dazu bin ich zu müde.«

Ich schloß die Tür zum Flur, ohne gute Nacht zu sagen. Ich verkniff es mir, sie davor zu warnen, daß sie nach meinem Schnaps herumstöberte – falls sie ihn wirklich nötig hatte, fand sie ihn bestimmt und würde sich am nächsten Tag hundertmal bei mir dafür entschuldigen, daß sie ihr Versprechen gebrochen hatte, nicht zu trinken.

Ich lag im Bett und konnte nicht schlafen, weil ich Elenas Anwesenheit im Nebenzimmer körperlich spürte. Ich hörte sie eine Weile herumgeistern, dann wurde der dröhnende Fernseher rücksichtvoll heruntergedreht. Ich verfluchte meinen Onkel Peter dafür, daß er nach Kansas City gezogen war, und wünschte mir, ich wäre so schlau gewesen, nach Quebec oder Seattle oder an einen ähnlich weit entfernten Ort abzuhauen. Gegen fünf, als die Vögel mit ihrem Gezwitscher die Dämmerung ankündigten, fiel ich schließlich in unruhigen Schlaf.

2 Nachtasyl

Um acht riß mich die Klingel abermals aus dem Schlaf. Ich zog Sweatshirt und Shorts über und wankte zur Tür. Niemand antwortete, als ich mich über die Sprechanlage meldete. Als ich aus dem Wohnzimmerfenster auf die Straße hinunterschaute, sah ich den Bankmenschen, der zur Diversey Avenue hinüberging, mit eitel federnden Schultern. Ich schnippte mit dem Daumen hinter ihm her.

Elena hatte den Zwischenfall verschlafen, auch meine lauten Rufe in die Sprechanlage. Einen Augenblick packte auch mich der wütende Impuls des Bankmenschen – fast hätte ich sie geweckt, sie sollte sich genauso miserabel fühlen wie ich.

Ich schaute angewidert auf sie hinunter. Sie lag auf dem Rükken, mit offenem Mund, und ließ beim Ausatmen abgehackte Schnarchlaute hören, beim Einatmen verschliffene Seufzer. Ihr

Gesicht war rot angelaufen. Deutlich traten die geplatzten Äderchen auf ihrer Nase hervor. Im Morgenlicht konnte ich sehen, daß das violette Nachthemd eine Wäsche dringend nötig hatte. Der Anblick war abstoßend. Aber auch unerträglich jämmerlich. Niemand sollte im Schlaf den Blicken eines Außenstehenden ausgesetzt sein, schon gar niemand, der so wehrlos ist wie meine Tante.

Mit einem Schaudern zog ich mich hastig in den hinteren Teil der Wohnung zurück. Leider vertrieb ihr Jammerbild meine Wut darüber nicht, daß sie bei mir war. Ihr hatte ich es zu verdanken, daß sich mein Kopf anfühlte, als ob jemand eine Ladung Kies daraufgekippt hätte. Noch schlimmer war, daß ich mich morgen einem potentiellen Auftraggeber vorstellen sollte. Ich wollte meine Schaubilder vervollständigen und Dias davon anfertigen lassen. Statt dessen sah es so aus, als müßte ich den Tag mit der Suche nach einer Unterkunft verbringen. Wenn das nur lang genug dauerte, mußte ich am Schluß vierfachen Überstundenzuschlag für die Dias bezahlen.

Ich setzte mich auf den Eßzimmerboden und machte Atemübungen, ich wollte den verkrampften Magen lockern. Es gelang mir schließlich, mich soweit zu entspannen, daß ich mit den Dehnübungen für das Laufen beginnen konnte.

Weil ich Elenas gerötetes Gesicht nicht noch einmal sehen wollte, stieg ich die Hintertreppe hinunter und holte Peppy vor Mr. Contreras' Küchentür ab. Der alte Mann steckte den Kopf heraus und rief mir etwas zu, als ich das Tor schloß; ich tat, als hätte ich ihn nicht gehört. Es gelang mir nicht, mich ebenso taub zu stellen, als ich zurückkam – er wartete auf mich, saß mit der *Sun-Times* auf der Hintertreppe und suchte sich seine Favoriten für das heutige Pferderennen in Hawthorne aus. Ich versuchte, den Hund einfach stehenzulassen und die Treppe hinauf zu entkommen, aber er packte mich an der Hand.

»Moment mal, Engelchen. Wer war die Dame, die Sie gestern nacht reingelassen haben?« Mr. Contreras ist Maschinenschlosser, pensioniert, ein Witwer mit einer verheirateten

Tochter, die er nicht besonders gut leiden kann. In den drei Jahren, in denen wir im selben Haus wohnen, hat er sich an mein Leben gehängt wie ein Adoptivonkel – oder eher wie eine Klette.

Ich riß mich los. »Meine Tante. Die jüngere Schwester meines Vaters. Sie hat ein Faible für alte Männer mit guter Rente, also passen Sie auf, daß Sie vollständig angezogen sind, falls sie heute nachmittag auf einen Plausch vorbeikommt.«

Solche Bemerkungen nimmt er immer krumm. Ich bin mir sicher, er hat in seiner Zeit als Maschinenschlosser in der Fabrik viel Schlimmeres gehört – und gesagt, aber von mir verträgt er nicht einmal versteckte Anspielungen auf Sex. Er läuft rot an und wird so wütend, wie das jemandem mit seinem erbarmungslosen Hang zur guten Laune nur möglich ist.

»Kein Grund, schmutzige Reden zu führen«, fuhr er mich an. »Ich mache mir bloß Sorgen. Und eins muß ich Ihnen sagen, Süße, Sie sollten nicht rund um die Uhr Besuche empfangen. Und wenn schon, dann sollten Sie im Hausflur nicht so laut reden, daß das ganze Haus aufwacht.«

Am liebsten hätte ich eine lose Sprosse aus dem Treppengeländer gerissen und ihn damit geschlagen. »Ich hab sie nicht eingeladen«, kreischte ich. »Ich hab nicht gewußt, daß sie kommt. Ich will sie nicht hier haben. Ich wollte nicht um drei Uhr morgens aufwachen.«

»Kein Grund zu brüllen«, sagte er streng. »Und selbst wenn Sie Ihre Tante nicht erwartet haben, Sie hätten oben in Ihrer Wohnung mit ihr reden können.«

Ich klappte den Mund mehrmals auf und zu, kam aber auf keine sinnvolle Antwort. Das war richtig, ich hatte Elena im Flur festgehalten, weil ich hoffte, das werde sie so verletzen, daß sie ihren Matchsack schnappen und verschwinden würde. Aber schon gestern nacht war mir im Innersten klar gewesen, daß ich sie um diese Tageszeit nicht wegschicken konnte. Der alte Mann hatte also recht. Es stimmte mich kein bißchen fröhlicher, daß ich seiner Meinung war.

»Okay, okay«, gab ich zurück. »Soll nicht wieder vorkommen. Jetzt lassen Sie mich in Frieden – ich habe heute viel zu tun.« Ich stapfte die Treppe zu meiner Küche hinauf.

Durch die geschlossene Tür zum Wohnzimmer drangen immer noch gedämpfte Schnarchlaute. Ich kochte eine Kanne Kaffee und nahm eine Tasse mit ins Bad. Weil ich entschlossen war, die Wohnung so schnell wie möglich zu verlassen, zog ich Jeans und eine weiße Bluse an und ging in die Küche, um etwas zum Frühstück zu finden.

Elena saß bereits am Tisch. Sie hatte einen gesteppten, schmuddeligen Morgenmantel über das violette Nachthemd gezogen. Ihre Hände zitterten leicht; sie nahm beide, um die Kaffeetasse zum Mund zu führen.

Sie ließ ein beflissenes Lächeln sehen. »Du kochst wunderbaren Kaffee, Baby. Genauso gut wie deine Mutter.«

»Danke, Elena.« Ich öffnete die Kühlschranktür und bilanzierte den mageren Inhalt. »Tut mir leid, daß ich nicht auf einen Schwatz bleiben kann, aber ich will versuchen, was aufzutreiben, wo du heute nacht schlafen kannst.«

»Ach, Vicki – Victoria, meine ich. Renn doch nicht so herum. Das ist gar nicht gut fürs Herz. Laß mich hierbleiben, wenigstens ein paar Tage lang. Damit ich über den Schock wegkomme. Daß ich dieses Inferno von gestern nacht erleben mußte. Ich versprech dir, ich falle dir nicht zur Last. Ich könnte in der Wohnung ein bißchen saubermachen, während du bei der Arbeit bist.«

Ich schüttelte unnachgiebig den Kopf. »Ausgeschlossen, Elena. Ich will nicht, daß du hier wohnst. Nicht eine Nacht mehr.«

Ihr Gesicht zuckte. »Warum haßt du mich, Baby? Ich bin die Schwester deines Vaters. Die Familie muß zusammenhalten.«

»Ich hasse dich nicht. Ich will mit keinem Menschen zusammenleben, und dein Leben und meines passen besonders schlecht zueinander. Du weißt so gut wie ich, Tony hätte dasselbe gesagt, wenn er noch da wäre.«

Es war zu einem schmerzlichen Zwischenfall gekommen, als Elena ihre Unabhängigkeit von meiner Großmutter erklärt hatte und in eine eigene Wohnung gezogen war. Als sie nämlich feststellte, daß die Einsamkeit nicht nach ihrem Geschmack war, kam sie an einem Wochenende in unser Haus nach Südchicago. Drei Tage blieb sie. Es war nicht meine temperamentvolle Mutter, die sie hinauswarf – Gabriella gelang es, in ihre Liebe zu armen Teufeln auch Elena einzubeziehen. Aber als mein immer gelassener Vater nach der Nachtschicht zum Montag nach Hause gekommen war und Elena sinnlos betrunken am Küchentisch gefunden hatte, ließ er sie in die Ausnüchterungszelle im Countygefängnis stecken und weigerte sich ein halbes Jahr lang, mit ihr zu reden, nachdem sie wieder draußen war.

Auch Elena erinnerte sich offenbar an diesen Vorfall. Das zuckende Schmollen wich aus ihrem Gesicht. Sie sah tieftraurig aus und irgendwie klarer.

Ich drückte ihr sanft die Schulter und bot ihr an, Eier zu braten. Sie schüttelte wortlos den Kopf und beobachtete mich schweigend, während ich Sardellenpaste auf eine Toastscheibe strich. Ich aß schnell und ging, bevor das Mitleid mein Urteilsvermögen lahmlegen konnte.

Jetzt war es schon weit nach neun. Der Morgenstau löste sich auf, und ich kam rasch über die Belmont Avenue auf die Schnellstraße. Als ich mich dem Loop näherte, drängte sich der Verkehr jedoch durch ein Labyrinth von Baustellen. Die sechseinhalb Kilometer auf dem Ryan Expressway zwischen Eisenhower Expressway und Thirty-first Street, vermutlich die verkehrsreichsten acht Spuren im bekannten Universum, waren schließlich doch unter der Last der Sattelschlepper zusammengebrochen. Die Fahrspuren Richtung Süden waren gesperrt, solange die Bundesbehörden die Brücke wiederaufbauen ließen.

Mein kleiner Chevy, eingeklemmt zwischen einigen Fünfundfünfzigtonnern, schlängelte sich mit dem langsamen Verkehrsstrom um die Absperrungen herum. Rechts von mir sah man durch die abgetragene Fahrbahn hindurch das Netzwerk der Stützpfeiler, wie zugeknäulte Vipernnester wirkten sie, hier und da hob sich ein rostiger Kopf, zum Zubeißen bereit.

Die Ausfahrt zum Lake Shore Drive war so geschickt getarnt,

daß ich sie erst sah, als ich schon neben der Tonne war, die die gesuchte Abbiegespur versperrte. Mit meinem Weggefährten, dem Fünfundfünfzigtonner, an der Stoßstange, konnte ich schlecht die Bremse durchtreten und um das Blechding herumfahren. Ich biß die Zähne zusammen und fuhr bis zur Thirty-fifth Street, dann über Nebenstraßen zurück zur Cermak Road.

Elenas Pension hatte sich immer ein paar Häuser nördlich von der Kreuzung mit der Indiana Avenue befunden. Als ich gegenüber anhielt, verschwand spurlos der Zweifel, den ich nicht loswerden konnte, seit ich ihre Geschichte gehört hatte. Das Indiana Arms Hotel – Durchreisende willkommen, Zahlungen täglich oder monatlich – hatte es den anderen Prachtschuppen dieser Straße gleichgetan und den Betrieb eingestellt, endgültig. Ich ließ den Wagen stehen und überquerte die Straße, um das Gerippe näher zu betrachten.

Als ich um das Gebäude herum auf die Nordseite ging, entdeckte ich einen Mann mit Sportjackett und Helm, der im Schutt herumstocherte. Hin und wieder holte er mit einer Zange etwas zwischen den Trümmern hervor und verwahrte es in einem Plastikbeutel. Ehe er seine Untersuchung fortsetzte, markierte er den Beutel und brummte etwas in ein Taschendiktafon. Er sah mich, als er sich nach Osten wandte, um in einem vielversprechenden Haufen herumzustochern. Er hob noch etwas auf und beschriftete den Beutel, bevor er zu mir herüberkam.

»Sie haben hier etwas verloren?« Der Ton war freundlich, aber die braunen Augen blickten mißtrauisch.

»Nur Schlaf. Eine Bekannte hat bis gestern nacht hier gewohnt – sie ist am frühen Morgen in meine Wohnung gekommen.«

Er schürzte die Lippen und dachte über meine Geschichte nach. »Und dann, was wollen Sie jetzt hier?«

Ich hob die Schulter. »Ich nehme an, ich wollte es mit eigenen Augen sehen. Ob die Pension wirklich abgebrannt ist. Bevor ich mich abrackere und ihr eine neue Unterkunft suche.

Und wenn wir schon dabei sind: Was tun Sie hier? Ein argwöhnischer Mensch könnte glauben, Sie reißen sich Wertsachen unter den Nagel.«

Er lachte, und ein Teil des Mißtrauens wich aus seinem Gesicht. »So jemand hätte recht – in gewisser Hinsicht tue ich genau das.«

»Sind Sie von der Feuerwehr?«

Er schüttelte den Kopf. »Versicherungsgesellschaft.«

»War es Brandstiftung?« Ich hatte mich in den Familienbanden so verfangen, daß ich mich nicht einmal gefragt hatte, wie der Brand entstanden war.

Er war wieder auf der Hut. »Ich sammle nur ein paar Sachen ein. Die Diagnose bekomme ich vom Labor.«

Ich lächelte. »Es ist richtig, daß Sie vorsichtig sind – man weiß nie, wer sich nach so einem Brand hier herumtreiben könnte. Ich heiße V. I. Warshawski. Wenn ich nicht nach einer Notunterkunft suche, bin ich Privatermittlerin. Und ich arbeite von Zeit zu Zeit für die Ajax-Versicherung.« Ich zog eine Karte aus der Handtasche und gab sie ihm.

Er wischte sich die rußige Hand an einem Kleenex ab und schüttelte die meine. »Robin Bessinger. Ich gehöre zur Abteilung für Brandstiftung und Versicherungsbetrug bei der Ajax. Es überrascht mich, daß ich Ihren Namen noch nie gehört habe.«

Mich überraschte das nicht. Ajax beschäftigte rund um den Erdball sechzigtausend Menschen – niemand konnte den Überblick über sie alle behalten. Ich erklärte, ich hätte für Ajax Fälle von Schadenersatz und Weiterversicherung bearbeitet, und nannte ein paar Namen, die er eigentlich kennen mußte. Er taute noch mehr auf und ließ mich wissen, daß alles auf Brandstiftung hindeute.

»Ich könnte Ihnen die Stellen zeigen, an denen Brandbeschleuniger verschüttet worden sind, aber ich möchte nicht, daß Sie ohne Helm hineingehen. Dauernd fallen Putzbrocken herunter.«

Ich zeigte angemessenes Bedauern darüber, daß mir dieses

Vergnügen versagt wurde. »Der Besitzer hat in letzter Zeit wohl hohe Zusatzversicherungen abgeschlossen?«

Er schüttelte den Kopf. »Ich weiß es nicht – ich habe die Policen nicht gesehen. Ich habe bloß den Auftrag bekommen, mich an die Arbeit zu machen, ehe Plünderer zu viele Beweise verderben. Ich hoffe, Ihre Freundin hat ihre Sachen retten können – der Brand hat nicht viel übriggelassen.«

Ich hatte vergessen, Elena zu fragen, ob jemand schwer verletzt worden war. Robin sagte, falls jemand gestorben wäre, hätte die Mordkommission die Beamten von der Feuerpolizei verstärkt.

»Dann hätten Sie ohne triftigen Grund gar nicht in der Nähe des Gebäudes parken dürfen – die Lebenserfahrung sagt, daß Brandstifter gern zurückkommen, um zu sehen, ob sie ganze Arbeit geleistet haben. Niemand ist umgekommen, aber ein gutes halbes Dutzend ist mit Verbrennungen und Rauchvergiftung ins Michael Reese gebracht worden. Im allgemeinen achten Brandstifter darauf, ob ein Gebäude geräumt werden kann – sie können sich vorstellen, daß es bei einer Ermittlung in einer alten Bruchbude wie der hier nicht besonders gründlich zugeht, wenn kein Mordverdacht dazukommt, der die Bullen scharfmacht.« Er schaute auf seine Uhr. »Ich muß mich wieder an die Arbeit machen. Ich hoffe, daß Ihre Freundin was Neues findet.«

Dem konnte ich nur zustimmen, und ich fuhr los, um mich mit einem Optimismus, der nur meiner Unerfahrenheit zu verdanken war, auf Wohnungssuche zu machen. Ich begann im Wohnungsamt auf der südlichen Michigan Avenue, wo ich mich in eine lange Schlange einreihte. Frauen mit Kindern aller Altersstufen waren da, alte Männer, die murmelnd mit sich selbst sprachen, wild die Augen rollten, Frauen, die ängstlich Koffer oder kleine Einrichtungsstücke umklammerten – ein offenbar endloser Strom von Menschen, die irgendeine dramatische Wendung ihres Lebens auf die Straße geschleudert hatte.

Die hohen Schaltertresen und die kahlen Wände vermittelten uns ein Gefühl, als seien wir Bittsteller vor den Toren eines sowjetischen Arbeitslagers. Es gab nicht einen Stuhl; ich zog eine Nummer und lehnte mich an die Wand, um zu warten, bis die Nummer aufgerufen wurde.

Neben mir rackerte sich eine hochschwangere junge Frau, die einen größeren Säugling auf dem Arm hatte, mit einem Kleinkind ab. Ich bot an, das Baby zu halten oder den Zweijährigen abzulenken.

»Ist schon gut«, sagte sie mit leiser langsamer Stimme. »Todd ist bloß müde, weil er die ganze Nacht auf war. Wir konnten nicht ins Asyl, weil dorthin, wo sie uns geschickt haben, keine Babys dürfen. Ich hab kein Geld mehr für den Bus gehabt, noch mal herzukommen und denen hier zu sagen, daß sie uns etwas anderes besorgen müssen.«

»Und was haben Sie dann gemacht?« Ich wußte nicht, was entsetzlicher war – ihre Notlage oder die sanfte Resignation, mit der sie darüber sprach.

»Ach, wir haben eine Parkbank an der Edgewater Avenue gefunden, in der Nähe vom Asyl. Das Baby hat geschlafen, aber für Todd war's einfach zu unbequem.«

»Haben Sie keine Freunde oder Verwandten, die Ihnen helfen können? Was ist mit dem Vater des Babys?«

»Ach, der würde schon versuchen, was für uns zu finden«, sagte sie teilnahmslos. »Aber er kriegt keine Arbeit. Und meine Mutter, bei der haben wir gewohnt, aber sie hat ins Krankenhaus gemußt, und jetzt sieht es so aus, als ob sie lange krank ist, und sie kann sich die Miete nicht mehr leisten.«

Ich schaute im Raum umher. Dutzende von Menschen warteten vor mir. Die meisten sahen so ausgebrannt aus wie meine Nachbarin, Menschen, die zuviel Scham gebrochen hatte. Und wer nicht so aussah, war aggressiv, wartete darauf, sich mit einem System anzulegen, gegen das man keine Chance hatte. Da war kein Zweifel, Elenas Bedürfnisse – meine Bedürfnisse – rangierten weit hinter ihrem Anspruch auf eine Notunterkunft. Ehe ich ging, fragte ich die Frau, ob Todd und sie etwas zum Frühstück mochten – ich wollte hinüber zu Burger King gehen und etwas besorgen.

»Hier lassen sie einen nichts essen, aber vielleicht können Sie Todd mitnehmen, damit er etwas bekommt.«

Todd war absolut dagegen, sich von seiner Mutter zu trennen, auch wenn es um Essen ging. Schließlich ließ ich ihn jammernd neben ihr zurück, ging zu Burger King, kaufte ein Dutzend Frühstücksbrötchen mit Eiern und wickelte alles in eine Plastiktüte, damit niemand sah, daß es sich um Essen handelte. Die Tüte gab ich der Frau und verschwand so schnell wie möglich. Schauer liefen noch immer über meine Haut.

3 Kein heiliger Petrus

Unterkünfte, die Elena sich hätte leisten können, hatten wohl kein Geld für Inserate. Die Pensionen, die im Branchentelefonbuch aufgeführt waren, kosteten hundert Dollar pro Woche und mehr. Für ihr kleines Zimmer im Indiana Arms hatte Elena fünfundsiebzig im Monat bezahlt.

Ich verbrachte vier Stunden mit vergeblichem Pflastertreten. Ich durchkämmte Near South Side, klapperte die Cermak Road ab zwischen Indiana Avenue und Halsted Street. Vor hundert Jahren gab es hier viele Hotels mit wohlklingenden Namen. Als sie an das Nordufer umgezogen waren, kam die Gegend schnell herunter. Heute sieht man hier nur leere Grundstücke, Autohändler, Kneipen und kaum noch eine Pension. Vor ein paar Jahren hat jemand beschlossen, eine Häuserzeile im ursprünglichen Stil renovieren zu lassen. Die Häuser bilden nun eine makabre Geisterstadt, leere luxuriöse Hülsen inmitten des Verfalls, der sich im Viertel breitmacht.

Über mir die Stützpfeiler der Dan-Ryan-Hochbahn, kam ich mir winzig und unnütz vor, wie ich so von Tür zu Tür ging und betrunkene oder gleichgültige Portiers nach einem Zimmer für meine Tante fragte. Ich erinnerte mich vage daran, daß ich etwas darüber gelesen hatte, wie viele Pensionen den Presidential Towers hatten weichen müssen, aber ich hatte mir bis jetzt nicht klargemacht, wie sich das auf das Viertel auswirken mußte. Für Menschen mit Elenas beschränkten Mitteln gab es einfach keine Unterkunft mehr. Die Pensionen, die ich fand, waren alle besetzt – Opfer des Brandes der letzten Nacht, schlauer als ich, waren schon im Morgengrauen hiergewesen und hatten die wenigen verfügbaren Zimmer ergattert. Viermal mußte ein schmuddeliger Geschäftsführer sagen: »Tut mir leid, wenn Sie gleich heute morgen gekommen wären, als wir noch was hatten...«, bis ich das begriffen hatte.

Um drei brach ich die Suche ab. Entsetzt von der Aussicht, Elena für unbestimmte Zeit beherbergen zu müssen, fuhr ich in mein Büro im Loop, um Onkel Peter anzurufen. Das war eine Entscheidung, zu der ich mich nur durchringen konnte, weil mich Panik packte.

Peter war das erste Mitglied meiner Familie, das es zu etwas gebracht hatte; vielleicht neben meinem Vetter Bum-Bum der einzige. Peter war neun Jahre jünger als Elena und hatte nach seiner Rückkehr aus Korea in den Schlachthöfen gearbeitet. Er begriff schnell, wenn jemand in der Fleischindustrie reich wurde, dann nicht die Polen, die den Kühen den Hammer auf den Kopf schlagen. Er kratzte bei Freunden und Verwandten einige Dollars zusammen und machte eine eigene Wurstfabrik auf. Der Rest war die klassische Geschichte des amerikanischen Traums.

Er folgte den Schlachthöfen nach Kansas City, als sie in den siebziger Jahren dorthin umzogen. Jetzt wohnte er in einem riesigen Haus im protzigen Stadtteil Mission Hills, schickte seine Frau zum Einkauf ihrer Frühjahrsgarderobe nach Paris, meine Vettern auf teure Privatschulen und in Sommerlager und fuhr immer den neuesten Nissan. Ein Bilderbuchamerikaner. Peter hielt sich auch so fern wie irgend möglich von den armen Schluckern der restlichen Familie.

Das Pulteney-Building, in dem sich mein Büro befindet, ist alles andere alls eine erstklassige Adresse. In den letzten Jahren hat der Loop sich nach Westen erweitert. Das Pulteney liegt am südöstlichen Zipfel, wo Peepshows und Pfandleiher die Mieten drücken. Die Wabash-Hochbahn bringt die Fenster im dritten Stock zum Klirren und wirbelt Tauben und Dreck auf, die sich normalerweise dort festsetzen.

Meine Möbel sind zusammengewürfelte Fundstücke aus Polizeiauktionen und Gebrauchtwarenläden. Früher hing über dem Aktenschrank eine Radierung aus den Uffizien, aber letztes Jahr wurde mir endgültig klar, daß die sorgfältig ausgeführte schwarze Strichelei zusammen mit dem olivgrünen Mobiliar nur trist wirken kann. Ich habe also ein paar farbenfrohe Drucke von Gemälden von Nell Blaine und Georgia O'Keeffe an die Wand gepinnt. Das brachte etwas Farbe in den Raum, aber niemand wäre eingefallen, dieses Büro für die Zentrale weltweiter Operationen zu halten.

Peter war einmal hier gewesen, als er vor mehreren Jahren mit seinen drei Kindern eine Städtereise nach Chicago unternahm. Ich hatte beobachtet, wie ihm sichtlich die Brust schwoll, als er die Differenz zwischen unseren gegenwärtigen Nettowerten abschätzte.

Ihn an diesem Nachmittag ans Telefon zu bekommen, erforderte meine ganze Überredungskraft, und ein wenig Dreistigkeit. Meine erste Sorge, er könne außer Landes sein oder auf irgendeinem Golfplatz unerreichbar, erwies sich als unbegründet. Aber er beschäftigte eine ganze Heerschar von Assistenten, die davon überzeugt waren, es sei besser, wenn sie sich selbst um mein Anliegen kümmerten und den großen Mann nicht störten. Zum aufreibendsten Scharmützel kam es, als ich schließlich seine Privatsekretärin an der Strippe hatte.

»Ich bedaure, Miss Warshawski, aber Mr. Warshawski hat mir eine Liste von Familienmitgliedern gegeben, die ihn jederzeit stören können. Ihr Name steht nicht darauf.« Der näselnde Tonfall von Kansas war höflich, aber unerbittlich.

Ich beobachtete, wie sich die Tauben nach Läusen absuchten. »Könnten Sie ihm etwas ausrichten? Während ich in der Leitung bleibe? Daß seine Schwester Elena mit dem Sechs-Uhr-Flug in Kansas City ankommt und mit dem Taxi vor seinem Haus vorfährt?«

»Weiß er, daß sie kommt?«

»Eben nicht. Deshalb versuche ich ja, ihn zu erreichen. Damit er es erfährt.«

Fünf Minuten später – während ich für das Warten Tagesgebühren bezahlte – dröhnte mir Peters tiefe Stimme ins Ohr. Was zum Teufel das heißen solle, daß ich ihm Elena unangemeldet ins Haus schickte. Er denke nicht daran, seine Kinder einer solchen Schlampe auszusetzen, er habe kein Gästezimmer, er habe schon vor Jahren deutlich gemacht, daß er niemals –

»Ja, ja.« Ich brachte den Wortschwall schließlich zum Versiegen. »Ich weiß. Eine Frau wie Elena paßt einfach nicht nach Mission Hills. Die dortigen Säufer werden jede Woche manikürt. Ich verstehe.«

Nicht die allerbeste Eröffnung für eine Bitte um Finanzhilfe. Nachdem er sich ausgetobt hatte, erklärte ich ihm das Problem. Die Nachricht, daß Elena noch in Chicago war, sorgte, anders als ich gehofft hatte, nicht dafür, daß er ihr aus der Klemme half.

»Auf keinen Fall. Das habe ich ihr das letzte Mal unmißverständlich klargemacht, damals, als sie Mutters Haus bei diesem bescheuerten Investmentprojekt durchgebracht hat. Vielleicht erinnerst du dich daran, daß ich ihr einen Anwalt beschafft habe, der dafür gesorgt hat, daß sie beim Verkauf noch etwas übrigbehielt. Das war's. Das letzte Mal, daß ich mich um ihre Angelegenheiten gekümmert habe. Es wird Zeit, daß du dieselbe Lektion lernst, Vic. Ein Alki wie Elena zapft dich an, bis du trocken bist. Je früher du das begreifst, desto leichter wird dein Leben.«

Das Echo meiner finstersten Gedanken von seinen arroganten Lippen zu hören, brachte mich dazu, daß ich auf dem Stuhl herumrutschte. »Wenn ich mich richtig erinnere, Peter, hat sie den Anwalt selbst bezahlt. Sie hat dich nie um Geld gebeten, oder? Wie auch immer, ich habe nur eine Dreizimmerwohnung. Es geht nicht, daß sie bei mir wohnt. Ich will nur soviel Geld, daß sie einen Monat lang die Miete für eine anständige Wohnung bezahlen kann, während ich ihr bei der Suche nach einer Unterkunft helfe, die ihren Möglichkeiten entspricht.«

Sein Lachen war unangenehm. »Genau das hat deine Mutter

gesagt, als Elena damals in eurem Haus in Südchicago aufgetaucht ist. Weißt du noch? Nicht mal Tony hat es ertragen, daß sie dort war. Tony! Der Nachsicht hatte für alles und jedes.«

»Im Gegensatz zu dir«, kommentierte ich trocken.

»Ich weiß, daß du mich damit beleidigen willst. Aber ich fasse es als Kompliment auf. Was hat dir Tony hinterlassen, als er gestorben ist? Das schäbige Häuschen in der Houston Street und seine Pension.«

»Und einen Namen, auf den ich stolz bin«, fuhr ich ihn an, gründlich verärgert. »Und wenn wir schon dabei sind, ohne seine Hilfe wäre nie etwas aus deiner Hackfleischfabrik geworden. Tu also zum Ausgleich etwas für Elena. Ich bin mir sicher, wo immer Tony jetzt ist, er würde das für einen gerechten Tausch halten.«

»Ich habe Tony den letzten Cent zurückgezahlt.« Peter war eingeschnappt. »Und ich schulde weder ihm noch dir einen Furz. Und du weißt verflucht genau, daß es Würstchen sind, kein Hackfleisch.«

»Ja, du hast ihm den letzten Cent zurückgezahlt. Aber ein kleiner Gewinnanteil oder auch nur Zinsen hätten dich nicht umgebracht, oder?«

»Probier diesen sentimentalen Scheißdreck nicht an mir aus, Vic. Da fall ich nicht drauf rein, dazu hab ich schon zu viele Kilometer auf dem Buckel.«

»Genau wie ein Gebrauchtwagen«, sagte ich bitter.

Die Leitung war tot. Das Vergnügen, daß ich das letzte Wort gehabt hatte, entschädigte nicht für den verlorenen Kampf. Warum zum Teufel hatten aus der Familie meines Vaters Elena und Peter überlebt? Warum hatte nicht Peter sterben und Tony weiterleben können? Freilich nicht in dem Zustand, in dem er in seinen letzten Jahren gewesen war. Ich schluckte Galle und versuchte, das Bild meines Vaters in seinem letzten Lebensjahr zu verdrängen, dieses aufgeschwemmte Gesicht, diese unkontrollierbaren Hustenanfälle, die seinen Körper erschütterten.

Ich preßte die Lippen zusammen und schaute auf meinen Schreibtisch, auf den Stapel unbeantworteter Post und nicht abgelegter Akten. Vielleicht wäre es an der Zeit, daß ich mich im zwanzigsten Jahrhundert einfand, ehe es in zehn Jahren zu Ende gehen würde. Zeit, daß ich mit meiner Arbeit soviel Erfolg hatte, mir wenigstens eine Sekretärin leisten zu können, die mir den Papierkram abnahm. Einen Assistenten, der einen Teil der Lauferei erledigte.

Ich wühlte ungeduldig in den Papieren, bis ich schließlich die Seiten fand, die ich für meine bevorstehende Präsentation brauchte. Ich rief bei Visible Treasures an, um zu hören, bis wann ich meine Vorlagen bringen konnte, damit die Dias noch über Nacht entwickelt würden. Sie sagten mir, wenn ich sie bis acht brächte, müßten sie für Satz und Dias das Doppelte des normalen Preises verlangen. Nach dieser Auskunft war mir wohler, es würde nicht ganz so schlimm kommen, wie ich befürchtet hatte.

Ich tippte die Vorlagen auf der alten Olivetti meiner Mutter. Wenn ich mir schon keinen Assistenten leisten konnte, sollte ich wenigstens ein paar Tausender für ein Textverarbeitungssystem springen lassen. Aber hielt nicht die Kraft, die ich brauchte, um die Tasten der Olivetti anzuschlagen, meine Handgelenke stark?

Kurz nach sechs war ich mit dem Tippen fertig. Ich durchsuchte meine Schubladen nach einem Aktendeckel für die Diagramme. Als ich keinen neuen fand, kippte ich einen Berg von Versicherungspapieren auf die Schreibtischplatte und schob die Unterlagen in den freigewordenen Ordner. Jetzt sah der Schreibtisch aus wie der Schuttabladeplatz der Stadt, wenn die Lastwagen ihre Ladung abgekippt haben. Ich sah es lebhaft vor mir, wie Peter auf die Platte starren würde und in seinem Gesicht die Fältchen mühsam unterdrückter Blasiertheit auftauchten. Vielleicht mußte man nicht unbedingt in einem Saustall arbeiten, wenn man sich der Wahrheit, der Gerechtigkeit und dem American Way verpflichtet fühlte.

Ich steckte die Versicherungsunterlagen in den Aktendeckel

zurück und trug sie hinüber zu den Aktenschränken, wo ich eine Mappe mit Geschäftsausgaben fand, zu denen sie halbwegs paßten. Mit der Befriedigung einer guten Tat steckte ich »Versicherung« zwischen »Unkosten« und »Werbungskosten«. Nachdem ich das vollbracht hatte, nahm ich mir die Post der letzten zwei Wochen vor, die auf meinem Schreibtisch lagerte, schrieb ein paar Schecks aus, legte Korrespondenz ab und warf Werbebriefe in den Papierkorb. Ziemlich weit unten im Stapel stieß ich auf einen dicken weißen Brief von der Größe einer Hochzeitseinladung, oben links prangte in Prägedruck »Frauen von Cook County für eine offene Regierung«.

Ich wollte den Umschlag schon wegwerfen, als ich plötzlich begriff, um was es sich handelte – in einem Anfall von Schwachsinn hatte ich mich bereit erklärt, für einen Wahlkampf zu spenden. Marissa Duncan und ich hatten vor einer Ewigkeit zusammengearbeitet, als ich noch Pflichtverteidigerin für das County gewesen war. Sie gehörte zu den Menschen, die für die Politik leben und sterben, ganz gleich ob im Büro oder auf der Straße, und sie suchte sich ihre Themen sorgfältig aus. Zum Beispiel hatte sie aktiv an unserer Kampagne mitgearbeitet, die Behörde gewerkschaftlich zu organisieren, aber aus der Abtreibungsdebatte hatte sie sich völlig herausgehalten – sie wollte vermeiden, daß ihr irgend etwas Nachteile brächte, falls sie sich um ein öffentliches Amt bewarb.

Aus dem Büro der amtlichen Pflichtverteidigung war sie vor etlichen Jahren ausgeschieden, um am katastrophalen zweiten Wahlkampf von Jane Byrne für das Amt des Bürgermeisters mitzuarbeiten. Jetzt hatte sie einen einträglichen Posten bei einer großen PR-Agentur, die sich auf den Verkauf von Kandidaten spezialisierte. Sie ruft mich nur an, wenn sie gerade eine große Kampagne organisiert. Kurz vor ihrem Anruf vor vier Wochen hatte ich einen schwierigen Auftrag für einen Kugellagerfabrikanten aus Kankakee abgewickelt. Sie erwischte mich, als ich in der Hochstimmung schwebte, die immer dann aufkommt, wenn man Kompetenz gezeigt und einen dicken Scheck erhalten hat.

»Tolle Neuigkeiten«, sagte sie begeistert und setzte sich über meine lauwarme Begrüßung hinweg. »Boots Meagher sponsert eine Wahlspendenparty für Rosalyn Fuentes.«

»Ich weiß es zu schätzen, daß du mich ins Bild setzt«, sagte ich höflich. »Da brauch ich mir schon morgen früh den *Star* nicht mehr zu kaufen.«

»Du hattest schon immer einen ganz besonderen Sinn für Humor, Vic.« Politiker müssen vermeiden, jemandem direkt zu sagen, daß sie ihn für eine Nervensäge halten. »Aber das ist *wirklich* ungeheuer aufregend. Boots hat sich noch nie öffentlich für eine Frau ins Zeug gelegt. Er gibt eine Party in seinem Haus in Streamwood. Eine hervorragende Gelegenheit, die Kandidatin kennenzulernen und ein paar von den Leuten im County Board. Alle Welt kommt dorthin. Vielleicht sogar Rostenkowski und Dixon.«

»Beim bloßen Gedanken daran hüpft mir das Herz. Für wieviel verkaufst du die Eintrittskarten?«

»Fünfhundert pro Sponsor.«

»Zu happig für mich. Außerdem hast du doch gesagt, daß Meagher sie sponsert«, sagte ich aus purer Lust am Widerspruch.

Jetzt schwang doch eine Spur Ungeduld in ihrer Stimme mit. »Vic, du weißt doch, wie so etwas läuft. Fünfhundert, wenn man als Sponsor im Wahlprogramm stehen will. Für zweihundertfünfzig wird man als Sympathisant genannt. Für hundert gibt es eine Einladung.«

»Tut mir leid, Marissa. Das ist nicht meine Gewichtsklasse. Und ich bin sowieso kein großer Fan von Boots.« Er hieß eigentlich Donnel – den Spitznamen Boots hat er 1972 erworben, als die Reformer glaubten, sie könnten Daleys Leute verdrängen. Sie hatten eine arme ernsthafte Null aufgestellt, an deren Namen ich mich schon nicht mehr erinnere. Der Wahlslogan war: »Give Meagher the Boot. Einen Tritt für Meagher.« Als Daleys Einfluß dafür sorgte, daß Chicagos großer Mann mit überwältigender Mehrheit wiedergewählt wurde, hatten seine Wahlhelfer, als er bei der Siegesparty in Bismarck auftrat,

»Boots, Boots, Boots« gebrüllt, und seither wurde er nicht anders genannt.

Marissa sagte ernsthaft: »Vic, wir brauchen mehr Frauen bei der Kampagne. Sonst sieht es so aus, als hätte sich Roz von Boots kaufen lassen, und wir verlieren eine Menge von unserer Basis. Auch wenn du keine Pflichtverteidigerin mehr bist, bei den Frauen hier zählt dein Name immer noch.«

Um eine lange Geschichte kurz zu machen, sie schmeichelte mir, warb mit Roz Fuentes' Eintreten für die freie Entscheidung der Frau und weckte zuletzt mein schlechtes Gewissen darüber, daß ich mich so lange aus politischen Aktivitäten herausgehalten hatte. So schaffte sie es, mich als Sympathisantin anzuheuern. Und schließlich strahlte mir ja von meinem Schreibtisch ein Scheck über zweitausend Dollar entgegen.

Der dicke weiße Umschlag enthielt die Einladung, ein Exemplar des Wahlprogramms und einen Rückumschlag für meine zweihundertfünfzig Dollar. Auf das Programm hatte Marissa in ihrer riesigen Schulmädchenschrift gekritzelt: »Freue mich *wirklich* darauf, Dich wiederzusehen.«

Ich blätterte in der Broschüre, schaute die Liste der Sponsoren und Sympathisanten durch. Nachdem er sich bereit erklärt hatte, die Spendenparty zu geben, hatte Boots alle rechtschaffenen Demokraten aufgeboten. Vielleicht war auch das Marissas Werk. Seitenlang tummelten sich Richter, Abgeordnete, Senatoren und Direktoren großer Firmen. Irgendwo am Ende der Sympathisantenliste stand mein Name. Aus irgendeinem alten Jahrbuch, wenn nicht aus einer Abschrift meiner Geburtsurkunde mußte Marissa meinen zweiten Vornamen ausgegraben haben. Als ich tatsächlich »Iphigenia« las, war ich versucht, sie anzurufen und meine Unterstützung zurückzuziehen – schließlich habe ich viel Mühe darauf verwandt, die hirnrissige Anwandlung meiner Mutter, als sie mich taufen ließ, als Familiengeheimnis zu wahren.

Das Spektakel sollte am Sonntag steigen. Ich schaute auf die Uhr – Viertel nach sieben. Ich konnte Marissa anrufen und es trotzdem noch rechtzeitig zu Visible Treasures schaffen.

Trotz der späten Stunde war sie noch im Büro. Sie gab sich Mühe, erfreut zu klingen, es gelang ihr aber nicht ganz – Marissa kann mich besser leiden, wenn ich ihr einen Gefallen tun soll.

»Klappt es am Sonntag, Vic?«

»Da kannst du drauf wetten«, sagte ich mit Schwung. »Was ziehen wir denn an? Jeans oder Abendkleider?«

Sie entspannte sich. »Ach, es ist ganz zwanglos – ein Barbecue, weißt du. Ich ziehe vermutlich ein Kleid an, aber Jeans sind in Ordnung.«

»Kommt Rosty? Du hast gesagt, das wäre möglich.«

»Nein. Aber die Leiterin seines Büros in Chicago kommt. Cindy Mathiessen.«

»Toll.« Ich bemühte mich, wie ein Cheerleader zu klingen. »Ich möchte mit ihr über die Presidential Towers sprechen.«

Marissas Stimme klang sofort wieder vorsichtig, als sie sich erkundigte, was mir ausgerechnet an diesem Thema liege.

»Es geht um die kleinen Pensionen«, sagte ich ernst. »Als sie die Häuser abgerissen haben, um die Towers hinzustellen, sind etwa achttausend vermietete Zimmer verlorengegangen. Weißt du, ich habe eine Tante...«. Und ich erklärte ihr die Geschichte mit Elena und dem Brand. »Ich bin nicht besonders gut zu sprechen auf Boots, Rosty oder die anderen Demokraten, weil ich kein Zimmer für sie finden kann. Aber ich bin mir sicher, wenn ich mit – wie heißt sie gleich noch? Cindy? – wenn ich mit Cindy spreche, kann sie mir sicher helfen.«

Mir kam es so vor, als halle das Telefon vom Wirbel der Rädchen wider, die in Marissas Kopf rotierten. Schließlich sagte sie: »Was kann sich deine Tante leisten?«

»Sie hat im Indiana Arms fünfundsiebzig bezahlt. Im Monat, meine ich.« Die Sonne war jetzt untergegangen, und jenseits des Lichtkegels meiner Schreibtischlampe war das Büro dunkel. Ich ging mit dem Telefon zur Wand hinüber und schaltete das Deckenlicht ein.

»Wenn ich ihr ein Zimmer besorgen kann, versprichst du

mir dann, am Sonntag nicht über die Presidential Towers zu sprechen? Mit niemandem? Es ist ein etwas heikles Thema.«

Für die Demokraten, meinte sie. Nachdem der Vorsitzende des Repräsentantenhauses schon wegen moralischer Probleme im Scheinwerferlicht stand, wollten sie nicht, daß noch einer seiner Kumpel in Verlegenheit gebracht wurde.

Ich gab mich widerstrebend. »Kannst du das bis morgen abend erledigen?«

»Wenn nötig, erledige ich es bis morgen abend, Vic.« Sie gab sich keine Mühe, ihren grimmigen Ton zu unterdrücken.

Es waren noch genau zwanzig Minuten, in denen ich Visible Treasures erreicht haben mußte, damit mir nicht das Vierfache berechnet würde, aber ich nahm mir noch die Zeit, einen Scheck an »Frauen von Cook County für eine offene Regierung« auszuschreiben. Als ich die Bürotür hinter mir abschloß, begann ich zum ersten Mal an jenem Tag zu pfeifen. Wer behauptet, Erpressung mache keinen Spaß?

4 Tantchen reißt aus

Es war fast neun, als ich vom Kennedy Expressway abbog und auf die Racine Avenue zufuhr. Ich hatte nichts mehr gegessen seit jenem Würstchen, das ich mir um zwei an einem Imbißstand in der Canal Street gekauft hatte. Ich wünschte mir Ruhe und Frieden, ein heißes Bad, einen Drink und ein angenehmes Abendessen – im Gefrierfach lag ein Kalbskotelett, das ich genau für einen solchen Abend aufgehoben hatte. Aber ich mußte mich ja auf eine Nacht mit Elena gefaßt machen.

Als ich am gegenüberliegenden Bordstein parkte und zum zweiten Stock hinaufschaute, waren die Fenster dunkel. Während ich die Treppe hinaufschlich, stellte ich mir vor, wie meine Tante völlig hinüber am Küchentisch hing. Oder hingestreckt auf der ungemachten Bettcouch. Vielleicht verführte sie im Erdgeschoß gerade Mr. Contreras.

Ich hatte Elena weder Schlüssel noch Instruktionen für die beiden Sperriegel gegeben. Ich mußte nur das oberste Schloß aufschließen – dasjenige, das automatisch einrastet, wenn man die Tür zuschlägt – und konnte das Licht im kleinen Flur einschalten. Es warf einen Lichtstreifen ins Wohnzimmer. Ich sah, daß die Couch wieder zugeklappt war.

Ich ging durch das Eßzimmer in die Küche und machte dort Licht. Die Küche blitzte. Das Geschirr von drei Tagen, das sich in der Spüle angesammelt hatte, war abgewaschen und weggestellt. Die Zeitungen waren verschwunden. Der Boden war gewischt. Die Tischplatte war sauber und abgeräumt. Mitten darauf lag ein Zettel von meinem gelben Abreißblock, beschrieben mit Elenas riesiger unsicherer Handschrift. Sie hatte »Vicki« geschrieben, das Wort durchgestrichen und durch »Victoria, Baby« ersetzt.

Danke, daß Du mir gestern nacht ein Bett abgetreten hast, als ich eins brauchte. Ich wußte, daß ich in einem Notfall auf Dich zählen kann, Du warst immer ein liebes Mädchen, aber ich will nicht herumhängen und Dir zur Last fallen, was ich bestimmt täte, deshalb alles Gute, Kleine, und wir sehen uns wieder, wenn aller Harm verrauscht ist, wie es heißt.

Sie hatte acht große X gemalt und mit ihrem Namen unterschrieben.

Seit drei Uhr morgens hatte ich meine Tante dafür verflucht, daß sie zu mir gekommen war, und mir nichts anderes gewünscht, als beim Nachhausekommen festzustellen, daß ich den Auftritt in der Nacht nur geträumt hatte. Der Wunsch war in Erfüllung gegangen. Aber anstatt in Hochstimmung zu geraten, wurde mir ziemlich flau im Magen. Trotz ihrer so offenherzigen Art hatte Elena keine Freunde. Natürlich wimmelte es auf den Straßen und Gassen von Chicago von ihren ehemaligen Liebhabern, aber ich glaubte nicht, daß sich auch nur einer von ihnen an Elena erinnerte, wenn sie bei ihm vor der Tür stand. Wenn ich es mir recht überlegte, war ich auch nicht sicher, ob Elena sich an einen von ihnen so deutlich erinnerte, daß ihr auch einfiel, an welche Tür sie zu klopfen hätte.

Den zweiten unerfreulichen Gedanken, der mir im Kopf herumspukte, löste Elenas Schlußsatz aus. In einer Bühnenfassung von *Tom Sawyer* hatten wir in der High School gesungen: »Wo aller Harm verrauscht«. Das Lied galt als typisches Beispiel für spätviktorianische Choräle. Wenn ich mich recht erinnerte, war der verrauschte Harm ein zuckersüßer Euphemismus für das Leben nach dem Tod. So gut kannte ich Elena nicht, um entscheiden zu können, ob das nur eine Lieblingswendung von ihr war oder ob sie sich nun von der Wacker-Drive-Brücke stürzen würde.

Ich durchsuchte die Wohnung gründlich nach Indizien für Elenas Absichten. Der Matchsack war fort, das violette Nachthemd auch. Als ich im Barschrank nachschaute, fehlten genau zwölf Zentimeter aus der angebrochenen Flasche Black Label. Aber so, wie Elena heute morgen geschlafen hatte, mußte sie das, da war ich einigermaßen sicher, vor dem Zubettgehen getrunken haben.

Es wäre mir fast lieber gewesen, wenn sie die Flasche mitgenommen hätte – das hätte mich davon überzeugen können, daß sie sich nicht sofort umbringen wollte.

Aber konnte eine Frau wirklich ihr ganzes Leben damit verbringen, zu saufen und mit Männern herumzuziehen, und dann plötzlich im Alter von sechsundsechzig Jahren von einer so starken Reue gepackt werden, daß sie es nicht mehr ertrug? Das schien nicht allzu wahrscheinlich. Der Schlafmangel und mein Tag in den ausgebrannten Gebäuden der Near South Side trieben mich in morbide Vorstellungen.

Ich überlegte, ob ich Lotty Herschel anrufen sollte, um die Angelegenheit mit ihr zu besprechen. Sie ist Ärztin. In ihrer Praxis an der Damen Avenue bekommt sie jede Menge Säufer zu sehen. Aber ihr Tag beginnt mit den Klinikvisiten um sieben. Es war ein bißchen spät für einen Anruf, dessen Hauptfunktion darin bestand, mein schlechtes Gewissen zu beschwichtigen.

Ich stellte den Black Label in den Schrank zurück, ohne mir etwas einzugießen. Der alkoholische Teil meines Abendprogramms hatte an Reiz verloren, als ich mir vorstellte, wie Elena zwölf Zentimeter geschluckt hatte und dann rotgesichtig in Stupor verfallen war. Ich ging in die Küche, nahm das Kalbskotelett aus dem Gefrierfach und legte es zum Auftauen auf meinen kleinen Backautomaten, während ich ein Bad nahm. Wenn ich nicht die Polizei alarmieren wollte, konnte ich heute abend wegen meiner Tante nichts mehr unternehmen.

Das Eintauchen in die Wanne entspannte mich nicht so wie sonst. Das Bild von Elena, wie sie, das tapfere Lächeln leicht schief, mit der Familie, die ich beim Wohnungsamt getroffen hatte, auf einer Parkbank saß, verhinderte das. Ich stieg aus der Wanne, schaltete den Backautomaten aus und zog mich wieder an.

Das Wohnzimmerlicht von Mr. Contreras hatte gebrannt, als ich nach Hause gekommen war. Ich stieg die Vordertreppe hinunter und klopfte an seiner Tür. Der Hund jaulte ungeduldig, während Mr. Contreras an den Schlössern fingerte. Als er sie schließlich offen hatte, sprang der Hund hoch und leckte mir das Gesicht. Ich fragte den alten Mann, ob er gesehen habe, wie Elena gegangen war.

Natürlich hatte er es gesehen – wenn er nicht im Garten wirtschaftete oder mit den Pferderennen beschäftigt war, hatte er das Haus scharf im Auge. War er zu Hause, brauchten wir eigentlich keinen Wachhund. Elena war gegen halb drei gegangen. Nein, er konnte mir nicht sagen, was sie angehabt, ob sie Make-up aufgelegt hatte. Wofür ich ihn denn hielte, für einen Schnüffler, der Leute anstarrte und in ihrem Privatleben herumstocherte? Er konnte mir jedoch sagen, daß sie in der Diversey Avenue in einen Bus gestiegen sei. Er sei nämlich um die Ecke gegangen, um Milch zu holen. Richtung Osten, das stimmte.

»Sie haben nicht erwartet, daß sie die Wohnung verläßt?«

Ich hob ungeduldig die Schultern. »Sie hat keine Bleibe. Soweit ich weiß.«

Er schnalzte mitfühlend mit der Zunge und unterzog mich einem eingehenden Verhör. Mein schmaler Vorrat an Geduld neigte sich dem Ende zu, als der Bankangestellte seine Wohnungstür aufmachte. Er trug hautenge Jeans, Marke Ralph Lauren, und ein Polohemd.

»Herr und Heiland! Hätte ich gewußt, daß Sie rund um die Uhr im Treppenhaus herumschreien, hätte ich diese Wohnung nie gekauft.« Das runde Gesicht verzog sich zu einer finsteren Miene.

»Und wenn ich gewußt hätte, daß Sie eine so verklemmte Heulsuse sind, hätte ich verhindert, daß Sie die Wohnung kriegen«, gab ich mißgelaunt zurück.

Die Hündin ließ ein kehliges Knurren hören.

»Gehen Sie nur nach oben, Engelchen«, drängte Mr. Contreras hastig. »Wenn mir noch was einfällt, rufe ich Sie an.« Er zerrte die Hündin hinter sich her in die Wohnung und schloß die Tür. Ich hörte, wie Peppy dahinter jaulte und schniefte. Sie hätte gegen ein kleines Gerangel nichts gehabt.

»Was tun Sie eigentlich?« wollte der Bankangestellte wissen.

Ich lächelte. »Nichts, was in einem Wohngebiet verboten ist. Sie brauchen sich also nicht das Gehirn darüber zu zermartern.«

»Wenn Sie nicht damit aufhören, Ihrem Geschäft im Treppenhaus nachzugehen, rufe ich wirklich die Bullen.« Er knallte die Tür zu.

Ich stapfte wieder nach oben. Jetzt hatte er seiner Freundin, seiner Mutter oder wen immer er abends anrief, etwas zu erzählen. Ich bin anderen gern gefällig.

In meiner Wohnung schaltete ich den kleinen Backofen wieder an und garte Pilze und Zwiebeln in etwas Rotwein. Nachdem ich erfahren hatte, daß Elena mit dem Bus an der Diversey Avenue weggefahren war, fühlte ich mich etwas besser. Das klang, als hätte sie ein bestimmtes Ziel gehabt. Am Morgen würde ich, um mein Gewissen zu beruhigen, mit einem meiner Freunde bei der Polizei telefonieren. Vielleicht hatten sie gerade nichts Besseres zu tun, als den Busfahrer ausfindig zu machen, der sich natürlich an Elena erinnern würde und daran, welche Richtung sie nach dem Aussteigen genommen hatte. Vielleicht würde ich die erste Frau sein, die auf dem

Mond landete – es sollen schon seltsamere Dinge vorgekommen sein.

Es war schon nach zehn, als ich mich endlich zum Essen setzte. Das Kotelett war genau richtig, innen noch rosa, und die glasierten Pilze ergänzten es ausgezeichnet. Ich hatte etwa die Hälfte gegessen, als das Telefon klingelte. Ich hätte es klingeln lassen, aber dann dachte ich an Elena. Falls sie versucht hatte, auf der Clark Street anzuschaffen, konnten das die Bullen sein, die wollten, daß ich Kaution für sie stellte.

Am Telefon war ein Polizist, aber er kannte Elena nicht und rief aus rein privaten Gründen an. Mindestens zum Teil aus privaten Gründen. Ich hatte Michael Furey kennengelernt, als ich am letzten Neujahrstag bei den Mallorys zum Essen gewesen war. Sein Vater und Bobby waren gemeinsam in Norwood Park aufgewachsen. Als Michael gleich nach dem Junior College zur Polizei ging, verfolgte Bobby wie ein Onkel seinen Weg. In Chicago sieht jeder, wo er bleibt, aber Bobby ist ein fast skrupulös ehrpusseliger Bulle – er hätte niemals persönlichen Einfluß geltend gemacht, um die Karriere des Sohns von einem Freund zu fördern. Der Junge kam jedoch auch allein zurecht; nach fünfzehn Jahren begrüßte Bobby ihn freudig als neues Mitglied der Mordkommission im Zentralrevier.

Nach der Versetzung lud Eileen uns beide eine Zeitlang regelmäßig zum Essen ein. Sie hatte es weniger auf eine zweite Ehe für mich abgesehen als auf Kinder – sie ließ nicht ab, mir die intelligentesten und tüchtigsten Polizisten Chicagos vorzustellen, immer in der Hoffnung, einer davon habe in meinen Augen das Zeug zu einem guten Vater.

Eileen gehörte zu der Generation, die glaubte, ein Typ mit einem ordentlichen fahrbaren Untersatz sei reizvoller als einer, der sich nur einen Honda leisten kann. Furey hatte etwas Geld – die Lebensversicherung seines Vaters, sagte er, die er gut habe anlegen können –, und er fuhr eine silberne Corvette. Er war attraktiv und hatte Witz, und ich fuhr gern Corvette, aber ansonsten gab es nur die Mallorys und die Liebe zum Sport, die wir gemeinsam hatten. Unsere Beziehung beschränkte sich schließlich darauf, daß wir hin und wieder ins Stadion gingen oder uns zu einem Ballspiel verabredeten. Eileen verbarg ihre Enttäuschung, aber es kamen keine Einladungen zum Essen mehr.

»Vic! Bin heilfroh, daß ich dich antreffe«, dröhnte Michael fröhlich in mein Ohr.

Ich kaute zu Ende. »Abend, Michael. Was gibt's?«

»Hatte eben Schichtschluß. Hab mir gedacht, ich melde mich mal und hör, wie's dir geht.«

»Na, so was, Michael«, sagte ich mit spöttischer Aufrichtigkeit, »wie aufmerksam von dir. Wie lange ist es her – einen Monat oder so? –, und du meldest dich um zehn Uhr abends bei mir?«

Er lachte etwas befangen. »Ach, was soll's, Vic. Du weißt ja, wie es ist. Ich muß dich was fragen und will nicht, daß du es in den falschen Hals kriegst.«

»Versuch's mal.«

»Es geht – äh, na ja, ich hab gar nicht gewußt, daß du dich für die Politik im County interessierst.«

»Die interessiert mich auch nicht besonders.« Ich war überrascht.

»Ernie hat mir erzählt, du stehst auf der Liste als Sponsor der Wahlparty für die Fuentes, die am Sonntag auf Boots' Farm steigt.«

»Neuigkeiten sprechen sich wirklich schnell herum«, sagte ich leichthin, aber ich spürte, wie ich mich vor Ärger verspannte – ich kann es nicht ausstehen, wenn mein Tun überwacht wird. »Woher weiß Ernie das, und was geht's ihn an?«

Ernie Wunsch und Ron Grasso waren wie Michael in North West Side aufgewachsen. Daß sie als Teenager und junge Männer gelegentlich für Politiker gearbeitet hatten, war nicht ihr Schade gewesen, als sie sich nach dem College entschlossen, in die Baufirma von Ernies Vater einzutreten. Diese Firma gehörte nicht zu den ganz Großen, aber man sah auf Baustellen immer häufiger Zementlaster mit den roten und grünen Streifen von Wunsch & Grasso. Ihr größter Coup bisher war der

Zuschlag für den Rapelec-Gebäudekomplex, ein Zentrum aus Büros und Eigentumswohnungen, das bei der Gold Coast gebaut wurde.

»Ich habe befürchtet, daß du das in den falschen Hals kriegst«, sagte Michael kläglich.» »Es geht Ernie nichts an. Er weiß es, weil er und sein Vater im Lauf der Jahre ein gutes Stück Arbeit für das County geleistet haben. Deshalb wird er natürlich zu allen Spendenpartys eingeladen. Du weißt doch, wie das in Chicago ist, Vic, wenn du mit der Stadt oder dem County Geschäfte machst, mußt du dich auch ein bißchen erkenntlich zeigen.«

Ich wußte, wie das war.

»Also haben sie das Programm natürlich im voraus gekriegt. Und Ernie weiß, daß du und ich – na ja, befreundet sind. Also hat er es erwähnt. Das ist wirklich nichts, worüber du dich aufregen mußt.«

»Nein«, sagte ich sanft und entgegenkommend. »Es überrascht mich bloß, wenn zwei Teile meines Lebens, die nichts miteinander zu tun haben, sich plötzlich verflechten.«

»Kenne das Gefühl«, sagte er. »Ich hab mich gefragt, ob ich mit dir hingehen könnte. Vielleicht werde ich auch selber eingeladen, weil die Jungs so viele Opfer wie möglich rankarren. Wenn du dort bist...«

»Laß mich darüber nachdenken«, sagte ich nach einer Pause, die zu lang war, als daß sie noch für höflich gelten konnte. »Obwohl – hör mal, ich frage mich, ob du nicht etwas für mich tun könntest.« Ich erzählte ihm von Elena. »Ich weiß nicht viel über sie – wo sie sich herumtreiben könnte. Und auch wenn ich nicht will, daß sie bei mir wohnt, mache ich mir doch Sorgen. Ich möchte sicher sein, daß ihr nichts fehlt, ganz gleich, wo sie ist.«

»Heiland, Vic, du verlangst auch gar nichts, was? Du weißt verflucht genau, daß ich nicht ohne guten Grund bei den Verkehrsbetrieben rumfragen kann. Wenn ich Linien überprüfe und mit Fahrern rede, steht die Gewerkschaft eine Stunde später bei Onkel Bobby vor dem Schreibtisch und will mich am Arsch kriegen.«

»Vielleicht sollte ich Bobby morgen früh anrufen und mit ihm darüber sprechen.« Bobby Mallory war nicht nur Michaels Patenonkel, er war auch der Schützling meines Vaters und sein bester Freund bei der Polizei gewesen. Vielleicht suchte er Tony zuliebe nach Elena – daß er es mir zuliebe tat, erwartete ich nicht.

»Nein, laß das«, sagte Michael hastig. »Ich sag dir was, ich geb's an die Streifenpolizisten auf der Madison Avenue und in der Near South Side weiter. Die sollen die Augen offenhalten und mich anrufen, wenn sie Elena sehen.«

»Ich will nicht, daß sie schikaniert wird«, warnte ich ihn.

»Bleib friedlich, Vic. Ich bin die Diskretion in Person.«

»Richtig. Und ich bin die Königin von Saba.«

Er lachte. »Wenn ich mich drum kümmere, nimmst du mich also am Sonntag mit zu Boots?«

»So in der Richtung«, sagte ich und wurde wider Willen rot.

»Ich müßte dich einbuchten. Versuchte Bestechung eines Polizisten.« Da war ein Grollen, aber der Ton war gutmütig; er versprach, mich morgen anzurufen, falls sich etwas ergeben habe. Er schlug vor, daß wir uns am Sonntag um drei träfen, er kenne den Weg, also wolle er fahren. Ich sagte, ich führe mit meinem Auto hinter ihm her – ich wollte nicht bis Mitternacht auf Boots Meaghers Farm herumhängen, während Michael mit alten Kumpeln Erinnerungen auffrischte.

Als wir auflegten, war mein Kotelett kalt geworden und die glasierte Weinsauce hatte eine Haut. Ich war zu müde, das Essen heute abend noch einmal warmzumachen, stellte den Teller in den Kühlschrank, fiel ins Bett und verbrachte die Nacht mit beklemmenden Träumen, in denen ich auf Elenas Spur durch Chicago jagte und sie immer genau dann verpaßte, wenn sie auf der Diversey Avenue in den Bus Richtung Osten stieg.

5 Prachtzimmer

Nach meinem Anwaltsexamen habe ich fünf Jahre lang für das County gearbeitet, während meines Studiums volontierte ich den Sommer über in den großen Kanzleien im Loop. Und ich nahm eine Menge seltsamer Jobs an, um mein Studium zu finanzieren. Der schlimmste davon war, von fünf Uhr nachmittags bis neun Uhr abends telefonisch Bücher für *Time-Life* zu verkaufen. Man ruft Leute während des Abendessens an, und sie werden grob. Neunmal rief ich in den Wohnungen von Toten an – einmal war die Wohnungsinhaberin erst am Tag zuvor gestorben. Ich befreite mich rasch und nicht sehr feinfühlig von der schluchzenden Tochter.

Ich weiß also, daß für mich selbst zu arbeiten besser ist als für alle die Arbeitgeber, die ich kenne. Trotzdem hat die Arbeit eines Privatermittlers nichts romantisch Abenteuerliches, nichts vom einsamen Ritter, den Marlowe oder Spenser so gern spielen – die Hälfte seiner Zeit verbringt man mit irgendeiner langweiligen Beschattung oder sitzt im Daley Center herum, um Hintergrundmaterial zu sammeln. Und ein guter Teil der restlichen Zeit geht damit drauf, daß man Leuten seine Dienste anträgt. Oft ohne Erfolg.

Die Versicherungsmakler von Cartwright & Wheeler hörten meinem Vortrag über die Gefahren und Möglichkeiten gefälschter Schadensmeldungen aufmerksam zu. Sie stellten eine Menge Fragen, aber ohne Rücksprache mit der Führungsetage sahen die neun Leute im Raum sich nicht befugt, Entscheidungen zu treffen und mir einen Auftrag zu geben. Ich agierte nach allen Regeln der Verkaufskunst, warm, professionell und mit positiver Einstellung, um sie zu einer Zusage zu bewegen, aber ich erreichte nicht mehr als das Versprechen, mein Angebot auf die Tagesordnung der Geschäftsleitungssitzung am Montag zu bringen.

Ich fuhr in mein Büro zurück und verstaute Dias im Wert von fünfhundert Dollar in einem Aktenschrank. Normalerweise regen mich lauwarme Reaktionen nicht weiter auf, aber seit der Geschichte mit Elena war ich so gereizt, daß ich Schubladen knallte und Post zerriß, um meinem Ärger Luft zu machen. Larry Bowa soll nach einem schlechten Spiel Kloschüsseln zertrümmert haben. So hat jeder seine kleinen unreifen Macken.

Als ich mich etwas beruhigt hatte, fragte ich bei meinem Auftragsdienst nach. Marissa Duncan hatte eine Nachricht hinterlassen. Ich rief zurück und sprach mit ihrer Sekretärin. Marissa hatte in der Kenmore Avenue eine Pension für Elena gefunden. Sie wollten neunzig im Monat für das Zimmer. Ich zögerte einen Augenblick. Ich sollte das nicht ablehnen – Marissa wäre eingeschnappt gewesen, und sie hatte so viele Beziehungen, daß es besser für mich war, wenn sie eine gute Meinung von mir behielt, und außerdem konnte Elena leicht ein weiteres Mal um drei Uhr morgens auftauchen.

»Sie kann nicht sofort einziehen«, sagte ich also. »Aber ich fahre auf dem Heimweg vorbei und zahle das Zimmer.«

»Bar«, sagte die Sekretärin kurz. »Und keine Haustiere und Kinder.«

»Verstehe.« Ich ließ mir die Adresse noch einmal sagen und legte auf. Zum ersten Mal in meinem Leben ertappte ich mich bei der Frage, was Elena in all den Jahren zur Verhütung unternommen hatte. Und plötzlich begriff ich, warum Gabriella so gastfreundlich gewesen war, als Elena vor dreißig Jahren bei uns auftauchte. Ich hätte nicht beschwören können, was sie damals gesagt hatten, aber Elena war schwanger gewesen. Gabriella verhalf ihr zu einer illegalen Abtreibung, und Elena betrank sich.

Ich saß mit hängenden Schultern am Schreibtisch und beobachtete die Tauben, die auf dem Fenstersims um Platz kämpften. Schließlich streckte ich die Hand aus, um die Schreibtischlampe anzuknipsen, und rief Michael Furey im Zentralrevier an. Er klang nicht begeistert, als er meine Stimme hörte, aber er sagte, er habe im Leichenschauhaus und in den Krankenhäusern der Gegend nachgefragt: Seit gestern nachmittag sei keine grauhaarige Betrunkene eingeliefert worden.

»Muß Schluß machen, Vic. Sind schwer unter Druck. Bis Sonntag...«

Normalerweise hätte ich ihn damit aufgezogen, daß er wohl beim Pokern schwer unter Druck stehe, aber ich legte wortlos auf – mir war nicht nach Scherzen zumute.

Mir war zu spät aufgefallen, daß sich unter der Post, die ich zerfetzt hatte, ein Brief von einem alten Klienten befand. Ich stöberte in den Fetzen auf dem Boden herum und konnte den Auftrag für eine einfache Hintergrundrecherche rekonstruieren. Das hatte Zeit bis Montag – ich war heute abend nicht in Stimmung für so etwas. Das restliche Papier klaubte ich zusammen und warf es in den Abfallkorb.

Weil mir mein Ausbruch von vorhin peinlich war, legte ich die Schriftstücke, die auf meinem Schreibtisch geblieben waren, in aller Ruhe ab und ging dann zur Damentoilette im siebten Stock, um Wasser zu holen für das Abschrubben des Schreibtisches. Das sah so gut aus, daß ich mir anschließend auch noch Fenstersims und Aktenschränke vornahm. Sauber in Gedanken, Worten und Taten, schloß ich das Büro ab.

Auf dem Weg zum Parkhaus machte ich an einem Geldautomaten Station, um die neunzig Dollar zu beschaffen, dann reihte ich mich ein in die Prozession heraus aus dem Loop. Alle Welt verläßt freitags zeitig das Büro, um, ehe das Wochenende anfängt, möglichst viel Zeit im Verkehrsstau zu verbringen.

Es war kurz vor fünf, als ich das Windsor Arms in der Kenmore Avenue erreichte. Das Gebäude ist errichtet worden, als der Herzog sich auf dem Höhepunkt seiner Popularität befand, sich der Gastfreundschaft Görings erfreute und Namenspatron von Hotelpensionen wurde, die sich von seiner königlichen Aura etwas versprachen. Der Herzog von Windsor ist mittlerweile tot, dem Hotel war soviel Glück nicht beschieden. Sollte die Fassade seit der Thronbesteigung von George VI. je gereinigt worden sein, sah man es ihr nicht an. Auch auf die allernötigsten Reparaturen ist nicht allzuviel Aufmerksamkeit verwendet worden – in etlichen Fenstern ersetzten Pappstücke die Scheiben.

Im Inneren des Gebäudes roch es schwach nach gekochtem Kohl, trotz des großen Schilds über dem Tresen, auf dem nachdrücklich festgestellt wurde: »Kochen in den Zimmern *streng* verboten«. Neben dem Schild schenkte Stadträtin Helen Schiller ihren Wählern ein leutseliges Lächeln.

Niemand war hinter dem Tresen, aber eine Handvoll Bewohner saß in einer kleinen Halle und schaute sich in einem hoch oben an der Wand aufgehängten Fernseher Vanna White an. Ich ging zu ihnen hinüber und fragte, ob mir jemand sagen könne, wo der Geschäftsführer sei. Eine Frau in mittleren Jahren, angetan mit einer ärmellosen Kittelschürze, schaute mich mißtrauisch an – Frauen in Kostüm und Nylons, die Hotelpensionen besuchen, sind in der Regel städtische Inpektorinnen oder Anwälte, die im Namen der Familie eines toten Gastes mit einer Klage drohen.

Ich schenkte ihr mein gewinnendstes Lächeln. »Ich habe gehört, hier ist ein Zimmer frei. Für Elena Warshawski.«

»Was soll sein damit?« Die Frau sprach im schleppenden Singsang der irischen South Side.

»Ich bin ihre Nichte. Sie zieht in ein paar Tagen ein, aber ich möchte für einen Monat im voraus bezahlen, damit das Zimmer für sie freigehalten wird.«

Die Frau musterte mich von oben bis unten, die wäßrigen grauen Augen zusammengekniffen und unnachgiebig. Schließlich gelangte sie zu der Überzeugung, daß meine zur Schau getragene Wohlanständigkeit echt sei. Sie wandte sich wieder dem Fernseher zu, wartete einen Werbeblock ab und hievte sich dann schwerfällig aus dem vinylbezogenen Sessel. Ich folgte ihr in ein Kabuff hinter dem Tresen, dessen auffälligster Einrichtungsgegenstand eine große Kassette war.

Die Dame des Hauses zählte meine Zehner zweimal, schrieb mit ungelenker Handschrift eine Quittung aus, steckte das Geld in einen Umschlag, klebte ihn zu und schob ihn durch einen Schlitz an der Seite der Kassette.

»Ich weiß nicht, wie man das Ding aufkriegt, glauben Sie also ja nicht, Ihr Kerl könnte herkommen und eine Knarre auf mich richten, damit Sie Ihr Geld wiederkriegen. Die kommen zweimal pro Woche und räumen aus.«

»Nein, Madam«, pflichtete ich ihr hilflos bei.

»Jetzt zeige ich Ihnen das Zimmer. Ihre Tante kann jederzeit einziehen. Sorgen Sie dafür, daß sie die Quittung mitbringt.«

Wir stiegen drei Treppen hinauf, langsam, mit Rücksicht auf den kurzen keuchenden Atem meiner Führerin, und gingen einen Flur ohne Teppich entlang. Leere Lampenschirme aus Glas über den Türen erinnerten an die besseren Tage des Windsor Arms – den Flur beleuchteten jetzt nackte Glühbirnen. Die Portiersfrau blieb vor der zweitletzten Tür auf der linken Seite stehen und schloß auf.

Wem immer das Gebäude gehören mochte, er schuldete Marissa Duncan einen Gefallen. Oder er hoffte, Marissa werde ihm einen freundlichen Schubs nach oben auf der örtlichen politischen Karriereleiter geben. Dem Fenster fehlte keine der vier Scheiben, der Boden war sauber und das schmale Bett ordentlich gemacht. In der Ecke stand eine weiße Kunststoffkommode. Ein Holztisch unter dem Fenster vervollständigte die Einrichtung.

»Bad ist über den Gang. Sie kann ihre Sachen in einem Kasten unter dem Bett einschließen, wenn sie Angst vor Junkies hat. Schlüssel ist bei mir, wenn sie weggeht. Und Kochen hier drin ist streng verboten. Die Leitungen sind alt. Wollen nicht, daß die Bude in Rauch aufgeht.«

Ich stimmte ruhig zu und folgte ihr die Treppe hinunter. Sie kehrte zum *Glücksrad* zurück, ohne mir auch nur noch einen Blick zu schenken. Als ich draußen war, tankte ich in großen Atemzügen Luft.

Ich scheine nie so viel Geld zu verdienen, daß ich mehr als etwa einen Tausender pro Jahr in die private Rentenversicherung einzahlen kann. Wovon wollte ich leben, wenn ich zu alt wurde, um Klienten anzuwerben? Ich stellte mir vor, ich sei sechsundsechzig, lebte allein in einem kleinen Zimmer mit drei Kunststoffschubladen für meine Kleider – ein Schauer durchlief mich und hätte mich fast aus dem Gleichgewicht gebracht.

Eine Frau zerrte drei Kinder hinter sich her an mir vorbei: Ich war bloß eine torkelnde Betrunkene, die ihren Kindern auf dem Heimweg etwas zu glotzen gab. Mit schweren Gliedern stieg ich in den Chevy und fuhr nach Süden.

Die Mischung aus schlechtem Gewissen und Angst, die das Windsor Arms in mir aufgewühlt hatte, verdarb mir die Freude am Wochenende. Samstag früh besorgte ich im Lebensmittelgeschäft Obst und Joghurt für die kommende Woche. Aber als ich die Zutaten zu einem Nudelsalat zusammenstellte, den ich zu einem improvisierten Picknick am Nachmittag beisteuern wollte, nahm ich eine billigere Sorte Olivenöl als sonst – wie konnte ich elf Dollar für einen halben Liter Olivenöl ausgeben, solange ich nicht in der Lage war, genug für meine private Rentenversicherung zusammenzukratzen? Ich kaufte sogar amerikanischen Parmesan. Gabriella hätte fürchterlich mit mir geschimpft – aber sie wäre schon damit nicht einverstanden gewesen, daß ich die Nudeln fertig im Laden kaufte.

Ich besorgte mir alle drei Morgenzeitungen und las sie gründlich, ehe ich in den Park ging. Bis jetzt hatte niemand eine nicht identifizierte alte Frau im Fluß gefunden oder in hilflosem Zustand auf der Straße aufgegriffen. Ich mußte mich darauf verlassen, daß Furey oder Bobby Mallory mich anriefen, falls Elena festgenommen wurde. Es sah so aus, als gäbe es für mich nichts anders zu tun, als mich meinen Sportfreundinnen am Montrose Harbor anzuschließen und meine Aggressionen an einem Softball auszulassen.

Ich konnte meinen Trübsinn nicht ganz abschütteln, aber ein Fang, der mir im sechsten Durchgang gelang, führte zum Spielgewinn und heiterte mich auf – ich hatte nicht gewußt, daß ich noch wie eine Zwanzigjährige nach dem Ball hechten und ihn auch fangen konnte. Danach, trotz Soave und Grillhuhn, kam ich nicht recht in die ausgelassene Stimmung meiner Freundinnen. Ich ging, während die Party noch im Gange war, damit ich die Zehn-Uhr-Nachrichten nicht versäumte.

Elena war auch auf dramatische Weise noch nicht wieder aufgetaucht. Ich stellte mir schließlich vor, wie sie irgendwo mit einer Flasche billigem Fusel herumhing, und ging zu Bett, hin und hergerissen zwischen meinem Abscheu vor ihr und meiner Unzufriedenheit mit mir selber.

Ich hatte eigentlich gehofft, die Götter würden Boots' Party mit heftigen Gewittern strafen, aber auch am Sonntagmorgen versprach die Dämmerung wieder den gnadenlos strahlenden Sonnenschein, unter dem wir den ganzen Sommer gelitten hatten. Nun näherte der September sich seinem Ende, und die Tage waren nur noch warm, nicht mehr drückend heiß, doch litt der Mittelwesten unter der schlimmsten Trockenheit seit fünfzig Jahren.

In der ganzen Stadt waren Trottoirs und Straßenbeläge aufgebrochen und eingesunken. Auf dem Höhepunkt der Hitzewelle hatten Funken aus den Zügen die Stützbalken der Hochbahntrasse in Brand gesetzt, so daß mehrere Stationen jetzt geschlossen waren. Beim chronischen Haushaltsdefizit Chicagos rechnete ich nicht damit, daß sie noch zu meinen Lebzeiten wiedereröffnet würden.

Ich lief mit Peppy zum Belmont Harbor und zurück, dann arbeitete ich die Sonntagszeitungen durch. Mit der *Sun-Times* fiel mir das am schwersten – ich habe noch nie verstanden, nach welchem Prinzip sie aufgebaut ist, und ich mußte mehr, als mir lieb war, über Inneneinrichtung und Herbstfestspiele in Wisconsin lesen, ehe ich auf die Nachrichten aus der Hauptstadt stieß.

Als ich den *Herald-Star* beiseite legte, ohne etwas über Elena gefunden zu haben, war es Zeit, zu duschen und mich für mein Zweihundertfünfzig-Dollar-Barbecue anzuziehen. Ich ahnte, daß Marissa in einem seidenen Abendpyjama oder etwas ähnlich Ausgefallenem erscheinen würde, aber wenn sich Rosalyn Fuentes nicht drastisch verändert hatte, würde sie Jeans tragen. Der gute Ton schrieb meiner Meinung nach vor, daß man bei einer Spendenparty den Ehrengast nicht ausstechen durfte. Außerdem hatte ich keine Lust, mir bei einem Riesenpicknick Sorgen um Kleider machen zu müssen, die nur chemische Reinigung vertrugen. Ich zog Khakihosen und eine weite olivgrüne Bluse an. Bestens – Essensflecken würden nicht auffallen, und vor allem war das bequem an einem Nachmittag in der Sonne.

Michael kam kurz vor drei. Das blonde Haar und die dunklen Augen bildeten einen lebhaften Kontrast zu einem marineblauen Blazer und hellblauem Polohemd. Seine immer gute Laune hatte sich zu überschäumender Hochstimmung gesteigert – er mochte große Partys, er war liebend gern mit seinen Kumpeln zusammen und er war altmodischer Demokrat genug, sich auf einen Nachmittag in Gesellschaft der Parteigrößen zu freuen.

Ich machte ein großes Tamtam über seine Eleganz. »Bist du sicher, daß du in meiner Begleitung bei Boots ankommen willst? Das schadet deinem Image bestimmt.«

Er gab mir einen spöttischen Klaps auf die Nase. »Du sorgst schon dafür, daß ich gut aussehe, Warshawski. Deshalb möchte ich, daß du heute nachmittag in meiner Nähe bleibst.«

»Der Slum neben dem Vorort? So etwa komme ich mir bei diesem ganzen Spektakel vor.« Seine strahlende Laune reizte mich.

»Ach, mach halblang, Warshawski. Lebst du wirklich gern mitten in dem ganzen Müll und den Graffiti? Insgeheim, ganz tief im Innern, würdest du nicht ganz gern draußen im Freien wohnen, wenn du es dir leisten könntest?«

»Du wohnst immer noch in Norwood Park«, erinnerte ich ihn.

»Bloß weil diejenigen von uns, die dich vor den Graffitikünstlern schützen, in der Stadt wohnen müssen. Und die Verbrechen in Chicago sind interessanter als die in Streamwood.«

»Siehst du, das glaube ich auch. Deshalb kann ich es mir nicht vorstellen, dort draußen zu wohnen.« Ich nahm meinen Geldbeutel aus der Handtasche und steckte ihn mit der Einladung zu der Party in die Hosentasche – ich hatte keine Lust, bei dem Picknick einen Nachmittag lang eine Handtasche mit mir herumzuschleppen.

»Aber du machst eine Menge Ermittlungen in den Vororten«, wandte Michael ein, als wir meine Wohnung verließen.

»Eben deshalb gefallen mir die Großstadtverbrechen besser.« Ich verriegelte beide Schlösser. »Jemand haut einem auf den Kopf und klaut die Handtasche. Die Leute hier sitzen nicht in Konferenzräumen und schimpfen auf die Nigger in Chicago, während sie eine oder zwei Millionen vom Firmengeld verschieben.«

»Ich könnte dich mit ein paar Straßendieben bekannt machen«, schlug Michael vor, als wir auf die Straße traten. »Die brauchen etwas PR – vielleicht bist du genau die Richtige für sie.« Er deutete mit den Händen eine Werbetafel an. »Ich sehe es schon vor mir – sauberes, ehrliches Verbrechen, wie es schon Ihr Opa begangen hat.«

Wider Willen mußte ich lachen. »Okay, okay. Straßendiebe sind Abschaum. Ich habe nun einmal einen Rochus auf die Vororte, das ist alles. Und ich kann es mir nicht leisten, dort zu wohnen. Ich wüßte ganz gern, was es Boots gekostet hat, aus dem Viertel zwischen Division Street und Central Avenue nach Streamwood zu ziehen.«

Michael legte die Hände um mein Gesicht und küßte mich. »Tu mir einen Gefallen, Vic – frag ihn nicht danach heute nachmittag.«

Ich löste mich von ihm und stieg in den Chevy. »Keine Sorge – meine Mama hat mir beigebracht, wie ich mich in der Öffentlichkeit zu benehmen habe. Bis gleich beim großen Ball.«

Er sprang in die Corvette, blinkte ein paarmal mit den Scheinwerfern und fuhr mit quietschenden Reifen in Richtung Belmont Avenue.

6 Picknick auf dem Land

Als wir auf dem Kennedy Expressway waren, verlor ich Michael aus den Augen. Er konnte es sich leisten, hundertdreißig zu fahren – die Verkehrsstreife würde ihm nur kollegial zuzwinkern, was sie mir nicht gönnen würde. Er wartete auf der Ausfahrt zum Northwest Tollway auf mich; ich hatte ihn die meiste Zeit im Blick, während wir uns in die Berge hinaufschlängelten, die am nordwestlichen Stadtrand von Chicago beginnen.

Ich bin mir nicht sicher, ob ich Boots' Anwesen gefunden hätte, wenn ich nicht Michael hinterhergefahren wäre, bestimmt nicht beim ersten Versuch. Die Einfahrt lag an einer kurvenreichen, nicht beschilderten Straße und war nichts weiter als eine diskrete Lücke in der Hecke, die das Grundstück gegen profane Blicke schützte. Michael hatte die Kurven mit fast hundert genommen. Er bremste die Corvette und wendete ohne Vorwarnung, so daß ich ein Stück hinter der Einfahrt mit quietschenden Reifen zum Halten kam und mir einen Platz zum Wenden suchen mußte. Jungen werden nie erwachsen.

Er wartete vor einem Tor auf mich, das einige Meter von dem Loch in der Hecke entfernt war, das ich verpaßt hatte. Im Gebüsch, das die Einfahrt säumte, verbarg sich ein drei Meter hoher Zaun, der mit dem Tor verbunden war. Hätte man dennoch versucht, diesen Schutzwall zu durchbrechen, waren da noch zwei Deputies des Sherrifs, die einen erschossen hätten.

»Tut mir leid, Vic«, sagte Furey reuig. »Ich hab gedacht, die Abzweigung wäre achthundert Meter weiter oben. Hätte auf einem so gefährlichen Straßenstück nicht so angeben dürfen.« Als einer der Deputies meine Einladung sehen wollte, fügte Furey hinzu: »Ach, belästigen Sie die Dame nicht – sie begleitet mich.«

»Davon merkt man nicht viel.« Ich grub in der Hosentasche nach der Einladung und hielt sie hoch, aber der Wächter winkte mich durch, ohne sie anzuschauen. Diese Einschätzung meiner Beziehung zu Michael trug zu meiner schlechten Laune bei. Ich stieg wieder in den Chevy, während Michael mit den Männern herumalberte, manövrierte mich um die Corvette herum und ließ beim Anfahren etwas Kies hochspritzen. Ehe die Straße eine Biegung machte, konnte ich sehen, wie Furey wieder in die Corvette stieg, aber dann fuhr ich um die Kurve und war allein auf einer von Bäumen gesäumten Zufahrt.

Welchen Schaden der Sommer auch den Maisfeldern angerichtet haben mochte, Boots war nicht besonders davon betroffen. Die Bäume hier trugen üppig dichtes Laub, und das Gras darunter war satt und grün. In der Ferne konnte ich ein Maisfeld ausmachen. Ich nehme an, für den Vorsitzenden des County Board gibt es immer Mittel und Wege, um an Wasser für seine Farm zu kommen.

Ich bog um die nächste Kurve und war schon mitten in der Party. Seit ich das Vordertor passiert hatte, hatte ich aus der Ferne Musik gehört. Jetzt sah ich hinter dem Haupthaus ein großes Orchesterpodium, auf dem eine Kapelle in Strohhüten und Marineblazern ihr Bestes gab. Auf der anderen Seite des Hauses hing träger Rauch in der Luft, vermutlich über dem Grill. Boots opferte für Roz' Kampagne eine seiner Kühe.

Ein Deputy, der mit einer riesigen Taschenlampe herumfuchtelte, dirigierte mich zu einem Haufen Autos auf einem großen Platz nordöstlich vom Haus. Vielleicht war das eine Koppel – ich erinnerte mich daran, daß ich als Elfjährige bei einem Pfadfinderausflug einmal eine Koppel gesehen hatte. Trotz der Deputies – oder ihretwegen – schloß ich den Chevy sorgfältig ab.

Furey holte mich ein, als ich auf das Podium zuging, um das sich die meisten Partygäste versammelt hatten. »Gottverflucht noch mal, Vic, warum bist du so sauer?«

Ich blieb stehen und schaute ihn an. »Michael, ich habe für das zweifelhafte Vergnügen, an diesem Remmidemmi teilnehmen zu dürfen, zweihundertfünfzig Dollar bezahlt. Ich bin nicht deine Begleiterin und auch nicht das süße kleine Frauchen, das du unter den Arm klemmen und an den Wächtern vorbeischmuggeln kannst.«

Sein gutgelauntes Gesicht verzog sich zu einer finsteren Miene. »Was zum Teufel soll das heißen?«

»Du hast mich da draußen wie eine Null behandelt – erst läßt du mich auf der Straße stehen, und dann erzählst du den Deputies, sie sollen mich ignorieren, weil ich dein Anhängsel bin. Das gefällt mir nicht.«

Er wedelte entnervt mit den Händen. »Ich habe versucht, dir einen Gefallen zu tun, wollte nicht, daß die Jungs am Tor dich belästigen. Wenn ich gewußt hätte, daß du das für eine tödliche Beleidigung hältst, hätte ich mir die Luft sparen können.«

Er schlenderte davon, auf die Menge zu. Ich folgte ihm langsam, über mich genauso verärgert wie über Furey. Mir hatte der kleine Trick, den er an der Abzweigung vorgeführt hatte, nicht gefallen, aber das rechtfertigte nicht, daß ich mit gleichen Mitteln zurückschlug. Vielleicht machte mich der Frust über Elenas Verschwinden so empfindlich. Oder meine angeborene schlechte Laune. Oder bloß die Tatsache, daß ich auf einer Wahlspendenparty in Cook County war.

Soweit ich mich erinnern konnte, hatte ich Boots zum letzten Mal in den Nachrichten gesehen, als einer seiner Leibwächter einem Mann, der dem Chef nach einer County-Board-Sitzung zu nahe gekommen war, ins Gesicht geschlagen hatte. Der Mann behauptete, Boots habe seine Tochter ermordet – eine schwerwiegende Beschuldigung. Der Mann war in der psychiatrischen Klinik in Elgin bestens bekannt, aber jemandem das Nasenbein zu brechen, weil er geistig verwirrt war, kam mir etwas übertrieben vor. Zu Boots' Gunsten muß gesagt werden, daß er später die Krankenhausrechnung des Mannes bezahlte. Aber wozu brauchte er überhaupt Leibwächter?

Das war nur die letzte Affaire, in die Boots verwickelt war. Er hatte die Finger in einigen Dutzend Geschäften mit dem Staat, in Geschäften, bei denen alle reich werden, die wissen, wie man Steuervorteile nutzt. Meagher war ein Typ vom Schlag »eine Hand wäscht die andere« – er hätte niemals den Gastgeber für Rosalyns Spendenparty gespielt, wenn sie ihm nicht etliche wichtige Zugeständnisse gemacht hätte.

Roz war nicht gerade eine enge Freundin von mir. Sie war während meiner Zeit als Pflichtverteidigerin Sozialarbeiterin am Logan Square gewesen. Wir hatten gemeinsam Seminare über Recht und Gemeinwesen abgehalten – eine Art ABC für die Bewohner, damit sie ihre Rechte kennenlernten, von der Unterkunft bis zum Umgang mit der Einwanderungsbehörde. Roz war intelligent und dynamisch, eine fähige Politikerin. Außerdem ehrgeizig. Und das hieß, daß sie mit Boots ins Bett gehen mußte, wenn ihr an einer größeren Einflußsphäre als dem Logan Square gelegen war. Ich verstand das, und ich wußte, daß es mich ohnehin nichts anging. Warum also zerbrach ich mir den Kopf darüber?

Ich schlängelte mich durch die Menge am Orchesterpodium zu einem bunten Baldachin, unter dem Erfrischungen gereicht wurden. Junge Frauen in schenkelkurzen Minis bahnten sich gut gelaunt mit Tabletts voller Canapés den Weg durch das Gewühl. Genau die richtige Aufmachung für eine feministische Aktivistin wie Rosalyn. Ich ging zur Bar und ließ mir einen Rum mit Tonic geben.

Mit dem Drink in der Hand ließ ich mich durch die Menge treiben. Direkt hinter dem Erfrischungszelt ballten sich die Gäste zu einem dichten, lärmenden Haufen, sie waren so laut, daß sie die Kapelle übertönten. Wenn man diese Gruppe hinter sich ließ, verlor sich das Gewühl rasch – das unbebaute Gelände wurde wellig und ging in ein Wäldchen über.

Der Boden war uneben und es gab kaum Stühle, aber die meisten Frauen trugen Nylons und hohe Absätze. Nur zwei waren besser ausgerüstet hergekommen – sie saßen auf einer Decke, streckten die langen, gebräunten Beine aus und genossen in aller Unschuld die eigene Schönheit. Als ich an ihnen vorüberging, riefen sie ganz überschwenglich: »Vic! Ernie hat uns gesagt, daß du vielleicht kommst. Setz dich zu uns. LeAnn ist schwanger, und da wollten wir nicht den ganzen Nachmittag in der Hitze stehen.«

Ich setzte mich pflichtschuldig einen Augenblick lang zu ihnen. Wenn LeAnn schwanger war, konnte es nur eine Frage von Monaten sein, bis auch Clara ein neues Baby in Angriff nahm. Die beiden waren seit der Kindheit unzertrennlich und jetzt, beide erwachsen und verheiratet, wohnten sie in benachbarten Villen in Oak Brook, besuchten sich ständig gegenseitig, tauschten Kleider, tranken gemeinsam Kaffee oder kümmerten sich gemeinsam um ihre Kinder. Und obwohl Claras helle Locken einen Kontrast zu LeAnns glattem dunklen Haar bildeten, in ihren Shortanzügen von Anne Klein sahen sie aus wie Zwillingsschwestern.

»Amüsierst du dich?« fragte Clara.

»Hervorragend. Wann kommt das Baby?«

»Erst Ende März. Im Augenblick erzählen wir das nur Freunden.«

Ich lächelte. Dazu gehörte etwa die Hälfte der Leute auf dem Picknick – alle, deren Namen sie kannte.

Ich hatte die beiden durch Michael Furey kennengelernt. LeAnn war mit Ernie Wunsch verheiratet, Clara mit Ron Grasso. Daß Michael immer noch so eng mit seinen Jugendfreunden zusammen war, verblüffte mich immer wieder. Seit ich Südchicago verlassen hatte, um das College zu besuchen, hatte ich nur noch wenig Kontakt zu den Leuten, mit denen ich aufgewachsen war. Doch Michael hatte außer Ernie und Ron noch acht Jugendfreunde, die sich einmal im Monat zum Pokern trafen, jeden Oktober zur Hirschjagd an den Eagle River fuhren und immer gemeinsam Silvester feierten, mit Ehefrauen. Die Kumpel waren ein Hauptgrund dafür, daß es zwischen mir und Michael nie richtig gefunkt hatte. Aber weil ich mit ihm ausgegangen war, behandelten mich LeAnn und Clara, als gehörte ich zu ihrer Clique.

Ich erkundigte mich höflich nach den Kindern, beide hatten sie zwei, und gab mich hocherfreut, als ich zu hören bekam, wie gern sie zur Schule gingen, wie glücklich LeAnn darüber war, daß sie jetzt in Oak Brook lebten und sich keine Sorgen über die staatlichen Schulen machen mußten. Und Clara fügte hinzu, sie seien als kleine Mädchen in Norwood Park glücklich gewesen, aber jetzt sei alles so *anders*.

»Sind Ron und Ernie hier?« fragte ich ohne besonderes Interesse.

»Aber sicher! Sie sind vor *Stunden* gegangen, um uns was zu trinken zu holen. Aber sie kennen hier so viele Leute, daß sie bestimmt aufgehalten oder weggeschleppt worden sind oder so was.«

Ich erbot mich, ihnen etwas zu holen, aber sie lachten und sagten, das Warten mache ihnen nichts aus. LeAnn legte eine sorgfältig manikürte Hand auf mein Knie.

»Du hast so ein gutes Herz, Vic. Wir wollen uns nicht einmischen, aber wir wissen, daß du eine ganz tolle Frau für Michael wärst. Wir haben eben über euch beide gesprochen, als du gekommen bist.«

Ich grinste. »Danke. Ich weiß das Zeugnis zu schätzen.« Ich hievte mich hoch und goß mir den Drink über das Hosenbein.

LeAnn schaute mich ängstlich an. »Ich habe dich doch nicht gekränkt, oder? Ernie schimpft immer mit mir, weil ich alles sage, was mir durch den Kopf geht, ohne vorher nachzudenken.« Sie griff in eine große Strandtasche und holte eine Handvoll Kleenextücher hervor.

Ich tupfte an dem Khaki herum. »Ach was. Das Dumme ist nur, daß Michael ein Sox-Fan ist – ich kann mir einfach nicht vorstellen, daß wir uns je einigen können.«

Sie ließen ein schrilles spitzes Protestgelächter hören. Als ihnen nichts anderes einfiel als ein gemenisames: »Daß du nie *ernst* sein kannst, Vic«, machte ich mich davon.

Ich wandte mich wieder der Menge zu, um mir einen neuen Drink zu holen. In der Nähe des Zelteingangs erhaschte ich einen Blick auf Ron und Ernie. Sie waren in ein Gespräch mit Michael und zwei anderen Männern vertieft. Sie hatten die Köpfe zusammengesteckt, damit sie sich in diesem Lärm verstehen konnten. Sie waren so mit sich beschäftigt, daß sie gar nicht merkten, wie ich zu ihnen trat. Ich klopfte Michael auf den Arm.

Er machte einen Satz und fluchte. Als er sah, daß ich es war, legte er den Arm um mich, aber er schaute die anderen Männer vorsichtig an, als wolle er sich vergewissern, wie sie mein Erscheinen aufnahmen. »Hallo, Vic. Amüsierst du dich?«

»Fabelhaft. Du dich auch, wie es aussieht.«

Er schaute wieder skeptisch von seinen Begleitern zu mir. »Wir sind gerade mitten im Gespräch. Kann ich in etwa zehn Minuten nach dir Ausschau halten?«

Soviel zu versöhnlichen Gesten. Ich grinste grimmig, bemühte mich aber um einen leichten Ton. »Du kannst es ja versuchen.«

Ich machte kehrt, aber Ron Grasso streckte die Hand nach mir aus. »Vic, Schätzchen. Schön, daß du da bist. Laß dich von Furey nicht ärgern – der ist heute mit dem falschen Bein aufgestanden... Kein Geschäft ist wichtiger als eine schöne Frau, Mickey. Und nichts ist gefährlicher, als so eine Frau warten zu lassen.«

Die anderen Männer lachten höflich, aber Michael schaute mich ernst an. Vielleicht war er immer noch eingeschnappt. Andererseits weiß er, daß mir solche Witzeleien gegen den Strich gehen. Ob er vielleicht eine versöhnliche Geste machen wollte? Ich hatte wenig Lust, in diesem Zweifelsfall zu seinen Gunsten zu plädieren.

Ron stellte mir die beiden Fremden vor – Luis Schmidt und Carl Martinez, auch im Baugeschäft. Und Anhänger von Rosalyn Fuentes.

»Vic ist eine alte Freundin von Rosalyn, stimmt doch?« fügte Ron hinzu.

Ich nickte. »Wir haben am Logan Square zusammengearbeitet.«

»Waren Sie Sozialarbeiterin?« fragte Schmidt.

»Ich war Anwältin. Ich habe in juristischen Fragen ausgeholfen – Einwanderung, Mietrecht, solche Sachen. Jetzt bin ich Detektivin.«

»Detective, ja? Wie Sergeant Furey?« Das war wieder Schmidt, ein kurz geratener, untersetzter Mann mit Armen vom Umfang von Abflußrohren, die seine Jackettärmel ausbeulten.

Sie wirkten immerhin so interessiert, daß ich ihnen eine Antwort schuldig war. »Ich bin selbständig. So eine Art Magnum, bloß in Chicago.«

»Vic ermittelt in Betrugsfällen«, warf Ron ein. »Sie hat eine ganz schöne Latte von Erfolgen vorzuweisen. Sorgt dafür, daß Ernie und ich ehrlich und sauber bleiben, das kann ich euch sagen.«

Alle lachten höflich. Mir kam sein Kommentar so unsäglich vor, daß ich gar nicht erst versuchte, darauf zu antworten. Stattdessen sagte ich: »Hinter dem Zelt habe ich LeAnn und Clara getroffen. Sie warten drauf, daß ihr Kerle ihnen was zu trinken bringt.«

Ernie schlug sich mit der Hand gegen die Stirn. »Ein Kopf wie Zement. Kommt davon, daß ich das Zeug seit Jahren gieße. Ich kümmere mich um die Mädchen, Ronnie – ihr Jungs könnt ja hier auf mich warten.«

Er nahm mich am Arm und führte mich zum Erfrischungszelt. »Kann ich dir was holen, Vic?«

»Nein danke. Ich fahre bald wieder in die Stadt zurück.«

Er schaute mich ernst an, aus dunklen Augen in einem schmalen, wettergegerbten Gesicht. »Nimm Mickey nicht zu ernst. Er hat viel um die Ohren.«

Ich nickte feierlich. »Das weiß ich, Ernie. Und ich glaube, es ist ein guter Zeitpunkt, ihn in Ruhe zu lassen, damit er darüber nachdenken kann.«

»Könntest du nicht wenigstens bis nach dem Essen warten – dich eine Weile mit den Mädchen unterhalten?«

Er hoffte, daß ich ihnen die Getränke brachte. Ich lächelte sanft. »Tut mir leid, Ernie. Ich weiß, daß LeAnn dich ganz gern kurz mal zu Gesicht bekäme, ehe du wieder in den Gesprächen mit den Jungs versinkst. Sie sitzt mit Clara dort hinten.«

»Okay, Vic, okay.« Er schob sich an den Kopf der Schlange. Seine Schulterhaltung verriet mir, daß er sich fragte, was zum Teufel Michael an mir fand.

7 In Zungen reden

Auf dem Rückweg zur Koppel, wo die Autos parkten, sah ich Marissa, die vor dem Hintereingang zu Boots' Haus stand. Sie lachte herzlich über eine Bemerkung des Mannes in mittleren Jahren, der sich mit ihr unterhielt. Er kam mir auf vage Weise bekannt vor, aber ich konnte ihn nicht einordnen. Vielleicht erkannte ich nur den gierigen Blick wieder, mit dem er Marissa streifte – wie sie dort stand, den Kopf zurückgeworfen, kam ihre Figur unter dem tiefausgeschnittenen, pfirsichfarbenen Kleid eindrucksvoll zur Geltung.

Ehe ich in die Stadt zurückfuhr, sollte ich sie wissen lassen, daß ich meine Pflicht getan hatte. Ich war gekommen und hatte keine sensiblen Ohren mit Geschichten über die Wohnungsnot belästigt. Ich trottete den Weg zum Haus hinauf.

Aus der Nähe wirkte ihr Gesprächspartner älter, als ich geglaubt hatte, vermutlich über sechzig, mit einigem würdevollen Grau im dunklen Haar. Er war braungebrannt und muskulös und trug seine Jahre mit Eleganz. Wahrscheinlich war er auch reich, falls Kamelhaarjackett und Texasstiefel diesen Schluß zuließen. Ein guter Fang für Marissa.

»Tolle Party, Marissa – vielen Dank für die Einladung.«

Sie hatte mich nicht kommen sehen. Das Lächeln auf ihrem dunklen Gesicht wurde kurz schwächer und leuchtete wieder auf. »Tag, Vic. Schön, daß du kommen konntest.«

Sie schaute mich nicht richtig an – ich hätte mir die Mühe sparen können. Überhaupt hätte ich meinem ursprünglichen Impuls folgen und in Chicago bleiben sollen. Ich wollte niemand von diesen Leuten sehen, und es war überdeutlich, daß keiner von ihnen mich sehen wollte. »Tschüs, Marissa. Ich bin dankbar, daß ich an dieser eindrucksvollen Übung in Staatsbürgerpflicht teilnehmen durfte. Wollte dir nur noch sagen, daß ich mit niemandem über Wohnungsnot gesprochen habe.«

Daraufhin schaute sie mich an. »Du willst gehen, Vic? Bleib doch bis nach den Reden. Ich weiß, wie sehr sich Rosalyn darüber freuen würde, dich wiederzusehen.«

Mein Partylächeln nutzte sich ab. »Sie muß heute nachmittag tausend Hände drücken. Ich rufe sie morgen im Wahlkampfbüro an.«

Der Mann in Kamelhaar schaute auf die Uhr. »Die Reden werden eben gehalten – drüben auf der anderen Seite, wo die Grillgrube ist. Dauert nicht länger als eine Viertelstunde – Boots hat mir versprochen, daß er nicht ewig quasselt – kommen Sie mit – ich muß mich sowieso dort sehen lassen.« Er streckte eine gepflegte Hand aus und ließ ein strahlendweißes Lächeln aufblitzen. »Ralph MacDonald.«

Während ich meinen Namen aufsagte, drückte ich ihm anerkennend die Hand – es kommt nicht oft vor, daß ich Fleisch im Wert von mehreren Milliarden Dollar berühre. Sobald er seinen Namen nannte, wußte ich, woher ich das Gesicht kannte – ich hatte es zigmal in der Zeitung gesehen, bei der Grundsteinlegung für irgendeins der Projekte, die er finanzierte, oder wie er Chicagos Symphonieorchester gerade einen Riesenscheck überreichte. Ich fragte mich nur, was er hier machte – ich hätte ihn für einen Republikaner gehalten.

Als ich das sagte, schaute mich Marissa mit kalter Mißbilligung an, aber MacDonald lachte. »Boots und ich sind alte Kumpel – uralte Kumpel. Der Junge würde es mir nie verzeihen, wenn ich die Republikaner wählen würde. Und er würde es mir jetzt nicht verzeihen, wenn ich ihm nicht eine Weile dabei zuschaute, wie er Rauchringe bläst. Marissa?« Er streckte den linken Arm aus. »Und – Vic, nicht wahr?« Er beugte den rechten Arm.

Wer weiß, vielleicht hatte er Lust, etwas über ein paar meiner Fälle zu hören – vielleicht brauchte er Ermittlungen im Wert von mehreren Millionen Dollar und wußte es nur noch nicht. Nicht nur das, Marissa würde kochen – das allein war Grund genug, mitzuzockeln. Ich nahm den Arm und ließ mich zur Grillgrube führen.

Das Barbecue war auf der dem Erfrischungszelt entgegengesetzten Seite des Hauses aufgebaut worden. Eine stattliche Menge wimmelte im dicken, beißenden Rauch herum – ich konnte im Gewühl die arme tote Kuh nicht sehen, nahm aber an, daß sie vor sich hin briet.

Die Leute standen in einem zwanglosen Hufeisen um eine kleine Tribüne herum – eigentlich ein großer Baumstumpf, auf den ein paar Bretter genagelt worden waren –, wo Boots stand, den rechten Arm um Rosalyns Schulter gelegt. Er war groß und hatte, weil er nun in die Jahre kam, etwas Majestätisches bekommen – Silberhaar, das sich wie eine Löwenmähne über dem zerklüfteten Gesicht wellte, breite, meistens in Wildleder verpackte Schultern und ein tiefes, herzhaftes Lachen. Er warf den Kopf zurück und brüllte jetzt vor Lachen. Das war sein Markenzeichen, die Pose, die er für Wahlkampfplakate einnahm, aber selbst eine Ungläubige wie ich fand sein Lachen ansteckend, obwohl ich den Witz nicht mitbekommen hatte.

Zu der Menge in seiner Nähe gehörten Männer und Frauen aller Altersschichten und Rassen. Als Boots aufhörte zu lachen, rief Rosalyn etwas auf spanisch und bekam gutgelaunten Beifall. Wie ich erwartet hatte, trug sie ausgebleichte Jeans. Ihr Zugeständnis an die Party war ein gestärktes weißes Hemd mit mexikanischer Kordelkrawatte. Sie sah noch genau so aus wie am Logan Square, die bronzefarbene Haut sauber, die Augen klar. Vielleicht war ich zu pessimistisch – vielleicht war sie so schlau, daß sie abschätzen konnte, wie sie sich an die Demokraten hängen und am eigenen Programm festhalten konnte.

Rosalyn sprang von der Kiste, auf der sie gestanden hatte, und geriet außer Sicht – sie ist nicht viel größer als einsfünfzig. Als sie und Boots Hände drückten und witzige Bemerkungen austauschten, zog Marissa MacDonald weg von mir. Ich lächelte vor mich hin. Es mußte das erste Mal sein, daß ich Marissa regelrecht eifersüchtig machte, und das auch noch wegen eines Milliardärs, für den ich mich nicht interessierte. Jedenfalls nicht besonders.

Weiter hinten sah ich die beiden Bauunternehmer, die mit Michael und den Jungs gesprochen hatten. Sie ließen mich nicht aus den Augen; als sie merkten, daß ich sie anschaute, lächelten sie wachsam. Ich deutete ein Winken an und glaubte, jetzt sei der Augenblick gekommen, in dem ich nach Chicago zurückfahren konnte. Ehe es mir gelang, die Flucht zu ergreifen, tauchten Rosalyn und Boots neben mir auf. Rosalyn sah mich und klatschte in die Hände.

»Vic! Wie wunderbar. Ich war *hingerissen*, als ich gehört habe, daß du vielleicht herkommst.« Sie umarmte mich schwungvoll, dann drehte sie sich um und stellte mich Boots vor. »Vic Warshawski. Sie hat früher für dich gearbeitet, Boots, als Pflichtverteidigerin. Aber du bist jetzt selbständig, nicht wahr? Als Ermittlerin, habe ich gehört?«

Ich fühlte mich wie ein Wunderkind, das den Nachbarn vorgeführt wird. Es gelang mir, eine Art Antwort zu murmeln.

»Als Ermittlerin für was, Vic?« Boots verwöhnte mich mit Leutseligkeit.

»Privatdetektivin. Vor allem Ermittlungen im Finanzbereich.«

Boots brach in sein legendäres Lachen aus und schüttelte mir die Hand. »Tut mir leid, daß das County Sie verloren hat, Vic – wir tun nicht genug, um unsere guten Leute zu halten. Aber ich hoffe, Sie haben Erfolg.«

»Danke, Sir«, sagte ich artig. »Alles Gute für den Wahlkampf, Roz.«

Boots erhaschte plötzlich einen Blick auf Ralph MacDonald. Echte Freude wärmte sein Lächeln.

»Mac, du altes Haus. Hast gewußt, daß ich dir den doppelten Beitrag abknöpfe, wenn ich dein strahlendes Gesicht nicht zu sehen kriege, was?« Boots langte über meinen Kopf hinweg, um MacDonald auf die Schulter zu hauen. »Und natürlich hast du Marissa Duncan gefunden – du hast schon immer einen Blick für das beste Girl in der Truppe gehabt, stimmt's?«

Ich duckte mich weg von dem Arm und der herzhaften Jovialität. Marissas Gesicht war erstarrt zum Lächeln eines Mannequins, wie Frauen immer lächeln, wenn sie die falsche Sorte von Kompliment bekommen. In einem Reflex langte sie nach oben und zog die Kragenzipfel ihres Kleides zusammen. Ich brachte es tatsächlich über mich, so etwas wie Mitleid mit ihr zu empfinden.

Als ich von ihr wegschlüpfte, sah ich Rosalyn vor mir, die mit Schmidt und Martinez sprach. Zu meiner Überraschung winkten sie mir zu. Rosalyn drehte sich um, fing meinen Blick auf und ließ ein Lächeln aufblitzen. Der Vorderzahn aus rostfreiem Stahl, den sie in ihrer armen Kindheit bekommen hatte, glitzerte kurz. Sie sprach ernst mit den Bauunternehmern und wandte sich dann wieder mir zu. Sie winkte heftiger, ich solle zu ihr kommen. Ich verzog das Gesicht und bahnte mir den Weg durch die eifrigen Hände, die sich nach ihr ausstreckten.

»Warshawski! Die Jungs und ich haben eben über dich gesprochen. Du hast den kleinen Luis kennengelernt, ja? Er ist mein Vetter – die Schwester meiner Mutter hat in Mexico City einen Deutschen geheiratet und es ihr Leben lang bereut! Du kennst diese alte Liebesgeschichten.« Sie lachte fröhlich. »Wir könnten deine Hilfe brauchen, Warshawski.«

»Du kriegst meine Stimme, Roz. Das weißt du.«

»Ich brauche aber mehr.« Ehe sie weitersprechen konnte, kam Boots an, mit MacDonald im Schlepptau. Er schenkte mir ein flüchtiges Lächeln und nahm Roz zu einer Besprechung im Haus mit.

»Wart auf mich, *gringa*, ja? Wir treffen uns auf der Veranda – in etwa einer Stunde«, rief sie heiser über die Schulter.

Ich stand da und starrte ihrem Rücken nach. Weil ich eine Frau mit einem Männerberuf bin, halten die Leute mich für hart, aber ein wirklich harter und entschlossener Mensch wäre an diesem Punkt in die Stadt zurückgefahren. Statt dessen spürte ich, wie sich die müden alten Fangarme von Verantwortungsgefühlen um mich schlossen. Lotty Herschel sagt mir, das komme daher, daß ich mich als einziges Kind meiner Eltern während schmerzhafter Krankheiten um sie kümmern mußte. Sie meint, nach ein paar Jahren bei einem guten Analytiker könne ich durchaus fähig sein, nein zu sagen, wenn jemand ruft: »Ich brauche dich, Vic.«

Vielleicht hat sie recht – der bittere Gedanke an meine Eltern, der von der Erinnerung an Lottys Worte heraufbeschworen wurde, mischte sich mit dem Geruch des bratenden Rindfleischs, und mir wurde übel. Für einen Augenblick identifizierte ich mich mit dem toten Tier – eingefangen von Menschen, die es gefüttert hatten, damit sie ihm schließlich den Schädel einschlagen konnten. Ich glaubte nicht, daß ich etwas davon essen konnte. Als der Chef am Grill plötzlich verkündete, nun könne man mit dem Tranchieren anfangen, zog ich die Schultern hoch und ging.

Ich suchte nach der Verandaschaukel, die Rosalyn erwähnt hatte, und ging um das Haus herum. Was Boots als Rückseite des Hauses behandelte, war, als das Haus vor hundert Jahren gebaut wurde, der Haupteingang gewesen. Flache Stufen führten zu einer Veranda und zwei Türen mit gravierten Rauchglasscheiben hinauf.

Von der Veranda sah man auf ein Blumenbeet und einen kleinen Zierteich, ein friedliches Fleckchen; die Kapelle und der Lärm der Menge drangen auch hierher, aber niemand sonst hatte sich so weit vom Gewühl entfernt. Ich schlenderte zum Teich hinüber und schaute hinein. Die von der untergehenden Sonne rosig angehauchten Wolken ließen die Wasseroberfläche silbrigblau schimmern. Ein Schwarm Goldfische kam angeschwommen und bettelte um Brot.

Ich schaute sie böse an. »Alle in diesem Land halten die Hand auf – warum solltet ihr Viecher anders sein? Für heute sind mir die kitschigen Gefühle gründlich vergangen.«

Ich spürte, daß jemand hinter mich trat, und drehte mich um, als Michael mir den Arm um die Schulter legte. Ich schüttelte ihn ab und trat ein paar Schritte zurück.

»Michael, was ist denn heute mit dir los? Bist du sauer, weil ich selbst fahren wollte?... Hast du deshalb diese Nummer am Tor abgezogen und dich vor deinen Kumpels so benommen? Du kannst mich nicht wegschieben und mir dann mit Streicheleinheiten kommen, um mich wieder aufzuheitern.«

»Es tut mir leid«, sagte er schlicht. »Ich hab's nicht so gemeint. Ron und Ernie haben mich mit diesen beiden Typen bekannt gemacht – Schmidt und Martinez. Sie sind neu im Baugeschäft, haben eben ein paar gute Aufträge bekommen, und ihre Baustellen werden verwüstet. Die Jungs meinten, sie könnten ein paar polizeiliche Ratschläge gratis brauchen. Als du kamst, waren wir gerade mittendrin. Ich hab befürchtet, du bist immer noch wütend, und hab nicht gewußt, wie ich das anpacken soll, ohne daß sie denken, ich höre ihnen nicht zu. Also hab ich Mist gebaut. Kannst du trotzdem noch mit mir reden?«

Ich zog ungeduldig die Schulter hoch. »Das Problem ist, Michael, daß du zu einer Clique gehörst, wo die Mädchen auf einer Decke sitzen und warten, bis die Jungs mit ihren Geschäftsgesprächen fertig sind und ihnen was zu trinken bringen. Ich mag LeAnn und Clara, aber das könnten nie Freundinnen von mir werden – so denke ich nicht, so benehme ich mich nicht, so lebe ich nicht, nichts davon hat etwas mit mir zu tun. So seid ihr eben, du und Ernie und Ron, ihr teilt die Welt nach Geschlechtern auf. Ich kann mir nicht vorstellen, daß du und ich je miteinander zurechtkommen könnten.«

Er schwieg eine Weile, während er darüber nachdachte. »Vielleicht hast du recht«, sagte er widerstrebend. »Ich meine, meine Mutter hat sich um den Haushalt gekümmert und mit ihren Freundinnen zusammengehockt, und mein Vater hatte seinen Kegelklub. Ich habe nie erlebt, daß sie gemeinsam etwas unternommen hätten – nicht mal den Kirchgang; immer hat sie die Kinder in die Messe mitgenommen, während er am Sonntag morgen seinen Rausch ausschlief. Ich nehme an, es war ein Fehler, mit dir zu einer solchen Veranstaltung zu gehen.« Die Sonne war untergegangen, aber ich konnte sehen, wie sein Lächeln kurz aufblitzte, besorgt, nicht überheblich.

Die Teichoberfläche wurde schwarz; hinter uns dräute das Haus wie ein Gespensterschiff. Michaels Fähigkeit, über sich nachzudenken, unterschied ihn von seinen Kumpeln. Es hatte eine Zeit gegeben, wo es mir vielleicht der Mühe wert erschienen wäre, sich mit jemandem auszusprechen, der bereit war, innezuhalten und darüber nachzudenken. Aber ich bin jetzt siebenunddreißig und scheine nicht mehr dazu fähig zu sein, in Vorhaben mit fragwürdigem Ausgang Energie zu stecken.

Ehe ich mir überlegen konnte, was ich antworten wollte, kam Roz angewirbelt. Ich hatte nicht damit gerechnet, daß sie noch kommen würde – bei einer solchen Veranstaltung wurde sie von so vielen Seiten beansprucht, daß sie unsere Verabredung leicht hätte verschwitzen können. Schmidt und Martinez waren bei ihr.

»Vic!« Ihre Stimme war nach einem langen Tag mit Gesprächen nur noch ein heiseres Flüstern, vibrierte aber mit ihrer üblichen Energie. »Gott sei Dank, daß du auf mich gewartet hast. Können wir uns kurz auf der Veranda unterhalten?«

Ich brummte wenig begeistert.

Schmidt und Martinez nickten Michael mit leiser Ernsthaftigkeit zu. Ich stellte ihn Rosalyn vor. Sie schüttelte ihm flüchtig die Hand und zog mich über den Hof.

Der Rasen war makellos gestutzt; selbst bei dem Tempo, das sie vorgab, kamen wir im Dunkeln nicht ins Stolpern. Die Veranda lag im schwachen Licht, das von innen durch die Rauchglasscheiben fiel. Ich sah die Schaukel und Rosalyns Umriß, als sie sich hineinsetzte, aber ihr Gesicht lag so im Schatten, daß ich ihren Ausdruck nicht ausmachen konnte.

Ich setzte mich auf die oberste Stufe, den Rücken an eine Säule gelehnt, und wartete darauf, daß sie etwas sagte. Auf dem Rasen konnte ich Michael und die beiden Bauunternehmer als dunkle Schatten erkennen. Auf der anderen Seite des Hauses wechselte die Kapelle zu einer hitzigeren Tonlage; lautere Klänge und lärmendes Gelächter wehten zu uns herüber.

»Wenn ich die Wahl gewinne, werde ich endlich in der Lage sein, meinen Leuten wirklich zu helfen«, sah Rosalyn schließlich.

»Du hast schon viel getan.«

»Kein Schmalz heute abend, Vic. Ich habe weder die Zeit noch die Energie, mir den Rücken tätscheln zu lassen… Ich habe mir hohe Ziele gesteckt. Daß ich Boots dazu gebracht habe, mich zu unterstützen ... es war schwierig, aber nötig. Du verstehst das?«

Ich nickte, aber das konnte sie nicht sehen, also brummte ich bestätigend. Wie auch immer, ich verstand es.

»Diese Wahl ist nur der erste Schritt. Mein Ziel ist der Kongreß, und ich möchte gern ministrabel sein, wenn die Demokraten in acht oder zwölf Jahren gewinnen.«

Ich brummte wieder. Es war interessant, wie weit ihr Ehrgeiz ging, aber ich hatte immer gewußt, daß sie die Fähigkeit und die Zielstrebigkeit hatte, ganz nach oben zu kommen. Vielleicht war das Land in acht oder zwölf Jahren sogar reif für eine hispanische Vizepräsidentin. Sie mußte jedoch in Mexico geboren sein – deshalb dachte sie nicht über das Kabinett hinaus.

»Dein Rat wird mir immer willkommen sein.«

Ich mußte mich anstrengen, um sie zu verstehen, so heiser klang ihre Stimme. »Danke für das Zeugnis, Roz.«

»Manche Leute – mein Vetter – glauben, du könntest etwas tun, was mir schadet, aber ich habe ihm gesagt, daß du so etwas niemals tun würdest.«

Ich hatte nicht die leiseste Ahnung, worüber sie sprach, und sagte ihr das. Sie antwortete nicht gleich, und als sie schließlich redete, hatte ich den Eindruck, daß sie auf eine sorgfältige Wortwahl bedacht war.

»Weil ich mit Boots zusammenarbeitete. Jeder, der dich kennt, weiß, daß du immer gegen alles warst, was er verkörpert.«

»Nicht gegen alles«, sagte ich. »Nur gegen das, worüber ich Bescheid weiß. Außerdem weiß dein Vetter gar nichts über mich. Wir haben uns erst heute nachmittag kennengelernt.«

»Er weiß über dich Bescheid«, insistierte sie mit ihrer rauhen Stimme. »Du hast auf die eine oder andere Weise wichtige Arbeit in der Stadt geleistet. Leute mit Beziehungen überall in der Stadt hören deinen Namen.«

»Ich kann Schmalz ebensowenig brauchen wie du, Roz. Ich habe nichts gesagt oder getan, was irgend jemand auf die Idee bringen könnte, ich wolle mich dir in den Weg stellen. Zum Teufel! Ich habe sogar zweihundertfünfzig zur Unterstützung deines Wahlkampfs ausgespuckt. Was tue ich denn der Meinung deines Vetters nach? Für einen Bauunternehmer mag das Hühnerfutter sein, aber für mich ist das eine Menge Geld – so was tue ich nicht so nebenbei.«

Sie legte ihre Hand auf die meine. »Ich weiß es zu schätzen, daß du dich für mich einsetzt. Ich weiß, daß dir das nicht leicht gefallen ist, sowohl das Geld wie auch das Herkommen.« Sie gluckste kehlig. »Ich mußte auch ein paar Sachen schlucken, damit ich hier sein konnte – die schiefen Blicke von den braven Parteimitgliedern. Ich weiß, was sie denken – Boots amüsiert sich mit einer Spanierin im Bett und zahlt dafür, indem er sie auf die Liste setzt.«

»Worüber macht sich Schmidt also Sorgen? Daß ich vom Verband für Anstand und Moral sein und einen Sexskandal aufrühren könnte? Das kränkt mich *wirklich*, Roz. Mich kränkt der bloße Gedanke und die Vorstellung, daß du geglaubt hast, du mußt mir das ausreden.«

Ihre schwieligen Finger packten meine. »Nein, nein, Vic. Faß es nicht so auf. Luis ist mein kleiner Vetter, fast mein kleiner Bruder, so, wie er sich Sorgen um mich macht. Etliche Männer, mit denen er gesprochen hat, haben ihm gesagt, wie negativ du Boots gegenüber eingestellt bist, und daraufhin hat er sich meinetwegen Sorgen gemacht. Ich hab ihm gesagt, daß ich mit dir sprechen werde, und das ist alles, *gringa*. Boots hat seine Macken, das gebe ich zu. Ich bin nicht blind. Aber ich kann ihn benutzen.«

Ich glaubte, ich hörte nicht recht. Vielleicht schlief sie zum Wohl der Hispanics mit Boots – es gab nicht viel, was Roz nicht getan hätte, um ihren Leuten zu helfen. Es drehte mir den Magen um, aber im Grunde ging es mich nichts an. Wie auch immer, wenn ich das Gespräch fortsetzte, würde es mich ihren Gedanken nicht näher bringen.

»Es gefällt mir nicht, daß du im Schlepptau von Boots Karriere machen willst, aber ich kann es mir nicht leisten, wählerisch zu sein – ich bin selbständig, und mein Unternehmen ist ziemlich winzig. Und natürlich spricht etliches dafür, daß du die Dreckarbeit Boots überläßt. Nachdem er in Cook County dafür gesorgt hat, daß mit Abtreibungen Schluß ist, schuldet er den Frauen in dieser Stadt etwas – warum solltest du das nicht sein.«

Roz lachte heiser auf. »Ich wußte, daß ich mich auf dich verlassen kann, Vic.« Sie brachte noch so viel Stimmkraft auf, daß sie ihren Vetter rufen konnte. »Hallo, Luis, komm her, wir müssen was trinken und noch ein paar Hände schütteln.«

Luis schlenderte mit Michael auf die Veranda zu; Carl Martinez war offenbar verschwunden. »Alles in Ordnung, Roz?« Es klang nicht nach einer beiläufigen Frage.

»Alles in Butter. Du machst dir zu viele Sorgen, weißt du – in dieser Hinsicht bist du genau wie deine Mutter.«

Wir standen auf. Roz umarmte mich. »Vielleicht rufe ich dich trotzdem mal an, Warshawski. Könnte dich brauchen, damit du ein paar Umschläge zuklebst oder mir das Händchen hältst, wenn ich durchfalle.«

»Klar, Roz. Jederzeit.«

Ich folgte ihr die flachen Stufen hinunter. Als Luis sie um die Hausecke herum geführt hatte, griff Furey nach meinem Arm.

»Erlaub mir, Vic, daß ich mit in deine Wohnung komme, damit wir uns aussprechen. Ich möchte nicht, daß zwischen uns alles aus ist, ehe wir uns nicht wenigstens auf freundliche Weise voneinander verabschiedet haben.«

Ich starrte auf die Hausecke, hinter der Roz verschwunden war, und versuchte immer noch zu verstehen, worum zum Teufel es bei diesem ganzen Gespräch gegangen war. Ich war so in Gedanken, daß ich mich dabei ertappte, Furey zugestimmt zu haben, ohne daß es mir auch nur bewußt geworden war.

8 Eine fürsorgliche Mutter

Es war dunkel, als ich hinter Michaels silberner Corvette in der Racine Avenue parkte. Ich hatte damit gerechnet, lange vor ihm zu Hause anzukommen – nachdem er mich zu meinem Auto gebracht hatte, war er Ron und Ernie über den Weg gelaufen. Als ich wegfuhr, sprachen sie immer noch miteinander. Er hatte sich jedoch auf seine professionelle Straßenkenntnis verlassen – und auf das Entgegenkommen der Kollegen von der Verkehrspolizei –, und so war es ihm gelungen, mich zu schlagen. Er stieg aus der Corvette, als er mich hinter sich sah, und kam zu meinem Wagen.

»Vic. Das ist offenbar nicht unser bester Tag. Ich habe auf der Rückfahrt einen Anruf über Funk bekommen. Eigentlich habe ich bis morgen früh keinen Dienst, aber Onkel Bobby sind Dienstpläne ziemlich egal, wenn es um dreifachen Mord geht. Tut mir leid. Ich rufe dich morgen an, okay?«

Ich versuchte, einen angemessenen Ausdruck des Bedauerns an den Tag zu legen, aber ich war heilfroh, daß ich heute nacht allein sein konnte. Den Wunsch, mich einfach in die Wanne legen zu können, ohne freundlich zu einem anderen sein zu müssen, war ich während der ganzen langen Rückfahrt nicht losgeworden. Ich konnte es kaum erwarten, ihm zum Abschied zuzuwinken, ehe ich auf den Vordereingang zuging. Und auf das Platzen meiner Träume von Einsamkeit.

Elena hatte es sich auf dem Treppenabsatz zum ersten Stock bequem gemacht, den Matchsack zu ihren Füßen. Neben ihr saß eine junge Schwarze. Selbst im trüben Flurlicht konnte ich sehen, daß sie mit einer Eleganz gekleidet war, neben der Elenas mitgenommenes Gesicht und ihre schlampige Kleidung schäbig wirkten. Ich mußte die beiden nur sehen, und die schuldbewußten Sorgen um meine Tante waren verschwunden. Mir wurde flau im Magen, und ich spürte den feigen Impuls, die Tür von außen zuzuschließen und nach Streamwood zurückzufahren.

Elena kam schwankend auf die Beine und breitete in einer

sinnlosen Geste die Arme aus. »Victoria, Herzchen, dein netter Nachbar hat uns hereingelassen, damit wir nicht draußen auf dich warten mußten. Der alte Herr. Ein echter Schatz, Kavaliere wie ihn findet man heute nicht mehr. Er hat uns gesagt, du seist nicht verreist, deshalb habe ich mir gedacht, wir warten einfach hier auf dich, statt später wiederzukommen.«

»Hallo, Elena«, sagte ich schwach. »Ich habe ein Zimmer für dich gefunden. Drüben an der Kenmore Avenue.«

»Ach, Vicki, ich meine, Victoria, die Familie muß doch zusammenhalten, und ich weiß, daß du mich nicht im Stich läßt. Das hier ist Cerise. Sie ist die Tochter einer Freundin aus dem Indiana Arms. Cerise, das ist meine Nichte Victoria. Die netteste Nichte, die sich eine Frau nur wünschen kann. Falls irgend jemand dir helfen kann, dann meine Nichte.«

Cerise streckte mir eine kleine, manikürte Hand hin. »Sehr erfreut.« Ihre Stimme war so gut wie unhörbar.

»Ich kann sie nicht aufnehmen, Elena«, sagte ich grimmig. »Ganz gleich, wieviel Süßholz du raspelst, ich kann meine Wohnung nicht in ein Notaufnahmelager für die Brandopfer von Mittwoch nacht verwandeln.«

Elena schürzte übertrieben verletzt die Lippen. »Völlig klar, Herzchen. Daran hätte ich nicht einmal im Traum gedacht. Cerise braucht einen Detektiv. Als ich ihre Geschichte gehört habe, war mir klar, daß du genau die richtige Adresse für sie bist.«

Ich hätte mir am liebsten die Haare samt den Wurzeln herausgerissen, geschrien oder sonst etwas Verrücktes getan, das mich daran gehindert hätte, mit den Fäusten auf meine Tante loszugehen. Ehe ich dazu kam, eine gewaltlose Antwort zu formulieren, ging die Tür zur nördlichen Erdgeschoßwohnung auf, und der Bankmensch kam herausgeschossen.

»Ach, Sie sind's«, sagte er in einem äußerst unangenehmen Ton. »Das hätte ich mir denken können. Schon gut, dieses Mal rufe ich die Bullen. Eben habe ich gesehen, wie Ihr Zuhälter in einer silbernen Corvette weggefahren ist. Was sind denn das für Typen – Ihre Drogenkunden?«

»Was tun Sie denn den ganzen lieben langen Tag bei der Arbeit?« fuhr ich ihn an. »Spionieren Sie den weiblichen Angestellten nach, um rauszukriegen, wer die Kaffeepause um fünf Minuten überzieht? Sie müssen ungeheuer beliebt sein, wenn Sie nichts anderes zu tun haben, als fremden Leuten über die Schulter zu schauen und sich in ihre Angelegenheiten zu mischen.«

»Es ist meine Angelegenheit, wenn Sie Ihr dreckiges Geschäft rund um die Uhr –«

»Nein, nein, Schätzchen«, mischte sich meine Tante ein. »Sie ist Detektivin. Eine berufstätige Frau. Wir sind hergekommen, um ihren Rat einzuholen, beruflich. Runzeln Sie nicht so die Stirn – heutzutage ist es für einen Mann genauso wichtig, auf sein Aussehen zu achten, wie für eine Frau, und Sie werden schreckliche Falten unter den Augen bekommen, wenn Sie weiter so böse schauen. Und Sie haben wunderschöne Augen.«

»Elena, könntest du bitte den Mund halten? Wir können oben über Cerises Problem reden. Bring sie hinauf, okay?« Solange Elena die Vermittlerrolle spielte, konnte ich mich mit dem Kerl nicht einigen.

Elena protestierte, verletzt; sie wolle mir nur helfen, besser mit meinen Nachbarn auszukommen, aber schließlich war sie bereit, nach oben zu gehen. Ich schaute den Bankmenschen an, überlegte mir, ob ich etwas Versöhnliches sagen sollte – es ist keine besonders gute Idee, sich mit einem Nachbarn in einem Gebäude mit sechs Wohnungen auf eine Fehde einzulassen.

»Geben Sie den Bullen doch ja die richtigen Buchstaben auf dem Nummernschild, wenn Sie sie rufen«, sagte ich zu ihm. »Der Junge, der die Corvette fährt, ist Kriminalbeamter bei der Mordkommission im Zentralrevier. Den Jungs von der Streife wird es ein Vergnügen sein, Jagd auf ihn zu machen, weil er verdächtigt wird, Zuhälter zu sein. Falls Sie das Nummernschild nicht genau entziffern konnten – darauf steht ›fureous‹ – F-U-R-E-O-U-S.« An manchen Tagen bin ich nun einmal versöhnlicher aufgelegt als an anderen.

Er funkelte mich aus dunklen, zornigen Augen an, versuchte

herauszubekommen, ob ich bluffte. Als ich ihm das Nummernschild buchstabierte, kam er offenbar zu dem Schluß, daß ich nicht bluffte. Er stolzierte in seine Wohnung zurück und warf die Tür hinter sich zu. Aus der südlichen Wohnung konnte ich hören, wie Peppy jaulte, weil sie sich unbedingt ins Getümmel mischen wollte. Ich nahm zwei Stufen nach oben auf einmal, um der vorhersehbaren Strafpredigt von Mr. Contreras zu entgehen.

Ich drängte Elena und Cerise in meine Wohnung. »Was möchtet ihr trinken? Kaffee? Mineralwasser?«

»Ich nehme ein Bier«, sagte Cerise.

»Tut mir leid. Bier habe ich nicht. Kaffee, Milch oder Saft. Sonst habe ich nur noch Mineralwasser und etwas Cola.«

Cerise wollte eine Cola, während Elena um den herrlichen Kaffee bat, den meine Mutter immer gemacht hatte. Ich servierte die Reste des Nudelsalats, den ich gestern zu dem Picknick mitgenommen hatte, und buk zwei Brötchen auf. Beide Frauen schienen in letzter Zeit nicht viel gegessen zu haben. Nachdem sich Cerise erkundigt hatte, was das für seltsame kleine weiße Dinger im Salat seien, und nachdem sie die Erklärung »Calamares« mit einem wissenden Nicken quittiert hatte, aßen sie beide schnell, ohne noch etwas zu sagen.

»Um welches Problem geht es, bei dem sie einen Detektiv braucht?« fragte ich, als sie aufgegessen hatten.

Cerise schaute Elena an, bat sie, für sie zu sprechen.

»Es geht um ihr Baby«, sagte meine Tante.

Im hellen Licht meines Wohnzimmers konnte ich sehen, daß Cerise nicht so alt war, wie sie unten in ihren eleganten Klamotten gewirkt hatte. Sie hätte zwanzig sein können, aber jede rechtschaffene Anwaltskanzlei hätte sie als minderjährig eingestuft.

»Ja«, sagte ich so ermutigend wie möglich.

»Wir glauben, daß die Kleine in dem Brand umgekommen ist«, sagte Elena.

»Im Brand umgekommen?« wiederholte ich begriffsstutzig.

»Im Indiana Arms«, sagte meine Tante scharf. »Sitz nicht mit offenem Maul da wie ein Karpfen, Vicki. Du mußt dich doch daran erinnern.«

»Ja, aber – Wißt ihr das denn nicht genau?«

Ich hatte mich an Cerise gewandt. Sie schüttelte den Kopf und wandte sich wieder Elena zu. Meine Tante sprach munter, mit wilden Handbewegungen und gelegentlich geschürzten Lippen, wenn sie einen besonders dramatischen Punkt unterstreichen wollte.

»Das entscheidend Wichtige bei einer Seniorenpension, Vicki, ist, daß es um *Einzel*zimmer geht. Einzel heißt, daß niemand mit einem dort wohnen darf, nicht einmal eine Küchenschabe, wenn du verstehst, worauf ich hinaus will. Und auf keinen Fall Babys. Und da ist Cerise, die versucht, ihr Leben in Ordnung zu bringen, und sie hat das süßeste kleine Baby, das du je gesehen hast, vierzehn Monate alt, fängt gerade an, auf den wackligen Beinchen herumzulaufen, und was soll sie damit machen, wenn sie auf Arbeitssuche geht?«

Elena machte eine Pause, als warte sie auf Antwort, aber ich unternahm keinen Versuch, den Redefluß zu unterbrechen.

»Also läßt sie es bei ihrer Ma, genau wie du das auch gemacht hättest, an ihrer Stelle. Wenn Gabriella noch leben würde, meine ich, die immer nur das Beste für dich gewollt hat. Und Cerises Ma ist genauso. Für Cerise ist nichts gut genug, und sie riskiert sogar, daß sie einen Tritt in den Hintern bekommt –« Elena gab sich einen Klaps auf das Hinterteil, um den Punkt zu unterstreichen –, »und sie würde sich auch auf die Straße werfen lassen, wenn sie Cerise nur helfen kann, dem Baby ein anständiges Leben zu ermöglichen.«

Als ich nichts sagte, wiederholte sie scharf den letzten Punkt.

»Großartig«, brachte ich heraus.

Elena strahlte. »Ihre Ma ist so eine Art Kumpel von mir. Wir haben ein paar Biere gekippt, nicht daß ich saufe, versteh mich recht, sie auch nicht, bloß hie und da ein paar Biere in geselliger Stimmung.« Sie starrte mich trotzig an, aber ich hatte keine Einwände.

»Zerlina – das ist Cerises Ma – paßt also auf das Baby auf,

während Cerise Mittwoch nacht, als es zu dem Brand kommt, nicht in der Stadt ist. Jetzt ist Zerlina verschwunden – wumm –, und die arme Cerise weiß nicht, ob ihr kleines Baby lebend herausgekommen ist.«

Sie klatschte der Wirkung halber in die Hände und schaute mich erwartungsvoll an. Ich konnte nur denken, daß es jetzt Sonntag abend war, fast vier Tage nach dem Brand – warum tauchte Cerise erst jetzt auf?

»Ich habe ihr also gesagt, daß du ihr hilfst«, feuerte Elena mich ungeduldig an.

»Bei was?«

»Aber Vicki – Victoria –, sie muß das arme kleine Ding doch finden. Sie hat Angst davor, daß ihre Ma Schwierigkeiten bekommt, wenn sie zur Polizei geht. Du weißt schon, weil sie das Baby bei sich im Zimmer hatte. Vielleicht bekommt sie nie wieder einen Platz in einer Pension. Ich habe gesagt, du bist genau die Richtige für sie.«

»Warum hat es so lange gedauert, bis Cerise das Baby vermißt hat?« wollte ich wissen.

»Ich war verreist.« Das war Cerises erster Beitrag zum Gespräch, seit sie sich nach den Tintenfischen erkundigt hatte. »Otis, das ist der Vater des Babys, ist mit mir in die Dells gefahren. Wir wollten uns versöhnen, wissen Sie, ich will, daß er mich heiratet und ich und Katterina ein Zuhause bekommen, aber er will nicht. Deshalb hat er mir einen Urlaub versprochen.«

Ich rieb mir die Stirn, versuchte, die quälenden Bilder ihres Lebens zu verdrängen. »Und Sie sind erst heute zurückgekommen?«

»Ich bin zum Hotel gefahren«, brach es aus ihr heraus. »Ich bin direkt dorthin gefahren. Die Leute sagen, ich liebe Katterina nicht, weil ich sie bei meiner Mutter lasse und so, aber ich liebe sie. Ich kann mich einfach nicht um sie kümmern, nicht vierundzwanzig Stunden am Tag, und zugleich mein eigenes Leben führen. Ich kriege nicht mal einen Job, wenn ich immer bei ihr bin. Aber ich war als erstes dort. Otis hat mich abgesetzt, Sie können ihn fragen, das war gestern. Und ich habe das mit dem Brand gesehen und überall nach meiner Mama gesucht, und dann habe ich heute nachmittag Elena gefunden. Aber sie weiß nicht, wo Mama ist. Vielleicht im Krankenhaus, wo die Verletzten hingebracht worden sind.«

»Vielleicht hat die Feuerwehr Katterina gefunden«, sagte ich. »Oder das Jugendamt hat sie in einem Heim untergebracht. Haben Sie versucht, dort anzurufen?«

»Die kann ich nicht anrufen. Die wollen mir mein Baby wegnehmen, sagen, ich bin eine schlechte Mutter.« Sie begann zu weinen. Die langen roten Ohrringe hüpften auf ihren Schultern.

»Na, na.« Elena legte ihr tröstend den Arm um die Schulter. »Deshalb brauchen wir dich, Vicki. Wir brauchen jemand, der weiß, wie man mit diesen ganzen Leuten reden muß, wie man das anpackt, ohne daß Cerise und Zerlina Ärger bekommen.«

Es klang nicht danach, als ob viel Hoffnung bestünde, daß Katterina den Brand überlebt hatte. Aber hätte man dort ein Baby gefunden, die Zeitungen hätten es ausposaunt.

»Tut mir leid«, sagte ich hilflos zu Cerise. »Das mit Katterina tut mir leid. Aber es ist wirklich am besten, wenn Sie zur Polizei und zum Jugendamt gehen – Sie sind die Mutter, Sie sind der einzige Mensch, der das Recht hat, Fragen zu stellen.«

Sie weinte immer noch und schaute nicht zu mir auf. Ich versuchte zu erklären, daß es der Polizei egal sei, ob Zerlina ein Baby im Zimmer gehabt hatte, daß sie Zerlina nicht daran hindern könnte, sich ein Zimmer zu mieten, aber es ging über Cerise und Elena hinweg wie die Flut.

Ich dachte an die Frau, mit der ich auf dem Wohnungsamt gesprochen hatte, an die Verzweiflung, die sie mit den anderen Menschen im Raum geteilt hatte, an die wenigen Zimmer und die vielen Menschen, die sie füllten. Wenn man derart hilflos war, mochte die Polizei zu einer weiteren bürokratischen Bedrohung werden, die ihre Macht dazu benutzt, einem den Platz zum Wohnen streitig zu machen.

»Okay«, sagte ich schließlich. »Morgen mache ich ein paar Anrufe für Sie.«

Elena nahm die Hand von Cerises Schulter und kam herüber zu dem Sessel, in dem ich saß. »So kenne ich dich. Ich habe gewußt, daß ich mich auf dich verlassen kann. Ich habe gewußt, daß du viel zu sehr die Tochter deiner Mutter bist, als daß du zu einem menschlichen Wesen in Not nein sagen könntest.«

»Stimmt«, pflichtete ich bitter bei. Ich schaute auf die Uhr im Bücherregal. Es war zehn. Selbst wenn ich Elena noch so spät ins Windsor Arms schickte, sie konnte Cerise nicht mitnehmen. Zähneknirschend zog ich die Bettcouch aus, wühlte in den Schubladen, bis ich ein langes T-Shirt fand, in dem Cerise schlafen konnte, und schloß mich im Schlafzimmer ein.

9 Die Dame ist indisponiert

Am nächsten Morgen wachte ich früh auf. Ich hatte von schreienden Babys und Feuer geträumt; ich war zweimal mit dem Gefühl, in Flammen zu ersticken, aus dem Schlaf hochgefahren. Als ich aufstand, hatte ich wieder das Gefühl, jemand habe eine Ladung Schotter in meinen Kopf gekippt, dieses Mal, ohne ihn allzu fein zu mahlen.

Es war erst sechs. Cerise und Elena schliefen noch auf der Bettcouch, Cerise mit ausgestreckten Gliedern auf dem Bauch, Elena schnarchend auf dem Rücken. Ich fühlte mich wie eine Gefangene im eigenen Zuhause, unfähig, an den Fernseher oder an meine Bücher zu kommen, aber wenn ich die beiden geweckt hätte, wäre es noch schlimmer geworden. Ich machte die Tür leise zu, zog Jeans an und ging die Hintertreppe hinunter. Es war noch zu früh, um Mr. Contreras zu wecken und den Hund zum Laufen abzuholen. Und obwohl Sport das beste Mittel gegen Kies im Kopf sein mag, war Laufen das letzte, wozu ich aufgelegt war.

Ich ging die achthundert Meter zum Schnellrestaurant in der

Belmont Avenue, Tag und Nacht geöffnet, und bestellte die Cholesterinbombe, Pfannkuchen mit Butter und einer extra Portion Schinkenspeck gebacken. Ich blieb so lange wie möglich sitzen, verfolgte die spannende Geschichte von der Suche nach einem Bauplatz für ein neues Stadion der Bears in allen drei Zeitungen und las sogar jedes Wort über den neuesten Baugenehmigungsskandal, der den Anhängern des Bürgermeisters hart zusetzte. Baugenehmigungsskandale sind eine langweilige Lektüre, weil es auch nicht den geringsten Einfluß auf die Wahlergebnisse hat, wenn sie aufgedeckt werden, deshalb überspringe ich sie im allgemeinen.

Gegen acht trottete ich schließlich zu meiner Wohnung zurück. Auf der Racine Avenue regte sich das Leben; die Leute waren auf dem Weg zur Arbeit. Als ich zu meinem Haus kam, brach eben der Bankmensch auf, das dichte braune Haar am Kopf festgesprüht.

»Hi«, sagte ich strahlend, als ich an ihm vorbeiging. »Komme von der Nachtschicht. Einen schönen Tag.«

Er tat, als hätte er nichts gehört, wechselte, noch während ich sprach, die Straßenseite. Da versucht man, gutnachbarschaftlich zu sein, und handelt sich bloß eine Abfuhr ein.

Wie LBJ oder Wellington konnte Elena überall schlafen, jederzeit. Als ich die Küchentür aufmachte, hörte ich ihre Schnarchlaute, die aus dem Wohnzimmer drangen. Ich fing außerdem meinen Lieblingsgeruch auf, Zigarettenrauch. Cerise saß am Eßzimmertisch, starrte ins Leere und rauchte Kette.

»Guten Morgen«, sagte ich so höflich, wie ich konnte. »Ich weiß, daß Sie sich ernste Sorgen um Ihr Baby machen, aber rauchen Sie bitte nicht.«

Sie warf mir einen feindseligen Blick zu, drückte aber die Zigarette in der Untertasse aus, die sie benützt hatte. Ich trug die Untertasse in die Küche und versuchte, die Tabakflecken wegzuscheuern. Nach einer Weile kam Cerise mir nach und sackte am Küchentisch zusammen. Ich bot ihr Frühstück an, aber sie wollte nur Kaffee. Ich setzte Wasser auf und nahm die Bohnen aus dem Tiefkühlfach.

»In welchem Stockwerk hat Ihre Mutter gewohnt?«

Sie schaute mich verständnislos an und rieb sich die nackten Arme.

»Im Indiana Arms. Vermutlich brauche ich diese Information, wenn jemand nach Katterina suchen soll.«

»Fünfter Stock«, sagte sie nach einer weiteren langen Pause. »Fünfzweiundzwanzig. Es war schwer für sie, weil der Aufzug nicht funktionierte, aber sie konnte weiter unten nichts bekommen.«

»Wann haben Sie das Baby zu Ihrer Mutter gebracht?«

Sie starrte mich wieder an, aber dieses Mal kam es mir so vor, als läge eine Spur Berechnung in ihrem Blick. »Das war am Mittwoch. Bevor wir weggefahren sind.« Sie rieb sich wieder die Arme. »Es ist zu kalt hier drin. Ich muß rauchen.«

Mir kam es warm vor, aber ich war angezogen; sie trug immer noch das überweite T-Shirt, das ich ihr geliehen hatte. Ich ging ins Schlafzimmer und holte eine Jacke. Sie zog sie an, rieb sich aber weiter die Arme.

Ich mahlte die Bohnen und goß kochendes Wasser auf das Kaffeemehl. »Wann am Mittwoch?«

»Wollen Sie behaupten, daß ich das Feuer gesehen habe und mein Baby nicht hätte dort lassen dürfen?« Ihr Ton war mürrisch, ihr Blick aber immer noch wachsam.

Ich goß mehr Wasser auf den Kaffee und versuchte, etwas Mitgefühl aufzubringen. Ihr Baby war aller Wahrscheinlichkeit nach tot. Sie war bei einer Fremden, und noch dazu bei einer Weißen. Sie hatte Angst vor den Institutionen der Justiz und vor der Gesellschaft, und mir waren sie vertraut. In ihren Augen gehörte ich dazu. Sie wollte rauchen, und ich erlaubte es nicht.

Daß ich das alles dachte, brachte mich nicht dazu, sie stürmisch in die Arme zu schließen, aber es half mir dabei, meine Ungeduld zu zügeln. »Jemand hat das Feuer gelegt«, sagte ich vorsichtig. »Jemand hat Ihre Mutter verletzt und möglicherweise auch Ihr Baby. Wenn Sie am Mittwoch abend dort waren, haben Sie den Brandstifter vielleicht gesehen. Vielleicht hat er – oder sie oder mehrere – sich dort herumgetrieben. Falls Sie jemand gesehen haben, könnten wir der Polizei eine Beschreibung geben, etwas, was eine Ermittlung in Gang bringen könnte.«

Sie schüttelte heftig den Kopf. »Ich habe niemand gesehen. Wir waren um drei am Nachmittag dort. Wir haben Katterina bei meiner Mama abgeliefert. Wir sind nach Wisconsin gefahren. Okay?«

»Okay.« Ich schenkte ihr Kaffee ein. »Warum regen Sie sich über diese Fragen so auf?«

Sie zitterte. Sie nahm den Becher mit beiden Händen, damit sie ihn ruhig halten konnte. »Sie tun, als ob ich was Böses getan hätte, als ob's meine Schuld wäre, wenn mein Baby verletzt ist.«

»Nein, Cerise, überhaupt nicht. Es tut mir wirklich leid, wenn es sich so anhört. So habe ich das überhaupt nicht gemeint.« Ich versuchte zu lächeln. »Ich bin Detektivin, das wissen Sie doch. Ich lebe davon, daß ich Fragen stelle. Das ist eine Gewohnheit, die man nicht so leicht los wird.«

Sie senkte das Gesicht über den Kaffeebecher und gab keine Antwort. Ich gab es auf und ging ins Schlafzimmer. Das Bett war noch nicht gemacht. Meine Laufklamotten waren am Fußende auf den Boden gefallen, als ich nachts die Bettdecke weggestrampelt hatte. Ich sortierte die Joggingsachen und die Bettwäsche auseinander, stopfte die Klamotten in den Schrank und legte die Decke aufs Bett zurück. Das Zimmer war nicht gerade ein Anblick für *Schöner Wohnen*, aber für mehr Hausarbeit war ich nicht in Stimmung.

Ich legte mich aufs Bett und versuchte, mich an den Namen des Mannes von der Versicherung zu erinnern, den ich am Donnerstag am Indiana Arms getroffen hatte. Es war ein Vogelname; das war mir deshalb aufgefallen, weil seine kläräugige Neugier etwas Vogelähnliches gehabt hatte. Ich schloß die Augen und ließ die Gedanken schweifen. Robin. Das war's. Ich konnte den Namen nicht aus der Gedächtnislücke buddeln, aber Robin würde ausreichen.

Ich nahm das Telefon vom Nachttisch und stellte es zum Wählen auf meinen Bauch. Als die Telefonzentrale von Ajax mich mit der Abteilung für betrügerische Brandstiftung verband, fragte ich die muntere Dame am Empfang nach Robin.

»Er ist da – ich stelle Sie durch.«

Das Telefon knallte mir ins Ohr – ihr mußte der Hörer aus der Hand gefallen sein –, dann meldete sich ein Tenor. »Robin Bessinger.«

Bessinger. Natürlich. »Robin, hier ist V. I. Warshawski. Wir haben uns letzte Woche am Indiana Arms getroffen, als Sie dort im Schutt gewühlt haben.«

»V. I. Die Detektivin?«

»Mm.« Ich setzte mich auf und stellte das Telefon auf den Nachttisch zurück. »Sie haben gesagt, wenn es Tote gegeben hätte, wäre die Mordkommission eingeschaltet worden. Ich nehme also an, alle sind gerettet worden?«

»Soweit ich weiß.« Ich hatte vergessen, wie vorsichtig er war. Ein Vogel, der sich vergewisserte, daß der Wurm nicht in Wahrheit ein Gewehrlauf war. »Wissen Sie etwas Gegenteiliges?«

»Mittwoch nacht war ein Baby dort. Bei seiner Großmutter im fünften Stock.« Er wollte mich unterbrechen, und ich sagte hastig: »Ich weiß, ich weiß. Gegen die Vorschriften. Die Großmutter ist verschwunden – vielleicht eines der Opfer mit Rauchvergiftung –, deshalb weiß ich nicht, ob das Baby gefunden worden ist.«

»Ein Baby dort drin. Lieber Heiland, nein... Ich weiß nichts darüber, aber ich rufe bei der Polizei an und melde mich wieder bei Ihnen. War das Ihre Freundin? Die Frau, von der Sie gesagt haben, daß Sie dort gewohnt hat?«

Ich hatte vergessen, daß ich Elena eine Freundin genannt hatte. »Nein, nicht sie. Die Großmutter war eine Art Freundin von ihr, und die Mutter ist eben in die Stadt zurückgekommen und hat festgestellt, daß ihre Kleine und ihre Mutter verschwunden sind. Sie ist ziemlich durcheinander.« Oder feindselig. Oder drogensüchtig.

»Okay.« Er trödelte eine Weile herum. »Es tut mir wirklich sehr leid. Ich rufe in ein paar Minuten zurück.«

Ich gab ihm meine Nummer und legte auf. Ich schaute mich angewidert im Schlafzimmer um. Weil nur ich darin schlafe, schenke ich dem Raum im allgemeinen nicht viel Beachtung. Das breite Bett nimmt fast den ganzen Raum ein. Weil der Wandschrank groß ist, steht der Frisiertisch darin, damit ich genug Platz zum Herumlaufen habe, aber es ist trotzdem so eng, daß ich tagsüber nicht viel Zeit darin verbringe. Mehr denn je ärgerte ich mich über Elenas schnarchende Anwesenheit, die mich in meinem Zuhause in einem Zimmer festnagelte.

Ich ging ein paarmal die wenigen Schritte vom Kopfende des Bettes zur Tür, schlug jedesmal mit dem Schienbein ans Bettgestell. Ich konnte schlecht Gesangsübungen machen, schon gar nicht, während Cerise in der Küche saß. Schließlich legte ich mich zwischen Bett und Fenster auf den Boden und trainierte meine Bauchmuskeln. Nachdem ich jedes Bein etwa vierzigmal gehoben, gesenkt hatte, rief Bessinger zurück. Er klang bedrückt.

»V. I. Warshawski?« Er stolperte leicht über meinen Nachnamen. »Ich – äh, ich habe mit der Polizei gesprochen. Sie sagen, die Feuerwehr hat letzte Woche keine Kinder aus dem Gebäude herausgeholt. Sind Sie sicher, daß das Baby dort war?«

Ich zögerte. »Einigermaßen sicher. Ich kann es aber nicht beschwören, weil ich die Leute nicht kenne, um die es dabei geht.«

»Sie schicken ein Team hin, das den Schutt durchkämmt, um herauszufinden, ob sie irgendwelche, äh, irgendwelche Überreste entdecken. Ich möchte gern, daß Sie erreichbar sind, falls Sie aufs Revier kommen müssen.«

Ich versprach, jede Stunde bei meinem Auftragsdienst anzurufen, falls ich die Wohnung verließ. Ich legte langsam auf und fragte mich, was ich Cerise sagen sollte. Als ich zur Tür ging, hämmerte Elena von der anderen Seite dagegen.

»Juhu! Vicki! Ich meine Victoria. Der armen kleinen Cerise

geht es nicht gut. Kannst du kommen und mir dabei helfen, ihren verdorbenen Magen zu beruhigen?«

Die arme kleine Cerise hatte den ganzen Küchentisch vollgekotzt. Elena, in Hochstimmung, als ob sie das Schauspiel genösse, wischte ihr mit einem feuchten Handtuch das Gesicht ab, während ich die Sauerei aufputzte.

»Das ist der Schock, weißt du«, gurrte meine Tante. »Ihr ist schlecht vor Sorge um ihr Baby.«

Ich schaute mir die junge Frau genau an. Ihr war schlecht, keine Frage, aber ich glaubte allmählich, daß hinter ihrem Verhalten mehr steckte als Schock.

»Ich glaube, wir müssen sie zum Arzt bringen«, sagte ich. »Hilf mir, sie anzuziehen und zum Auto zu schaffen.«

»Kein Arzt«, sagte Cerise mit schwerer Zunge. »Ich will nicht zum Arzt.«

»Doch, Sie gehen zum Arzt«, fuhr ich sie an. »Ich bin nicht die Fürsorge. Sie haben mir eben die Küche vollgekotzt, und ich habe nicht vor, den Tag damit zu verbringen, Sie zu pflegen.«

»Kein Arzt, kein Arzt!« schrie Cerise.

»Sie will wirklich nicht, Vicki«, sagte Elena in einem Bühnenflüstern.

»Das merke ich selber«, sagte ich schrill. »Zieh ihr einfach ihre Sachen an, während ich ihre Arme festhalte. Und nenn mich bitte nicht Vicki. Ich kann den Namen nicht besonders gut leiden.«

»Ich weiß, ich weiß, Herzchen«, versprach Elena hastig. »Es entfällt mir immer wieder.«

Weil Gabriella während meiner ganzen Kindheit das Elena immer wieder eingehämmert hatte – »ich habe sie nicht nach Victor Emmanuel genannt, damit die Leute mit ihr reden, als ob sie ein blödes kleines Ding wäre« –, begriff ich nicht, wie sie das vergessen konnte, aber es war nicht der richtige Zeitpunkt, Streit darüber anzufangen.

Als ich versuchte, Cerise anzuziehen, freute ich mich darüber, daß ich nicht als Pflegerin in einer psychiatrischen Klinik arbeiten mußte. Sie kämpfte gegen meinen Griff, schrie und warf sich auf dem Küchenstuhl herum. Ich bin gut in Form, aber sie strapazierte meine Muskeln bis zum äußersten. Einmal kratzte sie mir mit einem langen Fingernagel den linken Arm blutig. Es gelang mir mit knapper Not, sie trotzdem festzuhalten.

Elena arbeitete derart effektiv, daß auch ich einem Schreikrampf nahe kam. Sie zog Cerise das Höschen verkehrt herum an und schaffte es erst nach einer guten Viertelstunde, ihr den Rock überzustreifen.

»Nur noch die Schuhe«, keuchte ich. »Sie kann das T-Shirt anbehalten. Meine Schlüssel sind im Wohnzimmer. Schließ die Sperriegel auf.«

Ich versuchte ihr zu erklären, welcher Schlüssel in welches Schloß gehörte, gab es aber auf, als Elena noch verwirrter wurde. Durch irgendein Wunder schaffte sie es in weniger als einer Stunde, die Riegel aufzusperren. Cerise hatte inzwischen aufgehört, sich gegen mich zu wehren. Sie saß zusammengesackt am Küchentisch und schluchzte vor sich hin, leistete keinen Widerstand, als ich sie hinausführte. Ich nahm Elena die Schlüssel ab.

»Am besten holst du deine Sachen. Ich setze dich bei deiner neuen Pension ab, sobald Cerise beim Arzt war.«

Elena wollte sich auch auf einen Kampf mit mir einlassen, aber ich hatte kein schlechtes Gewissen mehr. Ich drückte Cerise gegen die Wand und wiederholte die Aufforderung. Meine Tante schlurfte schließlich in die Wohnung zurück. Sie blieb lange verschwunden. Als ich mich fragte, ob sie wieder dem Black Label zusprach, erschien sie endlich. Sie hatte geduscht; das graue Haar hing ihr in feuchten Ringellocken um den Kopf, aber das Make-up war vollständig und ausnahmsweise am richtigen Platz. Das violette Nachthemd quoll wieder aus dem Matchsack heraus. Sie ließ es über den Boden schleifen, als sie mir die Treppe hinunter folgte.

10 A Little Help from My Friends

Lotty Herschels Erdgeschoßpraxis ist etwa fünf Kilometer von meiner Wohnung entfernt, in der Nähe der Kreuzung zwischen Damen Avenue und Irving Park Boulevard. Auf der kurzen Fahrt kotzte Cerise auf den Rücksitz, dann zitterte sie unkontrolliert. Ich hätte Elena, die auf dem Beifahrersitz kniete, Cerise beobachtete und mich über deren Tun auf dem laufenden hielt, umbringen können.

Ich brachte das Auto neben einem Hydranten vor der Praxis mit einem Ruck zum Stehen und rannte hinein. Das kleine Wartezimmer, so gestrichen, daß es wie die afrikanische Steppe aussah, war vollgestopft mit der üblichen Mischung aus Kleinen und Großen, aus heulenden und streitenden Kindern. Mrs. Coltrain sorgte für Ordnung, bediente das Telefon und tippte Krankenblätter, ruhig wie immer. Manchmal unterstelle ich Lotty, sie habe Mrs. Coltrain in einem Katalog gefunden, der altmodische Großmütter anbietet – sie hat nicht nur neun Enkel, sondern trägt das Silberhaar außerdem in einem Knoten.

»Miss Warshawski.« Sie strahlte mich an. »Wie nett. Wollen Sie zu Frau Dr. Herschel?«

»Ziemlich dringend. In meinem Auto sitzt eine junge Frau, die sich übergeben hat und jetzt in einem Schockzustand zu sein scheint. Könnten Sie Lotty fragen, ob sie gleich nach ihr schaut, wenn ich sie hereinbringe, oder ob ich sie ins Krankenhaus schaffen soll?«

Mrs. Coltrain weigert sich, Lotty und mich mit dem Vornamen anzureden – wir haben es schon lange aufgegeben, sie dazu zu drängen. Sie gab meine Nachricht an Carol Alvarado weiter, die Praxisschwester, und kurz darauf kam Carol heraus, um mir zu helfen, Cerise hineinzuschaffen. Cerises Haut fühlte sich kalt an und stumpf, wie feuchter Kunststoff, überhaupt nicht wie menschliches Gewebe. Cerise war so weit bei Bewußtsein, daß sie gehen konnte, wenn wir sie stützten, aber sie atmete flach und rollte mit den Augen.

Ein verärgertes Murmeln wurde laut, als wir Cerise durch

das Wartezimmer in die Praxisräume brachten – Leute, die seit einer Stunde oder länger auf den Arzt warten, haben nichts für Patienten übrig, die sich an der Schlange vorbeimogeln. Carol packte Cerise auf einen Untersuchungstisch und wickelte sie in eine Decke. Kurz darauf fegte Lotty herein.

»Was hast du mir denn da gebracht, Vic?« Sie wartete keine Antwort ab, sondern ging sofort zu Cerise.

Ich sagte ihr das Wenige, was ich über die junge Frau wußte. »Heute morgen hat sie plötzlich geklagt, ihr sei so kalt, dann hat sie gekotzt. Ich weiß nicht, ob es an einer Schwangerschaft liegt oder an Drogen oder an beidem, aber mir war nicht wohl dabei, mich allein um sie zu kümmern.«

Lotty brummte und zog Cerises Augenlider nach oben. »Sie muß eine Weile hierbleiben. Komm in ein paar Stunden wieder.« Sie drehte sich zu Carol um und gab ihr Anweisungen für die Medikation.

Mit anderen Worten, es war an mir, herauszufinden, was mit ihr geschehen sollte, wenn Lotty sie behandelt hatte. Ich hatte nicht erwartet, daß Lotty das übernahm, aber irgendwie war es mir gelungen, den Gedanken an Cerises Zukunft zu verdrängen.

Mit hängenden Schultern und schweren Füßen ging ich zum Auto zurück. Ich hatte Cerises Eruption vergessen, aber der Gestank brachte beißend die Erinnerung zurück. Ich ging noch einmal in die Praxis und ließ mir von Mrs. Coltrain feuchte Lappen und Desinfektionsmittel geben. Während ich den Rücksitz säuberte, stellte Elena zwitschernd Fragen nach Cerise.

»Ich weiß es nicht«, sagte ich müde, als ich schließlich den Motor anließ. »Ich weiß nicht, was ihr fehlt, was die Ärztin mit ihr macht, ob sie ins Krankenhaus muß. Ich erfahre das alles, wenn ich gegen Mittag wieder herfahre, dann sag ich dir Bescheid.«

Elena legte eine zittrige Hand auf meinen Arm. »Es ist nur, weil ihre Mutter und ich befreundet sind, Vicki – Victoria. Es wäre dasselbe, wenn mit dir etwas wäre und ich dich zu Zerlina brächte. Sie würde sich meinetwegen für dich verantwortlich fühlen, begreifst du das denn nicht.«

Ich nahm die rechte Hand vom Lenkrad und tätschelte ihr die dünnen Finger mit den stark hervortretenden Adern. »Klar, Elena. Ich verstehe. Dein gutes Herz ehrt dich.«

Wir fuhren eine Weile schweigend, dann fiel mir etwas ein. »Wie heißt Zerlina mit Nachnamen?«

»Ihr Nachname, Herzchen? Warum interessiert dich das?«

»Ich will sie finden. Falls sie im Krankenhaus ist, kann ich im Michael Reese nicht an die Aufnahmetresen gehen und mit ihrem Vornamen nach ihr fragen. So nehmen sie die Patienten nicht in die Kartei auf.«

»Wenn sie bei dem Feuer verletzt worden ist, Herzchen, weiß ich nicht, ob sie deinem Besuch gewachsen ist.«

»Meinem Besuch gewachsen?« Ich gab mir Mühe, im Konversationston zu sprechen, aber ein gewisses Knurren konnte ich nicht unterdrücken. »Falls du und Cerise wollen, daß ich etwas wegen dem Baby unternehme, täte sie verdammt gut daran, mich zu empfangen. Und du solltest alles tun, um mir dabei zu helfen, daß ich sie finde.«

»Achte auf deine Sprache, Victoria«, sagte Elena vorwurfsvoll. »Das Fluchen löst deine Probleme nicht.«

»Und um den heißen Brei herumzureden löst deine nicht«, fuhr ich sie an. »Sag mir ihren Nachnamen oder vergiß meine Hilfe.«

»Wenn du so mit den Zähnen knirschst, siehst du aus wie deine Großmutter in den letzten Monaten, in denen ich mit ihr zusammengewohnt habe.«

Ich bog nach Norden in die Kenmore Avenue ein und hielt vor dem Windsor Arms. Meine arme Großmutter. Wenn sie eine stärkere Persönlichkeit gewesen wäre, hätte sie Elena einen Tritt in den Hintern gegeben und sie hinausgeworfen, ehe Elena dreißig wurde. Statt dessen hat meine Tante von kurzen Intermezzi abgesehen bis zu ihrem Tod bei ihr gewohnt.

»Die eigene Familie weiß einen immer am wenigsten zu

schätzen«, sagte ich und schaltete den Motor aus. »Warum hörst du jetzt nicht mit dem Scheißdreck auf und sagst mir Zerlinas Nachnamen?«

Elena schaute mich verschlagen an. »Ist das hier das neue Hotel, Herzchen? Du bist ein Engel, daß du dich für mich so ins Zeug gelegt hast. Nein, nein, du darfst den schweren Sack nicht tragen, du bist jung, du mußt deinen Rücken schonen.«

Ich nahm ihr den Matchsack ab und geleitete sie in die Halle. Sie flatterte davon, um in der Halle ein paar der Bewohner in ein Gespräch zu verwickeln, während ich in meiner Handtasche nach der Quittung suchte. Die Portiersfrau, die aus irgendeinem Souterrainraum kam, als ich klingelte, erinnerte sich eindeutig an mich, bestand aber darauf, die Quittung zu bekommen, ehe sie Elena das Zimmer überließ. Einen atemlosen Augenblick lang glaubte ich, ich hätte die Quittung am Freitag in die Rocktasche gesteckt, aber schließlich fand ich sie zwischen den Seiten meines Taschenkalenders.

Ich hatte vorgehabt, Elena in ihr Zimmer zu folgen und Zerlinas Nachnamen aus ihr herauszuquetschen, aber die Portiersfrau hinderte mich daran – das hier sei eine Pension für Alleinstehende, Besuch auf den Zimmern der Gäste nicht gestattet. Elena warf mir eine Kußhand zu und versprach mir, sich wieder bei mir zu melden.

»Und du sagst mir Bescheid, was mit der armen Cerise wird, nicht wahr, mein Herz?«

Ich zwang mich zu einem blitzenden Lächeln. »Und wie soll ich das machen, Elena – mit Rauchzeichen?«

»Du kannst eine Nachricht am Tresen für mich hinterlassen, das kann sie doch, nicht wahr, Schätzchen?« fügte sie der Portiersfrau gegenüber hinzu.

»Nehm's an«, sagte die Frau widerwillig. »Wenn es nicht zur Gewohnheit wird.«

Als sie im hallenden Treppenhaus verschwanden, konnte ich hören, wie Elena erklärte, ich sei die netteste, reizendste Nichte, die eine Frau verlangen könne. Ich knirschte mit den Zähnen und gestand mir die Niederlage ein.

Das Münztelefon für die Gäste war im Fernsehraum. Ich wollte der Sendung *Der Preis ist heiß* keine Konkurrenz machen, also lief ich auf der Suche nach einem anderen Fernsprecher die Kenmore Avenue entlang. Nach zwei Kreuzungen erschien es mir gescheiter, zur Wohnung zurückzufahren.

Dem Hausmeister war es endlich gelungen, das Namensschild des Bankmenschen anzubringen. Ich blieb stehen und las – Vincent Bottone. Es kränkte mich ein wenig, daß ein Italiener mich so unhöflich behandelte – wußte er denn nicht, daß wir Landsleute waren? Ich warf einen Blick auf mein Namensschild – weil ich mit Nachnamen Warshawski hieß, konnte er das kaum wissen. Ich mußte versuchen, ihn italienisch anzusprechen, vielleicht stimmte ihn das milder. Oder, wie mir klar wurde, als ich meine Wohnungstür aufschloß, ich mußte eine Situation finden, in der ich ihn blamieren konnte.

Robin Bessinger war in einer Sitzung, aber er hatte die Nachricht hinterlassen, ihn ans Telefon zu holen, wenn ich anrief. Ich klemmte den Hörer unter das Ohr, während ich wartete, und riß die Laken von der Bettcouch. Ich stopfte eben die Matratze in den Couchrahmen zurück, als Robin an den Apparat kam.

»Ms. Warshawski? Robin Bessinger.«

»Nennen Sie mich Vic«, unterbrach ich ihn.

»Oh. Vic. Ich habe mich schon gefragt, wofür die Initialen stehen. Hören Sie – die Gerichtsmedizin sagt, daß es im Schutt keine Spuren von einer Kinderleiche gibt. Andererseits könnte eine solche Leiche völlig eingeäschert worden sein, wenn sie in die wildesten Flammen geraten ist. Sie haben also Ascheproben entnommen und wollen sie analysieren, was ein paar Tage dauern wird. Aber Roland Montgomery – er ist bei der Abteilung für Brandstiftung und Sprengstoffanschläge – möchte mit Ihnen sprechen. Er will aus erster Hand erfahren, warum Sie glauben, daß das Kind dort drin war.«

Ich war mir nicht sicher, ob ich glaubte, Katterina sei im Indiana Arms gewesen. Zu diesem Zeitpunkt war ich mir nicht mehr sicher, ob ich glaubte, Cerise habe ein Kind oder auch nur eine Mutter. Aber von dem allen konnte ich Robin wohl kaum etwas erzählen.

»Die Mutter des Kindes hat es mir gesagt«, sagte ich. »Wo will sich Montgomery mit mir treffen?«

»Können Sie um drei in seinem Büro sein? Das Zentralrevier in der Eleventh Street.« Er zögerte einen Augenblick. »Macht es Ihnen etwas aus, wenn ich dabei bin? Ein Todesfall könnte unseren Versicherungsnehmern schaden. Dominic Assuevo vom Amt für Brandschäden wird auch dabei sein.«

»Es macht mir überhaupt nichts aus«, sagte ich höflich. Montgomery kannte ich nicht, aber Assuevo hatte ich vor drei Jahren kennengelernt, als ein Brand in meiner alten Wohnung gelegt worden war. Er war ein Kumpel von Bobby Mallory und neigte schon deshalb dazu, mich mißtrauisch zu betrachten.

Ehe wir auflegten, fragte ich Robin, ob er Zerlinas Nachnamen kenne. Er hatte noch keine Liste der Opfer mit Rauchvergiftung bekommen, aber er versprach mir, sie bis zu unserem Treffen am Nachmittag von Dominic zu besorgen.

Ich brachte die Bettcouch vollends in Ordnung, dann trug ich die Laken zur Waschmaschine im Keller. Ich leide normalerweise nicht an Sauberkeitswahn, aber ich wollte alle Spuren von Cerise – samt denen von Elena – aus meiner Wohnung tilgen. Wenn ich die Bettwäsche wusch, war das eine klare Selbstverpflichtung, die junge Frau nicht wieder aufzunehmen, wenn ich sie bei Lotty abholte. Obwohl ich nicht wußte, was zum Teufel sonst ich mit ihr anfangen sollte.

Es war möglich, daß sie Lotty ihren Nachnamen genannt hatte. Falls nicht, glaubte ich, Carol könne für mich im Michael Reese anrufen und das Krankenhauspersonal dazu bewegen, ihr Zerlinas Nachnamen zu sagen. Ich wollte mich nicht mit der Polizei treffen, ehe ich mit Zerlina gesprochen hatte, vorausgesetzt, daß ich sie im Reese fand.

Als ich in die Praxis kam, erfuhr ich, daß sich ein Teil meines Programms erledigt hatte – Cerise war verschwunden. Carol machte sich Sorgen, Lotty war wütend. Lotty hatte ihr ein mildes Beruhigungsmittel und etwas gegen die Übelkeit gegeben. Cerise hatte etwa eine Stunde lang im Untersuchungsraum geschlafen. Als Carol zum dritten Mal nach ihr schaute, war sie fort. Mrs. Coltrain hatte gesehen, wie sie die Praxis verließ, aber keinen Grund gehabt, sie aufzuhalten – wenn Cerise mit mir gekommen sei, dann hätte ich mich wohl mit Dr. Herschel darauf geeinigt, die Behandlung später zu bezahlen.

Natürlich. An das Geld hatte ich gar nicht gedacht. Hundert Dollar für Cerises Rechnung und als Beitrag für die Behandlung der bedürftigen Patienten der Praxis. Lotty war so wütend auf mich, weil ich ihren Arbeitstag gestört hatte, daß sie nicht in der Stimmung war, mir für ihre Dienste Rabatt zu geben. Ich zog das Scheckheft aus der Handtasche und schrieb den Scheck aus.

»Ich nehme an, ich hätte sie ins Krankenhaus bringen sollen«, sagte ich müde und gab Mrs. Coltrain den Scheck. »Aber ihr wurde so plötzlich und so heftig schlecht, daß ich Angst hatte, sie könne sterben. Ich wußte nicht, ob sie einen Gehirnschaden oder Entzugserscheinungen hatte. Wenn so etwas wieder vorkommt – was ich nicht hoffe –, belästige ich dich nicht damit.«

Das bremste Lotty ein wenig – sie kann es nicht auf sich sitzen lassen, wenn die Maßstäbe ihrer medizinischen Versorgung angezweifelt werden. Ihre Antwort klang nicht mehr ganz so schroff.

»Es war eine Mischung aus Heroin und Schwangerschaft. Falls es für diesen Fötus noch Hoffnung geben soll, muß Cerise heute noch mit einem Entzugsprogramm anfangen.«

»Ich würde weder Haus noch Hof darauf verwetten, daß sie das macht«, sagte ich. »Ich möchte mich mit Cerises Mutter in Verbindung setzen.«

Möglicherweise sei Zerlina im Michael Reese und erhole sich von dem Brand, ich wisse aber ihren Nachnamen nicht. Carol ging weg, um für mich mit dem Krankenhaus zu telefonieren – sie fühlte sich auf irrationale Weise verantwortlich dafür, daß Cerise schwanger und süchtig auf der Straße herumlief. Wenn sie Zerlinas Nachnamen ermitteln konnte, erschien ihr das als aktive Hilfe.

»Nicht Ihr Problem«, versuchte ich ihr klarzumachen, als sie kurz darauf zurückkam. »Wenn Cerise entschlossen ist, sich zu zerstören, können Sie sie nicht daran hindern. Das sollten Sie inzwischen wissen.«

»Ja, Vic«, räumte Carol ein. »Ich weiß es. Aber ich habe das Gefühl, daß wir Sie im Stich gelassen haben. Das ist mit ein Grund dafür, daß Lotty so wütend ist, wissen Sie. Sie versucht, gute Arbeit zu leisten, und wenn es ihr nicht gelingt, jemanden zu retten, nimmt sie es persönlich. Und dann auch noch bei einer Patientin, die Sie gebracht haben.«

»Vielleicht«, sagte ich skeptisch. In Wahrheit war ich froh darüber, daß Cerise verschwunden war. Es war die reine Magie. Ich brauchte mich nicht mehr um sie zu kümmern.

»Jedenfalls heißt die Mutter mit Nachnamen Ramsay.« Carol buchstabierte es mir. »Sie liegt im Zimmer vierzweiundzwanzig im Hauptgebäude. Ich habe der Oberschwester erzählt, Sie seien Sozialarbeiterin, damit Sie keine Schwierigkeiten bekommen, wenn Sie zu ihr wollen.«

Ich verzog das Gesicht, als ich mich bei ihr bedankte. Sozialarbeiterin! Eine passende Beschreibung für die Art, wie ich meine Zeit verbracht hatte, seit Elena letzte Woche plötzlich bei mir vor der Tür stand. Vielleicht war es an der Zeit, daß ich Republikanerin wurde und es Nancy Reagan gleichtat. Wenn Alkoholiker oder schwangere Süchtige bei mir an die Tür klopften, würde ich von jetzt an einfach nein sagen.

11 Oma mit Rauchvergiftung

Ich stieg in den Chevy und sackte über dem Lenkrad zusammen. Es war erst Mittag, aber ich fühlte mich, als wäre ich eine Woche lang auf dem Mount Everest herumgeklettert. Ein schwacher Geruch nach Erbrochenem hing noch im Auto, trotz der zwanzig Minuten, die ich damit verbracht hatte, den Rücksitz zu scheuern. Allmählich merkte ich, daß es meine stinkenden Kleider waren, die ich roch. Meine Jeans waren dreckig, auf dem Sitz kniend hatte ich sie verschmiert und war bisher nur zu beschäftigt gewesen mit Elena, als daß es mir aufgefallen wäre. Ich schüttelte mich, ließ den Motor an und fuhr in waghalsigem Tempo nach Süden, machte mir nicht einmal die Mühe, nach den blauweißen Verkehrsstreifen Ausschau zu halten. Ich wollte nur nach Hause, die Kleider loswerden und mich so sauber schrubben, wie es irgend ging.

Ich ließ den Chevy, wie er stand, schief zum Bordstein und etwa einen Meter davon entfernt, hastete zwei Stufen auf einmal die Treppen hinauf. Ich konnte es kaum erwarten, die Kleider loszuwerden, verstreute Jeans, T-Shirt und Slip im Flur und stürzte ins Bad. Fast eine halbe Stunde stand ich unter dem heißen Wasser, wusch mir zweimal das Haar, seifte mich gründlich ab. Endlich fühlte ich mich sauber, hatte Süchtige und Alkoholiker aus meinem Leben weggespült.

Ich zog mich langsam an, nahm mir Zeit für das Make-up und machte mir das Haar mit etwas Gel zurecht. Ein goldfarbenes Baumwollkleid mit großen schwarzen Knöpfen gab mir ein Gefühl von Eleganz und Gelassenheit. Ich wühlte im Flurschrank sogar nach einer schwarzen Handtasche, die zu den Pumps paßte.

Auf dem Weg hinaus sammelte ich die Kleidungsstücke auf und brachte sie in den Keller. Die Bettwäsche war fertig für den Trockner, aber meine Leidenschaft für Hausarbeit kennt ihre Grenzen – ich stopfte die Jeans zur Bettwäsche und ließ das Programm von vorn laufen.

Es war jetzt kurz nach eins. Wenn ich vor meinem Treffen mit Dominic Assuevo Zerlina sehen wollte, mußte das Mittagessen ausfallen. Und ich sollte sie wohl sehen, obwohl meine Begeisterung für die Familie Ramsay den Tiefstand erreicht hatte. Ich fuhr zum Lake Shore Drive hinüber und überließ mich dem Verkehrsstrom nach Süden.

Das Michael Reese Hospital beherrscht das Seeufer entlang

der Twenty-seventh-Street. Ich umkreiste den Gebäudekomplex mehrmals, bis ich jemanden fand, der von einer Parkuhr wegfuhr – der Teufel sollte mich holen, wenn ich mir bei diesem Besuch auch noch einen Strafzettel einhandelte. Im Glaskasten am Eingang hielt eine Frau Wache. Ihr war es egal, ob ich eine Sozialarbeiterin oder eine Mörderin mit einer Axt war, deshalb mußte ich von Carols Geschichte keinen Gebrauch machen, um einen Passierschein für den vierten Stock zu bekommen.

Der unverwechselbare Krankenhausgeruch – eine Mischung aus Medikamenten, Desinfektionsmitteln und dem Schweiß von Menschen, die Schmerzen haben – ließ mich, als ich aus dem Aufzug stieg, unwillkürlich zusammenzucken. Ich hatte zuviel Zeit bei meinen Eltern in Krankenhäusern verbracht, als ich jünger war, und dieser Geruch ließ das ganze Elend dieser Jahre immer von neuem aufleben. Meine Mutter war an Krebs gestorben, als ich fünfzehn war, mein Vater zehn Jahre später an einem Emphysem. Er war ein starker Raucher gewesen, und es gibt Tage, an denen mich das immer noch wütend macht. Vor allem, wenn ein Tag mich so mürbe gemacht hat, wie der heutige.

Zerlina Ramsay lag in einem Vierbettzimmer. Fernseher, hoch oben an einander gegenüberliegenden Wänden angebracht, zeigten zwei verschiedene Seifenopern. Zwei der Frauen warfen mir, als ich hereinkam, einen gleichgültigen Blick zu und wandten ihre Aufmerksamkeit sofort wieder dem Bildschirm zu; die beiden anderen schauten nicht einmal herüber. Ich stand einen Augenblick lang unentschlossen auf der Schwelle und versuchte, mir darüber klarzuwerden, welche der drei schwarzen Frauen wohl Zerlina war. Keine zeigte eine besondere Ähnlichkeit mit Cerise. Schließlich entdeckte ich an einem der Betten ein Schild, das während der Behandlung mit Sauerstoff das Rauchen verbot. Die Frau in diesem Bett trug einen Gazeverband am linken Arm. Sie war klein, und das knappe Krankenhaushemd ließ viel von ihrer Körperfülle sehen. Auf sie hätte ich zuletzt getippt, aber Zerlina war mit einer

Rauchvergiftung eingeliefert worden; deshalb dachte ich, sie wird wohl Sauerstoff brauchen. Sie war an etwas angeschlossen, das nach einem Herzmonitor aussah.

Ich ging zu dem Bett hinüber. Sie schaute mir unwillig entgegen, die kleinen Augen über den Hängebacken mißtrauisch zusammengekniffen.

»Mrs. Ramsay?« Sie reagierte nicht, aber sie protestierte auch nicht. »Ich heiße V. I. Warshawski. Ich glaube, Sie kennen meine Tante Elena.«

Die dunklen Augen zuckten überrascht; sie musterte mich vorsichtig. »Sind Sie sicher?« Ihre Stimme war heiser, weil sie lange nicht gesprochen hatte, und sie räusperte sich vorsichtig.

»Sie hat mir erzählt, daß Sie im Indiana Arms oft zusammen waren. Manches Bier miteinander getrunken haben.«

»Und?«

Ich biß die Zähne zusammen und kam zum Thema. »Und gestern abend stand sie mit Cerise vor meiner Tür.«

»Cerise! Von welchem Planeten ist das Mädchen heruntergekommen?«

Ich schaute mich im Zimmer um. Wie ich erwartet hatte, interessierten sich ihre Zimmergenossinnen mehr für Szenen aus dem wirklichen Leben als für das Fernsehen. Sie gaben sich keine Mühe, ihre Neugier zu verbergen.

»Können Sie damit auf den Flur hinaus?« Ich deutete auf den Monitor. »Das ist vertraulich.«

»Wenn die beiden Geld von Ihnen genommen haben, will ich nichts davon hören. Ich kann mir nicht mal ein neues Zimmer leisten, ganz zu schweigen von den Schulden, die dieses Mädchen hat.«

»Es hat nichts mit Geld zu tun.«

Sie funkelte mich kampflustig an, hievte sich aber zum Sitzen hoch. Ihr umfangreicher Körper wirkte nicht fett, sondern wie ein Naturdenkmal, etwa ein Mammutbaum, der in die Breite gewachsen war. Sie stieß meine Hand weg, als ich nach ihrem Ellbogen fassen wollte. Ächzend rutschte sie auf den Bettrand, steckte die Füße in Krankenhauspantoffeln aus Papier, die säuberlich unter dem Bett standen. Der Monitor stand auf Rädern, sie rollte den Apparat vor sich her und bahnte sich den Weg zur Tür und den Flur entlang wie eine Flutwelle – Schwestern und Pfleger wichen nach beiden Seiten aus, als sie Zerlina kommen sahen.

Sie war etwas außer Atem, als wir eine Sitzgruppe am Ende des Flurs erreichten. Und ließ sich Zeit zum Luftholen, ehe sie sich auf einen der gepolsterten Stühle niederließ. Sie waren mit rissigem Wachstuch bezogen, das zum letztenmal gesäubert worden war, als Michael Reese noch lebte. Ich setzte mich vorsichtig auf die Kante des Stuhls im rechten Winkel zu Zerlina.

»Elena ist also Ihre Tante, ja? Kann nicht behaupten, daß Sie ihr besonders ähnlich sehen.«

»Das freut mich. Sie hat mir dreißig Jahre und dreitausend Flaschen voraus.« Ich überhörte ihr kurzes Auflachen und fügte hinzu: »Ich muß schon sagen, daß Sie Cerise auch nicht besonders ähnlich sehen.«

»Das liegt an den dreißig Jahren, von denen Sie gesprochen haben«, sagte Zerlina. »In Cerises Alter habe ich gar nicht so übel ausgesehen. Und bestimmt sehe ich besser aus, als Cerise in meinem Alter aussehen wird, wenn sie so weitermacht. Was für eine Geschichte hat sie Ihnen erzählt? Ihnen und Ihrer Tante?«

»Ihr Baby«, sagte ich unumwunden. »Katterina.«

Zerlinas Gesicht legte sich staunend in Falten. Für einen Augenblick erwartete ich, sie werde mir sagen, daß Cerise kein Baby habe.

»Sie sucht sich einen seltsamen Zeitpunkt aus, sich um das Baby zu sorgen, wo sie sich bis jetzt kaum darum gekümmert hat.«

»Katterina war Mittwoch nacht, als das Indiana Arms abgebrannt ist, nicht bei Ihnen?« Mir fiel keine behutsamere Methode ein, die Frage zu stellen.

»Mm.« Sie schüttelte nachdrücklich den schweren Kopf. »Sie hat mir das Baby am Mittwoch gebracht, das stimmt, aber ich konnte es nicht dabehalten, nicht in so einer Pension, wissen Sie. Die können bei so etwas ganz schön streng werden, was Cerise auch weiß. Aber dieses Mädchen!«

Sie saß da, die Hände auf den Knien, und starrte einen Augenblick lang grübelnd ins Leere. Der Herzmonitor piepte heftig, als wäre er im Einklang mit ihren Gedanken. Dann sah sie mir direkt ins Gesicht.

»Am besten erzähle ich Ihnen die ganze Geschichte. Ich weiß auch nicht, warum ich das mache. Weiß nicht, ob ich Ihnen auch trauen kann. Aber Sie sehen nicht wie Elena aus. Sie sehen nicht aus wie ein Alki, wie jemand, der eine traurige Geschichte so teuer wie möglich verkauft und sich eine neue Flasche besorgt.«

Bei ihren Worten wurde mir etwas mulmig. Es ist eine Sache, wenn man von der eigenen Tante glaubt, sie lege die Rentner aufs Kreuz. Es ist aber etwas ganz anderes, sich vorzustellen, daß sie Menschen erpreßt, um einen Drink zu bekommen.

»Ich habe ja früher auch ganz gern mal einen gekippt, und eins muß ich Elena lassen, sie bringt einen zum Lachen. Mit ihr kann man hin und wieder mal seine Sorgen vergessen.« Sie schaute für einen Moment wieder weg, als hätten sich ihre Sorgen zu lautstark zu Wort gemeldet.

»Also, Cerise hat dieses Baby bekommen. Und dieses Baby hatte alle möglichen Probleme, weil Cerise ein Junkie ist. Sie hat während der Schwangerschaft weiter Heroin gespritzt. Ich hab ihr gesagt, wie es kommen wird. Als sie verhaftet worden ist, hat sie sogar behauptet, sie will eine Entziehungskur machen. Man hat sie beim Klauen erwischt, sie und den Jungen, mit dem sie damals zusammen war, und sie haben beide verhaftet. Und weil es das erste Mal war und sie schwanger, kam sie frei. Sie mußte aber versprechen, eine Entziehungskur zu machen.«

Sie starrte mich wieder finster an, als wolle sie mich davor warnen, daß ich sie wegen einer solchen Tochter verurteilte. Ich stieß einen Laut aus, von dem ich hoffte, daß er mitfühlend klang, und bemühte mich, ein verständnisvolles Gesicht zu machen.

»Und dann wurde das Baby geboren – du meine Güte, was war das für eine Zeit für uns alle! Das arme kleine Ding war im Krankenhaus, dann hat Maisie – die andere Großmutter – sie zu sich nach Hause geholt. Bei mir ging das nicht, wissen Sie. Ich habe keine Sozialversicherung – die kriegt man nicht, wenn man putzen geht, was ich mein Leben lang getan habe, bis das Herz nicht mehr mitgemacht hat. Aber ich habe Maisie geholfen, so gut ich konnte, und mit der Zeit hatten wir das Baby so weit, daß es nachts geschlafen und sogar gelacht hat.«

»Cerise hat sich also nie um das Kind gekümmert?«

»Oh doch. Schließlich doch noch, als sie mit Otis angefangen hat. Das war im Juni. Dann, am Mittwoch, kommt Cerise plötzlich an und sagt, es geht nicht mehr, morgens, mittags und abends mit dem Baby zu Hause. Und ich sage ihr, daran hätte sie denken sollen, ehe sie die Beine breit gemacht hat, nicht zwei Jahre später, aber sie läßt das Baby da und geht, sagt, sie fährt mit Otis in die Dells. Also geh ich zum Telefon, aber ich finde die Nummer seiner Schwester nicht. Also rufe ich Maisie an, und sie schickt ihren Jungen und läßt Katterina abholen. Und wenn Sie glauben, Cerise macht sich Sorgen um sie, dann denken Sie noch mal drüber nach. Sie hat sich bisher nicht blikken lassen im Krankenhaus.«

Vielleicht war es Einbildung, aber mir kam es so vor, als ob der Herzmonitor am Ende der Geschichte schneller piepte. Ich wollte sie nichts fragen, was sie noch mehr aufregen konnte. Ich glaubte außerdem nicht, daß sie unbedingt von mir erfahren mußte, daß ihre Tochter wieder schwanger war.

Sie wollte wissen, warum Cerise zu mir gekommen war. Als ich erklärte, sie habe mich gebeten, bei der Feuerwehr nachzufragen, schnaubte Zerlina.

»Vielleicht glaubt sie, das Baby ist tot. Vielleicht hat sie mich deshalb nicht besucht – sie schämt sich zu sehr. Aber wenn sie und Elena wieder zu Ihnen kommen, Mädchen, dann rate ich Ihnen, das Portemonnaie ganz unten in der Handtasche zu verstecken und Ihr Geld zu zählen, bevor Sie die beiden verabschieden.«

Ich spürte einen unangenehmen Stich – in meine Brieftasche hatte ich nicht geschaut, als ich sie in die schwarze Tasche steckte. Cerise war jedoch ziemlich übel gewesen, vielleicht zu übel, als daß sie auf Jagd nach Geld und Kreditkarten hatte gehen können. Ehe ich aufstand, fragte ich Zerlina, wie lange sie im Krankenhaus bleiben müsse.

Sie ließ ein schwaches Lächeln sehen, halb listig, halb verlegen. »Als sie mich eingeliefert haben, war ich von dem Rauch bewußtlos. Und sie haben festgestellt, daß mein Herz verrückt spielt. Hoher Blutdruck, hohe Blutfettwerte – alles, was man sich nur denken kann, habe ich. Zu viel von allem. Bis auf Geld. Dehalb ziehe ich es in die Länge, solange es geht, wissen Sie. Bis ich ein Zimmer finde.«

»Ich verstehe.« Ich war schon auf schlimmere Verbrechen gestoßen. Ich stand auf. »Ich bin jedenfalls froh, daß dem Baby nichts passiert ist. Cerise ist heute mittag verschwunden, und ich werde nicht viel Energie darauf verwenden, sie zu suchen. Aber wenn ich sie wiedersehe, sage ich ihr, daß ihr Kind bei Maisie ist.«

Sie ächzte und kam langsam auf die Beine. »Ja, okay, aber ich muß Maisie anrufen und ihr sagen, daß Cerise die Kleine nicht wieder mitnehmen darf. Tragen Sie's mit Fassung, Mädchen. Wie war doch gleich Ihr Name? Vic. Und bleiben Sie diese dreitausend Flaschen hinter Elena, hören Sie?«

»Verstanden.« Ich ging langsam mit ihr den Flur entlang zurück zur Zimmertür, ehe ich mich verabschiedete. In der Halle schaute ich in meine Brieftasche. Das Bargeld war fort, und die American-Express-Karte auch. Übrig war nur noch meine Detektivlizenz, und auch das nur, weil sie hinter einer Klappe steckte. Sie hatten sogar den Führerschein geklaut. Ich knirschte mit den Zähnen. Vielleicht hatte Cerise mich heute morgen bestohlen, als ich mich im Schlafzimmer versteckte. Aber wahrscheinlich war es doch Elena gewesen, Gelegenheit hatte sie genug gehabt. Ich spürte, wie sich meine Schultern in sinnloser Wut verkrampften.

Ich fand in der Halle ein Münztelefon und rief die Kreditkartenfirma an, um die Karte als gestohlen zu melden. Wenigstens hatte ich die Telefonkarte noch und konnte telefonieren. Meistens habe ich für Notfälle einen Zwanziger im Reißverschlußfach der Handtasche; als ich in der schwarzen Tasche nachschaute, steckte tatsächlich einer darin. Ich kaufte Blumen für Zerlina. Es war nicht viel, aber alles, was ich mir leisten konnte.

12 Feuer im Dezernat für Brandstiftung

Ehe ich das Krankenhaus verließ, versuchte ich, Robin Bessinger bei der Ajax zu erreichen. Ich hoffte, wir könnten jetzt, wo ich wußte, daß das Baby nicht im Indiana Arms gewesen war, unser Treffen mit dem Dezernat für Sprengstoffanschläge und Brandstiftung absagen, aber es war zu spät – die Empfangsdame sagte mir, er sei schon zur Polizei gefahren. Ich holte tief Luft, straffte die Schultern und ging zur Ellis Avenue und meinem Auto zurück.

Früher konnte man am Zentralrevier der Polizei jederzeit, bei Tag und Nacht, mühelos einen Parkplatz finden. Seit das Baufieber die Near South Side erreicht hat, verstopften die Staus in der Innenstadt die Gegend. Ich brauchte eine halbe Stunde, bis ich einen Parkplatz gefunden hatte. Dadurch kam ich zehn Minuten zu spät, was meine gereizte Stimmung nicht gerade besserte.

Roland Montgomery hielt Hof in einem Büro von der Größe meines Bettes. Ein mit Akten vollgepackter Metallschreibtisch nahm fast den ganzen Platz ein, aber Montgomery hatte Stühle für mich, Bessinger, Assuevo und einen Untergebenen hineingequetscht. Akten stapelten sich auf dem Fenstersims und auf dem Aktenschrank aus Metall. Man hätte ihn auf die Brandgefahr aufmerksam machen sollen.

Montgomery, ein großer, dünner Mann mit hohlen Wangen, schenkte mir einen griesgrämigen Blick, als ich die Tür öffnete.

Er ignorierte meine ausgestreckte Hand, deutete auf den letzten leeren Stuhl und fragte, ob ich Dominic Assuevo kenne.

Assuevo hatte die Figur eines Bullen – dicker Nacken und breite Schultern, schmale Hüften. Das ergrauende, ehemals sandfarbene Haar war so kurz gestutzt, wie es die Jungen getragen hatten, als ich in die dritte Klasse gegangen war. Er begrüßte mich mit einer jovialen Höflichkeit, von der seine Augen nichts widerspiegelten.

»Feuer zieht Sie magisch an, stimmt's, Ms. Warshawski?«

»Schön, Sie wiederzusehen, Commander. Tag, Robin. Ich habe vorhin versucht, Sie zu erreichen, aber in Ihrem Büro hieß es, Sie seien schon weg.« Ich schob mich an Assuevos langen Beinen vorbei auf den leeren Stuhl zu.

Robin Bessinger saß in der entgegengesetzten Ecke des winzigen Zimmers. Er wirkte etwas älter, als er mir bei der ersten Begegnung vorgekommen war, aber natürlich hatte ich durch den Helm nicht sehen können, daß sein Haar grau war. Er lächelte, winkte und begrüßte mich.

Ich quetschte mich neben den Uniformierten und hielt ihm die Hand hin. »V. I. Warshawski. Ich glaube, wir kennen uns nicht.«

Er murmelte etwas, das wie »Feuerwehrwhisky« klang. Ich erfuhr nie, wie er hieß.

»Sie glauben also, daß ein Baby im Indiana Arms war, Ms. Warshawski?« Montgomery zog einen Aktendeckel aus dem Stapel vor ihm. Das mußte er geübt haben; er konnte nicht blindlings wissen, welcher Aktendeckel welchen Brand betraf.

»Ich habe es heute morgen geglaubt, als ich mit Mr. Bessinger sprach. Das war, bevor ich die Großmutter des Babys gefunden hatte. Ich habe eben im Krankenhaus mit ihr gesprochen, und sie sagt, sie habe das Kind schon vor Ausbruch des Feuers zu seiner anderen Großmutter geschickt.«

»Wir vergeuden also hier unsere Zeit, ist es das, was Sie mir sagen wollen?« Montgomerys Augenbrauen hoben sich bis zum Haaransatz. Er gab sich keine Mühe, seine Geringschätzung zu verbergen.

Ich lächelte verkrampft. »Nehm's an, Lieutenant.«

»Es waren keine Babys im Indiana Arms, als es abbrannte?« Sein langer Hals ragte über den Schreibtisch wie der Ausleger eines Krans.

»Mit Gewißheit kann ich das nicht sagen. Ich weiß nur, daß das Baby, von dem ich gehört hatte – Katterina Ramsay –, das Gebäude schon am Abend verlassen hat. Nach allem, was ich weiß, könnten durchaus andere Babys dort gewesen sein. Vielleicht kann Ihnen Commander Assuevo etwas darüber sagen.«

Der junge Mann neben mir schrieb etwas in sein aufgeschlagenes Notizbuch, hörte aber auf ein Zeichen von Montgomery damit auf.

»Sie stehen im Ruf eines Witzbolds, Ms. Warshawski«, sagte der Lieutenant streng. »Ich persönlich habe Ihren Sinn für Humor nie unterhaltsam gefunden. Ich hoffe, Sie hatten keinen Scherz im Sinn, als Sie Polizei und Feuerwehr für nichts und wieder nichts in der Gegend herumgehetzt haben.«

»Bobby Mallory hat mein komisches Talent schon immer weit überschätzt«, sagte ich kühl. Ich war ziemlich wütend, aber mir kam es so vor, als ob mich Montgomery absichtlich provozierte. Ich wollte mir keine Blöße geben.

»Wenn Ihnen das nächste Mal nach einem kleinen Scherz zumute ist, rufen Sie bitte Mallory an, nicht mich. Aber falls Sie noch einmal Schindluder mit unserer Abteilung treiben, Ms. Warshawski, glauben Sie mir, dann rufe ich den Lieutenant an und bitte ihn, Sie gründlich über die rechtlichen Folgen zu belehren.«

Das schien das Ende des Gesprächs zu sein. Außer über den Schreibtisch zu springen und Montgomery mit den bloßen Fäusten zu traktieren, fiel mir nichts ein, was ich hätte sagen oder tun können, um meinen Ärger wirkungsvoll auszudrükken. Ich stand langsam auf, zog die Gürtelschnalle unter die schwarzen Knöpfe, las ein nicht vorhandenes Härchen von meinem Kleid und schüttelte den Rock aus. Ich strahlte Feuerwehrwhisky fröhlich an und winkte Robin Bessinger zu.

Ich behielt das fröhliche Lächeln den Weg die Treppe hinunter im Gesicht. Erst in der Halle ließ ich zu, daß die Wellen des Zorns es wegspülten. Was zum Teufel hatte Montgomery gebissen? Es konnte nur mit seiner Beziehung zu Lieutenant Bobby Mallory zu tun haben. Bobby redet anders über mich, als er über mich denkt – durchaus möglich, daß er Montgomery erzählt hatte, ich sei eine Schreckschraube und ein Klugscheißer; er hatte das schon einige Male öffentlich geäußert. Öffentlich kein Wort von der Zuneigung, die Bobby mir als alter Freund meiner Eltern entgegenbrachte.

Aber das war keine Entschuldigung für Montgomerys Verhalten. Er hätte mich zum Beispiel fragen können, warum ich Robin angerufen hatte. Ich hatte auf keinen Fall vor, mich winselnd zu rechtfertigen, wenn ich so behandelt wurde. Und Bessinger? Warum hatte der Kerl den Mund nicht aufgekriegt? Mit verkniffenem Gesicht suchte ich den Weg zum Südausgang.

»Du siehst aus, als hätte dich eine Schlange gebissen. Kannst du deinen Freunden nicht mal mehr guten Tag sagen?« Das war Michael Furey. Ich hatte die Gesichter nicht beachtet, während ich mit hängenden Schultern die Halle durchquerte.

»Oh, Tag, Michael. Muß am Schlafmangel liegen.«

»Was machst du denn hier? Hilfst du uns dabei, daß Chicago sicher und gesetzestreu bleibt?« Die dunkelblauen Augen schauten spöttisch.

Ich zwang mich zu einem Lächeln. »Etwas in der Richtung. Ich war eben bei Roland Montgomery, wegen des Brands im Indiana Arms letzte Woche.«

»Der Brand, von dem deine Tante betroffen war? Laß die Finger von Brandstiftung – viel Schmutz dabei, schmutzige Geschäfte.«

»Schmutzige Arbeit, aber jemand muß sie machen. Weil Montgomery keine Lust dazu hat, werd ich mich wohl daran versuchen.«

»Oh, Monty wird nicht ermitteln?« Seine Augenbrauen hoben sich, und er sah nachdenklich aus.

»Scheint sich nicht besonders dafür zu interessieren.« Ich blieb beim leichten Ton.

»Na, in diesem Fall –« Er brach ab. »Du willst nicht hören, wenn ich dir sage, du solltest dich um deinen eigenen Kram kümmern.«

Ich verneigte mich leicht. »Der Junge kann Gedanken lesen.«

Er lachte kurz, aber es schwang eine Spur Gereiztheit darin mit. »Schön, dann laß ich's. Aber denk dran, wenn Monty den Fall nicht anfaßt, gibt's möglicherweise gute Gründe, dich da rauszuhalten.«

Ich schaute ihn mit festem Blick an. »Zum Beispiel? Na, spielt keine Rolle. Bloß damit du zufrieden bist, niemand hat mich gebeten, mich um die Brandstiftung zu kümmern. Aber je häufiger mir die Leute sagen, ich soll von etwas die Finger lassen, desto mehr juckt es mich, die Hand auszustrecken und rauszukriegen, was das Besondere daran ist.«

Er hob ungeduldig die Schulter. »Ganz wie du willst, Vic. Ich hab's eilig.«

Er ging den Flur entlang, begrüßte uniformierte Männer mit seiner üblichen guten Laune. Ich schüttelte den Kopf und ging hinaus.

Bessinger holte mich ein, als ich die State Street überquerte. »Nicht so schnell, Vic. Ich möchte wissen, was zwischen Ihnen und Monty los war.«

Ich blieb stehen und schaute ihm direkt ins Gesicht. »Sagen Sie es mir. Mir ist aufgefallen, daß Sie nichts gesagt haben, um zu erklären, warum Sie es nur wegen meines Anrufes für der Mühe wert hielten, Montgomery zu behelligen.«

Er hob die Hände. »Ich habe schon viel mit Bränden zu tun gehabt. Ich stelle mich nicht zwischen Benzin und Streichholz. Außerdem habe ich versucht, mit ihm zu reden. Deshalb bin ich noch geblieben. Aber ich begreife immer noch nicht, warum er in diesem Fall so wütend geworden ist. Natürlich sind sie unterbesetzt, aber er sieht darin einen persönlichen Affront. Warum?«

Ich schüttelte den Kopf. »Ich begreife ja, daß er und Assuevo sich verarscht vorkämen, wenn sie das Labor dazu gebracht hätten, die Asche nach einer nicht vorhandenen Leiche zu durchwühlen. Aber zunächst einmal habe ich Sie nur angerufen, um zu hören, ob Sie etwas wissen. Als Sie nichts wußten, habe ich den umständlichen Weg eingeschlagen, womit ich meine, daß ich den Nachnamen der Mutter des Kindes herauskriegen und ihre Mutter finden mußte. Die Großmutter, meine ich.«

»Den haben Sie nicht gewußt, als Sie mich angerufen haben?« Er klang verwirrt, nicht anklagend.

»Ich hatte die junge Frau noch nie zuvor gesehen – die Mutter des Babys –, ehe sie gestern abend vor meiner Wohnung stand. Sie hatte das Kind bei ihrer Mutter gelassen, Zerlina Ramsay, im Indiana Arms, und sie wollte nicht, daß ich mit Mrs. Ramsay sprach. Sie fürchtete, wenn ich den Nachnamen wüßte, könnte ihre Mutter Schwierigkeiten bekommen und nie wieder ein Zimmer finden. Sie ist allerdings ein Junkie – ich weiß nicht, was daran drogenbedingte Paranoia war oder echte Sorge um ihre Mutter oder sonstwas.«

Wir standen dicht am Rinnstein auf dem Pflaster. Streifenpolizisten, die dem Eingang State Street zustrebten, rempelten uns immer wieder an. Als ich einen Schritt zur Seite machte, um nicht mit einem Mann zusammenzustoßen, der aus einer Staatskarosse ausgeladen wurde, prallte ich gegen eine Frau, die Richtung Dearborn Street die Straße entlangtrottete.

»Können Sie nicht aufpassen, wo Sie hintreten?« fuhr sie mich an.

Ich machte den Mund auf, um mit einer kämpferischen Replik zu kontern, dann schien mir, daß ich mich für heute genug herumgestritten hatte, und ich ignorierte sie.

Robin schaute auf die Uhr. »Ich muß nicht mehr ins Büro zurück. Möchten Sie irgendwo etwas trinken? Ich fürchte, wenn wir noch mal mit jemandem zusammenstoßen, läßt der mißgelaunte Monty uns verhaften.«

Ich fühlte mich plötzlich ungeheuer müde. Seit acht Uhr morgens lief ich herum und räumte hinter Elena und Cerise auf. So verschiedene Menschen wie Lotty und Roland Montgomery hatten mich zur Schnecke gemacht. Ein sauberes, gut beleuchtetes Lokal und ein Glas Whisky, das klang, als ob mir das der Arzt verschrieben hätte.

Robin hatte von der Ajax aus ein Taxi genommen. Er ging mit mir zum Chevy, und wir fuhren mit der ersten Welle des Berufsverkehrs zum Golden Glow, einer Bar im South Loop, die ich kenne und liebe. Wir ließen das Auto an einer Parkuhr in der Nähe der Congress Street stehen und gingen zu Fuß die drei Straßen zurück zur Bar. Sal Barthele, die Besitzerin, war allein mit zwei Männern, die am hufeisenförmigen Mahagonitresen in ihr Bier schauten. Sie nickte mir majestätisch zu, als ich Robin zu einem runden Tischchen in der Ecke führte. Sie wartete, bis wir uns gesetzt hatten und Robin in Jubel über die echten Tiffanylampen ausgebrochen war, ehe sie unsere Bestellungen entgegennahm.

»Das übliche, Vic?« fragte Sal, als Robin ein Bier bestellt hatte.

Das übliche ist für mich ein Black Label. Ich stellte mir Elenas rot angelaufenes, geädertes Gesicht und meine verschwundenen Kreditkarten vor. Ich dachte an Zerlinas Mahnung, dreitausend Flaschen hinter Elena zurückzubleiben. Dann dachte ich, zum Teufel, ich bin siebenunddreißig. Falls ich dazu geneigt hätte, mich jedesmal, wenn das Leben bedrohlich für mich wurde, zu besaufen, hätte ich schon vor Jahren damit angefangen. Wenn mir nach einem Whisky ist, dann trinke ich auch einen Whisky.

»Ja«, sagte ich heftiger, als ich es beabsichtigt hatte.

»Bist du dir da auch sicher, Mädchen?« Sal verspottete mich freundlich, dann ging sie an die Bar zurück, um unsere Getränke zu holen. Sal ist eine gute Geschäftsfrau. Das Glow ist nur eine ihrer Investitionen, und sie könnte es sich lässig leisten, es einem Geschäftsführer zu übergeben. Aber es war außerdem ihr erstes Geschäftsprojekt gewesen, und sie präsidiert liebend gern persönlich dort.

Robin trank einen Schluck vom frisch gezapften Bier und riß anerkennend die Augen auf. »Ich bin auf dem Weg zur Versicherungsbörse vermutlich hundertmal hier vorbeigekommen. Wie hat mir der Laden nur entgehen können?«

Sals Faßbier wird eigens für sie von einer kleinen Brauerei in Steven's Point hergestellt. Ich mache mir nichts aus Bier, aber wer von meinen Freunden Bier mag, der lobt es immer wieder.

Ich erzählte Robin ein wenig über Sal und ihre Geschäfte, dann brachte ich das Gespräch wieder auf das Indiana Arms. »Haben Sie irgendeinen Beweis dafür gefunden, daß der Besitzer die Pension verkaufen wollte?«

Robin schüttelte den Kopf. »Dazu ist es noch zu früh. Seine Mittel sind nicht üppig, aber darauf kommt es nicht an. Es geht eigentlich mehr darum, was aus dem Gebäude wird und aus ihm und seinen Finanzen. So weit sind wir noch nicht.«

»Was sagt Montgomery?«

Robin runzelte die Stirn und trank sein Bier aus, ehe er antwortete. »Nichts. Er hat nicht vor, noch mehr Arbeitszeit in die Ermittlung der Brandstiftung zu stecken.«

»Und Sie sind nicht seiner Meinung?« Ich trank ein Glas Wasser und schluckte dann den restlichen Scotch. Die Wärme zog langsam vom Magen in die Arme, und die Spannung, die der Tag in meinen Schultern hinterlassen hatte, löste sich etwas.

»Wir zahlen nie, wenn Brandstiftung im Spiel ist. Ich meine, wenn wir nicht hundertprozentig sicher sind, daß der Versicherte nicht selbst das Ding gedreht hat.«

Er hob das leere Glas in Sals Richtung, und sie zapfte ihm ein frisches Bier. Mit dem Glas brachte sie die Black-Label-Flasche, aber beim Gedanken an einen zweiten schüttelte es mich. Das mit Elena mußte mich doch getroffen haben.

»Trotzdem, ich kann Montgomery einfach nicht verstehen. Ich habe schon früher mit ihm zusammengearbeitet. Er ist nicht einfach – ein verkniffener Typ –, aber ich habe ihn nie so bösartig erlebt, wie er heute nachmittag Ihnen gegenüber war.«

»Muß an meinem Charme liegen«, sagte ich leichthin. »Auf manche Männer wirkt er so.« Ich hielt es nicht für der Mühe wert, einem Fremden meine Theorie über Montgomery und Bobby Mallory zu erklären.

Robin konnte darüber nicht lachen. »Es muß mit diesem Brand zusammenhängen. Warum sonst hätte er mir gesagt, der Fall sei abgeschlossen? Sie hätten ihn nur deshalb noch einmal aufgerollt, weil Sie glaubten, es habe eine Leiche gegeben. Jetzt wollen sie ihre Leute dort einsetzen, wo sie dringender gebraucht werden.«

»Ich habe noch nie mit dem Dezernat für Sprengstoffanschläge und Brandstiftung zusammengearbeitet, aber ich nehme an, es gibt keinen großen Unterschied zur übrigen Polizei – zu wenig Leute, zu viele Verbrechen. Mir kommt es nicht ganz und gar unglaublich vor, daß Montgomery die Ermittlung im Fall eines unterversicherten Mausoleums in einem heruntergekommenen Stadtteil einstellt. Feuerwehr und Polizei sollten allen dienen und alle beschützen, aber da arbeiten auch nur Menschen. Gegenden, in denen der politische Einfluß größer ist, interessieren sie eben mehr.«

Robin machte eine ungeduldige Geste. »Vielleicht haben Sie recht. Versicherungsgesellschaften müssen auf Brandstiftung allergischer reagieren. Wenn Montgomery sich auf die reichen Gegenden konzentrieren will, wir können uns das nicht leisten. Und wenn er das Indiana Arms aufgibt, wir tun das nicht. Jedenfalls nicht im Augenblick.«

Jedenfalls solange nicht, bis auch sein Chef wieder Sinn für Prioritäten bekam. Aber ich behielt diesen unfreundlichen Gedanken für mich und ließ zu, daß sich das Gespräch den Freuden eines Hausbesitzers zuwandte. Robin hatte eben ein Zweifamilienhaus in Albany Park gekauft; das Erdgeschoß war vermietet, er wohnte oben und versuchte, in seiner freien Zeit an den Wochenenden das ganze Haus zu renovieren. Das Abkratzen von Lack und das Vergipsen von Wänden sind nicht gerade das, was ich mir als Zeitvertreib aussuchen würde, aber ich bin gern bereit, die zu bewundern, die da anders denken.

Nach seinem dritten Bier war es nur natürlich, ans Essen zu denken. Wir einigten uns auf das I Popoli, ein Fischrestaurant in der Nähe der Kreuzung von Clark und Howard Street. Nach dem Essen war es nur natürlich, mit ihm nach Albany Park zu fahren, um die Renovierungsarbeiten zu inspizieren. Eins führte eben zum anderen. Aber ich verabschiedete mich, ehe es noch weiter führte. Ich hatte nichts Entsprechendes eingepackt, als ich die Wohnung verließ. Und AIDS hat mich sowieso vorsichtiger gemacht. Ich treffe einen Mann lieber mehr als einmal, ehe ich etwas Unwiderrufliches tue. Aber es tut gut zu erfahren, wie andere die eigene Anziehungskraft einschätzen. Um Mitternacht fuhr ich mit weit besserer Laune nach Hause, als ich es beim Aufstehen vor zwanzig Stunden für möglich gehalten hätte.

13 Waschtag

Am nächsten Morgen schlief ich lang. Normalerweise bin ich, einmal aufgewacht, sofort auf den Beinen und komme in die Gänge; ich halte nichts vom Dösen. Aber heute spürte ich, wie mich eine katzenhafte Trägheit umfing, ein Wohlgefühl, das dem Bewußtsein entsprang, meine Burg für mich zu haben. Die Straßengeräusche waren gedämpft – die von neun bis fünf dran waren, hatten sich längst auf den Weg machen müssen –, und ich hatte das Gefühl, in einer Blase der Ruhe zu schweben.

Schließlich tappte ich in die Küche, um Kaffee zu kochen. Die Spuren des gestrigen Chaos dämpften meine Hochstimmung nur leicht, aber doch so sehr, daß ich beschloß, das Laufen nicht zwei Tage hintereinander ausfallen zu lassen. Ich hatte nach Cerises Kotzerei saubergemacht, aber die Lappen lagen noch in der Spüle und verströmten einen schwachen Geruch nach Clorox, gemischt mit abgestandenem Erbrochenen. Ich mußte sie in die Waschmaschine stecken und konnte das gleich tun, ehe ich los lief.

Nachdem ich meine Streckübungen absolviert hatte, verschlechterte sich meine Laune noch mehr, als ich im Keller feststellte, daß jemand meine nasse Wäsche auf den Boden geworfen hatte. Obendrauf lag ein in zorniger Eile gekritzelter

Zettel: »Der Keller gehört Ihnen nicht auch noch!« Mr. Contreras hätte so etwas niemals getan. Im ersten Stock wohnten Koreaner; ihr Englisch reichte für eine derart spitze Bemerkung wohl kaum aus. Meine Nachbarin im zweiten Stock war eine ruhige alte Norwegerin, die ich nur selten zu Gesicht bekam. Blieb nur noch der Bankmensch, der gute alte Vincent Bottone.

Ich stopfte die Wäsche zurück in die Maschine, fügte die Lappen hinzu, goß die doppelte Menge Waschmittel und einen Becher Clorox hinein und überließ es der Firma Westinghouse, mir die Dreckarbeit abzunehmen. Im Erdgeschoß machte ich Station und übernahm den Hund, der über meinen Anblick noch begeisteter war als sonst – es war mehrere Tage her, seit Peppy sich richtig ausgetobt hatte. Mr. Contreras wollte mich nach meiner Tante und Cerise ausfragen, aber der Hund jaulte so laut, daß ich bald entkommen konnte.

Als ich zur Belmont Avenue und über sie hinweg zum Hafen joggte, ging mir immer wieder Vincent Bottone durch den Kopf, und ich suchte nach einer passenden Antwort auf seine Entweihung meiner Wäsche. Natürlich hätte ich sie nicht den ganzen Tag lang in der Maschine lassen dürfen, aber mußte er sie deshalb auf den Boden werfen mit einem bösen Zettel obenauf? Meine wildeste Phantasie war, am Wochenende, wenn er ausgegangen war, in seine Wohnung einzubrechen und seinen Aktenkoffer zu stehlen, damit Peppy ihn zerfetzen konnte. Aber dann hätte er wohl den Hund vergiftet – er war genau der Typ.

Als Peppy und ich nach Hause kamen, war meine Morgeneuphorie völlig verpufft. Ich brachte den Hund zu Mr. Contreras zurück und wehrte ein zweites Sperrfeuer von Fragen mit Hinweisen auf Arbeitsüberlastung ab. Auf halbem Weg hinauf fiel mir die Wäsche wieder ein, und ich stapfte in den Keller zurück, um sie in den Trockner umzuladen.

Die Waschmaschine war noch beim letzten Schleudergang. Ich stützte die Ellenbogen auf das vibrierende Gehäuse und versuchte, einen Plan für den Tag zu machen. Ich brauchte einen neuen Führerschein. Was eine Bustour bis hinaus nach

Elston bedeutete – im Grunde hätte ich schon gestern abend nicht ohne Führerschein fahren dürfen. Danach – ich fragte mich, ob es der Mühe wert war, Elena wegen meiner Verluste zur Rede zu stellen. Wenn sie Bescheid darüber wußte, würde sie es nicht zugeben; beim Gedanken an ihre gezierten Ausflüchte wurde mir sowieso übel. Falls es Cerise gewesen war, die mich bestohlen hatte – sie zu finden, verspürte ich nicht den geringsten Wunsch, selbst wenn ich gewußt hätte, wo ich suchen mußte.

Wenn ich mich mit diesen beiden nicht wieder einlassen wollte, konnte mich nichts davon abhalten, mich meinen zahlenden – und wartenden – Klienten zuzuwenden. Ich wiederholte etliche strenge Befehle an mich, nach oben zu gehen, mich anzuziehen und zum Loop zu fahren, aber irgend etwas hielt mich wie angewurzelt vor der Waschmaschine fest.

Der Rhythmus des Schleudergangs war beruhigend. Mein Kopf entspannte sich, während ich die Schalter anstarrte. Die nagenden Fragen, die von Cerises und Elenas dringenden Bedürfnissen verdrängt worden waren, trieben wieder an die Oberfläche meines Gehirns.

Rosalyn. Warum hatte sie auf Boots' Party ihre Zeit mit mir vergeudet? Tausend Leute, die sie begrüßen mußte – darunter jede Menge Leute mit jeder Menge Knete. Und da wollte sie ausgerechnet von mir wissen, daß ich auf ihrer Seite stehe?

Ich hätte das gern geglaubt. Aber ich konnte es einfach nicht. Sie wußte, ich hatte für sie gespendet; das hätte als Garantie bei jemandem, der ihr nicht übertrieben nahestand, reichen müssen. Trotz der Lobhudeleien von ihr und Marissa war meine öffentliche Unterstützung nicht besonders nützlich für sie. Ich war schon lange nicht mehr politisch aktiv gewesen. In Finanzkreisen ist mein Name besser bekannt, aber in der County-Politik hat er kein Gewicht. Wenn bekannt wurde, daß ich Roz unterstützte – oder irgendeinen anderen Kandidaten –, mochte das einige Leute, die mich aus meiner Zeit als Pflichtverteidigerin kannten, ebenso dazu bringen, gegen sie zu stimmen.

Nein, es gab nur eine Möglichkeit: Sie dachte, ich wüßte

etwas, das ihr schaden könnte. Sie hatte irgendein Geheimnis, und ihr Vetter fürchtete, ich könne darüber Bescheid wissen. Erst nachdem er auf mich gezeigt hatte, war sie zurückgekommen und hatte mich um das Gespräch an der Schaukel gebeten. Sie hatte mit mir sprechen wollen, um das Terrain zu sondieren.

»Spielt keine Rolle, Vic«, sagte ich laut. »Sie hat also ein Geheimnis. Wer hat keins? Es geht dich nichts an.«

Ächzend packte ich die schwere nasse Wäsche aus der Waschmaschine in den Trockner. Ich warf die Tür zu und starrte die Knöpfe düster an. Das Problem war, daß es mich, seit Roz sich mir gegenüber so seltsam benommen hatte, doch etwas anging. Falls sie und Marissa mich zum Sündenbock machen wollten – ich brach den Gedanken mitten im Satz ab und ging zur Treppe. Ich war halb oben, als mir einfiel, daß ich den Trockner nicht eingeschaltet hatte. Ich stapfte noch einmal in den Keller und setzte ihn in Gang.

Ich zog meine neueste Jeans an, damit ich auf die Leute bei der Führerscheinstelle einen respektablen Eindruck machte. Dazu eine rosa Bluse, damit ich auf dem Foto anständig aussah.

Während der langwierigen Busfahrt zur Elston Avenue und während ich wartete, bis die Beamten, die ihrem Arbeitstempo nach kurz vor der Leichenstarre standen, Antragsteller abfertigten, spielte ich mit verschiedenen Methoden, einen Anhaltspunkt für Rosalyns Lage zu finden. Mein erster Gedanke war gewesen, zum Daley Center zu fahren, um herauszufinden, ob sie verklagt wurde. Aber wäre das der Fall, hätten die Zeitungen die Geschichte gebracht – wenn jemand für ein Staatsamt kandidiert, überprüfen auf Sensationen versessene Reporter als erstes, ob etwas gegen den Kandidaten vorliegt.

Ich schrak hoch, als die Reihe an mich kam. Ich füllte die Formulare aus, legte meine drei Identifikationspapier vor, wartete wieder, willigte ein, Nieren und Augäpfel zu spenden, falls mich ein Kokser zum Totalschaden fuhr, und wurde schließlich fotografiert. Ich hätte mir die Mühe der Kleiderwahl sparen können – das Foto zeigte mich wie einen Flüchtling aus der psychiatrischen Station im Gefängnis von Cook County. Vielleicht sollte ich diesen Führerschein auch verlieren und es noch einmal versuchen.

Ich trottete zurück zum 41er Bus und ließ die lange Fahrt nach Süden über mich ergehen. Der Anblick des Fotos, das mich so schwachsinnig zeigte, brachte mich auf den Gedanken an jemanden, der vielleicht wußte, was Roz vorhatte. Velma Riter war eine Fotografin, die ich während ihrer Zeit beim *Herald-Star* kennengelernt hatte. Sie hatte hin und wieder an Artikeln über meine Fälle mitgearbeitet; daher kannten wir uns, wenigstens vom Sehen. Kurz bevor sie die Zeitung verließ und sich selbständig machte, hatte sie für eine Sonderausgabe einen Fotoessay über »Fünfzig Frauen, die in Chicago etwas bewegen« gemacht. Ich war eine der Fünfzig, wie auch Roz.

Die Künstlerin war zu Hause. Sie hatte offenbar einen anderen Anruf erwartet, denn sie meldete sich sofort nach dem ersten Läuten, wirkte aber verblüfft, als sie meinen Namen hörte.

»V. I. Warshawski«, wiederholte sie langsam und dehnte die Silben. »Na so was. Wie komme ich zu diesem Vergnügen?«

»Ich habe mir eben einen neuen Führerschein ausstellen lassen. Ich möchte, daß Sie das Foto frisieren.«

»Meine eigentliche Spezialität sind gefälschte Pässe«, sagte sie trocken. »Was treiben Sie denn so im Augenblick?«

»Nicht viel. Aber am Sonntag habe ich mit Roz Fuentes gesprochen, bei einem großen Spektakel, das Boots Meagher für sie veranstaltet hat.«

»Ich habe davon gehört – sie wollte, daß ich auch komme, aber ich bereite eben eine Ausstellung vor. Ich wäre nicht einmal ans Telefon gegangen, wenn ich nicht erwartet hätte, daß mein Agent anruft.«

Ich murmelte einen angemessenen Glückwunsch, notierte mir Namen der Galerie und Vernissagedatum und entschuldigte mich, daß ich sie bei der Arbeit störte. »Haben Sie noch Kontakt zu Roz?«

»Ich mache Fotos für die Kampagne.« Ihre Stimme klang jetzt eine Spur ungeduldig. »Vic, ich habe im Moment wirklich keine Zeit für einen Plausch.«

»Ich würde Sie nicht belästigen, wenn ich wüßte, wen ich sonst stören könnte. Ich mache mir Sorgen um Roz. Ich frage mich, ob sie dabei ist, sich eine Grube zu graben, über die ihre Freunde Bescheid wissen sollten.«

»Was hat Sie auf diesen Gedanken gebracht?«

»Weniger das, was sie gesagt hat, als das, was sie getan hat.« Ich erzählte ihr, wie Roz sich von der Menge abgesondert hatte, nur um zu sondieren, was ich von ihrem Bündnis mit Boots hielt.

»Sie machen sich zu viele Sorgen über die Angelegenheiten anderer Leute, Warshawski. Manche Leute halten Sie sogar für eine Nervensäge. Fangen Sie doch ein paar Verbrecher und lassen Sie Roz in Ruhe. Sie ist sauber.«

Bei ihren Schlußworten brannten mir die Wangen. Ich legte ohne auch nur den Versuch einer Erwiderung auf. Ich hatte eine häßliche Vision von mir als aufgedrehte, wichtigtuerische Schreckschraube.

»Sie hätte trotzdem nicht ankommen und mich fragen dürfen, ob ich etwas tun könnte, das ihr schadet«, murmelte ich gekränkt vor mich hin.

Mit hängenden Schultern verließ ich die Wohnung. Ich war mein Bargeld los und hatte keine Scheckkarte. Den Rest des Nachmittags verbrachte ich damit, mich wieder kreditwürdig zu machen. Zur Bank, um Geld abzuheben und eine neue Scheckkarte zu beantragen. Zum Lebensmittelgeschäft, um einzukaufen und mir eine neue Kundenkarte ausstellen zu lassen. Um vier nahm ich mir schließlich die Zeit, zum Daley Center zu gehen und ein paar Hintergrundrecherchen für einen alten Klienten anzustellen. Velmas Worte brannten noch so, daß ich nicht einmal den Versuch machte, etwas über Roz herauszufinden.

Die Urkundenabteilung schloß um halb fünf. Ich ging zu Fuß ins Büro hinüber, um nachzuschauen, was für neue Rechnungen seit Freitag gekommen waren, machte vorher Station in einem Imbißladen und nahm ein riesiges Stück Schokoladenkuchen und einen Becher bitteren Kaffee mit.

Während ich den Kuchen aß, schaltete ich die Schreibtischlampe ein und rief den Auftragsdienst an. Michael Furey und Robin Bessinger hatten angerufen. Und ein Manager von Cartwright & Wheeler, den Versicherungsmaklern, denen ich letzten Freitag meine Arbeit präsentiert hatte.

Ich sackte jetzt schwer in den Sessel. Ein möglicher Klient. Ein zahlender Klient. Und ich hatte völlig vergessen, anzurufen und nachzuhaken. Nachdem ich fünfhundert Dollar und zwei Tage in eine Präsentation investiert hatte.

Vielleicht der Anfang der Altersdemenz. Es heißt, das Kurzzeitgedächtnis verliert man als erstes. So sehr mich die Auftritte mit Cerise und mit Roland Montgomery gestern auch mitgenommen hatten, einen derart wichtigen Anruf hätte ich nicht versäumen dürfen. Ich schaute in meinen Taschenkalender – da stand es. Cartwright & Wheeler anrufen. Ich hatte sogar Telefonnummer und Namen der Kontaktperson aufgeschrieben.

Als ich anrief, bekam ich eine schlechte Nachricht – sie hatten entschieden, daß sie im Augenblick meine Hilfe nicht brauchten. Daß sie die Entscheidung verschoben hatten, hieß natürlich, die Chancen dafür, daß sie mich beauftragen würden, standen schlecht. Velma hatte doch recht – ich verbrachte so viel Zeit damit, mich um die Angelegenheiten fremder Leute zu kümmern, daß ich es nicht einmal schaffte, die eigenen auf dem laufenden zu halten. Die Vision einer Schreckschraube kehrte zurück. Vielleicht wäre nichts anderes herausgekommen, wenn ich den Anruf gestern nicht verschwitzt hätte, aber ich wäre mir wenigstens wie ein Profi vorgekommen und nicht wie eine Närrin.

14 In flagranti ertappt

Ich rief Furey und Robin Bessinger zurück, mehr um mich von Selbstzerfleischung abzuhalten, als aus dem Verlangen, mit beiden zu sprechen. Furey wollte sich für die Bemerkungen entschuldigen, die er gestern auf dem Revier gemacht hatte, und einen letzten Ausflug zu den Sox mit mir verabreden, die wie die Cubs schon lange weg vom Fenster waren.

»Ich wollte dich nicht kritisieren«, fügte er hinzu. »Es ist schwer für uns eingefleischte Chauvis, uns zu bessern.«

»Ist okay«, versicherte ich ihm mit soviel gutem Willen, wie ich aufbringen konnte. »Ich war sowieso nicht in Bestform – Lieutenant Mallory hat mir aus den falschen Gründen den Hintern versohlt, und danach war ich nicht in der allerfriedlichsten Stimmung.«

Nachdem wir kurz über die Besprechung geredet hatten und er ein paar Tips über den richtigen Umgang mit Montgomery losgeworden war, erkundigte er sich nach Elena.

Ich hatte vergessen, daß ich ihn gebeten hatten, nach ihr zu suchen. Noch mehr Demenz. Noch mehr abstoßende Einmischerei. »Ach, ich Depp. Tut mir leid – ich hätte es dir sagen sollen – sie ist am Sonntag abend gesund und munter aufgetaucht. Mit einem wirklich grauenhaften Schützling.«

»Klingt übel«, sagte er mit eifrigem Mitgefühl. »Was für ein Schützling? Jemand aus dem Indiana Arms?«

»Die Tochter.« Ich schilderte ihm Cerise kurz. »Jetzt ist sie von der Bildfläche verschwunden, schwanger, süchtig und so weiter.«

»Willst du mir ihren Namen sagen und sie näher beschreiben? Ich könnte die Jungs darum bitten, nach ihr Ausschau zu halten.«

»Uh.« Das letzte, was ich wollte, war, daß jemand Cerise noch einmal vor meiner Tür ablud. Andererseits, zum Wohl des Embryos, der in ihr wuchs, mußte jemand versuchen, sie zu einer Entziehungskur zu bewegen. Warum nicht die Bullen? Ich nannte ihm die Einzelheiten.

»Ich glaube nicht, daß es eine gute Idee ist, diese Woche zum Baseball zu gehen – ich habe so vieles schleifen lassen, und das deprimiert mich. Ich rufe nächsten Montag oder Dienstag an, okay?«

»Ja, Vic. Prima.« Er legte auf.

Furey war im Grunde gutmütig. Zeigte so viel Anteilnahme, daß er nach einer schwangeren Drogensüchtigen suchte, die er nie gesehen hatte. Eileen Mallory hatte recht – er war aus dem Stoff, aus dem gute Väter gemacht werden. Leider war ich nicht auf der Suche nach einem Vater. Jedenfalls nicht für meine ungeborenen Kinder.

Als nächstes rief ich Robin an. Das Labor hatte einen Bericht über die Proben aus dem Indiana Arms abgeliefert. Es hatte bestätigt, was Robin von Anfang an über den Brandbeschleuniger vermutet hatte – es war Paraffin gewesen.

Ich versuchte, meinem Kopf Interesse abzuringen für das, was er sagte. »Ist das schwer zu kriegen?«

»Überhaupt nicht«, antwortete er. »Das kann man sich leicht beschaffen, auch in großen Mengen. Deshalb glaube ich nicht, daß wir den Brandstifter kriegen, wenn wir nach einem Käufer suchen. Interessant ist der Zeitzünder, der verwendet wurde. Er war mit einer Kochplatte im Zimmer des Nachtportiers verbunden.«

»Also hatte der Wächter vielleicht etwas damit zu tun.« Schwer zu glauben, daß er nichts damit zu tun hatte, wenn der Zeitzünder mit seiner Herdplatte verbunden gewesen war.

»Der Besitzer sagt, er habe nur einen Nachtportier am Tresen gehabt. Er habe nicht geglaubt, für das Gebäude sei ein Wächter nötig. Wir haben den Mann jedoch noch nicht ausfindig machen können... Vic, du hast früher viel für Ajax gearbeitet. Erfolgreich gearbeitet. Ich frage mich – ich habe mit meinem Chef darüber gesprochen –, ob wir dich für diesen Fall engagieren könnten?«

»Um was zu tun?« fragte ich vorsichtig. »Ich weiß überhaupt nichts über Brandstiftung – ich könnte keinen Brandbeschleuniger von einem Streichholz unterscheiden.«

Er antwortete nicht direkt. »Obwohl das Gebäude unterversichert ist, geht es für uns um über eine Million Dollar. Menschen sind verletzt worden, und das heißt, daß es außer dem Sachschaden auch Ansprüche auf Schmerzensgeld geben wird. Der Polizei ist das vielleicht egal, aber uns wäre eine professionelle Ermittlung einige Tausender wert, wenn wir damit das große Geld sparen könnten. Wir möchten, daß du versuchst, den Brandstifter zu finden.«

Ich beobachtete, wie die Fensterscheiben im Takt der Hochbahnzüge vibrierten im Berufsverkehr direkt unter meinem Fenster. Dreck fiel herunter, noch mehr Staub wirbelte auf, und der graue Schleier auf dem Glas wurde immer dichter. Das war kein Anblick, der mein Gefühl, kompetent zu sein, stärkte.

»Mein Fanclub bei der Ajax besteht nicht gerade aus einem einstimmigen Chor von Führungskräften. Hat dein Chef die Autorität, mich zu engagieren, ohne daß erst ein Haufen anderer Leute zustimmen muß?«

»Oh ja. Das ist einfach. Wir haben einen Etat für Ermittlungen außerhalb der Firma – sie müssen nicht von Fall zu Fall gebilligt werden.« Er machte eine Pause. »Hättest du Lust, heute mit mir zu Abend zu essen? Vielleicht kann ich dir bei deiner Entscheidung helfen?«

Ich konnte mir vorstellen, wie er den Kopf auf die Seite legte, wie ein Vogel, der auf den Wurm wartet. Das Bild brachte mich, seit heute vormittag meine Wäsche auf dem Fußboden gelegen hatte, zum erstenmal zum Lächeln. »Abendessen wäre wunderbar.«

Er schlug Calliope vor, ein beliebtes Lokal in der Lincoln Avenue, in dem es griechische Fischgerichte gab. Tischreservierungen wurden dort nicht entgegengenommen, aber man konnte im dazugehörigen Nachtklub tanzen, bis ein Tisch frei wurde.

Als ich aufgelegt hatte, schloß ich das Büro für heute. Zwei andere Nachfragen waren gekommen, um die ich mich kümmern mußte, aber ich hatte für heute keine emotionale Energie mehr zum Arbeiten übrig.

Nachdem ich meinen Wagen im nördlichen Loop geholt und mir durch den Berufsverkehr einen Weg nach Hause gebahnt hatte, blieb mir vor dem Umziehen gerade noch Zeit für ein langes Bad. Aber die gute Viertelstunde in der Wanne ließ meine Gedanken ins Leere schweifen, und die schlimmsten Selbstzweifel wurden vom Wasser weggespült.

Als ich dem Bad entstieg und mich anzog, verwandelte das spätsommerliche Zwielicht den Abendhimmel in ein mit Grau gemischtes Violett. Ich sah Mr. Contreras im Garten hinter dem Haus arbeiten. Die Tomatensaison ging zu Ende, er widmete seine liebevolle Sorgfalt ein paar Kürbissen. Er legte Wert darauf, daß die Nachbarkinder Halloween stilvoll begehen konnten. Im schwachen Licht konnte ich gerade noch erkennen, daß Peppy auf dem Rasen lag, die Schnauze auf den Vorderpfoten, und trübsinnig auf etwas wartete, an dem sie sich beteiligen konnte.

Ich ging die Hintertreppe hinunter, um Mr. Contreras und dem Hund guten Abend zu sagen. Der alte Mann gab sich förmlich. Er war gekränkt darüber, daß ich am Vormittag so kurz angebunden gewesen war. Aber der Hund geriet in Ekstase. Ich hatte alle Hände voll zu tun, um Peppy daran zu hindern, daß sie mir mit dem Kompost oder Mist oder was sonst auch immer Mr. Contreras um seine Kürbisse verteilte, die schwarzen Seidenhosen verschmierte.

Mr. Contreras wollte sich mit Geplauder nicht besänftigen lassen. Ich spürte, daß ich im Begriff war, mich zu entschuldigen, und verbiß mir verärgert die Worte – er mußte wirklich nicht über jede Einzelheit meines Lebens informiert werden. Wenn ich ein paar Bereiche für mich behalten wollte, dann bedurfte das keiner bedauernden Worte. Ich verabschiedete mich kühl von ihm und schlüpfte durch das Hintertor, damit der Hund mir nicht folgen konnte. Peppys enttäuschtes Jaulen verfolgte mich die Straße hinunter.

Ich ging die anderthalb Kilometer bis zum Restaurant zu Fuß. Als ich einem großen Loch im Asphalt auswich, rutschte ich auf einem weggeworfenen Hot-Dog aus. Die kleinen Freuden des Großstadtlebens. Ich wischte den Staub von den Hosenbeinen. Der Stoff war beschädigt, aber nicht zerrissen. Kein Grund für eine Einlieferung ins Krankenhaus.

Robin wartete vor dem Restaurant auf mich, elegant sah er

aus, in lässigen grauen Flanellhosen und marineblauem Blazer. Er war früh gekommen, um nach einem Tisch zu fragen, und der Geschäftsführer rief eben seinen Namen aus, als wir hineingingen. So sollte es sein. Wer in einer Glückshaut geboren ist, braucht sich nicht anzustrengen. Robin bestellte ein Bier, ich ließ mir einen Rum mit Tonic bringen und Tarama, eine Spezialität des Calliope.

»Wie bist du Detektivin geworden?« fragte er, nachdem wir das Essen bestellt hatten.

»Ich war Pflichtverteidigerin.« Ich strich etwas Tarama auf ein Stück Toast. »Prozeßabteilung. Eine scheußliche Arbeit – oft bekommt man erst fünf Minuten vor dem Prozeß Informationen über den Menschen. Man hat immer mehr Fälle am Hals, als man mit Erfolg bewältigen kann. Und manchmal plädiert man sich für Schlägertypen, von denen man hofft, daß sie nie wieder ans Tageslicht kommen, die Seele aus dem Leib.«

»Warum hast du dann nicht einfach eine eigene Kanzlei aufgemacht?« Er nahm sich einen Löffel Tarama. »Das ist gut«, mümmelte er mit vollem Mund. »Das habe ich noch nie probiert.«

Das Tarama war gut – gerade so salzig, daß es gut zu Bier oder Rum paßte. Ich aß noch etwas davon und trank mein Glas leer, ehe ich antwortete.

»Ich war fünf Jahre lang Pflichtverteidigerin – ich wollte nicht in einer eigenen Kanzlei ganz von vorn anfangen. Außerdem hatte ich für einen Freund einen Fall aufgeklärt, und dabei wurde mir klar, daß mir diese Arbeit lag und mich wirklich befriedigte. Dazu kommt noch, daß ich mein eigener Chef bin.« Ich hätte das als ersten Grund nennen sollen – er ist nach wie vor der wichtigste. Vielleicht, weil ich, ein Einzelkind, daran gewöhnt war, meinen Kopf durchzusetzen? Oder der leidenschaftliche Drang nach Unabhängigkeit, den meine Mutter wie ihre olivenfarbene Haut meiner DNS eingeprägt hatte?

Als der Kellner Salate und eine Flasche Wein serviert hatte, fragte ich Robin, wie er zu einem Fachmann für Brandstiftung geworden war. Er zog eine Grimasse.

»Ich kenne niemand, dessen erste Wahl das Versicherungswesen ist, vielleicht mit Ausnahme der Kinder, deren Väter Versicherungen besitzen. Mein Lieblingsfach war Kunstgeschichte. Das Geld reichte nicht, um mich auf die Universität zu schicken. Also fing ich bei der Ajax an. Sie ließen mich Formulare für Policen entwerfen, damit sie aus meiner künstlerischen Ader Kapital schlagen konnten.« Er grinste kurz. »Aber damit habe ich so schnell wie möglich Schluß gemacht.«

Während des Essens fragte er mich nach meiner früheren Arbeit für die Ajax. Jetzt war es an mir, das Gesicht zu verziehen. Die Firma wußte nicht recht, ob sie mich lieben oder hassen sollte, nachdem ich den stellvertretenden Direktor für Schadensregulierung als den Drahtzieher bei einem Betrugsskandal entlarvt hatte. Robin war fasziniert; eine Menge Klatsch sei immer im Umlauf gewesen, aber niemand habe den niederen Chargen je erzählt, was der stellvertretende Direktor tatsächlich getan habe.

Während der griechischen Fischsuppe verbrachte er etwas Zeit damit, mich dazu zu überreden, daß ich in die Schützengräben der Ajax zurückkehrte. Ich wußte, daß ich einen großen Auftrag brauchte, nicht bloß die paar Kröten aus den unverlangten Anfragen, die in den letzten Tagen bei mir eingegangen waren. Ich wußte, daß ich im Augenblick nicht dazu aufgelegt war, neue Klienten anzuwerben. Ich wußte, daß ich zustimmen würde. Aber ich bat ihn, mich morgen vormittag im Büro anzurufen und mir die Einzelheiten zu nennen.

»Es war ein strapaziöser Tag«, erklärte ich. »Heute abend möchte ich die Detektivarbeit einfach vergessen.«

Es schien ihm nichts auszumachen. Während wir zu Ende aßen, wandte sich das Gespräch dem Baseball und der Kindheit zu. Als wir im Klub nebenan tanzten, sprachen wir nur noch wenig. Gegen Mitternacht beschlossen wir, es sei an der Zeit, die paar Blocks nach Norden zu meiner Wohnung zu gehen. Robin ließ sein Auto vor dem Restaurant stehen, wollte es am Morgen holen – wir hatten beide zuviel getrunken, und außerdem war es eine schöne Spätsommernacht.

Eine halbe Stunde brauchten wir für die sechs Blocks, wir gingen langsam mit eingehakten Armen und blieben alle paar Häuser stehen, um uns zu küssen. Als wir meine Haustür schließlich erreichten, bat ich Robin dringlich flüsternd, er solle still sein – ich wollte nicht, daß Mr. Contreras oder Vinnie, der Bankmensch, auf uns aufmerksam wurden. Während Robin hinter mir stand, die Arme um meine Taille gelegt, wühlte ich in der Tasche nach den Schlüsseln.

Vor dem Haus schlug eine Autotür. Wir traten zur Seite, als sich auf dem Gehweg Schritte näherten. Ein Suchscheinwerfer nagelte uns am Hauseingang fest.

»Bist du das, Vicki? Tut mir leid, dich zu stören, aber wir müssen miteinander reden.« Diese ironische Stimme war mir fast so vertraut wie die meines Vaters. Sie gehörte Lieutenant Bobby Mallory, dem Leiter der Kriminalpolizei im Zentralrevier von Chicago. Ich spürte, wie meine Wangen im Dunkeln brannten – ganz gleich, wie abgebrüht man ist, es macht einen nervös, wenn man von einem der ältesten Freunde seines Vaters in einer leidenschaftlichen Umarmung überrascht wird.

»Ich bin ungeheuer geschmeichelt, Bobby. In der Stadt gibt es zweieinhalb Millionen Seelen, darunter auch deine sieben Enkel. Aber wenn du nicht schlafen kannst, kommst du zu mir.«

Bobby ignorierte mich. »Sag deinem Freund hier gute Nacht – wir machen eine kleine Spazierfahrt.«

Robin machte einen ehrenwerten Versuch, sich einzumischen. Ich packte ihn am Arm. »Sie buchten dich mit Straßenräubern und anderem Pack im Cook County ein, wenn du ihn schlägst – das ist ein Police Lieutenant. Bobby – Robin Bessinger, von der Ajax-Versicherung. Robin – Bobby Mallory, Chicagos tüchtigster Polizist.«

Im Scheinwerferlicht wirkte Bobbys rotes Gesicht grauweiß; Falten, die mir sonst nicht auffielen, zeichneten sich als tiefe Furchen ab. Schließlich wurde er bald sechzig. Seine Frau hatte mich zu der Überraschungsparty eingeladen, die sie Anfang Oktober für ihn plante, aber ich hatte mir trotz dieses

Datums nicht vorgestellt, daß Bobby alt wurde. Ich schob die Beklommenheit beiseite, die mich beim Gedanken an sein Altern überkam, und sagte lauter, als ich beabsichtigt hatte: »Wohin fahren wir, und warum, Bobby?«

Ich konnte sehen, wie er mit dem Wunsch kämpfte, mich einfach zu packen und mit Gewalt in den wartenden Wagen zu schleppen. Die meisten Leute wissen nicht, daß man, solange man nicht festgenommen ist, mit keinem Polizisten mitkommen muß, bloß weil er das sagt. Und die meisten Leute wehren sich nicht einmal dann, wenn sie es wissen. Selbst ein guter Bulle wie Bobby hält das mit der Zeit für eine Selbstverständlichkeit. Bürger wie ich sorgen dafür, daß er seine Macht aus der richtigen Perspektive sieht.

»Sag deinem Freund, er soll die Fliege machen.« Er ruckte mit dem Kopf nach Robin.

Falls ich ihm in diesem Punkt gehorchte, würde er sich an die Spielregeln halten. Kein toller Kompromiß, aber immerhin ein Kompromiß. Ich bat Robin grollend zu gehen. Er war einverstanden, unter der Bedingung, daß ich ihn sofort anrief, wenn die Polizei mit mir fertig war. Aber als er das Ende des Gehwegs erreichte, blieb er stehen und beobachtete uns. Ich war gerührt.

»Okay, er ist weg. Worüber mußt du mit mir reden?«

Bobby runzelte die Stirn und kniff die Lippen zusammen. Nur ein verärgerter Reflex. »Nachtwächter fand gegen halb zehn in Nähe einer Baustelle eine Leiche. Sie hatte was bei sich, was sie mit dir in Verbindung bringt.«

Ich sah plötzlich das Bild meiner Tante vor mir, sternhagelvoll, von einem Auto überfahren, sterbend auf der Straße liegend. Ich legte eine Hand an die Hauswand, um mich zu stützen. »Elena?« fragte ich töricht.

»Elena?« Bobby war einen Augenblick verdutzt. »Oh, Tonys Schwester. Nur wenn sie sich fünfzig Jahre jünger gemacht und sich zur Feier des Ereignisses die Haut hat färben lassen.«

Ich brauchte einen Moment, bis ich begriff. Eine junge

Schwarze. Cerise. Sie war nicht die einzige junge Schwarze, die ich kannte, aber von keiner der anderen konnte ich mir vorstellen, daß sie tot neben einer Baustelle lag. »Wer war es?«

»Das wollen wir von dir hören.«

»Was habt ihr gefunden, das sie mit mir in Verbindung bringt?«

Bobby kniff wieder die Lippen zusammen. Er wollte es mir einfach nicht sagen – alte Gewohnheiten sind zäh. Ich glaubte eben, er wolle etwas sagen, als hinter mir die Tür aufging und Vinnie, der Bankmensch, in die Nacht hinausstürmte.

»Jetzt reicht's, Warshawski. Das ist das letzte Mal, daß Sie mich mitten in der Nacht aus dem Schlaf reißen. Nur damit Sie es wissen, die Bullen sind auf dem Weg hierher. Was fällt Ihren merkwürdigen Freunden eigentlich ein – richten Scheinwerfer direkt auf ein Fenster, hinter dem Leute schlafen? Und brüllen sich die Seele aus dem Leib? Oder wollen Sie Leute ins Haus locken?«

Er hatte den Schlafanzug mit Jeans und weißem Hemd vertauscht. Das dichte braune Haar war sorgfältig aus dem Gesicht gekämmt. Vielleicht hatte er sich sogar die Zeit genommen, die Haare zu waschen und zu fönen, ehe er 911 gewählt hatte.

»Ich bin froh, daß Sie die Cops angerufen haben, Vinnie – die werden hell begeistert sein, wenn sie herkommen. Und das gilt auch für den Rest der Straße, wenn die Streifenwagen mit diesen neuen Punktscheinwerfern einfahren, die den Nachthimmel blau färben.«

Bobby schaute Vinnie an. »Sie haben die Cops gerufen, mein Junge?«

Der Bankmensch reckte kampflustig das Kinn. »Ja, hab ich. Sie werden jeden Augenblick hier sein. Falls Sie ihr Zuhälter sind, haben Sie noch genau zwei Minuten Zeit zum Verschwinden.«

Bobby behielt den onkelhaften Ton bei. »Mit wem haben Sie gesprochen, mein Junge – mit dem Revier oder mit dem Notruf?«

Vinnie stellte die Stacheln auf. »Ich bin nicht Ihr Junge. Glauben Sie ja nicht, Sie können mich auch noch verscheißern.«

Bobby schaute mich an, mit zuckenden Lippen. »Hast du versucht, ihm Falschgeld zu verkaufen, Vicki?«

Er wandte sich wieder Vinnie zu und zeigte ihm die Dienstmarke. »Ich weiß, daß Miss Warshawski nicht die einfachste Nachbarin der Welt ist – ich bin eben dabei, sie Ihnen vom Hals zu schaffen. Aber ich muß wissen, ob Sie 911 oder das Revier angerufen haben, damit ich die Streifenwagen abbestellen kann. Ich will heute nacht nicht noch mehr städtisches Geld damit vergeuden, daß Streifenpolizisten von ihrer Arbeit abgehalten werden, bloß weil Sie Zoff mit Ihren Nachbarn haben.«

Vinnie warf die Lippen auf, wollte zwar nicht zurückstecken, aber was blieb ihm übrig. »911«, murmelte er, dann sagte er trotzig: »Und es wird höchste Zeit, daß Sie die da einbuchten.«

Bobby schaute zur Straße und bellte : »Furey!«

Michael stieg aus und kam herüber. Das hatte mir gerade noch gefehlt, damit die Romanze endgültig zur Farce wurde – Michael mußte mich im Clinch mit Robin an der Tür gesehen haben.

»Der Knabe hier hat 911 angerufen, als er gehört hat, wie ich mit Vicki gesprochen habe. Geh ans Funkgerät und bestell die Streife ab, okay? Und mach den Scheinwerfer aus. Der Kerl braucht seinen Schönheitsschlaf.«

Michael gab sich hölzern, ignorierte mich völlig und ging zum Auto zurück. Vinnie wollte Bobbys Dienstnummer wissen, damit er sich bei der Dienstaufsichtsbehörde – »bei Ihrem Chef«, wie er sich ausdrückte – beschweren könne, aber Bobby legte ihm eine schwere Hand auf die Schulter. Alle Welt habe Besseres zu tun, und falls Vinnie morgen ins Büro müsse, sei es wohl an der Zeit, daß er wieder zu Bett gehe.

»Dann sorgen Sie dafür, daß diese Frau damit aufhört, ihrem Geschäft mitten in der Nacht im Hauseingang nachzugehen«, verlangte Vinnie bockig, als er die Haustür aufschloß.

»Machst du das, Vicki?« fragte Bobby. »Bist wohl aus deiner Absteige in der Innenstadt rausgeflogen?«

Ich knirschte mit den Zähnen, versuchte aber nicht, mich zu wehren, als er mich am Arm faßte und den Gehweg entlangführte – wären wir länger geblieben, wäre als nächstes zweifellos Mr. Contreras mit dem Hund erschienen.

»Elena«, sagte ich knapp. »Sie ist letzte Woche zweimal hier aufgetaucht. Natürlich immer nach Mitternacht.«

»Ich habe sie seit Tonys Beerdigung nicht mehr gesehen. Hab nicht mal gewußt, ob sie noch in der Stadt wohnt.«

»Mir wär es auch lieber, wenn ich sie seitdem nicht mehr gesehen hätte. Ihr Zimmer ist letzte Woche ausgebrannt – hast du von dem Brand in der Pension in der Nähe von McCormack Place gehört?«

Bobby grunzte. »Also ist sie zu dir gekommen. Hinter deinem ganzen Gehabe bist du doch nicht soviel anders als deine Sippe, nehm ich an.«

Das machte mich für den Rest des kurzen Weges sprachlos. Bobby öffnete die hintere Wagentür. Ich winkte Robin zu und stieg ein.

Michael saß auf dem Fahrersitz, John McGonnigal – der Sergeant, mit dem Bobby am liebsten arbeitete – hinten. Ich begrüßte beide. Sie unterbrachen ihre angeregte Fachsimpelei nicht, bis wir zum Leichenschauhaus kamen. Selbst wenn mir danach gewesen wäre, ich hätte nicht mitreden können.

15 In der Rue Morgue

Irgendein Bürokrat mit Sinn fürs Praktische hat das Leichenschauhaus des Countys in der Near West Side untergebracht, in der Gegend mit Chicagos höchster Mordrate – es schont die Leichenwagen, wenn sie die Leichen nur ein paar Blocks transportieren müssen. Selbst am Tag wirkt das klotzige Betongebäude wie ein Bunker inmitten eines Kriegsgebiets; um Mitternacht ist es der deprimierendste Ort in der ganzen Stadt.

Als wir zu der Schiebetür aus Metall mit der Aufschrift »Einlieferung« gingen, sonderte Furey eine Reihe von makabren Sätzen ab, wohl eine Art von Abwehr gegen die eigene Sterblichkeit, dennoch schwer erträglich. Wenigstens schwieg McGonnigal dazu. Ich ging außer Hörweite in den Eingangsbereich, einem kleinen Kasten aus Panzerglas, dessen innere Tür abgeschlossen war. Ein Grüppchen von Angestellten am Empfangstresen musterte mich und kehrte dann zu einer angeregten Unterhaltung zurück. Als Bobby hinter meiner Schulter auftauchte, löste sich die Runde auf, und jemand schloß die Tür auf.

Ich stieß sie auf und hielt sie für Bobby und die Jungs offen. Furey schaute mich noch immer nicht an, obwohl ich mich doch bemühte, anders als sonst, besonders höflich zu sein. Ich war das letzte Mal mit ihm auf einer Wahlspendenparty gewesen, das stand fest.

Den Zeugen, die zur Identifikation ihrer Nächsten und Liebsten hierhergebracht werden, hat das County ein kleines, möbliertes Wartezimmer eingerichtet. Man kann sich die Leiche sogar über Video anschauen statt direkt. Bobby war nicht der Meinung, daß ich solche Annehmlichkeiten brauchte. Er stieß die Doppeltür zum Autopsieraum auf. Ich folgte ihm und bemühte mich, lässig zu gehen.

Es war ein zweckmäßig eingerichteter Raum, mit Waschbecken und allem ausgestattet, damit vier Gerichtsmediziner gleichzeitig arbeiten konnten. Mitten in der Nacht war nur ein Aufseher anwesend, ein Mann in mittleren Jahren in Jeans und einem um die Schulter gehängten grünen Chirurgenkittel. Er beugte sich über ein Sportmagazin. Über den kleinen Bildschirm auf dem Stuhl vor ihm flimmerte ein Spiel der Sox. Er schaute gleichgültig zu uns auf, ließ sich Zeit beim Aufstehen, als Bobby sich auswies und ihm sagte, was wir wollten. Er schlenderte zu der dicken Doppeltür zum Kühlraum.

Drin waren Hunderte von Leichen aufgereiht. Die Oberkörper waren zum Teil mit schwarzem Kunststoff verhüllt, aber die Köpfe lagen frei, zurückgeworfen, die Münder offen, vom Tod überrascht. Ich spürte, wie das Blut aus meinem Gehirn wich. Ich hoffte, daß ich nicht grün anlief – es hätte mir den Rest gegeben, wenn mir vor Furey und McGonnigal auch noch schlecht geworden wäre. Wenigstens hielt Furey jetzt den Mund, das war das einzig Tröstliche.

Der Aufseher konsultierte eine Liste und ging zu einer Leiche hinüber. Er verglich das Schild an deren Fuß mit seiner Liste und wollte die Bahre in den Autopsieraum rollen.

»Laß gut sein«, sagte Bobby unbefangen. »Wir schauen sie uns hier drin an.«

Bobby nahm mich mit zur Bahre und zog die Kunststoffhülle weg, so daß die Leiche vollständig zu sehen war. Cerise starrte mich an. Ohne Kleider sah sie jämmerlich dünn aus. Die Rippen traten unter den Brüsten hervor, ihre Schwangerschaft hatte den eingefallenen Bauch noch nicht gerundet. Die sorgfältig geflochtenen Zöpfe lagen zerzaust auf der Bahre – ich streckte unwillkürlich die Hand aus, um sie glattzustreichen.

Bobby hatte mich scharf im Auge. »Du weißt, wer sie ist, nicht wahr?«

Ich schüttelte den Kopf. »Sie ähnelt zwei verschiedenen Frauen, die ich flüchtig kenne. Was hatte sie bei sich, das dich auf die Idee gebracht hat, ich kenne sie?«

Er preßte wieder die Lippen zusammen – er hätte mich am liebsten angebrüllt, aber er gehört einer Generation an, die Frauen gegenüber nicht flucht. »Treib keine Spielchen mit mir, Vicki. Wenn du weißt, wer sie ist, sag's uns, damit wir ihre Komplizen finden.«

»Wie ist sie gestorben?« fragte ich.

»Das wissen wir noch nicht; Obduktion ist erst am Freitag. Vermutlich eine Überdosis Heroin. Hilft dir das dabei, sie von den anderen zu unterscheiden?« Bobby trägt Sarkasmus immer dick auf.

»Wieso interessierst du dich eigentlich dafür? Tote Junkies muß es hier doch dutzendweise geben. Und nur drei Stunden, nachdem sie gefunden worden ist, stehen drei Spitzenkräfte von der Mordkommission auf der Matte.«

Bobbys Augen glitzerten. »Du bist nicht der Chef der Kripo,

Vicki. Ich bin dir keine Rechenschaft darüber schuldig, wie ich meine Zeit verbringe.«

Die Heftigkeit seines Zorns überraschte mich; sie sagte mir außerdem in Großbuchstaben, daß er nicht freiwillig hier war. Ich starrte Cerise nachdenklich an. Was an ihrem Leben oder Tod setzte die Bosse so unter Druck, daß sich das Zentralrevier in so kurzer Zeit einschaltete?

»Wo ist sie gefunden worden?« fragte ich unvermittelt.

»Auf der Großbaustelle in der Nähe der Navy Pier.« Das war McGonnigal. »Der Wächter hat sie dort im Aufzugschacht gefunden, als er die Runde machte, hat uns angerufen. Sie war noch nicht lange tot, als der Einsatzwagen dort war.«

»Rapelec Towers, stimmt's? Weshalb hat er in den Schacht geschaut?«

McGonnigal schüttelte den Kopf. »Weiß er auch nicht recht. Warum sie auf der Baustelle war, werden wir vermutlich auch nie erfahren. Hübsch einsamer Ort bei Nacht, wenn man in Ruhe fixen will. Aber höllisch weit entfernt von der Gegend, wo man sie suchen würde.«

»Und was hatte sie bei sich, das dich auf mich gebracht hat?«

Bobby nickte Furey zu, der eine durchsichtige Tüte für Beweismaterial zum Vorschein brachte. Drin steckte ein Kunststoffrechteck. In der linken Ecke klebte mein Foto, auf dem ich genauso schwachsinnig aussah wie auf dem, das heute morgen gemacht worden war.

»Hm«, sagte ich. »Sieht aus wie mein Führerschein.«

Bobby lächelte bösartig. »Wir sind nicht in der Märchenstunde, Victoria. Kennst du dieses Mädchen, ja oder nein?«

Ich nickte widerwillig. Wie Bobby gebe ich ungern Informationen preis. »Cerise Ramsay.«

»Woher hat sie den Führerschein?«

»Sie hat ihn mir gestern morgen gestohlen.« Ich verschränkte die Arme vor der Brust.

»Hast du es gemeldet? Den Diebstahl gemeldet?«

Ich schüttelte den Kopf, ohne zu antworten.

Bobby schlug mit der Hand so hart gegen die Bahre, daß das

Metall schepperte. »Warum zum Teufel hast du es nicht getan?«

Er war wirklich stocksauer. Ich schaute ihn direkt an. »Ich habe geglaubt, Elena sei es gewesen.«

»Oh.« Die Wut wich aus seinem Gesicht. Er ruckte mit dem Kopf nach Furey und McGonnigal. »Jungs, wartet im Auto auf mich.«

Als sie fort waren, sagte er in ruhigem väterlichem Ton: »Okay, Vicki, erzähl mir die ganze Geschichte. Und nicht nur die Teile, von denen du glaubst, daß ich sie sowieso rauskriege. Du weißt, daß Tony dasselbe sagen würde, wenn er hier wäre.«

Und ob ich das wußte. Es war nur so, daß ich zu alt war, etwas zu tun, weil es mein Daddy mir sagte. Ich hatte aber keinen Klienten zu schützen. Es gab keinen Grund, ihm die trostlose kleine Geschichte, die ich über Cerise wußte, nicht zu erzählen. Wenn er nicht darauf bestand, daß ich es in der Umgebung dieser kalten Leichen tat.

Bobby brachte den Aufseher dazu, daß er uns in ein winziges Kabuff führte, in dem die Gerichtsmediziner zwischen dem Zerlegen von Leichen Kaffee, Whisky oder sonstwas tranken. Und ich erzählte ihm alles, was ich über Cerise wußte, Katterina und Zerlina eingeschlossen. »Ich kann die Papiere unterschreiben, wenn du willst. Ihre Mutter hat ein krankes Herz – ich glaube nicht, daß es gut für sie wäre, hierherzukommen.«

Bobby nickte. »Ich kümmere mich darum. Was hast du denn in der Eleventh Street angestellt, das Roland Montgomery so auf die Palme gebracht hat?«

Der Themawechsel war beiläufig und fachmännisch, brachte mich aber nicht aus der Ruhe. »Nichts«, sagte ich ernst. »Ich verstehe es selber nicht.«

»Er ist wutschnaubend zu mir gekommen und hat von mir verlangt, daß ich dich festnehme, wenn du dich irgendwo in der Nähe des Indiana Arms blicken läßt.«

Bobbys Ton war neutral – er kritisierte mich nicht, bot mir nur eine Information an, ließ mich wissen, daß er mich nicht schützen konnte, wenn ich mächtige Leute gegen mich aufbrachte. Gleichzeitig ließ er durchblicken, daß er es versuchen würde, wenn ich ihm einen Insidertip darüber gab, warum das Indiana Arms ein heißes Eisen war. Leider konnte ich ihm nicht helfen. Schließlich wurde er wütend. Es entging ihm, daß ich nicht blockte; ich hatte wirklich und wahrhaftig keine Ahnung. Er denkt jedesmal, ich übernähme Klienten und Fälle nur, um ihm eine Nase zu drehen, weil ich einen postpubertären Schub habe. Und er wartet noch immer darauf, daß sich das legt, wie bei seinen sechs Kindern auch.

Es war zwei, als mich Furey, der wie ein Wahnsinniger und wortlos fuhr, vor meiner Wohnung absetzte. Ich unternahm keinen Versuch, versöhnlich zu sein – ich konnte verstehen, daß er sauer war, aber andererseits war es schlicht und einfach ein dummer Zufall gewesen, daß er mich mit Robin gesehen hatte. Es war eine Farce, keine Tragödie – ich hatte nicht vor, so zu tun, als wäre ich Desdemona.

Ich wartete im Hauseingang, bis er mit quietschenden Reifen über die Racine Avenue zur Belmont Avenue gefahren war. Mein Chevy parkte auf der anderen Straßenseite. Ich stieg ein, wendete und fuhr durch die leeren Straßen nach Süden zur Navy Pier.

Der Rapelec-Komplex war ein Monstrum. Er lag natürlich nicht direkt an der Navy Pier – dort sind keinerlei Neubauten genehmigt worden, weil sich die Stadtväter nicht darüber einigen können, wie sie den Schmiergelderkuchen für eine Baugenehmigung untereinander aufteilen sollen. Die Baustelle lag westlich vom Lake Shore Drive, gegenüber der Pier, ein Streifen mit baufälligen Lagerhäusern und Bürogebäuden, der plötzlich zum Paradies der Bauunternehmer geworden war.

Die Baustelle nahm das gesamte Gebiet zwischen Fluß und Illinois Street ein. Die Fundamente waren im Mai letzten Jahres gegossen worden. Die Türme waren jetzt etwa zwanzig Stockwerke hoch, mit der Büro- und Ladenpassage ging es langsamer voran. Auf den Skizzen in den Zeitungen hatte sie ausgesehen wie eine riesige Aula. Man ließ sich Zeit mit dem Bau des Stahlbetonskeletts.

Nackte Glühbirnen oben am Gerüst beleuchteten den Umriß des Stahlskeletts. Mich schauderte. Ich habe nicht eigentlich Höhenangst, aber die Vorstellung, dort oben zu hocken, ohne Wände um mich herum – es war nicht so sehr die Höhe, mehr die Nacktheit der Stahlkonstruktion, die mir angst machte. Schon vom Boden aus wirkte das bedrohlich, schwarze Löcher, wo Fenster hätten sein sollen, und Holzrampen, die nur in unergründliche Tiefe führten.

Mittlerweile hatte ich eine Gänsehaut. Ich mußte gegen den Impuls ankämpfen, zum Chevy zurückzulaufen und nach Hause zu fahren. Konzentrier dich auf den nächsten Schritt, Vic, und schimpf auf die Idiotie, Ausgehklamotten anbehalten zu haben, statt Turnschuhe und Jeans anzuziehen.

Ich ging um die Baustelle herum. Die Blauweißen waren schon lange fort, hatten eine Absperrung am Tatort hinterlassen, aber keinen Wächter. Mindestens ein Dutzend Wege führte auf das dunkle Grundstück. Ich schaute mich nervös um und wählte einen beleuchteten Eingang, wo keine lose lehnenden Stahlträger zu sehen waren, über die ich fallen konnte. Meine Pumps klackten leise auf den Planken.

Die Bretter endeten im zweiten Stock. Ich trat auf einen Zementstreifen. Vor mir und rechts umfingen Schatten den Boden und die Träger, aber links gingen die Lichter weiter. Dort waren als roher Bodenbelag weitere Bretter ausgelegt. Meine Handflächen schwitzten, und meine Zehen prickelten, als ich mich zwang, den Flur entlangzugehen.

Hier waren die unteren Stockwerke schon ummauert, aber die Innenwände fehlten noch. Das einzige Licht kam von den nackten Glühbirnen an den Trägern. Ich konnte schwach die Rückseite des Gebäudes erkennen. Stahlträger reckten Schattenfinger nach oben und stützten das nächsthöhere Stockwerk. Tintenschwarze Kleckse konnten Löcher im Boden oder vielleicht auch nur Werkzeuge sein. Ich dachte an Cerise, die allein hierhergekommen und gestorben war, und meine Nackenhaut kribbelte unkontrollierbar.

»Hallo!« Ich legte die Hände vor den Mund und brüllte.

Meine Stimme hallte schwach wider, brach sich an den Stahlträgern. Niemand antwortete. Jetzt lief mir Schweiß vom Hals in den Baumwollpullover. Eine schwache Nachtbrise trocknete ihn und brachte mich zum Zittern.

Der grobe Bodenbelag führte plötzlich vor eine Reihe von Sperrholzverschlägen. Die Tür zum ersten auf der rechten Seite stand offen. Ich ging hinein. Hierher drang das Licht vom Flur nur noch schwach. Ich suchte nach einem Lichtschalter, entdeckte schließlich an einem dicken Kabel etwas, was ein Schalter hätte sein können, griff nervös danach, hatte Angst, mir einen Schlag zu holen, aber das Licht ging an.

Zwei große Zeichentische standen an einer Wand. Den anderen drei Wänden entlang zogen sich Gestelle, mit Mappen bepackt, die wie riesige Musterbücher für Tapeten aussahen. Ich zog eine heraus. Sie war sehr schwer und ließ sich kaum bewegen. Ich wuchtete sie auf ein leeres Regalbrett und schlug sie auf. Sie enthielt Blaupausen. Es war nicht leicht, daraus schlau zu werden, aber mir kam es so vor, als handle es sich um eine Ecke im zweiundzwanzigsten Stock. Offenbar schien die ganze Mappe dem zweiundzwanzigsten Stock zu gelten. Ich schlug sie zu und stellte sie zurück.

Auf den Zeichentischen lagen zwei Helme, darunter ein Stapel von Arbeitsblättern. Sie waren leichter zu entziffern – in der linken Spalte waren die Baufirmen aufgelistet. Daneben war eine Kolumne, in der für jeden Tag die in Rechnung gestellten Arbeitsstunden eingetragen wurden. Ich musterte die Arbeitsblätter, fragte mich, ob ich auf vertraute Namen stoßen würde.

Wunsch und Grasso tauchten als das Hauptunternehmen der Arbeitsgemeinschaft, die den Komplex baute, besonders häufig auf. Hurlihey und Frain, Architekten, hatten ebenfalls eine Menge Arbeitsstunden eingetragen. Ich hatte bisher nicht gewußt, daß Architekten auch nach Baubeginn noch an einem Projekt mitarbeiten.

Ein Name fiel mir auf, weil er so komisch klang – Farmworks, Inc. Ich fragte mich, was für landwirtschaftliche Bedürfnisse ein solches Gebäude haben mochte. Farmworks verbuchte ebenfalls eine Menge Arbeitszeit – über fünfhundert Stunden in der letzten Woche.

Auf dem Holzbelag draußen hörte ich schwere Schritte. Ich ließ die Papiere fallen, und mein Herz machte einen wilden Satz.

Ein kräftig gebauter Mann in Overall und Helm schaute mich finster an. Er hatte eine Taschenlampe in der Hand. Die andere lag auf dem Griff einer um seine Hüfte geschnallten Pistole.

»Wer sind Sie, und was zum Teufel haben Sie hier verloren?« Sein Bariton klang streng und unerbittlich.

»Ich heiße Warshawski. Ich bin Detective und muß noch ein paar Fragen nach dem toten Mädchen stellen, das Sie gefunden haben.«

»Die Polizei ist seit Stunden weg.« Er nahm die Hand von der Pistole, aber die harten Augen entspannten sich nicht.

»Ich komme eben aus dem Leichenschauhaus, wo ich mich mit Sergeant McGonnigal und Lieutenant Mallory getroffen habe. Sie haben vergessen, Sie ein paar Dinge zu fragen, die ich wissen muß. Wo ich schon einmal hier bin, möchte ich auch sehen, wo Sie das Mädchen gefunden haben.«

Einen angespannten Augenblick lang glaubte ich, er werde verlangen, daß ich mich als Polizistin auswies, aber offenbar genügte es ihm, daß mir die richtigen Namen geläufig waren.

»Ohne Helm kann ich Sie nicht mit da hinunternehmen, wo ich sie gefunden habe.«

Ich nahm einen der Helme von Hurlihey und Frain vom Zeichentisch. »Kann ich mir den hier nicht ausleihen?«

Die kalten Augen schätzten mich wieder ab; er wollte es mir nicht erlauben, aber er schien ein Mann der Logik zu sein und fand kein Argument dafür, mich mit leeren Händen zu Mallory zurückzuschicken. »Wenn ihr Leute eure Hausaufgaben machen würdet, müßtet ihr nicht so viel von meiner Zeit vergeuden. Kommen Sie. Ich habe nicht vor, auf Sie zu warten, während Sie in diesen lächerlichen Schuhen herumtrippeln – unsere

Haftpflicht zahlt nicht für Polizisten, die sich für ihren Job nicht richtig anziehen.«

Ich setzte dem Helm auf und folgte ihm brav in das schattige Labyrinth zurück.

16 Schwachstelle

Als ich in der Dunkelheit hinter ihm herstolperte, brachte ich ihn dazu, mir seinen Namen zu nennen – Leon Garrison. Er war Nachtwächter, der Leiter eines Teams, das auf der Rapelec-Baustelle Dienst tat. Seine Firma, LockStep, war auf die Bewachung von Bauprojekten spezialisiert. Mir kam es so vor, als sei ein Teil seiner Wut auf mich verletzter Stolz, weil jemand in die Baustelle eingedrungen und gestorben war, ohne daß er etwas davon gemerkt hatte. Es verärgerte ihn noch mehr, daß es auch mir gelungen war, unentdeckt hereinzukommen. Als ich erklärte, ich hätte ein paarmal gerufen, um auf mich aufmerksam zu machen, wurde er nicht fröhlicher.

Er fuhr mich in einem Bauaufzug an der Außenwand des Gebäudes nach unten, bediente die Hebel verdrossen, aber geschickt. Als wir ausstiegen, malte seine Taschenlampe schnelle Kreise in die Dunkelheit und ließ Drahtrollen, Bretter, lose Betonstücke erkennen. Indem ich einen halben Schritt hinter ihm blieb, sah ich die Hindernisse rechtzeitig und konnte ihnen ausweichen. Ich hatte das Gefühl, das enttäuschte ihn.

Vor einer tiefen, rechteckigen Grube blieb er unvermittelt stehen. »Wissen Sie irgend etwas über das Bauwesen?« wollte er wissen.

»Nee.«

Das verbesserte seine Laune, wenigstens soweit, daß er erklärte, die Aufzüge würden immer als letztes eingebaut, erst dann, wenn die Schächte bis nach oben reichten und die Motoren installiert werden könnten. Die Fundamente, auf denen die Aufzüge ruhen, liegen ziemlich tief – in ihnen müssen die Fahrstühle auch abgefangen werden, falls die Kabel reißen oder es sonst zu einem grausigen Unfall kommt.

In diesem Gebäude gab es vier Schächte für insgesamt acht Aufzüge. Garrison ging bis zu jenem Schacht, in dem er Cerises Leiche entdeckt hatte, schaute aber auch in die anderen Schächte hinein, um sich zu vergewissern, daß ihn nicht noch mehr unwillkommene Überraschungen erwarteten. Als wir an das richtige Loch kamen, richtete er die Taschenlampe nach oben, damit ich die Plattform sehen konnte, die etwa zwanzig Stockwerke über uns den Kran abstützte. Der Kran nahm den Raum ein, den später die Fahrstühle füllen würden, wenn der Bau erst einmal fertig war.

Zwischen dem Grund der Grube und der in der Höhe schwankenden Kranplattform empfand ich einen Anfall von Übelkeit. Als ich vom Rand zurücktrat, glaubte ich, ein kleines Grinsen in Garrisons Gesicht einzufangen – er hatte mich erschrecken wollen.

»Warum haben Sie eigentlich überhaupt hineingeschaut?« Ich versuchte, stark zu klingen, nicht so, als ob ich gleich kotzen würde.

»Letzte Woche hatten wir einen Brand bei einem der Gestelle. Die Kerle werfen gern Abfall hinunter, weil es ein offenes Loch ist. Jemand hat eine Kippe hinterhergeschmissen, und das Zeug hat Feuer gefangen. Ich schaue von Zeit zu Zeit nach, um zu sehen, was für Müll sich da unten sammelt.«

Ich bat ihn, mit der Taschenlampe noch einmal in die Grube zu leuchten. An der Seite waren rohe Sprossen befestigt worden, so daß man hinunter- und wieder heraufklettern konnte, wenn man das wollte, aber es war nicht ganz einfach, hineinzukommen. Es war schwer zu glauben, daß Cerise oder sonst ein Süchtiger sich soviel Mühe gemacht haben sollte, bloß um ein ruhiges Eckchen für den Trip zu finden.

»Wie oft schauen Sie nach?«

»Im allgemeinen einmal pro Nacht. Das war am Anfang meiner Schicht. Seit dem Brand schaue ich zuerst in die Gruben.«

»Und Sie haben sie gesehen und 911 angerufen?«

Er kratzte sich unter dem Helm am Hinterkopf. »Genaugenommen habe ich zuerst August Cray angerufen. Er ist nachts für die Baustelle verantwortlich. Er kam her, hat einen Blick ins Loch geworfen und mir gesagt, ich soll die Polizei rufen. Dann hat er den Bauunternehmer angerufen.«

»Wunsch und Grasso?«

»Da müssen Sie Cray fragen – an diesem Projekt arbeiten eine Menge Baufirmen mit. Die müssen wissen, ob auf der Baustelle etwas Besonderes los ist, und ich glaub, eine Leiche könnte man was Besonderes nennen.«

Er schien wieder dreckig zu grinsen, obwohl das in der Dunkelheit schwer zu sagen war. Ich fragte mich, wo dieser Cray gesteckt haben mochte, als ich oben im zweiten Stock herumgebrüllt hatte. Wie auch immer, er hatte jemanden bei Wunsch und Grasso angerufen, vielleicht Ernie. Dann läutete Ernie bei seinem Kumpel Furey an und sagte ihm, er solle sich vergewissern, daß die Baustelle sauber war, damit sie keine schlechte Presse oder Schadenersatzklagen bekamen. Das war plausibel, sogar wahrscheinlich, aber es erklärte nicht, warum Bobby hinzugezogen worden und warum er deshalb so gereizt war.

Es sei denn, die Jungs hatten ihre Verbindung zu Boots spielen lassen, damit das County Druck auf die Ermittlungen ausübte. Aber das ergab keinen Sinn – sie wollten die Geschichte bestimmt so ruhig wie möglich abwickeln, und wenn sie Boots und das County einschalteten, hätte das die gegenteilige Wirkung gehabt. Ich horchte Garrison aus, so gut ich konnte. Aber er wußte nicht, wen Cray angerufen oder warum die Stadt den Leiter der Mordkommission hergeschickt hatte.

»Haben Sie alles gesehen, was Sie brauchen?« fragte Garrison grob. »Ich will nicht, daß die Bullen heute nacht noch mal jemand herschicken, der mir erzählt, sie hätten einen Furz vergessen. Hier gibt es genug Arbeit.«

»Ich glaub, das war's«, sagte ich. »Jetzt dürften Sie mindestens zwölf Stunden lang vor der Polizei sicher sein.«

»Hoffentlich.« Er knipste die Taschenlampe aus und ging zum Bauaufzug zurück. »Ich glaub, ich sollte Cray sagen, daß

Sie hier gewesen sind – er weiß gern darüber Bescheid, wer sich nachts auf der Baustelle herumtreibt.«

Wir fuhren in den zweiten Stock. »Für eine Polizistin haben Sie ziemlich seltsame Klamotten an, oder?« sagte er, als wir ausstiegen.

»Ich habe für eine Baustelle seltsame Klamotten an«, korrigierte ich. »Auch Detectives haben ein Privatleben. Der Tod von Cerise Ramsay hat mein Privatleben unterbrochen.« Die Erinnerung daran, wie Bobby den Suchscheinwerfer auf Robin und mich gerichtet hatte, ging mir durch den Kopf. Es kam mir jetzt eher komisch vor. Ich mußte mir das Lachen verbeißen, als Garrison an die Tür von einem der Verschläge klopfte.

Cray war ein vierschrötiger weißer Endfünfziger. Er beäugte mich mißtrauisch, während Garrison knapp den Grund für meinen Besuch schilderte.

»Sie haben nichts gehört, als sie heraufkam?« fragte der Nachtwächter.

»Ich war auf dem Klo«, antwortete Cray kurz. »Haben Sie gekriegt, was Sie hier wollten? Rufen Sie nächstes Mal vorher an.«

Ich lächelte strahlend. »Nächstes Mal mache ich das bestimmt. Wen haben Sie angerufen – Ernie oder Ron? –, nachdem Ihnen Garrison von der Leiche berichtet hatte?«

Crays Stirnrunzeln vertiefte sich. »Spielt das eine Rolle?«

»Irgendwie schon. Wegen einer toten Drogensüchtigen erscheint kein hoher Polizeibeamter am Tatort, und ich will rauskriegen, warum.«

»Warum fragen Sie nicht Ihren Chef?« Seine Stimme behielt den drohenden, unangenehmen Ton bei.

»Lieutenant Mallory? Ich habe ihn gefragt – er hat es mir nicht gesagt. Und, nur der Ordnung halber, er ist nicht mein Chef.«

»Moment mal.« Cray stand auf. »Weisen Sie sich aus.«

Ich zog die Brieftasche hervor und zeigte ihm die kunststoffbeschichtete Miniaturausgabe meiner Detektivlizenz.

»Sie sind nicht von der Polizei? Wir haben das alles mit Ihnen bekakelt, und Sie sind gar keine Polizistin? Hol Sie der Teufel. Ich sollte Sie Arschgeige festnehmen lassen.«

Ich lächelte ihn wieder an. »Ich kann Ihnen Lieutenant Mallorys Privatnummer geben, falls Sie ihn darum bitten wollen. Aber ich habe nie behauptet, daß ich für die Stadt arbeite. Ich habe zu Mr. Garrison gesagt, daß ich Detektivin bin. Er hätte mich gleich nach meinem Ausweis fragen können. Ich kenne Ernie und Ron – ich kann morgen anrufen und herausfinden, wen Sie angerufen haben.«

»Dann tun Sie das. Raus aus meinem Bau. Schnell. Ehe jemand verunglückt und eine Ladung Stahl auf Ihr niedliches Köpfchen fallen läßt.«

Er atmete schwer. Ich sah keinen Grund für so viel Erregung, aber ich hielt es für klug, das Feld zu räumen. Eine Baustelle kann pro Nacht nur eine begrenzte Anzahl von Leichen schlucken.

Als ich wieder im Chevy saß, spürte ich plötzlich, wie eine Welle der Erschöpfung über mich hinwegging. Meine Füße waren wund; sie pochten in den Pumps. Es war wirklich blöd gewesen, die armen Dinger dem unebenen Gelände auszusetzen. Ich schlüpfte heraus und fuhr in den Nylons nach Hause. Das kalte Gaspedal fühlte sich gegen die heiße Sohle gut an.

Im Haus widerstand ich der Versuchung, auf Vinnies Klingel zu drücken. Nicht aus charakterlichem Edelmut – ich wollte schlafen, und ich wußte, daß er sich schrecklich rächen würde, wenn ich ihn jetzt weckte.

Peppy jaulte hinter der Tür von Mr. Contreras, als sie mich vorbeigehen hörte, aber Gott sei Dank bellte sie nicht. Der alte Mann war so taub, daß er ihr Gewinsel verschlief, aber nicht ihr Gebell. Sobald ich die Wohnungstür geschlossen hatte, warf ich die Kleider von mir. Bis ich das Schlafzimmer erreichte, war ich nackt. Ich schlüpfte ins Bett und schlief fast sofort ein.

Ich schlief tief, aber in meinen Träumen spukten Elena und Cerise, die mich kilometerweit um Stahlträger herumjagten. Immer wieder glaubte ich, ich sei entkommen, und dann tat sich plötzlich eine riesige Aufzuggrube vor mir auf. Und wenn ich zurückwich, starrte Cerise mich an, nackt, wie sie im Leichenschauhaus gewesen war, mit zerzausten Zöpfen streckte sie die Arme aus und flehte mich an, sie zu retten. Im Hintergrund hallte Velma Riters Stimme wider, kümmere dich um deine Angelegenheiten, Vic, viele Leute halten dich für eine Nervensäge.

Als mich um zehn das klingelnde Telefon weckte, kam ich benommen zu mir. Ich fummelte am Hörer herum, ehe ich die Sprechmuschel richtig hielt. »Hallo«, murmelte ich mit schwerer Zunge.

»Kann ich bitte Victoria Warshawski sprechen?«

Es war die geschulte Stimme einer tüchtigen Sekretärin. Es gelang mir, ihr den Eindruck zu verschaffen, ich sei es selbst. Während sie mich weiterverband, setzte ich mich auf und kämpfte mit einem Sweatshirt – falls es ein Klient war, wollte ich nicht nackt gesehen werden.

»Vic? Ernie Wunsch. Ich hoffe, ich störe dich nicht – meine Kleine hatte das Gefühl, sie habe dich geweckt.«

Als er mit LeAnn ausgegangen war, war sie seine Kleine gewesen; jetzt war sie seine Frau und die Sekretärin die Kleine. Das war für meinen schlaftrunkenen Verstand zu verwirrend, deshalb ächzte ich nur.

»Ich habe vorhin von der Rapelec-Baustelle gehört, daß du mitten in der Nacht dort warst.«

Ich ächzte wieder.

»Stimmt irgendwas nicht, wobei wir dir helfen können, Vic? Es macht mich sauer, daß du hinter meinem Rücken auf meiner Baustelle warst.«

»Bleib einen Moment dran, Ernie, ich bin gleich wieder da.« Ich legte den Hörer hin und ging ins Bad. Ich übereilte nichts und machte auf dem Rückweg in der Küche Station, um ein Glas Wasser zu trinken. Als ich wieder zum Hörer griff, war Ernie wirklich stocksauer, aber ich hatte einen etwas klareren Kopf.

»Tut mir leid, Ernie – ich war gerade mittendrin in einer Sache, als du angerufen hast. Du weißt, daß gestern abend eine junge Frau tot auf der Baustelle aufgefunden worden ist.«

»Irgendeine schwarze Drogensüchtige. Was geht dich das an?«

»Sie war ein Schützling von mir, Ernie. Ich habe ihrer Mutter versprochen, daß ich auf sie aufpasse, und ich habe ziemlich elend versagt.« Ich sah Zerlina Ramsays ausgeprägtes, besorgtes Gesicht vor dem geistigen Auge, und das heiterte mich kein bißchen auf.

»Und?«

»Als ich gehört habe, daß sie auf der Rapelec-Baustelle gestorben ist, habe ich gedacht, ich prüfe das besser mal nach, krieg raus, ob es einen Grund dafür gab, daß sie dort war.«

»Wenn du wieder mal mit meinen Leuten reden willst, Vic, sag mir vorher Bescheid. Cray war verflucht wütend darüber, daß du dich dort als Polizistin ausgegeben hast. Er war ganz und gar dafür, dich festnehmen zu lassen. Wenn ich nicht gewußt hätte, daß das saupeinlich für Mickey wäre, hätte ich dafür gesorgt. Wenn du Detektiv spielen willst, tu es anderswo.« Er klang richtig häßlich.

»Wo ich schon mal Detektiv spiele, Ernie, gibt es etwas, was du mir sagen kannst – warum war das für dich so wichtig, daß ein großes Tier hinkommt und ermittelt? Wenn du das der Streifenpolizei überlassen hättest, wäre nur eine tote Süchtige gemeldet worden, und ich hätte vermutlich nie etwas davon erfahren.«

Schon als ich die Frage stellte, fiel mir ein Teil der Antwort ein. Ernie rief Furey an, weil er ein Kumpel und bei der Polizei war. Furey hatte Bobby konsultiert. Nein, das ergab keinen Sinn – Furey hätte gewollt, daß Mallory sich heraushielt, um auf der Rapelec-Baustelle sowenig Aufsehen wie möglich zu erregen. Gut, vielleicht hatte er Mist gebaut und den Fall Bobby nicht verheimlichen können. Aber das ergab auch keinen Sinn, weil Bobby sauer darüber gewesen war, daß er hingeschickt wurde: Jemand mußte es ihm befohlen haben; er war nicht freiwillig dort gewesen.

Während mir das alles durch den Kopf schoß, sagte Ernie streng: »Du solltest lernen, dich um deine eigenen Angelegenheiten zu kümmern, Vic. Dann werden dich alle lieber mögen.«

Dieser Hinweis machte mich stinkig. »Ach, such dir zum Grimassenschneiden jemanden, der Angst vor dir hat, Ernie. Auf mich macht das überhaupt keinen Eindruck.«

Als er auflegte, war mir, als ob ich ihn murmeln hörte: »Ich begreife wirklich nicht, was Mickey an dir findet.«

Und ich begriff nicht, was ein Schatz wie LeAnn an ihm fand. Was tat sie, wenn er ihr eine Szene machte? Vermutlich kicherte sie und sagte: »Ach Ernie, sei doch keine solche Heulsuse.«

Ich stolperte auf Füßen, die von meinem nächtlichen Ausflug schmerzten und geschwollen waren, in die Küche, um Kaffee zu kochen. War Ernie wütend, weil er das Gefühl hatte, daß ich seine Autorität auf der Baustelle untergrub? Oder gab es irgend etwas Besonders an Cerises Tod, das ihm nicht schmeckte? Ich konnte mir nicht vorstellen, was das hätte sein können, aber mir fiel auch kein Grund ein, warum Bobby gegen seinen Willen in die Ermittlung hineingezogen worden war. Mein Gehirn war freilich noch wattig und nicht ganz da und lieferte nicht gerade Ideen am laufenden Band.

Ich widerstand der Versuchung, den Kaffee ins Bad mitzunehmen und den Morgen damit zu vertrödeln, meine wunden Zehen in der Wanne einzuweichen. Ich weiß, daß Laufen, so wenig verlockend es wirkt, das beste Gegengift gegen einen dicken Kopf ist. Außerdem braucht ein großer Hund wie Peppy das Laufen für die geistige Gesundheit – es war nicht anständig, ihr nur die bedächtigen Spaziergänge anzubieten, die Mr. Contreras' Sache waren.

Ich ging ächzend ins Wohnzimmer und widmete mich meinen Streckübungen. Sie dauerten länger als sonst. Und ich fühlte mich noch immer nicht völlig fit, als ich die Laufsachen anzog und die Hintertreppe hinunterpolterte.

Peppy hörte mich kommen und raste mir zur Begrüßung entgegen. Sie war jederzeit in der Lage, aus dem Tiefschlaf direkt in heftige Bewegung überzugehen. Sie brauchte keine Zeit für Lockerungsübungen. Sie geriet sofort außer sich, als sie meine Laufklamotten erkannte. Sie tanzte etliche Male um mich herum, stürmte die Treppe hinunter und wieder herauf, um zu überprüfen, wie schnell ich vorankan. Mr. Contreras kam an seine Hintertür, als wir vorbeikamen.

»Ich gehe mit Ihrer Königlichen Hundheit zum Rennen«, sagte ich.

Er nickte wortlos und zog sich in die Küche zurück. Immer noch beleidigt. Ich knirschte mit den Zähnen, rief aber nicht nach ihm. Ich war nicht aufgelegt für Friede, Freundschaft, Eierkuchen.

Ich zockelte langsam zur Belmont Avenue hinauf, rief Peppy an den Kreuzungen zu mir zurück und bemühte mich, keinen Muskel zu zerren. Am Hafen fühlte ich mich schließlich so locker, daß ich über einen Kilometer mit vollem Tempo lief, aber als ich umkehrte, ließ ich es beim Joggen bewenden.

Ich fand Peppy an ihrem Lieblingsplatz bei der Lagune. Sie hatte eine Entenfamilie entdeckt und sprang voller Hoffnung im Wasser herum. Bis sie schließlich zum See hinüberflogen, tat sie, als ob sie mich nicht rufen hörte – eine angemessene Reaktion darauf, daß ich mich zwei Tage lang nicht um sie gekümmert hatte. Dann kam sie mit großen Sätzen angerannt, mit hängender Zunge, und grinste frech – ich weiß, daß du dauernd nach mir gerufen hast, aber das kannst du mir nie im Leben beweisen.

Auf dem Heimweg hatte ich einen viel klareren Kopf. Zu Hause fühlte ich mich sogar so gut, daß ich mich mit Mr. Contreras versöhnen wollte. Ich klopfte an seine Küchentür, sagte ihm, ich hätte bis vier Uhr morgens an einem Fall gearbeitet, und fragte ihn, ob er Kaffee fertig habe. Das gab mir das Gefühl vollendeter Tugendhaftigkeit – sein Kaffee ist mies, eine zu Tode gekochte Brühe, und es wäre schneller gegangen, mir selbst eine frische Kanne zu kochen, als mich auf einen Schwatz mit ihm einzulassen.

Er gab zu, er habe noch Kaffee vom Frühstück übrig, machte die Tür auf und schaute streng vom Hund zu mir. »Warum haben Sie die Prinzessin ins Wasser gelassen? Ganz davon zu schweigen, daß es draußen nur fünfzehn Grad hat, vor dem Wasser der Lagune wird seit 1850 gewarnt.«

Typisch. Damit mir verziehen werden konnte, mußte ich ausgeschimpft werden. Ich bleckte die Zähne zur Andeutung eines Lächelns. »Ich weiß, ich weiß. Ich habe gebettelt und sie angefleht, aber Sie wissen ja, wie das ist – die Dame will etwas und tut es, ohne auf Ratschläge zu hören.«

Er schenkte mir einen durchdringenden Blick. »Kommt mir so vor, als ob ich solche Damen kenne, mm. Und dann muß man es ausbaden, bis sie einem je wieder zuhören.«

Ich lächelte anzüglich. »Stimmt. Stimmt genau. Und wie wär's jetzt mit einer Tasse Kaffee?«

17 Ein Rauswurf von Tantchen

Meine Abenteuer sind eine Art Ersatzbefriedigung für Mr. Contreras. Er hatte die ganze Aufregung gestern nacht gehört, als Bobby mich und Robin ertappt hatte, aber da war er ja noch immer gekränkt. »Ich weiß ja, daß Sie Ihre Angelegenheiten gern für sich behalten, Engelchen«, war seine Erklärung. Auf jeden Fall hatte er die tobende Peppy nicht hinausgelassen. Und ich hatte geglaubt, ich sei vom Pech verfolgt. Als ich ihm von dem Besuch im Leichenschauhaus und von der nächtlichen Tour durch die Rapelec Towers berichtet hatte, war er eindeutig neidisch.

»Sie hätten mich mitnehmen sollen, Engelchen. Wenn die damit gedroht hätten, eine Tonne Stahl auf Sie zu kippen, hätte ich gewußt, was zu tun ist.«

»Und ob Sie das gewußt hätten«, pflichtete ich ihm bei und wurde etwas bleich. Die ein, zwei Mal, bei denen er mich mit einer Rohrzange verteidigt hat, suchten noch immer meine

Alpträume heim. »Danke für den Kaffee. Jetzt muß ich gehen – muß wegen einem Hund zu einem Mann und so.«

Oder wegen eines Katers zu einer Frau, dachte ich grimmig, als ich die Treppe zu meiner Wohnung hinauflief. Es war höchste Zeit, Elena auf etwas festzunageln, das der Wahrheit nahekam. Ich duschte flüchtig, rieb mich trocken, zog Jeans an, steckte die rosa Seidenbluse in den Bund und ging zur Tür.

Ich wollte eben abschließen, als das Telefon klingelte. Ich sprintete hinein. Es war Robin. Robin. Ich hatte vergessen, ihn anzurufen, aber er schien es nicht übelzunehmen.

»War gestern nacht alles in Ordnung?«

»Wie man's nimmt. Sie wollten, daß ich eine junge Frau identifiziere, deren Leiche sie auf einer Baustelle gefunden hatten.«

Er stieß mitfühlende Laute aus. »Hast du es getan?«

»Ja. Sie war schwarz, arm und süchtig, deshalb standen die Chancen für ein Happy-End nicht günstig, aber es war trotzdem ein Schock.«

»Die Bullen hätten unter diesen Umständen etwas menschlicher mit dir umgehen sollen.«

»Ich nehme an, unter den gegebenen Umständen haben sie versucht, mich so zu schikanieren, daß ich die Wahrheit sage.«

Er zögerte einen Augenblick. »Ich will kein Quälgeist sein, schon gar nicht, nachdem du eine schlimme Nacht hinter dir hast, aber hast du dir schon überlegt, ob du die Ermittlungen über das Indiana Arms übernehmen willst? Wir müssen in die Gänge kommen.«

Ich spürte, wie mir warm wurde unter den Rippenbögen. Es gab jemanden, der mich für ein kompetentes menschliches Wesen hielt, nicht für eine Nervensäge, die sich besser um die eigenen Angelegenheiten kümmern sollte. Obwohl ich schon seit gestern nacht entschlossen war, den Auftrag anzunehmen, war es einfach ein gutes Gefühl, daß es jemanden gab, einen männlichen Jemand, der anrief und als erstes sagte, ich solle mich an die Arbeit machen und nicht zu Hause bleiben und mit Puppen spielen.

»Das einzige Problem ist, daß ich nichts über Brandstiftung weiß. Und ich glaube nicht, daß ich mich für eine sachgerechte Ermittlung schnell genug kundig machen kann.«

»Wir brauchen dich nicht für technische Einzelheiten – dafür haben wir ein Labor. Du sollst die Finanzlage des Inhabers überprüfen, herausfinden, ob er ein Motiv hatte, das Feuer selbst zu legen. Ich habe gehört, daß du auf diesem Gebiet die Beste bist.«

Die Wärme strömte von den Rippenbögen bis zu den Wangen. »Schön.« Ich notierte den Namen und die Adresse des Inhabers: Saul Seligman, Estes Avenue, nördlicher Teil. Er war über siebzig und lebte eigentlich schon im Ruhestand, aber er ging an den meisten Nachmittagen in sein Büro in der Irving Park Road. Ich notierte gewissenhaft auch die Telefonnummer des Büros.

»Könnten wir es noch mal mit einem gemeinsamen Abendessen versuchen?« fragte Robin. »Irgendwo in der Nähe von meinem Haus, damit die Bullen dich nicht mittendrin verhaften?«

Ich lachte. »Wie wär's mit Freitag? Ich bin ziemlich geschafft und habe in den nächsten Tagen eine Menge zu tun.«

»Prima. Ich ruf am Freitag morgen an, damit wir uns ein Lokal aussuchen. Vielen Dank, daß du den Fall übernimmst.«

»Ja, schon gut.« Ich legte auf.

Es war jetzt nach Mittag. Falls meine Tante immer noch die Frau von früher war, stand sie eben auf. Ich fuhr mit wilder Nervosität, schaffte die sechseinhalb Kilometer unter zehn Minuten und hielt mit kreischenden Reifen gegenüber vom Windsor Arms. Ein Paar saß auf dem Trottoir, mit dem Rücken an der Wand, in einen Streit darüber vertieft, wessen Schuld es sei, daß Biffy verschwunden war. Ich blieb stehen, bis ich verstanden hatte, daß Biffy eine Katze war. Das Paar würdigte mich keines Blickes.

In der Halle weckte ich nicht viel mehr Aufmerksamkeit. Die Dame des Hauses sah fern, mit dem Rücken zu mir. Die fünf, sechs Leute um sie herum ließen sich völlig fesseln von der

Intensität der Gefühle, die der Bildschirm hoch oben an der Wand verströmte. Einer schaute herüber, wandte sich aber wieder der Glotze zu, als ich die Treppe hinaufstieg.

Immer zwei Stufen auf einmal joggte ich in zügigem Trab bis zu Elenas Zimmer. Die Tür war verschlossen. Ich drehte den Türknopf, dann klopfte ich laut. Keine Antwort. Ich klopfte wieder, rief aber nicht – wenn sie mich erkannte, würde sie sich in den nächsten vierundzwanzig Stunden totstellen.

Schließlich sagte sie mit schlaftrunkener Stimme: »Hauen Sie ab. Ich habe dasselbe Recht auf meinen Schönheitsschlaf wie Sie, Sie bescheuertes Miststück.«

Ich klopfte weiter, regelmäßig, bis sie die Tür unter meiner Hand wegriß. Sie wollte sie mir vor der Nase zuschlagen, als sie mich erkannte, aber ich drückte mich mit ihr ins Zimmer.

»Tut mir leid, dich bei deinem Schönheitsnickerchen zu stören, Tantchen«, sagte ich und lächelte sanft. »Ist es nicht ein bißchen riskant, die Geschäftsführerin ein bescheuertes Miststück zu nennen?«

»Victoria, Baby,. Was machst du hier?«

»Dich besuchen, Elena. Ich habe schlechte Nachrichten über Cerise.«

Das violette Nachthemd war immer noch nicht gewaschen worden. Die Mischung aus schalem Bier und Schweiß, die es verströmte, war überwältigend. Ich ging zum Fenster und versuchte es aufzumachen, aber ein großzügiger Maler hatte es beim Streichen mit Farbe verklebt. Ich setzte mich auf das Bett. Die Matratze war etwa daumendick; die Sprungfedern darunter knackten, und eine kleine Eisenspirale preßte sich durch die Auflage gegen meine Hinterbacke.

»Cerise, Baby?« Sie blinzelte im trüben Licht. »Was ist mit ihr?«

Ich sah sie ernst an. »Leider ist sie tot. Die Polizei ist gestern um Mitternacht gekommen und hat mich geholt, damit ich ihre Leiche identifiziere.«

»Tot?« wiederholte sie. Ihr Gesicht veränderte sich rasch, während sie versuchte, sich darüber schlüssig zu werden, wie sie reagieren sollte, noch schwankend zwischen Verständnislosigkeit und Empörung. Schließlich liefen ein paar Tränen über die geäderten Wangen.

»So solltest du Menschen nicht mit solchen Neuigkeiten überfallen, das ist wirklich nicht richtig von dir. Ich hoffe, du hast nicht gegen Zerlinas Krankenzimmertür gehämmert, sie geweckt und ihr schreckliche Geschichten über ihre Tochter erzählt. Gabriella würde sich schämen, wenn sie wüßte, was du gemacht hast. *Wirklich* schämen. Und außerdem habe ich geglaubt, du behältst das arme kleine Mädchen im Auge. Warum hast du zugelassen, daß sie wegläuft und umkommt?« Sie gab sich deutlich Mühe, sich in Rage zu reden.

»Sie hat es allein besorgt. Als ich am Montag nachmittag in Doktor Herschels Praxis zurückkam, war sie fort. Ich habe die Bullen angerufen und sie gebeten, nach ihr Ausschau zu halten, aber die Stadt ist groß, und es gibt nicht genug Jungs in Blau, die Streife fahren. Also ist sie auf dem Boden eines Aufzugschachts auf einer Baustelle an einer Überdosis Heroin gestorben.«

Elena schüttelte mit geschürzten Lippen den Kopf. »Das ist furchtbar, Baby, furchtbar. Ich vertrage es nicht, wenn man mich so unvorbereitet mit Neuigkeiten überfällt. Geh jetzt, und laß es mich in Ruhe verarbeiten. Ich muß Zerlina besuchen. Was soll ich ihr bloß sagen – geh doch, geh jetzt, Vicki. Es war lieb von dir, daß du gekommen bist und es mir gesagt hast, aber jetzt muß ich allein sein.«

Ich behielt das sanfte Lächeln im Gesicht und schaute ernst zu ihr auf. »Mach ich, Elena. Ich gehe wirklich gleich. Aber erst mußt du mir sagen, was für einen Scheißplan ihr ausgeheckt habt, du und Cerise.«

Sie richtete sich auf und schenkte mir einen Blick gekränkter Würde. »Scheißplan, Victoria? Das ist ein äußerst häßliches Wort.«

»Aber es trifft den Fall bis aufs I-Tüpfelchen. Wie wolltet ihr zu Geld kommen?«

»Das arme Mädchen ist noch nicht einmal kalt, und du

kommst hierher und ziehst ihr Andenken in den Schmutz. Ich weiß nicht, was Gabriella dazu sagen würde.« Sie zupfte nervös am Nachthemd.

Beim Gedanken an meine Mutter mußte ich herzlich lachen. »Sie würde sagen: ›Sag die Wahrheit, Elena – es tut weh, wenn sie herauskommt, aber danach geht es dir wieder gut.‹« Gabriella hatte fest daran geglaubt, daß Buße etwas nützte.

»Wie auch immer, ich weiß nicht, wovon du redest.«

Ich schüttelte den Kopf. »Das reicht nicht, Tantchen. Du hast mit Cerise bei mir vor der Tür gestanden, voller Sorge über das Schicksal der armen Katterina. Die Sorge hat sich irgendwie über Nacht verflüchtigt – Cerise ist einfach verschwunden, und du hast dich auch nicht mehr gerührt. Wenn eine von euch wirklich in Sorge gewesen wäre, hättet ihr eine Möglichkeit gefunden, mit mir Kontakt aufzunehmen.«

»Vermutlich hatte Cerise deine Telefonnummer nicht. Vermutlich hat sie sich nicht einmal deinen Nachnamen merken können.«

Ich nickte. »Das würde mich nicht überraschen. Aber sie brauchte doch nur in Doktor Herschels Praxis zu warten, und da wäre ich gewesen – treu, gewissenhaft und fleißig, oder wie auch immer das Pfadfindermotto lautet. Nein. Ihr beide hattet etwas anderes im Sinn. Sonst hättest du dich nicht so gesträubt, mir Zerlinas Nachnamen zu sagen.«

»Ich habe bloß gemeint, du solltest sie nicht behelligen –«

»Hm. Du hast Zerlina am letzten Mittwoch gesagt, daß sie das Baby nicht im Indiana Arms bei sich haben darf. Was hast du gemacht – sie für den Preis einer Flasche erpreßt? Häßlich, Elena, aber das hat dem Kind das Leben gerettet. Als du am Sonntag zu mir gekommen bist, hast du gewußt, daß Zerlina das Baby weggegeben hatte. Ich will wissen, was *zum Teufel* du gemacht und warum du mich mit hineingezogen hast.« Meine Aufregung brachte mich auf die Beine; ich starrte böse auf meine Tante hinunter.

Schnelle Tränen füllten ihre Augen. »Raus hier, Victoria Iphigenia. Geh jetzt. Es tut mir leid, daß ich nach dem Brand überhaupt zu dir gekommen bin. Du bist bloß eine verfluchte Rotznase, die sich in alles einmischt und nicht den mindesten Respekt vor der älteren Generation hat. Vielleicht glaubst du, daß dir Chicago gehört, aber das hier ist mein Zimmer, und ich kann die Polizei rufen, wenn du nicht gehst.«

Ich schaute mich im Zimmer um, und meine Wut wich, machte Scham und einer Welle der Hoffnungslosigkeit Platz. Elena konnte ihre Drohung nicht wahrmachen – sie hatte nicht einmal ein Telefon. Sie hatte nur ihren Matchsack und das verschwitzte, dreckige Nachthemd. Ich zwinkerte gegen eigene Tränen an und ging. Als ich unter den leeren Lampenschirmen hindurchging, konnte ich hören, wie sie tastend den Schlüssel ins Schlüsselloch schob.

Das Paar draußen hatte den Streit beigelegt und versöhnte sich über einer Flasche Bier. Ich ging langsam zum Auto und saß mit hängenden Schultern über dem Lenkrad. Manchmal kommt mir das Leben so grausam vor, daß es mir sogar weh tut, wenn ich die Arme bewege.

18 Kein Donald Trump

Ich wollte nur noch meine Zelte abbrechen und in einen entlegenen Winkel der Welt verschwinden, wo sich das menschliche Elend nicht so nackt zeigte. Weil mir dazu die Mittel fehlten, könnte ich mich ja einen Moment lang in mein Bett zurückziehen. Aber dann wäre die Hypothekenzahlung fällig geworden und unbezahlt zurückgegangen, und irgendwann hätte mich die Bank hinausgeworfen, und dann hätte ich das nackte Elend am eigenen Leib erfahren, wäre mit einer Flasche Bier vor dem Haus gesessen, um das alles zu verdrängen. Ich ließ den Motor an und fuhr nach Norden zu Saul Seligmans Büro in der Foster Avenue.

Es war ein schäbiges kleines Büro im Erdgeschoß. Die untere Hälfte der Fenster war mit Brettern vernagelt; rechts oben stand in abblätternden Goldbuchstaben auf der Scheibe »Grundstücksverwaltung Seligman«. Bretter und Dreck auf der Scheibe hinderten mich hineinzusehen, aber ich glaubte, drinnen brenne Licht.

Die Tür ließ sich schwer öffnen; sie hatte sich an einem Stück losen Linoleum verhakt, das wie ein Keil wirkte. Als ich hereinkam, versuchte ich es festzutreten, aber es stellte sich wieder hoch, sobald ich den Fuß wegnahm. Ich gab auf und ging zu dem hohen ramponierten Tresen hinüber, der Saul vom Rest der Welt abschirmte. Falls er in Geld schwamm, hatte er nichts davon in sein Vorzimmer gesteckt.

Im hinteren Teil des Zimmers standen fünf Schreibtische, aber nur einer war besetzt. Eine Frau von etwa sechzig las eine Judith-Krantz-Story aus der Leihbücherei. Das stumpf gewordene blonde Haar war sorgfältig in Wellen gelegt. Die Lippen bewegten sich leicht, während ein pummeliger, mit Ringen besetzter Finger die Seite entlangglitt. Sie schaute nicht auf, obwohl sie gehört haben mußte, wie ich mit dem Linoleum gekämpft hatte. Vielleicht lief heute die Leihfrist ab, und sie hatte noch etwa die Hälfte vor sich.

»Ich kann Ihnen sagen, wie es ausgeht«, erbot ich mich.

Sie legte das Buch widerwillig beiseite. »Wollen Sie etwas, Schätzchen?«

»Mr. Seligman«, sagte ich in meinem muntersten, professionellsten Ton.

»Der ist nicht da, meine Liebe.« Die Hand wanderte zum Buch.

»Wann erwarten Sie ihn?«

»Jetzt, wo er im Ruhestand ist, hat er keine regelmäßigen Bürozeiten mehr.«

Ich fand den Riegel zur Schwingtür im Tresen. »Vielleicht können Sie mir helfen. Sind Sie die Geschäftsführerin?«

Sie blähte sich eine Spur auf. »Hier können Sie nicht einfach reinmarschieren, Schätzchen. Das hier ist privat. Pulbikumsverkehr vorn.«

Ich ließ die Schranke hinter mir zuschnappen. »Ich bin

Detektivin, gnädige Frau. Die Ajax-Versicherung hat mich beauftragt, den Brand zu untersuchen, der letzte Woche ein Objekt von Seligman zerstört hat. Das Indiana Arms.«

»Oh.« Sie fummelte an einem Ehering herum, der tief in ihren Finger einschnitt. »Gibt es da irgendein Problem?«

»Brandstiftung ist immer ein Problem.« Ich setzte mich auf die Kante des Nachbarschreibtischs. »Die Firma zahlt die Prämie erst, wenn sie davon überzeugt ist, daß Mr. Seligman nichts damit zu tun hatte, daß das Feuer gelegt wurde.«

Sie richtete sich im Stuhl auf; die blaßblauen Augen schossen hinter den Brillengläsern Blitze auf mich ab. »Das ist eine unerhörte Unterstellung. Schon der Gedanke! Mr. Seligman würde doch nie... Haben Sie irgendwelche Beweise, die das untermauern?«

Ich schüttelte den Kopf. »Ich beschuldige ihn nicht, das Feuer gelegt zu haben. Aber ich muß mich vergewissern, daß er es nicht getan hat.«

»Er war es nicht. Das kann ich Ihnen versichern.«

»Bestens. Das heißt, daß die Ermittlung kurz und angenehm verlaufen wird. Wie viele Objekte gehören ihm – außer dem Indiana Arms, meine ich.«

»Mr. Seligman ist der reizendste, anständigste – hören Sie, er ist Jude, okay, und ich bin Katholikin. Glauben Sie, daß ihn das je gestört hätte? Als mein Mann mich verlassen hat und ich mich um meine beiden Mädchen kümmern mußte, wer hat da das Schulgeld bezahlt, damit sie in St. Innana bleiben konnten? Und die Weihnachtsgeschenke, die sie von ihm bekommen haben, ganz zu schweigen von mir, ich habe es bestimmt nicht nur einmal, sondern hundertmal gesagt, daß er Fanny besser nicht merken läßt, was er mir schenkt, nicht als ob ihm nichts daran gelegen wäre, glücklich verheiratet zu bleiben, was er auch war, bis sie vor drei Jahren gestorben ist. Seitdem ist er nicht mehr der alte, hat das Interesse am Geschäft verloren, aber falls Sie glauben, daß er ein Gebäude abgebrannt hat, müssen Sie nicht ganz richtig im Kopf sein.« Als sie schwieg, war sie rot angelaufen und keuchte leicht. Nur ein Unmensch hätte insistiert.

»Treiben Sie die Mieten ein, Mrs. …«

»Donnelly«, fuhr sie mich an. »Das machen die Hausverwalter. Hören Sie. Zeigen Sie mir jetzt besser erst einmal eine Legitimation, ehe Sie mich weiter mit Fragen bombardieren.«

Ich holte die Lizenz aus der Brieftasche und reichte sie ihr mit einer meiner Karten: V. I. Warshawski, Finanzermittlungen. Sie schaute sich beides mißtrauisch an, musterte das Foto, verglich es mit mir. Aus rätselhaften Gründen ist mein Gesicht auf dem Bild hummerrot. Es irritiert die Leute ständig.

»Und woher weiß ich, daß Sie von der Versicherung kommen?« Es war ein halbherziger Angriff, aber ein wirkungsvoller.

»Sie können dort anrufen und nach Robin Bessinger in der Abteilung für Brandstiftung fragen. Er wird für mich bürgen.« Ich brauchte etwas Schriftliches von ihnen – morgen brachte ich besser ein Exemplar meines Dienstleistungsvertrags hin und holte mir eine Vollmacht ab.

Ihr Blick wanderte zum Telefon, aber sie schien sich zu überlegen, es mache zuviel Mühe, sich noch länger gegen mich zu wehren. »Okay. Fragen Sie, was Sie wollen, aber Sie werden nie im Leben einen Beweis dafür finden, daß Mr. Seligman etwas mit diesem Brand zu tun hat.«

»Welche Stellung haben Sie innerhalb der Firma, Mrs. Donnelly?«

»Ich bin die Geschäftsführerin des Büros.« Sie hatte das Gesicht in wütende Falten gelegt, um jeden Angriff auf Mr. Seligman abzuschmettern.

»Und das heißt, daß Sie …?«

»Die Leute wenden sich mit Beschwerden an mich, ich lasse sie von den Hausmeistern oder Hausverwaltern überprüfen, je nachdem, wer zuständig ist. Ich hole Kostenvoranschläge ein, wenn etwas repariert werden muß, solche Sachen. Wenn Detektive kommen und Fragen stellen, spreche ich mit ihnen.«

Das war ein unerwarteter Anflug von Humor; ich grinste anerkennend. »Wie viele Objekte sind es?«

Sie zählte sie an den Fingern ab – eins an der Ashland Avenue, eins an der Forty-seventh Street und so weiter, insgesamt sieben, zuletzt das Indiana Arms. Ich schrieb mir die Adressen auf, damit ich hinfahren konnte, aber nach der Lage zu schließen, war keines eine Goldgrube.

Nein, keine rückständigen Mieten. Ja, sie hatten früher viel mehr Angestellte im Büro gehabt, als Mr. Seligman jünger war – er hatte ständig Gebäude gekauft und verkauft, und dazu brauchte er mehr Angestellte. Jetzt gab es nur noch sie und ihn, ein Team, wie sie es immer gewesen waren. Und es gab keinen warmherzigeren Menschen als ihn, selbst wenn man nicht nur in der Stadt, sondern auch in den Vororten Ausschau hielt.

»Großartig.« Ich rutschte von der Schreibtischkante herunter und rieb die Druckstelle, an der das Metall sich in meinen Schenkel gegraben hatte. »Übrigens, mit welcher Bank arbeiten Sie – nicht Sie persönlich, sondern die Firma Seligman?«

Der mißtrauische Ausdruck kehrte auf ihr Gesicht zurück, aber sie gab bereitwillig Auskunft – mit der Edgewater National.

Als ich die Schwingtür öffnete, fiel mir noch etwas ein. »Wer wird die Firma von Mr. Seligman übernehmen? Hat er Kinder, die ihn beerben?«

Sie schaute mich wieder böse an. »Ich käme nicht im Traum auf die Idee, in einer solchen Privatangelegenheit herumzustochern. Und belästigen Sie ihn ja nicht – er hat sich nie ganz von Fannys Tod erholt.«

Ich ließ die Schranke hinter mir zuschnappen. Nicht im Traum, ach du liebe Zeit. Sie kannte vermutlich jeden Gedanken, der Seligman in den letzten zwanzig Jahren durch den Kopf gegangen war, und erst recht seit dem Tod seiner Frau. Als ich die Tür über das lose Linoleum zerrte, fragte ich mich, was mit Mrs. Donnellys Kindern sein mochte, für deren Schulbildung der alte Mann so großzügig gesorgt hatte.

Ehe ich ins Auto stieg, entdeckte ich an der Ecke ein Telefon und rief Robin an. Er war in einer Konferenz – der ewige Aufenthaltsort von Versicherungsmanagern –, aber seine Sekretärin versprach mir für morgen früh eine Vollmacht.

Der Nachmittag war schon fortgeschritten; ich hatte den ganzen Tag nichts Richtiges gegessen, nur etwas Toast zu Mr. Contreras' verdorbenem Kaffee. Es ist schwer, zu denken, wenn man hungrig ist – die Bedürfnisse des Magens gewinnen die Oberhand. Ich fand ein kleines polnisches Restaurant, ließ mir einen Teller dicke Kohlsuppe mit hausgebackenem Roggenbrot servieren. Das war so gut, daß ich noch ein Stück Himbeerkuchen und eine Tasse Kaffee bestellte, ehe ich weiter nach Norden fuhr, um Mr. Seligman zu besuchen.

Die Estes Avenue ist eine ruhige Wohnstraße in Rogers Park. Mr. Seligman wohnte in einem nicht besonders attraktiven Haus östlich vom Ridge Boulevard. Der kleine Vorgarten war in diesem langen und heißen Sommer nicht gerade liebevoll gepflegt worden; große Büschel von Hundszahngras und Unkraut überwucherten den schütteren Rasen. Den Gehweg durchzogen üble Risse, alles andere als ideal für einen älteren Menschen, vor allem, wenn der Winter von Chicago kam.

Die Treppe war in keinem viel besseren Zustand – ich wich dem großen Loch auf der dritten Stufe gerade noch rechtzeitig aus, ehe ich mir den Knöchel verstauchte. Ein blankgewetzter Fußabstreifer lag vor der Tür. Ich rutschte leicht aus, als ich klingelte.

Ich hörte die Klingel hinter der schweren Eingangstür dumpf widerhallen. Nichts tat sich. Ich wartete kurz und klingelte wieder. Nach einer weiteren Wartezeit fragte ich mich, ob ich auf dem Ridge Boulevard an Seligman vorbeigefahren sein mochte. Als ich eben gehen wollte, hörte ich jedoch das Kratzgeräusch eines Riegels, der zurückgeschoben wurde. Es folgte ein umständlicher, mühseliger Prozeß. Als auch das letzte Schloß aufgeschlossen war, ging die Tür langsam nach innen auf, und ein alter Mann blinzelte mich über die Schwelle hinweg an.

Er mußte etwa in Mr. Contreras' Alter sein, aber während Vitalität und Neugier meinen Nachbarn rüstig hielten, schien sich Mr. Seligman aus dem Leben zurückgezogen zu haben. Sein Gesicht war von einer Reihe weicher Längsfalten durchzogen, die sich im Rollkragen des verschossenen beigen Pullovers verloren. Darüber trug er eine zerrissene Strickjacke, auf der einen Seite zum Teil in die Schlafanzughose gesteckt. Er sah nicht aus wie der Kopf einer Bande von Brandstiftern und Betrügern.

»Ja?« Seine Stimme war leise und heiser.

Ich zwang mich zu einem Lächeln und erklärte, was ich wollte.

»Ich bin Privatermittlerin. Ihre Versicherung hat mich engagiert, um Nachforschungen wegen des Brandes anzustellen.«

»Die Versicherung? Meine Versicherungen sind alle bezahlt, da bin ich mir sicher, aber danach sollten Sie Rita fragen.« Als er verwirrt den Kopf schüttelte, sah ich kurz das Hörgerät im linken Ohr.

Ich hob die Stimme und versuchte, deutlich zu sprechen. »Ich weiß, daß Ihre Versicherung bezahlt ist. Ich arbeite für die Firma. Die Ajax möchte, daß ich herausfinde, wer Ihr Hotel niedergebrannt hat.«

»Oh. Wer es niedergebrannt hat.« Er nickte fünf- bis sechsmal. »Ich habe keine Ahnung. Es war ein großer Schock, ein furchtbarer Schock. Ich habe erwartet, daß die Polizei oder die Feuerwehr herkommen und mit mir sprechen, aber heutzutage zahlen wir unsere Steuern für nichts und wieder nichts. Erst lassen sie es abbrennen und tun nichts dagegen, dann tun sie nichts, um die Leute zu schnappen, die es getan haben.«

»Ganz Ihrer Meinung«, warf ich ein. »Deshalb hat mich die Ajax engagiert, damit ich Nachforschungen anstelle. Könnten wir nicht hineingehen und darüber reden?«

Er musterte mich sorgfältig, kam wohl zu der Erkenntnis, daß ich nicht besonders bedrohlich aussah, und bat mich hinein. Sobald er die Tür hinter mir zugezogen und eins der fünf Schlösser abgeschlossen hatte, wünschte ich mir, ich hätte das Gespräch zwischen Tür und Angel fortgesetzt. Der Gestank, eine Mischung aus Mief, ungespültem Geschirr und ranzigem Fett, schien den Wänden und den Möbeln zu entströmen. Ich hatte nicht gewußt, daß ein Lebewesen in solcher Luft existieren konnte.

Das Wohnzimmer, in das er mich führte, war dunkel und kalt. Ich versuchte, nicht zu fluchen, als ich gegen einen niedrigen Tisch stieß, aber als ich zurücktrat, verfing sich mein Bein an einem schweren Metallgegenstand, und ich konnte einen Kraftausdruck nicht unterdrücken.

»Passen Sie doch auf, junge Frau, das sind alles Fannys Sachen, und ich möchte nicht, daß sie beschädigt werden.«

»Nein, Sir«, sagte ich fügsam und rührte mich, während er nach dem Lichtschalter tastete, nicht vom Fleck. Als die mit dicken Fransen verzierte Lampe anging, sah ich, daß ich über zwei eiserne Schürhaken gestolpert war, die rätselhafterweise mitten im Zimmer lagen. Weil es keinen Kamin gab, war das vielleicht der ideale Platz für sie. Ich schlängelte mich an den restlichen Hindernissen vorbei und setzte mich vorsichtig auf den Rand eines viel zu weich gepolsterten Sessels. Mein Hinterteil sank tief in das weiche, staubige Kissen.

Mr. Seligman setzte sich auf die dazugehörige Couch, ganz in meiner Nähe, allerdings hing ein leerer Vogelkäfig aus Messing zwischen uns. »Was wünschen Sie, junge Frau?«

Er war schwerhörig und deprimiert, aber eindeutig nicht geistig behindert. Als er meine Bemerkungen auf einen Nenner brachte, bekamen die hängenden Wangen Farbe.

»Meine Versicherung glaubt, daß ich mein Hotel niedergebrannt habe? Wofür zahle ich eigentlich Prämien? Ich zahle meine Steuern, und die Polizei hilft mir nicht, ich zahle meine Versicherung, und die Firma beleidigt mich –«

»Mr. Seligman«, unterbrach ich ihn, »Sie leben schon lange in Chicago, stimmt's? Ihr Leben lang? Gut, ich auch. Sie wissen so gut wie ich, daß hier jeden Tag Leute ihr Eigentum in Brand stecken, bloß um die Versicherungssumme zu kassieren. Ich glaube Ihnen gern, daß Sie nicht zu diesen Leuten gehören, aber Sie können es der Firma nicht verübeln, wenn sie sich vergewissern will.«

Die wütende Röte wich aus den Wangen, aber er murmelte

halblaut weiter über Räuber, die einem das Geld abnahmen und nichts dafür leisteten. Er beruhigte sich soweit, daß ich ihm Routinefragen darüber stellen konnte, wo er am letzten Mittwoch nachts gewesen war – zu Hause im Bett, wofür hielt ich ihn eigentlich, für einen Don Juan, der sich in seinem Alter noch die ganze Nacht in der Stadt herumtrieb?

»Können Sie sich einen Grund denken, aus dem jemand das Indiana Arms abbrennen wollte?«

Er hob entnervt die Hände. »Es war ein altes Gebäude, unnütz für alle, auch für mich. Man zahlt die Steuern, man zahlt die Versicherung, man zahlt die Nebenkosten, und wenn die Miete kommt, reicht es nicht einmal für Farbe. Ich weiß, daß die Leitungen alt waren, aber ich konnte es mir nicht leisten, neue legen zu lassen, das müssen Sie mir glauben, junge Frau.«

»Warum haben Sie es nicht einfach abreißen lassen, wenn Sie nur draufgezahlt haben?«

»Sie sind wie alle heutzutage, denken nur an den Dollar, nicht an die Herzen der Menschen. Jeden Tag kommen Leute zu mir und glauben, ich sei ein blöder alter Mann, der ihnen sein Herz verkaufen wird, damit sie es in Stücke reißen können. Und jetzt sind Sie hier und reden genauso.«

Er schüttelte langsam den Kopf, deprimiert über die Perfidie der jüngeren Generation. »Das war das erste Gebäude, das mir gehörte. Ich habe das Geld während der Wirtschaftskrise ganz langsam zusammengespart. Sie können das nicht verstehen. Ich habe jahrelang einen Lieferwagen gefahren und jeden Penny, jedes Zehncentstück gespart, und als Fanny und ich heirateten, haben wir alles in das Indiana Arms gesteckt.«

Er sprach jetzt mehr mit sich als mit mir; die heisere Stimme war so leise, daß ich mich vorbeugen mußte, um ihn zu verstehen. »Sie hätten es damals sehen sollen, es war ein schönes Hotel. Wir haben es morgens beliefert, und sogar die Küche kam mir wunderbar vor – ich bin in zwei Zimmern aufgewachsen, acht waren wir in zwei Zimmern, keine Küche, jeder Eimer Wasser mußte hereingeschleppt werden. Als die Besitzer bankrott gingen – damals ging das allen so –, kratzte ich das Geld zusammen und kaufte es.«

Die trüben Augen verschleierten sich. »Dann kam der Krieg, und die Farbigen strömten in die Gegend, und Fanny und ich, wir zogen hierher, wir hatten ja Kinder, man kann Kinder sowieso nicht in einer Hotelpension großziehen, auch wenn die Gegend anständig ist. Aber ich habe es nicht übers Herz gebracht, es zu verkaufen. Vielleicht ist es ganz gut so, daß es jetzt nicht mehr da ist.«

Aus Achtung vor seinen Erinnerungen wartete ich, ehe ich wieder etwas sagte, schaute mich im Zimmer um und gönnte ihm ein wenig Ruhe. Auf dem niedrigen Tisch neben mir stand ein Atelierfoto eines ernsten jungen Mannes und einer schüchtern lächelnden jungen Frau im Brautkleid.

»Das waren Fanny und ich«, sagte er, als er meinen Blick auffing. »Schwer zu glauben, nicht wahr.«

Ich hakte behutsam die Routinefragen ab – wer arbeitete für ihn, was wußte er über den Nachtportier im Indiana Arms, wer erbte die Firma, wer profitierte von dem Brand. Er gab bereitwillig Antwort, aber er konnte nichts Schlechtes über die Leute denken, die für ihn arbeiteten, auch nicht über seine Kinder, die nach seinem Tod seine Immobilien erbten.

»Es ist nicht gerade viel, was ich ihnen hinterlasse. Man fängt an, man denkt, man wird schließlich ein Rubloff werden, aber alles, was ich nach den vielen Jahren vorzuweisen habe, sind sieben ramponierte Gebäude.« Er nannte mir die Namen und Adressen seiner Kinder und versprach, er werde Rita sagen, daß sie mir eine Liste der Angestellten gab – Geschäftsführer, Wächter, Hausverwalter.

»Ich nehme an, jemand würde ein Gebäude niederbrennen, wenn man ihm genug dafür zahlt. Es ist wahr, ich zahle meinen Leuten nicht viel, aber schauen Sie mich an, schauen Sie sich an, wie ich lebe, ich bin schließlich nicht Donald Trump – ich zahle, was ich mir leisten kann.«

Er brachte mich zur Haustür und redete immerzu darüber, daß er seine Steuern bezahlte und nichts dafür bekam und nichts hatte, daß er aber seine Angestellten bezahlte, und war es doch möglich, daß sie etwas gegen ihn hatten? Als ich die Eingangsstufen hinunterstieg, hörte ich, wie hinter mir die Schlösser eins nach dem anderen zuschnappten.

19 Herrenbesuch

Einen Besuch hatte ich noch vor mir, ehe ich nach Hause fuhr. Ich rückte die Schultern gerade und fuhr durch den Stoßverkehr nach Süden zum Michael Reese. Zerlina lag noch in dem Vierbettzimmer, aber ein Bett war leer, und in den zwei anderen lagen Neuzugänge, die mich mit leerem Blick anschauten, ehe sie sich wieder dem *Glücksrad* zuwandten.

Zerlina drehte den Kopf weg, als sie mich sah. Ich zögerte am Fußende des Bettes – es wäre leichter gewesen, die Zurückweisung wegzustecken und nach Hause zu fahren, als mit ihr über ihre Tochter zu reden. »Wer kneift, siegt nie, und Sieger kneifen nicht«, ermutigte ich mich und kauerte mich neben ihren Kopf.

»Sie haben das mit Cerise gehört, Mrs. Ramsay.«

Die schwarzen Augen starrten mich reglos an, aber schließlich nickte sie widerwillig.

»Es tut mir furchtbar leid – ich mußte sie gestern nacht identifizieren. Sie hat so schrecklich jung ausgesehen.«

Sie zog ein grauenhaft finsteres Gesicht, um die Tränen zurückzuhalten. »Was haben Sie ihr getan, Sie und Ihre Tante, was sie in den Tod getrieben hat?«

»Es tut mir leid, Mrs. Ramsay«, wiederholte ich. »Vielleicht hätte ich am Montag versuchen sollen, sie zu finden. Aber sie hat die Praxis verlassen, in die ich sie gebracht hatte, und ich hatte keine Ahnung, wo sie sein könnte. Ich habe heute mittag versucht, mit Elena zu sprechen; falls sie etwas weiß, hat sie es für sich behalten.«

Ich blieb noch etwa fünf Minuten, aber sie wollte nichts

mehr sagen. Als ich wieder im Auto war, saß ich lange da, rieb mir die verspannten Schultermuskeln und versuchte, mir einen Ort vorzustellen, an dem ich etwas Frieden finden konnte. Nicht meine Wohnung – heute abend wollte ich weder Mr. Contreras noch Vinnie über den Weg laufen. Ich war jedoch zu müde, aufs Land hinauszufahren, zu müde für den Lärm und die Ablenkung in einem Restaurant. Einen Klub könnte ich brauchen wie den, in den sich Peter Wimsey immer zurückzog – diskretes, dienstbeflissenes Personal, das mich völlig in Ruhe ließ, aber bereit war, sofort zu springen, wenn ich auch nur den leisesten Wunsch äußerte.

Ich ließ den Chevy an und fuhr über Nebenstraßen nach Norden, vertrödelte meine Zeit an den Ampeln, bog schließlich von der Belmont Avenue in die Racine Avenue ein und kam vor meinem Haus zum Stehen. Ich stieg zuerst in den Keller hinunter, um meine Wäsche zu holen. Eine freundliche Seele hatte sie aus dem Trockner genommen und auf den Boden geworfen. Mit schweren und langsamen Gliedern hob ich Stück für Stück auf und stopfte es wieder in die Waschmaschine. Ich blieb im schwach beleuchteten Keller, während die Maschine lief, saß mit gekreuzten Beinen auf einer Zeitung auf dem Fußboden, starrte ins Leere, dachte an nichts. Als die Maschine scheppernd zum Stillstand kam, stand ich auf und packte meine Sachen noch einmal in den Trockner. Durchaus vergleichbar mit einem Abend im Marlborough Club.

Erst als ich nach oben kam, fiel mir ein, daß ich dem Personal heute Ausgang gegeben hatte, also war kein Abendessen vorbereitet. Ich ließ mir eine Pizza bringen und schaute mir eine Wiederholung von *Magnum* an. Ehe ich ins Bett ging, stieg ich noch einmal in den Keller hinab, um die Wäsche zu holen. Wie durch ein Wunder kam ich an, ehe einer meiner Nachbarn die Zeit gehabt hatte, sie wieder schmutzig zu machen.

Am Donnerstag morgen brachte ich einen Vertrag zur Ajax, bekam eine Vollmacht und setzte die Ermittlungen fort. Den Donnerstag und den Freitag verbrachte ich damit, Seligmans Kinder aufzusuchen – beide in den Vierzigern – und mit all den

Wächtern, Hausmeistern und Hausverwaltern zu reden, die für Seligman arbeiteten. Mrs. Donnelly – für Seligman Rita – erlaubte mir sogar widerwillig, einen Blick in die Bücher zu werfen. Freitag abend war ich so gut wie sicher, daß der alte Mann bei dem Brand nicht die Hand im Spiel gehabt hatte.

Seine Kinder hatten mit dem Geschäft nichts zu tun. Eine Tochter war mit einem Haushaltswarenhändler verheiratet und arbeitete selbst nicht. Die zweite, eine Marketingleiterin bei einem Großhändler in Schaumburg, war zum Zeitpunkt des Brandes geschäftlich in Brasilien gewesen. Das schloß nicht aus, daß sie die Anstifterin gewesen sein konnte, aber es war schwer einzusehen, warum sie das getan haben sollte. Die beiden würden die Firma erben; sie hätten den Plan aushecken können, weil die Versicherungssummen das Erbe vergrößert hätten, aber es war ein langer Weg zu zweifelhaftem Reichtum. Ich strich die beiden nicht endgültig von der Liste, aber ich hielt sie auch nicht für die wahrscheinlichsten Kandidaten.

Die Gespräche mit Mrs. Donnelly brachten mich schon eher ins Grübeln. Sie wirkte dem alten Mann gegenüber loyal, aber ich hatte das Gefühl, sie wisse etwas, das sie verschwieg. Es lag weniger an dem, was sie sagte, sondern an dem verschlagenen Blick, den sie mir zuwarf, als die Rede auf ihre Kinder kam und auf das, was sie möglicherweise von Mr. Seligman zu erwarten hatten. Ohne dieses beiläufige Grinsen hätte ich der Firma Seligman der Ajax gegenüber ein tadelloses Leumundszeugnis ausgestellt.

Am Samstag fand ich schließlich den Nachtportier aus dem Indiana Arms. Er versteckte sich bei einem Bruder auf der Südseite, um Nachforschungen über sein Tun während der Brandnacht zu entgehen. Wir führten ein langes und schwieriges Gespräch. Erst versicherte er mir, er habe das Gebäude keinen Augenblick lang verlassen. Dann ließ er den Gedanken gelten, er habe draußen ein Geräusch gehört und nachgeschaut.

Schließlich förderte eine Rezeptur aus Drohung und Bestechung die Information zutage, er habe eine Liste der Rennen im Sportsman Park bekommen, zusammen mit fünfzig Dollar

Wettgeld. Das sei am Mittwoch mit der Post gekommen, von wem, wisse er nicht, den Umschlag habe er nicht aufbewahrt. Er war der Meinung, es schade nichts, wenn er eine Stunde oder zwei weggehe; als er spät zurückkam – nach ein paar Gläschen mit seinen Kumpeln –, brannte das Hotel lichterloh. Er warf einen Blick auf die Feuerwehrautos und machte sich auf den Weg zu seinem Bruder in der Sangamon Street.

Es war klar: Jemandem hatte so viel am Niederbrennen des Gebäudes gelegen, daß er die Gewohnheiten des Nachtportiers beobachtete und herausgefunden hatte, daß er bei den Rennen wettete und einem kostenlosen Abend auf der Rennbahn nicht widerstehen würde. Aber dieser Jemand war nicht Saul Seligman. Ich stellte alles in einem Bericht an die Ajax zusammen, schrieb eine Rechnung und fragte, ob ich den Fall weiter verfolgen solle.

Falls Ihr Hauptziel ist, den Brandstifter zu finden, werde ich versuchen, herauszubekommen, wer das Geld geschickt hat. Weil kein Umschlag existiert und Mr. Tancredi behauptet, er habe niemals Fremde gesehen, die das Gebäude ausgespäht hätten, wird es langwierig und teuer werden, den Absender des Geldes zu finden. Falls es Ihnen nur darum geht, mit an Sicherheit grenzender Wahrscheinlichkeit auszuschließen, daß Ihr Versicherungsnehmer das Gebäude selbst abgebrannt hat, können wir an diesem Punkt haltmachen: Ich glaube, daß Mr. Seligman und seine Angestellten die Brandstiftung nicht begangen haben.

Nachdem ich den Brief eingeworfen hatte, ging ich zu Fuß die zehn Blocks zum Wrigley Field und schaute zu, wie die Cubs im Würgegriff der Expos einen qualvollen Tod starben. Obwohl meine glücklosen Helden seit zwanzig Spielen nicht mehr gewonnen hatten, war das Stadion rappelvoll; ich konnte froh sein, noch einen Sitzplatz im zweiten Stock der Haupttribüne ergattert zu haben. Einen Platz auf der unüberdachten Tribüne hätte ich abgelehnt. Dorthin setze ich mich nicht mehr – die NBC hat 1984, als die Cubs die Meisterschaftsendrunde erreichten, einen solchen Kult mit den treuen Fans auf der Außentribüne getrieben, daß es jetzt Yuppies, die mehr vom Trinken als vom Spiel verstehen, für schick halten, diese Plätze zu buchen.

Es war nach fünf, als ich nach Hause kam. Ein ganz neuer schwarzer und antennenbestückter Chevrolet stand neben dem Hydranten vor meinem Haus im Parkverbot. Ich betrachtete ihn mit der üblichen Neugier, die man einem Zivilauto der Polizei entgegenbringt, das vor der eigenen Haustür parkt. Die Fenster waren hochgekurbelt, und ich konnte durch das Rauchglas nichts sehen, aber als die Wagentür aufging, sah ich, daß Bobby Mallory selbst gefahren war.

Sein Anblick überraschte mich – er kam zum erstenmal ohne offizielle Eskorte zu meiner Wohnung. Ich eilte zum Randstein, um ihn zu begrüßen.

»Bobby! Schön, dich zu sehen. Es ist doch nichts passiert?«

Er fuhr mir mit der Hand durchs Haar, eine Geste, die mir seit meinem High-School-Abschluß selten zuteil wurde. »Ich hab mir nur gedacht, ich komm mal vorbei und besuch dich, Vicki, sorge dafür, daß du nicht mit der Art von Feuer spielst, an der du dich verbrennst.«

»Verstehe.« Ich bemühte mich um einen leichten Ton, während eine Wand aus Vorsicht einen Teil meines Gehirns blokkierte. »Geht es um etwas, das sich hier draußen mit einem Satz abhandeln läßt, oder möchtest du mit hinaufkommen und einen Kaffee trinken?«

»Oh, gehen wir doch hinein und machen es uns gemütlich. Das heißt, falls du koffeinfreien Kaffee hast – ich vertrage so spät am Tag keinen Kaffee mehr. Ich bin fast sechzig, weißt du.«

»Ja, ich weiß.« Ich fragte mich, ob er mich insgeheim darüber ausholen wollte, was Eileen für den großen Tag plante, aber ich glaubte nicht, daß er mich deshalb mit soviel Sorgfalt behandelte. Ich hielt ihm die Tür auf und ließ ihm auf der Treppe den Vortritt.

Bobby benahm sich immer noch mustergültig und ignorierte die unordentlichen Zeitungsstapel im Wohnzimmer. Ich bemühte mich, das peinliche Gefühl darüber zu unterdrücken, daß mich ein alter Freund meiner Eltern in diesem Chaos ertappte, und ging in die Küche, um Inventur zu halten.

»Leider ist der koffeinfreie Kaffee ausgegangen«, entschuldigte ich mich kurz darauf. »Ich kann dir Saft anbieten, eine Cola oder Wein. Kein Bier.«

Er nahm eine Cola. Zu Bobbys Tabus gehört, abgesehen davon, daß er in meinem Beisein nicht flucht, auch, daß er nicht mit mir trinkt – er wird den Gedanken nicht los, daß er mich dadurch zur Unmoral ermuntern könnte. Er trank einen Schluck, aß eine Handvoll Cracker, zeigte auf das Klavier und fragte, ob ich meine Stimme noch übte. Meine Mutter war eine ausgebildete Musikerin, ein hoffnungsvoller Opernsopran. Ihre Karriere hatte ein jähes Ende genommen, als ihre Familie sie per Schiff nach Amerika schickte, damit sie den Faschisten entkam. Zu Bobbys überraschenden Zügen gehört, daß er die Liebe meiner Mutter zu Opern teilte; sie hat ihm oft Arien von Puccini vorgesungen. Er wäre ein glücklicher Bulle gewesen, wenn ich ihr nachgeeifert hätte und Sängerin geworden wäre, statt meinen Vater nachzuäffen und Detektivin zu werden.

Ich mußte zugeben, daß meine Stimme etwas eingerostet war. »Hast du in letzter Zeit irgendwelche seltene Vögel gesehen?«

Bobby hatte noch ein überraschendes Hobby; er fotografierte Vögel. Während er darüber redete, wie er am letzten Wochenende mit seinen beiden ältesten Enkeln in das Vogelschutzgebiet im Wald gefahren war, fragte ich mich, wie lange wir noch so tun würden, als handle es sich um einen reinen Höflichkeitsbesuch.

»Morgen fährt Mickey mit uns dorthin«, sagte er. »Er ist ein guter Junge. Ein junger Mann, sollte ich sagen, aber ich kenne ihn schon seit seiner Geburt.«

»Ja, er hat mir erzählt, daß du sein Pate bist.« Ich trank einen Schluck Cola und behielt ihn über den Rand des Glases hinweg im Auge.

»Eileen und ich haben gehofft, daß aus euch ein Paar wird,

aber sie sagt immer wieder, daß man so etwas nicht erzwingen kann.«

»Er ist ein Sox-Fan. Das könnte niemals gutgehen.«

»Auch wenn du dich für Sport interessierst und gern Polizei spielst, im Grunde willst du einen Kerl, der eher künstlerisch veranlagt ist.«

Ich wußte nicht, ob ich ihm an die Kehle gehen sollte, weil er meine Arbeit »Polizei spielen« nannte, oder darüber staunen sollte, daß er auf meinen Charakter soviel Überlegung verwandte. »Vielleicht will ich schlicht und einfach nicht verheiratet sein. Michael gehört zu einer Clique, in der die Ehefrau das süße kleine Frauchen ist, das zu Hause bleibt und Kinderchen hat. Vielleicht ist dies dein Traum für mich, aber meiner ist es nicht, wird es nie sein.«

»*Nie* ist eine lange Zeit, Vicki.« Er hob die Hand, als mir das Blut ins Gesicht strömte. »Reg dich nicht auf. Ich sage ja gar nicht, daß du unrecht hast. Setz dich bloß nicht auf einen Ast, den du absägen mußt, nur weil du nicht zugeben willst, daß du es dir anders überlegt hast. Aber das ist nicht der Grund, aus dem ich hergekommen bin.«

Es machte mich schlicht und einfach wütend, wenn ich mir vorstellte, wie er und Eileen beim Abendessen saßen und mich mit seinem Patensohn verheirateten – »vielleicht bringt die wahre Liebe sie davon ab, daß sie lieber ein Junge wäre und Jungenspiele mit Gewehren und Basebällen treibt« –, als ob mein Leben und meine Entscheidungen keine Rolle spielten. Ich verbiß mir eine Schimpfkanonade. Wenn ich Bobby angeschrien hätte, wäre das nur ein gravierender Nachteil für mich gewesen.

»Ich habe Mickey nicht nach dir gefragt«, fuhr er fort. »Ich meine, das ist seine Sache. Aber er benimmt sich wie eine Katze auf dem heißen Herd, seit er dich gestern nacht im Clinch mit diesem Kerl gesehen hat.«

»Ich kann schlecht anrufen und mich dafür entschuldigen, daß ich beim Schmusen vor der eigenen Haustür ertappt worden bin.«

»Sei einfach nett zu ihm; machst du das, Vicki? Ich will keine Explosion in meinem Team, nur weil du die Jungs auf- und zudrehst wie Wasserhähne. Ich weiß, daß etwas zwischen dir und John war, auch wenn ihr es beide nicht zugeben wollt; ich will keinen Krach zwischen ihm und Mickey. Oder zwischen Mickey und dir. Vielleicht glaubst du es nicht, aber ich habe euch beide gern.«

Ich bekam wieder rote Wangen; dieses Mal aus Verlegenheit. »Zwischen McGonnigal und mir ist nie etwas gewesen. Er hat mich im letzten Winter mitten in der Nacht nach Hause gefahren. Ich war kaputt, er meinte, ich sei im angeschlagenen Zustand ein reizender Anblick, wir haben uns einmal geküßt und wußten beide, daß das eine Grenze ist, die wir nie wieder überschreiten werden. Seither benimmt er sich so, als sei ich Kleopatras Natter. Der Teufel soll mich holen, wenn ich mich deshalb bei ihm entschuldige.«

»Laß das Fluchen, Vicki, es ist nicht halb so attraktiv, wie ihr modernen jungen Frauen meint.« Er stellte sein Glas auf die Zeitschriften, die den Couchtisch bedeckten, und stand auf. »Gestern nachmittag habe ich mit Monty gesprochen – Roland Montgomery von der Abteilung für Sprengstoffanschläge und Brandstiftung. Er weiß, daß ich dich kenne. Er sagt, du stocherst in dem Brand im Indiana Arms herum, von dem wir dich gebeten haben, die Finger zu lassen.«

Ich schenkte ihm ein verkrampftes kleines Lächeln. »Ich spiele nur Polizei, Bobby – du solltest dir keine Sorgen darüber machen, weil es nur ein Spiel ist, nicht das wirkliche Leben.«

Er legte mir die große Hand auf die Schulter. »Ich weiß, daß du dich für ein großes Mädchen hältst – wie alt bist du jetzt, fünfunddreißig? Sechsunddreißig? Aber deine Eltern sind beide tot, und sie waren enge Freunde von mir. Niemand ist so groß, daß er nicht einen braucht, der auf ihn aufpaßt. Wenn Monty gesagt hat, du sollst dich aus diesem Brand heraushalten, dann halt dich auch raus. Brandstiftung ist so ungefähr die mieseste Sache auf diesem Planeten. Ich möchte nicht, daß du dir dabei die Pfoten verbrennst.«

Ich preßte die Lippen fest zusammen, um die häßlichen Worte für mich zu behalten. Er hatte in fünf Minuten etwa zehn bloßliegende Nerven getroffen, und ich war zu wütend, als daß ich ihm zusammenhängend hätte antworten können. Ich brachte ihn zur Tür, ohne mich von ihm zu verabschieden.

Als ich hörte, daß er das Auto anließ, setzte ich mich ans Klavier und machte meinen Gefühlen mit einer Reihe von lauten, dissonanten Akkorden Luft. Ja, ich sollte üben, sollte meine Stimme geschmeidig erhalten, ehe ich zu alt wurde und die Stimmbänder die Flexibilität verloren. Ich sollte allen das brave kleine Mädchen sein. Aber meiner Selbstachtung zuliebe mußte ich vorher den Brandstiftungsfall lösen.

Ich stand vom Klavier auf und schrieb schnell eine Nachricht an Robin:

Ich habe Dir heute morgen einen Bericht geschickt, aber als ich im Lauf des Tages über den Fall nachgedacht habe, ist mir klargeworden, daß es von entscheidender Wichtigkeit ist, die Person aufzuspüren, die Jim Tancredi das Geld für die Rennbahn geschickt hat.

Erst als der Brief im Kasten war, hatte ich mich so weit beruhigt, daß ich mich fragte, warum Bobby zu mir gekommen war – um mit mir über Michael Furey zu sprechen? Oder um mich davor zu warnen, daß ich in Sachen Indiana Arms weiter ermittelte?

20 Ernste Warnung

Bobbys Besuch hinterließ einen so schlechten Geschmack in meinem Mund, daß ich Eileen am liebsten gesagt hätte, ich könne zu ihrem Fest nicht kommen. Aber in einem hatte Bobby recht: Man sollte den Ast, auf dem man sitzt, nicht einfach nur aus verletztem Stolz absägen.

Ich rief ein paar Freunde an, um herauszubekommen, ob jemand Lust hatte, ins Kino zu gehen, aber niemand war zu

Hause. Ich hinterließ Nachrichten auf mehreren Anrufbeantwortern und stapfte in die Küche, um Rühreier zu machen. Normalerweise macht es mir nichts aus, am Samstag allein zu Hause zu sitzen, aber nach Bobbys Besuch fragte ich mich, ob ich dazu verdammt sei, mein Alter wie ein Einsiedlerkrebs zu verbringen.

Ich schaltete den Fernseher ein und wechselte verdrossen zwischen den Kanälen. Man hätte meinen sollen, am Samstagabend gäbe es auch für die Zuhausegebliebenen etwas Verlokkendes, aber in den Sendern waren sie wohl der Meinung, ganz Amerika sei zum Tanzen ausgegangen. Als das Telefon klingelte, schaltete ich den Apparat rasch aus, in der Hoffnung, jemand rufe auf meine Nachricht hin zurück. Ich war verblüfft, als ich die heisere Stimme von Roz Fuentes hörte.

Sie sagte nicht einmal guten Abend, ehe sie damit anfing, mich zu beschimpfen, weil ich die Nase in ihre Angelegenheiten steckte. »Was willst du mir antun, Warshawski?« Ihre Stimme hatte das übliche schwere, kehlige Timbre zurückgewonnen; die Vibration durch den Hörer brachte mein Ohr zum Klingeln.

»Ich tue dir gar nichts an, Roz. Mußt du dich denn nicht um deine Wahlkampagne kümmern? Warum hackst du auf mir herum?«

Ihr tiefes Glucksen stellte sich ein, aber die Heiterkeit fehlte. »Velma hat mich angerufen. Du hättest gewollt, daß sie mit Dreck nach mir wirft. Sie hat dir die Meinung gesagt, aber sie dachte, ich müsse davon wissen. Nach welcher Art von Dreck suchst du übrigens?«

Ich bleckte die Zähne gegen den Hörer. »Hör mal, Roz – Velma hat mir die Meinung gesagt. Entspann dich.«

»Vic, ich muß es wissen.« Sie sprach leise und dringlich – es war, als ob man den Streichern des Chicago Symphony Orchestra zuhört. »Dieser Wahlkampf bedeutet mir und meinen Leuten *alles*. Ich habe es dir letztes Wochenende gesagt. Ich kann es mir nicht leisten, daß jemand in den Büschen auf der Lauer liegt, um mich abzuschießen.«

Ich hatte einen zu langen Tag hinter mir, als daß ich mich hätte noch besonders zartfühlend geben können. »Roz, es ist mir egal, ob du mit Boots oder dem ganzen Countyrat geschlafen hast, damit du aufgestellt wirst. Mich plagt nur, daß du dich so komisch verhalten und mich gefragt hast, ob ich dich torpediere. Wie kommst du darauf, so etwas auch nur zu *denken*, wenn du mich nicht zu etwas bringen willst, das mir später ungeheuer leid tun wird? Ich bin dünnhäutig, Roz; es macht mich rasend, wenn jemand mich verscheißern will.«

»Ich habe mich aus Achtung vor unserer früheren Beziehung an dich gewandt«, sagte sie entrüstet. »Jetzt willst du aus meiner Freundschaft etwas Schlechtes machen. Velma hatte recht. Ich sollte es besser wissen, einer weißen Frau nicht mit meinen Sorgen kommen.«

»Aber ein weißer Mann ist in Ordnung?« Ich war jetzt wirklich gereizt. »Boots kann dein Verbündeter sein, aber ich nicht? Geh hin und rette die Hispanics in Chicago, Roz, aber laß mich aus dem Spiel.«

Nach diesem Mißton legten wir auf. Ich war so wütend, daß ich am liebsten Velma angerufen hätte, um von ihr in allen Einzelheiten zu erfahren, warum ich wegen meiner Hautfarbe nicht vertrauenswürdig sein sollte, aber solche Gespräche können nie zu etwas Konstruktivem führen.

Am Sonntag morgen bekam ich einen weiteren Hinweis darauf, daß im Topf von Fuentes und Boots etwas ausgekocht wurde. Marissa lud mich ein, am Abend auf einen Cocktail vorbeizukommen. Ganz spontan und zwanglos, wie sie sagte, lauter Leute, um die sie sich auf der Wahlkampfparty nicht richtig hatte kümmern können. Ich sagte ihr, ich sei völlig überwältigt bei dem Gedanken, daß sie sich an mich erinnere, und die Aussicht auf einen solchen Abend sei unwiderstehlich. Marissa hatte sich jedoch gut im Griff und ließ sich nicht aus der Ruhe bringen.

Um fünf machte ich mich auf den Weg zu ihrem Haus in Lincoln Park, einer dieser dreistöckigen Villen in der Cleveland Avenue, wo jeder Backstein sandgestrahlt ist und das frischlackierte Holz einen warmen Glanz hat. Marissa hatte das Erdgeschoß vermietet und wohnte in den beiden oberen Stockwerken.

Als ich die Treppe heraufkam, begrüßte sie mich auf dem Absatz im ersten Stock und geleitete mich in den Raum, den sie ihren Salon nannte. Marissa sah wie üblich phantastisch aus. Ihre Vorstellung von zwangloser Lässigkeit erfüllten rote Pluderhosen aus Seide, ein passendes Oberteil im Pyjamastil und jede Menge Silberschmuck. Ich trug zwar keine Jeans, aber ich wurde das Gefühl nicht los, sie habe sich absichtlich so gekleidet, damit ich unelegant wirkte.

Der Salon, der aus zwei ehemaligen Vorderzimmern entstanden war, nahm die ganze Breite des Hauses ein; die Sprossenfenster gingen auf die Cleveland Avenue hinaus. Was ich auch Negatives über Marissa dachte, an ihrem Geschmack hatte ich nichts auszusetzen. Das Zimmer war schlicht, aber schön möbliert, überwiegend im spätviktorianischen Stil, mit roten Orientteppichen, die überlegt über den Raum verteilt waren. Exotische Pflanzen verliehen dem Ganzen Wärme.

Als ich ihr ein Kompliment machte, lachte sie und sagte, das habe sie ihrer Schwester zu verdanken, die einen Grünpflanzenverleih betreibe und das ganze Grünzeug alle paar Wochen austausche. »Komm, ich mach dich mit den Gästen bekannt.«

Etwa fünfzehn bis zwanzig Leute plauderten unbefangen wie gute Bekannte. Als Marissa mich zum ersten Grüppchen führte, klingelte es wieder. Sie entschuldigte sich, sagte mir, ich möge mir etwas zu trinken holen und mich nach einem bekannten Gesicht umschauen.

Ich war darauf gefaßt gewesen, daß Roz da war oder das Quartett Wunsch und Grasso, aber der einzige Mensch, den ich erkannte, war Ralph MacDonald. Ich zog den Hut vor Marissa – sie mußte noch bessere Beziehungen haben, als ich mir vorstellen konnte, wenn der große Mann einen Sonntagabend auf einer derart unwichtigen Veranstaltung verbrachte.

Er sprach mit zwei Typen, die aussahen wie Bankiers, die sich am Wochenende leger geben, in Hemden mit offenem

Kragen und Sportsakkos. Die beiden Frauen in dieser Runde unterhielten sich sotto voce miteinander, um die Jungs nicht zu stören. Dieses Musterbeispiel weiblichen Verhaltens machte mich froh wie nie darüber, daß ich nicht bei meinem Mann geblieben war, einem Anwalt, der jetzt luxuriös in Oak Brook residierte.

Die Bar, in der entgegengesetzten Ecke hinter einem Bäumchen aufgebaut, war mit allem bestückt, was das Herz begehrte, darunter auch mittelmäßiger Champagner. Der Whisky war J & B, eine Marke, aus der ich mir nicht viel mache, deshalb goß ich mir ein Glas Chardonnay ein. Ich kam mir damit zu sehr als typische Einwohnerin von Lincoln Park vor, als daß mir wohl dabei gewesen wäre, aber es war kein schlechter Wein.

Ich trug ihn zu einem Sessel und beobachtete, wie Marissa mit den Neuankömmlingen zurückkam, einem Paar in den Dreißigern, das ich auch nicht kannte. Sie brachte sie zu einer nicht weit von mir entfernten Gruppe, wo sie begeistert als Todd und Meryl begrüßt wurden. Marissa, ganz perfekte Gastgeberin, blieb auf einen kurzen Plausch stehen und wanderte dann zu MacDonalds Anhang, ehe sie wieder auf den Türsummer reagierte.

Schließlich trugen zwei Frauen in schwarzen Hosen und weißen Blusen Tabletts herein, auf denen warme Horsd'œuvres lagen. Als ich mir zwei Spinattaschen auftat, kam Ralph MacDonald mit den beiden Frauen aus seiner Gruppe herüber.

»Vic? Ich bin Ralph MacDonald – wir haben uns letztes Wochenende bei Boots' Party kennengelernt.«

»Natürlich erinnere ich mich an Sie – aber es überrascht mich, daß Sie mich wiedererkennen.« Ich versuchte, weltläufig zu klingen, während ich hastig den Rest der Teigtaschen schluckte.

»Seien Sie nicht zu bescheiden, Vic – Sie sind keine Frau, die man so leicht vergißt.«

Die Bemerkung war harmlos, aber der Ton wirkte verändert. Ehe ich ihn etwas fragen konnte, stellte er mich den beiden

Frauen vor, die eindeutig genauso begeistert darüber waren wie ich, daß wir uns endlich kennenlernten. Sie füllten kleine Teller mit Leckerbissen und zogen sich zu den Bankiers zurück, als Marissa einen weiteren Mann ohne Begleitung zu uns brachte. Sie stellte ihn als Clarence Hinton vor; er und MacDonald mußten sich gut kennen.

»Sie erinnern sich vom letzten Sonntag her an Vic«, stellte Marissa fest.

»Ich habe ihr eben gesagt, sie soll sich nicht unter Wert verkaufen.« Er wandte sich mir zu. »Ehrlich gesagt, ich hätte mich vermutlich nicht an Sie erinnert, wenn mir nicht Clarence über den Weg gelaufen wäre, nachdem Sie gegangen waren.«

Ich schüttelte den Kopf.

»Clarence und ich waren beide mit Edward Purcell befreundet.«

Wider Willen wurde ich rot. Purcell war der Vorstandsvorsitzende von Transicon und der führende Kopf in einem Großbetrug gewesen, den ich bei meiner ersten wichtigen Ermittlung aufgedeckt hatte. Es war nicht meine Schuld, daß er sich einen Tag, ehe ihn die Bundespolizei abholen wollte, umgebracht hatte, aber ich mußte mir eine defensive Replik verkneifen.

Ich zwang mich, Clarence mit neutraler Stimme zu fragen, ob er auch im Baugeschäft sei.

»Oh, ich spiele damit herum, Projekte zusammenzustellen. Ich habe nicht die Energie für Ralphs Art von Geschäften. Ralph, ich möchte was trinken, und die Dame hier braucht Nachschub. Ich bin gleich wieder da.«

»Ich möchte einen Bourbon auf Eis«, sagte MacDonald, als Hinton sich der Bar zuwandte. Zu mir fügte er hinzu: »Ich bin froh, daß Sie gekommen sind, Vic – ich habe gehofft, daß ich Gelegenheit finde, mit Ihnen zu sprechen.«

Ich hob die Augenbrauen. »Über Edward Purcell? Das ist fast zehn Jahre her.«

»Oh, in dieser Sache hat mich Teddy etwas enttäuscht. Keine Patsche ist so schlimm, daß man sie nicht vor Gericht ausfechten kann.«

»Vor allem in dieser Stadt«, sagte ich trocken.

Er ließ ein Lächeln aufblitzen, um mir zu signalisieren, daß er den Scherz verstanden habe, ohne ihn besonders komisch zu finden. »Ich werfe Ihnen das mit Teddy nicht vor. Nein, ich wollte über etwas sprechen, das neueren Datums ist.«

Vielleicht mein großer Durchbruch – Detektivin der Stars. Meine Chance, ein internationales Unternehmen zu gründen, bei dem Onkel Peter grün vor Neid wurde. Ehe ich nachfragen konnte, kam Clarence mit den Getränken zurück, und Ralph führte uns den Flur entlang in ein kleines Hinterzimmer. Es war früher vermutlich die Mädchenkammer gewesen, aber Marissa hatte es ganz in Weiß gestaltet und benutzte es zum Fernsehen.

Ich setzte mich in einen der hart gepolsterten Sessel und strich mir den Batistrock über den Knien glatt. MacDonald stand mir gegenüber, den Fuß auf dem Rahmen der Couch, während Hinton an der Tür lehnte. Es lag keine besondere Drohung in ihren Gesichtern, aber die Posen sollten mich einschüchtern. Ich trank einen Schluck Wein und wartete.

Als deutlich war, daß ich nichts sagen würde, fing MacDonald an. »Donnel Meagher ist seit vielen Jahren Vorsitzender im Cook County Board.«

»Und Sie meinen, es ist an der Zeit, daß er den Bettel hinschmeißt?« fragte ich.

MacDonald schüttelte den Kopf. »Im Gegenteil. Er hat in dieser Zeit ein politisches Geschick entwickelt, bei dem niemand in unserer Gegend mithalten kann. Ich nehme an, Sie sind nicht mit allen seinen Positionen einverstanden, aber ich bin mir sicher, daß Sie sein Urteilsvermögen respektieren.«

»Dann wäre ich mit seinen Positionen einverstanden«, widersprach ich.

»Sein politisches Urteilsvermögen.« MacDonald lächelte dünn. »Als Clarence mir erklärt hat, wer Sie sind, habe ich mich nach Ihnen erkundigt. Alle sind sich einig darüber, daß Sie sich für superschlau halten.«

»Aber aus gesundem Urteilsvermögen heraus.« Ich konnte der Bemerkung nicht widerstehen.

Er ging auf den Kabbelversuch nicht ein. »Boots hat Rosalyn Fuentes ausschließlich wegen ihrer politischen Verdienste auf die Kandidatenliste gesetzt. Das ist die Art von Entscheidung, von der ich mir vorstellen kann, daß sie für Sie schwer zu schlucken ist.«

Im Grunde hatte ich nicht wirklich damit gerechnet, daß er mich engagieren wollte, aber es war trotzdem eine Enttäuschung, daß auch er mich nur davon abbringen wollte, mich mit Roz zu beschäftigen. »Ich habe mit dieser Art von Entscheidung überhaupt keine Schwierigkeiten. Boots ist eindeutig ein politisches Genie, und wenn er Roz unterstützt, hat sie eine strahlende Zukunft vor sich.«

»Sie versuchen also nicht, ihren Wahlkampf zu torpedieren?« Das war Hintons erster Beitrag zur Diskussion.

»Ihr Jungs macht mich wirklich neugierig«, sagte ich. »Marissa legt mir den Arm um die Schulter, damit ich im Namen einer ein Jahrzehnt alten Solidarität zu Rosalyns Spendenparty gehe. Ich habe mehr Geld ausgespuckt, als ich je einem Kandidaten gegeben habe, mich zu Tode gelangweilt, und als ich eben gehen wollte, hat Roz mit mir gesprochen, um sich zu vergewissern, daß ich nichts tun werde, um ihr zu schaden. Jetzt sperren Sie beide mich in ein kleines Zimmer, um mich auszuquetschen. Ich weiß nichts über Rosalyns Geheimnisse, und sie wären mir auch völlig egal, wenn die Leute sich nicht so komisch benähmen, daß ich einfach neugierig werden muß.«

»In diesem Fall wäre es wirklich besser, wenn Sie sich um Ihre eigenen Angelegenheiten kümmerten«, sagte Hinton mit einer tonlosen Stimme, die erschreckender klang als ein Gebrüll.

MacDonald schüttelte den Kopf. »Auf Drohungen hört sie nicht, Clarence – das wird aus ihrer ganzen Vorgeschichte deutlich... Schauen Sie, Vic – Roz braucht Boots' Unterstützung, wenn sie die Wahl gewinnen will. Aber Boots braucht sie auch – die Hispanics stimmen mehr oder weniger so, wie Roz es ihnen sagt.«

Das war mir nichts Neues, deshalb sagte ich nichts.

»Roz hat in ihrer Jugend etwas ziemlich Dummes angestellt. Sie hat Boots alles gebeichtet, als sie über die Kandidatenliste sprachen, und seiner Meinung nach kann es ihr nichts mehr schaden, wenn es in fünf Jahren herauskommt, sobald sie eine breite Basis hat. Aber es würde ihr von ihren hiesigen Anhängern ziemlich übelgenommen, wenn es jetzt herauskäme. Bei dem Barbecue hat irgend jemand etwas zu ihr gesagt, woraus sie schloß, Sie stocherten in dieser Geschichte herum, und sie wollte sich vergewissern, daß es nicht so ist.«

»Und was war das für eine Jugendsünde?«

MacDonald schüttelte den Kopf. »Selbst wenn ich es wüßte, könnte ich es Ihnen nicht sagen – Boots ist ein alter Hase, und er teilt Geheimnisse nicht mit Leuten, die sie nichts angehen.«

»Sie kennen doch meinen Ruf – mir ist es egal, wenn sie den Dorfziegenbock gebumst hat. Nur bei Betrug hört der Spaß für mich auf.«

MacDonald lachte. »Sehen Sie, Vic, jeder hat eine eigene Vorstellung von Moral. In Humboldt Park gibt es viel mehr Menschen, denen das mit dem Ziegenbock nicht egal wäre, als solche, die sich darüber aufregen würden, wenn sie öffentliche Gelder für sich abgeschöpft hätte. Verlangen Sie also nicht, daß das County nach Ihren Maßstäben regiert wird, okay?«

Ich lächelte sanft. »Nur so lange, wie niemand versucht, mich zum Sündenbock zu machen. Das ist vermutlich meine größte Sorge.«

Er kam zu mir und half mir aus dem Sessel. »Dazu wären schlauere Typen nötig als wir. Gehen wir zur Party zurück – ich möchte ein paar von diesen Lachsschnittchen, ehe der unwissende Pöbel alle aufgefressen hat.«

Als wir in den Salon zurückkehrten, suchte Marissa besorgt Ralphs Blick. Er deutete ein Nicken an, um zu signalisieren, alles sei in Ordnung, ich sei überzeugt worden. Aber wovon?

21 Wieder Ärger mit Tantchen

Als ich nach Hause kam, war die Sonne untergegangen, aber der Himmel schimmerte noch. Ich ging langsam nach oben in mein Wohnzimmer, stellte mich ans Fenster und schaute hinaus. Vinnie, der Bankmensch, kam aus dem Haus und stieg in sein Auto, ein neues Modell von Mazda. Eine Schar von männlichen Teenagern zog Richtung Süden, brüllte rauhe Parolen und hinterließ Kartoffelchiptüten auf dem Trottoir.

Ich ließ den Vorhang los und setzte mich in den Sessel. Ich wollte nichts Scheußliches über Roz erfahren. Ich wollte es wirklich nicht. Ich wollte starke Frauen in öffentlichen Ämtern, und sie war besser als die meisten. Warum also konfrontierte sie mich immer wieder damit?

Ich hatte kein Licht gemacht. Im Zwielicht wirkte das Zimmer gespenstisch, ein Ort, an dem sich kein Leben regte. Das Gesicht der toten Cerise kam mir in den Sinn, und ich empfand eine unerträgliche Traurigkeit über die Vergeudung, die ihr Leben gewesen war. Und wieder stand ich, ohne es zu wollen, vor der quälenden Frage, was Bobby kurz nach der Entdeckung ihrer Leiche auf der Baustelle verloren hatte. Und weshalb war er gestern zu mir gekommen? Das hatte mich den ganzen Tag lang immer wieder geplagt wie ein empfindlicher Zahn, aber ich kam nicht dahinter.

Ich hatte einen Klienten, die Ajax, für den ich einen Sachverhalt ermitteln mußte – ob Saul Seligman das Gebäude selbst niedergebrannt hatte. Wie jede Menge Menschen von Bobby Mallory zu Velma Riter und Ralph MacDonald mir immer wieder ins Gedächtnis riefen, gingen mich weder Cerise noch Roz etwas an. Und die Cops glaubten auch, das Indiana Arms gehe mich nichts an.

Schließlich kam ich steif auf die Beine und ging bei Mr. Contreras vorbei, um mir den Hund auszuleihen. Manchmal ist der alte Mann so sensibel, daß er mir aufdringliche Fragen erspart. Heute abend war das gnädigerweise der Fall. Er übergab mir Peppy mit der strengen Ermahnung, ihr keinen Käse zu geben und auch sonst nichts, was ihrer empfindlichen Verdauung gefährlich werden konnte, und kehrte zur Glotze zurück.

Ich ging mit Peppy einmal um den Block und kehrte in meine Wohnung zurück. Ihr schien das nur ein kläglicher Ersatz für einen richtigen Auslauf, aber als ich ihr denselben Teller Spaghettini mit getrockneten Tomaten und Pilzen zurechtmachte wie mir, wurde sie fröhlicher. Sie verschlang das Essen und legte sich auf meine Füße, während ich telefonierte.

Murray Ryerson war Chicagos führender Gerichtsreporter. Er war seit fast elf Jahren beim *Herald-Star*, wo er es vom Vermischten über Raubmorde wegen ein bißchen Bargeld zu seiner jetzigen Position als Autorität für Verfilzung von Verbrechen und Politik in der Stadt gebracht hatte.

Er schien nicht besonders begeistert darüber zu sein, daß ich mich meldete. Zeitweise hatten wir uns so gut vertragen, daß wir miteinander ins Bett gegangen waren, aber weil wir uns auf demselbem Gebiet betätigen und starke Persönlichkeiten sind, ist es schwer, Konflikte zu vermeiden. Nach dem letzten berufsbedingten Zusammenstoß war Murray wütend gewesen. Er war noch nicht wieder aufgetaut. Er glaubte, ich hätte wichtige Teile einer Geschichte zurückgehalten, bis man mit ihnen nichts mehr anfangen konnte. In Wahrheit hatte ich ihm noch ganz andere Geschichten vorenthalten. Also hatte er vermutlich Grund, mir zu grollen.

Heute abend ließ er mich säuerlich wissen, er habe viel zu tun. Wenn es etwas Geschäftliches sei, könne es bis morgen warten, wenn er wieder im Büro sei.

»Hat sie einen Namen?« erkundigte ich mich fröhlich.

»Mach's kurz, Warshawski. Bin nicht in Stimmung.«

Es war leicht, mich kurz zu fassen, weil ich nicht viel zu sagen hatte. »Roz Fuentes. Sie glaubt, daß ich glaube, daß sie etwas zu verbergen hat. Gibt's da was?«

»Gott, Vic, das weiß ich nicht. Mußt du mich denn zu Hause belästigen, bloß um mich das –«

»Es ist wichtig«, unterbrach ich ihn. »Weißt du, wer Ralph MacDonald ist?«

»Du vergeudest meine Zeit, Warshawski. Jeder kennt Ralph MacDonald. Er liegt in Führung bei dem Wettbewerb um den Zuschlag für den neuen Stadion-, Laden- und Wohnkomplex.«

Davon hatte ich noch nichts gehört. Murray gab überheblich zu verstehen, daß ich eben auch nicht alles wisse; bis jetzt sei das auch nur Gerede, weil Boots und MacDonald dick befreundet seien.

»Und es ist wirklich nicht nötig, daß du mich zu Hause anrufst, um mich daran zu erinnern, daß Ralph MacDonald einen Insiderdraht zu Bauprojekten im County hat. Er und Boots sind zusammen aufgewachsen. Sie sind gemeinsam groß geworden. Das weiß jeder. Komm also zum Thema oder leg auf.«

Ich starrte das Telefon finster an, marschierte aber im besten Pfadfinderstil weiter. »Ralph hat was zu tun mit einer Frau, die ich kenne – Marissa Duncan. Sie ist so eine Art politische PR-Dame, organisiert Spendenpartys, solche Sachen. Sie hat ihn heute abend in ihr Haus in Lincoln Park zitiert, damit er mir sagt, ich soll Roz in Ruhe lassen.«

»Ja, ich kenne Marissa. Sie ist überall, wo sich die richtigen Leute treffen. Wenn sie und Ralph wollen, daß du sie in Frieden läßt, ist das keine Neuigkeit – sie wissen bestimmt, was für eine Nervensäge du bist. Das hätte wirklich Zeit bis morgen früh gehabt.«

Als ich nichts sagte, gab er widerwillig zu, er wisse nichts über Roz, was die Zeitung zurückhalte. Das kommt häufiger vor, als die vertrauensvolle Öffentlichkeit glauben möchte – sie bringen eine saftige Geschichte nicht, weil sie damit einem wichtigen Anzeigenkunden oder einem Kirchenführer auf die Zehen treten könnten. Oder, was noch schlimmer ist, sie warten ab und lassen die Sache wie eine Stinkbombe platzen, wenn sie möglichst vielen Menschen damit schaden können.

»Aber du überprüfst das morgen für mich?« insistierte ich.

»Nur wenn ich die Exklusivrechte für deinen Nachruf bekomme, Warshawski.«

Ich zog dem Telefon eine Grimasse. »Bei den Mengen von Fritten, die du frißt, überlebe ich dich bestimmt, Murray... Hast du irgend etwas mitbekommen über eine tote Heroinsüchtige, die auf der Rapelec-Baustelle gefunden worden ist?«

Ich spürte, wie er sich am Telefon darüber klarzuwerden versuchte, was der wahre Grund für meinen Anruf war, Roz oder die Süchtige. »Das ist mir entgangen«, sagte er vorsichtig. »Eine Freundin von dir?«

»Gewissermaßen.« Peppy stand auf und schnüffelte in der Ecke herum. »Ich habe sie identifiziert. Es kam mir nur seltsam vor, daß ein paar von den Spitzencops dort waren – hab gedacht, du weißt vielleicht etwas darüber. Tut mir leid, daß ich dich zu Hause behelligt habe – ich ruf dich morgen in der Redaktion an.«

»Warshawski – ach, zum Teufel mit dir. Such dir einen anderen, der deine Botengänge macht.« Er legte mit einem Knall auf.

Peppy hatte hinter dem Klavier etliche Wollmäuse gefunden, die sie unbedingt fressen wollte. Ich zog sie ihr aus dem Maul und suchte nach einem Tennisball, um ein kleines Hallenmatch mit ihr zu spielen. Sie sitzt gern auf dem Hinterteil und fängt den Ball auf, ohne ihn aufspringen zu lassen. Das Dumme daran ist, daß ich den Ball holen muß, wenn sie ihn nicht bekommt. Ich lag auf dem Rücken und fummelte ihn unter dem Klavier hervor, als das Telefon klingelte. Ich richtete mich auf, um den Hörer abzunehmen, und warf Peppy den Ball zu. Sie schaute angewidert zu, wie er an ihr vorbeiflog, und sackte niedergeschlagen auf die Vorderpfoten.

Es war Michael Furey. Ich versteifte mich sofort, dachte, Bobby müsse ihm als guter Patenonkel ein paar Ratschläge darüber erteilt haben, wie man am besten mit störrischen Frauen umging.

Auch Furey war unbehagliich zumute. Ich tat nichts, damit er sich entspannte. »Tut mir leid, dich so spät noch zu stören. Hast du einen Augenblick Zeit? Ich muß mit dir über etwas sprechen. Kann ich zu dir kommen?«

»Ist das Bobbys Idee?« wollte ich wissen.

»Na ja, ich meine, nicht daß ich zu dir komme, aber –«

»Du kannst ihm ausrichten, er soll sich aus meinen Angelegenheiten raushalten. Oder ich sag's ihm selber.«

»Mach mir das doch nicht noch schwerer, als es sowieso schon ist, Vic. Sie ist nicht bloß deine Privatangelegenheit, auch wenn du das willst.«

Ich hielt den Hörer weg von mir und schaute ihn einen Augenblick an. »Du rufst nicht wegen – wegen Dienstag nacht an?« fragte ich blöd.

»Nein. Nein, darum geht es nicht. Obwohl ich zugebe, daß ich mich bei dir entschuldigen sollte. Es – es geht um deine Tante, und es ist wirklich nicht einfach, am Telefon darüber zu sprechen.«

Mein Herz preßte sich zusammen. »Ist sie tot?«

»Nein, oh nein, es ist nur – schau, es ist mir sehr unangenehm, daß ich es dir sagen muß, aber Onkel Bobby – der Lieutenant –, er hat gedacht, weil du und ich, weil wir befreundet sind – befreundet waren –, hörst du es lieber von mir.«

Wilde Phantasien darüber, Elena sei irgendwie verantwortlich für den Brand im Indiana Arms, mischten sich mit ängstlichen, sie habe mit ihrem besoffenen Kopf irgendwelches Unheil angerichtet. Ich setzte mich auf die Klavierbank und wollte wissen, worüber Michael redete.

»Es ist wirklich nicht leicht, es dir zu sagen. Aber sie ist ein paarmal – auf Freierfang gesehen worden, meistens hat sie's bei alten Knackern probiert, aber zweimal hat sie auch junge Männer angesprochen, die das ganz schön krumm genommen haben.«

Die Erleichterung, daß es eine solche Lappalie war, brachte mich zum Lachen – das und die Vorstellung, wie Elena jemanden wie Vinnie, den Bankmenschen, oder wie Furey anquatschte. Ich wieherte so laut, daß Peppy herkam, um zu sehen, was los war.

»So komisch ist das wirklich nicht, Vic – sie ist nur deshalb nicht festgenommen worden, weil eure Familie eine Verbindung zur Polizei hat. Ich habe gehofft, du könntest mit ihr reden, sie bitten, daß sie damit aufhört.«

»Ich will mein Bestes tun«, versprach ich und japste nach Luft, »aber sie hat nie so recht auf das gehört, was jemand ihr sagte.« Ich konnte nicht anders, ich mußte wieder lachen.

»Wenn ich mitkomme?« fühlte er vor. »Onkel Bobby meinte, es macht vielleicht mehr Eindruck auf sie, wenn jemand von der Polizei dabei ist und dich unterstützt.«

»Sag mir die Wahrheit – er war zu feige, sie zur Rede zu stellen, stimmt's?«

Michael wich dieser Frage aus – er wollte nichts Schlechtes über seinen Chef sagen, auch dann nicht, wenn es sich um seinen Patenonkel handelte. Statt dessen fragte er, noch zögernder, ob ich heute abend noch Zeit hätte, zu Elena zu fahren. Ich schaute auf die Uhr. Es war erst halb neun; ich konnte es ebensogut gleich hinter mich bringen.

»Falls sie zu Hause ist, wird sie vermutlich betrunken sein«, warnte ich ihn.

»Ich habe schon mehr Betrunkene gesehen. Ich hole dich in zwanzig Minuten ab.«

Ich hatte immer noch den roten Rock aus Rayonbatist an, den ich auf Marissas Party getragen hatte. Ich vertauschte ihn mit Jeans – ich wollte nicht, daß Furey glaubte, ich hätte mich für ihn in Schale geworfen. Als er klingelte, pünktlich, brachte ich Peppy zu Mr. Contreras hinunter. Sie war stocksauer – kein Lauf, kein Spiel, und jetzt mußte sie im Haus bleiben, während ich zu einem Abenteuer aufbrach, bei dem zweifellos jede Menge Eichhörnchen und Enten gejagt wurden.

Michael hatte zu einer gewissen Munterkeit zurückgefunden. Er begrüßte mich fröhlich, fragte, ob ich den Schock der Identifizierung von Cerise überwunden habe, und hielt mir dienstbeflissen die Tür der Corvette auf. Man muß die Beine eng zusammenlegen und sie mit einem Schwung ins Wageninnere hieven – die einzige Möglichkeit, in ein solches Auto zu steigen. Ich habe mich immer wieder gefragt, wie Magnum in seinen Ferrari hinein- und herauskam.

»Wo wohnt sie?« fragte er und ließ das Auto im Leerlauf aufheulen.

Ich gab ihm die Adresse von Windsor Arms, aber überließ es ihm, den Weg zu finden. Man braucht einem Polizisten in Chicago nie den Weg zu erklären. Vielleicht sollte man von allen Taxifahrern verlangen, daß sie ein Jahr lang Streife fahren.

Michael machte sich die Privilegien der Polizei zunutze und parkte genau vor dem Hydranten. Zwei Betrunkene kamen her, um die Corvette zu inspizieren, verschwanden aber in der Nacht, als Furey ihnen beiläufig die Dienstwaffe zeigte.

Am Tresen war niemand. Ich ging auf die Treppe zu, mit Michael im Schlepptau, als eine Stimme aus der Halle rief: »Hey! Da oben hat außer Gästen niemand was verloren.«

Wir drehten uns um und sahen einen Mann in grüner Arbeitskleidung, der sich aus einem Sessel stemmte und auf uns zu kam. Hinter ihm dröhnte aus dem Fernseher eine schwachsinnige Seifenoper. In seiner Jugend war der Mann muskulös gewesen, hatte vielleicht in der High School Football gespielt, aber jetzt war er nur noch dick und schlampig. Der fette Bauch war eine arge Belastung für die Knöpfe des grünen Hemds.

Michael ließ die weißen Zähne blitzen. »Polizei, Freundchen. Wir müssen mit einem Gast sprechen.«

»Haben Sie eine Dienstmarke? Jeder kann hier reinmarschieren und behaupten, er ist von der Polizei.«

Er mochte zu drei Vierteln betrunken und heruntergekommen sein, aber er hatte Mumm. Michael schien sich zu überlegen, ob er den starken Bullen markieren sollte, aber als er den Blick auffing, mit dem ich ihn beobachtete, zog er die Dienstmarke aus der Hosentasche und zeigte sie kurz.

»Nach wem suchen Sie?« wollte der Nachtportier wissen.

»Elena Warshawski«, sagte ich, ehe Michael die übliche Polizistennummer »Das geht Sie nichts an« abziehen konnte. »Wissen Sie, ob sie da ist?«

»Die ist nicht hier.«

»Gehen wir nach oben und schauen selber nach«, sagte Michael.

Der Mann schüttelte den Kopf. »Nützt Sie gar nix. Die ist vor drei Tagen abgehauen. Hat ihr ganzes Zeug gepackt und ist in der Nacht verschwunden.«

»Am Donnerstag?« fragte ich.

Er dachte einen Augenblick nach, zählte zurück. »Ja, stimmt. Hat sie Ärger?«

»Sie ist meine Tante«, sagte ich. »Sie fühlt sich einsam und sucht nach Menschen, die ihr Gesellschaft leisten. Ich möchte mich vergewissern, daß ihr nichts fehlt. Wissen Sie, wohin sie gegangen ist?«

Er schüttelte den Kopf. »Ich saß hier drin und habe mir um zwei den Nachtfilm angeschaut, da habe ich gesehen, wie sie die Treppe runterschlich. ›Hey, Schwester, es gibt kein Gesetz dagegen, daß Sie mitten in der Nacht die Treppe runterkommen. Sie brauchen sich nicht so zu bücken‹, ruf ich ihr zu. Sie schnappt nach Luft und bittet mich, draußen nachzuschauen, ob die Luft rein ist. Geht mich nichts an, was die Leute so treiben, also geh ich hinaus, und schau ihr nach, wie sie zum Broadway hinübergeht. Niemand hat sie belästigt, also bin ich wieder reingegangen. Und da habe ich sie zum letztenmal gesehen.«

Das war beunruhigend. Jemand hatte ihr einen so üblen Schrecken eingejagt, daß sie einen sicheren Schlafplatz aufgegeben hatte, einen so üblen Schrecken, daß sie es nicht gewagt hatte, bei mir vor der Tür zu erscheinen.

»Kann ich hinaufgehen und mir ihr Zimmer anschauen?« fragte ich unvermittelt. »Vielleicht hat sie etwas hinterlassen, irgendeinen Hinweis darauf, warum sie abgehauen ist.«

Der Nachtportier musterte mich aus Augen, die der Alkohol gebrochen hatte. Nachdem er darum gebeten hatte, einen Blick auf meinen Führerschein werfen zu dürfen, schien ich seine interne Prüfung, wie auch immer die aussehen mochte, bestanden zu haben. Wir gingen zur Treppe zurück und folgten ihm, als er schwerfällig in den zweiten Stock vorausstapfte. Michael fragte mich mit einem dringlichen Flüstern, ob ich eine Ahnung hätte, wohin sie gegangen sein mochte.

»Mm.« Ich schüttelte ungeduldig den Kopf. »Die einzige Freundin, die sie im Indiana Arms hatte, liegt vermutlich noch im Krankenhaus und hat sowieso keine Bleibe.«

Der Nachtportier hantierte mühsam mit den Schlüsseln an seinem Gürtel herum, bis er den zu Elenas Zimmer fand. Er drückte auf einen Schalter, und das Licht in der nackten Glühbirne leuchtete auf. Das Zimmer war leer. Elena hatte die Nylondecke zusammengeknüllt hinterlassen. Sie hing herunter, bis auf den Boden, und enthüllte die dünne Matratze wie ein Symbol für die Schäbigkeit des ganzen Zimmers.

Ich schüttelte die Bettdecke aus. Sie verbarg nichts außer einem vom Alter grau und formlos gewordenen Büstenhalter. Elena hatte die Kunststoffkommode leergeräumt. Im Kasten unter dem Bett war nichts zurückgeblieben. Weil der Nachtportier einen Hauptschlüssel hatte, war es durchaus möglich, daß er schon hiergewesen war, um das Zimmer auszuräumen, aber soweit ich wußte, hatte Elena keine Wertsachen besessen. Der Büstenhalter erschien mir als so trostloses Überbleibsel, daß ich ihn zusammenfaltete und in meine Umhängetasche steckte.

Ich schüttelte ratlos den Kopf. »Vielleicht sollte ich mit den anderen Gästen reden. Herausfinden, ob jemand von ihnen weiß, warum sie weggegangen ist.«

Der Nachtportier fuhr sich mit den großen Händen seitlich an den Hosen entlang. »Das können Sie natürlich, aber wenn die merken, daß Ihr Freund hier ein Bulle ist, wollen sie vermutlich nicht mit Ihnen sprechen. Außerdem glaube ich nicht, daß Ihre Tante irgend jemand hier so gut gekannt hat.«

Wenn sie betrunken war, hätte sie zu jedermann alles gesagt, auch zu Menschen, die sie noch nie im Leben gesehen hatte. Jemand, mit dem sie sich drei Tage lang eine Flasche geteilt hatte, wäre ihr als lebenslanger Freund erschienen. Ich fragte den Nachtportier, wann er den Dienst antrat – es war einfacher, ihn auszuholen, als sich mit der Dame des Hauses, die tagsüber amtierte, herumzustreiten.

»Sechs. Morgen und am Dienstag habe ich frei.«

Wenn ich die Gäste ausfragen wollte, mußte ich es also heute abend noch tun. Ich ließ die Schultern hängen.

Michael beobachtete mich mitfühlend. »Schau mal, Vic. Gib mir doch eine gute Beschreibung, ich gebe sie an die Streifenbeamten weiter. Wenn wir gründlich nach ihr suchen, stehen die Chancen günstig, daß wir sie finden, und dir bleiben viele Strapazen erspart.«

»Danke.« Ich lächelte dankbar. Solche besorgten Gesten waren immer das Attraktivste an ihm gewesen.

Wir folgten dem Nachtportier die Treppe hinunter. Ehe wir gingen, beschloß ich, Elena das Zimmer auch für den Oktober zu sichern. Der Nachtportier – ich bekam schließlich seinen Namen heraus, Fred Cameron – nahm mein Geld und schrieb mit einer großen, unbeholfenen Handschrift eine Quittung aus.

In Michaels Corvette gab ich eine sorgfältige Beschreibung von Elena, auch ihrer Garderobe, soweit ich mich an sie erinnern konnte. Er gab sie über Funk durch, unterstrich, es sei dringend, die Frau zu finden, und bat darum, es ihm direkt zu melden, wenn sie gesehen wurde.

Als wir nach Süden fuhren, fragte ich, wann Elena auf Freierfang gegangen sei. »Falls sie seit Donnerstag gesehen worden ist, sind die Stellen, an denen sie aufgefallen ist, vermutlich in der Nähe ihrer Bleibe.«

»Guter Hinweis. Ich sehe in den Meldungen nach, wenn ich aufs Revier zurückkomme.« Er raste an einer Kreuzung um ein Auto herum und bog in hohem Tempo auf den Broadway Richtung Süden ein. Solche Manöver waren das, was ich am wenigsten an ihm mochte.

»Du hast keine Ahnung, warum sie sich auf diese Weise abgesetzt hat, oder?« fragte er.

»Nein. Sie muß vor irgend etwas Angst gehabt haben, aber ich weiß nicht, wovor. Sie kam ganz gut aus mit der jungen Frau, die auf der Rapelec-Baustelle gestorben ist. Ich weiß, daß es sie mitgenommen hat, als ich es ihr sagte. Aber sie ist erst spät in der Nacht weggegangen, lange nachdem ich es ihr erzählt hatte. Ich habe keinen Anhaltspunkt. Ich nehme an, ich muß mit den Gästen reden.«

Er hielt vor meinem Haus und drosselte den Motor etwas. »Auch wenn dieser Cameron etwas anderes gesagt hat, Vic, ich glaube, die Leute werden mit mir reden. Überlaß es doch mir, mich darum zu kümmern – du bist zu nah dran an der Sache, und das führt immer zu schlechten Verhören.«

Ich war schnell, sogar gern damit einverstanden. Nach einer Pause fragte ich, ob sie irgend etwas über Cerise herausgefunden hatten, was erklären könnte, warum sie sich die Rapelec-Baustelle zum Fixen ausgesucht hatte.

»Nee. Wir sind nur dorthin gefahren, weil Boots Geld in dem Projekt stecken hat und sich vergewissern wollte, daß an der Leiche dort nichts faul ist. Wenn Wahlen bevorstehen, reagiert er empfindlich auf Skandale. Onkel Bobby war ganz schön wütend, daß er da hineingezogen worden ist, das kann ich dir sagen. Und Ernie war sauer, daß du hinterher dort aufgetaucht bist.«

»Ich weiß – er hat mich angerufen und es mir gesagt.«

Michael spielte am Zündschlüssel herum. »Schau, Vic – es tut mir leid, daß ich mich an jenem Abend so blöd benommen habe. Ich war bloß eifersüchtig, weil ich dich mit diesem Typen gesehen habe, nachdem du mir erzählt hattest, du hättest diese Woche keine Zeit zum Ausgehen.«

»Er war ein potentieller Klient. Eins führte zum anderen.«

Vinnies Mazda hielt vor uns. Er stieg mit einem anderen Mann aus, einem großen, schlaksigen Kerl, den er recht gut zu kennen schien. Na so was. Wer hätte das gedacht.

»Ich frag mich, ob ich mit hinaufkommen könnte, damit wir die Kiste irgendwie reparieren können.«

»Nein«, sagte ich so sanft wie möglich. »Die letzte Woche war einfach zu hektisch. Ich krieg das im Moment nicht wieder auf die Reihe.«

»Jetzt vögelst du also mit diesem anderen Kerl, diesem Klienten«, sagte er bitter.

»Das geht dich nichts an, Michael – das weißt du.«

Er schlug gegen das Lenkrad, sagte aber nichts. »Ach, zum Teufel, Vic. Wenn ich dir jetzt noch eine Szene mache, sagst du mir hinterher nicht mal mehr, wie spät es ist. Ich sag dir Bescheid, wenn wir deine Tante aufgetrieben haben.«

Ich stieg aus. Ich hatte kaum die Tür hinter mir zugemacht, als er mit aufheulendem Motor über die Racine Avenue davonjagte.

22 Aufgemischter Bautrupp

Ich schlief schlecht; Elena trieb sich in meinen Träumen herum. Ich suchte auf leeren Fluren im mitternächtlichen Chicago nach ihr. Ich hörte sie jammern: »Vicki, Baby, wo bist du, wenn ich dich brauche?«, aber ich bekam sie nie zu Gesicht. Michael Furey stand in der Nähe und schüttelte den Kopf: »Ich kann dir nicht helfen, Vic. Du hast mich nicht in die Wohnung gelassen.«

Ich stand gegen sieben auf, mit steifem Hals vom unruhigen Schlaf. Ich brachte mein Morgenritual schwerfällig hinter mich, fragte mich, ob ich Michael gestern abend hätte heraufbitten sollen. Würde er Elenas Mitbewohner noch mit derselben Sorgfalt befragen, nachdem ich ihm den Laufpaß gegeben hatte? Sollte ich versuchen, sie selbst auszufragen? Lag mir überhaupt etwas daran, wohin meine Tante gegangen war, ganz davon zu schweigen, warum? Als dieser letzte bittere Gedanke mir durch den Kopf ging, schämte ich mich. Wen hatte sie sonst, dem etwas an ihr lag, wenn nicht mich?

Vielleicht Zerlina Ramsay. Ich dachte über sie nach. Natürlich waren die Beziehungen zwischen den beiden etwas sonderbar, aber vielleicht war sie jemand, den Elena für eine Freundin hielt. Ich trank eine zweite Tasse Kaffee, dann nahm ich Peppy mit zu einem abgekürzten Laufpensum am See. Als ich duschte und ein ordentliches Paar Hosen, einen beigen Pullover aus Baumwolle und ein ordentliches Jackett anzog, war es immer noch nicht neun.

Die Strafe für frühes Aufstehen ist, daß man im Verkehr steckenbleibt. Wenn ich anständig gefrühstückt hätte, statt nur beim Anziehen eine Scheibe Toast zu essen, wäre ich genauso schnell im Krankenhaus gewesen. Und dort wartete nur eine Enttäuschung auf mich – Zerlina war am Freitag entlassen worden. Im Krankenhaus wußte niemand, wohin sie gegangen war, und wenn jemand es gewußt hätte, man durfte es mir nicht sagen.

Ich stapfte verärgert zum Chevy zurück. Wie zum Teufel sollte ich sie finden? Ich wußte nur, daß die zweite Großmutter ihrer Enkelin Maisie genannt wurde. Cerises Freund hieß mit Vornamen Otis. Hervorragende Anhaltspunkte – ich brauchte nur jede Wohnung in Chicago abzuklappern und nach Otis oder Maisie zu fragen, und wenn Leute auf diese Namen reagierten, schnell nachfragen, ob sie eine Frau namens Zerlina kannten.

Es war ohnehin unwahrscheinlich, daß Zerlina etwas wußte. Ich war nur zum Krankenhaus gefahren, damit ich etwas zu tun hatte. Ansonsten war es besser, wenn ich die Suche nach Elena der Polizei überließ. Sie waren dafür ausgerüstet; Michael hatte ihre Beschreibung über Funk durchgegeben. Jemand würde sie finden.

Ich fuhr Richtung Norden zum Loop, parkte mein Auto in der Tiefgarage. Bis die Ajax mich darum bat, weiter zu ermitteln, konnte ich weitere Arbeit am Fall Indiana Arms nicht rechtfertigen. Es war Zeit, mich um meine Brotarbeit zu kümmern und Bewerbungsschreiben an kleinere und mittlere Firmen zu schicken, die meinen fachlichen Rat brauchen konnten. Nachdem ich die Briefe meiner Klienten mit den Namen ihrer Kandidaten für einen Posten im Management aus dem Büro geholt hatte, machte ich mich auf den Weg ins Daley Center.

Aber ich ertappte mich dabei, daß ich nicht nach Informationen über die Stellenbewerber suchte, sondern Rosalyn Fuentes und ihren Vetter Luis Schmidt überprüfte. Über Roz gab es keinen Eintrag, aber Luis hatte vor ein paar Jahren mehrere Klagen eingereicht. Er hatte die Stadt verklagt, weil sie sein

Angebot abgelehnt hatte, den Parkplatz am Humboldt Park Community Service Center neu zu pflastern. Er behauptete, er sei als Hispanic diskriminiert worden, zugunsten eines schwarzen Bauunternehmers, der ein Kumpel des Bürgermeisters war. Diese Klage hatte er schon 1985 eingereicht. 1987 hatte er das County mit ähnlichen Klagen überzogen, nur weil er den Auftrag, ein neues Gerichtsgebäude in Deerfield zu bauen, nicht bekommen hatte. Sein Partner, Carl Martinez, war in beiden Fällen als Nebenkläger aufgetreten. Schmidt hatte die Klage vor etwa einem halben Jahr ohne Vergleich zurückgezogen. Vielleicht hatte ihm jemand ein paar Scheinchen zugesteckt, um seine verletzten Gefühle zu besänftigen.

Ich zuckte die Achseln. Wenn es sich so verhielt, war es nicht appetitlich, aber es war einfach zu üblich, als daß es die Art von Dynamit gewesen wäre, die Roz eine Wahl gekostet hätte. Falls es in Chicago ein Gesetz gibt, das alle befolgen, dann lautet es: »Sieh zu, wo du bleibst.« Trotzdem, wenn ich an Boots' Party zurückdachte, kam es mir so vor, als sei es Luis gewesen, der Roz gewarnt hatte – erst nachdem er mit ihr gesprochen und auf mich gedeutet hatte, war sie zurückgekommen und hatte mit mir reden wollen.

Ich ging nach oben und schaute in den Akten über Partnerschaften und Firmenbeteiligungen nach. Roz gehörte eine Minderheitsbeteiligung an Alma Mejicana, dem Baugeschäft ihres Vetters, aber das konnte niemand im Ernst auch nur für eine läßliche Sünde halten. Falls Ralph MacDonald die Wahrheit gesagt hatte und Roz eine Jugendsünde verheimlichte, dann handelte es sich vielleicht um etwas aus ihrer Kindheit im Mexico. Und das war mir nun scheißegal. Ich begriff einfach nicht, warum sie davon ausging, ich interessierte mich dafür.

»Es geht dich nichts an, Vic«, sagte ich laut. »Denk dran – manche Leute halten dich für eine Nervensäge.«

Ein Mann, der das Lesegerät für Mikrofiches neben mir benutzte, schaute verärgert hoch. Ich starrte konzentriert auf den Schirm vor mir, schürzte die Lippen, kritzelte eine Notiz und tat, als hätte ich nichts gehört – oder gesagt.

Es war wirklich Zeit, mich um meine Klienten zu kümmern. Trotzdem machte ich mir eine echte Notiz, schrieb den Namen von Schmidts Firma auf, Alma Mejicana, und die Adresse in der Ashland Avenue. Vielleicht ließ sich herausfinden, wieviel Umsatz er machte. Oder ich konnte hinüber zur Abteilung für das County gehen und herausfinden, ob er in letzter Zeit Aufträge vom County bekommen hatte.

Das erwies sich als fruchtlose Idee. Sie führten natürlich über die Aufträge Buch, aber ich hätte wissen müssen, um welches Projekt es sich handelte, wenn ich Namen von beauftragten Firmen erfahren wollte. Sie erlaubten mir nicht, auf der Suche nach einem Bauunternehmer die ganzen Aktenstapel durchzugehen. Ich lutschte an den Zähnen. Nun war es aber *wirklich* Zeit, mit der Arbeit anzufangen.

Als ich mich umdrehte und gehen wollte, öffnete sich die Tür am Ende des Flurs, und Boots kam herein, umringt von einer Handvoll Männer, die zuhörten, während er irgendein Machtwort sprach. Er sah mich und schenkte mir auf dem Weg in sein Büro das legendäre Lächeln und ein Winken. Er erinnerte sich nicht persönlich an mich, aber er wußte, daß er mich kannte. Es war ein seltsames Gefühl – wider Willen spürte ich, daß mir warm ums Herz wurde, weil er mich erkannte, und ich erwiderte sein Lächeln eifrig.

Vielleicht tat ich den nächsten Schritt und mischte mich weiter in Rosalyns Angelegenheiten, weil ich Boots' magischen Bann brechen wollte. Ich rief Alma Mejicana an, sagte, ich sei von der Bauaufsicht und wolle wissen, wo sie heute arbeiteten. Der Mann am Telefon sprach Englisch mit starkem Akzent und verstand meine Frage nicht. Nach ein paar ergebnislosen Versuchen legte er den Hörer weg und holte jemand anders.

Ich hatte Luis Schmidt nur einmal getroffen, aber mir kam es so vor, als gehöre die argwöhnische Stimme ihm. Für den Fall, daß er ein gutes auditives Gedächtnis hatte, sprach ich im näselnden Ton der Südseite und wiederholte meinen Sermon.

Er schnitt mir das Wort ab, ehe ich den ganzen Text aufsagen konnte. »Wir haben keine Probleme; wir brauchen niemand, der uns auf die Finger schaut, schon gar keine Spione von der Bauaufsicht.«

»Ich unterstelle ja gar nicht, daß Sie Probleme haben.« Es war schwer, beredt und gleichzeitig nasal zu klingen. »Wir haben gehört, daß Minderheitenfirmen bei Bauarbeiten in Chicago schlampigere Sicherheitsmaßnahmen nachgesehen werden als Unternehmen mit anderen Inhabern. Wir machen Stichproben, um uns zu vergewissern, daß das nicht der Fall ist.«

»Das ist Rassismus«, sagte er hitzig. »Ich gestatte nicht, daß Rassisten meine Arbeit überwachen. Punkt. Gehen Sie aus der Leitung, ehe ich Sie wegen Verleumdung verklage.«

»Ich versuche doch nur, Ihnen zu –« fing ich mit näselnder Rechtschaffenheit an, aber er legte auf, ehe ich den Satz beenden konnte.

Okay. Alma Mejicana wollte nicht, daß sich die Bauaufsicht auf ihren Baustellen herumtrieb. Daran war nichts Seltsames. Viele Unternehmen wollen keine Teams von der Bauaufsicht. Mach jetzt also Schluß, Vic. Beschäftige dich wieder mit Projekten für Leute, die dich bezahlen.

Dieser weise Rat führte mich in die Bibliothek der Universität von Illinois, wo ich im Computerregister für den *Herald-Star* unter Alma Mejicana nachschaute. Und zu meiner Freude hatten sie den Auftrag bekommen, am Neubau des Dan Ryan Expressway mitzuarbeiten. In einem Artikel vom 2. Februar zählte die Zeitung alle Unternehmen im Besitz von Minderheitenfirmen oder von Frauen auf, die an dem Projekt beteiligt waren. Ich erinnerte mich an den Protest von schwarzen Gruppen gegen die zu kleine Zahl von Minderheitenunternehmen, die mitarbeiten durften; angesichts der rassisch-ethnischen Isolierung in Chicago glaubte ich nicht, daß es sie friedlicher stimmte, wenn Alma Mejicana ein Stück vom Kuchen abbekam.

Mit einem gewissen Maß an Selbstbetrug redete ich mir ein, ich müsse auf dem Rückweg zum Loop sowieso an der Ryan-Baustelle vorbeifahren. Es war eigentlich kein weiter Abstecher von meiner rechtmäßigen Arbeit, wenn ich nach Luis Ausschau hielt.

Ich fuhr über die Halsted Street in die Cermak Road und schlängelte mich dann unter den Stützpfeilern des Expressway hindurch, auf der Suche nach einem Weg in das Baugebiet. In der Nähe der Auffahrtsrampe zum Lake Shore Drive parkten Autos und Lieferwagen. Ich lenkte den Chevy von der Straße weg auf den zerfurchten Boden unter der Autobahnbrücke und ließ ihn neben einem neuen Modell von Buick stehen.

Wieder war ich für einen Baustellenbesuch unpassend angezogen, obwohl Hosen aus Leinengewebe schon eher durchgehen mochten als Seidenhosen. Ich bahnte mir den Weg durch die tiefen Löcher, um verbogene Stücke von Stützträgern herum, vorbei am Müll aus zehntausend mitgebrachten Mittagsmahlzeiten, und ging die Rampe Richtung Süden hinauf.

Als ich nach oben kam, wurde der Lärm der Maschinen unerträglich. Ungeheuer mit riesigen meißelbewehrten Armen setzten dem Beton zu, hinterließen drei Meter lange Risse. Nach ihnen kamen Preßlufthämmer und zermalmten die Straßendecke in Stücke. Und in ihrem Schlepptau rumpelten Lastwagen, um die Reste abzutransportieren. Hunderte von Männern und sogar ein paar Frauen arbeiteten hier.

Ich musterte das Gewühl skeptisch vom Rand der Rampe aus, fragte mich, wie ich je jemanden auf mich aufmerksam machen konnte, ganz davon zu schweigen, wie ich einen kleinen Bauunternehmer finden sollte. Jetzt, wo ich hier war, wollte ich auf keinen Fall aufgeben, aber ich hätte Arbeitsstiefel, Ohrenschützer und dazu einen Helm tragen sollen. So wie ich angezogen war, konnte ich nicht zwischen den Maschinen und den in der Straßendecke klaffenden Löchern herumklettern.

Als ich mich vorsichtig dem Rand der Rampe näherte, löste sich ein kleiner Mann, der in der dicken Arbeitskleidung rundlich wirkte, aus dem nächsten Trupp und kam zu mir herüber.

»Helmpflicht, Miss.« Sein Ton war schroff und abschließend.

»Sind Sie der Vorarbeiter?« fragte ich.

Er schüttelte den Kopf. »Hier gibt's dutzendweise Vorarbeiter. Wen suchen Sie?«

»Jemand, der mir den Trupp von Alma Mejicana zeigen kann.« Ich mußte mir die Hände vor den Mund legen und ihm direkt ins Ohr schreien.

Er schenkte mir den Blick erschöpfter Resignation, den Männer an sich haben, wenn ahnungslose Frauen sie bei ihrer Spezialistenarbeit stören. »Hier gibt's Hunderte von Bauunternehmen. Ich kenne nicht alle.«

»Deshalb will ich den Vorarbeiter sprechen«, brüllte ich.

»Sprechen Sie mit dem Projektleiter.« Er deutete auf einen Bauwagen, der am Straßenrand parkte. »Und kommen Sie nächstes Mal nicht ohne Helm her.«

Er machte kehrt und marschierte zu seinem Trupp zurück, ehe ich mich bei ihm bedanken konnte. Ich stolperte über die herausragenden Stahlstreben zum Straßenrand. Wie das Terrain unter dem Expressway war auch der Randstreifen ein Sumpf aus Schlamm, Betonbrocken und Müll geworden. Ich kam nur langsam voran, begleitet von einer Reihe von Pfiffen. Ich schnitt eine Grimasse und ignorierte sie.

Im Bauwagen herrschte ein Chaos in kleinerem Maßstab. Kreuz und quer auf dem Boden Telefon- und Stromleitungen, darüber Tische, bedeckt mit Blaupausen, Telefonen, Computerschirmen – das ganze Zubehör einer großen Baufirma in einen viel zu engen Raum gestopft.

Mindestens ein Dutzend Leute drängte sich hier, man sprach miteinander oder – wie ich den Rufen entnahm, die ich aufschnappte –, telefonierte mit den Trupps auf der Baustelle. Niemand beachtete mich. Ich wartete, bis der Mann, dem ich am nächsten war, den Hörer auflegte, und ging zu ihm, ehe er eine neue Nummer wählen konnte.

»Ich muß den Trupp von Alma Mejicana finden. Wer kann mir sagen, wo er arbeitet?«

Er war ein stämmiger Weißer Ende Sechzig mit rötlichem Gesicht und kleinen grauen Augen. »Sie dürfen nicht ohne Helm auf die Baustelle.«

»Das ist mir klar«, sagte ich. »Wenn Sie mir sagen, wo der Trupp arbeitet, besorge ich mir einen Helm, ehe ich hingehe und mit ihnen rede.«

»Haben Sie einen besonderen Grund dafür?« Die kleinen Augen verrieten nichts.

»Sind Sie der Projektleiter?«

Er zögerte, als überlege er, ob er den Titel in Anspruch nehmen solle, dann sagte er, er sei ein stellvertretender Geschäftsführer. »Wer sind Sie?«

Jetzt war es an mir zu zögern. Wenn ich ihm mit der Geschichte von der Bauaufsicht oder mit etwas Ähnlichem kam, mußte ich mich ausweisen. Ich wollte nicht, daß Luis erfuhr, ich hätte in seinem Geschäft herumgestochert, aber es ging nicht anders.

»V. I. Warshawski«, sagte ich. »Ich bin Detektivin. Es sind Fragen nach den Arbeitspraktiken von Alma Mejicana aufgetaucht.«

Er hatte nicht vor, darauf mit einer eigenen Entscheidung zu reagieren. Er stand vom Tisch auf und bahnte sich den Weg zur Rückseite des Bauwagens, wo ein kleiner Verschlag abgeteilt worden war. Sein massiger Körper füllte die Tür. Ich sah, wie sich seine Schultern bewegten, als er außerhalb meines Blickfelds mit den Armen wedelte.

Schließlich kehrte er mit einem schlanken Schwarzen zurück. »Ich bin Jeff Collins, einer der Projektleiter. Was wollen Sie?«

»V. I. Warshawski.« Ich schüttelte ihm die ausgestreckte Hand und wiederholte meine Bitte.

»Für Arbeitspraktiken bin ich verantwortlich. Ich habe nichts gehört, was mich veranlaßt hätte, ihnen auf die Finger zu sehen. Gibt es eine bestimmte Behauptung, zu der ich Stellung nehmen könnte?«

Weil ich nichts über die Arbeitspraktiken auf einer Baustelle wußte, konnte ich kaum etwas über ihre Ausrüstung sagen. Ich zermarterte mir den Kopf. »Ich mache Finanzermittlungen«, sagte ich und bastelte mir die Geschichte beim Reden zusammen. »Mein Klient meint, Alma habe sich übernommen mit Projekten, denen sie nicht gewachsen sind, bloß um behaupten zu können, daß sie bei den Großen mitmischen. Er sorgt sich um seine Investitionen. Ich wollte mir die Maschinen anschauen, um zu sehen, ob es eigene oder geleaste sind.«

Mir kam meine Geschichte kläglich dünn vor, aber Collins schien sie nicht seltsam zu finden. »Sie können nicht auf die Baustelle gehen, um nach so etwas Ausschau zu halten. Ich habe mehrere tausend Leute da draußen. Alles, was sie machen, ist sorgfältig koordiniert. Ich kann nicht gestatten, daß Laien dort herumlaufen.«

Ich wollte für meinen Fall plädieren, aber er runzelte nachdenklich die Stirn. »Chuck«, sagte er unvermittelt zu dem Weißen mit dem rötlichen Gesicht, »ruf dort an und frag nach ihren Lastwagen. Sag der Lady, was du erfahren hast.« Zu mir fügte er hinzu: »Das ist alles, was ich für Sie tun kann, und mehr als ich dürfte.«

»Ich weiß es zu schätzen«, sagte ich so aufrichtig wie möglich. Es befriedigte mich in Wahrheit überhaupt nicht – ich wollte Alma bei der Arbeit sehen, wollte herausfinden, ob mir irgend etwas Seltsames auffiel. Aber ich hatte keine Wahl. Das Dan-Ryan-Baugebiet war kein Ort, in den ich mich einschleichen konnte.

Collins ging in sein Büro zurück, und Chuck griff wieder zum Telefon. Nachdem er zehn oder fünfzehn Minuten lang brüllend mit mehreren Leuten gesprochen hatte, winkte er mich an seinen Tisch.

»Ich dachte, sie wären in Abschnitt neunundfünfzig, aber sie arbeiten jetzt in hunderteinundzwanzig. Ich glaube nicht, daß Sie sich Sorgen machen müssen, ob sie ihre Maschinen bezahlen können – alles, was sie hier auf der Baustelle haben, gehört Wunsch und Grasso.«

Als ich ihn verständnislos anschaute, wiederholte er die Information mit lauterer Stimme. Ich riß mich zusammen, schenkte ihm mein lieblichstes Lächeln und bedankte mich bei ihm, so gut ich konnte.

23 Eingemauert

Als ich in den Loop zurückkam, war es zu spät für Recherchen im Daley Center. Ich hielt im Parkverbot vor dem Pulteney-Gebäude, um beim Auftragsdienst nach Nachrichten zu fragen. Ich stand eine Weile im Aufzug, bis ich begriff, daß er nicht funktionierte, so versunken war ich in Gedanken. Während ich die vier Treppen hinaufstieg, drehte und wendete ich sie weiter im Kopf.

War es wirklich so seltsam, daß Luis Maschinen von Wunsch und Grasso benutzte? Im Bauwagen hatte es mich wie ein Blitz getroffen, aber vielleicht hatte es gar nicht viel zu bedeuten. Luis und sein Partner kannten Ernie und Ron, das war bei ihrer Besprechung auf Boots' Party deutlich gewesen. Wenn Alma Mejicana sich darum bemühte, im Baugeschäft von Chicago Fuß zu fassen, war es durchaus plausibel, daß sie sich die Ausrüstung bei einer größeren Firma ausliehen.

»Kümmere dich um deine Angelegenheiten, Vic«, sagte ich laut vor mich hin, als ich das Büro aufschloß. »Wenn Roz eine schmutzige Geschichte aus ihrer Jugend verheimlicht, geht dich das nichts an.«

Ich machte Licht und fragte beim Auftragsdienst nach. Robin hatte angerufen, außerdem Darrough Graham, der wissen wollte, wo zum Teufel sein Bericht blieb. Ich rief Graham zuerst an, weil er ein pünktlich zahlender Kunde war, sagte ihm, ich sei ein paar Tage verreist gewesen und wolle den Auftrag morgen erledigen. Er war nicht begeistert, aber wir arbeiteten schon lange zusammen – er würde wegen dieser Sache nicht mit mir brechen. Trotzdem durfte ich meine guten Kunden nicht länger ignorieren.

Während ich darauf wartete, daß die Telefonistin Robin fand – er hatte darum gebeten, herausgerufen zu werden, wenn ich mich meldete –, stellte ich auf meinem Notizblick eine Terminliste für alle meine augenblicklichen Aufträge zusammen. Den Hörer immer noch am Ohr pinnte ich das Blatt meinem Schreibtisch gegenüber an die Wand.

»Das ist deine Arbeit«, belehrte ich mich streng. »Tu nichts anderes, bis das alles erledigt ist.«

»Vic?« Robins Stimme unterbrach die Lektion. »Bist du da?«

»Oh, Tag, Robin. Ich hab nur laut gedacht. Wenn man allein arbeitet, kennt man den Unterschied zwischen Reden und Denken nicht.«

»Oh. Ich frage mich, ob die Isolation kein zu hoher Preis dafür ist, allein zu arbeiten.« Wir plauderten eine Weile, erst über einsames Arbeiten und dann über Gesellschaft beim Abendessen. Damit war ich einverstanden, also ging er zum Geschäftlichen über.

»Dein Bericht ist heute gekommen – deine beiden Berichte. Ich bin sie mit meinem Chef durchgegangen – wir haben beschlossen, daß du weitere Nachforschungen anstellen sollst. Ich zweifle nicht an deiner Einschätzung des Charakters von Seligman, aber jemand hat den Nachtportier aus dem Weg geschafft. Es war eindeutig jemand, der seine Gewohnheiten kannte, deshalb muß es entweder ein Gast oder jemand aus Seligmans Geschäft sein.«

»Oder ein Außenstehender, der ihn beobachtet hat«, warf ich ein.

»Ja, schon möglich. Das Problem ist, der einzige Mensch, der von dem Brand profitiert, ist der alte Mann – oder seine Kinder, wenn er stirbt. Ehe wir die Versicherungssumme auszahlen, möchte ich ganz sicher sein, daß nicht Seligman das Geld für die Rennbahn geschickt hat. Kannst du noch eine Woche für uns weitermachen?«

Ich schaute meine Termine an. Wenn ich Grahams Auftrag morgen früh erledigte, konnte ich den Rest meiner Arbeit in die Ermittlungen für die Ajax einschieben und bis Freitag abend alles erledigt haben – solange ich keine Zeit mehr damit vergeudete, mir den Kopf über Roz zu zerbrechen, darüber, warum mein Anruf bei Velma sie dazu veranlaßt hatte, Ralph MacDonald auf mich zu hetzen, und über alles andere danach.

»Bist du noch da, Vic?«

»Ja. Gut, ich nehme an, ich kann noch eine Woche für euch dranhängen. Zahlt ihr die bisherige Rechnung, oder soll ich eine neue ausstellen, mit der Gesamtstundenzahl?«

»Deine Rechnung ist schon in der Buchhaltung – in etwa zehn Tagen hast du den Scheck... Du sagst, Seligman verliert kein Geld, aber er verdient auch nicht viel.«

Ich malte mit dem Filzstift einen Kreis auf den Block. »Ich glaube nicht, daß ihm das besonders wichtig ist. Ich kann versuchen, seine alten Bücher zu finden, nachschauen, wie der Gewinn im Vergleich zu vor fünfzehn, zwanzig Jahren aussieht, aber er kommt mir einfach nicht wie der Typ vor, der seinen verlorenen Milliarden hinterherheult.«

»Such jedenfalls weiter, sieh zu, was du rauskriegen kannst. Ich weiß, daß deine Sympathie für den alten Knaben deinen Blick nicht trübt... Bis halb acht, abgemacht?«

»Abgemacht.« Es war als Kompliment verpackt, aber eigentlich war es eine Warnung. Impulsivität ist der schlimmste Feind des Detektivs.

Ich fügte dem Kreis Augen und Nase hinzu und malte ihm einen Schnurrbart. Trotz Robins Warnung konnte ich nicht an die Schuld des alten Mannes glauben, es sei denn, er litt unter Geistesverwirrungen, von denen ich bei meinen beiden Gesprächen mit ihm nichts gemerkt hatte. Robin hatte jedoch recht, Seligman hatte das eindeutigste finanzielle Motiv. Zwar würden seine Kinder alles erben, und sie waren vielleicht gerissen genug, das Gebäude jetzt in Brand zu stecken, damit sie nach seinem Tod nicht in Verdacht gerieten.

Ich malte dem Gesicht einen schlappen Anzug und eine nach Geld ausgestreckte Hand. Vielleicht hatte jemand im Indiana Arms etwas gesehen und war zu vorsichtig, es zu sagen – wer eine Randexistenz führt, lernt, nicht aufzufallen. Wenn ich die ehemaligen Pensionsbewohner ausfindig machte, konnte ich sie vielleicht dazu überreden, mit mir zu sprechen. Ich sollte mir auch von Seligman Fotos seiner Töchter besorgen und sie den Gästen zeigen – obwohl es natürlich leicht möglich gewesen wäre, daß sie jemanden anheuerten, der ihnen die Laufarbeit abnahm. Auch wenn eine Tochter in Brasilien gewesen war – sie hätte die Brandstiftung aushecken können.

Das Problem war nur, daß selbst wenn Rita Donnelly die Namen der Gäste herausrückte, eine Armee nötig gewesen wäre, um ihre neuen Adressen herauszufinden. Zwei Gäste kannte ich natürlich – Zerlina Ramsay und meine Tante. Von keiner wußte ich, wo sie war, aber das war ein Klacks für eine intelligente Ermittlerin.

Mir dämmerte, daß ich Zerlina vielleicht über das Leichenschauhaus finden könnte. Falls sie Cerises Leiche abgeholt hatte, stand ihre Adresse dort in den Akten. Ich brauchte jemanden, der an diese Adresse herankam. Ein Kriminalpolizist konnte das, aber Furey konnte ich schlecht um Hilfe bitten und ihm gleichzeitig die Gelegenheit verweigern, sich privat mit mir zu treffen. Bobby hätte mich lieber als Leiche gesehen, als daß er mir bei einer Ermittlung geholfen hätte. Mindestens hätte er mich lieber im Gefängnis gesehen. John McGonnigal zeigte mir in letzter Zeit die kalte Schulter.

Es gab jemanden in Bobbys Team, der mir nicht besonders feindselig gegenüberstand. Terry Finchley. Ich konnte nicht behaupten, wir seien Freunde, aber unsere bisherigen Begegnungen waren allesamt erfreulich verlaufen. Und vor ein paar Jahren hatte er einmal zu mir gesagt, mein Eintreten für meine Freunde gefalle ihm. Es war einen Versuch wert.

Wie durch ein Wunder war Finchley im Revier. Er zeigte nur vorsichtige Freude über meinen Anruf.

»Sie können mir einen Gefallen tun«, sagte ich unvermittelt.

»Das weiß ich, Miss Warshawski. Sonst hätten Sie nicht angerufen. Es geht doch nicht um Furey, oder?« Er hatte einen hellen, angenehmen Tenor mit einer Spur Humor darin.

»Nein, nein«, versicherte ich ihm. Natürlich wußten alle Mitarbeiter Bobbys über die Höhen und Tiefen meiner Beziehung zu Michael Bescheid. Ich erzählte ihm von Cerise und daß ich Zerlina finden wollte.

Seine Stimme klang kalt, als er sagte, das sei seiner Meinung nach nichts, womit er seine Dienstzeit verschwenden dürfe.

»Da haben Sie vermutlich recht. Aber ich glaube, auf eine Anfrage von Ihnen reagiert das Leichenschauhaus, auf eine von mir nicht.«

»Fragen Sie Furey. Oder McGonnigal.« Das klang abschließend.

»Detective«, sagte ich schnell, ehe er auflegen konnte, »ich habe Sie angerufen, weil ich die beiden anderen nicht anrufen kann. Ich weiß, ich kenne die beiden besser als Sie, wir kennen uns nicht besonders gut, aber ich habe gedacht, es macht Ihnen nichts aus. Es ist kein – kein Laufburschenauftrag, es ist etwas, was die Polizei kann und ich nicht. Ich muß Mrs. Ramsay finden, um zu erfahren, ob sie etwas gesehen hat…« Als er nicht reagierte, verhedderte ich mich hoffnungslos in meinen Satz. »Tut mir leid. Ich werde Sie nicht wieder belästigen.«

»Sie sagen, Sie können Furey oder McGonnigal nicht anrufen. Warum?«

Ich wurde jetzt auch gereizt. »Das geht Sie wirklich nichts an, Detective. Das ist rein persönlich, und ich weiß, daß Privatangelegenheiten ein beliebtes Gesprächsthema auf dem Revier sind.«

»Ich verstehe.« Er schwieg einen Augenblick und dachte nach, dann sagte er unvermittelt: »Es ist nicht, weil ich schwarz bin?«

»Oh.« Ich spürte, wie meine Wangen brannten. »Weil Mrs. Ramsay schwarz ist? Nein. Daran habe ich gar nicht gedacht. Es tut mir leid. Es ist mir gar nicht in den Sinn gekommen, daß Sie es so auffassen könnten.«

»Ich verzeihe Ihnen«, sagte er und kehrte zu dem leichteren Ton zurück. »Jedenfalls dieses Mal. Treten Sie nächstes Mal lieber gar nicht erst ins Fettnäpfchen. Und gehen Sie gut mit Furey um – er ist nicht übel, bloß ein bißchen ungehobelt. Wie ist Ihre Nummer?«

Ich gab sie ihm, und er legte auf. Ich ging zum Fenster und schaute zu, wie die Hochbahn Pendler vorbeikarrte. Ich wurde mir nicht schlüssig, ob ich mich danebenbenommen oder ob Finchley überempfindlich reagiert hatte. Das Problem war, daß er vermutlich in vielen Stunden jede Woche viele Kränkungen wegstecken mußte und es auf meine Absichten gar nicht ankam – sie klangen für ihn wie der Scheißdreck, den er ständig zu hören bekam.

Ich schaute den Tauben zu, die sich gegenseitig auf Läuse untersuchten, ganz gleich, welche Farbe das Federkleid hatte. Auf den ersten Blick wirkt das Tierreich gesünder als die Menschenwelt. Aber als im letzten Sommer eines Tages eine Möwe sich zu ihnen auf den Sims setzte, haben die Tauben ein Geschrei veranstaltet und nach ihr gehackt, bis die Möwe mit blutendem Hals davonflog.

Ich ging an meinen Schreibtisch zurück und schaute die Werbung durch, die in den letzten Tagen gekommen war. Seminare darüber, wie ich mein Büro besser organisierte, Seminare über verbesserte Observierungstechniken, Sonderangebote für Waffen und Munition. Ich warf alles in den Papierkorb. Nun ging ich meinen Ordner mit potentiellen Kunden durch, weil ich mich immer noch darüber ärgerte, daß ich in den letzten Wochen mein Geschäft vernachlässigt hatte, und tippte Angebote.

Ich hatte drei geschrieben, als das Telefon klingelte. Es war nicht Finchley, sondern jemand vom Leichenschauhaus – er hatte die Frau gebeten, direkt bei mir anzurufen. Cerises Leiche war Otis Armbruster übergeben worden, der in der Christiana Avenue wohnte.

Ich bedankte mich bei der Frau und schlug meinen Stadtplan auf. Die Südseite der Christiana Avenue ist nicht der angenehmste Teil der Stadt, kein Ort, an dem sich eine Frau abends allein blicken lassen sollte, schon gar nicht eine Weiße. Ich überlegte, ob ich bis morgen früh warten sollte, dann kehrte mein Unbehagen über das Gespräch mit Finchley zurück. Wenn Cerise und Zerlina auf diesen Straßen zurechtkamen, konnte ich das auch.

Als ich eben das Licht ausmachte, rief Furey an. Erst war ich auf der Hut, dachte, Finchley habe vielleicht über unser Gespräch mit ihm geredet, aber er rief wegen Elena an.

»Du hast nichts von ihr gehört, oder?« fragte er. »Wir haben nämlich letzte Nacht wieder eine Beschwerde über Freierfang bekommen – aus einer Bar in einer guten Gegend, die versucht, Yuppies anzulocken. Es klang, als ob sie das gewesen sein könnte.«

Ich rieb mir den Nacken, versuchte, meine Verspannung etwas zu lockern. »Ich habe nichts von ihr gehört, aber ich fahre jetzt zu einer Frau, die sie im Indiana Arms ganz gut gekannt hat. Ich will rauskriegen, ob Elena sich bei ihr gemeldet hat.«

»Soll ich mitkommen?« Er versuchte ohne Erfolg, seinen Eifer zu verbergen.

»Nein danke. Sie wird sowieso nicht gerade erpicht darauf sein, mit mir zu reden. Wenn sie einen Polizisten sieht, sagt sie gar nichts mehr.«

»Ruf mich später an, okay? Sag mir Bescheid, wenn du was rausgekriegt hast.«

»Klar.« Ich stand wieder auf. »Ich muß weg.«

Ich legte auf, ehe er noch etwas fragen konnte, zum Beispiel nach Zerlinas Namen und Adresse, und ging schnell, um weiteren Anrufen auszuweichen. Ich nahm die Treppe hinunter zwei Stufen auf einmal – wenn man etwas Unerfreuliches vor sich hat, sollte man es so schnell wie möglich hinter sich bringen.

Unter dem Scheibenwischer des Chevy steckte ein Strafzettel. Verbrechen in Chicago lohnt sich nicht, zumindest nicht für Parksünder im Loop.

Ich fuhr die Van Buren Street entlang, warf einen Blick auf die langsame Autoschlange in der Congress Street und beschloß, über Nebenstraßen zu fahren. Von der Wabash Avenue bis zur Twenty-second Street kam ich gut voran. Als ich erst einmal die Abzweigungen zum Expressway hinter mir gelassen hatte, floß auch der Verkehr nach Westen zügig. Es war erst kurz nach sechs, als ich in die Christiana Avenue einbog.

An diesem Punkt war ich etwa elf Kilometer in südwestlicher Richtung vom Rapelec-Komplex entfernt. Wenn Cerise hier gewohnt hatte, warum war sie dann so weit weggegangen, um einen ruhigen Ort zum Fixen zu finden? Ich wurde nicht schlau daraus.

Leere Grundstücke und Dreifamilienhäuser aus grauem Stein säumten abwechselnd die Straße. Die kaputten oder mit Brettern vernagelten Fenster zeigten, daß die Gebäude kurz vor dem Einfallen waren. Tagsüber sah es hier aus wie in Beirut. Jetzt lag purpurnes Zwielicht über den Grundstücken und verwandelte die Umrisse von Schutthaufen und Schrottautos zu weichen Schatten.

Die einzigen Läden schienen die großzügig über alle Ecken verteilten Kneipen zu sein. Nur wenig Autos waren unterwegs. Jemand hängte sich zwischen der Cermak Road und der Seventeenth Street hinter mich und machte mich ziemlich nervös, aber als ich schließlich langsamer wurde und rechts an die Seite fuhr, zog er mit lautem Hupen an mir vorbei. Es war eine Geisterstadt, die unbewohnt wirkte, bis auf gelegentliche Trauben aus jungen Männern, die sich vor den Kneipen stritten oder Witze austauschten.

Ich hielt gegenüber der Wohnung der Armbrusters. Auch ein Dreifamilienhaus. Gelbes Licht fiel durch die Tücher vor den Fenstern im Erdgeschoß und im ersten Stock. Der zweite Stock war mit Brettern vernagelt. Als ich das löchrige Trottoir entlangging, hörte ich das laute Plärren eines Radios.

Im Hausflur zeigte der starke Geruch von Putzmitteln, daß sich jemand bemühte, gegen den Uringestank anzukämpfen. Fast mit Erfolg, aber der Gestank lag immer noch darunter und drehte mir den Magen um. Vermutlich hatte dieselbe Person ein Gitter über die kaputten Briefkästen geschraubt. Der Briefträger konnte Briefe hindurchwerfen, aber man mußte das Gitter aufschließen, wenn man sie herausholen wollte.

Die Armbrusters wohnten im ersten Stock. Es gab kein Licht im Treppenhaus. Ich stieg im Dunkeln langsam hinauf, prüfte jede Stufe, ehe ich sie belastete. Zweimal fehlte ein großer Teil der Stufe, und mein Herz machte einen Sprung, als mein Fuß ins Leere trat.

Hinter der Tür im ersten Stock mischte sich das Geschrei eines Kleinkinds mit dem Lärm des Radios. Ich klopfte mit der Faust gegen die Tür. Beim zweiten Versuch wollte eine tiefe Frauenstimme wissen, wer da sei.

»V. I. Warshawski«, rief ich. »Ich möchte Mrs. Ramsay besuchen.«

Als die Tür aufging, stand ich vor einer dünnen Frau in mittleren Jahren, die ein Baby auf dem Arm hatte. Die weichen Wangen der Kleinen waren noch tränennaß. Sie drehte den Kopf weg, als sie merkte, daß ich sie anschaute, und vergrub die pummeligen Händchen im straffen Knoten der dünnen Frau. Das unverrückbar frisierte Haar und das sorgfältig gebügelte Kleid brachten mich auf den Gedanken, daß die Frau für die Putzmittel im Treppenhaus verantwortlich war.

Zerlina stand hinter ihr und übertraf sie mit ihrem Leibesumfang und auch mit dem Schwarz ihrer Haut. Die andere Frau mußte Maisie sein und das Kind auf dem Arm Katterina.

»Wie haben Sie mich gefunden?« wollte Zerlina wissen.

»Das Leichenschauhaus hat mir die Adresse der Person gegeben, die Cerises Leiche abgeholt hat. Es war nur eine Vermutung, daß Sie hier sind, aber Sie hatten über Otis und Katterinas zweite Großmutter gesprochen, deshalb dachte ich, Sie sind vielleicht alle beieinander.«

Die Frauen hatten das Licht im Rücken. Ich mußte die Augen zusammenkneifen, um ihre Gesichter zu sehen, aber ich hielt es für besser, wenn ich abwartete, ob ich hineingebeten wurde. Sie schienen es damit nicht eilig zu haben.

»Sie können nicht herkommen und Leute zu Hause überfallen«, schimpfte Maisie und wiegte die Kleine, damit sie merkte, daß der Zorn nicht ihr galt.

Ich rieb mir müde das Gesicht. »Jemand hat vor zwei Wochen ein großes Hotel niedergebrannt. Niemand ist zu Tode gekommen, aber viele Menschen sind verletzt worden, darunter auch Mrs. Ramsay. Sie ist der einzige Mensch, den ich kenne, der mir vielleicht dabei helfen kann, herauszufinden, wer es getan hat.«

»Ich bin nicht der einzige Mensch, den Sie kennen, kleines weißes Mädchen, und das wissen Sie ganz genau«, sagte Zerlina. »Fragen Sie doch Ihren Goldschatz von Tante.«

»Als ich das letztemal mit Elena gesprochen habe, habe ich ihr das mit Cerise gesagt. Das hat ihr so viel Angst eingejagt, daß sie weggelaufen ist. Seitdem versteckt sie sich irgendwo auf der Straße. Ich nehme an, Sie sind aus härterem Holz geschnitzt.«

Ihr schweres Gesicht legte sich in störrische Falten. »Nehmen Sie an, was Sie wollen. Ihr beide, Ihre Tante und Sie, Ihr beide seid schuld daran, daß meine Tochter tot ist. Ich habe Ihnen *nichts* mehr zu sagen.«

Ehe mir Maisie die Tür vor der Nase zuschlagen konnte, holte ich eine Karte heraus und gab sie Zerlina. »Falls Sie es sich anders überlegen, Sie können mich unter dieser Nummer anrufen. Die Nachrichten werden Tag und Nacht entgegengenommen.«

Ehe sie das erste Schloß zugesperrt hatte, fing das Radio wieder an. Der hartnäckige Rhythmus der Rapmusik folgte mir die Treppe hinunter in die Nacht hinaus.

24 Schlafplatz im Keller

Ich verbrachte die Nacht bei Robin. Er war ein zärtlicher und aufmerksamer Liebhaber, aber er konnte die Bilder des Zerfalls von North Lawndale nicht aus meinem Kopf vertreiben. Gegen eins fiel ich in einen unruhigen Schlaf und wurde von einem Traum wachgerissen, in dem ich die Christiana Avenue entlangging, während ein Auto mich verfolgte. Kurz ehe es mich überfuhr, wachte ich auf.

Ich tastete nach meiner Uhr. Mit zusammengekniffenen Augen konnte ich in der Dunkelheit die Zeiger schwach erkennen: zehn nach vier. Ich versuchte, wieder einzuschlafen. In einem fremden Bett und nach dem bösen Traum, der mir noch nachging, konnte ich mich jedoch nicht entspannen. Kurz nach fünf gab ich auf und schlich mit meinen Kleidern auf Zehenspitzen ins Bad.

In der Küche entdeckte ich neben dem Telefon einen Notizblock mit Spiralheftung. Ich riß ein Blatt ab und kritzelte ein paar Zeilen an Robin, in denen ich erklärte, warum ich ging; dann schlüpfte ich leise hinaus.

Um halb sechs erwachte die Stadt gerade erst zum Leben. In einer Reihe von Fenstern brannte schon Licht – in einer Arbeitergegend, wo der Tag früh anfing –, aber ich war allein unterwegs, bis ich auf eine Hauptverkehrsstraße kam.

In meiner Wohnung fühlte ich mich so müde, daß ich wieder ins Bett ging. Dieses Mal gelang es mir, bis acht zu schlafen. Als ich wieder aufstand, fühlte ich mich schlapp und desorientiert. Ich zog Sweatshirt und Slip an und saß um neun, als Furey anrief, noch in der Küche, las die Zeitung und trank Kaffee.

»Du wolltest mich doch gestern abend anrufen, Vic.«

Mir gefiel die zornige Ungeduld in seinem Ton nicht. »Ja, wollte ich, Michael, aber ich hab's verschwitzt. Wenn ich etwas zu berichten gehabt hätte, dann hätte ich vielleicht daran gedacht. Aber die Frau hat mich nicht einmal in die Wohnung gelassen.«

»Sag mir doch ihren Namen, dann versuch ich's mal.« Sein Ärger wich schmeichelnder Nachsicht.

»Laß die Geschichte doch ruhen, Furey. Elena tut doch keinem was. Ihr habt doch jede Menge Morde und Vergewaltigungen und so weiter am Hals, die euch bei Laune halten. Sie wird schon wieder auftauchen, blau und reuig, und ich glaube nicht, daß es bis dahin nötig ist, städtische Gelder für sie hinauszuschmeißen.«

»Wir tun es doch nur, weil Onkel Bobby dir die Peinlichkeit ersparen wollte, sie aus dem Frauengefängnis herauszuholen«, sagte er steif. »Wenn es nach mir ginge, ich würde keine Zeit damit vergeuden, nach ihr zu suchen.«

»Dann ruf ich Bobby an und sag ihm, daß es mir auch egal ist.« Ich hatte die Uhr im Blick und erinnerte mich plötzlich an meine Termine. Verflucht noch mal. Schon seit zwanzig Minuten hätte ich im Daley Center sein und mich um Darrough Grahams Auftrag kümmern sollen.

»Tut mir leid, Michael – ich hab's eilig.«

»Warte, Vic«, sagte er dringlich. »Sag dem Lieutenant nichts. Der reißt mir den Arsch auf, wenn er hört, daß ich mich bei dir über ihn beklagt habe.«

»Okay«, sagte ich gereizt, »aber wenn das so ist, dann hör auf damit, mich auszuquetschen. Sobald ich sie sehe oder von ihr höre, sag ich dir Bescheid. So long.«

Ich knallte den Hörer auf und lief ins Schlafzimmer. Als ich den Reißverschluß der Jeans hochzog, klingelte das Telefon erneut. Erst ließ ich es läuten, dachte, es sei vermutlich Furey, dann beugte ich mich dem Druck der Klingel.

»Ich will Victoria Warchassy sprechen.« Die Stimme mit Akzent gehörte dem Mann bei Alma Mejicana, mit dem ich gestern gesprochen hatte.

Er sagte ›Warchassy‹. Nachdem ich meinen Namen korrekt genannt hatte, fragte ich, wer sie sprechen wolle.

»Hier ist Luis Schmidt, Warchassy. Ein Vögelchen hat mir zugeschwitschert, daß Sie meinem Trupp am Ryan hinterherschnüffeln. Ich rufe an, um Ihnen zu sagen, daß Sie sich um Ihren eigenen Kram kümmern sollen.«

»Ich glaube, Sie haben die falsche Nummer«, sagte ich. Ich nahm den Hörer vom Ohr, während ich mir einen gelben Baumwollpullover über den Kopf zog. »Hier ist niemand namens Warchassy.«

»Das ist nicht Victoria Warchassy? Privatschnüfflerin?« fragte er wütend.

»Ich bin Privatermittlerin, aber mein Nachname lautet ›Warshawski‹.« Ich blieb bei meinem liebenswürdigen Ton.

»Das sage ich doch, Sie Miststück. Ich spreche mit Ihnen. Wenn Sie wissen, was gut für Sie ist, stecken Sie Ihre verfluchte Nase nicht in die Angelegenheiten anderer Leute.«

»Oh, Looey, Looey, eben haben Sie das Zauberwort gesprochen. Ich kann es schlicht und einfach nicht leiden, wenn fremde Männer mich ein Miststück nennen. Nun haben Sie sich jede Menge Interesse an dem eingehandelt, was Alma Mejicana am Ryan wirklich macht.«

»Ich warne Sie, Warchassy. Halten Sie sich aus Sachen raus, die Sie nichts angehen. Oder es könnte Ihnen sehr, sehr leid tun.« Der Hörer wurde auf die Gabel geknallt.

Ich band die Laufschuhe zu und nahm zwei Stufen auf einmal die Treppe hinab. Hinter Mr. Contreras' Tür hörte ich Peppy jaulen. Sie erkannte meinen Schritt und wollte mitkommen. Es war nicht anständig, sie den ganzen Tag bei Mr. Contreras zu lassen, aber ich hatte jetzt wirklich keinen Sinn für sie.

Unter dem Druck der ganzen Anforderungen an mich hätte ich am liebsten geschrien. Der Hund. Furey. Elena. Graham. Meine anderen Klienten. Und jetzt auch noch mein Draufgängertum Luis Schmidt gegenüber. Ach, sollte ihn der Teufel holen wegen dieser Anruferei mit blöden Drohungen.

Wenn ich nur ein paar Kröten hätte zusammensparen können, dann würde ich Ferien machen, dieser Stadt ein halbes Jahr lang den Rücken kehren. Ich knirschte mit den Zähnen, weil das ein sinnloser Gedanke war, und setzte den Chevy mit krachendem Getriebe in Bewegung.

Um drei hatte ich meine erschöpfenden Studien über Leben und Lieben von Grahams Kandidaten für die Stelle des stellvertretenden Marketingleiters abgeschlossen. In meinem Bericht erwähnte ich auch die Tatsache, daß der Kerl außer seiner Frau und einem kleinen Sohn eine feste Freundin hatte. Nicht daß Graham das stören würde. Mich hätte das fünfzehn Kilometer in die entgegengesetzte Richtung getrieben, aber Graham war der Meinung, daß das, wa sich unter der Gürtellinie abspielte, mit der beruflichen Leistung nichts zu tun habe.

Erst als ich den Bericht getippt und per Kurier auf die andere Seite des Loop geschickt hatte, nahm ich mir Zeit für die Essenspause. Bis dahin hatte mir der Hunger quälende Kopfschmerzen bereitet, aber insgesamt fühlte ich mich besser, weil ich einen wichtigen Auftrag aus meinem Terminplan ausstreichen konnte.

Ich ging in ein vegetarisches Café um die Ecke und aß eine Suppe und eine Schale Joghurt. Damit war gut für den Hunger gesorgt, aber die Kopfschmerzen nahmen zu. Ich versuchte, sie zu ignorieren, zwang mich, an Luis Schmidt und seine Wut über meinen Besuch auf der Ryan-Baustelle zu denken. Mein Kopf tat für Logik zu weh. Als ich den Chevy aus der Tiefgarage holte, wollte ich nur nach Hause fahren und mich ins Bett legen. Aber es quälte mich immer noch, daß ich in den letzten Tagen soviel Zeit vergeudet hatte. Ich schleppte mich nach Norden zu Saul Seligmans Haus.

Er war nicht begeistert, als er mich sah. Er wollte mir auch keine Bilder seiner Kinder geben. Ich brauchte die letzten Reserven meiner Energie, um dem stechenden Schmerz, der hinter meinen Augen pochte, zum Trotz, sanft und überzeugend zu bleiben.

»An Ihrer Stelle wäre ich auch wütend. Sie haben das Recht, für Ihre Prämien Leistung zu erwarten. Leider gibt es einfach zu viele unehrliche Leute, und das führt dazu, daß die redlichen darunter leiden müssen.«

In diesem Ton ging es eine Dreiviertelstunde lang hin und her. Schließlich machte Seligman eine ärgerliche Geste, ging hinüber zu seinem massigen Sekretär und schob den Rolldeckel hoch. Ein Stapel Papiere ergoß sich auf den Boden. Er ignorierte sie und wühlte hinter den restlichen Papieren in einer Schublade, bis er ein Foto fand.

»Ich nehme an, Sie bleiben hier, bis es dunkel ist, wenn ich Ihnen das nicht gebe. Ich will eine Quittung. Und dann gehen Sie, lassen Sie mich in Ruhe. Kommen Sie erst wieder, wenn Sie mir sagen können, daß Sie meinen Namen von jedem Verdacht gereinigt haben.«

Es war ein Gruppenbild, aufgenommen auf irgendeinem Familienfest. Seine Töchter standen in der Mitte, rechts und links von seiner Frau, während Rita Donnelly und zwei andere junge Frauen sie flankierten. Das waren vermutlich ihre Töchter, aber zu diesem Zeitpunkt war mir das ziemlich egal – ich hatte inzwischen Schwierigkeiten, klar zu sehen.

Ich zog einen kleinen Notizblock aus meiner Tasche und schrieb für Seligman das Datum und eine Beschreibung des Bildes auf. Die Buchstaben tanzten beim Schreiben über das Papier; ich war mir nicht sicher, ob die Notiz einen Sinn ergab. Seligman steckte sie in den Sekretär, schob den Rolldeckel zu und drängte mich hinaus.

Ich fuhr mit mehr Glück als Geschick nach Hause. Als ich dort ankam, zitterte ich und schwitzte. Ich gelangte irgendwie die Treppe hinauf und ins Bad, ehe mir schlecht wurde. Danach fühlte ich mich etwas besser, aber ich schlich ins Bett, zog ein dickes Sweatshirt und Socken an und kroch unter die Decke. Als mir warm wurde, entspannten sich die verkrampften Muskeln im Nacken, und ich fiel in einen tiefen, betäubten Schlaf.

Das klingelnde Telefon brachte mich langsam wieder ins Leben zurück. Der Schlaf war so tief gewesen, daß es eine Weile dauerte, bis ich das Geräusch mit etwas außerhalb von mir in Verbindung brachte. Nachdem ich das Klingeln lange in meine Träume eingewoben hatte, trieb mein Verstand schließlich träge ins Bewußtsein zurück. Ich fühlte mich neugeboren, wie einem zumute ist, wenn ein heftiger Schmerz aus dem System verschwunden ist, aber das hartnäckige Klingeln ließ nicht zu, daß ich dies Gefühl genoß. Schließlich streckte ich den Arm aus und griff nach dem Hörer.

»H'lo?« Ich sprach mit schwerer Zunge.

»Vicki? Vicki, bist du's?«

Es war Elena, heftig weinend. Ich schaute resigniert auf die Uhr: zehn nach eins. Nur Elena brachte es fertig, mich um diese unchristliche Zeit zu wecken.

»Ja, Tantchen, ich bin's. Beruhige dich, hör auf zu weinen und sag mir, was los ist.«

»Ich – oh, Vicki, ich brauche dich, du mußt kommen und mir helfen.«

Sie war wirklich in Panik. Ich setzte mich auf und schlüpfte in die Jeans, die auf dem Fußende des Bettes lagen. »Sag mir, wo du bist, und was für Ärger du hast.«

»Ich –oh...« Sie schluchzte laut, dann war ihre Stimme weg.

Einen Augenblick glaubte ich, die Leitung sei unterbrochen, aber dann begriff ich, daß sie die Sprechmuschel zuhielt. Oder jemand anders hielt sie zu. War sie weggelaufen, und ihre Verfolger hatten sie eingeholt? Ich wartete in quälender Unentschlossenheit, wolle auflegen und Furey anrufen, wollte nicht auflegen, bis ich sicher war, daß die Leitung unterbrochen war. Aber ich hatte keine Ahnung, wohin ich die Polizei schicken sollte, also wartete ich. Nach einer Weile, die meinem Herzen hart zusetzte, war sie wieder da.

»Ich bin weggelaufen«, schnüffelte sie klagend. »Die arme kleine Elena hat Angst bekommen und ist weggerannt.«

Sie hatte also gar keine Todesangst gehabt, nur ihren Auftritt geprobt. Ich mußte mich anstrengen, damit mein Ton leicht blieb. »Ich weiß, daß du weggelaufen bist, Tantchen. Aber wohin bist du gerannt?«

»Ich habe in einem alten Gebäude in der Nähe vom Indiana Arms gewohnt. Es steht seit Monaten leer, aber manche Zimmer sind noch in ganz gutem Zustand, man kann dort schlafen, und niemand sieht einen. Aber jetzt haben sie mich gefunden, Vicki, die bringen mich um, du mußt kommen und mir helfen.

»Bist du jetzt in dem Gebäude?«

»An der Ecke ist ein Telefon«, schluckste sie. »Die bringen mich um, wenn sie mich sehen. Tagsüber traue ich mich nicht hinaus. Du *mußt* kommen, Vicki – sie *dürfen* mich hier nicht finden.«

»Wer will dich umbringen, Elena?« Es wäre mir lieber gewesen, wenn ich ihr Gesicht hätte sehen können, statt sie nur zu hören – es war unmöglich herauszufinden, wieviel Wahrheit in ihrem Geschwätz steckte.

»Die Leute, die hinter mir her sind«, schrie sie. »Komm doch, Vicki, hör auf, so viele gottverfluchte Fragen zu stellen, du benimmst dich ja wie ein gottverfluchter Steuereintreiber.«

»Okay, okay«, sagte ich beruhigend, in dem Ton, in dem man mit Kleinkindern spricht. »Sag mir, wo das Gebäude ist, und ich bin in einer halben Stunde dort.«

»Schräg gegenüber vom Indiana Arms.« Sie hatte sich so weit beruhigt, daß sie leise tremolierend schluchzte.

»Indiana Avenue oder Cermak Road?« Ich band mir die Laufschuhe zu.

»In-Indiana. Kommst du?«

»Schon unterwegs. Bleib, wo du bist, am Telefon. Ruf 911 an, wenn du glaubst, daß wirklich jemand kommt.«

Ich knipste die Nachttischlampe an, wählte Fureys Privatnummer und trug das Telefon zum Schrank hinüber. Es klingelte fünfzehnmal, ehe ich aufgab und es auf dem Revier versuchte. Der Mann vom Nachtdienst sagte, Michael sei nicht da. Auch Bobby, Finchley und McGonnigal waren nicht da.

Ich zögerte, schloß den Safe auf der Rückseite des Schranks auf, in dem ich meine Smith & Wesson aufbewahre. Ich erklärte, Bobby wolle, daß Elena gefunden werde, und habe Michael darauf angesetzt, nach ihr Ausschau zu halten.

»Sie hat mich eben von einem leerstehenden Haus in der Indiana Avenue angerufen. Sie sagt, sie ist in Gefahr – ich weiß nicht, ob das stimmt, aber ich bin unterwegs dorthin, um sie zu holen. Ich möchte, daß Furey und der Lieutenant das erfahren.«

Er versprach, Michael über Funk anzurufen und ihm die Adresse zu geben. Ich stellte das Telefon auf den Schrankboden, während ich das Magazin überprüfte. Es war voll, und die neunte Kugel steckte im Lauf. Ich vergewisserte mich sorgfältig, daß die Pistole gesichert war, hängte den Schulterhalfter über mein Sweatshirt und ging.

Als ich ins Erdgeschoß kam, fing Peppy hinter Mr. Contreras' Tür eifrig zu bellen an. Sie hatte mich den ganzen Tag nicht gesehen, ihr hatte das Laufen gefehlt, und sie war fest entschlossen, mich nicht allein gehen zu lassen. Ihr Gebell folgte mir auf dem Weg zur Straße.

Als ich in den Chevy stieg, steckte Vinnie den Kopf aus dem Vorderfenster. Er schrie etwas, aber ich war schon unterwegs und verstand es nicht.

Ich fuhr zum Lake Shore Drive. Über den Dan Ryan Expressway wäre ich schneller ans Ziel gekommen, aber im Dunkeln fühlte ich mich den Baustellen und Umleitungen nicht gewachsen. Aus demselben Grund bog ich an der Congress Street vom Drive ab und fuhr die Michigan Avenue entlang, statt mich um die Baustellen hinter dem McCormick Place herumzuschlängeln.

Der Mond war fast voll. Als ich die Straßenlampen auf der Südseite der Michigan Avenue hinter mir gelassen hatte, schuf sein kaltes Licht schwarzweiße Standfotos, beleuchtete Objekte, die pechschwarze Schatten warfen, mit unnatürlicher Helligkeit. Ich fühlte mich noch etwas schwach, weil mir schlecht gewesen war und ich in den letzten vierundzwanzig Stunden nur einmal gegessen hatte, aber mein Kopf war wunderbar klar. Ich konnte jeden Betrunkenen auf den Bänken im Grant Park ausmachen, und als ich in die Cermak Road einbog und dann in die Prairie Avenue, sah ich sogar die Ratten, die über die leeren Grundstücke huschten.

Im Mondlicht wirkte Near South Side wie Berlin nach dem Krieg, um die starren Gerippe von Lagerhäusern und Fabriken Berge aus Backsteinschutt. Als ich an der Kreuzung zwischen Twenty-first Street und Prairie Avenue ausstieg, machte mich die Trostlosigkeit des Anblicks schaudern. Ich holte eine Taschenlampe aus dem Kofferraum und steckte sie in die Jackentasche.

Ich nahm die Smith & Wesson aus dem Schulterhalfter und schlich mit der Pistole in der rechten Hand durch die Schatten auf der Twenty-first Street. Ich war so nervös, daß ich auf eine Straßenkatze zielte. Sie fauchte mich an, ihre Augen glitzerten im Mondlicht, als sie an mir vorbeilief.

Mein Herz hämmerte, aber trotzdem fragte ich mich, wieviel von Elenas Panik ich glauben sollte. Ich erinnerte mich an die vielen Male, die sie Tony mit dringlichen Hilferufen aus dem Bett geholt hatte, deren Anlässe sich dann als Ausgeburten ihres Säuferwahns erwiesen hatten. Das hier konnte durchaus eine weitere solche Nacht werden – vielleicht hätte ich Furey nicht alarmieren sollen.

Die hartnäckigen Zweifel machten mich nicht unvorsichtig. Als ich in die Indiana Avenue kam, blieb ich eine Weile im Schatten einer aufgelassenen Autoersatzteilhandlung stehen, nur Auge und Ohr für irgendeine Bewegung. Ich hatte mir Sorgen gemacht, ob ich Elenas Versteck auf ihre vagen Angaben hin finden könne, aber außer dem Indiana Arms gab es in diesem Straßenstück nur noch eine Hotelpension. Das Mondlicht hob den toten Neonschriftzug des Prairie Shores Hotel hervor, auf halbem Weg bis zur nächsten Kreuzung auf meiner Straßenseite.

Ich hörte ein Rascheln auf der anderen Straßenseite und ging in die Knie, die Pistole wieder im Anschlag, aber es war ein großer Plastiksack, den die allgegenwärtigen Ratten vom restlichen Müll losgerissen hatten. Wider Willen sah ich vor mir, wie ihre gelben Zähne nach meinen bloßen Händen schnappten; meine Hände kribbelten und wirkten unkontrollierbar, und ich steckte sie in die Achselhöhlen. Die Pistole grub sich in meine linke Seite. Ich preßte die Zähne zusammen und ging die Indiana Avenue hinunter.

Mir gegenüber dräute das ausgebrannte Gemäuer des Indiana Arms. Die schneidende Nachtluft trug den beißenden Geruch der verkohlten Balken zu mir her, und ich kämpfte gegen den Niesreiz an. Als ich zur Ecke kam, sah ich das Telefon, aber keine Spur von meiner Tante. Ich schlich ein paarmal auf und ab, versucht, in mein Bett zurückzukehren. Schließlich rückte ich die Schultern gerade und ging auf das Prairie Shores Hotel zu.

Die Fassade war mit Brettern vernagelt; ich lief vorsichtig um das Gebäude herum zur Rückseite. Die Tür dort war mit einer schweren Kette gesichert, aber auf der Nordseite bot ein kaputtes Fenster leichten Zugang.

Ich leuchtete mit der Taschenlampe in die leere Fensterhöhle. Ich sah einen Teil der Speisekammer der alten Küche. Ich richtete das Licht auf alles, was ich vom Inneren sehen konnte. Niemand war da, aber ein Rascheln und sich plötzlich verdunkelnde Schatten oben auf kaputten Schränken verrieten mir, daß meine gelbzähnigen Freunde zur Stelle waren.

Mir wäre wohler gewesen, wenn ich eine Mütze aufgehabt

hätte. Ich versuchte, nicht an die roten Augen zu denken, die mich beobachteten, als ich vorsichtig durch den verbogenen Metallrahmen stieg. Eine Glasscherbe verfing sich im Schritt meiner Jeans. Ich hielt inne, löste den Stoff und lauschte wieder, ehe ich weiterkletterte. Immer noch keine menschlichen Laute.

Innen angelangt schlich ich vorsichtig von der Speisekammer in die Küche. Die alten Fettgerüche hingen noch schwer darin; kein Wunder, daß sich die Ratten für diesen Ort interessierten. Ich verirrte mich in einem Labyrinth von Nebenräumen, kam aber dann zu einer Tür, die zu einer steilen Treppe führte.

Ehe ich hinunterging, blieb ich wieder stehen und lauschte. Ich richtete die Taschenlampe auf jede Stufe, damit ich nicht durch die morschen Bretter brach. Alle paar Schritte rief ich leise nach meiner Tante. Ich hörte nichts.

Am Fuß der Treppe führte ein Flur in einen weiteren Kaninchenbau. Ich schaute in jeden Raum, dessen Tür sich öffnen ließ, sah aber nichts außer verschimmelten Möbeln. Am Ende des Flurs zweigte ein weiterer Gang nach rechts ab. Als ich die Hand ausstreckte, um mich abzustützen, während ich um die Ecke schaute, griff ich ins Leere. Ich schluckte trocken und machte einen Satz rückwärts, aber die Lampe zeigte mir nichts Bedrohlicheres als einen Speiseaufzug.

Ich rief wieder nach Elena, bekam aber noch immer keine Antwort. Ich knipste die Lampe aus, um mich ganz auf mein Gehör zu konzentrieren. Da war nur das Scharren und Quieken der Nagetiere.

Auf Zehenspitzen, die Ohren angestrengt, ging ich den Nebenflur entlang. Eine Reihe von Räumen säumten ihn. Ich schaute in jeden, leuchtete mit der Lampe hinein, rief leise nach meiner Tante. Manche Räume waren leer, aber die meisten waren vollgestopft mit moderndem Abfall aus dem alten Hotel – ausgemusterte Sofas mit herausquellender Polsterung, Matratzen, alte Sprungrahmen. Hin und wieder fing ich eine Bewegung auf, aber wenn ich stehenblieb, sah ich nur rote Augen, die mich anstarrten.

Schließlich kam ich zum Ende des Flurs, wo ein Telefon mit baumelndem Hörer hing. Es war ein altes, schwarzes Modell, die Wählscheibe zeigte nur Buchstaben, keine Zahlen. Als ich den Hörer auflegte und wieder abnahm, kam kein Freizeichen. Der Apparat war so tot wie das Gebäude.

Wut packte mich. Wie konnte sie mir das antun, mich auf eine sinnlose Suche in ein rattenverseuchtes Loch schicken? Ich drehte mich um und marschierte zügig den Flur entlang. Plötzlich war mir, als ob ich meinen Namen hörte. Ich blieb stehen und lauschte angestrengt.

»Vic!«

Es war ein heiseres Flüstern, das aus einem Raum zu meiner Linken kam. Ich glaubte, ich hätte dort hineingeschaut, aber ich war mir nicht sicher. Ich stieß die Tür auf und ließ die Taschenlampe über den Haufen alter Möbel wandern. Auf einem in die Ecke hineingekeilten Sofa lag eine unförmige Masse. Sie war mir bei meinem ersten flüchtigen Blick in den Raum entgangen.

»Elena!« rief ich laut. »Bist du da?«

Ich kniete mich neben die Couch. Meine Tante lag auf der Seite, in eine dreckige Decke gewickelt. Ihr Matchsack lehnte an der Wand, und das violette Nachthemd quoll noch immer heraus. Erleichterung und Wut durchliefen mich gleichzeitig. Wie konnte sie nur besoffen wegsacken, nachdem sie mich derart dringlich zu Hilfe gerufen hatte?

Ich schüttelte sie grob. »Elena! Wach auf. Wir müssen weg.«

Sie reagierte nicht. Ihr Kopf wackelte leblos, als ich sie schüttelte. Mir wurde flau im Magen, und ich legte sie sanft wieder hin. Sie atmete noch, in kurzen, flachen Schnarchlauten. Ich befühlte ihren Kopf. Am Hinterkopf war eine weiche, geschwollene Beule. War sie hingefallen, oder hatte jemand ihr einen Schlag versetzt?

Ich hörte eine Bewegung hinter mir. In Panik riß ich die Pistole aus dem Halfter. Ehe ich auf die Beine kam, zerbarst die Nacht um mich herum in tausend Lichtpunkte, und ich fiel ins Schwarze.

25 Die Dame ist nicht fürs Feuer

Meine Kopfschmerzen waren mit voller Wucht zurückgekommen. Ich versuchte verzweifelt, mich zu übergeben. Mein leerer Magen produzierte nur etwas Galle, wodurch mir noch übler wurde. Mir war so schlecht, daß ich mich nicht bewegen wollte, aber ich wußte, daß mir besser wurde, wenn ich in die Küche ging, mir eine Kompresse auf den schmerzenden Kopf legte und Cola trank. Meine Mutter hatte mir gegen Magenschmerzen immer löffelweise Cola eingeflößt, ein Wundermittel.

Ich setzte mich auf und empfand einen so stechenden Schmerz, daß ich aufschrie. Und unter dem Schmerz begriff ich, daß ich nicht zu Hause im Bett war – ich hatte auf einer Couch gelegen, die so übel stank, daß ich es nicht einmal des schmerzenden Kopfes wegen über mich brachte, mich wieder zurückzulegen.

Ich saß mit dem Kopf auf den Knien da. Es war eine Couch ohne Kissen. Als ich vorsichtig die Hand ausstreckte, spürte ich die herausquellenden Büschel der Polsterung. Die tastende Hand berührte ein Bein. Ich zuckte so schnell zurück, daß die Lichter mir wieder vor den Augen tanzten und ich würgte. Als sich die Krämpfe legten, langte ich vorsichtig hin und spürte es wieder. Eine dünne, knochige Kniescheibe, der Saum eines dünnen Baumwollkleides.

Elena. Sie hatte mich angerufen, mich zum ausgebrannten Gemäuer des Indiana Arms bestellt. Und dann? Wie war ich bewußtlos geworden? Das Denken tat weh. Ich hob die Hand und berührte die schmerzende Stelle. Eine schöne Beule, von der Konsistenz roher Leber und genauso appetitlich. War ich geschlagen worden? Oder hingefallen? Ich konnte mich nicht erinnern, und der Versuch war viel zu anstrengend.

Aber auch Elena war verletzt. Oder sinnlos betrunken. Ich tastete in der Dunkelheit nach ihrem Brustkorb. Ich spürte ihr Herz unter dem dünnen Stoff. Es schlug flach und unregelmäßig. Und sie hatte eine Kopfverletzung. Sie war geschlagen worden, jemand hatte meinen Namen gerufen, damit ich glaubte, sie rufe nach mir, und die ganze Zeit hatte sie bewußtlos hier gelegen. Und dann hatte er (sie? das heisere Flüstern hatte nach Elena geklungen) mich bewußtlos geschlagen.

Ich war froh darüber, daß ich mich an die Ereignisse der Nacht erinnerte, und saß eine Weile reglos da. Mein Gedächtnis war jedoch nicht ganz in Ordnung. Ich war nicht ins Indiana Arms gekommen, sondern in ein aufgelassenes Hotel auf der anderen Straßenseite. Nur der beißende Rauchgeruch hatte mich auf den Gedanken gebracht, ich sei in Elenas alter Pension.

Ich lehnte mich gegen die verdreckten Polsterreste, um meine Augen auszuruhen. Der beißende Geruch ging nicht weg. Ich hatte nicht den Eindruck gehabt, der Wind sei heute nacht so stark, daß er Asche über die Straße wehte, und außerdem, wie intensiv war der Brandgeruch zwei Wochen später? Etwas anderes brannte, ein anderer Teil der Near South Side ging in Rauch auf. Nicht mein Problem. Mein Problem war, wieder soweit auf die Beine zu kommen, daß ich hier herauskam.

Ich hatte eine Taschenlampe mitgebracht. Ich kämpfte gegen die Übelkeit an und ging auf alle viere, um sie zu suchen. Während ich über den stinkenden Boden kroch, stieß ich gegen ein Stück hartes Metall. Meine Pistole, begriff ich, nachdem ich blind danach getastet hatte. Ich hob die Smith & Wesson auf. In der Dunkelheit prüften meine Finger mechanisch, ob sie gesichert war, ehe ich sie in das Schulterhalfter steckte.

Ich fand die Taschenlampe nicht, nur Stücke eines zernagten Kissens. Als ich einen warmen kleinen Körper berührte, konnte ich einen Aufschrei nicht unterdrücken. Ich kam wankend hoch; in meinem Kopf drehte sich alles. Ich konnte mich nicht dazu zwingen, weiter den Boden abzusuchen. Wir mußten den Weg im Dunkeln finden.

Ich tappte im Raum herum, stolperte über namenlose Formen, stieß mit soviel Wucht gegen Sprungfedern, daß ich mir die Rippen prellte und Tränen über mein Gesicht strömten.

Gut. Das ist gut, V. I. Der Schmerz in der Seite wird dich davon abhalten, dich mit deinem blöden Kopf zu beschäftigen. Das hilft dir gar nichts, beachte ihn nicht. Oder noch besser, schraub ihn ab und laß ihn auf der Couch liegen.

Als ich schließlich die Tür fand, brachte ich sie nicht auf. Ich zog mit aller Kraft daran, bewegte sie aber kein Stück vom Fleck. Vielleicht machte ich es falsch, vielleicht ging sie nach außen auf. Aber mein ganzes Geschiebe half nichts. Ich war eingeschlossen.

Ich hätte mich am liebsten auf den Boden gesetzt und vor Ärger geheult, aber der Gedanke an die warmen kleinen Fellbälle hielt mich auf den Beinen. Es ist okay, Vic, es ist ein lösbares Problem. Du tust dir nur leid, weil dein Kopf schmerzt.

Ich zog die Smith & Wesson aus dem Halfter, entsicherte sie, hielt sie ans Schlüsselloch und schoß. Der Rückstoß fuhr mir in den Arm und zerrte meine Schulter. Der Knall in dem kleinen Raum hallte wahnsinnig in meinem angeschlagenen Kopf wider, brachte Spiralen vor meinen geschlossenen Augen zum Tanzen.

Als ich es wieder an der Tür versuchte, brachte ich sie zum Rütteln, aber sie ging nicht auf. »Komm schon, blödes Hirn, denk«, forderte ich mich laut auf. Wenn die Tür nicht aufging, nachdem ich das Schlüsselloch zerschossen hatte, mußte sie zugenagelt sein, nicht abgeschlossen. Ich war zu erschöpft, um herauszufinden, wo die Nägel saßen, und um sie herum zu schießen. Ich jagte vier Schüsse in die Angeln, wappnete mich jedesmal gegen den Rückstoß, den Knall. Nach dem letzten Schuß war die Luft so rauchig, dröhnte mein Kopf derart, daß ich in die Knie ging. Ich kotzte noch mehr Galle und ruhte mich aus, japste nach Luft, versuchte, meinen vibrierenden Kopf zur Ruhe zu zwingen.

Als ich schließlich wieder auf die Beine kam, stieß ich gegen die Tür. Nun war ich so schwach, daß ich nicht viel Kraft in den Stoß legen konnte, aber ich spürte, wie die Tür etwas nachgab. Ich steckte die Pistole in den Halfter zurück, holte tief Luft und rammte die rechte Schulter gegen die Tür. Auf der anderen

Seite splitterte etwas. Ich stieß wieder zu und spürte, wie die ganze Füllung nachgab. Ich streckte den Arm aus, um nachzuforschen, und stellte fest, daß das morsche Holz gebrochen und ein großes gezacktes Loch entstanden war.

Als ich mich gegen den Türpfosten lehnte, um Luft zu holen und meinen Kopf zu beruhigen, kam es mir so vor, als sei der Rauch im Flur stärker als im Raum: Das war kein Pistolenrauch, das war ein Brand.

Ich roch den Rauch, seit ich zu mir gekommen war, weil das verfluchte Gebäude brannte. Kein Überbleibsel vom Indiana Arms. Ein frisches, neues Feuer, eigens für mich gelegt. Das Gebäude, in dem ich war, brannte. Jemand hatte mich bewußtlos geschlagen, in den Raum gesperrt und Feuer gelegt. Im Prairie Shores Hotel, so war der Name. Ich sah es vor mir, wie der tote Neonschriftzug leicht in der Nachtluft schwankte.

Ungeheuer hilfreich, daß du dich mit deinem letzten Gedanken beglückwünschen kannst, du hast deinem trägen Gehirn immerhin den Namen entrissen. Versuch's lieber mit etwas Arbeit. Sonst wühlt Robin Bessinger morgen früh im Schutt nach deinen verkohlten Knochen.

Ich ging zurück zu meiner Tante, versuchte mir auszudenken, wie ich sie hochbringen konnte. Vom Denken tat mir der ganze Kopf weh. Ich mußte gegen den überwältigenden Impuls ankämpfen, mich hinzulegen und auszuruhen, auf die Chance zu vertrauen, daß ich rechtzeitig wieder aufwachte.

Elena wog nicht viel, aber selbst wenn ich in Form gewesen wäre, ich hätte sie nicht weit tragen können. Ich befürchtete, ich könnte ihr, in ihrem verletzten Zustand, falls ich sie mitschleifte, den Rest geben, aber welche Wahl hatte ich? Falls ich sie auf der Matratze liegenließ... Das mochte noch schwieriger sein, aber die Matratze wäre ein guter Schutz, falls wir durch Feuer mußten.

Die Matratze hatte Griffe an beiden Seiten, aber nicht an den Schmalseiten. Ich nahm die Schlüssel aus der Hosentasche und riß zwei Schlitze in den Bezug. Falls der Stoff nicht riß, mußte das reichen. Ich stolperte zu Elenas Matchsack hinüber und zerrte die Tragriemen heraus. Schon diese Anstrengung brachte mich zum Keuchen und schickte wieder eine Welle von Schmerz durch mein Gehirn. Ich mußte mich gegen die Wand lehnen, ehe der Schmerz sich so weit legte, daß ich gehen konnte.

Ich zog den Riemen durch die Schlitze im Matratzenbezug. Ehe ich mit der Schlepperei anfing, kniete ich mich noch einmal hin und fühlte nach Elenas Herz. Es schlug immer noch, unregelmäßig.

Ich legte mir den Matchsackriemen um die Schultern und zurrte die Enden um die Taille. Ich beugte mich leicht vornüber gegen das Gewicht in meinem Rücken und schleppte die Matratze zur Tür. Als ich so weit war, ließ ich den Riemen los und manövrierte die Matratze sacht von Hand auf den Flur – ich wollte nicht, daß sich Elena an der zersplitterten Tür den Kopf anstieß.

Auf dem Flur begann der Weg, der zum Alptraum wurde. Um uns herum quiekten die Ratten, vom Feuer verstört, und versuchten, tief in die Eingeweide des Gebäudes einzudringen. Sie liefen mir ständig über die Füße. Ich wußte, daß sie auch über die Matratze, über den Körper meiner Tante krochen. Bei dem Gedanken schauderte mir, und ich war einer Ohnmacht nahe.

Ich stützte mich mit der Hand an der Wand ab und zwang mich zu einem klaren Kopf, zwang mich, das, was sich hinter mir abspielte, zu verdrängen, zwang mich, die Schmerzwellen in den Hinterkopf zu verbannen. Rauch drang durch den Flur und auf mich zu und benebelte mich noch mehr. Ich wollte mich hinsetzen, hatte aber zuviel Angst vor den Nagetieren, die auf dem Boden um Atem rangen, als daß ich es über mich gebracht hätte.

Ich war fast an der Kellertreppe. Wenn der Rauch dichter wurde, hieß das, daß der Brandherd oben an der Treppe war, und dann würde ich es durch das Labyrinth nicht zu einem Ausgang schaffen.

Die Tränen strömten mir aus den Augen. Meine Kehle war

rauh, und ich spürte eine quälende Enge in der Brust, wenn ich einatmete. Vielleicht hätte ich es allein geschafft, wenn ich mit dem Sweatshirt um den Kopf nach oben gerannt wäre, aber wenn ich das mit Elena versuchte, würden wir beide sterben.

Beweg dich, Vic. Steh nicht hier herum, geh zurück, leg dich wieder ins Geschirr, brave Kuh, dreh dich um und zieh. Unten an der Treppe stand eine Tür offen. Ich hatte gerade noch soviel Verstand, sie zuzumachen, ehe ich meine Last wieder aufnahm und weiter den Flur entlangging.

Meine Arme zitterten von der Überanstrengung. Ich konnte mich nicht an Gedichte erinnern, deshalb rezitierte ich Seilhüpfverse, um meinen Bewegungen einen Rhythmus zu geben und mich von meinem erschöpften Körper abzulenken.

»Tanz, Mädchen, tanz, hüpf auf deinen Füßen.« Aber wohin hüpfen? Ich konnte mich an keine weiteren Türen in diesem Teil des Kellers erinnern, in dem wir in der Falle saßen. Dann, an der Kreuzung der beiden Flure, fiel mir der Speiseaufzug ein, den ich zufällig entdeckt hatte.

Ich tastete mit der Hand in den Schacht und erforschte ihn. Er war geräumig, mußte ursprünglich eher als Lastenaufzug genutzt worden sein, mit dem Mobiliar aus dem Keller nach oben gebracht worden war. Als das Hotel gebaut wurde, stand es in Chicagos exklusivster Gegend. Jede Menge Wäsche und Einrichtungsgegenstände wurden gebraucht, und vor der Elektrifizierung war das ein ideales Transportmittel gewesen.

Falls das Feuer innerhalb des Gebäudes gelegt worden war, war der Schacht auch ein idealer Weg für die Flammen. Aber wenn es außen angefangen hatte und sich nach innen vorarbeitete, hatten wir vielleicht eine Gnadenfrist. Es war natürlich möglich, daß die Ratten längst die Seile durchgenagt hatten. Alles ist möglich, Warshawski, hatte mein alter Lateinlehrer immer gesagt. Ich will wissen, was *wirklich* ist.

Ich zog Elena von der Matratze und hievte sie mühsam über die schmerzende Schulter. »Auf geht's, Tantchen. Entspann dich und atme normal.«

Ich ließ sie in den Kasten gleiten. Er war so hoch, daß sie

aufrecht darin hätte sitzen können, aber ich legte sie auf die Seite. Ich schaute dorthin, wo die Matratze lag. Mit leichtem Gepäck reisen oder mein einziges Werkzeug bei mir behalten? Ich hob sie auf und faltete sie zu einem sperrigen Bündel neben meiner Tante zusammen, vergewisserte mich, daß Elena noch genug Luft zum Atmen hatte. Schließlich stellte ich einen Fuß in den Kasten und schwang mich nach oben.

Die Oberfläche war überzogen mit fettigem Staub und mit Krümeln, die vermutlich Rattenkot waren. »Aber hier gibt es keine Ratten, Tantchen, weil die alle so schlau waren, sich unter dem Gebäude einzugraben. Wir lassen das alles unter uns.«

Ich tastete im Dunkeln nach den Seilen, fand eins und zog daran. Es knarrte unheilverkündend, aber der Kasten bewegte sich nicht. Die Spannung war jedoch noch da – irgendwohin führte das Seil. Ich zog wieder daran und spürte, daß der Kasten leicht schwankte. Vielleicht hatte ich das falsche Seil erwischt. Ich hielt es mit der linken Hand fest und tastete in der Dunkelheit mit der rechten in der Luft herum. Schließlich fand ich ein zweites Seil auf der anderen Seite des Schachts.

Ich verlagerte mein Gewicht auf beide Seiten des Kastens und zog mit beiden Händen. Unter mir ruckte der Aufzug hoch und setzte sich in Bewegung. Es war eine langsame, mühselige Arbeit. Das Seil brannte sich in meine bloßen Handflächen ein. Mein Bizeps war inzwischen ohnehin schon windelweich geworden und wehrte sich entschieden gegen den Gedanken, noch mehr arbeiten zu müssen. »Du stehst mit dem Rücken zur Wand – geh raus und heiz denen ein, Vic«, verspottete ich mich, dann ging ich wieder zu Seilhüpfliedern über.

Ich hatte mein Repertoire zweimal absolviert, als wir schließlich die Öffnung im Erdgeschoß erreichten. Die Tür war zu. Als ich sie berührte, war sie brennend heiß. Ein schlechter Fluchtweg. Ich schaute nach oben, aber das war müßig. Meine Augen waren zwar an die Dunkelheit gewöhnt, konnten aber trotzdem nichts erkennen.

Ich begann wieder an den Seilen zu ziehen, streckte immer wieder die Hand aus, um mich zu vergewissern, daß ich nicht gegen die Decke krachte. Die Schmerzen in meinem Kopf waren übergegangen in ein leichtes, fernes Gefühl, als triebe die obere Hälfte meines Kopfes ein paar Kilometer weit entfernt von meinem Körper im Wasser. Jedesmal, wenn ich jedoch mit der Plackerei aufhörte und danach tastete, stürzte mein Kopf krachend auf mich zurück. War es so, wenn man Heroin spritzte? Hatte sich Cerise deshalb auf der Rapelec-Baustelle verkrochen, damit sie das empfand – wie ihr Kopf über ihrem Körper schwebte?

»Vierundzwanzig Räuber klopften an der Tür, vierundzwanzig Räuber wollten was von mir. Sie wollten dieses und sie wollten das –« die Worte strömten aus mir heraus, gegen meinen Willen, als ich ihren Klang schon lange nicht mehr ertragen konnte. In der Dunkelheit sah ich Feuerräder durch den Aufzugschacht wirbeln, blendende Lichtbündel auf meiner ausgebrannten Netzhaut. Zukunft und Vergangenheit verschmolzen zu einer endlosen Gegenwart, der Gegenwart des Seils, dieser Muskeln jenseits der Erschöpfung, diesem wunde Hand über wunde Hand, diesem unerträglichen Klang meiner Stimme, die Kinderreime von sich gab.

Plötzlich ließ sich das Seil nicht mehr bewegen. Ein paar Sekunden lang riß ich daran, wollte die automatisierten Bewegungen nicht wieder aufgeben. Dann begriff ich. Die Fahrt war zu Ende. Wenn wir hier nicht rauskamen, waren wir geliefert.

Ich setzte mich auf den Kasten. Meine Knie waren steif von der Schinderei und meldeten stechend Protest an, als ich sie plötzlich beugte. Ich lehnte mich hinunter und tastete nach der Aufzugtür. Sie fühlte sich kühl an. Ich drehte mich um, kletterte in den Kasten und quetschte mich neben die Matratze.

Die Tür klemmte, war aber nicht abgeschlossen, wie ich zuerst befürchtete. Ich stützte mich an der Matratze ab und trat so kräftig gegen die Tür, wie ich das mit den wackligen Beinen konnte. Die Tür knarrte. Ich zog die Knie an die Brust, mißachtete den pochenden Schmerz und stieß mit aller Kraft zu. Die Tür flog aus dem Rahmen.

Ich rutschte hinaus und drehte mich nach meiner Tante um.

Durch die Jahre, in denen sie Raubbau mit ihrem Körper getrieben hatte, war er widerstandsfähig geworden – sie blieb bewußtlos, aber die flachen, unsicheren Schnarchlaute waren noch immer zu hören.

Ich lehnte sie gegen die Wand und zwang meine müden Beine, den Flur entlangzugehen. Jetzt, wo wir über der Erde waren, warfen der Vollmond und die Straßenlaternen einen schwachen Lichtschein auf die Wände, so daß ich mir den Weg nicht mehr ertasten mußte. In der Ferne hörte ich das tiefe, erregte Tuten der Feuerwehr. Jetzt mußte ich nur noch ein Fenster finden, an dem sie mich sehen konnten.

»Liebe, Liebe, Himmelsmacht«, sang ich leise vor mich hin, »bricht sich Bahn bei Tag und Nacht.« Ich lief Schlittschuh, bewegte mich so mühelos, daß ich fast schwebte. Mein Vetter Bum-Bum und ich waren verbotenerweise auf der zugefrorenen Lagune, drehten uns im Kreis, bis uns schwindlig wurde. Wir durften nicht dorthin, niemand wußte, wie dick das Eis war, wenn es gebrochen wäre, dann wären wir bestimmt ertrunken, weil niemand da war, der uns hätte retten können. Wer als erster aufgab, war ein Feigling, und ich wollte meinem Vetter gegenüber kein Feigling sein. Er war ein besserer Schlittschuhläufer als ich, aber er war nicht zäher.

Er war irgendwo in meiner Nähe, das wußte ich, aber ich konnte ihn nicht finden. Ich lief und lief weiter auf dem Eis, rief seinen Namen, machte jede Tür auf, sah ihn aber nicht. Ich kam zu einem Fenster und starrte hinaus auf eine Plattform aus Metall. Ich dachte, Bum-Bum sei hinter mir, aber als ich mich umdrehte, war er verschwunden. Als ich wieder auf das Fenster schaute, sah ich nur mein Spiegelbild. Hinter der Scheibe war eine Feuertreppe.

Ich kämpfte mit dem Fenster, aber es war mit Farbe verklebt. Ich schaute mich nach einem Werkzeug um, aber der Raum war völlig kahl. Ich hob das zitternde rechte Bein und trat so kräftig zu, wie ich konnte. Das alte Glas bebte und bekam Sprünge. Ich trat noch einmal zu, und die ganze Scheibe gab nach.

Ich schaute hinunter. Unter mir brannte das Gebäude stetig,

und Flammen züngelten nach oben. Wir waren im zweiten Stock, und wir mußten schnell hinunter. Die Feuertreppe war auf der Rückseite. Die Feuerwehrautos, die ich in der Ferne hörte, mußten auf der anderen Seite sein.

Ich schlich über die kilometerlangen Flure zurück, bis ich zu Elena kam, die immer noch unter dem Aufzug schnarchte. Ich zog die Matratze aus dem Kasten und legte Elena wieder darauf. Irgendwann würde mein Körper bestimmt aufgeben, würde den sinnlosen Befehlen eines herrischen Verstands nicht mehr gehorchen. Ich peitschte mich vorwärts, ein gutes Schlachtroß, alt und dem Zusammenbruch nahe, das auf den letzten Ruf zu den Waffen noch immer reagierte.

Als ich wieder an der Feuertreppe war, wickelte ich mein Sweatshirt um den rechten Arm und schlug den Rest der Scheibe heraus. Dann schob ich Elena auf den Boden, zog ihre Matratze an die Feuertreppe, hob Elena hoch, während meine Achillessehnen und mein Rücken empört aufschrien, und legte sie wieder auf die Matratze.

»Du mußt hier auf mich warten, Tantchen. Ich komme wieder, atme tief und hab keine Angst. Ich muß Hilfe holen, ich kann dich nicht allein tragen.«

Langsam, mit tonnenschweren Beinen, schleppte ich mich die Treppe hinunter, durch die Rauchwolke, über den Punkt hinaus, an dem ich noch etwas spürte, an den Ort, wo Atem und Sicht nur noch ein fester Punkt aus Schmerz waren, fand das Ende der Treppe, schwang mich hinunter, spürte, wie die letzte Stufe nachgab und ich meine Füße über den Boden schleppte.

Ich lief durch den Rauch und wankte um das Gebäude herum. Dort war ein Menschenauflauf. Feuerwehrmänner, Gaffer, Polizisten und ein Uniformierter, der auf mich zukam und mir streng erklärte, das Gebäude sei gefährlich, niemand dürfe hinter die Polizeiabsperrung.

»Meine Tante«, ächzte ich. »Sie ist oben an der Feuertreppe auf der Rückseite. Wir waren im Keller, als der Brand ausbrach. Sie müssen sie holen.«

Er verstand mich nicht, und ich wandte mich an einen Feuerwehrmann, der dabei half, einen schweren Schlauch zu dirigieren. Ich zog an seinem Ärmel, bis er sich gereizt umdrehte. Ich gestikulierte und stöhnte, bis jemand mich verstand und ein kleiner Trupp in den Rauch hineinrannte.

26 Ärztliche Anordnung

»Was soll denn das, warum hast du dich angezogen?« Lotty Herschel sprach so scharf, daß es fast unfreundlich war.

»Ich will nach Hause.« Es war eine Strapaze gewesen, mich mit zwei in Gaze gewickelten Händen anzuziehen. »Du weißt, daß ich Krankenhäuser hasse – dorthin werden Menschen zum Sterben geschickt.«

»Jemand hätte diese Kleider verbrennen sollen«, sagte Lotty eisig. »Die stinken so übel, daß ich es kaum aushalte, bei dir im Zimmer zu sein.«

»Das liegt am Blut und am Rauch«, erklärte ich. »Und vermutlich abgestandener Schweiß – ich bin ganz schön ins Schwitzen gekommen, als ich mich an den Seilen hochgehievt habe.«

Lottys Nasenlöcher kräuselten sich angewidert. »Ein Grund mehr, sie auszuziehen. Doktor Homerin kann dich unmöglich untersuchen, wenn du so stinkst.«

Mir war ein schlanker Mann in mittleren Jahren aufgefallen, der geduldig hinter Lotty stand, und ich nahm an, das sei ein weiterer Krankenhausarzt, der zu meinen Füßen Erleuchtung suchte. Aus meinem Kopf Erleuchtung suchte, wie sich herausstellen sollte.

»Ich brauch keine gottverfluchte Untersuchung mehr. Jetzt bin ich vierundzwanzig Stunden hier und fühle mich wie ein Schmorgulasch, in dem jede Hausfrau von Chicago herumgerührt hat.«

»Mez Homerin ist Neurologe. Du hast einen üblen Schlag

auf den Kopf bekommen. Ich will mich vergewissern, daß dein polnischer Dickschädel keinen irreparablen Schaden abgekriegt hat.«

»Mir geht's bestens«, sagte ich wütend. »ich sehe nicht doppelt, ich kann mir mit geschlossenen Augen die Schuhe zubinden, sogar mit diesen Baseballhandschuhen an den Händen, und wenn er mir Nadeln in den Fuß sticht, kriege ich das bestimmt mit.«

Lotty kam her und stellte sich neben mich. Die schwarzen Augen blitzten. »Victoria, ich weiß wirklich nicht, warum ich mir überhaupt die Mühe mache. Das ist das dritte Mal, daß du einen Schlag abbekommen hast, der dich bewußtlos gemacht hat. Ich habe keine Lust, mein Alter damit zu verbringen, dich wegen Parkinsonscher oder Alzheimerscher Krankheit zu behandeln – denn genau das wirst du dir mit deiner unbelehrbar unvernünftigen Einstellung einhandeln. Wenn du nicht sofort – auf der Stelle – diese Kleider ausziehst, dann muß dir eines klar sein – ich werde dich *nie* wieder behandeln. Hast du verstanden?«

Ihr Zorn war so heftig, daß ich weiche Knie bekam. Ich sackte auf das Bett. Ich war auch ziemlich wütend, so wütend, daß mein Kopf wild pochte, als ich sprach.

»Habe ich dich holen lassen? Das hier ist das Michael Reese, nicht das Beth Israel – du bist hier hereinmarschiert, ohne auch nur um Erlaubnis zu fragen, jedenfalls ohne meine Erlaubnis. Jemand hat versucht, meine Tante und mich zu ermorden. Wie ich aus diesem Gebäude herausgekommen bin, gehört zum Schrecklichsten, was ich je erlebt habe, und du schreist mich an wegen meiner Kleider und der Alzheimerschen Krankheit. Wenn das deine Einstellung ist, hast du meinen Segen, wenn du gehst – deine Art von medizinischer Versorgung brauche ich nicht.«

Dr. Homerin hüstelte. »Miss Warshawski. Ich kann verstehen, daß Sie aufgeregt sind – das ist eine natürliche Nebenwirkung einer Gehirnerschütterung und der Erlebnisse, die Sie gestern nacht hatten. Aber wenn ich schon einmal hier bin, kann ich Sie doch untersuchen, meine ich. Und das wäre leichter, wenn Sie die Kleider ausziehen und das Krankenhaushemd anziehen.«

Ich schaute ihn finster an. Er drehte sich zu Lotty um und sagte entschuldigend: »Frau Doktor Herschel?«

»Na gut«, sagte sie bissig. Sie machte mit der Präzision eines Eiskunstläufers kehrt und fegte hinaus.

Dr. Homerin zog den Vorhang um mein Bett. »Ich warte hier – rufen Sie, wenn Sie fertig sind.«

Ich konnte meinen Kopf durchsetzen und gehen, aber dabei wäre ich mir unglaublich blöd vorgekommen. Wütend kickte ich mir die Laufschuhe von den Füßen. Mit dicken, ungeschickten Fingern knöpfte ich das Hemd auf und öffnete den Reißverschluß der Jeans. Ich ließ mir soviel Zeit wie irgend möglich, ehe ich verdrossen rief, ich sei soweit.

Dr. Homerin setzte sich auf den Stuhl neben dem Bett. »Erzählen Sie mir etwas von Ihrer Verletzung – was ist passiert?«

»Ich habe einen Schlag auf den Kopf bekommen«, murmelte ich bockig.

Er weigerte sich, meine schlechte Laune zur Kenntnis zu nehmen. »Wissen Sie, wer Sie geschlagen hat oder was benutzt worden ist?«

Ich schüttelte den Kopf und sah schwarze Kreise herumwirbeln. »Nein. Er hatte sich in dem Raum versteckt. Ich habe meine Tante angeschaut, die betrunken war.« Ich runzelte die Stirn. »Nein. Ich hielt sie für betrunken, aber dann stellte sich heraus, daß sie niedergeschlagen worden war. Das stimmt, mir wurde klar, daß jemand sie geschlagen hatte und daß er vielleicht noch da war, und während ich aufsprang, um mich zu verteidigen, bekam ich von hinten einen Schlag.«

Er nickte, wie ein Lehrer einem vielversprechenden Schüler zunickt. »Es ist sehr gut, daß Sie sich an so viel erinnern können – häufig ist die Erinnerung an das, was sich unmittelbar vor einem solchen Vorfall abgespielt hat, blockiert. Wir nennen das Schutzamnesie.«

Ich rieb die weiche Stelle an meinem Hinterkopf. »Ich erinnere mich nicht an das, was danach passiert ist. Ich weiß, daß ich an einem Seil in einem Aufzugsschacht hochgeklettert bin, aber ich kann mich nicht mehr daran erinnern, wie ich Elena mit mir nach oben gebracht habe. Und dann waren wir draußen. Die Feuerwehrmänner mußten meine Tante holen, aber ich glaube, ich bin allein herausgekommen.«

Meine Stimme brach, als ich versuchte, die verschwommene Erinnerung scharf vor mir zu sehen. Mallory war mit Furey gekommen, als ich in der Ambulanz war. Und da war jemand in der Menge um das Feuer herum gewesen, der dort nichts zu suchen hatte. Die Sanitäter trugen mich durch die Absperrung, und da war eine schwache Regung von Überraschung, begleitet vom Gefühl, mein Tod stehe unmittelbar bevor. Das Gesicht schwamm am Rand meines Bewußtseins. Tränen der Frustration brannten mir unter den Lidern, als mein schmerzender Kopf den Dienst verweigerte.

»Ich kann mich nicht erinnern«, sagte ich hilflos.

»Haben Sie irgendeine Ahnung, warum das passiert ist?«

Seine grauen Augen hinter den dicken Brillengläsern blickten harmlos und freundlich, aber ich versteifte mich sofort. »Hat Bobby – Lieutenant Mallory – Ihnen aufgetragen, mich das zu fragen?«

Es war zu einer üblen Szene in der Ambulanz gekommen, als Bobby mich anbrüllte wie ein tobender Elefantenbulle. Dominic Assuevo und Roland Montgomery vom Dezernat für Sprengstoffanschläge und Brandstiftung waren bei ihm gewesen, und nur, weil ich immer wieder ohnmächtig wurde, warf sie der diensthabende Arzt schließlich hinaus.

Homerin schüttelte den Kopf. »Die Polizei hat gar nicht mit mir gesprochen. Ich überprüfe nur Ihre Fähigkeit, logische Fragen zu beantworten.«

In den Pausen zwischen Schlaf und schmerzgeplagtem Hin- und Herwälzen hatte ich diese Fähigkeit selbst geprüft, ohne befriedigende Antwort. Vielleicht hatte jemand, der gekommen war, um das Gebäude in Brand zu stecken, gesehen, wie Elena herauskam. Er war ihr gefolgt, hatte gehört, wie sie mich anrief, dann, als sie ins Gebäude zurückging, hatte er sie bewußtlos geschlagen und gewartet, bis er auch mich erwischte, ehe er das Gebäude anzündete. Es konnte so gewesen sein, aber es wirkte ungeheuer umständlich: warum hatte er nicht einfach Feuer gelegt, solange sie draußen war? Vielleicht hatte sie ihn so deutlich gesehen, daß sie ihn wiedererkennen konnte, deshalb meinte er, sie müsse sterben. Aber warum hatte er es dann auch auf mich abgesehen? Mein Kopf löste sich auf. Ich wurde nicht schlau aus dem Ganzen. Ich wollte nach Hause, aber jetzt kam ich mir zu hilflos vor, um auch nur wieder das Bett zu verlassen.

Homerin merkte, wie müde und frustriert ich war, und ging zu einem allgemeinen Verhör über. Ob ich wisse, wer Präsident sei, wer Bürgermeister und so weiter. Ich hätte lieber den Mund gehalten, ratterte aber die Namen herunter. Darauf folgte das Ritual mit den Nadeln an den Füßen, und er hämmerte auf meinen Knien und Ellenbogen herum und tastete meinen Kopf ab – der ganze übliche Medizinerkram, der dem Arzt sagt, ob am schmerzenden Körper noch alles dran ist.

Als er in meine Augen geschaut und meinen Kopf ein paarmal hin und hergedreht hatte, setzt er sich wieder auf den Besucherstuhl. »Ich weiß, daß Sie gehen wollen, Miss Warshawski, aber es wäre besser, wenn Sie noch einen Tag hierblieben.«

»Ich will aber nicht.« Ich war nahe daran, schluchzend zusammenzubrechen.

»Sie leben allein, nicht wahr? Ich glaube einfach nicht, daß Sie sich jetzt schon selbst versorgen können. Soweit ich sehen kann, fehlt Ihnen nichts Ernstes, abgesehen von den Nebenwirkungen der Gehirnerschütterung. Am Mittwoch morgen ist in der Ambulanz eine Computertomographie von Ihrem Kopf gemacht worden, und dabei hat sich nichts Beängstigendes gezeigt. Aber Sie werden besser zurechtkommen, wenn wir uns noch einen Tag um Sie kümmern.«

»Ich hasse es, wenn man sich um mich kümmert, ich kann es nicht ertragen.« Ich wollte nicht wie Tony sein, der so hilflos geworden war, daß er am Ende nicht einmal mehr selbst atmen konnte. Das Geräusch seines rauhen, keuchenden Atems schnitt sich in mein Gehirn, und gegen meinen Willen ertappte ich mich dabei, daß ich weinte.

Homerin wartete geduldig, bis ich mir die Augen getrocknet und die Nase geputzt hatte. Er fragte, ob ich über etwas Bestimmtes mit ihm reden wolle, aber die Erinnerungen an meine sterbenden Eltern waren zu schmerzlich, als daß ich mit einem Fremden darüber gesprochen hätte.

Statt dessen brach es aus mir heraus: »Hat Lotty recht? Werde ich die Alzheimersche Krankheit bekommen?«

Ein Lächeln zuckte um seine Mundwinkel. »Sie macht sich Sorgen um Sie – deshalb hat sie mich hierhergeschleppt und das Krankenhauspersonal dazu gebracht, daß ich Sie untersuchen darf. Ich bin kein Prophet. Drei Schläge in sieben Jahren – das ist nicht ideal, aber Sie werden nicht regelmäßig so zugerichtet wie beispielsweise ein Boxer. Sie sollten sich jetzt größere Sorgen darüber machen, daß Sie sich bald wieder besser fühlen. Und rufen Sie mich an, wenn Sie ungewöhnliche Symptome haben.«

Er fischte eine Karte aus der Brieftasche und gab sie mir: Mez Homerin, Neurologe, mit einer Adresse in der Michigan Avenue und einer zweiten in der Edgewater Avenue. »Was für Symptome?« fragte ich mißtrauisch.

»Oh, verschwommene Sicht, Schwierigkeiten mit Ihrem Gedächtnis, kribbelnde Finger oder Zehen. Liegen Sie nicht herum und machen sich Sorgen darüber – es würde mich überraschen, wenn Sie solche Symptome zeigten. Konzentrieren Sie sich darauf, Ihre Kraft zurückzugewinnen. Aber rufen Sie mich bitte an, wenn Sie über irgend etwas reden wollen, das Ihnen Sorgen macht.«

Er betonte »irgend etwas« leicht, und mir war blöderweise wieder zum Weinen zumute. Ich sagte so bestimmt, wie ich konnte: »Ich mache mir Sorgen um meine Tante. Wissen Sie, wie es ihr geht?«

»Ihre Tante? Oh, die Frau, die Sie gerettet haben... Sie hat einen Schlag auf den Kopf bekommen, ja? Wissen Sie, ob sie hier ist?«

Ich wußte es nicht, aber er sagte, er werde es herausfinden und mir ausrichten lassen, was für Fortschritte sie mache. Ich hatte mir vorgenommen, aufzustehen und mich anzuziehen, sobald er weg war, aber mein Weinkrampf hatte meine Müdigkeit unüberwindlich gemacht, und ich schlief sofort ein, als sein Arztkittel hinter dem Vorhang verschwunden war.

27 Wir dienen und schützen

Es wurde Samstag, bis sich das Pochen in meinem Kopf völlig gelegt hatte. Am Freitag war ich nach Hause gekommen und hatte zugegeben – nur mir selbst gegenüber –, daß Mez Homerin recht gehabt hatte: der zusätzliche Tag, an dem ich versorgt wurde, hatte mir gut getan. Der Freitag bescherte mir so viele schwierige Begegnungen, daß ich mir, als ich ins Bett ging, geradezu wünschte, ich wäre im Krankenhaus geblieben. Am schlimmsten war die mit der Polizei – Homerin hatte mich vor Roland Montgomery vom Dezernat für Sprengstoffanschläge und Brandstiftung beschützt.

Natürlich waren die Bullen versessen darauf, mit mir zu sprechen. Montgomery war mit Mallory und Furey am frühen Mittwoch morgen in der Ambulanz gewesen, und er hatte am Mittwoch wie am Donnerstag einen Untergebenen ins Resse geschickt. Als Mez ging, traf er den Detective in der Halle. Ihre Auseinandersetzung führte zu einer dicken roten Notiz auf meinem Krankenblatt: »Keine Besucher«, und zu einer Menge Aufregung bei den Pflegern und Schwestern, die mir die Episode später mit allen dramatischen Einzelheiten berichteten.

Ich nahm ein Taxi vom Krankenhaus zu meinem Auto, das mit einem vorwurfsvollen Stöhnen ansprang und das auf dem ganzen Weg zu meiner Wohnung beibehielt. Kurz nach Mittag sah Mr. Contreras mich vorfahren. Während ich mich wusch, so gut es ging, ohne die Gaze an den verbundenen Handflächen zu durchnässen, kam er mit Essen beladen an die Tür.

»Sie hätten mir sagen sollen, wann Sie nach Hause dürfen, Engelchen. Ich wäre gekommen und hätte Sie abgeholt - Sie sollten nicht fahren, wenn Ihre Hände so eingewickelt sind.«

»Ich wollte nur eine Weile allein sein. Im Krankenhaus ist man vierundzwanzig Stunden am Tag ein Abnormitätenkabinett für jeden Medizinstudenten in der Stadt.«

»Sie sollten nicht versuchen, alles allein zu schaffen, Engelchen. Es ist keine Schande, wenn man hin und wieder mal um Hilfe bittet. Und ich weiß verflixt genau, daß Sie heute mittag *nichts* gegessen hätten, wenn ich Ihnen nichts gebracht hätte, und wenn Sie allein sein wollen, sagen Sie nur ein Wort, und die Prinzessin und ich gehen. Aber erst, wenn wir gesehen haben, daß Sie etwas essen.«

Ich gab es auf, ihn mit Andeutungen zu verscheuchen, sondern bat ihn, im Wohnzimmer zu warten, bis ich mich gewaschen und umgezogen hatte. Peppy kannte keine Hemmungen und blieb bei mir, bis ich fertig war.

In einem Punkt hatte Lotty recht gehabt – meine Kleider stanken so übel, daß ich es kaum ertrug, im selben Raum mit ihnen zu sein, ganz zu schweigen davon, sie am Körper zu spüren. Ich wollte sie nicht einmal waschen. Obwohl es mein neuestes Paar Jeans war, stopfte ich es in eine Tüte und stellte sie vor die Hintertür, um sie zum Müll hinunterzubringen. Als ich schließlich vom BH bis zu den Socken sauber war, ging ich zu dem alten Mann. Er hatte ein Festmahl vorbereitet, viel mehr, als ich in meinem angeschlagenen Zustand essen konnte, sauer, weil er alle Neuigkeiten über mich von anderen erfahren hatte.

»Wenn Sie so was Gefährliches vorhatten, hätten Sie's mir sagen können«, maulte er. »So erfahr *ich* erst was in der Morgenzeitung darüber. Dieser überlebensgroße Bengel Ryerson sondert einen Artikel ab über ›Chicagos übereifrigsten Schnüffler‹, also fang ich an zu lesen, und natürlich, das sind Sie. Sie retten Leute aus brennenden Gebäuden, kriegen einen Schlag auf den Kopf, und rufen mich nicht mal aus dem Krankenhaus an. Ich sag zu der Prinzessin hier, ich sag: ›Du könntest Waise werden und würdest es als letzte erfahren.‹«

Peppy klopfte zur Bestätigung seiner Geschichte mit dem Schwanz. Ihre Augen aus flüssigem Bernstein schauten mich unverwandt an, während ich langsam an einem Stück Steak kaute.

»Seit meine Tante vor zwei Wochen in mein Leben spaziert ist, haben Sie mit mir geschimpft, weil ich Sie mitten in der Nacht aus dem Bett hole. Ich hab mir gedacht, wenn ich Sie wecke, um Ihnen zu sagen, wohin ich fahre, bekäme ich bloß wieder eine Lektion.«

»Das ist nicht fair.« Er war verletzt und verblüfft, daß ich so etwas glauben konnte. Darüber hinaus hatte er es verflixt satt, daß ich ihn auf dem Altenteil sitzenließ, während ich loszog und alle möglichen sagenhaften lebensgefährlichen Abenteuer erlebte.

»Es ist nicht das erste Mal, Engelchen. Sie haben vergessen, wie ich Ihnen und Doktor Lotty damals geholfen habe, als ihre Praxis in Gefahr war. Sie wissen nicht mehr, wie ich auf die Kerle losgegangen bin, die in Ihre Wohnung einbrechen wollten. Schon möglich, daß ich siebenundsiebzig bin, aber ich bin rüstig. Ich kann immer noch kämpfen.«

Genau deshalb, weil ich mich an seine Hilfe erinnerte, versuchte ich, ihn nie wieder an den stürmischeren Aspekten meiner Arbeit zu beteiligen. Wenn ich ihm das gesagt hätte, wäre es jedoch zu schmerzlich für ihn gewesen. Ich wich aus, sagte, Elena habe eine Vorliebe, betrunken Geschichten zu erfinden, so daß ich ihre Behauptung, sie sei in Gefahr, nicht ernst genommen hätte. Als ich fertig war, nickte er gravitätisch.

»Ich weiß genau, was Sie meinen, Engelchen. Ich hab mal mit so einem Kerl zusammengearbeitet. Natürlich war der eine Gefahr für den ganzen Laden, kam meistens schon betrunken an, und wenn er morgens nüchtern ankam, war er's nach der Mittagspause schon nicht mehr. An einem Tag hat er die Schleifmaschine nicht abgestellt, und Jake – Sie erinnern sich doch an Jake – hat ein großes Stück vom kleinen Finger an der rechten Hand verloren, aber Crenshaw – Crenshaw war der Säufer –, der hat behauptet, ich wär's gewesen, der die Maschine benutzt hat, obwohl ich's nicht durfte...«

Nachdem seine gute Laune wiederhergestellt war, fuhr Mr. Contreras fort mit Geschichten dieser Art. Das glückliche Dröhnen seiner Stimme, die Fülle des Fleisches in meinem Magen und die warme Freude, die ich darüber empfand, daß ich wieder zu Hause war, sorgten dafür, daß ich in meinem Sessel eindöste. Ich hielt die Hand nach unten und ließ mir vom Hund die Fingerspitzen lecken, während ich schläfrig im Rhythmus der Stimme des alten Mannes nickte.

Das schrille Summen des Telefons riß mich wach. Ich streckte den Arm zum Klavier aus und nahm den Hörer ab.

»Wollte schon deinen Nachruf schreiben. Warshawski, aber du hast es ja wieder einmal geschafft. Wie viele Leben hast du eigentlich? Drei?«

Es war Murray, mit mehr vibrierender Energie, als mein Kopf verkraften konnte. »Ich habe gehört, daß du mich den übereifrigsten Detektiv in Chicago genannt hast.«

»Schnüffler«, korrigierte er. »Das ist keine Verleumdung – ich habe mich bei der Rechtsabteilung erkundigt. Du kannst mich bloß verklagen, wenn es nicht stimmt. Ich wüßte gern, wer war's? Kam das aus dem Lager von Roz Fuentes oder war's wegen deinem toten Junkie, dieser Cerise?«

»Frag die Bullen – die Stadt bezahlt sie dafür, daß sie Brandstiftung und versuchten Mord aufklären.«

»Und du bleibst zu Hause und siehst fern, während sie der Sache nachgehen?« Er lachte schallend. »Zwischen uns Stardetektiven, was hattest du da unten verloren?«

Das Echo seiner Stimme brachte schwarze Punkte vor mir zum Tanzen. Ich hielt den Hörer ein Stück vom Kopf weg. »Ich wollte nur ein paar bravouröse Heldentaten vorführen. Ich habe gehört, das hat alles in der Zeitung gestanden.«

»Komm schon, Warshawski«, sagte er und versuchte, mich rumzukriegen. »Ich tu dauernd was für dich. Red paar Takte.«

Er hatte recht – wenn ich Hilfe von ihm wollte, mußte ich ihm hin und wieder ein paar Brocken hinwerfen. Ich erzählte ihm alles, vom Augenblick, in dem Elena mich angerufen hatte, bis zum Hinuntersteigen der Feuertreppe.

»Jetzt bist du dran – warum war die Feuerwehr so schnell da?«

Mr. Contreras schaute mich so unverwandt an wie der Hund, sauer darüber, daß ich die Geschichte zuerst Murray erzählte, aber erpicht darauf, alles mitzubekommen. Ich trug das Telefon zur Couch, auf der ich meine Tasche abgelegt hatte, und zog einen Notizblock heraus. »Anonymer Anruf«, kritzelte ich für Mr. Contreras darauf, während mir Murray die Neuigkeiten ins Ohr brüllte. Jemand hatte 911 von einem Münztelefon an der Ecke der Cermak Road und der Michigan Avenue aus angerufen. Die Polizei hatte außer dem Hinweis, daß es ein Mann gewesen war, keinen Anhaltspunkt, wer angerufen hatte.

»Du glaubst also, daß es jemand auf deine Tante abgesehen hatte?« fragte Murray. »Wie geht es ihr übrigens?«

»Im Augenblick glaube ich gar nichts. Mein Kopf tut so weh, als ob eben alle Zementlaster von der Ryan-Baustelle darübergefahren wären. Und meine Tante, die zäh ist wie eine Ziege, hat sich gestern im Bett aufgesetzt und Nahrung zu sich genommen. Sie wollte jedoch nicht mit mir reden, als ich ihr gezielte Fragen gestellt habe, und tut so krank, daß die Ärzte ihr die Bullen vom Leib halten. Du kannst im Reese anrufen und herausfinden, ob die Medizinmänner dich mit ihr reden lassen. Aber mach dir keine allzu großen Hoffnungen. Jetzt weißt du alles, was ich weiß. Ich gehe ins Bett. Tschüs.«

Ich legte auf, ehe er noch etwas sagen konnte, und ignorierte das Telefon, als es wieder klingelte. Mr. Contreras erbot sich dienstbeflissen, mich auf der Couch mit Kissen und Decke zu versorgen, mir den Hund dazulassen, mir Tee zu machen, tausend Dinge zu tun, die die schwarzen Punkte in riesige Spiralen verwandelten.

»Ich muß allein sein, in meinem eigenen Bett. Ich ertrage jetzt keine Menschen mehr. Ich weiß, daß Sie es gut meinen, ich weiß, daß Sie mir unbedingt helfen wollen, aber ich falle in

Ohnmacht oder schreie oder beides, wenn Sie jetzt nicht den Hund nehmen und gehen.«

Er war eine Spur verletzt, aber er hatte schon Fälle von Gehirnerschütterung gesehen, er wußte, daß es eine Weile dauerte, bis man wieder ganz man selbst war, bis dahin deprimierte einen jede Kleinigkeit. Klar, Engelchen, klar – er ließ mich in Ruhe. Schlaf sei jetzt das Beste für mich. Er sammelte das Geschirr ein, schnalzte mit der Zunge, als er sah, wie wenig ich von dem Steak gegessen hatte, Sie müssen doch wieder zu Kräften kommen, Engelchen. Sie sehen aus, als ob Sie in den letzten paar Tagen zehn Pfund verloren hätten. Schließlich nahm er den Hund und stieg die Treppe hinunter. Ich schloß alle drei Schlösser ab und wankte ins Schlafzimmer.

Die Spiralen zogen sich wieder zu Punkten zusammen, als ich in einem unruhigen Halbschlaf um mich schlug. Das Bild von Elena, das Gesicht in tiefe Schluchten gefurcht, Tropfinfusionen in den unterernährten Armen, tauchte immer wieder vor mir auf. Sie war eine Schreckschraube, aber jemand hatte versucht, sie umzubringen; jetzt durfte ich sie einfach nicht im Stich lassen.

Ich hatte versucht, mit ihr zu reden, ehe ich heute morgen das Krankenhaus verlassen hatte, aber sie hatte getan, als schliefe sie. »Es hat keinen Zweck, sich totzustellen, Tantchen – irgendwann mußt du mit mir reden«, hatte ich sie gewarnt.

Mez Homerin unterbrach meine Lektion, nahm mich am Arm und drängte mich aus dem Zimmer.

»Sie hat einen schweren Schock erlitten, in einer Verfassung, die ohnehin nicht die beste war. Wenn sie sich erholen soll, darf sie unter keinerlei Streß oder Druck gesetzt werden. Ich habe der Polizei verboten, sie auszufragen. Wollen Sie, daß ich Sie auch aus ihrem Zimmer aussperren lasse? Sie braucht Ihre Hilfe, keine Schimpfkanonaden von Ihnen.«

»Sperren Sie mich aus ihrem Leben aus«, fuhr ich ihn an. »Und hindern Sie *sie* daran, daß Sie mich anruft, damit ich ihr ein letztes Mal helfe – schreiben Sie das auf ihre Krankenblätter. Sorgen Sie dafür, daß sie nicht meine Adresse als die ihre angibt oder mich als diejenige nennt, die ihre Rechnung bezahlt. Erledigen Sie das alles, dann haben Sie alles Recht dazu, mich aus ihrem Zimmer zu verbannen.«

Homerin schaute mich während meines Ausbruchs unverwandt an und sagte dann mit sanfter Stimme, ich solle mir überlegen, ob ich sie nicht zur Rekonvaleszenz zu mir nach Hause bringen wolle, wenn sie etwas kräftiger sei. Daraufhin verließ ich das Krankenhaus – ehe ich dem Impuls nachgab, mir sein Stethoskop zu schnappen und ihn damit zu erwürgen.

Während ich mich ruhelos herumwarf, quälte mich jetzt doch die Frage, wieviel ich meiner Tante schuldig sei. Würde mein Onkel Peter ein schlechtes Gewissen bekommen, weil er nein gesagt hatte? Natürlich nicht. Ich hatte ihn nicht einmal angerufen – mein erschöpfter Verstand war nicht in der Lage, auf seine Selbstgerechtigkeit angemessen zu reagieren. Hatte ich eine Verpflichtung Elena gegenüber, die schwerer wog als meine Rücksicht auf mich selbst, meine Arbeit, meine Sehnsucht nach Ganzheit?

Ich habe Gabriella Gläser mit Wasser an den Mund gehalten, als ihre Arme zu schwach waren, sie selbst zu heben. Ich habe für Tony den Topf im Rollstuhl geleert, als er es nicht mehr vom Rollstuhl aufs Klo schaffte. Ich habe genug getan, wiederholte ich immer wieder, ich habe genug getan. Aber ich konnte mich nicht ganz davon überzeugen.

Mit dem unruhigen Schlaf, in den ich nun doch fiel, war es endgültig vorbei, als um vier die Polizei kam, vertreten durch Roland Montgomery und Terry Finchley. Montgomery behielt den Finger auf der Klingel, bis ich sie nicht mehr überhören konnte, und sagte durch die Gegensprechanlage, wenn ich sie nicht hereinließe, würde er sich einen Haftbefehl besorgen und mich aufs Revier schaffen. Es war Montgomery, der mich schikanierte. Terry Finchley, den Bobby als Vertreter der Mordkommission mitgeschickt hatte, war eindeutig nicht glücklich über Montgomerys Verhalten, aber für einen heftigen Protest war er in einem zu niedrigen Rang.

Ich schlurfte in eine Decke gewickelt ins Wohnzimmer. Ich

hatte während der unbehaglichen Döserei stark geschwitzt und spürte, wie ich fröstelte, als ich aus dem Bett stieg. Die schwarzen Punkte waren verschwunden, aber ich hatte einen dicken Kopf, als ob ihn jemand mit Watte ausgestopft hätte. Ich setzte mich auf die Couch und zog die Beine unter mich.

»Ich will die ganze Geschichte hören, Warshawski. Was hatten Sie in diesem Gebäude verloren? Wie kam es, daß es in Brand geriet, während Sie dort waren?«

»Durch die Kraft meiner feurigen Persönlichkeit«, murmelte ich mit schwerer Zunge.

»Was haben Sie gesagt?« wollte Montgomery wütend wissen. Finchley schüttelte leicht den Kopf, versuchte, mich zu warnen, ohne daß es der Experte für Brandstiftung sah.

»Ich habe Furey angerufen«, sagte ich, weil ich mich plötzlich daran erinnerte. »Er wollte wissen, wo meine Tante ist, und ich habe eine Nachricht beim Mann vom Nachtdienst hinterlassen, wohin ich fahre. Hat er sie bekommen? Waren er und Bobby deshalb am Brandort?«

»Ich stelle die Fragen«, fuhr Montgomery mich an. »Warum haben Sie auf dem Revier angerufen?«

»Spielen Sie nicht die beleidigte Leberwurst, Lieutenant, und hören Sie mir zu. Ich habe eben erklärt, warum ich auf dem Revier angerufen habe. Hat Detective Furey meine Nachricht bekommen?«

Finchley sprach schnell, ehe Montgomery mich ankläffen konnte. »Furey war beim Pokern; er hatte den Piepser in der Jackentasche gelassen und bekam die Nachricht erst, als er sich eine Zigarre aus der Jacke holen wollte und hörte, wie das Ding vor sich hin piepte. Daraufhin rief er im Revier an, bekam Ihre Nachricht und raste zur Near South Side. Inzwischen hatte jedoch jemand das Feuer gemeldet. Lieutenant Mallory hat dem Mann vom Nachtdienst eine ordentliche Abreibung verpaßt, weil er niemand sonst verständigt hatte, aber Sie hatten nichts von einem Notfall erwähnt.«

»Und Furey und Bobby haben das Krankenhaus gestürmt. Wie kommt es, daß Sie jetzt hier sind?«

»*Miss* Warshawski«, unterbrach Montgomery eisig, »Detective Finchley ist hier, um bei einer Ermittlung zu helfen. Warum die Mordkommission ihn geschickt hat, geht Sie überhaupt nichts an.«

Ich wollte eine großspurige Erklärung darüber abgeben, daß die Polizei für die Bürger arbeitete und ich eine Bürgerin sei, deshalb eigentlich Montgomerys Chefin, aber ich fühlte mich zu schlecht, um zu kämpfen. Ich wickelte mich nur enger in die Decke und zitterte weiter. Und als Montgomery mich fragte, hakte ich die ganzen abgedroschenen Einzelheiten noch einmal ab. Elenas Verschwinden, Fureys Suche nach ihr, ihr Anruf mitten in der Nacht und so weiter und so fort.

»Warum also wollte jemand Sie beide dort sterben lassen?« fragte Montgomery.

»Sie sind der Fachmann für Brandstiftung, Lieutenant. Sagen Sie's mir. Ich habe sie auf einer Matratze im Keller gefunden, schwach atmend, bin selbst bewußtlos geschlagen worden und habe Glück, daß ich hier bin und dieses hochgeistige Gespräch mit einem letzten Funken Verstand genießen kann.«

Finchley fing einen Satz an, überlegte es sich dann aber anders und schrieb eifrig eine Notiz in seinen Taschenkalender. Im trüben Lampenlicht verschmolz sein kurzgeschnittenes Haar mit der schwarzen Glätte seines Gesichts.

Montgomery schaute mich finster an, sagte aber nur: »Das Prairie Shores Hotel liegt gegenüber von dem Brand, über den Sie sich letzte Woche so aufgeregt haben.«

Ich schenkte ihm den Hauch eines Lächelns. »Erstaunlich.«

»Ich frage mich, ob Sie das Feuer selbst gelegt haben, damit das Dezernat Ihre Forderung erfüllt, im Fall des Indiana Arms zu ermitteln.«

Ich spürte einen Ruck, ein Gefühl, als ob die Erde weiter durch das All rase und ich ihrer Bewegung nicht recht folgen könne. Finchleys Unterkiefer klappte herunter. Er war offenbar nicht in Montgomerys Theorien eingeweiht. »Ich habe nicht gewußt, daß wir diese Möglichkeit in Betracht ziehen, Monty«, sagte er leise.

»Und ich hätte nie von Ihnen geglaubt, daß Sie eine derart ausgefallene Phantasie haben«, warf ich ein. »Klingt, als ob Sie in Ihrer Freizeit zu viel Tom Clancy lesen.«

Finchley unterdrückte sein Lächeln so schnell, daß ich mir nicht sicher war, ob ich es überhaupt gesehen hatte. »Monty, was für Beweise haben wir, die auf Miss Warshawski deuten?«

Montgomery ignorierte ihn. »Sie haben letzte Woche versucht, einen nutzlosen Polizeieinsatz zu erreichen, haben behauptet, im Indiana Arms sei ein Baby gewesen, das gar nicht dort war. Es ist typisch für Brandstifter, daß sie es nicht ertragen, wenn ihre Arbeit ignoriert wird.«

»Mm.« Ich schüttelte den Kopf. »Gehen Sie und stecken Sie erst mal etwas Arbeit in dieses Problem, ehe Sie mich wieder belästigen. Finden Sie heraus, womit der Brand gelegt wurde und wer Zugang zu dem Zeug hatte, und denken Sie sich eine Erklärung dafür aus, wie ich mich bewußtlos geschlagen, danach das Feuer gelegt und schließlich alles versucht habe, herauszukommen. Dann können wir uns wieder unterhalten.«

»Ein Komplize«, sagte Montgomery selbstgefällig. »Ihr Partner muß Sie bei dieser Geschichte gelinkt haben.«

Ich schloß die Augen. »Auf Wiedersehen, Lieutenant. Die Tür schließt sich automatisch hinter Ihnen.«

Er schrie mich an. Als ich nicht reagierte, stand er auf und rüttelte an meiner Schulter, bis mein Kopf ernsthaft weh tat.

»Sie sind nur noch einen Schritt von einer Anzeige wegen Körperverletzung im Dienst entfernt«, sagte ich eisig. »Falls Sie keinen Haftbefehl mit meinem Namen darauf vorweisen können, scheren Sie sich jetzt zum Teufel.«

Ich glaube, wenn Finchley nicht dabeigewesen wäre, hätte Montgomery mich geschlagen, aber er merkte, auf wessen Seite der Detective stand – er war nicht halb so blöd, wie er aussah.

»Nehmen Sie sich in acht. Warshawski. Ich hänge mich an Ihren Arsch wie ein Schlüpfer. Wenn Sie was aushecken, erwischen wir Sie beim nächsten Mal auf frischer Tat.«

»Danke für die Warnung, Lieutenant. Es ist gut, seine Feinde zu kennen, ehe man sich auf die Straße wagt.«

Als die Tür hinter ihnen zufiel, schloß ich alle Riegel ab und überprüfte vorsichtshalber auch die Hintertür. Ich war zu müde, darüber nachzudenken, was das alles zu bedeuten hatte, sogar zu müde, um Bobby anzurufen und ihn auszufragen. Ich wankte ins Schlafzimmer zurück und fiel wieder in tiefen, unruhigen Schlaf.

28 Ein paar nette Worte von einer Freundin

Am Abend rief Robin an, der sich Sorgen machte, weil er mich im Krankenhaus nicht hatte besuchen dürfen, und froh darüber war, daß ich noch aus einem Stück bestand. Er wollte unbedingt einen Krankenbesuch bei mir machen. Ich war zu erschöpft für weiteren Besuch, sagte aber, er könne, falls ich mich besser fühlte, am Samstag vorbeikommen.

Ehe er auflegte, fiel mir eine Frage ein. »Hat die Ajax übrigens das Prairie Shores Hotel versichert – das Gebäude, in dem ich war?«

»Nein. Das war das erste, was ich nachgeschaut habe. Aber natürlich versichern wir keine aufgelassenen Gebäude. Und falls es dich tröstet, es hat deinem Freund Saul Seligman nicht gehört. Es ist also entweder ein Rachefeldzug gegen diesen Teil der Indiana Avenue oder jemand, der etwas gegen die Familie Warshawski hat.«

Die letzte Bemerkung hatte ein Scherz sein sollen, aber sie erinnerte mich wieder an Elena, an das rotgeäderte leere und schlaffe Gesicht. Ich murmelte Robin etwas zu von wegen, ich sei zu schwach für Scherze, und legte auf. Ich mußte kein viktorianischer Engel sein und neben ihrem Bett Wache halten. Das mußte ich nicht, nein, nein, nein.

Ich stolperte ins Eßzimmer und suchte in den Schränken nach Briefpapier. Meine letzten Privatbriefe hatte ich vor so langer Zeit geschrieben, daß die Schachtel hinter dem Fondueset und dem silbernen Salatbesteck gelandet war, die aus meiner kurzen Ehe übriggeblieben waren. Ich starrte die Sachen verblüfft an: Warum hatte ich ausgerechnet diese Gegenstände in den elf Jahren seit meiner Scheidung durch ganz Chicago mitgeschleppt?

Ich war heute nicht dazu fähig, eine Entscheidung über sie zu treffen; ich schob sie in den Schrank zurück und setzte mich mit dem vergilbten Briefpapier an den Tisch, um an meinen Onkel Peter zu schreiben. Es war ein schwieriger Brief – ich mußte meine Abneigung gegen ihn so weit überwinden, daß ich Elenas Fall überzeugend vortragen konnte. Ich schilderte die Vorfälle, unterstrich meinen schlechten Gesundheitszustand und die Tatsache, daß ich ihr das Leben gerettet hatte, und schloß mit der Bitte, daß er sie entweder selbst aufnehmen oder sie in einem Rehabilitationszentrum unterbringen möge. Morgen würde ich den Brief per Eilboten nach Mission Hills schicken. Das war das Beste, was ich für Elena tun konnte.

Im Badezimmerspiegel sah mein Gesicht eingefallen aus, außer Wangenknochen und Augen, deren Grau gegen die Blässe meiner Haut fast schwarz wirkten, war nicht mehr viel übrig. Kein Wunder, daß Mr. Contreras mich unbedingt mit Steak hatte vollstopfen wollen. Ich stellte mich auf die Waage. Mein Gewicht war unter neunundfünfzig Kilo gefallen. Ich konnte mir nicht leisten, so leicht zu sein, wenn ich die Energie nicht verlieren wollte, die ich für meinen Beruf brauchte. Ich war nicht hungrig, aber es war besser, wenn ich etwas aß.

Ich wanderte mißmutig in die Küche. Inzwischen war jede Ähnlichkeit zwischen den Sachen in meinem Kühlschrank und menschlicher Nahrung rein zufällig. Ich roch am Joghurt. Er war noch gut, aber das Obst und Gemüse waren endgültig hinüber und der Orangensaft roch faulig und vergoren.

Ich nahm eine Tüte Fettucini aus dem Kühlfach und schlug mit dem Fleischermesser einen Block davon ab. Während ich die Nudeln kochte, aß ich den Joghurt direkt aus dem Becher und versuchte, etwas Ordnung in das Chaos zu bringen, das mich umgab.

Mehrere Menschen hatten sich in der letzten Woche über

mich geärgert. Ralph MacDonald war von seinem Thron heruntergestiegen, um mir zu verstehen zu geben, ich solle mich aus den Angelegenheiten von Roz Fuentes heraushalten. Saul Seligman regte sich darüber auf, daß ihm die Ajax die Versicherungssumme nicht auszahlte. Zerlina Ramsay gab mir und Elena die Schuld am Tod ihrer Tochter. Eine stattliche Liste, aber ich konnte mir nicht vorstellen, daß einer von diesen Menschen seine Wut dadurch ausdrückte, daß er Elena und mich dem Tod in den Flammen überantwortete. Natürlich war Lotty auch böse auf mich, aber sie reagierte ihre Wut lieber direkt an mir ab.

Dann war da noch Luis Schmidt. Er hatte mich am Dienstag ein Miststück genannt und mir gesagt, ich solle keine Fragen mehr nach Alma Mejicana stellen, sonst werde es mir leid tun. Ich hatte ihn kampflustig abgefertigt, und er hatte unvermittelt aufgelegt. Wenn ich diese Leute also einkreisen wollte, mußte ich bei Luis anfangen.

Das Zischen von Wasser in der Gasflamme holte mich in die Gegenwart zurück – die Fettucini waren übergekocht und hatten den Brenner ausgelöscht. Natürlich konnte ich in dem Wirrwarr auf dem Herd keine Streichhölzer finden. Ich riß Türen auf und schlug sie wieder zu. Ich ertrug dieses Leben einfach nicht mehr, niemand war da, der mich hätschelte, wenn ich aus dem Krieg nach Hause kam, nichts zu essen, keine Streichhölzer, kein Geld auf der Bank. Ich packte eine Handvoll Löffel und anderes Besteck und schmiß sie so kräftig wie nur möglich gegen die Küchentür.

Als das Geklirr verebbte, vibrierte das Lüftungsgitter über der Tür noch sekundenlang in einem klagenden Baß. Ich ließ die Schultern hängen, schlurfte dann zur Tür und sammelte die Utensilien ein. Ein Holzlöffel war auf dem Kühlschrank gelandet. Ich griff nach ihm und stieß dabei eine Schachtel Streichhölzer herunter. Okay, gut. Hab du ruhig Wutanfälle. Sie führen zu Ergebnissen. Ich warf das Besteck in eine Schublade zurück und zündete die Herdflamme wieder an.

Außer über Luis und die möglichen Probleme von Alma Mejicana mußte ich über die Angelegenheiten meiner Tante nachdenken. Ich wollte nicht mehr an sie denken – und nicht nur, weil ich nicht wollte, daß Victoria, der viktorianische Engel, mich drängte, mich um sie zu kümmern. Ihre Jammergeschichten hatten mich in letzter Zeit in eine Reihe von grausigen Ereignissen hineingezogen, angefangen mit meiner Suche nach einem neuen Zuhause für sie, gipfelnd darin, daß ich beinahe gestorben wäre. Viel mehr Herumgestocher in ihrem Leben konnte ich nicht ertragen.

Ich hatte immer noch keinen Hunger, bekam aber vom Nahrungsmangel einen leeren Kopf. Ich goß die Nudeln ab und rieb etwas steinharten Cheddar darüber. Mit den verpflasterten Händen ging das langsam. Die Armmuskeln taten mir immer noch so weh, daß ich schließlich keuchend aufgab, mit nur ein paar Teelöffeln Käse als Lohn für meine Mühe. Die rechte Handfläche schmerzte so heftig, daß ich befürchtete, ich könne mir durch den Verband hindurch beim Reiben den Schorf abgerissen haben.

Ich trug den Teller mit der linken Hand ins Wohnzimmer. Nachdem ich mich gezwungen hatte, mehrere Bissen zu essen, lehnte ich mich im Sessel zurück und dachte an meine Tante. Elena war weggelaufen, als sie von Cerises Tod erfahren hatte. Es war möglich, daß jemand anders ihr angst gemacht hatte – ich wußte nicht viel über ihren Alltag. Bei ihrem Charakter war es durchaus möglich, daß sie auf den einen oder anderen Zeh getreten worden war.

Aber ich mußte irgendwo anfangen. Ihre Flucht in Zusammenhang mit Cerises Tod zu bringen, ergab durchaus Sinn. Um sie aus einem sicheren Quartier zu vertreiben, mußte starker Druck nötig gewesen sein. Seit sie den Bungalow in Norwood Park verloren hatte, lebte sie mehr schlecht als recht von dem, was der angelegte Rest der Verkaufssumme abwarf. Auch wenn das Windsor Arms ein trostloser Schuppen war, sie hatte zuviel Erfahrung mit dem Leben von der Hand in den Mund, als daß sie ihm leichtfertig den Rücken gekehrt hätte.

Sie und Cerise hatten gemeinsam irgendeinen Plan ausgeheckt. Als ich Elena sagte, Cerise sei tot, hatte sie hinterhältig und unsicher gewirkt. Sie war also allein zu ihrem Opfer gegangen. Auch das ergab Sinn – zwischen meinem Bericht über Cerise und Elenas Verschwinden waren vierzehn Stunden verstrichen. Sie hatte Zeit gehabt, mit ihrer Zielperson zu sprechen und herauszufinden...

Meine Gedanken schweiften in eine andere Richtung. Hatte sie herausgefunden, daß Cerise ermordet worden war? War das möglich? Aber was sonst hätte sie so erschrecken können, daß sie weggelaufen war? Jemand, der sagte: Schau, was wir mit deiner Freundin gemacht haben, das könnte dir auch passieren. Wir schütten dich mit einem Liter Whisky zu, und dann stirbst du an Unterkühlung an der Navy Pier, und niemand denkt sich etwas dabei.

Ich rieb mir den schmerzenden Kopf. Märchen, Victoria. Du brauchst Tatsachen. Stell dir für den Anfang einfach mal vor, daß Cerise und Elena einen Tiger am Schwanz gepackt hatten. Um herauszufinden, was für ein Tiger das war, mußte ich Elena zum Reden bringen. Oder Zerlina Ramsay – es war möglich, daß sich Cerise ihrer Mutter anvertraut hatte.

Meine Telefonbücher lagen unter einem Notenstapel begraben; ich hatte in letzter Zeit häufiger gesungen als Nummern nachgeschlagen. In der Christiana Avenue waren keine Armbrusters eingetragen. Ich rief die Auskunft an, um mich zu vergewissern. Ich mußte also noch einmal nach Lawndale fahren. Ich knirschte mit den Zähnen bei der Vorfreude auf dieses Vergnügen. Und danach mußte ich herausfinden, wo jeder einzelne auf der Liste meiner verärgerten Kunden Mittwoch nacht gewesen war. Falls jedoch Ralph MacDonald oder Rosalyns Vettern versucht hatten, mich zu verbrennen, hatten sie vermutlich jemand anders dafür angeheuert. Trotzdem würde es sich lohnen herauszufinden, wo sie gewesen waren. Das war nicht unbedingt eine Aufgabe für eine Rekonvaleszentin. Vielleicht konnte ich bis zum Sonntag warten, ehe ich damit anfing.

Meine Augen waren zu empfindlich zum Fernsehen oder Lesen. Für alles andere tat mein Körper zu weh. Nachdem ich mich gezwungen hatte, den Teller Fettucini leer zu essen, kroch ich wieder ins Bett. Lotty krönte diesen herrlichen Tag, indem sie um halb neun anrief, um herauszufinden, ob ich noch lebte.

»Mir geht's ganz gut«, sagte ich vorsichtig. Wenn ich ihr gesagt hätte, daß ich höllische Schmerzen hatte, hätte ich mir nur eine Lektion über meine gerechte Strafe eingehandelt.

»Mez hat mir gesagt, daß du heute entlassen worden bist. Er meinte, du seist noch nicht soweit gewesen, aber ich habe ihm versichert, daß du eine eiserne Konstitution hast und nächste Woche wieder in der Lage bist, etwas Lebensgefährliches zu unternehmen.«

»Danke, Lotty.« Ich legte mich im Dunkeln zurück, den Hörer auf ein Kissen neben meinem Mund gestützt. »Ich kann mir vorstellen, wie laut du jubelst, wenn ich Leuten in Not, die zu mir kommen, den Rücken zudrehe. Und wenn ich allen Risiken auswiche – zu Hause bliebe und mir die Seifenopern anschaute und so –, dann würdest du dich vor Begeisterung gar nicht mehr einkriegen.«

»Du glaubst nicht, daß du einen Mittelweg zwischen dem Nichtstun und lebensgefährlichen Aktionen finden kannst?« brach es aus ihr heraus. »Weißt du, wie ich mich jedesmal fühle, wenn du auf einer Bahre gebracht wirst, und ich nicht weiß, ob du lebendig oder tot bist? Wenn ich nicht weiß, ob diesmal dein Gehirn ruiniert ist, deine Glieder gelähmt sind? Glaubst du nicht, du kannst dein Geschäft so organisieren, daß du ein paar Schritte vom Tod entfernt bleibst, daß du solche Risiken der Polizei überläßt?«

»Damit der Freundin oder Geliebten von jemand anders die Sorge aufgehalst wird, meinst du?« Ich war nicht wütend, nur sehr einsam. »Das wird unvermeidlich so kommen, Lotty. Ich kann nicht ewig durch Reifen springen und an Seilen hinaufklettern. Irgendwann muß das jemand anders übernehmen. Aber bestimmt nicht die Polizei. Nicht wenn ich mich mit denen herumärgern muß, damit sie in einem Fall von Brandstiftung ermitteln, und sie es dann trotzdem nicht tun. Oder wenn ihre einzige Antwort darauf, daß ich fast gestorben wäre, darin besteht, mir vorzuwerfen –«

Ich brach ab. Vielleicht hatten Cerise und Elena gesehen, wer das Indiana Arms in Brand gesteckt hatte, und waren hinter ihm her. Oder ihr. Oder mehreren. Falls das so war, konnte es sein, daß der Brandstifter Elena mit seiner Lieblingsmethode aus dem Weg hatte räumen wollen. Und vielleicht hatte er angenommen, Elena habe sich mir anvertraut, so daß ich auch sterben mußte? Und – aber hatten sie Cerise ermordet? Die Polizei behauptete, es sei eine Überdosis gewesen, schlicht und einfach.

»Ich weiß, ich sollte dir gegenüber nicht so aus der Haut fahren. Ich habe nur Angst, dich zu verlieren, das ist alles«, sagte Lotty.

»Ich weiß«, sagte ich müde. »Aber das setzt mich nur noch mehr unter Druck, Lotty. An manchen Tagen muß ich mich mit hundert Leuten anlegen, damit ich meine Arbeit tun kann. Wenn du der hunderterste Mensch bist, habe ich das Gefühl, ich will mich nur noch hinlegen und sterben.«

Sie sagte einen langen Augenblick nichts. »Wenn ich dir helfen will, muß ich dich also dabei unterstützen, daß du Dinge tust, die mich quälen? Darüber muß ich nachdenken, Victoria... In einem Punkt unterstützte ich dich jedoch nicht. Daß du dein Leben deiner Tante weihst. Mez hat diesen Teil eures Gesprächs mir gegenüber erwähnt. Ich habe ihm erklärt, wenn du ein Mann wärst, hätte er dir gegenüber das Thema gar nicht erst zur Sprache gebracht oder dich höchstens gefragt, ob du eine Frau hast, die das übernimmt.«

»Was hat er gesagt?«

»Was konnte er schon sagen? Er hat herumgedruckst und gesagt, er halte es trotzdem für eine gute Idee. Aber es gibt eine Grenze dafür, wieviel man anderen Menschen opfern muß, Victoria. Du hast dich für Elena fast umgebracht. Du mußt ihr nicht auch noch deinen Verstand opfern.«

»Okay, Frau Doktor«, murmelte ich. Ich blinzelte die Tränen zurück – ich war so schwach, daß mir schon nach einem bißchen Unterstützung zum Weinen zumute war.

»Du bist erschöpft«, sagte sie knapp. »Bist du im Bett? Gut. Versuch zu schlafen. Gute Nacht.«

Als sie aufgelegt hatte, stellte ich das Telefon auf den Auftragsdienst um. Ich fummelte im Dunkeln am Schalter herum, um die Klingel abzustellen. Als die verschwollenen, ungeschickten Hände das geschafft hatten, fiel ich endlich in einen tiefen, ungetrübten Schlaf.

29 Schwere Blumen

Als ich am Samstag aufwachte, war es halb zehn. Ich hatte über dreizehn Stunden geschlafen und fühlte mich zum ersten Mal seit einer Woche nach dem Schlafen ausgeruht. Ich ließ mir Zeit mit dem Aufwachen, wollte nicht, daß ich wieder schwarze Punkte sah, weil ich mit dem Kopf ruckte.

Im Bad wickelte ich die Hände aus dem Verband. Die Handflächen waren orangegelb geworden. Ich zuckte angewidert zusammen – die verfärbte Schwellung war ein Weckruf, bei dem mir übel wurde. Als ich sacht gegen die Blutblasen stieß, die meine Hände wie Eisenbahngleise überzogen, schien es, als ob sie heilten. Ich versuchte, mich davon zu überzeugen, daß Verletzungen immer dann am schlimmsten aussehen, wenn sie heilen, aber die wabblige Masse drehte mir trotzdem den Magen um. Ich war mir außerdem nicht sicher, ob ich sie selbst wieder einwickeln konnte. Im Krankenhaus hatte ich Salbe und Verbandsmaterial bekommen, aber keine Gebrauchsanweisung, wie ich das mit den Zähnen bewerkstelligen sollte.

Wenn ich die Hände auf den Wannenrand legte, konnte ich trotzdem ein richtiges Bad nehmen. Ich ließ Wasser einlaufen, streute Badesalz hinein und trottete in die Küche, um Kaffee zu kochen. Weil ich den Kessel nur mit den Fingerspitzen manövrieren konnte, war das ein langwieriges und mühsames Geschäft. Als ich mir eine Tasse eingießen konnte, war die Wanne fast übergelaufen. Ich stieg vorsichtig hinein, die Kaffeetasse zwischen den Fingern. Als ich mit gekreuzten Beinen auf den Wannenboden sank, schlug eine große Welle über den Wannenrand, aber meine Hände blieben trocken.

Ich ließ mich aufweichen, bis das Wasser lauwarm wurde, dachte an nichts und kehrte nur langsam zum schmerzenden Denksport des Vorabends zurück. Ich verstand immer noch nicht, warum Cerises Tod Elena in die Flucht getrieben hatte. Angenommen, jemand hatte Cerise mit Heroin vollgepumpt und sterbend liegengelassen. Ich konnte jedoch nicht von diesem Gedanken ausgehen. Ich hatte keinerlei Beweise – es war allerdings die einzige Erklärung, auf die ich kam. Aber woher hätte Elena es gewußt? Sie hatte es in der Zeit zwischen meinem Besuch bei ihr und ihrem panischen Abgang mitten in der Nacht herausgefunden. Solange sie stumm hinter einem Schutzwall aus Ärzten und Schwestern lag, konnte ich das nicht erfahren. Ich mußte es für den Augenblick aufgeben.

Was ich tun konnte, war, einen Blick auf Alma Mejicana zu werfen. Ich stellte die Kaffeetasse ab, schaute die Handflächen wieder an und zog eine Grimasse. Morgen wäre der ideale Zeitpunkt, mich in ihr Büro zu schleichen, aber ich glaubte nicht, daß die Hände bis dahin viel besser verheilt waren als jetzt.

Ich hievte mich vorsichtig aus der Wanne. Das Abtrocknen erwies sich als noch schwieriger. Erst wenn man sie nicht benützen kann, wird einem bewußt, wie sehr man die Hände braucht. Als mir das Handtuch zum dritten Mal zu Boden fiel, ließ ich es liegen und stieg ins Bett, um mich dort trocknen zu lassen.

Als ich eben versuchte, Jeans über die immer noch feuchten Hüften zu zerren, klingelte es an der Haustür. Ich hatte vergessen, daß Robin kommen wollte. Ich schlüpfte in eine Jacke mit Reißverschluß und hatte es gerade geschafft, ihn zuzuziehen, als Robin den Treppenabsatz im zweiten Stock erreichte.

»Vic! Schön, daß noch alles an dir dran ist.« Er musterte mich kritisch. »Du siehst nicht halb so angeschlagen aus, wie ich es mir nach den Presseberichten vorgestellt habe. Wie fühlst du dich?«

»Besser als vor ein paar Tagen. Mein Kopf ist klar, das ist die Hauptsache.«

Er hielt mir einen Strauß Spätsommerblumen hin, die er in seinem kleinen, sorgfältig gepflegten Garten gepflückt hatte. Ich bat ihn, sie in die Küche zu tragen und Wasser in einen Krug zu füllen. Etwas an den strahlend goldenen Chrysanthemen auf dem Tisch verhalf mir plötzlich zu einem riesigen Appetit. Ich wollte Pfannkuchen, Eier, Schinken, das ganze Frühstück eines Bauern.

Obwohl er schon vor Stunden gefrühstückt hatte, war Robin gern damit einverstanden, mit mir ins Schnellrestaurant in der Belmont Avenue zu gehen. Er überwand sogar seinen Ekel und verband mir die Hände. Ich glaubte, mit gepolsterten Handflächen käme ich mit einem BH zurecht, aber mit den Ösen wurde ich noch nicht fertig. Es war eine Sache, mir die Hände verbinden zu lassen; die Hilfe beim Schließen eines BH war eine andere. Ich zog ein überweites Sweatshirt an und ging ohne BH nach unten.

Mr. Contreras und der Hund kamen eben von draußen, als wir gingen. Mr. Contreras musterte Robin mit kritischer Eifersucht. Peppy sprang an mir hoch und leckte mir das Gesicht. Ich spielte mit ihren Ohren und stellte die beiden Robin vor.

»Wo geht's denn hin, Engelchen?«

»Frühstücken. Ich muß etwas essen.«

»Ich hab Ihnen doch schon gestern gesagt, daß Sie ganz spitz aussehen. Die Prinzessin und ich hätten Ihnen Frühstück gebracht, wenn Sie darum gebeten hätten, dann müßten Sie jetzt nicht das Haus verlassen. Ich bin bloß nicht nach oben gekommen, weil ich geglaubt hab, daß Sie noch schlafen.«

»Ich brauche Bewegung«, sagte ich. »Robin sorgt schon dafür, daß ich es nicht übertreibe.«

»Rufen Sie mich an, wenn Sie Hilfe brauchen. Geben Sie ihm unbedingt meine Nummer, Engelchen. Wenn Sie im Restaurant ohnmächtig werden, will ich es nicht erst aus der Zeitung erfahren.«

Ich gab ihm mein feierliches Ehrenwort, daß er allein die

Ehre haben werde, mir das Riechsalz zu reichen, falls es nötig sei. Er schaute uns finster an, ging aber mit Peppy ins Haus.

»Wer ist denn das?« wollte Robin wissen, als wir außer Hörweite waren. »So eine Art Großvater?«

»Nur mein Nachbar im Erdgeschoß. Er ist pensioniert, und ich bin sein Hobby.«

»Warum bringt ihn so auf, daß du zum Essen ausgehst?«

»Es geht nicht um das Frühstück, es geht darum, daß ich mit dir frühstücken gehe. Wenn er zwanzig Jahre jünger wäre, würde er jeden Kerl niederschlagen, der mich besucht. Er ist lästig, aber im Grunde hat er ein so gutes Herz, daß ich es nicht fertigbringe, ihn abzuwimmeln.«

Die vier Blocks zum Belmont Diner erschöpften mich völlig. Ich war nicht zum ersten Mal Rekonvaleszentin. Ich wußte, daß es am Anfang langsam geht und daß man dann ziemlich schnell wieder zu Kräften kommt, aber es war trotzdem frustrierend. Ich mußte mich dagegen wehren, daß die Anspannung in meinem Magen mir den Appetit verdarb.

Die meisten Kellnerinnen in der Schnellgaststätte kennen mich – ich esse dort mindestens einmal pro Woche und manchmal öfter. Sie hatten alle von meinem Mißgeschick gelesen und versammelten sich um den Tisch, um zu erfahren, wie es mir gehe und wer der Glückliche sei, mit dem ich gekommen war. Barbara, in deren Revier ich war, scheuchte die anderen weg, als sie Saft und Brötchen offerierten. Als ich ein Käseomelett, Kartoffeln, Schinken, Toast und eine Schale Kompott mit Joghurt bestellte, schüttelte sie den Kopf.

»Das können Sie bestimmt nicht alles essen, Vic – das ist das Doppelte von dem, was Sie sonst verdrücken, wenn Sie gerade acht Kilometer gelaufen sind.«

Ich bestand darauf, aber sie behielt recht. Ich schaffte das halbe Omelett und die Kartoffeln, konnte aber am Obst nicht einmal mehr nippen. Mein Magen verkrampfte sich unbehaglich; ich hatte nur noch Lust auf ein Nickerchen, zwang mich aber, mit Robin ein kurzes Gespräch übers Geschäft zu führen.

»Weißt du irgend etwas über den Brand im Prairie Shores

Hotel? Welchen Brandbeschleuniger haben sie benutzt? War es genauso wie im Indiana Arms?«

Er schüttelte den Kopf. »Die Sache im Indiana Arms war ausgeklügelter, weil das Gebäude bewohnt war. Es sieht danach aus, als ob sie eine Zündschnur im Zimmer des Nachtportiers gelegt hätten, nachdem sie ihn auf die Rennbahn gelockt hatten. Sie verbanden die Zündschnur mit einer Ladung Paraffin im Keller und einem Zeitzünder, damit sie nicht in der Nähe sein mußten. Bei dem Brand, in den du geraten bist, mußten sie nicht so vorsichtig sein – sie haben einfach Benzin in die Küche gekippt und vor die Kellertüren, dann haben sie es angezündet und sind abgehauen.« Er schaute mich ernst an. »Du hast Glück gehabt, V. I. *Verflucht* viel Glück.«

»Das gehört dazu. Napoleon wollte Generale mit Kriegsglück, keine Theoretiker.« Es reizt mich, wenn ich darüber belehrt werde, daß ich mit knapper Not entkommen sei. Ich hatte tatsächlich Glück gehabt, aber alles Glück der Welt hätte mir nichts geholfen, wenn ich nicht außerdem körperlich und geistig in hervorragender Verfassung gewesen wäre. Warum zählte mein Geschick überhaupt nicht?

»Ja, aber am Schluß ist er vernichtend geschlagen worden... Hast du irgendeine Ahnung, wer dir das angetan hat? Meine Geschäftsleitung macht sich Sorgen darüber, es könne etwas mit deinen Ermittlungen im Fall vom Indiana Arms zu tun haben – daß du über Informationen verfügst, die du uns vorenthalten hast.«

Ich gab mir Mühe, nicht aus der Haut zu fahren. »Ich weiß nicht, wer es war. Es ist möglich, daß es etwas mit eurem Schadensfall zu tun hat. Aber der einzige Mensch, der mir das sagen könnte, liegt flach und kann nichts sagen. Falls ich solche Informationen hätte, wäre ich nicht so unprofessionell, sie für mich zu behalten.«

Er zögerte, spielte mit dem Salzstreuer. »Ich frage mich nur – ich habe gestern mit meinem Chef gesprochen. Wir arbeiten mit vielen Ermittlern zusammen. Vielleicht sollten wir noch jemand auf den Fall Seligman ansetzen.«

Ich saß steif in der Nische. »Mir ist schon klar, daß ich nicht die Ergebnisse gebracht habe, die ihr wollt, aber ich habe die Finanzen überprüft und die ganze Organisation ziemlich gründlich durchleuchtet. Wenn ihr wollt, daß jemand anders mit dem Nachtportier spricht oder Nachforschungen darüber anstellt, was Seligmans Kinder möglicherweise gemacht haben, dann ist das natürlich euer Bier.«

»Es geht nicht um deine Kompetenz, Vic, aber – na ja, nach diesem Angriff auf dich fragt man sich einfach nach deinem Urteilsvermögen.«

Ich versuchte, mich zu entspannen. »Ich bin dorthin gefahren, weil ich einen SOS-Ruf von meiner Tante bekommen habe. Sie neigt stark zu Fuselphantasien, deshalb wollte ich erst selbst nach ihr sehen, statt diesen Teil meines Familienlebens mit Außenstehenden zu teilen. Hätte ich auch nur die leiseste Ahnung gehabt, daß es gefährlich würde, hätte ich die Sache anders angepackt. Aber mir steht es wirklich, wirklich bis zum Hals, daß jeder auf mir herumhackt, von den Ärzten über die Polizei bis zu dir, weil ich sie gerettet habe und mit dem Leben davongekommen bin.« Ich schwieg und keuchte, lehnte mich mit geschlossenen Augen im Stuhl zurück und versuchte, die einsetzenden Kopfschmerzen zurückzudrängen.

»Vic, es tut mir leid. Ich bin froh, daß du am Leben bist. Du hast hervorragende Arbeit geleistet. Aber wir fragen uns, ob jemand anders nicht vielleicht eine andere Perspektive haben könnte. Die bloße Tatsache, daß deine Tante in den Fall verwickelt ist, könnte deiner Distanz schaden.«

»Das ist euer Recht«, wiederholte ich steif. »Aber wenn ihr jemand anderen hinzuzieht, arbeite ich nicht in untergeordneter Stellung mit ihm zusammen. Oder mit ihr. Ich stelle meine Notizen und meine Ideen gern zur Verfügung, aber ich arbeite dann nicht weiter für die Ajax.«

»Vielleicht müssen wir zum gegenwärtigen Zeitpunkt ja niemand anderen engagieren. Schließlich hat die Stadt ja ein Dezernat für Sprengstoffanschläge und Brandstiftung...« bot Robin versuchsweise an.

»Das sich nicht mal mit dem Indiana Arms beschäftigen wollte. Setz dein Vertrauen nicht in die, bloß weil ich ein paar Schrammen abgekriegt habe – es gehört mehr dazu, damit sich Roland Montgomery ernsthaft mit dem Fall auseinandersetzt. Er hat sich sogar eine kleine Geschichte darüber ausgedacht, daß ich die Brände selbst gelegt habe.«

Robin machte ein erschrockenes Gesicht. »Du machst Witze!«

Als ich von meinem gestrigen Gespräch mit Montgomery erzählte, verzog er angewidert das Gesicht. »Was zum Teufel ist in den Kerl gefahren? Er kann es nicht leiden, wenn Außenstehende sich in Brandstiftungsermittlungen einmischen, das weiß ich, das war nicht der erste Zusammenstoß zwischen uns –, aber das ist selbst für seine Verhältnisse unerhört.«

Daß er von Außenstehenden sprach, holte die schwer einzufangende Erinnerung an ein Gesicht am Brandort in meinen Kopf zurück, das ich nicht einordnen konnte. »Du weiß nicht, wer die Feuerwehr gerufen hat, oder? Wenn die Feuerwehrautos nicht dort gewesen wären, glaube ich nicht, daß meine Tante es nach draußen geschafft hätte.«

Robin schüttelte wieder den Kopf. »Ich habe Freunde bei der Feuerwehr, die mir alles gezeigt haben, was sie über beide Brände haben, aber der Anruf bei 911 war anonym.«

Ich fuhr mit der Gabel in dem gestockten Fett auf meinem Teller herum, versuchte, auf Fragen zu kommen, die ich nach dem Feuer stellen sollte. Hatte die Polizei zum Beispiel eine Liste der Gaffer, oder war irgend etwas am Tatort zurückgeblieben, das einen Hinweis auf den Brandstifter geben konnte?

Ich war jedoch nicht mit dem Herzen bei der Sache. Daß mein berufliches Urteilsvermögen in Frage gestellt wurde, verletzte mich, wie kaum eine andere Kritik mich verletzt hätte. Gleichzeitig sah ich mich in einem Licht, dessen ich mich schämte, sah mich zum Prairie Shores Hotel stürmen wie einen Riesenelefanten, der durch die Steppe donnert. Wenn ich im Revier angerufen hätte. Aber ich mußte Furey anrufen. Eine ganze Polizeieinheit hätte Elena und mir einen Schlag auf den

Kopf ersparen können. Aber die Wahrheit war, wenn es heute abend wieder soweit wäre, ich hätte es genauso gemacht. Ich konnte Elena der derben Gleichgültigkeit der Polizei nicht aussetzen. Ich muß meine privaten Probleme privat lösen. Ich weiß nicht einmal, ob es eine Stärke oder eine Schwäche ist. Es ist einfach so.

Ich bezahlte, und wir gingen schweigend zu meiner Wohnung zurück, taten beide so, als hätte das Gespräch gar nicht stattgefunden. Vor dem Haus spielte Robin mit dem Verband an meiner rechten Hand und wählte die Worte sorgfältig.

»Vic, ich glaube, wir lassen die Ermittlung im Fall Seligman ein paar Tage lang ruhen. Wir engagieren jemanden, der mit dem Nachtportier redet, aber wir übergeben ihm nicht den Fall. Nächste Woche, wenn du dich besser fühlst, sehen wir, was herausgekommen ist, und dann kannst du entscheiden, ob du den Rest erledigen willst.«

Das erschien mir fair. Es hielt mich nicht davon ab, mich deprimiert zu fühlen, als ich langsam die Treppe hinaufstieg, aber es lockerte den festen Knoten zwischen meinen Schulterblättern.

Als ich die Tür aufschloß, kamen Mr. Contreras und der Hund die Treppe herauf. Als sie den Treppenabsatz im ersten Stock erreichten, hörte ich, daß er sanft mit Peppy schimpfte – er sah nicht, wohin er trat; mußte sie denn dauernd unter seinen Füßen herumrennen? Wenn er stolperte, würde sie schon sehen, was sie davon hatte, wo ich doch sowieso nie da war. Ich spürte, wie der Knoten in meinem Nacken sich wieder festigte, und wandte mich den beiden mit einem Begrüßungslächeln zu.

Mr. Contreras war verborgen hinter einem riesigen Paket, eingeschlagen in das gestreifte Papier, das Floristen benutzen. »Das kam, während Sie fort waren, Engelchen«, keuchte er. »Ich hab gedacht, ich kann es für Sie annehmen, damit es nicht gebracht wird, wenn Sie schlafen oder so.«

»Danke«, sagte ich mit aller Höflichkeit, die ich aufbringen konnte – ich wollte mich nur in meine Höhle verziehen und einen Winterschlaf halten. Allein.

»Geht schon in Ordnung, Engelchen, ich helfe doch gern. Was ist denn aus Ihrem Freund geworden? Hat er Sie sitzenlassen?« Er stellte das Paket sachte ab und wischte sich die Stirn.

»Er wußte, daß ich mich ausruhen will«, sagte ich betont.

»Klar, Süße, klar. Verstehe. Sie brauchen Zeit für sich. Kann ich etwas für Sie tun?«

Ich wollte das eben energisch ablehnen, als mir der Brief einfiel, den ich per Eilboten an meinen Onkel Peter schicken wollte. Ich brauchte den Schlaf so dringend, daß ich es nicht mehr zur Post geschafft hätte, die am Samstag zeitig zumachte.

Mr. Contreras war mehr als nur erfreut darüber, daß er ihn für mich aufgeben durfte. Er geriet in Ekstase, weil ich ihn für diesen Auftrag ausgewählt hatte. Er war so begeistert, daß mir lieber gewesen wäre, wenn ich meine Müdigkeit bekämpft und das verfluchte Ding selbst zur Post gebracht hätte.

Als er eifrig mit dem Brief verschwand – »Sie brauchen mir jetzt kein Geld zu geben, Engelchen, das erledigen wir später« –, schleppte ich die Blumen hinein. Es war ein herrliches Bukett, so ausgefallene Blüten in Rot-, Gold- und Lilatönen, wie ich sie noch nie gesehen hatte. Sie waren in einer schönen Holzschale mit Kunststoffeinlagen arrangiert. Ich suchte zwischen den Blättern nach einer Karte.

»Freut mich, daß Sie aus dem Krankenhaus heraus sind« stand in der runden, unausgeprägten Handschrift der Floristin darauf. »Versuchen Sie das nächste Mal, sich eine ruhigere Arbeit zu suchen.«

Die Karte war mit »R. M.« unterschrieben. Ich war so müde, daß ich nicht einmal versuchte, mir darüber schlüssig zu werden, ob das eine gutmütige Stichelei oder eine Warnung war. Ich schloß alle Riegel, stellte beide Telefone ab und stolperte ins Bett.

30 Anlauf zum Hochsprung

Als ich am Sonntag aufstand, wußte ich, daß ich die kritische Kurve zur Genesung genommen hatte. Ich war noch nicht wieder völlig bei Kräften, aber ich hatte einen klaren Kopf und fühlte mich energiegeladen. Die hartnäckige Depression, die mich seit dem Frühstück mit Robin verfolgte, verwandelte sich in ein lösbares Problem – nur meine Fähigkeit, die Ermittlung in Sachen Seligman durchführen zu können, war angezweifelt worden, nicht meine gesamte Karriere und Persönlichkeit. Sogar meine Hände wurden besser. Ich nahm die Verbände nicht ab, aber ich konnte einfache Hausarbeiten erledigen, ohne das Gefühl zu haben, daß die Haut bis auf den Knochen aufriß.

Morgenstund hat auch für Detektive Gold im Mund. Es war ohnehin unwahrscheinlich, daß am Sonntag jemand ins Büro von Alma Mejicana kam, aber es war noch unwahrscheinlicher, daß jemand am frühen Morgen dorthin ging.

Ehe ich losfuhr, ging ich ins Wohnzimmer, um etwas Gymnastik zu machen – ich war noch nicht soweit, daß ich wieder laufen konnte, aber ich mußte gelenkig bleiben. Die Blumen von Ralph MacDonald beherrschten das Zimmer. Ich hatte sie ganz vergessen. Während ich meine Muskeln dehnte und anspannte, betrachtete ich den tropischen Regenwald mit bösen Blicken. Ob sie nun als Drohung oder als humorvolles Kompliment gedacht gewesen waren, sie waren überwältigend, eine zu große Geste von einem Mann, der mich kaum kannte.

Als ich mit dem Heben und Senken der Beine fertig war – fünfundzwanzig pro Bein statt der üblichen hundert brachten mich außer Atem –, quälte ich mich in Jeans und ein Sweatshirt. Ich mußte mich anstrengen, als ich die Blumen zum Auto hinunterschleppte. Ich fuhr zum Broadway hinüber und kaufte mir dort ein Bagel, einen Apfel und Milch.

Mein Versuch, gleichzeitig zu essen und zu fahren, zeigte, in welchem Stadium der Heilungsprozeß war – mit beiden Händen konnte ich das Lenkrad bedienen. Wenn ich nur eine Hand nahm, brannte die Handfläche, und das Handgelenk tat weh.

Ich fuhr an der Kreuzung zwischen der Diversey Avenue und der Pine Grove Avenue an den Straßenrand, um zu essen. Die tropischen Blumen füllten das Auto mit ihrem schweren Duft, der es schwierig machte, ohne Magenbeklemmung zu essen. Ich kurbelte das Fenster ganz herunter, aber der Geruch stieg mir trotzdem zu Kopf. Schließlich stürzte ich die Milch hinunter und fuhr nach Süden, ohne das Bagel aufgegessen zu haben.

Der Sonntagmorgen ist in Chicago die beste Zeit zum Autofahren, weil so gut wie kein Verkehr herrscht. Ich schaffte die fünfzehn Kilometer zum Michael Reese in einer Viertelstunde, ohne das Tempolimit zu überschreiten.

Das schwere Bukett in den dritten Stock zu schaffen, belastete die heilenden Handflächen und Schultern so, daß ich es kaum ertrug. Als ich aus dem Aufzug trat, erbot sich ein mitfühlender Pfleger, es mir abzunehmen.

»Die sind ja wunderschön. In welches Zimmer sollen sie?«

Ich nannte ihm Elenas Zimmernummer. Er trug die Schale so mühelos, als ob es ein Football wäre – so mühelos, wie ich das vor einer Woche auch gekonnt hätte. Ich folgte ihm den Flur entlang und in Elenas Zimmer. Eine Frau, etwa in meinem Alter, saß in Elenas Bett und las die *Tribune*.

Mir klappte der Unterkiefer leicht herunter, wie es einem ergeht, wenn man auf etwas nicht gefaßt ist. »Meine Tante«, sagte ich wie vor den Kopf geschlagen. »Sie war am Freitag hier.«

»Vielleicht ist sie entlassen worden«, meinte der Pfleger.

»Sie war in keinem besonders guten Zustand. Vielleicht ist sie verlegt worden.« Ich eilte ins Schwesternzimmer.

Eine Frau in mittleren Jahren schrieb ausführliche Notizen in ein Krankenblatt. Ich wollte sie unterbrechen, aber sie hob warnend die Hand und schrieb weiter.

Schließlich schaute sie mich an. »Ja?«

»Ich bin V. I. Warshawski. Meine Tante, Elena Warshawski, war hier – sie hat einen Schlag auf den Kopf bekommen und war etwa einen Tag lang bewußtlos. Ist sie verlegt worden?«

Die Schwester schüttelte majestätisch den Kopf. »Sie ist seit gestern fort.«

»Fort?« echote ich benommen. »Aber – man hat mir gesagt, daß sie in einem schlechten Zustand ist, daß sie einen Monat Rehabilitation braucht. Wie hat man sie nur entlassen können?«

»Sie ist nicht entlassen worden. Sie ist von sich aus gegangen. Hat die Kleider der Frau, mit der sie im Zimmer lag, gestohlen und ist verschwunden.«

Mir drehte sich wieder der Kopf. Ich mußte mich an der Schreibtischplatte festhalten. »Wann war das? Warum hat mich niemand angerufen?«

Die Schwester erklärte, Einzelheiten wisse sie nicht. »Die Krankenhausverwaltung hat die Person angerufen, die im Aufnahmeformular als nächster Verwandter genannt wurde. Vielleicht waren sie im Büro der Meinung, Sie müßten nicht benachrichtigt werden.«

»Ich bin ihre nächste Verwandte.« Vielleicht hatte sie jedoch Peters Namen angegeben – ich durfte mein Recht, als ihre nächste und liebste Angehörige zu gelten, nicht überstrapazieren. »Können Sie mir sagen, wann sie verschwunden ist?«

Sie ließ entnervt den Bleistift fallen. »Fragen Sie die Polizei. Sie hat gestern einen Beamten hergeschickt. Er war ziemlich verärgert und hat alle Einzelheiten aufgenommen.«

Ich war nahe daran, aus Frustration und Verwirrung zu schreien. »Sagen Sie mir seinen Namen, dann wird es mir ein Vergnügen sein, mit ihm zu reden.«

Sie seufzte hörbar und ging zum Aktenschrank. Der Pfleger hatte die ganze Zeit mit den Blumen hinter mir gestanden.

»Wollen Sie die wieder mitnehmen, Miss?« fragte er, während ich wartete.

»Ach, geben Sie sie dem Patienten, der schon am längsten ohne Besuch hier liegt«, sagte ich kurz angebunden.

Die Schwester kam mit einem Aktendeckel zurück. »Michael Furey, Detective«, las sie vor, ohne aufzuschauen. Sie nahm sich wieder das Krankenblatt vor, an dem sie gearbeitet hatte, ehe ich sie störte. Das Interview war eindeutig zu Ende.

Als ich wieder im Auto saß, zitterten mir die Arme – ich

hatte sie überanstrengt, als ich Ralph MacDonalds Blumen schleppte. Elena war also schon wieder abgehauen. Sollte ich mir Sorgen machen? Die Polizei wußte darüber Bescheid. Vermutlich würden sie nach ihr Ausschau halten. Ich hatte Besseres zu tun.

Statt hinüber zum Büro von Alma Mejicana in der Ashland Avenue zu fahren, lenkte ich den Chevy zum Prairie Shores Hotel. Er ächzte wieder, als ich in die Indiana Avenue einbog.

»Du glaubst, *du* fühlst dich schlecht«, maulte ich. »Ich bin auch nicht gern hier. Und mir tun die Hände weh.«

Die Handflächen unter dem Verband waren wund. Sie pulsierten gegen das harte Lenkrad. Mein nächstes Auto würde Servolenkung haben.

Das Prairie Shores war jetzt ein passender Nachbar für das Indiana Arms. Die beiden geschwärzten Gerippe grinsten sich über die Straße hinweg an. Nicht einmal Elena konnte sich in einem der beiden verstecken. Aber auf diesem Straßenstück gab es noch mehr aufgelassene Gebäude – ein altes Lagerhaus, eine mit Brettern vernagelte Schule, die Reste eines Pflegeheims. Sie konnte in jedem sein. Ich hatte nicht die Energie, sie alle zu durchsuchen. Sollte die Polizei das übernehmen.

Ich fuhr mit achtzig die Cermak Road entlang, wechselte rasant die Spuren, überfuhr rote Ampeln. Ich war schlicht und einfach stocksauer. Was für ein neckisches Spielchen trieb sie eigentlich? Und wieviel Zeit sollte ich damit vergeuden, es mitzuspielen? Sie hatte jemanden so gegen sich aufgebracht, daß er versucht hatte, sie umzubringen. Aber anstatt mit mir darüber zu sprechen, trieb sie sich in der Stadt herum und bildete sich ein, sie sei eine so schlaue Säuferin, daß sie ihm aus dem Weg gehen könne. Oder ihr, fügte ich gewissenhaft hinzu.

Ich bog nach links in die Halsted Street ab, direkt vor einem wie wahnsinnig hupenden Sattelschlepper, der scharf abbremsen mußte. Das kühlte mich ziemlich schnell ab. Das Schlimmste, was man mit einem Auto machen kann, ist, es zu fahren, wenn man eine Wut hat. Das hatte Tony zu mir gesagt, selbst der Wut so nahe, wie er es überhaupt sein konnte. Einen Monat lang hatte er mir die Autoschlüssel abgenommen. Ich war damals siebzehn, und eine schlimmere Strafe hatte es nie für mich gegeben. Sie hätte mich von solchen Anfällen kurieren müssen.

Ich fuhr die fünf Kilometer zum Amphitheater in einem vernünftigen Tempo. Das Büro von Alma Mejicana lag dahinter in der Ashland Avenue. Tony hatte mich öfter zu Pferde- und Hundeausstellungen dorthin mitgenommen, aber es war mindestens fünfundzwanzig Jahre her, seit ich zum letzten Mal in diesem Teil der Stadt gewesen war. Ich hatte das Labyrinth aus Sackgassen zwischen der Halsted Street und der Ashland Avenue vergessen. Obwohl ich wenden, in die Thirty-ninth Street zurückfahren und die Hauptstraßen nehmen mußte, erreichte ich die Baufirma in zwanzig Minuten.

Ich fuhr langsam an dem tristen Backsteingebäude vorbei. Die Eingangstür war bestimmt von innen verriegelt. Die hochliegenden Fenster spiegelten die graue Morgenluft wider – in keinem der Räume brannte Licht. Ich bog vorsichtig in die Gasse hinter dem Gebäude ein. Die Griffe der Doppeltür aus Metall auf der Rückseite waren durch eine schwere Kette miteinander verbunden, an der ein großes Vorhängeschloß von American Master hing.

Ich fuhr die Gasse entlang und bog von der Ashland Avenue aus wieder in die Forty-fourth Street ein. Dort ließ ich den Chevy an der Kreuzung stehen, gegenüber einer handtuchgroßen Grünanlage, in der ein alter Mann einen lethargischen Terrier ausführte. Beide beachteten mich nicht. Ich ging mit erhobenem Kopf in die Gasse hinein, zielstrebig, ich gehörte hierher. Als hinter einem Tor in der Nähe ein Mülleimerdeckel klapperte, machte ich keinen Satz, jedenfalls keinen besonders hohen.

Für ein Vorhängeschloß von American Master braucht man entweder ein Acetylenschweißgerät, eine gute Metallsäge oder den Schlüssel. Ich hatte nichts davon. Ich musterte die Kette bedauernd. Sie war stärker als ich. Nachdem ich das Gebäude umrundet hatte, war ich nicht der Meinung, daß ich die Fenster ohne Leiter erreichen konnte. Blieb das Dach, was aber hieß, daß ich wiederkommen und es bei Nacht versuchen mußte.

In der Gasse stand ein Telefonmast so nah an einem Gebäude, daß ich hinaufklettern und auf das Dach von Alma Mejicana hinübersteigen konnte. Ich stellte mich neben den Mast, hob die Arme. Die ersten Treteisen waren etwa einen Meter über meiner Reichweite. Von einem Schemel aus würde ich sie erreichen.

Drei flache Dächer verschiedener Höhe lagen zwischen dem Mast und meinem Ziel. Ich schritt die Entfernung ab. Beim weitesten Sprung mußte ich anderthalb Meter bewältigen. Selbst in meinem geschwächten Zustand mußte das auch in der Finsternis zu schaffen sein.

Ich hielt Ausschau nach einem Anhaltspunkt, der mir zeigen würde, daß ich Alma Mejicana erreicht hatte. Die Gebäude in der Gasse standen hinter gleichartigen Holzzäunen, aber in die Mauer direkt gegenüber der Baufirma war eine Garage eingebaut. Mit der Taschenlampe mußte ich sie ausmachen können.

Der alte Mann und der Terrier saßen auf einer Bank und lasen die Morgenzeitung, als ich zum Chevy zurückkam. Sie schauten beide nicht auf, als ich die Autotür zuschlug. Ich fuhr in zügigem Tempo zum Ryan Expressway. Der Chevy stieß wieder gräßliche Laute aus, als ich ihn auf der Schnellstraße auf hundert brachte, beruhigte sich aber bei sechzig. Gerade rechtzeitig zum Anstoß der Bears gegen die ungeschlagenen Bills war ich zu Hause. Wie alle guten Bürger von Chicago drehte ich den Fernsehton ab und hörte mir den Rundfunkkommentar an – wir schätzen den Sachverstand und den Kampfgeist von Dick Butkus.

Als die Bears in die Halbzeit gingen, schaute ich in die Sonntagszeitungen. Ich blätterte müßig im Lokalteil des *Star*, als mir der Name Seligman entgegensprang. In das Büro in der Montrose Avenue war eingebrochen worden. Mrs. Rita Donnelly, siebenundfünfzig, seit dreißig Jahren dort beschäftigt, war ermordet worden.

Hinter mir unterhielten sich Jim Hart und Butkus über die guten Spielzüge von Dan Hampton in der ersten Halbzeit. Ich schaltete das Radio ab und las langsam den Artikel.

Der *Star* hatte der Geschichte nur eine kleine Spalte gewidmet. Ich nahm mir die *Tribune* und die *Sun-Times* vor und fand schließlich so viele Einzelheiten, daß ich wußte, wann es nach Meinung der Polizei geschehen war – am späten Freitag nachmittag –, daß der Briefträger die Leiche gefunden hatte, als er am Samstag durch die unverschlossene Vordertür gekommen war, um ein Einschreiben abzuliefern, und daß Seligman einen Schock erlitten hatte. Mrs. Donnelly hinterließ zwei Töchter, Shannon Casey (zweiunddreißig) und Star Wentzel (neununddzwanzig), beide verheiratet, und drei Enkel. Das Requiem war am Dienstag nachmittag in der Pfarrkirche von St. Inanna; Aufbahrung am Montag abend im Beerdigungsinstitut Callahan. Statt Blumen werde Geld für den Stipendienfonds von St. Inanna erbeten.

Die Bears und Bills waren auf dem stummen Bildschirm in ein heftiges Handgemenge verwickelt – die zweite Halbzeit hatte ohne mich angefangen. Ich schaltete den Fernseher aus und trat ans Fenster, um hinauszuschauen. Es konnte eine zufällige Gewalttat gewesen sein. Im Büro wurde Geld abgeliefert, jemand wußte das, spähte den Zeitpunkt aus und brachte sie um, ehe sie es zur Bank bringen konnte.

»Vergiß ja nicht, daß das möglich sein könnte«, belehrte ich mich laut. »Verbeiß dich ja nicht so in deine Lieblingstheorien, daß du vergißt, wie viele häßliche Gewalttaten sich durch reinen Zufall in dieser Stadt abspielen.« Aber wie konnte es ein Zufall sein, nach dem Tod von Cerise, dem Mordversuch an Elena und mir, den beiden Bränden. Irgendwo war das alles miteinander verbunden. Der Mörder hatte die Akten durchwühlt, aber kein Geld genommen, weder aus der Kasse noch aus Mrs. Donnellys Handtasche.

Mrs. Donnellys Tod brachte mich dazu, etwas zu tun, wozu ich bisher zu bockig gewesen war – ich rief Furey an, um herauszufinden, was er über Elena wußte.

Er wirkte recht erfreut darüber, daß ich mich meldete, obwohl ich den Hintergrundgeräuschen entnahm, daß ich bei einer Party störte. »Du hast uns allen einen ganz schönen Schreck eingejagt, Vic. Geht's dir halbwegs?«

»Ich habe mich besser gefühlt, bis ich heute morgen im Krankenhaus war, um meine Tante zu besuchen. Man hat mir gesagt, daß du dort warst, um mit ihr zu reden, und daß sie dir alle Einzelheiten gesagt haben.«

»Ja. Ich hab schon ein paarmal versucht, dich anzurufen, aber es hat sich nur dein Auftragsdienst gemeldet. Ich habe gehofft, du hättest vielleicht eine Ahnung, wo sie sein könnte. Sie ist unsere einzige Spur bei dem Brand vom Mittwoch.«

»Außer mir.« Ich erzählte ihm von Montgomerys Theorie.

»Ach, Monty – der ist manchmal ein bißchen daneben. Beachte ihn gar nicht. Was ist mit deiner Tante? Ich habe in dem Hotel in der Kenton Avenue nachgefragt, aber sie hat sich nicht mehr dort sehen lassen, seit sie vor zehn Tagen weggelaufen ist.«

Ich schlug die leerstehenden Gebäude in der Near South Side vor, und er versprach, ein Streifenteam hinzuschicken und sie durchsuchen zu lassen. Die Kumpel seien alle bei ihm, um sich das Spiel anzuschauen – er wolle nicht allzuviel davon verpassen, sich aber im Lauf der Woche bei mir melden.

Gleich nachdem er aufgelegt hatte, klingelte das Telefon. Es war Onkel Peter, der wegen meines Briefs vor Wut schäumte: Wofür ich ihn hielte, für einen Kretin, der seine Kinder einer Person wie Elena aussetzte?

»Ist in Ordnung, Peter – sie ist verschwunden. Niemand will was von dir.« In Wahrheit hatte ich vor, morgen im Reese anzurufen und mich zu vergewissern, daß sie seinen Namen und seine Adresse hatten und ihn als Elenas finanziellen Bürgen betrachteten, aber ich hielt es für nicht besonders hilfreich, wenn er das schon heute nachmittag erfuhr.

Die Nachricht besänftigte ihn nicht. »Krieg das ein für allemal in den Kopf, Vic – wenn ich mich mit Versagern hätte abgeben wollen, wäre ich nicht aus Chicago weggezogen. Wenn dich das kränkt, tut es mir leid, aber ich will für meine Kinder mehr, als Tony für dich gewollt hat.«

Ich war im Begriff, einen großangelegten Gegenangriff zu führen, ihm zu sagen, Tony habe nicht gewollt, daß ich im Dreck lebte, aber schon, als ich damit anfing, begriff ich, wie sinnlos das war. Peter und ich hatten das schon oft durchgekaut. Wir würden uns beide nicht ändern. Ich legte auf, ohne mich zu verabschieden.

Ich ging ans Fenster zurück und schaute hinunter auf die tristen Bungalows gegenüber. Vielleicht hätte Tony eine Villa in Winnetka für mich gewollt, aber er kannte nur Bungalows und Häuser ohne Fahrstuhl – er hätte nicht geglaubt, daß so etwas nicht gut genug für mich sei.

Mein Streit mit Peter hatte mich mehr erschöpft als die Herumschlepperei des tropischen Regenwaldes heute morgen. Wenn ich heute nacht über die Dächer schleichen wollte, brauchte ich Ruhe. Ich stellte die Telefone ab und fiel ins Bett.

31 Hausbesuch

Es war sechs, als ich aufwachte. Meine Schultermuskeln waren steif geworden, eine Nachwirkung vom Tragen der Blumen von Ralph MacDonald. Ich hätte die Schultern gern unter der heißen Dusche gelockert. Mit den Gazeverbänden ging das nicht. Und bei der bevorstehenden Anstrengung brauchte ich geschützte Hände.

Obwohl ich etwas Erdnußbutter gegessen hatte, während ich den Bears zuschaute, hatte ich heute noch keine richtige Mahlzeit gehabt. Ich hatte noch immer nichts Richtiges zu essen im Haus. Ich hatte vorgehabt, Robin darum zu bitten, daß er mich gestern zum Laden fuhr, aber nach seinem Schreckschuß hatte ich nicht mehr daran gedacht. Ich glaubte nicht, daß ich ohne Abendessen wie Santa Claus durchs Dach kommen konnte.

Ich zog lange Unterwäsche an und darüber einen schwarzen Baumwollpullover. Vielleicht war es kalt auf den Dächern, und ich wollte nichts so Umfangreiches – oder Sichtbares – wie ein Jackett tragen. Jeans und meine schwarzen Basketballstiefel vervollständigten das Ensemble, das der gutgekleidete Einbrecher in diesem Jahr trug. Ich brauchte außerdem eine dunkle Mütze oder einen Schal, damit sich kein Licht auf meinem Gesicht oder Haar widerspiegelte. Ich wühlte in den Schubladen und fand ein Vierecktuch aus weichem schwarzen Leinen, das mir Eileen Mallory letztes Jahr zu Weihnachten geschenkt hatte. Ich glaubte nicht, daß das eingewebte Muster aus Grün und Blau bei Nacht auffallen würde.

Wenn ich meine Pistole trage, dann meistens in einem Schulterhalfter. Weil ich heute abend auch ein paar Werkzeuge brauchte, holte ich einen alten Polizeigürtel heraus, mit einem Halfter und Ösen, an denen man Handschellen und einen Gummiknüppel befestigen konnte.

Meine beste Taschenlampe lag unter dem Schutt des Prairie Shores begraben, aber irgendwo hatte ich noch eine. Nachdem ich die Schränke in Eßzimmer und Diele auf den Kopf gestellt hatte, fand ich sie hinter dem Kühlschrank. Sie fühlte sich zwar etwas fettig an, aber die Batterie funktionierte noch. Ich zog ein Stück Schnur durch die Öse am Griff und band sie an den Gürtel. Ein kleiner Hammer, ein Schraubenzieher und ein dunkles Handtuch vervollständigten meine Ausrüstung. Früher hatte ich eine Garnitur Dietriche besessen, die mir in meiner Zeit als Pflichtverteidigerin ein dankbarer Mandant geschenkt hatte, aber die Polizei hatte sie vor mehreren Jahren konfisziert. Ich holte auch meinen Klapptritt hinter dem Kühlschrank hervor und machte mich auf den Weg.

Es gelang mir, aus dem Haus zu schlüpfen, ohne Mr. Contreras, Peppy oder Vinnie, den Bankmenschen, auf mich aufmerksam zu machen. Das herbstliche Zwielicht hatte eingesetzt, aus Grau und Purpur, das schnell in Schwarz überging. Kein Passant konnte meinen bestückten Gürtel ausmachen. Ich packte ihn mit dem Klapptritt in den Kofferraum des Chevy und fuhr die vier Blocks zum Belmont Diner, um dort zu Abend zu essen. Nach einem Teller herzhafter Kohlsuppe und Brathuhn mit Kartoffelbrei fühlte ich mich zu vollgestopft für mein Abenteuer.

Völlerei ist ein schrecklicher Feind des Privatdetektivs. Ich mußte eine gute Stunde warten, vielleicht sogar noch länger, ehe ich auf die Strecke gehen konnte. Du bist widerlich, schimpfte ich im stillen mit mir, als ich bezahlte. Peter Wimsey und Philip Marlowe hatten nie solche Probleme.

Als ich wieder im Chevy saß, trommelte ich mit den Fingern gegen das Lenkrad. Wenn ich zur Wohnung zurückfuhr, standen die Chancen günstig, daß ich dem alten Mann über den Weg lief. Falls sein eifersüchtiger sechster Sinn ihm sagte, ich sei unterwegs zu einem Abenteuer, würde ich ihn möglicherweise nicht mehr los. Ich hatte keine Lust, ins Kino zu gehen. Ich hatte auch keine Lust, mit einem Roman in meinem Büro zu sitzen.

Ich ließ das Auto an und fuhr nach Norden, zur Estes Avenue. Der Chevy schien wieder ganz brav zu sein – vielleicht hatte ich es mir nur eingebildet, daß der Motor ächzte.

Es war gerade acht, als ich zum Haus von Saul Seligman kam, nicht zu spät, um einem alten Mann einen Besuch abzustatten. Ich sah einen schwachen Lichtschimmer hinter den dicht verhängten Fenstern. Ein neuer Chrysler stand direkt vor dem Haus. Ich parkte unmittelbar dahinter und ging den Gehweg entlang, um zu klingeln.

Nach langem Warten wurde aufgeschlossen. Seligmans ältere Tochter, Barbara Feldman, kam an die Tür. Sie war fast fünfzig, sehr gepflegt, ohne nach der neuesten Mode gekleidet zu sein, mit gefärbtem rötlichen Haar, das sorgfältig in Wellen gelegt war, mit maßgeschneiderten Hosen und passendem Pullover, aber beides bequem.

Sie schaute mich mit unbestimmbarem Gesichtsausdruck an, erinnerte sich nicht mehr an meinen Besuch bei ihr zu Hause in Northbrook.

»Ich bin V. I. Warshawski«, sagte ich so laut, daß es durch

das Glas drang. »Die Privatermittlerin, die letzte Woche wegen des Brandes im Indiana Arms bei Ihnen war.«

Mrs. Feldman machte die Tür einen Spalt weit auf, damit sie mit mir reden konnte, ohne zu brüllen. »Meinem Vater geht es heute abend nicht gut. Er kann niemanden empfangen.«

Ich nickte mitfühlend. »Der Tod von Mrs. Donnelly muß ihn furchtbar aufgeregt haben. Deshalb bin ich hier. Wenn es ihm wirklich so schlecht geht, bleibe ich nicht lange, aber es ist möglich, daß er etwas weiß, das mir hilft, den Mörder zu finden.«

Sie runzelte die Stirn. »Die Polizei war schon hier. Er weiß gar nichts.«

»Vielleicht hat ihm die Polizei nicht die richtigen Fragen gestellt. Ich glaube, daß ich das kann.«

Sie dachte darüber nach, saugte an ihrer Oberlippe, dann machte sie die Tür zu. Wenigstens schloß sie die vielen Schlösser nicht ab. Während ich darauf wartete, daß sie zurückkam, machte ich ein paar Streckübungen. Ich wollte nicht mit einem Sprung über anderthalb Meter hinweg scheitern, nur weil ich mich nicht aufgelockert hatte. Ein Paar, das mit einem Hund an der Leine vorbeiging, beäugte mich neugierig, sagte aber nichts.

Nach etwa fünf Minuten kam Mrs. Feldman zurück. »Mein Vater sagt, Sie könnten ihm überhaupt nicht helfen, Sie sorgten nur für Ärger. Er glaubt, Sie seien schuld am Tod von Tantchen Rita.«

Es ist immer beunruhigend, wenn ein erwachsener Mensch in Kindersprache über Freunde und Verwandte spricht – als wäre die Welt um diesen Menschen herum so geschrumpft, daß Tantchen Rita oder Mama oder Papa für jeden, der es hört, dasselbe bedeutet.

»Nein«, sagte ich geduldig. »Dafür kann ich nichts. Es ist jedoch möglich, daß Mrs. Donnelly etwas wußte, das die Person, die das Indiana Arms in Brand gesteckt hat, nicht enthüllen wollte. Vielleicht hat Mrs. Donnelly nicht einmal gewußt, daß es ein lebensgefährliches Geheimnis war. Wenn ich mit Mr.

Seligman rede, bekommen wir vielleicht heraus, worüber sie gesprochen haben, als sie zum letzten Mal zusammenkam. Das gäbe mir vielleicht einen Anhaltspunkt dafür, warum Mrs. Donnelly umgebracht wurde. Und das kann uns dabei helfen, herauszufinden, wer sie umgebracht hat.«

Mrs. Donnelly hatte etwas gewußt. Dessen war ich mir sicher. Ich hatte nicht geglaubt, daß es etwas mit der Brandstiftung zu tun hatte – eher mit ihren Kindern. Es war mir fast so vorgekommen, als könne Mr. Seligman der Vater dieser Kinder sein. Ich war nicht der Meinung, daß solche Fragen mich oder die Ajax etwas angingen, aber jetzt sah es danach aus, als hätte ich mich geirrt.

Mrs. Feldman zog sich auch mit dieser Nachricht ins Haus zurück. Mir kam diese Form der Verständigung etwas absurd vor, als wäre sie die Wand und ich Thisbe. Nach einer kürzeren Wartezeit kehrte sie zurück und sagte, ihr Vater werde mich empfangen.

»Er sagt, Sie seien eine Pest. Aber wenn er Sie nicht empfange, stellten Sie ihm nach, bis er endlich nachgibt. Ich glaube nicht, daß er das tun sollte, aber er hört sowieso nie auf mich.«

Ich folgte ihr in die verbrauchte Luft des Flurs. Wir gingen den Korridor entlang bis zur Küche, einem Raum, der noch vollgestopfter und schäbiger war als das muffige Wohnzimmer, in dem ich den alten Mann bereits besucht hatte. Er saß gebeugt in einem schäbigen karierten Hausmantel an dem Resopaltisch vor einem Becher Tee. Unter der trüben Glühbirne an der Decke sah seine Haut aus wie eine verschimmelte Orange. Er schaute nicht vom Teebecher auf, als wir hereinkamen, rührte unentwegt darin herum.

»Es tut mir leid, daß ich Sie belästigen muß, Mr. Seligman«, fing ich an, aber er unterbrach mich mit einem Knurrlaut.

»Zum Teufel damit. Wenn es Ihnen leid tut, daß Sie mich belästigen, daß Sie mich überfallen, daß Sie mir das Leben zur Hölle machen, warum kommen Sie dann immer wieder her?« Er hob den Blick nicht vom Teebecher.

Ich schlug mir das Schienbein am Kühlschrank an, als ich

einen verdreckten Stuhl vom Tisch wegzog und mich ihm gegenübersetzte. »Ich nehme an, es kommt Ihnen so vor, als ob ich Ihr Leben verwüste, weil ich die einzige Fremde bin, die Sie zu sehen bekommen. Aber irgend jemand da draußen hat etwas gegen die Grundstücksverwaltung Seligman. Diese Leute haben das Indiana Arms in Brand gesteckt, und sie haben Mrs. Donnelly ermordet. Mir wär's ganz lieb, wenn denen das Handwerk gelegt würde, ehe sie noch etwas anstellen, sich zum Beispiel mit Ihnen beschäftigen.«

»Ich will bloß, daß Sie damit aufhören, sich mit mir zu beschäftigen«, murmelte er verdrossen.

Ich hielt die Gazeverbände hoch und sprach mit rauher Stimme. »Jemand hat das letzte Woche versucht, hat mich verbrennen wollen, damit ich mich nie wieder mit jemandem beschäftigen kann. War das Ihre Idee?«

Er schaute mich endlich doch noch an. »Jeder kann sich Verbände um die Hände wickeln.« Die Worte klangen bösartig, aber er konnte das zischende Luftholen nicht ganz unterdrükken, als er die Gaze sah.

Wortlos wickelte ich die linke Hand aus. Jetzt, wo die Handfläche heilte, sah sie schlimmer aus als vorher, gelbe Flecken um den knallroten Streifen in der Mitte herum. Mr. Seligman warf einen Blick darauf, dann schaute er mit finsterer Miene weg. Aber er mußte gegen seinen Willen den Blick immer wieder darauf richten. Mrs. Feldman im Hintergrund stieß einen beklommenen Laut aus, sagte aber nichts. Schließlich legte ich die Handfläche in den Schoß.

»Haben Sie, seit ich am Dienstag hier war, Mrs. Donnelly *gesehen* oder nur mit ihr telefoniert?«

Als Mrs. Seligman zögerte, antwortete seine Tochter. »Sie kam meistens abends vorbei, nicht wahr, Pop? Jetzt, seit du damit aufgehört hast, jeden Tag ins Büro zu fahren.«

»Sie kam also vorbei, nachdem ich hier war? Und worüber haben Sie gesprochen?«

»Über mein Geschäft. Das Sie nichts angeht, junge Frau.«

»Als Sie ihr sagten, daß ich ein Foto will, warum hat sie sich da so aufgeregt?« Ich hielt meinen Körper reglos und die Stimme monoton.

»Wenn Sie soviel darüber wissen, warum fragen Sie mich dann danach?« Er murmelte die Abfuhr in die Teetasse.

»Hat sie sich wegen Ihrer Kinder oder wegen ihrer Töchter so aufgeregt? Oder war das ein und dasselbe?«

Hinter mir schnappte Mrs. Feldman nach Luft. »Was wollen Sie damit sagen? Was ist denn überhaupt in Sie gefahren, daß Sie herkommen und ihn belästigen, nachdem er einen solchen Schock hinter sich hat?«

Ich ignorierte sie. »Wie viele Töchter haben Sie, Mr. Seligman?«

Ich hatte weit daneben gezielt. Sein angewiderter, empörter Blick sagte mir das. »Ich bin nur froh, daß es Fanny nicht mehr erleben mußte, wie in ihrer Küche so ein Mist geredet wird.«

»Weshalb hat es Mrs. Donnelly dann so gestört, daß Sie mir das Bild gegeben haben?«

»Das weiß ich nicht.« Es war ein jäher, frustrierter Ausbruch. »Sie kam her, wie haben miteinander gesprochen, ich habe ihr erzählt, daß Sie da waren und mich in die Enge treiben wollten, mir mein Geld immer noch nicht gegeben, sondern ein Bild von Barbara und Connie verlangt hätten. Und als ich ihr dann erzählte, ich hätte Ihnen das Foto unseres vierzigsten Hochzeitstags gegeben, von Fannys und meinem Hochzeitstag, hat sie sich furchtbar aufgeregt. Sie wollte wissen, welches Bild genau. Natürlich habe ich von dem Foto einen zweiten Abzug, von jemandem wie Ihnen erwarte ich nicht, daß man je zurückbekommt, was einem etwas wert ist, deshalb habe ich Ihnen gerade dieses Bild überlassen. Ich habe ihr das alles gesagt, und sie hat nur darüber geredet, ich hätte Fannys Andenken entweiht, indem ich Ihnen so etwas Persönliches gegeben habe.«

Als er ausgesprochen hatte, waren die orangefarbenen Wangen rot verfleckt, und er keuchte. »Sind Sie jetzt zufrieden? Können Sie mich in Ruhe lassen?«

»Ich glaube schon. Vermutlich. Wann ist das Requiem für Mrs. Donnelly? Am Dienstag nachmittag?«

»Kommen Sie bloß nicht auch noch an und ruinieren ihre Beerdigung. Ich glaube immer noch, daß sie wegen Ihrer ganzen Fragerei tot ist.«

Ich begegnete traurig seinem zornigen Blick. Ich hatte das unbehagliche Gefühl, er habe recht. Ich stand auf, stopfte die abgewickelte Gaze zu einem Knäuel zusammen.

»Sie bekommen Ihr Bild von mir zurück, Mr. Seligman, aber erst in ein paar Tagen. Ich komme nicht wieder hierher, aber ich möchte gern in Ihr Büro gehen. Können Sie das für mich arrangieren?«

»Wollen Sie die Schlüssel? Oder wollen Sie einbrechen wie diese Lumpen, die Rita auf dem Gewissen haben?«

Ich hob die Augenbrauen. »Von einem Einbruch habe ich nichts gelesen. Ich habe gedacht, die Tür sei offen gewesen wie immer während der Geschäftszeit, und die Täter seien einfach hineingegangen.«

»Jetzt ist die Tür jedenfalls abgeschlossen, und Sie bekommen die Schlüssel nicht. Sie werden schon ein anderes Grab ausrauben müssen.«

Die Müdigkeit setzte mir zu. Ich hatte keine Energie mehr, mich länger mit ihm herumzustreiten. Ich stopfte die zusammengeknüllte Gaze in die Tasche meiner Jeans und drehte mich wortlos um.

Mrs. Feldman drängte mich den Flur entlang. »Ich hoffe, Sie können ihn jetzt in Ruhe lassen. Ich hätte Sie gar nicht erst hereinlassen dürfen, aber er hat nie auf mich gehört. Wenn meine Schwester da gewesen wäre – sie sieht aus genau wie Mutter. Kommen Sie nicht wieder. Nur wenn Sie seinen Scheck für das Indiana Arms dabeihaben. Für Sie ist das nur ein Brand, aber für ihn war es etwas ganz Besonderes.«

Ich wollte etwas über meinen herzlichen und wunderbaren Charakter sagen, brach aber mitten im Satz ab – ihr war es sowieso egal. Ich hatte kaum die Schwelle überschritten, als sie die Schlösser versperrte.

Ich fühlte mich nun überhaupt nicht mehr wie eine gestopfte Gans, wenigstens das. Andererseits hatte mich meine Angeberei den Verband an der linken Hand gekostet. Ich probierte sie vorsichtig am Lenkrad aus. Die Pusteln gaben nach und sonderten etwas Flüssigkeit ab.

Ich stieg aus, öffnete den Kofferraum und zog das Handtuch heraus, das ich in den Gürtel gestopft hatte. Ich wickelte es um die linke Hand, hielt es mit den Zähnen fest, während ich die Zipfel feststeckte. Es war ein schlüpfriger Handschuh, aber so konnte ich wenigstens fahren.

Als ich über die Touhy Avenue zum Edens Expressway fuhr, war ich so müde und deprimiert, daß ich mich fragte, ob ich meinen Plan mit Alma Mejicana nicht aufgeben sollte. Wenn mir danach zumute ist, das Handtuch zu werfen, höre ich im Kopf oft die Stimme meiner Mutter, die mich ausschimpft. Ihre Energie war unerschöpflich – das Schlimmste, was ich in ihren Augen tun konnte, war aufzugeben. Heute abend jedoch hörte ich keine Echos im Kopf. Ich war in der dunklen Stadt mit den wunden Handflächen und den angeschlagenen Schultern allein.

Wenn du in Selbstmitleid untergehen willst, fahr nach Hause und geh ins Bett, schimpfte ich mit mir. Sonst wird deine Mission fehlschlagen. Für akrobatische Heldentaten muß dein Selbstbewußtsein auf der Höhe sein, nicht tief im Loch.

Ich wollte mir die Szene in Seligmans muffiger Küche nicht länger vor Augen führen, aber ich zwang mich wenigstens dazu, über das nachzudenken, was er gesagt hatte. Rita Donnelly hat irgend etwas verheimlicht. Ich hätte ihr damals nachdrücklicher auf den Zahn fühlen sollen, was ihre Töchter anlangte, aber das schien mir etwas rein Persönliches zu sein. Wenn es nicht die Vaterschaft war, was sie verheimlicht hatte, was war es dann, wovon sie nicht wollte, daß es bekannt wurde?

Die Ampel am McCormick Boulevard blieb so lange rot, daß

erst wildes Hupen hinter mir mich aus den Gedanken riß. Erschrocken machte ich einen Satz über die Kreuzung, die Ampel sprang schon wieder auf Gelb, und ein wütender Fahrer, der an mir vorbeiraste, zeigte mir den Vogel.

Als ich auf dem Edens Expressway hundert fuhr, behinderte mich die handtuchumwickelte Hand so sehr, daß ich an nichts als an Auto und Verkehr denken konnte. Ich ordnete mich in die rechte Spur ein und verlangsamte auf achtzig. Als ich um die Baustellen in der Roosevelt Road herumfuhr, fing der verfluchte Motor wieder mit der Ächzerei an. Ich mußte auf sechzig heruntergehen, damit das Geräusch verstummte.

Ich fuhr ohne weitere Mißgeschicke direkt zur Ashland Avenue und umkreiste das Büro von Alma Mejicana. Kein Licht zu sehen. Dieses Mal parkte ich nahe am Ende der Gasse auf der Forty-fifth Street, für den Fall, daß ich das Auto schnell erreichen mußte.

Ich band mir Eileens Tuch um den Kopf, holte den Gürtel aus dem Kofferraum und schnallte ihn um die Taille. Weil ich abgenommen hatte, hing er etwas tief; Taschenlampe und Hammer schlugen mir beim Gehen unangenehm gegen die Schenkel. Ich drückte den Klapptritt fest gegen meine Brust. Es war ein unerfreuliches Zeichen meines geschwächten Zustands, daß ein Gewicht, das ich normalerweise kaum gespürt hätte, mich heute abend so langsam machte.

Trotz der angenehm kühlen Nachtluft waren die Straßen leer. Die meisten Gebäude auf der Ostseite der Gasse waren Büros; die Bewohner der westlichen Gassenseiten schauten vermutlich auf die nächste Straße hinaus.

Es war kurz nach halb zehn, als ich zu dem Telefonmast in der Nähe von Alma Mejicana kam. Ich schaute im Sternenlicht skeptisch nach oben. Meine Handflächen brannten unter den Verbänden. Ich wickelte das Handtuch von der linken Hand und steckte es hinten in den Hosenbund. Als ich auf dem Tritt stand, reichten meine ausgestreckten Fingerspitzen nicht ganz an die ersten Treteisen heran. Ich stützte mich mit den Füßen auf dem Tritt ab, beugte die Knie und sprang.

Beim ersten Mal hatte ich so viel Angst davor, mir die linke Handfläche aufzureißen, daß ich das Eisen nicht packte. Der Lärm, den ich machte, als ich den Tritt umstieß, weckte die Hunde in der Gegend. Ich kauerte im Schatten des Zauns, rieb mir die Stelle, an der sich bei meinem Aufprall der Hammer in meinen Schenkel eingegraben hatte, und wartete, daß aufgebrachte Hausbewohner erschienen.

Als niemand kam, hob ich den Tritt auf und trug ihn zum Mast zurück. Die Hunde waren jetzt gründlich alarmiert; ich hörte verschiedene Rufe, die ihnen Ruhe geboten. Aber der Chor der Kläffer brachte die Besitzer offenbar auf den Gedanken, sie bellten sich gegenseitig an.

Als ich wieder auf dem Tritt stand, atmete ich ein paarmal in das Zwerchfell ein, den Kopf gegen den Mast gelehnt. Der Mast ist eine Fortsetzung meiner Arme. Er begrüßt mich schwesterlich. Er wird mich nicht als Eindringling bekämpfen.

Ich wiederholte diese Litanei etliche Male, beugte die Knie und sprang, ohne nachzudenken. Dieses Mal bekam ich die Eisen zu packen und schlang die Schenkel um den Mast, ignorierte den harten Druck des Hammers und das Stechen in den Schulterblättern. Ich bewegte mich schnell, dachte auch jetzt nicht an meine Hände, rutschte am rauhen Holz hinauf, bis ich das zweite Paar Treteisen erreichen und mich an ihnen in den Stand hinaufziehen konnte.

Als ich das geschafft hatte, war es leicht, die restlichen drei Meter hinaufzusteigen, bis ich auf gleicher Höhe mit dem Dach war. Als ich auf das Dach kletterte, erfüllte mich ein so starkes Hochgefühl, daß Schmerz und Müdigkeit hinter einer Wand in meinem Kopf verschwanden. Ich lief leichtfüßig über das Dach, schätzte die einen Meter breite Lücke ab und übersprang sie mühelos. Die nächste Lücke war breiter und das Nachbardach höher, aber jetzt trug mich eine Welle des Selbstvertrauens. Ich schaltete den Verstand ab und sprang. Der linke Fuß kratzte an der Mauer entlang, aber der rechte landete sicher auf dem Asphalt.

Ich ging zum Rand zur Gasse hin und leuchtete vorsichtig

mit der Taschenlampe. Mein Anhaltspunkt, die Garage, lag vor dem nächsten Gebäude; Alma Mejicana war das übernächste. Nun kam der Anderthalbmetersprung, aber es ging abwärts. Das Gebäude, auf dem ich landete, stand so nahe an meinem Ziel, daß die Mauern sich fast berührten.

Ich trat hinüber und erforschte das Dach. Hinter den Lüftungsrohren lag eine Falltür. Ich stemmte die Hammerklaue vorsichtig darunter. Wie ich gehofft hatte, hatte sich niemand die Mühe gemacht, die Falltür abzuschließen; sie ließ sich leicht heben. Ich legte das Handtuch auf den Asphalt dahinter und zog die Tür langsam hoch, während meine Schultern kleine weißglühende Schmerzfunken sprühten, die ich zu ignorieren versuchte. Ich mußte mich anstrengen, um die Tür in Balance zu bringen und sie dann langsam auf das Handtuch zu senken.

Ich legte mich flach daneben, hielt die Luft an und vergewisserte mich, daß kein Alarm ausgelöst wurde. Wir hatten Neumond. Die Sterne standen wie kalte Glasscherben am schwarzen Himmel. Trotz der Anstrengung und der langen Unterwäsche fröstelte ich.

Ehe die Dämonen der Nacht mich packen konnten, setzte ich mich auf und leuchtete mit der Taschenlampe in das Gebäude. Mit dem Öffnen der Tür hatte ich eine Falttreppe aufgeklappt. Ich stieg auf meinen schwarzen Stiefeln langsam hinunter, erreichte einen kleinen Dachboden mit Heizungs- und Belüftungsanlagen. Eine rohe Treppe, breit genug für den Transport von Geräten, führte in den Hauptteil des Gebäudes.

Obwohl die Straßen leer waren, wollte ich nicht riskieren, jemanden zu alarmieren. Ich machte nur vorsichtigen Gebrauch von der Taschenlampe. Es zeigte sich, daß die beiden Stockwerke in eine Reihe von Büros unterteilt worden waren. Die meisten waren nicht möbliert. In einem stand ein Metallschreibtisch, darauf ein Apollo-Computer.

Im Erdgeschoß hatten Schmidt und Martinez ihre Büros, die mit einem gewissen Luxus ausgestattet waren. Schmidt mochte den glatten mailändischen Stil, während Martinez verschnörkelten spanischen Möbeln den Vorzug gab. Weil die Räume im Erdgeschoß keine Fenster hatten, konnte ich in den beiden Büros Licht machen und nach Herzenslust auf die Suche gehen.

Ich pfiff leise vor mich hin, während ich Schreibtischschubladen und Aktenschränke auf- und zumachte. Ich hatte nicht die Zeit, mir sämtliche Akten vorzunehmen. Ich war auf einen eindeutigen Beweis aus, der auf einer Schreibtischplatte lag, so etwas wie: »Bringt V. I. Warshawski und ihre Tante Elena heute nacht um, indem ihr das Prairie Shores Hotel in Brand steckt.«

Irgendwo mußten sie einen Plan haben, auf dem alle Projekte von Alma Mejicana verzeichnet waren. Selbst als ich die Büros zweimal abgegangen war, fand ich nichts, was auf laufende Bauprojekte hindeutete. Es war möglich, daß das alles im Apollo gespeichert war, aber das hätte bedeutet, daß sie jedesmal, wenn sie laufende Verpflichtungen nachsehen wollten, etwa um herauszufinden, ob sie ein neues Angebot machen konnten, den Computer anwerfen und einen Ausdruck machen lassen mußten.

Vielleicht war die Firma so klein, daß sie nicht mehr als ein Projekt gleichzeitig bewältigen konnte. Aber warum hätte sie dann einen Teil des Auftrags am Dan Ryan bekommen? Selbst wenn sie sich Maschinen von Wunsch und Grasso ausliehen, für ein Projekt in dieser Größenordnung brauchte man beträchtliche eigene Kapazitäten.

Ich verzog das Gesicht und machte mich auf die Suche nach den Büchern. Vielleicht erledigte der Computer oben die ganze Buchhaltung, aber irgendwo mußte es Ausdrucke geben. Ich glaubte ohnehin nicht, daß sie den Computer benutzten: der Raum, in dem er stand, war bis auf den Schreibtisch völlig leer – es lagen weder Papiere noch Handbücher darauf, die man neben einer Maschine erwartet hätte, an der gearbeitet wird.

Es war Mitternacht, als ich endlich im untersten Fach eines Aktenschranks die Bücher fand. Mittlerweile waren mir die

Lider vor Müdigkeit angeschwollen. Ich hatte nicht an eine Thermosflasche mit Kaffee gedacht, aber ich fand eine elektrische Kaffeemaschine und eine Dose mexikanischen Kaffee in einer Vorratskammer und bediente mich ohne Skrupel. Ich trug die Bücher in Luis' Zimmer und setzte mich mit dem Kaffee an seinen schwarzen Hochglanzschreibtisch. Es war mehr die Wärme als das Koffein, was mich in Schwung hielt.

Die Bücher waren völlig in Ordnung. Zahlungen von verschiedenen Auftraggebern waren registriert, zum Beispiel von der Bundesregierung für das Dan-Ryan-Projekt, und Zahlungen für Strom, Zement und anderen Bedarf des Baugewerbes wurden geleistet. Aber die größten regelmäßigen Zahlungen gingen nicht an Lieferanten. Sie gingen an Wunsch und Grasso und Farmworks, Inc.

Ich schloß die geschwollenen Augen und versuchte, mich daran zu erinnern, woher ich den Namen kannte. Als ich aufwachte, war es drei. Mein Nacken war steif von Luis' Stuhl, in den ich gesackt war, und mein Herz raste unbehaglich – ich hätte bis zum Morgen schlafen und hier drin von den Angestellten der Alma Mejicana überrascht werden können.

Als ich wieder in die Bücher schaute, konnte ich mich jedoch genau an Farmworks, Inc., erinnern – das war der absurde Name, den ich in der Nacht, in der Cerise tot aufgefunden wurde, in den Arbeitsblättern der Rapelec-Baustelle gesehen hatte. Ich wühlte in Luis' Schreibtischschubladen nach einem Block. Als ich keinen fand, riß ich ein leeres Blatt aus dem hinteren Teil von einem der Bücher und notierte einige Zahlen. Ich hatte eine leise Ahnung, was sie zu bedeuten hatten, aber jetzt, wo der Morgen nahte, hatte ich keine Zeit mehr zum Nachdenken, nur noch zum Abschreiben und Gehen.

Ich legte die Bücher in das Fach zurück, in dem ich sie gefunden hatte, wusch die Kaffeetasse ab und schlich auf Zehenspitzen nach oben, um die Falltür auf dem Dach zu schließen. Vorher zog ich das Handtuch weg. Ich würde die Vordertür nicht wieder verriegeln können. Aber das könnte ja auch Freitagabend vergessen worden sein. Sollte man an einen Einbruch denken, ich hatte keinerlei persönliche Spuren hinterlassen. Und ich war viel zu kaputt, um den Weg zurückzugehen, den ich gekommen war.

Ich schob die Riegel zurück und trat auf die Ashland Avenue hinaus. Ich war etwa drei Meter von der Tür entfernt, als der Alarm losging. Ich hatte in die Gasse gehen und meinen Klapptritt holen wollen, aber es schien ein günstiger Zeitpunkt zu sein, einen neuen zu kaufen. Ich ging zügig die Straße entlang – wenn Alarm schrillt, darf einen niemand rennen sehen.

Ein Auto, das die Ashland Avenue entlang zur Forty-fifth Street fuhr, wurde langsamer. Ich suchte in der Gesäßtasche nach dem Tuch – ich hätte es umbinden sollen, ehe ich das Gebäude verließ. Es war nicht da. Ich faßte in die Seitentaschen, in den Hosenbund, an den Gürtel, aber ich mußte es im Büro der Alma Mejicana verloren haben.

Meine Hände zitterten, und meine Beine wurden zu Gummi. Ich zwang mich, natürlich zu gehen. Falls die Polizei oder Luis Schmidt es fanden, wer konnte wissen, daß es meins war? Bobby Mallory führte vermutlich nicht Buch über die Geschenke seiner Frau, und es war äußerst unwahrscheinlich, daß er dieses Beweisstück je zu sehen bekam.

Daß ich mir diese logischen Sätze vorsagte, beruhigte mich nicht, aber es beschäftigte meinen Verstand so weit, daß ich nicht völlig in Panik geriet. Außerdem half mir, daß der Autofahrer zwar immer noch langsam fuhr, aber nicht anhielt. Soweit ich das beurteilen konnte, kümmerte er sich nicht um den Alarm, sondern er überlegte, wie ratsam es sei, eine Frau zu überfallen, die so viele Waffen umgeschnallt hatte wie ich. Ich schaute weiter geradeaus, versuchte, ihn unsichtbar zu machen. Während ich an der Kreuzung nach links bog, fuhr er weiter nach Norden.

Meine Selbstbeherrschung brach zusammen; ich joggte das restliche Stück bis zu meinem Auto und fuhr zum Ryan Expressway, ohne abzuwarten, ob jemand auf den Alarm reagierte.

33 Arbeitskleidung

»Hoch soll sie leben, hoch soll sie leben, dreimal hoch, ist sie auch daneben, ist sie auch daneben, dreimal hoch«, sang ich im Bad. Das war Montag morgen um elf; ich war aus einem Schlaf erwacht, der so tief gewesen war, als gehörte ich zu den Gerechten und wäre keine Einbrecherin mit bescheidenem Erfolg.

Die Morgenzeitungen enthielten keine Meldung über meinen Einbruch. Sie waren vermutlich auch schon im Druck gewesen, als ich nach Hause fuhr, aber ich glaubte nicht, daß ein Alarm in einer kleinen Firma auf der South Side eine Meldung wert sei, wenn kein Schaden entstanden war. Meine Panik vom frühen Morgen war verschwunden. Ich hatte wohl ein Beweisstück zurückgelassen, aber das Tuch wurde von irischen Importläden in der Stadt jede Woche dutzendweise verkauft. Es lag nur an meinen schuldbewußten Ängsten, wenn ich geglaubt hatte, es könne als Spur dienen. Was ich allerdings auf keinen Fall tun durfte, war, Furey oder Finchley oder meine anderen Freunde bei der Polizei anzurufen und mich nach Alma Mejicana erkundigen.

Ich hatte die rechte Hand ausgewickelt, ehe ich in die Wanne stieg. Die Blasen auf der linken waren aufgegangen und hatten sich, nachdem sie stark genäßt hatten, wieder geschlossen. Sie brannten heftig, als ich die Hand vorsichtig ins Wasser tauchte. Die rechte, die von der Gaze geschützt gewesen war, zeigte allmählich wieder richtige Haut. Nichts sorgt schneller für Heilung als gute Gene. Gute Arbeit, V. I., du hast die elterlichen Chromosome gut ausgewählt.

Obwohl meine Schultern steif waren und mein Nacken schmerzte, war ich ausgesprochen fröhlich. »Liebe, deine Stimme ist Musik«, krähte ich und seifte mir die Achselhöhlen ein.

Ich wußte nicht, was Farmworks, Inc. war. Ich hatte keinen Beweis dafür gefunden, daß Luis Schmidt versucht hatte, mich zu ermorden. Ich wußte nicht mehr darüber als zuvor, ob Cerise umgebracht worden war, oder warum Elena voller Angst weggelaufen war, aber mein erfolgreicher Einbruch erwies sich als äußerst wirkungsvolles Stärkungsmittel.

Ich hüpfte aus dem Bad, schaffte mehr meiner gymnastischen Übungen als gestern und zog Jeans und ein Hemd an, um mir den Hund bei dem alten Mann auszuleihen. Peppy hatte gebellt, als ich heute morgen nach Hause gekommen war, aber weder Mr. Contreras noch Vinnie, der Bankmensch, hatten den Kopf durch die Tür gestreckt, deshalb hoffte ich, daß sie mich nicht gehört hatten.

Daß mich Mr. Contreras mißtrauisch musterte, als er auf mein Klopfen reagierte, ließ mich daran zweifeln, aber freiwillig sagte ich gar nichts. Als Pflichtverteidigerin mußte ich meine Mandanten immer wieder davor warnen, aus Euphorie anzugeben. Am einfachsten wird man erwischt, wenn man tadellose Arbeit leistet und dann so stolz auf sich ist, daß man damit prahlen muß. Dann kriegt ein Kumpel eine Wut auf einen und singt, und schon sitzt man an der Kreuzung zwischen der Twenty-sixth Street und der California Avenue und redet mit der Polizei.

»Sie müssen sehr müde gewesen sein, Engelchen, daß Sie so lange geschlafen haben«, sagte Mr. Contreras streng.

»Ja, aber ich fühle mich heute morgen viel besser. Ich will Ihre Königliche Hoheit spazieren führen.« Ich zeigte ihm die heilenden Handflächen und bekam seine widerwillige Zustimmung, den Hund mitzunehmen. Es wäre grausam gewesen, es mir abzuschlagen, wenn man bedachte, daß Peppy in ihrem Eifer schier aus der Haut fuhr.

Ich war noch nicht in der Lage, mit ihr zu laufen, aber ich konnte mit ihr zum See fahren und Stöckchen für sie ins Wasser werfen. Ein Paar Winterhandschuhe schien als Schutz für die Hände auszureichen. Weil Golden Retrievers als Schwimmweltmeister zur Welt kommen, bestand die einzige Schwierigkeit darin, Peppy dazu zu überreden, ins Auto zurückzukommen, als mir die Schultern vom Werfen zu weh taten.

Ich parkte verbotenerweise am Hydranten vor unserem Haus und lief hinein, um Peppy bei Mr. Contreras abzuliefern.

Er weigert sich zu glauben, daß das Seewasser ihrer zarten Konstitution nicht schadet, aber ehe er dazu kam, seine Klage anzustimmen, lächelte ich ihn an und verabschiedete mich.

»Das können Sie sich doch bestimmt alles merken und mir später sagen«, versicherte ich ihm, als er mich von der Schwelle aus finster anschaute.

Ich lief nach oben in meine Wohnung und holte die Wanderstiefel aus dem Flurschrank. Ich nahm die Pistole aus dem Gürtel, den ich heute morgen auf einen Stuhl gelegt hatte, und steckte sie in den Hosenbund. Das Telefon läutete, als ich die Vordertür schloß, aber ich ließ es klingeln. Obwohl ich es eilig hatte, nahm ich mir die Zeit, alle drei Schlösser abzusperren – schließlich hatte jemand versucht, mich umzubringen, und es gab keinen Grund, einen Hinterhalt herauszufordern.

Ich zog die Handschuhe wieder an und fuhr zum Lake Shore Drive. Obwohl das Gras in den Anlagen am See gelb und ausgetrocknet war, linderten die weiche Luft und das glitzernde Wasser die Erinnerung an den harten Sommer. Beim Fahren sang ich »Wir fahren heut auf Omas Hof« und andere Kinderlieder.

Die Tiefgaragen waren besetzt, aber nicht einmal die Tatsache, daß ich in einem teuren Parkhaus an der Wabash Avenue parken mußte, dämpfte ernsthaft meine gute Laune. Ich pfiff leise vor mich hin, als ich mit dem launischen Aufzug im Pulteney-Gebäude in den dritten Stock hinauffuhr.

Unsere Hausverwaltung hält nichts von so unnötigen Ausgaben wie solchen für Flurbeleuchtung. Die Notbeleuchtung an beiden Enden des Gangs sondert ja einen schwachen Lichtschein ab, der gerade noch ausreicht, mit dem Schlüssel das Schloß zu finden. Als ich aus dem Aufzug trat, sah ich einen trüben Umriß vor der Wand meinem Büro gegenüber. Ich habe nicht viel Laufkundschaft – den meisten meiner Klienten ist es lieber, wenn ich zu ihnen komme. Das ist einer der Gründe dafür, daß ich mein Geschäft von einem derart trostlosen Ort aus betreiben kann.

Wenn jemand mich erschießen wollte, war das die beste Gelegenheit. Ich dachte daran, ins Treppenhaus zu rennen und Hilfe zu holen, aber Tom Czarnik, der Hausmeister, wartete nur auf die Gelegenheit, den Beweis zu erbringen, daß ich eine ungeeignete Mieterin war. Und wenn ich die Bullen rief, würde, ehe sie kämen, soviel Zeit verstreichen, daß mein Besucher vermutlich längst fort war.

Und die eigentliche Wahrheit, V. I., lautet, daß du es nicht erträgst, andere um Hilfe zu bitten. Dieser kalte Gedanke ging mir schon durch den Kopf, als ich den Flur entlangtrottete, von einer Seite zur anderen ging und die Schultern hochzog, damit ich kleiner wirkte. Als ich den schattenhaften Umriß erreichte, lachte ich kurz auf, von meinen Ängsten befreit: Zerlina Ramsay wartete auf mich.

»Ich hab nicht gewußt, ob Sie überhaupt mal hierherkommen, junge Frau. Ich bin schon seit acht Uhr morgens hier.« Das war eher eine Feststellung als eine Beschwerde.

»Mir ging's nicht besonders«, sagte ich und kämpfte ungeschickt mit den Schlüsseln in den behandschuhten Händen. Als ich schließlich den richtigen erwischte, ließ sich die Tür nur langsam öffnen, die Post einer Woche hatte sich dahinter angesammelt. Ich las sie auf und bat Mrs. Ramsay einzutreten.

»Sie hätten mich zu Hause anrufen können – ich wäre gern zu Ihnen gekommen.«

In der Bürobeleuchtung sah ihre Hautfarbe gesünder aus als im Krankenhaus. Ihre mürrische Gastgeberin kümmerte sich offenbar gut um sie.

»Das wollte ich nicht. Konnte ja nicht wissen, mit wem Sie leben, ob mir die Leute dort erlauben, mit Ihnen zu reden.« Sie ließ sich vorsichtig in meinen spartanischen Besucherstuhl fallen. »Jedenfalls hab ich nicht gewollt, daß Maisie mithört, wenn ich Sie anrufe.«

Ich warf die Post auf den Schreibtisch und drehte mich im Schreibtischstuhl herum, damit ich ihr ins Gesicht sah. Mein Schreibtisch steht am Fenster und der Besucherstuhl im Raum, damit die Barrikade aus Stahl die Klienten nicht einschüchtert.

»Ich habe in den Nachrichten gehört, daß Sie letzte Woche in dem Feuer verletzt worden sind. Gegenüber vom Indiana Arms, nicht wahr?« Sie nickte vor sich hin, und ich wartete geduldig darauf, daß sie weitersprach. »Maisie sagt, ich soll Sie sich selbst überlassen – Sie haben Cerise Scherereien gemacht, jedenfalls hat es Ihre Tante getan, und ich soll es Ihnen überlassen, da wieder rauszukommen.«

Ich fühlte mich für Cerises Tod nicht verantwortlich, aber ich sah auch nicht, was es für einen Sinn gehabt hätte, mich mit ihrer Mutter darüber herumzustreiten. Was Elena anlangte, konnte sie durchaus recht haben, zumindest zum Teil.

»Ich hatte den Eindruck, als ob die beiden irgend etwas ausgeheckt hätten«, wagte ich mich vor. »Ich glaubte, sie wollten so tun, als ob Katterina tot wäre, und viel Geld von der Versicherung kassieren.«

»Da könnten Sie recht haben.« Sie seufzte unglücklich. »Da könnten Sie recht haben. Wenn ich Ihnen die Schuld gebe, geht der Schmerz darüber nicht weg, daß ich so ein Kind gehabt habe, ein Kind, das Heroin nimmt und Crack und weiß Gott was sonst noch, das stiehlt und lügt. Es ist leichter, Ihnen die Schuld zu geben, als im Bett zu liegen und sich zu fragen, was ich anders hätte machen sollen.«

»Elena ist auch nicht gerade ein Engel«, warf ich ein. »Aber mein Vater war ihr Bruder, und was Besseres als ihn hat die Schöpfung nicht zu bieten.«

»Schon, aber Sie haben Ihre Tante nicht aufgezogen. Wenn ich nicht so schwer gearbeitet hätte, dauernd weggewesen wäre –« Sie brach ab. »Hat jetzt keinen Zweck mehr, darüber zu reden. Deshalb bin ich nicht hergekommen. Mußte im Bus zweimal umsteigen.«

Nach einem grübelnden Schweigen, währenddessen die vollen Lippen zu einem schmalen Schlitz in ihrem Gesicht wurden, sagte sie: »Es ist Ihnen nichts Neues, daß Ihre Tante, diese Elena, ganz gern mal die eine oder andere Geschichte erzählt.«

Sie wartete auf meine Zustimmung, ehe sie fortfuhr. »Sie behauptet also, sie hat ein paar Wochen vor dem Brand jemand gesehen, der mit Jim Tancredi spricht, und dann ist sie an dem

Abend, an dem das Hotel abgebrannt ist, in mein Zimmer gekommen und hat mir erzählt, daß der Kerl wieder da war.«

Sie lächelte verlegen. »Sie müssen schon verstehen, so wie wir da gelebt haben, ist jedes neue Gesicht aufregend. Vielleicht hätten Sie sich nicht dafür interessiert, aber mich hat's interessiert. Und so hat sie gesehen, daß meine Enkelin bei mir war, Cerise und Otis hatten sie bei mir gelassen, wie Sie wissen, und sie kriegt einen Anfall von Rechtschaffenheit darüber, daß im Gebäude keine Kinder erlaubt sind und daß sie mit Tancredi darüber reden will, also geb ich ihr Geld für eine Flasche und sie haut ab, aber ich denk mir, es ist besser, wenn ich unsere kleine Prinzessin bei Maisie unterbringe. Bei einem Alki wie Elena kann man sich nicht darauf verlassen, daß sie den Mund hält, bloß weil sie sagt, sie hält dicht.«

Als sie defensiv zu mir aufschaute, knurrte ich zustimmend – so kannte auch ich Elena, darüber brauchte ich mich nicht herumzustreiten. »Was hat sie über den Mann gesagt, den sie gesehen hat? Schwarz, weiß, jung, alt?«

Sie schüttelte bedauernd den Kopf. »Er war weiß, da bin ich mir so gut wie sicher, auch wenn sie das nicht ausdrücklich gesagt hat. Aber sie hat gesagt, daß er wunderschöne Augen hätte, so hat sie sich ausgedrückt, und ich kann mir nicht vorstellen, daß sie das über einen Schwarzen sagen würde.«

Das war nun wirklich hilfreich. Elena glaubte, jeder Mann unter fünfundachtzig habe wunderschöne Augen. Ich hatte selbst gehört, wie sie darüber sparch. In der Brandnacht. Vinnie, der Bankmensch, war herausgekommen, um mich anzukläffen, und sie hatte zu mir gesagt, ich solle einen Jungen mit so wunderschönen Augen nicht gegen mich aufbringen.

Durch diese Erinnerung trieb das Gesicht in der Menge am Prairie Shores Hotel, das mir immer ausgewichen war, wieder in mein Bewußtsein. Vinnie. Vinnie, der fünfundzwanzig Kilometer von der Near South Side hätte entfernt sein müssen. Ich hatte die Augen aufgemacht, als die Sanitäter mich durch die Menge trugen, und gesehen, wie er auf mich herunterschaute. Es war ein Dia, das mir so kurz auf der Netzhaut gezeigt wurde, daß ich mich erst jetzt daran erinnerte, wie ich die Augen aufgemacht und das kurze Aufblitzen gesehen hatte.

Langsam kehrte ich in das Zimmer zurück. Erst glaubte ich, ich müsse meinen Terminplan für den Tag ändern und sofort Jagd auf ihn machen. Aber als sich der Wirbel in meinem Kopf legte und der Verstand wieder Oberhand gewann, erinnerte ich mich daran, daß ich nicht wußte, bei welcher Bank er arbeitete.

»Ist mit Ihnen auch alles in Ordnung?« fragte Zerlina besorgt.

»Alles bestens. Ich glaube, daß ich möglicherweise weiß, von wem sie gesprochen hat.« Aber hätte Elena verheimlicht, daß sie Vinnie schon einmal gesehen hatte? Wäre es nicht typischer für sie gewesen, hinterhältige Andeutungen zu machen? Dazu war freilich keine Zeit gewesen – wir hatten uns darüber gestritten, ob sie bleiben könne. Vielleicht hatte sie Vinnie darüber vergessen. Und an jenem Abend, an dem sie gemeinsam mit Cerise aufgetaucht war, hatten sie mit einem Märchen über Katterina angefangen, aber als sie gemeinsam im Bett lagen, schlug Elena vor, es sei eine bessere Idee, Vinnie zu erpressen. Von diesem Zeitpunkt an hätte sie natürlich nichts mehr über ihn zu mir gesagt.

»Elena ist wieder verschwunden«, sagte ich unvermittelt. »Ist am Samstag morgen aus ihrem Krankenhausbett abgehauen. Sie hat einen ziemlich kräftigen Schlag auf den Kopf bekommen und hätte nicht gehen dürfen, vom Laufen ganz zu schweigen.«

»Im Fernsehen haben sie nichts über Elena gesagt, bloß über Sie, weil sie Detektivin sind. Und daß Sie Ihre Tante gerettet haben, und da war ich mir ziemlich sicher, daß Elena gemeint ist. Ich bin heute nicht wegen ihr hergekommen, aber sie tut mir leid. Sie ist kein schlechter Mensch, wissen Sie, ebensowenig wie Cerise. Bloß schwach, alle beide.«

Sie grübelte schweigend eine Weile darüber nach. Als klar war, daß sie sonst nichts mehr sagen wollte, fragte ich, ob ich sie nach Hause fahren könne.

»Mm. Wenn ich im Auto von einer Weißen ankomme, kriegt

Maisie das von der ganzen Straße zu hören. Nein, ich fahre so zurück, wie ich gekommen bin. Es macht nichts, wenn ich zweimal umsteigen muß, wissen Sie – ich weiß neuerdings sowieso nicht, was ich mit meiner Zeit anfangen soll.«

Die Erregung, die ich empfunden hatte, als ich mich daran erinnerte, daß ich Vinnie am Brandort gesehen hatte, legte sich, als Zerlina gegangen war, und mit ihr verging auch viel meiner früheren Euphorie. Es war schwer, an ihr Leben und an das von Elena zu denken und dennoch fröhlich zu bleiben. Dazu kam, daß es mir immer sinnloser schien, Vinnie als Brandstifter in Betracht zu ziehen. Vielleicht war er ein soziopathischer Pyromane, aber es wirkte wie ein unglaubwürdiger Zufall, daß er, kaum unter meiner Wohnung eingezogen, das Gebäude, in dem meine Tante wohnte, in Brand gesteckt hatte. Natürlich müssen auch Soziopathen irgendwo wohnen, und vielleicht wußte er gar nicht, daß meine Tante in einem Gebäude wohnte, das auf seiner Liste stand. Und vielleicht erklärte das, warum er so kurz nach dem Brand wach und gereizt gewesen war.

Mein Kopf drehte sich sinnlos weiter. Schließlich zwang ich mich, ihn abzustellen. Ich blätterte rasch die Post durch. Zwei Schecks, bravo, und eine Handvoll Karten mit Genesungswünschen von Klienten. Die eindeutige Ramschpost warf ich weg. Die Rechnungen konnten zweifellos warten. Das eingegangene Geld würde meine Ausgaben von heute nachmittag decken.

Ich zahlte die Schecks ein und hob zwei Hunderter ab. Damit bewaffnet ging ich Richtung Westen die Van Buren Street entlang und hielt Ausschau nach einem Laden, der Arbeitskleidung verkaufte. Das systematische Abrasieren des Loop, um Bauplatz für glitzernde Hochhäuser zu schaffen, hat die meisten kleineren Geschäfte vertrieben. Früher war die Van Buren Street vollgestopft mit Läden, in denen Armyartikel und Haushaltswaren verkauft wurden, aber nur die Peepshows und die Schnapsläden haben sich hartnäckig gehalten. Sie werden vermutlich zuletzt weichen.

Ich mußte fast einen Kilometer gehen, ehe ich fand, was ich

suchte. Ich kaufte einen Helm und einen schweren Overall mit Arbeitshandschuhen. Mit einsdreiundsiebzig bin ich groß für eine Frau, aber eine kleine Männergröße paßt mir gut.

Alles sah zu neu aus, als daß es jemand davon überzeugt hätte, daß ich ein altgedienter Bauarbeiter sei. Im Büro legte ich den Overall auf den Boden und fuhr etliche Male mit dem Schreibtischstuhl darüber. Jetzt sah er neu, aber schmutzig aus.

Ich habe im Aktenschrank Werkzeuge, mit denen ich das Frauenklo reparieren kann, das im Durchschnitt zweimal pro Monat kaputt ist. Weil Tom Czarnik alle weiblichen Mieter vertreiben will, nicht nur mich, habe ich im Lauf der Jahre die Anfangsgründe des Klempnerhandwerks gelernt. Ich holte den Schraubenschlüssel heraus und schlug ein paarmal auf den Helm ein. Er sah immer noch zu neu aus, aber ich konnte ihm noch ein paar künstliche Beulen und Kratzer verpassen. Das mußte reichen.

Ich zog den Overall über die Jeans, steckte die Pistole in eine der tiefen Seitentaschen und meinen kleinen Bürovorrat an Werkzeugen in die zweite. Auf der Ryan-Baustelle nützten sie mir nichts, aber ich glaubte, sie verliehen mir einen Hauch Echtheit. Ich füllte den Inhalt meiner Handtasche um in diverse andere Taschen und machte das Licht im Büro aus. Die Wanderstiefel hatte ich im Auto gelassen. Ich würde sie erst anziehen, wenn ich die Baustelle erreicht hatte – zum Fahren waren sie zu hart. Ich nahm den Helm unter den Arm und ging. Dieses Mal war es das Bürotelefon, das ich ignorierte, als ich abschloß.

Der Aufzug, der nur noch mühsam funktioniert hatte, als ich mit der Arbeitskleidung zurückgekommen war, hatte den Dienst jetzt ganz eingestellt. Ich straffte die Schultern und ging zum Treppenhaus.

34 Dampf von oben

Ich band mir die Stiefel zu und wanderte über das Geröll auf der Rampe hinauf, auf dem ich letzte Woche in den Straßenschuhen herumgerutscht war. Ein gutes Paar Stiefel mit Stollen sorgt für einen gewaltigen Unterschied, ich kam zügig nach oben. Mit Helm und Overall paßte ich so gut ins Bild, daß niemand einen Blick für mich übrig hatte.

Als ich den Seitenstreifen entlangtrottete, wurde mir klar, daß die Sorge, meine Kleider sähen zu neu aus, unnötig gewesen war – der Betonstaub überzog sie schnell. Ich holte die Sonnenbrille aus einer Vordertasche, um die Augen zu schützen, aber ich konnte nichts dagegen tun, daß der Staub in meine Lungen drang. Aber auch der trockene Husten trug zu meiner Echtheit bei. Das einzige, was mir fehlte, war ein Tuch um den Hals – in Rot oder Gelb –, das man sich über den Mund ziehen kann, wenn man sich über einen Preßlufthammer beugt.

Eigentlich fehlte mir noch etwas – ein Gewerkschaftsausweis. Selbst wenn ich riskieren wollte, daß die Männer im Bauwagen mich wiedererkannten, konnte ich nicht nach der Arbeitsstelle von Alma Mejicana fragen, ohne mich als Mitglied der Bruderschaft auszuweisen. Ich stapfte weiter und hielt Ausschau nach dem knallroten und grünen Logo von Wunsch und Grasso.

Ich war kräftiger, als ich es vor zwei Tagen gewesen war, aber je länger ich wanderte, desto weniger Begeisterung empfand ich für mein Vorhaben. Mir wurde außerdem klar, daß eine echte Bauarbeiterin eine Wasserflasche am Gürtel trug. Es war kühler, als es seit langem gewesen war, aber das Gehen in dem schweren Overall, mit den Werkzeugen bepackt, den Staub einatmend, machte mein Gesicht heiß und meine Kehle kratzig. Meine Schultern stießen mitleidheischende Warnrufe aus.

Ohrstöpsel hätten auch nichts geschadet – der Lärm war schwindelerregend. Preßlufthämmer, riesige Planierraupen, Lastwagen mit Zement, baggerähnliche Dinger mit furchterregenden Reißzähnen mischten sich mit den Rufen mehrerer tausend Männer zu einem mißtönenden Chor. Nur wenige der echten Arbeiter trugen Ohrstöpsel – es ist besser, taub zu werden, als eine unmännliche Schwäche zu zeigen.

Ich ging auf der Westseite der Straße Richtung Süden. Für mein unkundiges Auge war das der umfangreichste Teil des Projekts, denn hier wurde eine ganz neue Fahrbahn gebaut, für den Verkehr Richtung Süden zum Eisenhower Expressway. Ich musterte diesen Teil der Baustelle und bemühte mich, den Verkehr auf den mittleren vier Spuren zu überschauen, um sicherzugehen, daß mir das Logo von Wunsch und Grasso auch auf der nördlichen Seite nicht entging.

Ich hatte fast die Abzweigung zur I-55 erreicht, als ich die Maschinen entdeckte, gnädigerweise auf meiner Seite des Expressway. Ich hievte mich auf die Leitplanke, während ich das Terrain musterte. Alma Mejicana war an den Bauarbeiten mit etwa einem halben Dutzend Maschinen und zwanzig bis dreißig Männern beteiligt.

Mit den Betonarbeiten hatten sie nichts zu tun. Statt dessen bereiteten sie, soweit ich das beurteilen konnte, das Straßenbett vor, benutzten riesige Walzen, um Steine zu Schotter zu mahlen, und kamen dann mit Planierraupen, um die Oberfläche zu glätten. Die Männer, die keine Maschinen bedienten, begleiteten diese mit Schaufeln und Hacken und glichen Unebenheiten an den Rändern aus, einige standen herum und überwachten die Arbeit.

Es war ein Bild großer Geschäftigkeit, und trotz der modernen Maschinen rief es eine frühere Epoche in mir wach. Niemand im Trupp war schwarz, und soweit ich sehen konnte, waren auch keine Hispanics dabei. Die meisten Helme trugen das Logo von Wunsch und Grasso. Es ist eine Sache, sich die Maschinen einer anderen Firma auszuleihen, aber selbst ein kleines Unternehmen sollte dazu in der Lage sein, eigene Helme zu stellen.

Ich sprang von der Planke und ging zu einem der Männer hinüber, die die Arbeit beaufsichtigten. In der Nähe der Walzen war der Lärm so stark, daß es mühsam war, den Vorarbeiter auf mich aufmerksam zu machen.

Als er schließlich zu mir aufschaute, brüllte ich ihm ins Ohr: »Ist Luis Schmidt heute hier?«

»Wer?« bellte er zurück.

»Luis Schmidt!«

»Den kenne ich nicht.«

Er wandte sich wieder der Straße zu, signalisierte einem der Männer etwas. Ich glaubte, er gebe meine Frage weiter, aber statt dessen wollte er nur auf etwas zeigen, was an dem Straßenbett getan werden mußte. Ich klopfte ihm auf den Arm.

Er fuhr ungeduldig herum. »Sind Sie immer noch da?«

»Ist das hier die Arbeitsstelle von Alma Mejicana?«

Er rollte mit den Augen – blöde Schnalle. Er zeigte auf die Maschine, die ihm am nächsten war. »Was glauben Sie denn?«

»Ich glaube, daß Sie zu Alma Mejicana gehören und sich Maschinen von Wunsch und Grasso ausgeliehen haben.«

Er setzte zu einer schneidenden Abfuhr an, als ein zweiter Vorarbeiter herüberkam. »Was ist denn hier los?« wollte er wissen und brachte seinen Kollegen mit einer gebieterischen Armbewegung zum Schweigen.

»Ich suche nach dem Trupp von Alma Mejicana«, brüllte ich. »Ich habe gehört, daß die Firma Maschinen von Wunsch und Grasso benutzt.«

Der zweite Mann zog den ersten beiseite. Sie führten ein angeregtes Gespräch, das ich nicht verstehen konnte, aber dabei wurde heftig gestikuliert – zum Straßenbett hin und in meine Richtung. Schließlich ging der erste Vorarbeiter zehn Meter die Straße entlang, während der zweite zu mir zurückkam.

»Rudy ist neu hier. Der Trupp ist von AM, aber die Vorarbeiter und die Maschinen sind alle von Grasso. Was wollen Sie hier?«

Er schob das wettergegerbte Gesicht nah an meines, damit ich ihn hören konnte. Vielleicht spielte mir die Phantasie einen Streich, aber hinter dem weißen Staubfilm wirkte sein Ausdruck kalt, fast drohend.

»Ich suche nach Luis Schmidt.« Das war mein einziger Text, also hielt ich mich daran.

»Er ist nicht auf der Baustelle. Ich kann eine Nachricht für ihn entgegennehmen.«

Ich schüttelte den Kopf. »Es macht mir nichts aus, auf ihn zu warten.«

»Er kommt heute nicht her, Lady. Und morgen auch nicht. Wenn Sie also eine Nachricht für ihn haben, sagen Sie es mir. Wenn nicht, verlassen Sie die Baustelle.«

Er schaute zwei Männer mit Spitzhacken an und ruckte mit dem Kopf. Als sie herkamen, sagte er: »Die Lady hat sich auf die Baustelle verirrt. Sorgt dafür, daß sie abhaut und wegbleibt.«

Ich hob beschwichtigend die Hände. »Das ist okay, starker Mann – ich finde den Rückweg selbst. Ich hab sowieso gehört, was ich hören wollte.«

Ich stapfte zügig nach Norden. Die Hackenträger trotteten hinter mir her und führten eine Konversation, von der ich zum Glück nichts verstand. Es war ausgeschlossen, daß ich hier auf dem Dan Ryan angegriffen wurde, wo zweitausend Männer Augenzeugen waren. Unter der Voraussetzung, daß meine Schreie den Maschinenlärm übertönten und daß sie mich nicht für eine Schwarzarbeiterin hielten und sich daran beteiligten, das zu verstümmeln, was noch von mir übrig war.

Nach etwa achthundert Metern, als mir von der Anstrengung kotzübel war, hielten sie ihre Mission für erfüllt. Einer stupste mich spielerisch mit der Hacke in die Seite. Der andere erklärte mir, er gehe davon aus, daß ich meine Lektion gelernt hätte, sie könnten auch andere Saiten aufziehen, wenn ich wiederkäme.

Ich nickte wortlos, stolperte weg vom Straßenbett und brach auf der Böschung westlich davon zusammen. Eine halbe Stunde lag ich dort und atmete schwer in der kalkigen Luft. Sie konnten nicht wissen, wer ich war. Falls meinetwegen Alarm gegeben worden wäre, hätten sie mich einfach mit der Walze überfahren können. Aber sie mußten irgendeine Warnung bekommen haben, daß möglicherweise jemand bei Alma Mejicana herumspionierte.

Was wäre gewesen, wenn ich eine Bundesbeamtin gewesen wäre? Hätte der zweite Vorarbeiter dann auch so überstürzt reagiert? Massive Bestechlichkeit scheint bei den Bundesbürokraten noch nicht üblich zu sein, aber vielleicht hatte Roz – über Boots – eine andere Protektionsquelle für die Firma ihres Vetters.

Der Sears Tower beherrschte den Horizont vor mir. Die Sonne stand so tief, daß sie seine Fenster in feuriges Kupfer verwandelte. Es war jetzt zu spät, zum Daley Center zu fahren und etwas über Farmworks, Inc. herauszufinden. Ich lag auf der Böschung und schaute zu, wie sich das Feuer auf dem Turm in ein weiches Orange abschwächte und dann dunkel wurde.

Schließlich kam ich auf die Beine und machte mich auf den langen Weg zu meinem Auto. Meine Beine waren etwas wacklig – zu früh zu viel Belastung, sagte ich mir streng. Hat nichts zu tun mit der Angst vor den Kerlen mit den Spitzhacken.

Die Tagestrupps waren dabei, zusammenzupacken. Die Nachtschicht hatte noch nicht angefangen. Der Lärm legte sich etwas, und die Arbeitswut entspannte sich. Die Maschinen bewegten sich stur weiter, aber die Bodentrupps standen lachend herum und tranken aus Flachmännern, die sie auf die Baustelle geschmuggelt hatten.

Es dauerte über eine halbe Stunde, bis ich die anderthalb Kilometer zu meinem Auto zurückgelegt hatte. Bis dahin waren die meisten anderen Fahrzeuge, die dort geparkt hatten, fort. Allein, im Bauschutt unter den riesigen Stützpfeilern des Expressway, zitterte ich. Als ich ins Auto stieg, verriegelte ich sorgfältig die Türen, ehe ich den Motor anließ.

Es war nach halb fünf. Ich bog in die Halsted Avenue ein, statt mich den Staus auf dem Expressway und dem Drive auszusetzen. Niemand auf der Baustelle wußte, wer ich war, aber ich nahm den Helm erst ab, als ich nördlich von der Congress Street war.

Als ich nach Hause kam, warf ich Overall und Helm in den

Dielenschrank und ging sofort ins Bad. Ich sehnte mich nach Schlaf, aber ich hatte noch einiges zu erledigen. Ich versuchte, meine wackligen Beine und schmerzenden Schultern davon zu überzeugen, daß ihnen ein langes Bad genauso guttun würde wie zwölf Stunden Schlaf. Sogar besser. Als ich zwanzig war, hätte das vielleicht funktioniert, aber wenn man dem vierzigsten Lebensjahr näher ist als dem dreißigsten, gibt es ein paar Märchen, die der Körper nicht glaubt.

Meine nächste glänzende Idee bestand darin, mich mit Kohlehydraten vollzustopfen. Ich hatte zwar weder Obst noch Fleisch im Haus, aber Zwiebeln, Knoblauch und tiefgefrorene Pasta waren da. Genau die Art von Gericht, das meine Mutter für ein angemessenes Samstagsessen hielt, während mein Vater, der es nie über sich gebracht hätte, sie zu kritisieren, sich heimlich nach Huhn und Klößen sehnte.

Ganz hinten im Schrank fand ich eine Dose Tomaten. Ich konnte mich nicht daran erinnern, daß ich sie gekauft hatte, und musterte skeptisch das Etikett, versuchte herauszubekommen, ob sie noch gut war. Ich öffnete die Dose und roch daran. Woran merkt man, daß etwas voller Botulin ist? Ich zuckte die Achseln und gab die Tomaten zu den Zwiebeln. Es wäre ziemlich komisch gewesen, wenn ich den Anschlägen wahnsinniger Mörder entkommen war, um in der eigenen Küche an Lebensmittelvergiftung zu sterben.

Falls die Tomaten vergiftet waren, trat die Wirkung nicht sofort ein. Nach Bad und Essen fühlte ich mich sogar besser – nicht so gut, als wenn ich geschlafen hätte, aber doch so, daß ich noch eine Weile durchhalten konnte. Ich pfiff sogar leise vor mich hin, als ich zum Umziehen ins Schlafzimmer ging.

Mein einziges leichtes schwarzes Kleid hat vorn große Silberknöpfe. Mit schwarzen Strümpfen und Pumps sah ich darin eher aus, als ob ich ins Theater wolle, nicht zu einer Aufbahrung, aber helle Strümpfe hätten daran auch nichts geändert.

Während ich nachschlug, wo das Beerdigungsinstitut Callahan war, klingelte das Telefon. Es war Terry Finchley von der Mordkommission.

»Miss Warshawski? Ich versuche seit zwei Tagen, Sie zu erreichen. Haben Sie meine Nachricht bekommen?«

Ich dachte an die Telefone, die ich in den letzten Tagen hatte klingeln lassen, und mir fiel ein, daß ich seit einiger Zeit nicht mehr bei meinem Auftragsdienst nachgefragt hatte. »Tut mir leid, Detective. Was gibt es denn? Neues Beweismaterial, das mich mit den Bränden im Prairie Shores und im Indiana Arms in Verbindung bringt?«

Mir war, als ob ich ihn seufzen hörte. »Machen Sie mir das Leben nicht schwerer, als es schon ist, okay, Vic?«

»Okay, Terry«, stimmte ich ihm lammfromm zu. »Womit habe ich das Vergnügen verdient, von Ihnen zu hören?«

»Ich – äh – ich habe über unser Gespräch mit dem Lieutenant geredet. Sie wissen, die Unterhaltung, die Lieutenant Montgomery und ich –«

»Ja, ich kann mich daran erinnern.« Ich hatte mich mit dem Telefonbuch im Schoß auf die Klavierbank gesetzt, hörte aber damit auf, unter den Callahans zu suchen.

»Er, der Lieutenant, ich meine Lieutenant Mallory, war – äh – sehr erstaunt darüber, daß Montgomery so was unterstellt – Sie mit der Brandstiftung in Verbindung bringt, Sie wissen schon –, und er ist zu ihm gegangen und hat mit ihm geredet. Ich habe nur gedacht, Sie wüßten vielleicht gern, daß Sie vermutlich nichts mehr von ihm hören.«

»Danke.« Ich freute mich und war überrascht, sowohl darüber, daß Bobby sich für mich ins Zeug legte, als auch darüber, daß Finchley sich die Zeit nahm, mich deswegen anzurufen. Dazu gehörte Mut.

»Schön, aber fragen Sie in Zukunft bei Ihrem Auftragsdienst nach. Lassen Sie mich nicht wieder drei Tage lang schwitzen. Bis Samstag.«

Samstag. Richtig. Bobbys sechzigster Geburtstag. Noch ein Eintrag auf der immer länger werdenden Erledigungsliste – ein Geschenk für ihn. Ich rieb mir die müden Augen und zwang mich, wieder ins Telefonbuch zu schauen. Das Beerdigungsinstitut Callahan war in der Harlem Avenue. Ich wühlte in dem

Zeitungsstapel auf dem Couchtisch nach dem Stadtplan. Der Hausnummer nach lag es am Ende des Expressway; die Fahrt durch die Stadt sollte einfach sein.

Ich packte meine gute Handtasche, als das Telefon wieder läutete. Ich hatte vor, es klingeln zu lassen; aber vielleicht gab es noch jemand, der seit drei Tagen Nachrichten hinterließ.

»Miss Warshawski. Ich bin froh, daß ich Sie antreffe.«

»Mr. MacDonald.« Ich setzte mich erstaunt zurück auf die Klavierbank. »Was für eine Überraschung. Entschuldigen Sie, daß ich mich noch nicht für die Blumen bedankt habe – mit meiner Rekonvaleszenz geht es langsam voran.«

»Da habe ich aber etwas ganz anderes gehört, junge Frau – ich habe gehört, daß Sie kaum vom Krankenbett aufgestanden waren, als Sie sich schon wieder in der Stadt herumgetrieben und in Angelegenheiten herumgestochert haben, die Sie nichts angehen.«

»Und was für Angelegenheiten sind das, alter Mann?« Ich kann es nicht ausstehen, wenn man »junge Frau« zu mir sagt.

»Ich dachte, wir seien uns einig darüber, daß Sie Roz Fuentes in Ruhe lassen.«

Ich legte den Hörer in den Schoß und starrte ihn an. Er konnte nur meinen Einbruch bei Alma Mejicana meinen. Aber davon konnte er nichts wissen – meine einzige Verbindung damit war ein Tuch, das kaum zu mir zurückverfolgt werden konnte. Niemand hatte je gesehen, daß ich es trug, weil ich es nie getragen hatte. Er meinte also meinen Besuch auf der Baustelle. Aber was für eine Beziehung zu Alma Mejicana hatte er, daß er so schnell davon erfahren hatte?

»Sind Sie noch da?« Seine Stimme kam knackend aus meinem Schoß.

Ich hielt den Hörer wieder ans Ohr. »Ja, ich bin noch da, aber ich kann Ihnen nicht folgen. Ich weiß nicht, was ich Ihrer Meinung nach getan haben soll, um Roz zu schikanieren. Und außerdem weiß ich nicht, warum Sie Roz unbedingt schützen wollen.«

Er lachte kurz. »Kommen Sie schon, junge – Miss Warshawski. Sie können nicht auf der ganzen Ryan-Baustelle herumlatschen, ohne daß es sich herumspricht. Das Baugeschäft ist eine kleine Welt – da geht das schnell. Roz ist verletzt, weil Sie hinter ihrem Rücken in der Baufirma ihres Vetters herumschnüffeln. Sie hat es Boots gegenüber erwähnt – er hat mich gebeten, mir die Zeit zu nehmen, Sie anzurufen.«

»Das alles passiert also auf Boots Befehl? Arbeiten Sie etwa für ihn, Ralph? Eigentlich hätte ich gedacht, daß *Sie* ihn und das ganze County im Sack haben.«

»Was alles, junge Frau?« wollte er in scharfem Ton wissen.

Ich schwenkte vage die Hand. »Ach, Brandstiftung, Mordversuch, solche Sachen. Boots sagt, besorg mir einen toten Alki, und Sie sagen, ja, Sir. Und treiben jemand auf, der es tut. Ist es das, was sich in letzter Zeit in der Stadt abspielt?«

»Das wäre beleidigend, wenn es nicht so lachhaft wäre. Boots und ich kennen uns seit einer Ewigkeit. Wir sind gemeinsam an vielen Projekten beteiligt. Seit einiger Zeit ist die Presse der Meinung, sie müsse unsere Beziehung und Geschäfte mit einer anhaltenden Schmutzkampagne überziehen, auf die Sie offensichtlich hereingefallen sind. Ich bin enttäuscht von Ihnen, Vic – Sie machen den Eindruck einer so intelligenten jungen Frau.«

»Was Sie nicht sagen. Vielen Dank, Ralph. Haben Sie sich den Brand ausgedacht, bei dem ich letzte Woche fast umgekommen wäre? Wollten Sie und Boots so auf Rosalyns verletzte Gefühle reagieren?«

Sein Atem zischte leise in mein Ohr. »Nicht daß ich Ihnen auch nur einen Furz schuldig wäre, aber der Bericht im *Star* war das erste, was ich über den Brand erfahren habe. Darauf würde ich jeden Eid schwören. Aber wenn Sie andere Leute in der Stadt auch so behandelt haben, wie Sie mit Roz umgehen, würde es mich nicht überraschen, wenn jemand versucht hätte, Sie aus dem Weg zu räumen.«

»Merkwürdigerweise kommt mir das wie eine Drohung vor, Ralph. Sind Sie sich sicher, absolut sicher, daß Sie die Brandstiftung von letzter Woche nicht befohlen haben?«

»Ich habe gesagt, ›einen Eid‹«, fuhr er mich an. »Aber an Ihrer Stelle wäre ich vorsichtig, junge Frau – es war Glück, daß Sie lebendig herausgekommen sind, nicht wahr?«

»Nein, es war kein Glück, alter Bock«, schrie ich voller Furcht, die sich als Zorn tarnte. »Es war mein Geschick. Richten Sie also Roz oder Boots oder wer auch immer Sie in Gang setzt aus, daß ich mich auf meinen Verstand verlasse, nicht auf mein Glück, und daß ich immer noch gut in Fahrt bin.«

»Gut im Plattwalzen wäre ein treffender Ausdruck, junge – Miss Warshawski. Sie wissen nicht, was Sie tun, und Sie könnten eine Riesenschweinerei anrichten, wenn Sie nicht damit aufhören, in Sachen herumzurühren, die Sie nichts angehen.« Er sprach in einem schroffen, sachlichen Ton, der zweifellos Diskussionen mit Untergebenen beendete.

»Soll mich das dazu bringen, vor Ihnen strammzustehen und zu brüllen: ›Ja, Sir, Mr. M.‹? Ich gehe mit dem, was ich bis jetzt erfahren habe, zur Presse. Falls ich nicht weiß, was ich tue, die Presse hat die Mittel, sich detaillierter damit zu beschäftigen.« Ich hatte nicht vor, ihm auf die Nase zu binden, daß mir an der Arbeitsstelle von Alma keinerlei Arbeiter aus Minderheitengruppen aufgefallen waren – sie konnten ein paar Dutzend dort hinbringen, ehe Murray mit einem Fotografen auftauchte.

MacDonald dachte ein paar Augenblicke lang darüber nach – das hatte offenbar nicht im Text gestanden, als er anrief. »Vielleicht können wir Sie in diesem Punkt dazu bewegen, daß Sie es sich anders überlegen. Was wäre dazu nötig?«

»Kein Geld, das kann ich Ihnen versichern.« Und auch kein neues Auto, trotz der unheilverkündenden Geräusche, die der Chevy von sich gab. »Aber eine vollständige Geschichte über Alma und Roz und darüber, warum Sie alle so nervös sind, könnte mich davon überzeugen, daß Sie recht haben – und ich nicht weiß, was ich tue.«

Eine weitere lange Pause entstand. Dann sagte MacDonald langsam: »Vielleicht läßt sich das machen. Gehen Sie jedenfalls nicht zur Presse, ehe wir wieder miteinander gesprochen haben.«

Ich knirschte mit den Zähnen. »Ich gebe Ihnen einen Tag, Ralph. Danach ist Wettschluß.«

»Ich mag Drohungen auch nicht lieber als Sie.« Er gluckste ohne Heiterkeit. »Und ich schlage keine Purzelbäume, um Ihr Ultimatum einzuhalten. Sie warten, bis ich Ihnen etwas zu sagen habe, und dann sind Sie damit zufrieden. Und wenn Sie glauben, Sie können in rechtschaffener Entrüstung zu Ihren Freunden beim *Star* oder bei der *Tribune* marschieren, dann denken Sie daran, daß beide Verleger gute Freunde von mir sind. Es wird Zeit, daß jemand in dieser Stadt den Mumm findet, sich gegen Sie zu wehren.«

»Und Sie sind genau der Richtige, der die wilde Stute zähmen kann, Ralph? Vielleicht ist es an der Zeit, daß jemand Ihnen beibringt, daß Ihnen die Welt noch lange nicht gehört, wenn Sie in der Michigan Avenue Monopoly spielen.«

Ich knallte den Hörer so heftig auf, daß meine Handfläche brannte.

35 Töchter in Trauer

Ein Gutes hatte MacDonalds Anruf gehabt – die Wut hatte mir einen Adrenalinstoß verpaßt. Ich fühlte mich energiegeladen, als ich zur Belmont Avenue fuhr.

Es war jetzt nach acht. Der Septemberhimmel war ganz dunkel, und sobald es dunkel war, wurde es kühl. Ich hätte eine Jacke mitnehmen sollen, aber ich war beim Hinausgehen zu wütend gewesen, um klar zu denken. Ich hätte auch die Pistole mitnehmen sollen, obwohl ich nicht glaubte, daß Vinnie mir folgen würde, in der Hoffnung, mir aus dem Hinterhalt auflauern zu können.

Viertel vor neun war ich bereits vor dem Beerdigungsinstitut. Es war ein kleines Steingebäude, das ein diskretes Schild als Trauerkapelle auswies. Als ich auf den Parkplatz einbog, standen noch ein paar Autos darauf. Ich hetzte mit meinen Pumps zum Haupteingang, für den Fall, daß die Aufbahrung Punkt neun beendet wurde.

Die Tür fiel mit einem schwachen Zischlaut zu. An den kleinen Vorraum mit Garderobe für Mäntel und Schirme schloß sich ein größerer Empfangsraum mit dicken, fliederfarbenen Bodenfliesen an. Dunkel getäfelte, mit ein paar frommen Drukken geschmückte Wände schufen eine Atmosphäre tiefer viktorianischer Trauer. Ich ertappte mich dabei, daß ich auf Zehenspitzen ging, obwohl meine Schuhe auf den Fliederfliesen kein Geräusch machten. Niemand kam heraus, um mich zu begrüßen, aber vielleicht hatte mich auch niemand kommen hören.

Ein Kärtchen hinter Glas am Ende des Empfangraums wies mich zur Aufbahrung Donnelly in die Kapelle C. Ein Flur nach rechts führte zu einer Reihe von Räumen. Ich schaute nicht auf die Schilder, sondern ging zu der Tür, aus der Licht fiel.

Eine Handvoll Frauen saß in der Nähe der Tür auf Klappstühlen und unterhielt sich, aber leise, aus Respekt vor dem offenen Sarg an der Wand gegenüber. Sie schauten mich an, kamen zu dem Schluß, daß sie mich nicht kannten, und setzten das Gespräch fort. Ich erkannte Mrs. Donnellys Töchter nach dem Foto, das Mr. Seligman mir gegeben hatte, wußte aber nicht, welche von ihnen Shannon war und welche Star.

Aus einer Ecke tauchte ein Mann auf. »Kommen Sie zur Aufbahrung Donnelly, Miss?«

Er war klein, und der runde kahle Kopf ließ ihn wie etwa fünfzig wirken. Aus der Nähe sah ich jedoch, daß er jünger sein mußte. Ich nickte, und er führte mich hinüber, damit ich Rita Donnelly anschauen konnte. Man hatte sie in ein zweiteiliges Kleid gesteckt, weiß mit einem geschmackvollen Muster in Blau und Grün, und ihr Gesicht war so sorgfältig geschminkt, wie sie es bei ihren Gesprächen mit mir gewesen war. Die Toten für das Begräbnis anzuziehen, vom Büstenhalter bis zum Miederhöschen, beraubt sie ihrer Würde. Die Schminke, samt Schatten und Eyeliner auf den geschlossenen Lidern, machte es mir unmöglich, in ihr etwas anderes zu sehen als eine Porzellanpuppe im Schaufenster.

Ich schüttelte den Kopf, was der junge Mann als eine Form der Ehrerweisung auffaßte. Er führte mich auf die andere Seite des Raums und bat mich, mich in die Kondolenzliste einzutragen. An diesem Punkt löste sich eine von Mrs. Donnellys Töchtern aus der plaudernden Gruppe und kam herüber, um mir die Hand zu schütteln.

»Haben Sie meine Mutter gekannt?« Sie sprach leise, aber mit dem unverwechselbaren nasalen Klang bestimmter Gegenden in Chicago.

»Wir hatten beruflich miteinander zu tun. Sie hat oft über Sie und Ihre Schwester gesprochen – sie war sehr stolz auf Sie. Natürlich kenne ich auch Barbara Feldman.«

»Oh. Onkel Sauls Tochter.« Ihre blauen Augen, etwas vorstehend, wie die ihrer Mutter, schauten mich mit größerem Interesse an. »Sie war uns im Alter zu weit voraus, als daß sie mit uns gespielt hätte, als wir klein waren. Connie haben wir besser gekannt.«

Ihre Schwester, die gesehen hatte, daß wir uns etwas ausführlicher unterhielten, stand auf und kam herüber zu uns. Selbst als sie nebeneinander standen, wußte ich nicht, welche die ältere war – mit Dreißig fällt ein Jahr nicht so auf wie im Alter von drei.

Ich streckte die Hand aus. »Ich bin V.I. Warshawski, eine Geschäftsfreundin Ihrer Mutter.«

Sie schüttelte mir die Hand, ohne mir ihren Namen zu sagen. Die ungehobelten Manieren der jüngeren Generation.

»Sie kennt auch Onkel Saul, Star.«

Damit war das Namensproblem gelöst – ich hatte mit der Älteren gesprochen, mit Shannon. »Ich weiß, daß Ihre Mutter gehofft hat, Sie würden in Mr. Seligmans Firma mitarbeiten. Glauben Sie, Sie möchten das vielleicht jetzt, wo sie – hinübergegangen ist?«

Ich hatte ›tot‹ sagen wollen, das zutreffende Wort, aber mir war noch rechtzeitig eingefallen, daß die meisten Menschen dieses Wort nicht gern benutzen. Die beiden Schwestern wechselten Blicke, die teils amüsiert, teils verschwörerisch waren.

»Onkel Saul war sehr gut zu uns«, sagte Shannon, »aber inzwischen ist sein Geschäft wirklich zu klein. Mutter ist nur aus Zuneigung zu ihm dort geblieben. Eigentlich gab es für sie dort nicht genug zu tun.«

Ich war mir nicht sicher, worauf ich hinauswollte, aber aus irgendeinem Grund hatte Mrs. Donnelly nicht gewollt, daß ich das Bild ihrer Töchter jemandem zeigte, der mit der Brandstiftung im Indiana Arms in Verbindung stand. Ich konnte sie schlecht direkt fragen, ob sie Vinnie Bottone kannten oder etwas mit Brandstiftung auf Bestellung zu tun hatten.

Ich versuchte es mit einer vorsichtigen Sondierung. »Aber sie hat Sie für den Immobilienmarkt interessiert, so weit ich weiß.«

»Sind Sie Einkäuferin?« fragte Shannon. »Haben Sie Mutter deshalb gekannt?«

»Eigentlich bin ich eher am Verkaufen interessiert«, sagte ich. »Arbeiten Sie für eine Firma, die etwas kaufen will?«

»Ich nicht, aber vielleicht hat Star Interesse.«

Star zwinkerte schnell mit den blauen Augen. »Im Grunde arbeite ich nicht für eine Immobilienfirma, Shannon, das weißt du doch. Es ist eher eine Holding.«

»Farmworks, Inc.?« fragte ich beiläufig.

Star schaute mich mit offenem Mund an. »Mutter muß Sie wirklich sehr gemocht haben, wenn sie Ihnen das erzählt hat. Aber ich kann mich nicht erinnern, daß sie je Ihren Namen erwähnt hätte.«

»So was spricht sich herum«, sagte ich vage. »Kam es durch Sie, daß Seligman ins Geschäft mit Farmworks kam?«

»Ich halte es nicht für respektvoll, daß wir bei Mutters Aufbahrung über Geschäfte reden.« Star schaute anklagend zu Mrs. Donnellys offenem Sarg hinüber. »Sie können mich gern im Büro besuchen, aber ich glaube nicht, daß Sie sich für unser Geschäft interessieren.«

»Vielen Dank.« Ich schüttelte beiden Schwestern die Hände. »Es tut mir aufrichtig leid, daß Ihre Mutter tot ist. Rufen Sie mich an, wenn ich etwas für Sie tun kann.«

Ich drehte mich um, als ich die Kapelle verließ, hoffte auf irgendein Anzeichen der Bestürzung, aber die beiden hatten sich wieder zu ihrem kleinen Kreis von Freundinnen gesellt. Als ich über die Fliederfliesen ging, holte der kahle junge Mann mich ein.

»Sie haben sich noch gar nicht in die Kondolenzliste eingetragen, Miss – die Familie weiß es zu schätzen, wenn sie einen Überblick darüber hat, wer hier war.«

Ich benutzte den Stift, den er mir hinhielt. In einem Anfall von Bosheit schrieb ich mit dicker dunkler Tinte »V. Bottone«. Der junge Mann bedankte sich leise und sachlich bei mir. Ich ließ ihn unter dem Druck einer Pietà stehen.

Es war zehn, als ich nach Hause zurückkam. Der Chevy benahm sich anständig, solange ich unter achtzig blieb. Vielleicht war es doch kein größerer Schaden.

Es war etwas spät für einen nachbarschaftlichen Besuch, aber in Vinnies Wohnzimmer brannte noch Licht. Immer zwei Stufen auf einmal stürmte ich hinauf, zog schnell Jeans an, stürmte wieder nach unten. Auf dem Weg aus der Wohnung fiel mir meine Pistole ein. Falls Vinnie tatsächlich ein Pyromane war, konnte es ganz nützlich sein, nicht unbewaffnet mit ihm zu sprechen. Ich stürzte in die Wohnung zurück, steckte die Pistole in den Hosenbund und lief wieder los.

Als ich im Erdgeschoß anlangte, ging mein Atem keuchend. Zum Glück brauchte Vinnie eine Weile, bis er auf mein Klopfen reagierte. Ich war schon auf dem Weg zum Hauseingang, um zu klingeln, als ich schließlich hörte, wie aufgeschlossen wurde. Er trug Sandalen und Jeans und ein Grateful-Dead-T-Shirt – ich war überrascht, daß er sich auf bequeme Kleidung verstand.

Als er mich sah, legte sich sein rundlich glattes Gesicht in Falten. »Ich hätte es wissen müssen. Nur Sie bringen es fertig, mich so spät noch zu stören. Falls Sie mir Koks oder Crack verkaufen wollen oder womit sonst Sie handeln: kein Interesse.«

»Ich will kaufen, nicht verkaufen.« Ich stellte meinen rechten Fuß in den Spalt der Tür, ehe er sie ganz zuschlagen konnte. »Und es wäre besser für Sie, wenn Sie mir was Gutes zu bieten hätten, sonst kommt als nächstes die Kriminalpolizei.«

»Ich habe keine Ahnung, worüber Sie sprechen«, sagte er wütend.

Aus dem Wohnzimmer hinter ihm ertönte die Stimme eines Mannes, der wissen wollte, wer an der Tür sei.

»Falls Sie nicht wollen, daß Ihr Freund unser Gespräch mit anhört, können Sie mit in meine Wohnung kommen«, bot ich an. »Aber wir reden solange, bis Sie mir erklären, warum Sie letzten Mittwoch am Prairie Shores Hotel waren.«

Er versuchte, die Tür gegen mein Bein zu rammen. Ich stieß sie zurück und glitt in den Flur. Er starrte mich finster an. Die braunen Augen sprühten zornige Funken.

»Raus aus meiner Wohnung, ehe ich die Bullen rufe!« zischte er.

Ein großer junger Mann kam aus dem Wohnzimmer und stellte sich hinter Vinnie, den er gute zehn Zentimeter überragte. Es war der Typ, den ich vor etwa einer Woche mit Vinnie aus dem RX7 hatte steigen sehen.

»Ich bin V. I. Warshawski«, sagte ich und streckte die Hand aus. »Ich wohne oben, aber ich hatte noch nicht die Gelegenheit, Mr. Bottone besonders gut kennenzulernen – wir haben einen ziemlich unterschiedlichen Lebensrhythmus.«

»Sprich nicht mit ihr, Rick«, sagte Vinnie. »Sie hat sich gewaltsam Zutritt verschafft. Und ich will, daß sie geht. Das ist die, die wir – die ihr *Geschäft* um drei Uhr morgens im Treppenhaus betreibt.«

Rick schaute mich interessiert an. »Oh! Das ist die, die wir –«

Vinnie schnitt ihm das Wort ab. »Ich weiß nicht, was sie will, daß sie sich hier reindrückt, aber wenn sie in zehn Sekunden nicht fort ist, rufst du die Bullen an.«

»Tun Sie das«, drängte ich mit wilder Herzlichkeit. »Aber rufen Sie die Zentrale an, nicht das hiesige Revier. Ich möchte, daß einige von den Beamten, die letzte Woche am Brand im

Prairie Shores Hotel waren, herkommen und eine Identifizierung vornehmen. Ihr Freund Vinnie war dort, und ich wette, daß ihn jemand wiedererkennt.«

»Das saugen Sie sich aus den Fingern«, fuhr mich Vinnie an.

Ich wußte, daß ich recht hatte – der Zorn war aus seinem Gesicht gewichen, und er wirkte verunsichert.

Ich nutzte meinen Vorteil. »Ich glaube sogar, sie könnten beweisen, daß es seine Stimme war, die das Feuer bei 911 gemeldet hat. Sie müssen sie nur mit der Bandaufnahme vergleichen.«

»Sie lügen«, brach es aus ihm heraus. »Von solchen Anrufen werden keine Bandaufzeichnungen gemacht.«

»Klar werden sie gemacht, Vinnie. Sie müssen ein bißchen was über die Polizeiroutine lernen, wenn Sie Verbrecher werden wollen. Was haben Sie gemacht – Elena gezwungen, daß sie mich anruft, sie danach bewußtlos geschlagen und im Dunkeln auf mich gewartet? Haben Sie meinen Namen gerufen, als ich Elena nicht gleich gesehen habe?«

»Nein!«

»Lügen Sie mich nicht an, Vinnie – ich weiß genau, daß Sie bei dem Brand waren. Die Polizei hat Ihre Stimme auf Band. Und Elena hat sie erkannt. Sie ist wieder weggelaufen, aber sie hat Sie einer Freundin beschrieben, als sie gesehen hat, wie Sie sich vor dem Indiana Arms herumgetrieben haben.«

»Ich weiß nicht, wer diese Elena ist!« brüllte er.

»Weißt du, Vinnie, ich glaube, du solltest ihr sagen, was passiert ist.« Rick schaute mich an. »Vinnie glaubt, daß Sie ihn schikaniert haben. Wenn Sie beide Nachbarn sein wollen, ist es das Beste, daß Sie für reine Luft sorgen.«

»Auf welcher Seite stehst du eigentlich?« murmelte Vinnie, aber er leistete keinen Widerstand, als ihn sein Freund beim Arm nahm und sanft ins Wohnzimmer führte.

Ich folgte. Seine Wohnung war vom Schnitt her eine Kopie der meinen, aber sein Stil – und sein Etat – war meiner Spielklasse ein gutes Stück voraus. Das Wohnzimmer war in abgestuften Weißtönen gehalten. Die lange Wand zum Treppenhaus bedeckte ein abstraktes Ölgemälde in verschiedenen Blau- und Grünschattierungen, der einzige Farbfleck im Zimmer – die Bücherregale und der Couchtisch waren aus durchsichtigem Glas oder Acryl oder was auch immer.

Ich senkte mich vorsichtig in einen tiefen Sessel mit genopptem Bezug und hoffte, meine Jeans würden keine verräterischen Schmutzstreifen hinterlassen. Vinnie setzte sich, so weit wie möglich von mir entfernt, in einen passenden Sessel am Vorderfenster, während Rick sich neben ihm gegen die Wand lehnte.

»Sagen Sie mir also, was passiert ist«, begann ich das Gespräch.

Als Vinnie keine Anstalten machte, zu antworten, sprach Rick für ihn. »Das war morgen vor einer Woche, stimmt's? Wir haben geschlafen –« Er brach ab und schaute mich mißtrauisch an, um zu sehen, ob ich angesichts dieser Enthüllung meine Fassung verlor. Als er merkte, daß ich gar nicht reagierte, fuhr er fort.

»Der Hund hat sich die Seele aus dem Leib gebellt – das hat uns geweckt. Das Schlafzimmer liegt gleich neben dem Flur, wissen Sie.«

In meiner Wohnung liegt es außen, und die Küche gleich neben dem Flur, aber im Erdgeschoß ist es andersherum, wegen der Treppen – ich wußte das, weil ich so oft in Mr. Contreras' Küche gewesen war, um den Hund abzuholen.

»Wir sind aufgestanden und haben gesehen, wie Sie vor die Tür gegangen sind. Und Vinnie hat gesagt, das sei das letzte Mal, daß Sie ihn mitten in der Nacht wecken. Sie trieben etwas Illegales und hätten die Bullen geschmiert, aber er wolle Sie verfolgen, Sie auf frischer Tat ertappen, der Polizei Beweise bringen, damit die Sie festnehmen müssen.« Er neigte den Kopf zur Seite. »Aus reiner Neugier: Was machen Sie wirklich? Sie sehen nicht wie ein Dealer oder wie eine Nutte aus.«

Ich mußte wider Willen lächeln. »Ich bin Privatermittlerin. Aber das hat nichts damit zu tun, daß ich ihn geweckt habe. Es geht um eine Tante von mir – sie hat durch einen Brand ihr

Zuhause verloren und kam ein paarmal mitten in der Nacht her, damit ich ihr helfe. Vinnie hat so heftig reagiert, daß ich es nicht über mich brachte, ihm das anzuvertrauen. Was haben Sie also getan, als Sie mich abfahren sahen?«

»Wir sind in den Mazda gestiegen und Ihnen gefolgt.«

Rick strahlte eine kühle Gelassenheit aus. Ich fragte mich, was er an Vinnie fand. Aber sie waren bei weitem nicht das erste schlecht zusammenpassende Paar, das ich kennengelernt habe. Ich dachte daran, wie vorsichtig ich mich von der Indiana Avenue aus dem Prairie Shores genähert hatte. Den Eindruck, daß mir jemand folge, hatte ich nicht gehabt.

»Wir haben auf der Cermak Road gewartet«, erklärte Rick. Wir achteten beide nicht auf Vinnie, der in sein Grateful-Dead-T-Shirt zusammengesackt dasaß. »Falls Sie sich wirklich mit einem Drogendealer getroffen hätten, wollte ich nicht dazwischengeraten. Und das war die unheimlichste Straße, die ich je gesehen habe. Wir sind ein paarmal die Cermak Road auf und ab gefahren; wir haben Sie die Indiana Avenue entlangkommen und hinter diesem Gebäude verschwinden sehen. Dem Gebäude, das dann abgebrannt ist. Also sind wir in die Straße eingebogen und haben das Gebäude beobachtet. Und nach etwa zwanzig Minuten haben wir gesehen, wie es Feuer fing und ein Mann weglief. Das hat uns wirklich den Rest gegeben, aber wir dachten, es sei besser, wenn wir 911 anrufen. Stimmt es, daß die Anrufe auf Band aufgezeichnet werden?«

Ich nickte geistesabwesend. Natürlich konnte das ein Märchen sein, das mir aufgetischt wurde, um mich abzulenken, aber es klang nach Wahrheit. Zum einen sah Vinnie zu verdrossen aus, zum anderen klang die Bemerkung, sie hätten die Cermak Road nicht verlassen wollen, ganz echt.

»Könnten Sie den Mann beschreiben, der aus dem Gebäude weggerannt ist?«

Rick schüttelte den Kopf. »Es war dunkel, und er hatte dunkle Kleider an. Ich glaube, er trug eine Lederjacke, aber ich war zu nervös, als daß ich besonders darauf geachtet hätte. Ich bin mir ziemlich sicher, daß es ein Weißer war. Ich glaube, ich habe gesehen, daß sich das Scheinwerferlicht auf seinen Bakkenknochen widerspiegelte. Aber ich bin mir nicht sicher, ob ich mich wirklich genau daran erinnern kann.«

»Dann sind Sie dortgeblieben, um zu sehen, ob jemand das Feuer löscht?«

Er sah ein bißchen beschämt aus. »Ich weiß, wir hätten in das brennende Gebäude stürzen sollen, um Sie zu retten. Aber wir wußten nicht, was Sie vorhatten. Sie hätten das Feuer selbst legen können, vielleicht auch auf dem Weg, auf dem Sie hineingegangen waren, wieder herauskommen. Und das Feuer breitete sich schnell aus.«

»Das lag am Brandbeschleuniger, der ausgegossen wurde«, sagte ich. Meine Gedanken waren woanders. »Aber Elena hat Mrs. – hat jemandem gesagt, daß sie den Mann gesehen hat, der das Indiana Arms in Brand gesteckt hat, und der habe wunderschöne Augen. Und genau das hat sie in der ersten Nacht, in der sie ihn aus dem Schlaf gerissen hat, zu Vinnie gesagt. Deshalb habe ich geglaubt, sie hat ihn vielleicht wiedererkannt und ihn erpreßt.«

Meine Stimme versackte, als Rick zu lachen anfing. »Das ist die reine Boulevardkomödie. Vinnie, komm schon, krieg bessere Laune! Du glaubst, sie ist im Crackgeschäft, während sie die ganze Zeit hinter dir her ist, weil sie dich für einen Pyromanen hält. Gebt euch die Hände und trinkt was miteinander.«

Vinnie hatte keine Lust dazu, ich war auch nicht recht in der Stimmung, aber Rick ging in die Küche und kehrte mit einer Flasche Georges Goulet zurück. Es hätte bockig gewirkt, nicht wenigstens ein Glas zu trinken. Schließlich tranken Rick und ich diese Flasche und einen Teil einer zweiten, während Vinnie wütend ins Bett marschierte.

36 Schatzsuche

Ich habe keine klare Erinnerung daran, wie ich in meine Wohnung zurückgekommen war. Zehn Stunden später wünschte ich mir, ich wäre auch beim Aufwachen nicht bei klarem Bewußtsein gewesen. Irgend jemand ließ in meinem Kopf eine Maschine laufen, die eine künstliche Brandung erzeugte. Es zischte und wirbelte, als ich versuchte aufzustehen. Selbst wenn ich den Champagner nicht getrunken hätte, wäre mir elend zumute gewesen – die Wanderung am Ryan entlang hatte mir Muskelkater eingetragen. Meine Schultern fühlten sich an, als hätte ich die Nacht auf einer Kreissäge verbracht. Und weil dann auch noch fast eine ganze Flasche Champagner mein Zellplasma zum Anschwellen gebracht hatte, hätte ich die nächsten zwölf Stunden am liebsten bewußtlos verbracht.

Statt dessen wankte ich in die Küche und suchte nach Orangensaft. Das Mädchen oder die Ehefrau oder wer auch immer sich um so etwas kümmerte, war noch nicht einkaufen gewesen. Ich überlegte, ob ich selbst gehen sollte, aber bei dem Gedanken, mich der Sonne direkt auszusetzen, wurde mir so übel, daß ich mich setzen mußte. Als der Krampf vorbei war, ging ich ins Bad, fand das Tylenol, spülte vier extrastarke Tabletten mit zwei Gläsern kaltem Wasser hinunter. Nachdem ich mich lange in der Wanne eingeweicht hatte, das Wasser so heiß, wie ich es irgend ertrug, schlurfte ich ins Bett zurück.

Als ich wieder aufwachte, war Mittag vorbei. Ich fühlte mich nicht danach, anderthalb Kilometer zu laufen, aber ich glaubte, es könnte mir gelingen, mich anzuziehen und zum Lebensmittelladen zu gehen. Wenn man sich wirklich mies fühlt, ist Hundetherapie angesagt. Ich machte also bei Mr. Contreras Station, um Peppy abzuholen.

»Sie sehen schrecklich aus, Engelchen. Alles in Ordnung mit Ihnen?« Er trug ein Hemd in einem so knalligen Rot, daß mir die Augen weh taten.

»Mir ist sterbenselend. Aber mir wird schon wieder besser werden. Ich möchte mir nur den Hund ausleihen.«

Die trüben braunen Augen glänzten vor Sorge. »Sind Sie sicher, daß es richtig war, sich anzuziehen? Gehen Sie doch wieder ins Bett, und ich mache Ihnen etwas zu essen. Sie hätten das Krankenhaus nicht so früh verlassen dürfen. Ich weiß nicht, was Doktor Lotty sagen würde, wenn sie Sie so sehen könnte.«

Ich schwankte leicht und hielt mich am Türrahmen fest. Peppy kam herbei und leckte mir die Hände. »Sie würde sagen, daß es mir recht geschieht. Das ist nur eine Korkengrippe. Hat nichts mit meinen Verletzungen zu tun, jedenfalls nicht viel.«

»Korkengrippe?« Er legte den Kopf schief. »Oh. Sie haben zuviel getrunken. Tun Sie das nicht, Engelchen. Damit lösen Sie Ihre Probleme nicht.«

»Nein, natürlich nicht. Wer wüßte das besser als Sie? Ich bringe Peppy später zurück.«

Ich wackelte mit dem Hund davon, während er rechtschaffen protestierte, ein paar Gläser mit den Jungs zu kippen, sei etwas ganz anderes, als wenn ich meine Sorgen in Whisky ertränke, ich sollte inzwischen wissen, daß das nicht gut für meinen Körper war. Peppy war völlig uninteressiert an derart feinen moralischen Unterscheidungen und daran, daß für Frauen beim Trinken andere Gesetze galten als für Männer. Sie war verblüfft darüber, daß wir nicht zum Laufen gingen. Sie schaute immer wieder zu mir hoch, um sich zu vergewissern, daß ich sie ansah, dann blickte sie anklagend Richtung Osten, um mir mitzuteilen, daß wir dorthin gehen sollten.

Als sie einsehen mußte, daß es nicht dazu kommen würde, steckte sie es damenhaft ein, wartete gefaßt vor dem Lebensmittelladen in der Diversey Avenue und blieb auf dem Heimweg relativ nahe bei mir. Sie lief mir einen halben Straßenzug voraus, kam zurück, um zu sehen, ob ich noch da war, jagte ein paar Meter hinter mir ein Eichhörnchen auf einen Baum und lief dann wieder voraus. In meiner Wohnung legte sie sich zwischen Herd und Tisch auf den Küchenboden. Benommen, wie ich war, trat ich ihr dauernd auf den Schwanz, aber sie rührte sich nicht – falls etwas Eßbares auf den Boden fiel, würde sie es sich schnappen, ehe ich darauf ausrutschte. Dazu ist ein Wachhund da.

Ich preßte ein paar Orangen aus und briet für uns beide Hamburger, für sie ohne Roggenbrot und Salat. Der Hamburger erhöhte meinen Blutzuckerspiegel so weit, daß ich nun doch überzeugt davon war, noch ein paar Tage weiterleben zu können.

Ich hatte vorgehabt, im Handelsregister nach Farmworks zu suchen; falls es keine Personengesellschaft sein sollte, müßte ich nach Springfield Street fahren und dort nachschauen, ob die Firma als Aktiengesellschaft eingetragen war. Als wir gestern abend die zweite Flasche zur Hälfte geleert hatten und Rick in allen komischen Einzelheiten schilderte, wie ein Bühnenbild, das er für *La Brea Tarpit Wars* entworfen hatte, zusammengebrochen war, hatte ich mich jedoch an die Datenbank des Lexis-Systems erinnert. Wenn man einen Freund hatte, der Abonnent war, konnte man herausfinden, wem eine Firma gehörte, falls sie in Illinois tätig war.

Ich war nicht fähig, den ersten Schritt zu tun und der Registerabteilung im alten County-Gebäude einen Besuch abzustatten, aber ich ging ins Wohnzimmer, um Freeman Carter anzurufen. Er ist mein Anwalt, nicht eigentlich ein Freund, und er würde mir die Information nicht kostenlos liefern, aber es war immer noch besser, als in die Springfield Street zu fahren.

Freeman äußerte sich erfreut darüber, daß er von mir hörte – seine Sekretärin hatte ihm Zeitungsausschnitte gezeigt, denen zufolge ich fast ums Leben gekommen wäre. Er habe abwarten wollen, bis ich mich besser fühlte, ehe er mich fragte, ob ich nicht Zivilklage gegen Unbekannt einreichen möchte.

»Sie meinen, wie man das macht, wenn der Klan Ihr Kind ermordet?« fragte ich. »Worauf klagt man – daß einem das Bürgerrecht auf Leben genommen wird?«

»Etwas in der Richtung.« Er lachte. »Wie fühlen Sie sich?«

»Es geht, aber gestern hab ich mich wohl übernommen –

heute verlasse ich das Haus nicht. Ich frage mich, ob Sie mir einen Gefallen tun können.«

»Vielleicht, wenn es mit meiner beruflichen Rolle in Ihrem Leben zusammenhängt und eindeutig legal ist.«

»Wann habe ich Sie je gebeten, etwas Illegales zu tun?« wollte ich gekränkt wissen.

Er antwortete schneller, als mir lieb war. »Einmal haben Sie mich um finanzielle Einzelheiten über einen anderen Mandanten von Crawford und Meade gebeten. Das ist nicht nur illegal, sondern auch ein schwerer Verstoß gegen das Berufsethos. Als Sie wollten, daß ich einen Haftbefehl gegen Dick erwirke, hätten Sie mir beinahe nicht verziehen, daß ich abgelehnt habe. Und vor zehn oder zwölf Monaten –«

»Okay, okay«, unterbrach ich hastig. »Aber das waren lauter Dinge, die ich selbst erledigt hätte, wenn ich es gekonnt hätte. Nennen Sie mir etwas Illegales, das ich nicht selbst tun würde.«

»Dazu reicht meine Phantasie nicht aus. Und überhaupt, Sie würden vertrauliche Informationen über Ihre Klienten an niemanden weitergeben, vermutlich nicht einmal an mich. Wollen Sie mich immer noch um etwas bitten?«

»Nur um eine Information aus Lexis.« Peppy schlug sich den Gedanken an noch einen Hamburger aus dem Kopf und schnüfelte im Zimmer herum, um herauszubekommen, wer seit ihrem letzten Besuch hier gewesen war.

»Haben Sie immer noch keinen Computer? Herrgott, Vic, wann fangen für Sie die achtziger Jahre an?«

»Bald«, versprach ich. »Sehr bald. Sobald ich viertausend Dollar in die Hände bekomme, die nicht für Miete, Hypotheken, Versicherungen oder sonst was draufgehen. Außerdem brauche ich ein neues Auto. Der Chevy hat hundertfünfzigtausend Kilometer auf dem Buckel und stößt bei hohem Tempo gräßliche Ächzlaute aus.«

»Dann fahren Sie nicht so schnell«, riet er mir unfreundlich. »Was brauchen Sie aus Lexis? Nur die Inhaber einer Firma? Buchstabieren Sie – okay, in einem Wort, ›works‹ nicht groß geschrieben. Einer meiner Assistenten ruft Sie heute nachmittag oder morgen früh zurück. Trinken Sie Hühnerbrühe und schlafen Sie sich aus.«

Der Gedanke an Schlaf klang einladend, aber erst fragte ich bei meinem Auftragsdienst nach, wie viele Leute ich seit Samstag hatte hängenlassen. Lotty hatte einmal angerufen, Furey auch. Robin Bessinger hatte zweimal angerufen.

Vielleicht wußte Michael etwas über meine Tante. Ich versuchte es auf dem Revier und bei ihm zu Hause, hinterließ schließlich eine Nachricht auf seinem Anrufbeantworter.

Als ich aufgelegt hatte, ging ich ans Fenster und schaute auf den Chevy hinunter. Der wahre Grund, warum ich mich nicht um die Anrufe gekümmert hatte, war meine Tante. Sie war in einem ziemlich schlechten Zustand, als sie das Krankenhaus verlassen hatte; jedesmal, wenn das Telefon klingelte, befürchtete ich, es sei jemand mit einer schlechten Nachricht über sie.

Falls sie lebendig wieder auftauchte, brauchte sie vermutlich Pflege. Vielleicht konnte ich Peter dazu bewegen, daß er Geld für sie ausspuckte, aber die Vorgeschichte stimmte mich nicht optimistisch. Wie aber sollte ich so viel Geld zusammenkratzen? Komm ja nicht auf die Idee, das Getriebe oder sonst etwas Unersetzliches kaputtzumachen, warnte ich das Auto. Wir sind aufeinander angewiesen, Baby, für absehbare Zeit.

Wenigstens konnte ich Robin anrufen. Vielleicht war der persönliche Teil unseres gemeinsamen Lebens im Eimer, aber ich mußte freundlich sein – wenn ich es richtig anstellte, konnte ich Ajax als Großkunden gewinnen.

Robin war in einer Besprechung. Mit ihrer üblichen guten Laune versprach die Dame vom Telefon, ihm meine Nachricht auszurichten. Ich spielte mit der Rolloschnur. Eigentlich hätte ich Murray anrufen und mit ihm darüber sprechen müssen, daß auf der Arbeitsstelle von Alma weder Hispanics noch Schwarze arbeiten. Den Auftrag am Ryan hatten sie aber als Minderheitenfirma bekommen. MacDonald hatte mir weitere Einzelheiten über Alma und Roz versprochen, und ich wollte ihm noch einen Tag Zeit lassen, ehe ich an die Öffentlichkeit ging. Das Warten war sonst gar nicht meine Art. Warum war ich in in diesem Fall so geduldig?

»Du wirst alt, Vic«, sagte ich zu meinem verschwommenen Spiegelbild im Fenster. »Früher hast du dir nicht so leicht angst machen lassen.« Lag es an seinem Anruf von gestern abend oder daran, daß ich letzte Woche im Prairie Shores in der Falle gesessen hatte? Es mußte an dem Anruf liegen – ich hatte keinen Grund, MacDonald damit in Verbindung zu bringen, daß ich fast gestorben wäre. Bis auf die Karte, die er mit den Schlingpflanzen geschickt hatte.

Hinter mir jaulte Peppy frustriert. Ich zog ungeduldig an der Rolloschnur und ließ es einrasten, dann schaute ich mich um, um zu sehen, ob Peppy mal mußte. Sie kam zu mir herüber, kratzte mich am Bein, lief dann zurück zum Sofa, legte sich auf die Vorderpfoten und jaulte wieder, mit leicht wedelndem Schwanz.

»Was hast du denn da, Mädchen?« fragte ich. »Den Tennisball?«

Auf den Bauch liegend schaute ich unters Sofa, sah aber nichts. Peppy wollte nicht aufgeben. Trotz meiner Versicherung, da sei nichts, heulte sie ungeduldig weiter. Wenn sie so etwas anfing, konnte sie es mühelos eine Stunde lang durchhalten. Ich beugte mich ihrer überlegenen Konzentration und suchte nach der Taschenlampe.

Als ich mich schließlich daran erinnerte, daß ich sie Sonntag nacht mit den anderen Sachen auf den Boden des Dielenschranks geworfen hatte, versuchte Peppy immer noch, sich unter die Couch zu quetschen. Ich hoffte, sie habe keine tote Ratte gefunden oder, noch schlimmer, eine lebende. Mit unguten Vorahnungen legte ich mich noch einmal auf den Bauch. Peppy drückte sich so eng an mich, daß ich zunächst gar nichts sehen konnte, aber wenigstens starrten mich keine roten Augen an. Zuletzt sah ich das Glitzern von Metall. Was auch immer es sein mochte, es lag außerhalb der Reichweite meines Arms.

»Natürlich mußt du etwas entdecken, was mich zwingt, die Couch wegzurücken«, maulte ich den Hund an.

Als ich die Couch von der Wand wuchtete, tänzelte Peppy mit heftigem Schwanzwedeln um das Möbelstück herum. Sie gebärdete sich wie wild, als der Gegenstand sichtbar wurde, beschnüffelte ihn, nahm ihn ins Maul und legte ihn mir zu Füßen.

»Danke.« Ich lobte sie und rieb ihr den Kopf. »Ich hoffe, wenigstens du bist der Meinung, es war der Mühe wert.«

Es war ein goldenes Gliederarmband, ein schweres Stück, so groß, daß es einem Mann gehören konnte. Ich schob die Couch wieder gegen die Wand und setzte mich, um die Trophäe zu mustern. Zwei Amethyste waren zwischen den Gliedern eingesetzt. Ich drehte das Armband um, aber es hatte kein eingeschliffenes Monogramm.

Ich warf das Armband von einer Hand in die andere. Es kam wir vage vertraut vor, aber mir fielen keine männlichen Gäste ein, die es verloren haben könnten. Wer hatte mich in letzter Zeit besucht? Robin war am Samstag dagewesen, aber er war nicht in die Nähe der Couch gekommen. Terry Finchley und Roland Montgomery hatten darauf gesessen, als sie am Freitag gekommen waren, um mich zu beschuldigen, ich hätte das Prairie Shores Hotel in Brand gesteckt, aber ich konnte mir nicht recht vorstellen, wie einer von ihnen das Armband so hatte fallenlassen können, daß es unter der Couch landete. Es wäre wahrscheinlicher gewesen, daß es in die Kissen fiel. Trotzdem konnte es nichts schaden, Finchley zu fragen.

Das Armband konnte eigentlich nur unter die Couch geraten sein, als jemand darauf geschlafen hatte – wenn sie zur Bettcouch ausgezogen war, ergab sich eine Lücke zwischen Matratze und Boden. Es war schon vorgekommen, daß meine Gäste eine Uhr oder einen Ring vergessen hatten, den sie vor dem Einschlafen geistesabwesend auf dem Boden abgelegt hatten.

Meine einzigen Übernachtungsgäste in letzter Zeit waren Cerise und Elena gewesen. Eigentlich, so dachte ich, hätte es mir nicht entgehen können, wenn Elena einen derart wertvollen Schnickschnack mit sich herumschleppte. Aber sicher war ich mir nicht mehr. Sie konnte das Armband schließlich gestohlen haben, in der Hoffnung, es in Schnaps umzusetzen. Vielleicht hatte es Cerises Freund gehört, und sie trug es wie einen Talisman, wie die Mädchen in meiner High-School-Zeit, die ihren ersten festen Freund hatten. Vielleicht sollte ich nach Lawndale fahren und das Armband Zerlina zeigen, weil es viel wahrscheinlicher war, daß es Cerise gehört hatte und nicht Terry Finchley. Aber würde Zerlina so etwas wissen? Und falls Maisie kampflustig vor ihr stand, würde sie dann überhaupt etwas sagen?

Ich fühlte mich besser, aber längst noch nicht so gut, mich mit Maisie anzulegen. Außerdem war das Armband kaum das Dringendste auf der Liste. Ich steckte es in die Jeanstasche und schaute in Peppys erwartungsvolles Gesicht hinunter.

»Dich haben Menschen, die dich vergöttern sollten, in den letzten Tagen schlecht behandelt. Du willst zum See, nicht wahr?«

Sie klopfte glücklich mit dem Schwanz.

37 Kaninchenjagd

Ich ging am Ufer entlang, während Peppy um mich herumtanzte und Stöckchen brachte, die ich werfen sollte. Es war fast Oktober. Für mich war das Wasser zu kalt geworden, aber Peppy konnte, falls keine schweren Stürme kamen, noch einen Monat mit Vergnügen schwimmen.

Ich schlenderte an dem felsigen Kap entlang, das nach Osten ins Wasser ragte. Als ich mich setzte, um auf das Wasser zu schauen, sprang Peppy die Klippen hinunter, um nach Kaninchen zu suchen. Es war ein ziemlich steiler Hang zum Ufer hinunter, aber gelegentlich fand sie Kaninchen, die im Geröll hockten.

Das Wasser hatte einen stumpfen Silberschimmer, ein Steingrau, das man im Sommer nicht zu sehen bekommt. Auch wenn sich sonst nichts an der Landschaft verändert, kann man die Jahreszeiten an der Farbe des Sees unterscheiden. Wenn es ruhig ist, wirkt das Wasser unendlich lockend, will einen tragen, streicheln, bis man eingeschlafen ist, als gäbe es keine kalte Tiefe, keinen plötzlichen wilden Wellenstoß, der einen hilflos gegen die Klippen schleudert.

Hilflosigkeit fürchtete ich wirklich. Ein Leben wie es Elena führte, herumgeworfen ohne Bojen im Fahrwasser. Oder mein eigenes Leben in den letzten Tagen, indem ich vorsichtig am Rand des Damms herumwatete, aber mich nicht traute, einzutauchen. So wartete ich zum Beispiel ab, was Ralph MacDonald mir zu sagen hatte. Ich wußte nicht, ob ich das aus Angst vor ihm tat, aus Angst vor seinen verhüllten Drohungen. Vielleicht war ich nach den letzten Eskapaden meiner Tante so angeschlagen, daß ich keine Energie mehr für meine Angelegenheiten übrig hatte. Jedenfalls war das ein Gedanke, der mein Ego wieder aufbaute.

Es war jedoch nötig, daß ich meinen Widerwillen überwand und mich um Elenas Probleme kümmerte. Es war weder ihr noch Furey gegenüber anständig, das einfach ihm zu überlassen. Zumindest konnte ich Zerlina noch einmal aufsuchen und sie fragen, ob sie sich an jemanden erinnerte, der Elena aufnehmen würde. Bei dieser Aussicht ließ ich die Schultern hängen.

Ich konnte am Zentralrevier Station machen und Finchley fragen, ob er das Armband kannte – und herausfinden, ob Furey etwas über Elena erfahren hatte. Falls nicht, würde ich am Morgen eine eigene Suchaktion organisieren, vielleicht die Streeter Brothers einschalten. Und ich konnte Roz besuchen – es war an der Zeit, daß ich Ralph MacDonald gegenüber in die Offensive ging. Ganz gleich, ob er persönlich etwas mit dem Brand zu tun hatte oder nicht, er hatte etwas vor; ich hatte dem zu lange untätig zugesehen.

Ich stand unvermittelt auf und rief den Hund. Peppy war in drei mühelosen Sätzen oben und tanzte eifrig herum. Als sie sah, daß wir, statt ans Ufer zurückzukehren, zum Auto gingen, sackte ihr der Schwanz zwischen die Beine, und sie schleppte sich vorwärts wie ein Bild des Jammers.

Auch der Chevy schleppte sich ziemlich jämmerlich vorwärts. Ich hatte Kühlwasser nachgefüllt, den Ölstand überprüft und mir Zündkerzen und Lichtmaschine angeschaut, als verstünde ich etwas davon. Morgen mußte ich mir die Zeit nehmen, ihn in die Werkstatt zu bringen. Und Geld verdienen, damit ich die Reparatur bezahlen und mir in der Zwischenzeit einen Leihwagen nehmen konnte.

»Beweg dich weiter«, befahl ich dem Motor.

Die Spitzengeschwindigkeit, die er mir an diesem Nachmittag erlaubte, war fünfundfünfzig. Ich mußte mich an Nebenstraßen halten, verärgerte Autofahrer hinter mir, wenn ich unter dreißig blieb. Ich brauchte über eine halbe Stunde bis zum Zentralrevier.

»Ich mache zuerst hier Station, weil Finchley später nicht mehr da ist«, erklärte ich Peppy, für den Fall, daß sie mich einen Feigling nannte. »Ich habe immer noch vor, Roz zu besuchen.«

Ich ging durch den Eingang an der State Street. Hätte ich den direkten Eingang zum Revier benutzt, hätte ich dem Diensthabenden an der Pforte erklären müssen, was ich wollte. Natürlich ist auch der Eingang State Street bewacht, aber der Polizist dort war viel leichter zu überreden als der Sergeant am Schreibtisch – allein deshalb, weil jenem mein Nachname etwas sagte. Er hatte meinen Dad vor vielen Jahren gekannt, wir konnten kurz über ihn plaudern.

»Ich war damals ja noch ein Grünschnabel, aber Tony hat sich immer um die jungen Polizisten gekümmert. Daran habe ich mich immer erinnert, und ich versuche, das für die neuen Jungs auch zu tun. Und natürlich auch für die Mädchen. Ach ja. Sie wollen zum Lieutenant, nicht herumstehen und in Erinnerungen schwelgen. Sie wissen, wo sein Büro ist, nicht wahr?«

»Ja, ich war schon hundertmal dort. Sie brauchen nicht anzurufen.«

Bobbys Team war im zweiten Stock auf der Südseite des Gebäudes untergebracht. Die Detectives arbeiteten an durch hüfthohe Raumteiler voneinander getrennten Schreibtischen, während die Uniformierten im nicht abgeteilten Bereich ganz vorn an Gemeinschaftsschreibtischen saßen. Bobby führte das Kommando von einem winzigen Büro in der Südostecke aus.

Terry Finchley schrieb einen Bericht, hackte auf einer Schreibmaschine herum, die fast so alt wie wie meine. Mary Louise Neely, eine uniformierte Beamtin, die zum Team gehörte, saß auf der Schreibtischkante und redete mit ihm, während er tippte. Die Schreibmaschine war so laut, daß sie mich nicht kommen hörten.

Die meisten Schreibtische waren leer. Um vier ist Schichtwechsel, deshalb waren die Einsatzbesprechungen schon vorbei. Fünf Uhr nachmittags tut sich nicht viel in der Welt des Verbrechens. Die Cops lassen es dann langsam angehen, besorgen sich etwas zu essen oder warten auf Zeugen, die von der Arbeit kommen, oder tun, was man eben so tut, wenn man eine kleine Atempause hat.

Die Tür zu Bobbys Büro war geschlossen. Ich hoffte, daß er nach Hause gegangen war. Ich ging zu Finchleys Platz hinüber und unterbrach Officer Neely, als sie das Innere eines Jaguar XJS schilderte, den sie letzte Nacht verfolgt hatte. Mir wurde nicht recht klar, was ihr mehr Eindruck gemacht hatte, die schwarzen Ledersitze oder die drei Kilo Kokain darunter. Sie gab sich meistens stocksteif, aber jetzt gestikulierte und lachte sie, hatte direkt Farbe im blassen Gesicht.

»Tag, Leute«, sagte ich. »Tut mir leid, daß ich störe.«

Finchley hörte mit der einhändigen Hackerei auf. »Tag, Vic. Wollen Sie zu Mickey? Der ist im Moment nicht da.«

Officer Neely zog sich hinter ihre farblose Fassade zurück. Sie murmelte etwas von »schriftlich berichten« und marschierte steif zu den Schreibtischen vorn.

»Nur zum Teil – ich wollte wissen, ob er etwas über meine Tante herausbekommen hat. Sie ist jetzt seit vier Tagen vermißt, wissen Sie. Und ich habe heute nachmittag etwas in meiner Wohnung gefunden und bin vorbeigekommen, um zu hören, ob Sie es verloren haben.«

»Ich habe nicht gewußt, daß Ihre Tante vermißt wird. Der

Lieutenant muß Mickey unoffiziell darauf angesetzt haben.« Finchley zeigte gastfreundlich auf den Metallstuhl neben seinem Schreibtisch. »Machen Sie's sich gemütlich. Möchten Sie Kaffee?«

Mir schauderte. »Mein Magen ist nicht stark genug für das Zeug, das ihr Jungs trinkt.« Ich setzte mich. »Ich habe Officer Neely noch nie so menschlich erlebt. Eigentlich schade, daß ich gestört habe.«

Die Polizistin saß an einer Schreibmaschine und ratterte mit makelloser Präzision etwas herunter. Ihr Rücken war so gerade, daß es für eine West-Point-Inspektion gereicht hätte.

»Sie ist die erste Frau im Team«, erklärte Finchley. »Sie wissen doch, wie das ist, Vic. Vielleicht hat sie Angst davor, daß Sie sie beim Lieutenant verpetzen, wenn sie sich natürlich benimmt.«

»Ich?« Ich war empört.

Finchley grinste. »Okay, vielleicht hat sie Angst davor, daß der Lieutenant glaubt, sie hätten sie korrumpiert, wenn sie freundlich zu Ihnen ist. Gefällt Ihnen das besser?«

»Viel besser«, sagte ich nachdrücklich. Ich nahm das Armband aus der Hosentasche und zeigte es Finchley.

»Ich habe es unter meiner Couch gefunden«, erklärte ich. »Sie und Montgomery waren die einzigen Männer, die in letzter Zeit darauf gesessen haben. Ich habe mich gefragt, ob Sie es verloren haben.«

Finchley warf einen kurzen Blick darauf. »Nicht meins. Das ist Zuhälterschmuck – so was finde ich scheußlich. Und eins muß man Montgomery lassen; es ist auch nicht unbedingt sein Stil.« Er musterte mein Gesicht. »Wenn Sie wollen, kann ich ihn danach fragen.«

Ich zögerte. Ich gab ungern zu, daß ich keine Lust hatte, dem Lieutenant vom Brandstiftungsdezernat gegenüberzutreten. Andererseits, wie viele schwierige Konfrontationen mußte ich noch durchstehen, um mir zu beweisen, daß ich kein Feigling war? Ich nahm das Angebot kleinlaut an.

Finchley ließ die Kette durch den Finger gleiten. »Wissen

Sie, eigentlich sieht das eher aus wie ...« Er biß sich auf die Lippen. »Ich frage herum.«

»Geht das nicht auch mit einer Beschreibung? Der andere Mensch, dem es vielleicht gehört haben könnte, ist das tote Mädchen – die junge Frau, deren Familie Sie letzte Woche für mich ausfindig gemacht haben. Ich möchte es morgen früh ihrer Mutter zeigen.«

»Sie sind ein gewissenhaftes kleines Ding, nicht wahr? Haben Sie schon mal daran gedacht, jemanden einzustellen, der Ihnen die Laufarbeit abnimmt?«

»Jeden Tag.« Ich deutete auf Officer Neelys steifen Rücken. »Vielleicht sollte ich mit ihr reden. Die Bezahlung ist nicht toll, aber es wäre mal was anderes, als Berichte über Koksköpfe zu tippen.«

»Hey, wenn man bei Ihnen keine Berichte schreiben muß, fangen Sie mit mir an«, protestierte Finchley. Er machte sich sorgfältig Notizen über die Amethyste in der Kette und gab sie mir zurück. »Ich frage Monty und – und rufe Sie morgen an, wenn's geht.«

Sein Telefon klingelte. »Machen Sie's gut, Vic.«

»Danke, Terry. Kann ich telefonieren, ehe ich gehe?«

Er griff nach seinem Hörer und zeigte auf den Schreibtisch hinter ihm. Ich ging um den Raumteiler herum und rief meinen Auftragsdienst an.

Lucy Mott hatte mich aus meiner Anwaltskanzlei mit Informationen über Farmworks, Inc. angerufen; sie hatte dem Auftragsdienst keine Einzelheiten hinterlassen. Lotty hatte angerufen. Und Robin.

Ich versuchte es zuerst bei meinem Anwalt. Lucy Mott war nach Hause gegangen, aber Freeman Carter war noch da, allerdings in einer Besprechung mit einem Mandanten. Der Mann, der sich gemeldet hatte, bot an, etwas auszurichten, aber als ich ihm sagte, ich sei auf dem Zentralrevier und könne nicht um Rückruf bitten, holte er Carter.

Freeman glaubte natürlich, ich sei festgenommen worden, und war nicht allzu begeistert, als er hörte, daß ich mir nur ein

Telefon ausgeliehen hatte. »Es liegt an dieser miesen Taktik, daß Sie überall in der Stadt einen schlechten Ruf haben«, knurrte er. »Aber nachdem Sie mich aus meiner Besprechung herausgeholt haben, will ich Ihnen zeigen, daß ich bessere Manieren habe als Sie, und Ihnen die Information besorgen, statt Sie warten zu lassen.«

»Ich weiß, daß Sie bessere Manieren haben als ich, Freeman – deshalb stehe ich ja immer so still und ernst neben Ihnen, wenn ich vor den Richter treten muß.«

Er blieb etwa fünf Minuten weg. Ein paar weitere Detectives kamen herein, Leute, die ich nicht kannte und die stehenblieben, um mit Finchley zu sprechen und mich neugierig zu mustern. Als Freeman eben wieder an den Apparat kam, marschierte Sergeant McGonnigal herein. Als er mich sah, wanderten seine Augenbrauen überrascht nach oben. Er winkte nicht und machte auch keinen Umweg, um mich zu begrüßen, sondern ging weiter zu Mallorys Tür, wo er klopfte und den Kopf hineinsteckte. Ich wandte meine Aufmerksamkeit Freeman zu.

Farmworks, Inc. war eine erstaunliche Firma – sie existierte ohne Inhaber und Geschäftsleitung. Der einzige Name, den Lexis mit ihr in Verbindung brachte, war der des eingetragenen Vertreters August Cray, mit einer Adresse im Loop. Freeman legte auf, während ich mich bedankte. Ich saß mit dem Hörer in der Hand da, bis die Polizeizentrale sich meldete und fragte, ob ich Hilfe brauche. Ich legte geistesabwesend auf.

Ich kannte diesen Namen. Ich hatte ihn erst vor kurzem gehört, konnte ihn nur nicht einordnen. Es war zu spät, mich jetzt noch dorthin in die LaSalle Street zu schleppen. Außerdem war ich zu müde, heute abend noch etwas zu unternehmen. Und ich wollte Roz besuchen. Ich würde am Morgen in den nördlichen Loop fahren. Wenn ich Cray sah, würde ich mich vermutlich daran erinnern, woher ich seinen Namen kannte.

»Kann ich dir dabei helfen, etwas zu finden, Vic? Das ist mein Schreibtisch, in dem du herumwühlst.«

McGonnigals Stimme direkt neben mir schreckte mich hoch.

Er bemühte sich um einen leichten Ton, aber in seiner Stimme schwang Gereiztheit mit.

Ich hob die Hand. »Friede, Sergeant. Ich war nicht dabei, deine tiefsten Geheimnisse auszugraben. Ich hatte hier was zu erledigen, und Detective Finchley hat mir erlaubt, das Telefon zu benutzen... Können wir denn nicht wieder Freunde sein, jedenfalls keine Feinde, so wie es früher zwischen uns war?«

Er ignorierte den größten Teil meiner Bemerkung und fragte, was ich hier zu erledigen hatte. Ich rollte angewidert mit den Augen, zog aber das Armband aus der Tasche und erzählte die ganze Geschichte.

McGonnigal hob das Armband auf und warf es dann auf den Schreibtisch. »Wir können wieder Freunde werden oder wenigstens keine Feinde mehr sein, wenn du damit aufhörst, Spielchen zu treiben, Warshawski. Jetzt hau ab. Ich muß arbeiten.«

Ich stand langsam auf und schaute ihn mit steinerner Miene an. »Ich treibe keine Spielchen, McGonnigal, aber du tust das, ganz bestimmt. Sagt mir Bescheid, ihr kleinen Jungen, wenn ihr mich in die Spielregeln einweihen wollt.«

Officer Neely hatte mit dem Tippen aufgehört und beobachtete uns. »Wenn Sie die Pfadfinder satt haben, kommen Sie zu mir«, sagte ich, als ich an ihr vorbeiging. »Vielleicht fällt uns was Besseres für Sie ein.«

Sie errötete bis zu den Wurzeln des dünnen, sandfarbenen Haars und tippte in wildem Tempo weiter.

38 Wahlkampfvorbereitungen

Als ich in den Chevy stieg, schaute mich Peppy erwartungsvoll an. Ich hatte ganz vergessen, daß sie dabei war. Es war nicht anständig, sie im Auto sitzen zu lassen, während ich versuchte, Roz aufzuspüren, aber ich befürchtete, wenn ich Peppy nach Hause brachte, konnte ich mich nicht mehr aufraffen, heute noch etwas zu unternehmen.

»Tut mir leid, Mädchen«, sagte ich, als ich den Motor anließ. »Terry und John wissen beide, wem das Armband gehört, meinst du nicht auch? Warum wollen sie es mir also nicht sagen?«

Peppy schaute mich besorgt an – sie wußte es auch nicht. Eine kleine Prozession von Autos fuhr Richtung Norden die State Street entlang. Ich wartete, bis sie vorbei waren, damit ich wenden konnte. Der letzte Wagen war Michaels silberne Corvette. Ich hupte und winkte, aber er sah mich im dämmernden Licht nicht. Oder er wollte mich nicht sehen. Ich hätte versuchen können, ihn einzuholen, um nach Elena zu fragen, aber ich hatte keine Lust, McGonnigal heute noch einmal über den Weg zu laufen.

Ich fuhr nach Norden in die Congress Street. Schlaglöcher und heruntergekommene Gebäude machten allmählich den Tagungshotels Platz, die den Südrand des Loop säumen. Als ich nach Westen in die Congress Street einbog und Gas gab, stieß der Chevy ein undefinierbares Jaulen aus. Mein Magen krampfte sich zusammen.

»Nicht bei fünfzig«, belehrte ich das Auto. »Du mußt mich noch ein paar Jahre lang durch die Stadt befördern. Ein paar Tage noch, auf alle Fälle.«

Das Auto hörte nicht auf mich, sondern steigerte den nervenzerfetzenden Lärm noch, als ich auf sechzig beschleunigte. Als ich auf vierzig herunterging, beruhigte sich der Motor etwas, aber über den Ryan konnte ich so nicht fahren. Ich bog an der Halsted Street von der Congress Street ab und nahm Umwege nach Norden und Westen zum Logan Square.

Roz Fuentes' Wahlkampfbüro war in ihren alten Sozialarbeiterbüros in der California Avenue. Im Vorderfenster prangten die Flaggen von Mexiko, den Vereinigten Staaten und von Puerto Rico, Mexiko links und die Vereinigten Staaten in der Mitte. Unter der Flagge Mexikos hing ein großes Porträt von Roz, die ihr strahlendes Zweihundert-Watt-Lächeln zeigte, dazu die Parole auf spanisch und englisch: »Roz Fuentes für Chicago.« Nicht originell, aber brauchbar.

Das Büro war noch hell erleuchtet. Es waren nur noch fünf Wochen bis zur Wahl, und im ganzen County arbeiteten Leute in verschiedenen Wahlkampfbüros bis zum Morgengrauen. Daneben war Roz immer noch als städtische Beauftragte gegen Wohnungsnot und Verbrechen tätig. Den Zeitungen zufolge war das dem zuständigen Stadtrat – einem Herrn aus der alten Macho-Schule – ein Dorn im Auge, aber Roz war in der Gegend zu beliebt, als daß er versucht hätte, sie frontal anzugehen.

Hinter dem Panzerglasfenster sah man Leute mit der lärmenden Kameraderie arbeiten, die ein erfolgreicher Wahlkampf mit sich bringt. Etwa ein Dutzend Männer und Frauen saßen im großen Vorraum an Schreibtischen, unterhielten sich, gingen an die wild klingenden Telefone und riefen sich gegenseitig auf spanisch oder englisch Fragen zu. Niemand beachtete mich, deshalb ging ich an den Wahlkämpfern vorbei nach hinten, wo Roz früher ein kleines Privatbüro gehabt hatte.

Dort saß jetzt auch ein kleines Grüppchen, ein hübsches Ensemble, das zu Rosalyns multikultureller Sendung paßte: ein Weißer von etwa Vierzig und zwei Hispanierinnen – eine mollig und in den Fünfzigern, die zweite noch nicht lange mit der High School fertig – waren ins Gespräch vertieft mit einer drahtigen Schwarzen mit Hornbrille. Ich erkannte den Weißen nicht, aber ich kannte die Frau mit der Hornbrille – Velma Riter.

Alle vier verstummten, als ich hereinkam. Velma, die hinter dem ramponierten Schreibtisch in Rosalyns Drehstuhl saß, schaute wütend zu mir auf. Ihren Ausdruck feindselig zu nennen, wäre etwa so zutreffend gewesen, wie wenn man die Niagara-Fälle naß genannt hätte – die Intensität ihres Blicks war so nicht annähernd richtig zu bezeichnen.

Nach einem verwirrten Blick von Velma zu mir fragte die Frau in den Fünfzigern: »Können wir Ihnen helfen, Miss?« Sie war nicht unfreundlich, nur kurz angebunden – sie waren bei der Arbeit und wollten weitermachen.

»Ich bin V. I. Warshawski«, sagte ich. »Ich habe gehofft, daß Roz hier ist.«

Die mollige Frau streckte der High-School-Absolventin wortlos die Hand hin; die junge Frau reichte ihr einen Stapel Papiere. Sie überflog sie und sagte: »Im Augenblick beendet sie ein städtisches Treffen über das Bandenwesen in Pilsen. Danach fährt sie zu einem Essen zur Spendenbeschaffung in Schaumburg. Wenn Sie mir sagen, was Sie von ihr wollen, kann ich Ihnen helfen – ich bin ihre Chefassistentin.«

»Sie sind nicht damit zufrieden, daß Sie versuchen, Roz in den Rücken zu fallen – Sie kommen hierher, um ihren Kaffee zu vergiften, stimmt das, Vic?« Velma meldete sich giftig zu Wort.

Die junge Frau schien Velmas unverhohlener Zorn nervös zu machen. Sie stand hastig auf und griff nach einem Stapel Papieren. Sie murmelte etwas darüber, das müsse sie noch abtippen, ehe sie nach Hause gehe, und verschwand.

»Stehen Ihnen diese Leute so nahe, daß ich in ihrer Anwesenheit sprechen kann?« fragte ich Velma.

»Sie wissen, daß Sie versuchen, Roz in den Dreck zu ziehen.«

Ich lehnte mich gegen die Tür; meine erschöpften Schultern brauchten einfach einen Halt. »Haben Sie irgendeine Dreckkampagne in den Medien gefunden, die Sie zu mir zurückverfolgen können?«

»Die Leute reden.« Velma hielt sich kerzengerade. »Alle wissen, daß Sie ihr in den Rücken fallen wollen.«

»Und das könnte nicht daran liegen, daß Sie das behauptet haben. Oder, Velma?« Ich ertrug es nicht, in ihr zorniges Gesicht zu schauen; ich wandte den Blick zu einem Plakat an der Wand, das sich ablöste und ein Zitat von Simón Bolívar propagierte: Freiheit für alle Völker.

»Warum sagen Sie uns nicht, warum Sie gekommen sind, Ms. Warshawski? Wir stehen Roz alle nahe, wir haben keine Geheimnisse voreinander«, sagte Rosalyns Chefassistentin.

Ich ging ungebeten zu dem Klappstuhl aus Metall, den die junge Frau geräumt hatte. »Vielleicht können Sie mir erst einmal Ihre Namen sagen.«

»Ich bin Camellia Maldonado, und das ist Loren Richter. Er verwaltet die Gelder für Roz' Wahlkampf.«

Richter ließ ein perfektes Lächeln aufblitzen. »Und ich kann Ihnen versichern, daß damit alles in Ordnung ist.«

»Bestens.« Ich legte die Arme auf den Schreibtisch und stützte das Kinn auf die Hände. »Ich bin wirklich erschöpft. Wenn Velma Ihnen alles über mich erzählt hat, dann wissen Sie, daß ich letzte Woche bei einem Brand in einem leerstehenden Hotel fast ums Leben gekommen wäre. Ich habe mich noch nicht ganz davon erholt, deshalb gebe ich mir keine Mühe, subtil vorzugehen.

Vor zwei Wochen hat Roz bei einer Spendenparty draußen auf Boots Farm großen Wert darauf gelegt, mich beiseite zu nehmen und mich zu bitten, ihren Wahlkampf nicht zu torpedieren. Weil mir nichts ferner lag, war mir das lästig, milde ausgedrückt. Und es brachte mich auf die Idee, sie müsse irgendein Geheimnis haben.«

»Falls es ein Geheimnis war, ging es Sie nichts an, Warshawski«, unterbrach mich Velma.

Daraufhin setzte ich mich auf. »Sie hat dafür gesorgt, daß es mich etwas angeht. Sie – oder vielmehr Marissa Duncan – hat mich dazu gebracht, daß ich auf einer öffentlichen Liste stehe und sie unterstütze. Und ich habe dafür mehr Geld ausgegeben, als in diesem Jahr jeder andere Kandidat von mir bekommen hat. Falls Roz in meinem Namen etwas Illegales oder Unmoralisches getan hat, habe ich das Recht es zu wissen, verdammt noch mal.«

Ich atmete schwer, als ich das gesagt hatte. Ich nahm mir einen Augenblick Zeit, mich zu beruhigen und meine Gedanken zu ordnen. Camellia und Loren saßen steif da, bereit, mich zu Ende anzuhören, aber auch dazu, mir die Tür vor der Nase zuzuschlagen, sobald ich fertig war.

»Als ich damit anfing, Fragen zu stellen, haben mir jede Menge Leute gesagt, ich sei eine Nervensäge und solle mich um meine eigenen Angelegenheiten kümmern. Erst kam natürlich Velma, dann Roz. Und es ist ungeheuer interessant, daß mich inzwischen sogar Ralph MacDonald, der große Mann – Boots Partner, wie Sie wissen – gewarnt hat. Etwas subtiler als Velma und Roz, aber es war eine Warnung. Und nach dem Brand hat er mich wieder gewarnt, dieses Mal nicht annähernd so feinsinnig.«

Ralphs Name überraschte sie alle. Falls Boots zu Roz gesagt hatte, er hetze MacDonald auf mich, hatte sie es für sich behalten.

»Als ich bei Rosalyns Spendenparty war, hatte sie ihren Vetter bei sich – Luis Schmidt – und Carl Martinez, seinen Partner bei Alma Mejicana. Und mir kam es so vor, als hätten die beiden auf mich gezeigt und Roz eingeredet, ich hätte nichts Gutes im Sinn.«

Ich brach ab. Irgend etwas an diesem Bild, an der Szene, wie Wunsch und Grasso die Köpfe mit Furey und den beiden Männern von Alma Mejicana zusammensteckten, machte meinem Verstand zu schaffen. Wenn ich nicht so müde, wenn Velma nicht so feindlich gewesen wäre, dann wäre ich darauf gekommen. Schmidt hatte Roz gewarnt, weil er mit Wunsch und Grasso gesprochen hatte. Sie hingen alle miteinander zusammen, Wunsch und Grasso, Alma, Farmworks. Und Farmworks war durch Rita Donnellys Tochter Star mit Seligman verbunden. Hieß das, daß Wunsch und Grasso etwas mit der Brandstiftung zu tun hatten? Mir drehte sich der Kopf.

»Wir warten, Vic.« Velmas kalte Stimme unterbrach meine nervösen Überlegungen. »Oder wollen Sie Ihre Geschichte aufmotzen, damit sie glaubwürdiger wirkt?«

Ich lächelte bitter. »Ich fasse mich kurz. Und glauben Sie, was Sie wollen, aber es kommt gleich noch schlimmer. Bis vor zwei Jahren hat Alma Mejicana im Baugeschäft so gut wie keine Rolle gespielt. Sie haben zwei Klagen gegen das County eingereicht, behauptet, sie würden bei der Vergabe von Aufträgen diskriminiert. Aber sie waren genaugenommen ein Winzling in der Branche – Parkplätze, ein paar Trottoirs, solche Sachen. Sie waren nicht groß genug für die Projekte, für die sie Angebote machten.

Und jetzt der Knüller. Plötzlich haben sie die Klagen zurückgezogen, und durch einen merkwürdigen Zufall kriegen sie ein Stück vom Kuchen am Dan Ryan. Wenn man an diesem Tisch mitspielen will, braucht man eine dicke Brieftasche. Woher bekommen sie die Ausrüstung und den Sachverstand?

Roz ist Teilhaberin bei Alma Mejicana. Bei diesem Teil der Geschichte kann ich nur Vermutungen anstellen« – ich ignorierte, daß Velma explodierend dazwischenging. »Ich weiß nicht, ob sie zu Boots gegangen oder er zu ihr gekommen ist. Aber sein Anhang bei den Hispanics ist stark abgebröckelt. Sie unterstützen Solomon Hayes, damit er Boots als Vorsitzenden im County-Rat ablöst. Solange sie Hayes wählen und die Schwarzen einen eigenen Kandidaten haben, kann Meagher es mit knapper Not schaffen. Aber neuerdings sieht es danach aus, als ob die alte Washingtoner Koalition wieder aktiv wird. Und wenn die Hispanics sich mit den Schwarzen auf einen schwarzen Kandidaten einigen, kann Boots seinen vierzig Jahren Macht und Einfluß einen Abschiedskuß geben.«

Velma murmelte zu meiner Rechten vor sich hin, aber Camellia Maldonado saß mit einem Ausdruck eisiger Fassung da, etwa so, wie eine edwardianische Dame einen Betrunkenen in ihrem Salon beobachtet haben mag.

Loren Richter klopfte mit dem Bleistift gegen das Stuhlbein. »Das ist nichts Neues. Und es ist auch kein Verbrechen.«

»Natürlich nicht«, stimmte ich ihm zu. »Koalitionen, wechselnde Loyalitäten, so heißt das Spiel. Aber Boots ist noch nicht dazu bereit, die Jetons abzugeben. Sagen wir also, daß er zu Roz gegangen ist. Wenn er sie auf seine Liste setzt, bringt sie ihm Humboldt Park und Pilsen – dort ist sie Gold wert. Er revanchiert sich, indem er dafür sorgt, daß Alma von den County-Aufträgen ein großes Stück abbekommt. Sie ziehen die Diskriminierungsklage zurück, tun sich mit einer Scheinfirma zusammen, Wunsch und Grasso führt den Auftrag aus und wird am Gewinn beteiligt, und alle sind zufrieden. Alma tut am Ryan keinen Strich – ich war dort und habe es gesehen. Sie haben den Auftrag bekommen, sie leisten Zahlungen an eine Scheinfirma und leihen sich die Maschinen und das Personal von Wunsch und Grasso aus.«

»Dafür haben Sie keine Beweise, keinen einzigen. Das ist rein erfunden«, sagte Camellia Maldonado hitzig. »Was Velma auch über Sie gesagt hat, Sie sind ja noch zehnmal schlimmer.«

Ich stand auf. »Ich bleibe nicht hier und streite mich mit Ihnen herum. Ich bin hundemüde. Ich wollte Roz nur eine Chance geben, etwas dazu zu sagen, ehe ich zur Presse gehe. Bloß eines daran verstehe ich nicht.«

»Bloß eines?« fauchte Velma. »Ich habe geglaubt, Sie verstehen das ganze Universum, Warshawski.«

Ich ignorierte sie. »Ich weiß nicht, warum Roz geglaubt hat, eine solche Geschichte könnte ihren Wahlchancen schaden. Das ist doch die übliche Geschäftspraxis in dieser unserer Stadt. Wenn die Geschichte schließlich rauskommt, werden die alten Kameraden einen gemeinsamen Seufzer der Erleichterung darüber von sich geben, daß sie kein radikaler Hitzkopf, sondern schließlich doch eine von ihnen ist.«

Ich machte kehrt, hörte nicht hin, als die drei mich anschrien. Camellia rannte auf Bleistiftabsätzen zur Tür und packte mich am Arm.

»Sie müssen uns sagen, welche Beweise Sie für diese entsetzliche Unterstellung haben. Sie können nicht herkommen, eine solche Bombe platzen lassen und einfach wieder gehen.«

Ich rieb mir müde die Augen. »Sie brauchen nur zum Ryan zu gehen und sich Almas Arbeitsstelle anzuschauen. Jetzt, wo sie wissen, daß ich dort war, ist es allerdings möglich, daß sie für die Fotografen ein paar farbige Arbeiter oder Frauen hingeschafft haben. Aber was einen wirklich umhaut, ist ihr Büro. Die reine Fassade. Im ganzen Gebäude nur drei Schreibtische besetzt. Man kann von einer Briefkastenadresse aus kein Geschäft leiten, jedenfalls kein Baugeschäft.«

Camellia schaute mich so zornig an, daß ich wacklige Knie bekam. »Ich habe lange für Roz' Erfolg gearbeitet«, zischte sie. »Sie werden es nicht schaffen, sie mit Ihren Lügen zu ruinieren.«

»Großartig«, sagte ich. »Dann brauchen Sie sich ja keine Sorgen zu machen.«

Ich warf einen Blick zurück auf Velma, die im Drehstuhl saß. Sie sagte gar nichts, sondern schaute auf die Schreibtischplatte. Camellia folgte mir in den großen Vorraum. Sie war eine zu erfahrene Wahlkämpferin, als daß sie zugelassen hätte, daß das Personal etwas von einer Krise merkte. Sie gab mir an der Tür förmlich die Hand, schenkte mir ein strahlendes Lächeln und sagte, ich könne mich darauf verlassen, daß sie Roz von unserem Gespräch berichten werde.

39 Todesröcheln

Als ich zum Chevy zurückkam, war ich so erschöpft, daß ich nichts mehr spürte und dachte. Irgendwo im Hinterkopf wußte ich, daß ich mit August Cray sprechen, daß ich versuchen mußte, hinter die Verbindung zu kommen, die es offenbar zwischen Farmworks und Seligman gab. Selbst wenn es nicht zu spät gewesen wäre, ihn im Loop aufzusuchen, hätte ich es nicht geschafft – ich hatte einfach nicht mehr die Kraft, heute noch ein weiteres Gespräch zu führen. Ich wollte nur noch nach Hause, ins Bad und ins Bett.

Peppy, die zusammengerollt auf dem Beifahrersitz lag, hob nicht einmal den Kopf, als ich einstieg – drei Stunden im Auto, das reichte ihr.

»Tut mir leid, Mädchen«, entschuldigte ich mich. »Wenn General Motors will, fahren wir jetzt nach Hause.«

Der Chevy ächzte selbst bei vierzig grauenhaft. Ich zwang ihn voran wie ein Ritter ein müdes Schlachtroß. Er gehorchte mir etwa genauso gern. Bei dem Geheul und Geknirsch des Autos konnte ich die fieberhaften Gedanken über Roz nicht weiterverfolgen. Abgesehen von dem Krach, ich war einfach zu ängstlich, das Auto könne stehenbleiben, als daß ich an irgend etwas anderes hätte denken können.

Als ich in die Racine Avenue einbog, gab der Chevy den Geist auf, das nervenzerfetzende Geheul ging über in ruckendes Rasseln und wich Totenstille. Ich drehte den Zündschlüssel. Der Motor ächzte grausig, sprang aber nicht an. Hinter mir wütendes Hupen – es ist allgemein bekannt, daß ein Hupkonzert von hunderttausend Autofahrern die beste Behandlungsmethode für einen blockierten Motor ist.

Ich war weniger als drei Kreuzungen von zu Hause entfernt. Wenn es mir gelang, den Chevy an den Straßenrand zu schieben, konnte ich ihn dort für den Abschleppdienst stehen lassen und mit Peppy nach Hause laufen. Peppy hatte andere Vorstellungen. Als ich die Tür aufmachte, sprang sie auf den Fahrersitz und war so schnell draußen, daß ich sie gerade noch am Hinterlauf packen konnte, ehe sie sich vor einen Lieferwagen warf. Ich rang sie zu Boden und zerrte sie auf den Beifahrersitz zurück.

»Du mußt fünf Minuten warten«, erklärte ich ihr. Sie kaufte mir das nicht ab. Normalerweise war sie ein besonders braver Hund, aber jetzt knurrte sie mich an, und ich mußte ihre Leine am Lenkrad festbinden, damit sie im Auto blieb. Sie stand auf dem Beifahrersitz und bellte mich wütend an.

Meine Beine hatten sich durch die Anspannung beim Fahren verkrampft. Als ich aufstand, wäre ich fast umgekippt. Ich hielt mich an der Autotür fest.

»Wir sind beide nicht gut drauf, was?« murmelte ich dem Chevy zu. »Ich verspreche dir, daß ich dich nicht verschrotten lasse, wenn du dasselbe für mich tust.«

Jetzt, wo die Fahrer sahen, daß ich festsaß, fuhren Autos um mich herum, aber hinten hupten sie weiter. Ich war zu müde, auf den hartnäckigen Lärm zu reagieren. Mit einer Hand am Lenkrad und der anderen am Türrahmen versuchte ich, das Auto an den Straßenrand zu schieben. Die Anstrengungen der letzten Tage hatten meine Schultern so geschwächt, daß ich sie nicht dazu bewegen konnte, das Auto wegzuschieben.

Ich lehnte die Stirn gegen das Autodach. Jemand auf der anderen Straßenseite stimmte in die Kakophonie auf der Racine

Avenue ein. Ich ignorierte ihn samt allen anderen, bis ich schließlich durch den Verkehrslärm hindurch meinen Namen hörte.

»Vic! Vic! Brauchen Sie Hilfe?«

Es war Rick York, Vinnies Freund, am Steuer eines VW. Ich rannte durch den Verkehr, um ihm meine Notlage zu schildern. Vinnie saß mit betont abgewandtem Kopf auf dem Beifahrersitz – er war eindeutig der Meinung, Rick hätte sich nicht solche Mühe geben sollen, mich auf ihn aufmerksam zu machen.

»Glauben Sie, Sie könnten mich schieben? Wenn ich das Auto vor das Haus bringe, kann ich es morgen holen lassen.«

»Klar, ich wende gleich«, sagte Rick im selben Augenblick, in dem Vinnie verkündete, sie kämen zu spät, wenn sie noch länger herumtrödelten.

»Ach, sei doch kein Arschloch, Vinnie. Das dauert doch nur fünf Minuten.«

Ich sprintete zum Chevy zurück, fühlte mich schon durch das bloße Hilfsangebot frischer und wartete, bis Rick sich hinter mich schob. Peppy gefiel diese neue Entwicklung überhaupt nicht. Sie stellte das Bellen ein, sprang jaulend auf den Rücksitz und ließ sich dann wieder auf den Beifahrersitz fallen. Ich löste ihr Halsband, damit sie sich nicht erdrosseln konnte, aber sie sprang so viel herum, daß es schwierig für mich war, an den Kreuzungen auf den Verkehr zu achten.

Ich rollte im Leerlauf auf einen Parkplatz dem Haus gegenüber. Rick tippte zweimal auf die Hupe und fuhr ab, ohne meinen Dank abzuwarten. Am Morgen würde ich seine Adresse herausfinden und ihm eine Flasche Champagner schicken lassen. Seine Freundlichkeit gab mir so viel Auftrieb, daß es mir gelang, mit Peppy zum Binnenhafen zurückzulaufen, um sie zu trösten.

Als ich sie schließlich zu Mr. Contreras zurückbrachte, war es nach acht. Er war außer sich: »Ganz davon zu schweigen, daß ich nicht gewußt habe, ob Sie lebendig oder tot sind. Ich habe nicht einmal gewußt, wo ich Sie suchen und Ihnen aus der

Patsche helfen sollte. Und sagen Sie ja nicht, daß Sie meine Hilfe nicht brauchen. Wo wären Sie, wenn ich letztes Jahr nicht gewußt hätte, wo ich nach Ihnen suchen muß? Und wenn Sie mich nicht brauchen, könnten Sie wenigstens etwas Rücksicht auf die Prinzessin nehmen. Und wenn Leute kommen, die Sie besuchen wollen, was soll ich denen sagen?«

Ich ignorierte den größten Teil seiner Schmährede. »Sagen Sie doch einfach, daß ich ein geheimnistuerisches Miststück bin, weil ich Ihnen nicht jeden Tag einen Ausdruck meines Terminkalenders gebe. Wer wollte mich besuchen?«

»Zwei Kerle. Sie haben ihre Namen nicht genannt – haben nur gesagt, sie kommen später wieder.«

Obwohl er das Gegenteil behauptete, konnte mein Nachbar jeden Mann identifizieren, der mich in den letzten drei Jahren besucht hatte. Wenn er die Kerle nicht kannte, waren es tatsächlich Fremde.

»Vermutlich Zeugen Jehovas. Wieso haben Sie sie hereingelassen? Haben Sie bei Ihnen geklingelt?«

»Ja, sie haben gesagt, sie hätten sich im Stockwerk geirrt.«

»Und in der Hausseite auch?« fragte ich liebenswürdig. »Sind sie gegangen oder noch oben?«

Seine Tirade schlug rasch in Bedauern um. »Mein Gott, Engelchen, kein Wunder, daß Sie mir Ihre Geheimnisse nicht anvertrauen wollen. Ich bin auf den ältesten Trick der Welt hereingefallen. Sie sind gegangen, aber was ist, wenn jemand anders sie hereingelassen hat? Dieser Vinnie da drüben oder Miss Gabrielsen oben?«

Berit Gabrielsen, die auf der anderen Seite meines Stocks wohnte, war noch in dem Cottage in Nordmichigan, in dem sie die Sommer verbrachte. Mr. Contreras wollte nichts darüber hören und bestand darauf, mich in sein Wohnzimmer zu führen, während er mit dem Hund nach oben ging, um nach dem Rechten zu sehen. Er wollte meine Schlüssel, aber ich weigerte mich.

»Sie sehen es bestimmt, wenn an den Schlössern herumhantiert worden ist. Wenn die Kerle überhaupt da sind, ist es wahrscheinlicher, daß sie draußen warten. Und falls sie noch da sind, möchte ich nicht, daß Sie ihnen in die Arme laufen. Ich habe nicht die Energie, Sie ins Krankenhaus zu bringen. Außerdem ist mein Auto kaputt.«

Er war zu aufgeregt, als daß er auf mich gehört hätte. Wenn ich geglaubt hätte, es bestehe wirklich Gefahr, wäre ich mit ihm gegangen, aber falls MacDonald meine Besucher geschickt hatte, kamen sie bestimmt nicht zurück, nachdem sie gesehen worden waren. Ich ließ zu, daß Mr. Contreras mich in seinen übel durchgesessenen senfgelben Sessel nötigte.

Ich lehnte mich in die weichen, muffigen Kissen zurück und ließ die Gedanken schweifen. Das Wohnzimmer meines Nachbarn war nicht viel anders als das von Saul Seligman – dieselben weichen, zu plüschigen Möbel, dieselben Überbleibsel ihrer toten Frauen, die jeden Zentimeter ausfüllten. Und bis auf Seligmans Schürhaken waren sich die Überbleibsel erstaunlich ähnlich, insbesondere die Atelierfotos der jeweiligen Hochzeiten.

Ich empfand zärtliches Mitleid mit den beiden alten Männern, die jeder auf seine Weise versuchten, eine Vertrautheit zu erhalten, die ihnen der Tod ihrer Frauen genommen hatte. Seligman hatte mir vorgeworfen, ich sei wie alle anderen, verlange von ihm, daß er sein Herz für einen Dollar verkaufe, aber ich –

Ich fuhr aus dem senfgelben Sessel hoch. Ich hatte dem, was er sagte, nicht genug Beachtung geschenkt. Das war mein Problem. Jemand hatte ihn dazu bringen wollen, daß er das Gebäude verkaufte. Ich hatte nicht richtig hingehört, hatte seine Klagen an mir abprallen lassen. Mrs. Donnelly jedoch hatte Bescheid gewußt. Es war Farmworks gewesen, das das Indiana Arms kaufen wollte.

Ihre Tochter arbeitete bei Farmworks. Hatte die Mutter gesagt, das Gebäude stehe vielleicht zum Verkauf, um die Tochter zu fördern? Oder hatte sie Farmworks Zugang zu Mr. Seligman verschafft? Wie auch immer, irgend etwas, das mit dem Verkauf oder zumindest mit dem Brand zusammenhing, hatte das gerissene kleine Grinsen in ihrem Gesicht verursacht; irgend etwas hatte sie daran erinnert, daß ihre Tochter Star profitieren werde. Aber als sie sich an ihren Kontaktmann (Kontaktfrau?) bei Farmworks wandte, in Sorgen darüber, daß ich ein Bild von Star besaß, hatte er (sie?) Mrs. Donnelly umgebracht und auf der Suche nach Unterlagen, die sich auf das Kaufangebot bezogen, das Büro durchwühlt.

Ich ging im Zimmer auf und ab, stieß mit dem Schienbein gegen einen zugedeckten Vogelkäfig. Ich fluchte kurz und prallte gegen eine Vitrine, die mitten im Zimmer unter einem alten Bettüberwurf stand.

Saul Seligman hatte mit der Immobilienverwaltung nichts mehr zu tun. Er erzählte zwar, er fahre an den meisten Nachmittagen in die Firma, aber in Wahrheit verließ er nur selten das Haus. Ich hatte ihn nie in Schuhen gesehen, immer nur in den abgetragenen Schlafzimmerpantoffeln. Trotzdem hatte er Mrs. Donnelly keine Vollmacht gegeben. Sie hätte zum Verkaufen seine Zustimmung gebraucht.

Wer auch immer sie umgebracht hatte, er hatte Seligman in Ruhe gelassen, weil alle wußten, daß er nicht in der Lage war, die richtigen Schlußfolgerungen zu ziehen. Er hatte keine Unterlagen – sie waren alle an Rita Donnelly gegangen. Vielleicht hatte sie ihn ihren Auftraggebern sogar als altersschwachsinnig geschildert.

Aber warum hatten sie das Indiana Arms gewollt? Was hatte es mit dem Gebäude auf sich, daß jemandem so viel daran lag? Es war bloß ein baufälliger Schuppen im heruntergekommenen Dreieck zwischen McCormick Place und dem Ryan. Natürlich, es war die Gegend, in die MacDonald und Boots das Stadion bauen wollten. Falls sie damit durchkamen, würde der Wert aller Grundstücke dort ins Astronomische steigen.

Ich blieb vor dem Vogelkäfig stehen, ehe ich noch einmal dagegen stieß. Ich konnte es nicht fassen. Ich konnte nicht fassen, wie lange ich so begriffsstutzig hatte sein können.

Old MacDonald had a Farm. Ihm gehörte so gut wie jedes andere Stück Land in Chicago, verflucht noch mal, warum nicht auch eine Farm? Er hatte eine kleine Holdinggesellschaft, die nebenher Geschäfte tätigen konnte, ohne die öffentliche Aufmerksamkeit auf sich zu lenken, die MacDonalds Baugesellschaft unausweichlich anzog. Warum sollte er sie nicht Farmworks nennen? Genau der richtige Name für jemanden, der einen makabren Sinn für Humor hatte. Und falls das Indiana Arms das letzte Gebäude war oder eines der letzten, die seinem Baugeschäft im Wege standen, dann war es am einfachsten, den Plunder niederzubrennen.

Wunsch und Grasso bekamen viele Aufträge vom County. Ernies Daddy war mit Boots in Norwood Park aufgewachsen, die beiden waren in Verbindung geblieben. Ernie und Ron waren groß geworden, indem sie sich bei den Demokraten lieb Kind machten – in Chicago konnte das alles heißen, vom Stimmenfang bis dazu, einem Kneipenbesitzer die Beine zu brechen, der sich weigerte, die richtigen Leute zu schmieren. Als sie das Geschäft von Ernies Daddy übernahmen, vergrößerte es sich folglich im Verlauf von Boots' Karriere. Er und sein Freund Ralph mußten nur wollen, daß sie Alma Mejicana für das Ryan-Projekt mit Lastwagen, Maschinen und Personal aushalfen, und sie waren mit Freuden dazu bereit.

»Was ist denn los mit Ihnen, Engelchen?« Ich fuhr herum, als ich Mr. Contreras' rauhe Stimme hinter mir hörte. »Sie wissen doch, daß ich seit zehn Jahren keinen Kanarienvogel mehr halte. Ich habe den Käfig nur aufgehoben, weil Clara Kanarienvögel so liebte. Sie denken doch nicht daran, sich einen Vogel anzuschaffen? Vielleicht glauben Sie, man muß sich nicht viel um sie kümmern, nicht so wie um die Prinzessin, aber es geht nicht, daß Sie ein Tier halten, wenn Sie dauernd fort sind.«

»Ich habe nicht über Kanarienvögel nachgedacht«, sagte ich friedlich. »Jemand oben?«

»Wir sind auch die Küchentreppe hinaufgegangen, falls Sie sich gefragt haben, wo wir so lange bleiben. Niemand da. Hatte den Eindruck, daß jemand versucht hat, Ihre Schlösser aufzukriegen, aber sie sind in Ordnung. Vielleicht sollten Sie aber hier unten übernachten. Ich komme bestimmt nicht zur Ruhe, wenn ich mich dauernd frage, was Ihnen passieren könnte.«

»Oben bin ich auch in Sicherheit«, versicherte ich ihm. »Die Kerle wissen, daß Sie sie gesehen haben. Sie kommen bestimmt nicht zurück. Selbst wenn sie einen anderen Trupp auftreiben könnten, hätten sie bestimmt Angst davor, daß Sie die Polizei auf ihre Spur bringen könnten. Ich schließ alles ab und spanne ein Seil über den Treppenabsatz, okay?«

Es war nicht okay, und er erklärte mir lang und breit, warum. Ich konnte nicht entscheiden, ob er sich wirklich Sorgen machte oder ob er nur eine größere Rolle in meinem Leben spielen wollte. Wie auch immer, ein möglicher Einbruch war mir lieber als eine Nacht auf seiner durchgesessenen Couch neben dem leeren Vogelkäfig.

»Dann schlafe ich hier, Süße. Wenn jemand kommt, bellt die Prinzessin, und wir sind im Handumdrehen oben.«

Ich fragte mich kurz, ob die beiden mitten in der Nacht einen heiteren Zusammenstoß mit Rick und Vinnie erleben würden. Dafür hätte sich das Aufstehen gelohnt. Ich bedankte mich ernst für seine Sorge und ergriff die Flucht.

40 Von Haus und Hof vertrieben

Ich ließ mir ein Bad ein, aber meine Gedanken rasten so, daß ich mich nicht entspannen konnte. Ich stieg aus der Wanne und versuchte, Murray zu erreichen. Er war nicht da, weder in der Redaktion noch zu Hause. Ich dachte daran, Bobby anzurufen, konnte mir aber seine Reaktion nur allzugut vorstellen. Beschuldigungen gegen den Vorsitzenden des County-Rats und seine reichen Kameraden? Das war noch schlimmer, als den Jungs in seiner Truppe den Kopf zu verdrehen. Das gehört sich einfach nicht, Vic, alte Schreckschraube – wenn du auch nur eine Spur Klasse hättest, würdest du das begreifen.

Ich schaute aus dem Fenster. Trotz meiner tapferen Worte zu Mr. Contreras fühlte ich mich allein hier oben, einsam und verletzbar. Ich fragte mich, ob die beiden Männer, die mich hatten besuchen wollen, wirklich vorhatten, mir aufzulauern, oder ob sie in Wahrheit ein harmloses Vertreterduo gewesen waren. Waren sie die Antwort, die mir Ralph MacDonald innerhalb von vierundzwanzig Stunden versprochen hatte? Führte der Mann, der auf der Straße herumbummelte, wirklich nur seinen Hund spazieren, oder wartete er, daß ich herauskam?

Ich ließ das Rollo los und ging wieder zum Telefon, um Lotty anzurufen.

»Vic! Ich habe mir schon solche Sorgen gemacht, weil ich tagelang nichts von dir gehört habe. Wie geht es dir?«

»Das weiß ich nicht genau. Ich habe einen Tiger am Schwanz gepackt und glaube nicht, daß ich stark genug bin, mich mit ihm herumzuschlagen.«

»Was für einen Tiger?« fragte Lotty.

Ich erzählte ihr, wohin mich meine Überlegungen geführt hatten. »Ich habe ein bißchen Angst, Lotty. Und ich mache mir immer noch Sorgen um meine Tante. Sie muß gesehen haben, wer das Feuer gelegt hat. Sie hat es vermutlich mit einer netten kleinen Erpressung versucht, gemeinsam mit Cerise. Und jetzt versteckt sie sich an irgendeinem unsicheren Ort. Ich weiß nicht, wie ich sie finden soll. Die Bullen helfen mir. Das heißt, ein Bulle hilft mir«, verbesserte ich mich, weil mir einfiel, daß Finchley nicht einmal gewußt hatte, daß Elena wieder weggelaufen war. »Und jetzt ist mein Auto kaputt, und ich kann nicht einmal...«

Mein Gedanke brach ab und mit ihm erstarb meine Stimme. Ein Bulle wußte, daß Elena ausgerissen war, weil er eigens, um mit ihr zu sprechen, ins Michael Reese gegangen war. Genauso, wie er mir vor zwei Wochen ihre Adresse entlockt hatte, damit er zu ihr gehen konnte.

Die Polizei scherte sich einen Dreck darum, wenn eine heruntergekommene alte Säuferin in einer Nobelgegend jungen Männern nachstellte. Michael hatte sich dafür interessiert.

McGonnigals Reaktion auf das Goldarmband ging mir wie ein Blitz durch den Kopf, und ich sah alles so detailliert vor mir, daß ich glaubte, was in mir war, müsse auch ohne Worte nach außen kommen. Ich wußte sogar wieder, wo ich das Armband schon gesehen hatte: Er hatte es im Februar getragen, als ich zu seiner Geburtstagsparty gegangen war, die seine Freunde für ihn gegeben hatte. McGonnigal mußte geglaubt haben, ich hätte das Armband mitgebracht, um mit meiner seit langem abgekühlten Liebelei mit Michael anzugeben. Deshalb hatte er mir nicht gesagt, daß es Furey gehörte.

Nur hatte nicht Fury es in meiner Wohnung hinterlassen. Das waren Elena und Cerise gewesen. Als sie bei mir schliefen, hatten sie es unter die Matratze gelegt, wie man das eben so macht. Und am Morgen, als es Cerise so schlecht ging, vergaßen sie es.

»Vic – was ist los? Du bist doch nicht ohnmächtig geworden, oder?« Lotty sprach scharf; mir wurde bewußt, daß ich stumm und taub mit dem Hörer in der Hand dastand.

»Nein. Nein. Ich habe eben bloß etwas begriffen, was mir schon lange hätte aufgehen müssen.«

»Am dringendsten brauchst du jetzt eine warme Mahlzeit und Schlaf. Ich könnte dich doch abholen – du bekommst Suppe und ein Bett in meinem Gästezimmer. Dann hast du morgen die Kraft, über die neuesten Modelle von Tigerfallen nachzudenken.«

Das Angebot war so verlockend, daß ich es nicht ablehnen konnte, obwohl mein Kopf wegen Michael raste. Ich zog die Jeans wieder an und warf ein paar Sachen in meinen Rucksack – darunter auch ein Ersatzmagazin für die Smith & Wesson.

Elena hatte Cerise am Abend von Boots Barbecue in meine Wohnung gebracht. Michael war zu meinem Haus zurückgefahren und wartete auf mich, als ich hielt. Er bekam einen Notruf und konnte nicht bleiben; das sagte er jedenfalls. Ein Dreifachmord. Das würde ich irgendwann nachprüfen – falls ich heute nacht überlebte. Ich zweifelte schon jetzt daran, daß der Mord je geschehen war.

Nein – er war in den Hausflur gegangen und hatte dort Elena und Cerise angetroffen, die auf Elenas Matchsack saßen. Sie waren mit dem Märchen über Cerises Baby hergekommen, in der Hoffnung, Geld aus der Versicherung herauszuquetschen. Dann sahen sie Michael, setzten ihn unter Druck. Sie hatten ihn vor dem Brand am Indiana Arms gesehen, so mußte es gewesen sein. Er hatte einen Draht zu Roland Montgomery. An ihn würden die Kameraden sich wenden, wenn sie wollten, daß ein Gebäude niedergebrannt wurde. Warum die Kumpel in den Fall verwickelt waren, konnte ich nicht sagen. Aber sie mußten wohl Boots hin und wieder einen Gefallen getan haben, als Ausgleich für die Verträge. Und Michael tat den Kumpeln hin und wieder einen Gefallen, weil sie noch immer die netten Jungs von nebenan waren.

Elena hatte ihn erkannt, als er nach Boots' Party in den Hausflur kam. Sie liebe Jungen mit wunderschönen Augen, hatte sie vermutlich gesagt, also kein Wort davon und zu niemandem, daß sie ihn erkannt habe. Doch er müsse ihr aus der Klemme helfen, ihr ein bißchen was geben, damit sie sich was zu trinken kaufen könne.

Er gab den beiden das Armband, als Schweigegeld. Aber am nächsten Tag machte er Jagd auf Cerise, brachte sie zur Rapelec-Baustelle, pumpte sie voll Heroin und ließ sie sterbend liegen. Nein, das stimmte nicht ganz. Er mußte das Heroin zu jemandem gebracht haben – vielleicht den Kumpeln oder ihrem Wachdienstleiter. August Cray! Der amtliche Vertreter von Farmworks war der Wachdienstleiter auf der Rapelec-Baustelle.

Jedenfalls mußte Michael geglaubt haben, er könne das Armband zurückbekommen, aber Cerise hatte es nicht. Deshalb war Bobbys Team so schnell dort gewesen, als der Nachtwächter sie gefunden hatte – Michael mußte der erste sein, der sie zu sehen bekam. Ein anderer Kriminalpolizist hätte das Armband, hätte sie es bei sich gehabt, vielleicht identifizieren können.

Aber dann? Das erklärte nicht alles, ergab aber auf grauenhafte Weise einen gewissen Sinn. Er mußte Elena finden, um sie zum Schweigen zu bringen, aber sie war verschwunden. Als ich ihr von Cerise erzählte, traf sie sich irgendwo mit ihm, und aus dem, was er sagte, erriet sie, daß er Cerise umgebracht hatte. Elena lief weg, um sich in Sicherheit zu bringen. Seine ganze Geschichte über den Freierfang war also frei erfunden. Bobby hatte ihn nie gebeten, Elena zu suchen. Deshalb hatte Furey ein solches Theater gemacht, um mich daran zu hindern, daß ich Bobby anrief.

Meine Beine waren Watte. Wenn ich nur einen Schritt tun wollte, knickten sie wieder ein. Ich mußte mich schnell mit den Streeter Brothers in Verbindung setzen – ich durfte Elena nicht frei herumlaufen lassen, damit Furey sie finden und nach Belieben aus dem Weg räumen konnte.

Ich zwang mich, zum Telefon zu wanken. Als ich die Nummer der Brothers wählte, meldete sich der Anrufbeantworter. Ich hinterließ eine Nachricht, versuchte, dringlich, aber nicht hysterisch zu klingen, und gab Lottys Nummer an.

Als ich aufgelegt hatte, versuchte ich es noch einmal bei Murray; er war noch immer unterwegs. Ich schaute auf die Straße hinunter. Der Mann mit dem Hund war verschwunden. Ein paar andere Leute schlenderten das Straßenstück entlang, kamen von ihren Überstunden nach Hause oder gingen zum Essen. Ich glaubte nicht, daß Ralph MacDonald einen von ihnen geschickt hatte mit dem Auftrag, mich sofort zu erdrosseln. Aber ich wartete hinter dem Rollo, bis ich sah, wie Lottys neuer Camry mit quietschenden Reifen vor dem Haus hielt.

Ehe ich hinunterging, rief ich Mr. Contreras an und sagte ihm, es sei nicht nötig, daß er Wache halte.

Er war eine Spur sauer, daß ich bei Lotty übernachten wollte und nicht bei ihm. »Und außerdem, daß Sie nicht zu Hause sind, heißt noch lange nicht, daß nicht jemand versucht, sich einzuschleichen und Ihnen eins über den Kopf zu geben, wenn Sie zurückkommen. Die Prinzessin und ich, wir passen trotzdem auf.«

Daß ich ihn anrief, um ihm zu sagen, was ich vorhatte, war das äußerste, was ich mir an menschlichen Impulsen abringen konnte – ich brachte es nicht über mich, ihm höflich dafür zu danken, wenn er mir ein überflüssiges Opfer brachte. Es stimmt, letzten Winter hat er mir das Leben gerettet, aber das macht mich auch nicht erpichter darauf, ihn in meine Arbeit einzubeziehen. Ich trottete hinunter, winkte dem Hund und Mr. Contreras flüchtig zu, als sie die Köpfe aus der Tür streckten, und stieg schnell ins Auto. Ich hasse es, Angst zu haben – das bringt mich zum Laufen, wenn ich viel lieber gehen möchte.

»Jetzt hast du also mit deiner rücksichtslosen Fahrerei den Chevy ruiniert?« sagte Lotty zur Begrüßung.

Ich machte den Mund auf, um scharf zu protestieren, und schloß ihn wieder, als Lotty verwegen vor einem Lieferwagen der *Sun-Times* wendete. Der Fahrer bremste so heftig ab, daß ein Bündel Zeitungen auf das Trottoir flog. Lotty ignorierte sein wütendes Gehupe und Gefluche in einer majestätischen Haltung, die ihrer Vorfahren würdig war – sie hatte mir einmal erzählt, sie seien Berater der Habsburger gewesen.

Lotty fährt, als führe sie eine Ambulanz im bombardierten London – sie sieht auf den Straßen lauter feindliche Fahrzeuge, denen sie entweder ausweicht oder die sie unbedingt überholen muß, um vor ihnen am Ziel zu sein. Sie besteht auf einem herkömmlichen Getriebe, weil sie damit aufgewachsen ist, aber sie malträtiert es so unbarmherzig, daß wir nun in ihrem dritten Neuwagen in acht Jahren unterwegs waren. Wie alle schlechten Fahrer glaubt sie, sie sei der einzige Mensch, der das Recht hat, auf der Straße zu sein. Als wir die drei Kilometer zu ihrer Wohnung hinter uns hatten, wäre ich fast lieber zu Hause geblieben und hätte abgewartet, was MacDonald mit mir vorhatte.

Als wir hielten, stieß der Camry einen leisen Schluckser aus – er war so klug, sich nicht lautstark bei Lotty zu beschweren. Ich folgte ihr demütig ins Haus, hinauf in den ersten Stock, wo mich die leuchtenden Farben immer wieder umhauen, wenn ich eine Zeitlang nicht dort war. Lotty trägt strenge Maßkleidung – dunkle Röcke, gestärkte weiße Blusen oder schlichte schwarze Stricksachen. Nur in ihrer Wohnung zeigt sich ihre starke Persönlichkeit in tiefen Rot- und Orangetönen.

Obwohl ich schon öfter bei ihr übernachtet habe, behandelt

mich Lotty wie einen richtigen Gast, nimmt mir das Gepäck ab, bietet mir aus ihrem beschränkten Alkoholvorrat etwas zu trinken an. Sie selbst rührt so gut wie nie Alkohol an und hat den Cognac nur für medizinische Notfälle im Haus. Heute abend lehnte ich ab – mein Magen erinnerte sich nur noch allzu gut an die Flasche Georges Goulet, die ich gestern niedergemacht hatte.

Auf Lottys Herd köchelte auf kleiner Flamme ein Eintopf, irgendein Wiener Gericht, das sie nach ihren Kindheitserinnerungen rekonstruiert hatte. Er war herzhaft und einfach und brachte mir die Leibspeisen meiner Kindheit ins Gedächtnis zurück.

»Du mußt gewußt haben, daß ich komme, als du das gekocht hast«, sagte ich dankbar und fischte die letzte Karotte vom Teller. »Genau das, was der Arzt mir verordnet hat.«

»Danke, Liebes.« Lotty beugte sich herüber und gab mir einen Kuß. »Jetzt ein Bad, dann ins Bett. Du hast kratergroße schwarze Ringe unter den Augen.«

Ehe ich zu Bett ging, schaute sie sich meine Hände an. Die Blasen waren etwas empfindlich, weil ich das Lenkrad des Chevy zu hart gepackt hatte, aber die Heilung schritt voran. Sie tat Salbe darauf und packte mich zwischen kühle duftende Laken. Mein letzter Gedanke war, daß Lavendelgeruch der Geruch der Heimat war.

Als ich aufwachte, war es nach zehn. Die Sonne schmuggelte kleine Lichtstrahlen an den schweren purpurroten Vorhängen vorbei, die Streifen auf die Wände und den Boden malten. In der leeren Wohnung war nur das Summen des Weckers auf dem Nachttisch zu hören, ein auf seltsame Weise beruhigendes Geräusch.

Ich zog mir das Sweatshirt über und stapfte in die Küche. Lotty hatte mir ein Glas Orangensaft hinterlassen und einen Zettel, der mich an den Kühlschrank verwies. Der lange Schlaf hatte einen Riesenappetit zur Folge. Ich kochte zwei Eier und aß sie mit einem Stapel Toast.

Beim Essen versuchte ich, die perfekte Tigerfalle zu entwerfen, aber sobald ich an Ralph MacDonald, Furey und den Rest der Bande dachte, wurde ich zu nervös für Logik und Pläne.

Hätte ich nur die leiseste Ahnung gehabt, wo ich Elena suchen sollte. Vielleicht hatte sie irgendwo Freunde, bei denen sie unterkriechen konnte, wenn sie auf dem Tiefpunkt war, wenn sie nicht mehr tiefer sinken konnte. Falls sie in einem anderen der leerstehenden Gebäude in der Near South Side untergeschlupft war, hatte Furey sie inzwischen gefunden.

Ich stand unvermittelt auf. Vielleicht hatte er sie wirklich gefunden. Er hätte sie erschießen oder erwürgen können – ihre Leiche würde erst in etwa einem Jahr von den Räumtrupps gefunden werden.

Ich ging ins Wohnzimmer, um zu telefonieren, und versuchte es wieder bei den Streeter Brothers. Die Streeter Brothers – Tim und Jim – leiten einen Wachdienst, den sie »Gib acht bei Nacht« getauft haben. Ich hatte sie schon eingeschaltet, wenn ich Beschattungsaufträge hatte, die ich allein nicht bewältigen konnte. Tim und Jim führen die Firma als Kollektiv mit einer Handvoll anderer Typen, die alle groß und kräftig und bärtig sind. Nebenher arbeiten sie als Möbelpacker, und die meisten, wenn nicht alle, verbringen ihre Freizeit damit, Kierkegaard und Heidegger zu lesen. Sie leisten achtbare Arbeit, aber sie machen mich nostalgisch, wenn ich daran denke, wie lang das alles her ist.

Ich bekam Bob Kovacki an den Apparat, den ich ganz gut kannte, und erklärte ihm meine Lage. »Ich muß sie finden, ehe dieser wahnsinnige Polizist das schafft. Im Augenblick ist mir ganz schlecht bei der Vorstellung, daß er sie in einem der alten Gebäude auf der Near South Side aufgespürt haben könnte und ihre Leiche dort liegengelassen hat. Ich möchte gern, daß ihr Jungs erst mal dort nachschaut, dann können wir uns mit ihren alten Stammlokalen beschäftigen.«

»Himmel, Vic, wir sind ziemlich ausgebucht.« Ich hörte, wie er mit den Fingern auf der Schreibtischplatte herumtrommelte. »Ich red mit Jim, krieg raus, ob wir was verschieben können. Bist du heute nachmittag zu erreichen?«

»Vielleicht bin ich unterwegs, aber ich rufe meinen Auftragsdienst jede Stunde an. Schau mal, ich – na ja, ich muß es dir nicht erst buchstabieren. Es ist dringend. Ich weiß aber, daß ihr tut, was ihr könnt.«

Wenn ich erst einmal einen Abschleppwagen für den Chevy bestellt hatte, würde ich mir einen Mietwagen nehmen und selbst zur Near South Side fahren. Ich rief meine Werkstatt an und beschrieb, was passiert war. Luke Edwards, mein Mechaniker, schnalzte düster mit der Zunge.

»Das klingt gar nicht gut, Vic. Sie hätten mich anrufen sollen, als diese Knirschgeräusche angefangen haben. Vermutlich haben Sie das Getriebe ruiniert. Ich schicke Jerry in etwa einer Stunde mit dem Abschleppwagen hin, aber machen Sie sich keine allzu großen Hoffnungen.«

Ich schnitt dem Telefon eine Grimasse. »Seien Sie ja nicht so fröhlich, Luke – dann kriegen Sie zu viel Endorphine, und Ihr Gehirn explodiert.«

»Wenn Sie zu sehen bekämen, was ich jeden Tag sehe, wären Sie auch nicht mehr so munter.«

Luke schaffte es immer, seine Werkstatt so darzustellen, als ob sie das Leichenschauhaus wäre. Ich sagte ihm, ich würde mit den Autoschlüsseln auf Jerry warten. Dann spülte ich rasch das Geschirr und machte das Bett. Ich hinterließ Lotty einen überschwenglichen Zettel und marschierte nach Hause.

41 Feuerwerkskörper

Ich fühlte mich verpflichtet, bei Mr. Contreras hereinzuschauen und mich zu erkundigen, welche finsteren Machenschaften die Nacht gebracht hatte. Er war tief enttäuscht: Es war überhaupt nichts passiert. Peppy hatte ihn gegen drei Uhr morgens geweckt, als sie sich die Seele aus dem Leib bellte, aber es waren nur zwei Kerle gewesen, die auf der anderen Straßenseite in ein Auto stiegen.

Ich beendete das Gespräch so schnell, wie es der Takt zuließ, stieg in den zweiten Stock hinauf. Niemand lag dort auf der Lauer. Ich rief eine kleine Mietwagenfirma in der Nähe an, um mir ein Auto zu besorgen. Sie hatten einen Tempo Baujahr 1984, keine Servolenkung, achtzigtausend Kilometer. Das klang nach einer Schrottmühle, kostete aber nur zwanzig Dollar am Tag, einschließlich Steuer, Gebühren, Bearbeitungstaxe und allem anderen, womit einen die großen Verleiherketten arm machen. Ich sagte, ich sei um eins da.

Der lange Schlaf hatte in meinen empfindlichen Schultern Wunder gewirkt. Sie waren steif, aber der stechende Schmerz war weg. Während ich auf Jerry wartete, holte ich die Hanteln heraus und machte ein paar Übungen, um sie weiter zu lokkern. Kurz vor eins schließlich hupte der knallgelbe Abschleppwagen vor dem Haus – ich hätte mich an die Relativitätstheorie erinnern müssen, die für Reparaturwerkstätten galt, und Lukes Schätzung, es dauere eine Stunde, mit drei malnehmen sollen.

Ich konnte die Autoschlüssel nicht finden. Schließlich erinnerte ich mich daran, daß ich sie in den Rucksack gestopft hatte, wo sie gegen die Smith & Wesson gescheppert hatten. Ich griff nach dem Rucksack und angelte auf dem Weg die Treppe hinunter nach den Schlüsseln. Mr. Contreras steckte den Kopf zur Tür heraus.

»Ich lasse nur mein Auto abschleppen«, sagte ich fröhlich und winkte zum Abschied. Manchmal war es einfacher, ihm alles zu sagen, als sich mit ihm herumzustreiten.

Jerry war ein kleiner drahtiger Mann Ende Zwanzig. Er hatte einen eigenen Abschleppdienst, aber einen Vertrag mit Luke, so daß er meistens für dessen Werkstatt arbeitete. In seiner Freizeit spielte er mit ferngesteuerten Spielzeugautos. Wir unterhielten uns ein paar Minuten lang über ein tolles Rennen, das er am letzten Wochenende in Milwaukee gewonnen hatte.

»Lassen Sie mich erst mal sehen, ob er heute morgen anspringt, Vic. Das spart Ihnen die Abschleppkosten.«

»Das Auto ist tot, Jerry. Ich mußte mich gestern die letzten drei Blocks nach Hause schieben lassen.« Warum kann ein Autonarr nicht zugeben, daß eine Frau wenigstens weiß, ob ihr Auto anspringt oder nicht?

»Schön, dann kriegen wir es viellecht wieder in Gang. Machen Sie die Kühlerhaube mal kurz auf, okay, Vic?«

»Ja, schon gut.« Ich stiefelte verdrossen über die Straße und drehte an der Verriegelung der Motorhaube. Sie war locker, was mir merkwürdig vorkam. Ich überlegte, ob ich gestern abend, als ich versucht hatte, das Auto anzuschieben, versehentlich daran herumhantiert hatte.

Jerry wendete den Abschleppwagen und hielt parallel neben dem Chevy. Er pfiff zwischen den Zähnen, holte Kabel aus dem Wagen und kam zu mir.

Es lag an der lockeren Verriegelung, daß ich in den Motor schaute, ehe Jerry die Kabel anschloß. Immer noch pfeifend wollte er eben das erste mit der Batterie verbinden, als ich seinen Arm nach unten riß.

»Weg damit vom Motor.«

»Vic – was –« Er brach ab, als er die beiden Sprengstoffstäbe neben der Spule sah.

»Scheiße, Vic, nichts wie weg.« Er sprach mit einer Ruhe, die sein kreidebleiches Gesicht Lügen strafte. Er packte mich am Arm und zerrte mich in den Abschleppwagen. Ehe ich die Tür zugemacht hatte, war er an der Kreuzung mit der Belmont Avenue.

Ich zitterte so heftig, daß ich mir nicht sicher bin, ob ich mich überhaupt hätte rühren können, wenn er mich nicht weggezogen hätte. Ich versuchte, das Zähneklappern so lange einzustellen, daß ich ihm wenigstens sagen konnte, er solle über Funk die Polizei rufen.

»Wir können die Bombe nicht dort lassen, wo sie jeder Passant anfassen kann«, sagte ich durch zusammengebissene Kiefer. »Wir müssen die Bullen holen.«

Sein Gesicht war immer noch so bleich, daß die braunen Augen schwarz wirkten, aber er hielt auf einem leeren Ladeplatz vor einem Haushaltswarengeschäft. »Ich will nicht wieder in die Nähe von diesem Ding. Ich hab eine Scheißangst vor Dynamit. Wer ist denn bloß so stocksauer auf Sie, Warshawski?«

Als er 911 wählte, machte ich die Tür auf und kotzte Eier und Toast in einem sauberen kleinen Haufen auf den Straßenrand.

Es war halb vier, bis ich mit den Bullen fertig war. Nachdem ein Streifenwagenteam einen raschen, ängstlichen Blick auf die Bombe geworfen hatte, erschien Roland Montgomery mit dem jungen Feuerwehrwhisky, den ich vor zwei Wochen kurz in seinem Büro gesehen hatte. Auch jetzt erfuhr ich nicht, wie der junge Mann eigentlich hieß.

Montgomery forderte Sprengstoffexperten an. Sie kamen nach etwa einer halben Stunde in einem Vehikel an, das wie ein Mondfahrzeug aussah. In der Zwischenzeit raste ein weiteres halbes Dutzend Streifenwagen heran, um die Straße abzusperren. Ein paar Stunden lang war es hier aufregender zugegangen als sonst in einem ganzen Jahr, mit Polizeiabsperrungen und jeder Menge Typen in Raumanzügen, die mein Auto umringten. Alle Sender schickten Übertragungswagen, und Kinder, die eigentlich in der Schule hätten sein müssen, tauchten wie durch ein Wunder auf, um ihren Spielkameraden in den Vier-Uhr-Nachrichten zuzuwinken.

Als Montgomery sah, daß die Fernsehteams kamen, stieg er aus dem Auto, in dem er Jerry und mich verhört hatte, und ging hinüber, um mit den Reportern zu sprechen. Ich schlenderte hin und schloß mich der Gruppe an. Das gefiel ihm so wenig, daß er versuchte, mir das Mikrofon zu entreißen, als ich erklären wollte, wie Jerry und ich die Bombe entdeckt hatten.

»Wir haben den Medien noch nichts über diesen Sprengkörper mitzuteilen«, sagte der Lieutenant schroff.

»Sie vielleicht nicht« – ich lächelte strahlend in die Kamera –, »aber mir gehört das Auto, und ich habe eine Menge dazu zu sagen. Ich glaube, mein Nachbar im Erdgeschoß hat gehört, wie die Bombe gegen drei Uhr heute morgen angebracht wurde.«

Natürlich war das nach ihrem Geschmack, und sie wollten

mehr. Montgomery konnte nichts dagegen unternehmen. »Eigentlich hat der Hund es gehört«, sagte ich. »Er muß sie an meinem Auto gesehen haben – vermutlich hat er deshalb gebellt. Sie können meinen Nachbarn danach fragen.«

Ich gestikulierte heftig in Richtung von Mr. Contreras, der mit Peppy am Rand des Menschenauflaufs stand. Peppy sprang auf mich zu, während Mr. Contreras zu den eifrigen Reportern ging. Montgomery wich vor dem Hund zurück und verlangte, daß ich ihn wegschaffte.

»Nicht abschießen, Lieutenant«, sagte ich. »Das kommt dann im ganzen Land in den Vier-Uhr-Nachrichten.«

Hunde sind eine willkommene Bereicherung für jeden Filmbericht, noch dazu, wenn es sich um einen so schönen und heldenhaften Golden Retriever wie Peppy handelt. Während Montgomery einigermaßen zornig die Stirn runzelte, sagte ich den Reportern ihren Namen und brachte die Hündin dazu, daß sie Pfötchen gab. Das mochten die Teams.

Ich streichelte dem Hund die Ohren und hörte zu, wie Mr. Contreras mit quälender Ausführlichkeit berichtete, was er gehört und gesehen hatte. Er erzählte außerdem, wie Peppy mir im letzten Winter das Leben gerettet hatte, als sie mich gefesselt und geknebelt mitten in einem Sumpf fand. Ich war froh, daß nicht ich es war, die sich das alles anhören mußte, um einen sendefähigen Satz zu finden.

Als die Experten das Dynamit aus dem Auto entfernt und in einem versiegelten Spezialbehälter abtransportiert hatten, fuhren auch die Fernsehteams ab. Montgomerys Verhalten veränderte sich sofort. Er schickte Jerry weg und sagte mir, er bringe mich zu einem richtigen Gespräch aufs Revier. Als er mich grob am Arm packte, drehte eine Spur Sadismus in seinem Ausdruck mir den Magen um. Mr. Contreras legte besorgt die Hand auf seinen Arm, wollte wissen, was sie mit mir vorhatten. Montgomery schob den alten Mann so grob zurück, daß ich befürchtete, er werfe ihn um.

»Nur keine Aufregung, Lieutenant, er ist achtundsiebzig. Sie brauchen nicht zu beweisen, daß Sie größer und stärker sind.«

»Bobby Mallory schluckt von Ihnen eine Menge Scheiße, die ich mir nicht gefallen lassen muß, Warshawski. Halten Sie jetzt das Maul und reden nur noch, wenn Sie gefragt werden, sonst lasse ich Sie so schnell wegen Widerstands gegen die Staatsgewalt einbuchten, daß sich Ihr selbstgefälliges Köpfchen dreht.«

»Mannomann, Lieutenant, Sie haben zu viele Dirty-Harry-Filme gesehen.«

Er riß so heftig an meinem Arm, daß er mir fast die Schulter ausgerenkt hätte, und zerrte mich zum Auto. Als er mich hineinstieß, drehte ich mich um und rief Mr. Contreras zu, er solle Lotty anrufen und sie nach dem Namen meines Anwalts fragen.

In der Eleventh Street brachte Montgomery mich in ein kleines Verhörzimmer und wollte von mir wissen, woher ich das Dynamit hatte. Als mir dämmerte, daß er versuchte, mir zu unterstellen, ich hätte das eigene Auto in die Luft sprengen wollen, wurde ich so wütend, daß mir das Zimmer vor den Augen verschwamm.

»Holen Sie einen Zeugen herein, Lieutenant«, brachte ich in einer Lautstärke heraus, die knapp unter dem Pegel des Schreiens lag. »Holen Sie einen Zeugen herein, der hört, was Sie sagen.«

Er schluckte das triumphierende Lächeln so schnell, daß ich es fast nicht mitbekommen hätte. »Unser Fall ist wasserdicht, Warshawski. Sie waren im letzten Monat in zwei verdächtige Brände verwickelt. Wir halten Sie für sensationsgeil. Als Sie mit diesen Bränden nicht die erwünschte Aufmerksamkeit erregen konnten, haben Sie in Ihr Auto eine Bombe gelegt. Ich will nur wissen, wo Sie das Dynamit herhaben.«

Ich wäre am liebsten hinter dem Tisch aufgesprungen, hätte ihn am langen Storchenhals gepackt und seinen Kopf gegen die Wand gehauen, aber ein Rest von Vernunft sagte mir, daß er hoffte, mich außer Fassung zu bringen. Ich schloß keuchend die Augen und versuchte, meinen Wutanfall niederzukämpfen – sobald ich mich gehenließ, hätte er mich wegen Widerstands gegen die Staatsgewalt einsperren lassen.

»Sie verstecken sich seit Jahren hinter Bobby Mallory, Warshawski. Es wird Zeit, daß Sie lernen, allein zu kämpfen.«

Ich spürte gerade noch rechtzeitig, wie er auf mich zukam, und sprang vom Stuhl hoch. Der Schlag, der meinem Kopf gegolten hatte, traf mein Zwerchfell.

»Ich nehme an, dieses Zimmer wird abgehört. Nehmen Sie bitte ins Protokoll auf, daß Lieutenant Montgomery eben eine Zeugin geschlagen hat«, rief ich.

Er holte wieder mit der Faust nach mir aus. Ich rutschte vom Stuhl unter den Tisch. Montgomery ging auf alle viere, um mich darunter hervorzuziehen, beschimpfte mich schreiend, belegte mich mit Schimpfwörtern aus Pornostreifen. Ich wich ihm aus. Er legte sich flach auf den Bauch und packte nach meinem linken Knöchel. Ich rollte weg und kam auf der anderen Seite des Tisches auf die Beine. Als ich mich eben taumelnd aufrichtete, kam Officer Neely herein. Ihre professionelle Maske bekam Sprünge, als sie einen Lieutenant auf dem Bauch unter einem Verhörtisch herumkriechen sah.

»Er hat eine Kontaktlinse verloren«, sagte ich hilfsbereit. »Wir haben beide unter dem Tisch danach gesucht, aber er hat meinen Knöchel mit seinen Augäpfeln verwechselt, deshalb habe ich gedacht, ich gehe ihm lieber aus dem Weg.«

Neely sagte kein Wort. Als sich Montgomery ungeschickt aufgerappelt hatte, zeigte ihr Gesicht wieder die übliche gefaßte Starre. Sie sprach monoton. »Lieutenant Mallory hat erfahren, daß Sie diese Zeugin verhören, und möchte kurz mit ihr sprechen.«

Montgomery starrte sie finster an, wütend darüber, daß er ertappt worden war, als er wie ein Vollidiot aussah. Sie tat mir leid; es war ein Dämpfer für ihre Karriere, daß sie Zeugin einer so üblen Situation gewesen war.

»Ich glaube nicht, daß mir der Lieutenant hier noch irgend etwas zu sagen hat. Er hat sich ein Bild von den Fakten gemacht, ohne mir auch nur eine einzige Frage zu stellen. Gehen wir, Officer.« Leider war mein Mitgefühl mit ihr nicht groß genug, daß ich den Mund gehalten hätte.

Ich öffnete die Tür des Verhörzimmers und ging den Gang entlang, ohne abzuwarten, was Officer Neely tun würde. Sie holte mich auf der Treppe ein. Ich hätte gern etwas Tröstliches, Schwesterliches über ihre zukünftige Polizeilaufbahn zu ihr gesagt, aber ich war zu aufgewühlt, als daß mir etwas Munteres eingefallen wäre. Sie schaute stur geradeaus, so daß ich nicht wissen konnte, ob sie verlegen war, angewidert oder schlicht und einfach desinteressiert. Im zweiten Stock durchquerten wir den Bereich der Mordkommission schweigend. Officer Neely klopfte und machte die Tür zu Bobbys winzigem Büro auf.

»Miss Warshawski, Sir. Soll ich mitschreiben?«

Bobby telefonierte. Er schüttelte den Kopf und zeigte auf einen Stuhl. Officer Neely ließ die Tür laut hinter sich zuschnappen.

Bobbys Schreibtisch und die Wände waren übersät mit Fotos – Bilder von gelben Vögeln im Flug, zahnlückige Kinder, die grinsend mit seiner Polizeimütze posierten. Eileen Hand in Hand mit ihrer ältesten Tochter als Braut. Er liebte es, sie immer wieder neu zu gruppieren, damit er sie mit neuen Augen betrachten konnte. Sonst hielt ich immer Ausschau nach den Schnappschüssen von Tony und Gabriella – oder auch nach dem Foto, das mich zeigte: mit fünf auf Tonys Schoß. Heute lag mir nichts daran. Ich saß da und hielt mich mit beiden Händen an dem Metallstuhl fest, während ich darauf wartete, daß er das Gespräch beendete. Gleich nach Montgomery war Bobby der letzte Mensch, mit dem ich heute sprechen wollte.

»Okay, Vicki, sag mir, was los ist, und mach's kurz. Dein Anwalt hat mich angerufen, deshalb wußte ich, daß du hier bist, aber ich bin gar nicht begeistert darüber, daß ich deinetwegen einem Kollegen in die Quere komme.«

Ich holte tief Luft und lieferte ihm eine einigermaßen zusammenhängende Version der Ereignisse des Tages. Bobby grunzte und stellte ein paar Fragen, zum Beispiel, woher ich gewußt hatte, daß es eine Bombe war, und wie lange es gedauert hatte, bis Monty nach Jerrys Meldung über Funk gekommen war.

Als ich fertig war, verzog Bobby das Gesicht. »Du sitzt ganz schön in der Patsche, Vicki. Ich sage dir immer wieder, du sollst die Finger nicht in Polizeiangelegenheiten stecken, und das beweist wieder einmal, wie recht ich habe. Jetzt soll ich für dich die Kastanien aus dem Feuer holen, das du selbst angezündet hast –«

»Was meinst du damit?« Ich war so wütend, daß mein Kopf einen halben Meter über meinem Körper zu schweben schien. »Ich habe diese Bombe nicht, ich wiederhole, *nicht* an meinen Motor angeschlossen. Jemand hat es getan, aber statt zu versuchen, von einem ziemlich guten Zeugen eine Beschreibung von demjenigen zu bekommen, der es getan hat – der es getan haben könnte –, versucht die Polizei, mir versuchten Selbstmord anzuhängen.«

»Ich behaupte ja gar nicht, daß du den Sprengsatz gelegt hast, Vicki. Ich kenne dich gut genug, ich weiß, so verrückt bist du nun auch wieder nicht. Aber wenn du die Finger von der Brandstiftung und einer Menge anderer Dinge gelassen hättest, wie ich es dir gesagt habe, wärst du gar nicht erst in diesen Schlamassel geraten.«

Er schaute mich streng an, ganz Daddy und ungezogenes Kind. »Jetzt muß ich mich dir zuliebe mit einem Kollegen anlegen, mit dem die Zusammenarbeit sowieso nicht einfach ist. Zum Ausgleich verlange ich von dir, mir zu versprechen, daß du dich ab sofort aus dieser Sache heraushältst. Ganz davon zu schweigen, was du dir selber eingehandelt hast, seit du damit angefangen hast, in diesem Brand von vor drei Wochen herumzustochern, machst du mein ganzes Team verrückt. Gestern abend bist du mit irgendeinem verfluchten Schmuckstück hier gewesen, und die Jungs sind deshalb total von der Rolle. Das kann ich nicht dulden. Verstanden?«

Ich preßte die Lippen zusammen. »Ich habe ein Männerarmband hergebracht, das ich unter meiner Couch gefunden habe, weil ich gedacht habe, Finchley könne es verloren haben, als er letzte Woche mit Montgomery bei mir war. McGonnigal ist ausgeflippt, als er es gesehen hat, weil er wußte, daß es Furey gehört, und dachte, ich will damit angeben. Mir ist erst gestern abend klargeworden, daß es Furey gehört, und wie es in meine Wohnung gekommen ist.

Er hat es Elena gegeben, Bobby. Elena und der toten Drogensüchtigen, die du auf der Rapelec-Baustelle gesehen hast. Es ging nur um eine kleine Erpressung, er hat es ihnen gegeben, damit sie nicht melden, daß sie ihn –«

Bobby schlug heftig mit der Handfläche auf den Schreibtisch. Ein Bild wackelte und kippte um. »Jetzt reicht es mir!« brüllte er. »Das ist eine widerliche Unterstellung. Du bist zu lange mit Samthandschuhen angefaßt worden, das ist dein Problem. Deshalb heckst du Verschwörungstheorien aus, wenn es nicht nach deinem Kopf geht. Du solltest es wirklich besser wissen, solltest nicht hier hereinmarschieren und mir mit solcher Sch- – mit so was kommen. Raus mit dir, geh nach Hause. Ich habe dir vor zwei Wochen gesagt, du sollst damit aufhören, meine Abteilung verrückt zu machen, und das habe ich auch so gemeint. Ich kann dir nur raten, laß dich hier nicht wieder blikken.«

Ich stand auf und schaute ihn mit festem Blick an. »Du willst nicht wissen, was ich herausgefunden habe? Wenn ich recht habe, könnten Montgomery und Furey in einen der häßlichsten Skandale verwickelt sein, den diese Abteilung seit langem erlebt hat.«

Bobby funkelte mich wild an. »Erspar mir das. Ich muß mir hier jeden Tag genug Quatsch anhören, da muß ich mir nicht auch noch gefallen lassen, daß du einen meiner Männer mit Dreck bewirfst. Ich habe dir hundertmal gesagt, daß dein Beruf schlecht für dich ist, und das ist jetzt der endgültige Beweis. Du kannst nicht logisch denken, weißt nicht, wie man aus einer Kette von Beweisen zu einer Schlußfolgerung kommt, deshalb denkst du dir paranoide Märchen aus. Wenn ich dir sage, du brauchst einen guten Mann und eine Familie, gehst du auf die Palme, aber unverheiratete Frauen in deinem Alter werden nun mal wunderlich. Ich will nicht, daß du endest wie deine verrückte Tante und jungen Männern für den Preis einer Flasche Anträge machst.«

Ich starrte auf ihn hinunter und wußte nicht, ob ich schreien oder lachen sollte. »Bobby, diese Art von Psychologie war schon bei deiner Geburt überholt, das Klischee von der verklemmten alten Jungfer. Und selbst wenn was dran wäre, träfe es auf mich nicht zu. Ich hoffe bloß, du hast nicht dieselbe Meinung über Officer Neely, sonst hast du, sobald ich auf der West Madison bin, eine so üble Klage wegen Schikane am Hals, daß sich dir der Kopf dreht. Und wenn du mich schon für eine übergeschnappte Jungfrau halten mußt, damit dein Glaube an die Abteilung intakt bleibt, dann denk, wenn dir die Fetzen um die Ohren fliegen, wenigstens daran, daß ich versucht habe, dich zu warnen.«

Bobby war jetzt auch auf den Beinen, keuchend, rot im Gesicht. »Raus aus meinem Büro, und komm nie wieder hierher. Deine Eltern gehörten zu meinen besten Freunden, aber ich hätte dir jeden Knochen im Leib gebrochen, wenn du mit mir so geredet hättest wie mit ihnen. Jetzt sieht man, wohin das geführt hat – wie kannst du es wagen, so mit mir zu reden! Raus!«

Die letzten Worte stiegen zu einem so lauten Crescendo an, daß man sie auf der Straße hören mußte, ganz zu schweigen vom Raum nebenan. Es gelang mir, mit erhobenem Kopf und festem Schritt hinauszugehen, und sogar, die Tür leise hinter mir zuzumachen. Alle im Raum drehten sich um und starrten mich an, als ich den langen Weg von seinem Büro zum Ausgang ging.

»Alles in Ordnung, Jungs und Mädels. Der Lieutenant hat sich ein bißchen aufgeregt, aber ich glaube nicht, daß es heute nachmittag noch ein Feuerwerk gibt.«

42 Trauer muß Elektra tragen

Ich ging langsam die State Street entlang. Wut belastete meine Schritte, Wut und Enttäuschung gleichermaßen. Jemand hatte eine Bombe in meinen Motor gelegt, und kein Polizist hatte versucht, von Mr. Contreras auch nur ein Wort über die Männer zu erfahren, die er gesehen hatte. Statt dessen hatte Roland Montgomery mich körperlich angegriffen und Bobby seelisch. Mir jeden Knochen im Leib brechen. Oh, ja. So bringt man Menschen dazu, keine Fragen mehr zu stellen und das zu tun, was man ihnen sagt.

Ich war auch auf mich wütend – ich hatte mit Bobby nicht über Furey sprechen wollen, bis ich Beweise hatte. Natürlich würde es sich Bobby nicht ruhig anhören, wenn ich Geschichten über seinen blonden Liebling verbreitete. Es wäre schwer genug für ihn, mir zuzuhören, wenn ich sie erhärten konnte. Und obwohl ich im Augenblick wütend auf Bobby war, es machte mir keine Freude, ihm soviel Schmerz zufügen zu müssen.

Vielleicht würde ich mich besser fühlen, wenn ich etwas gegessen hatte. Ich hatte vor sechs Stunden zum letzten Mal etwas in den Magen bekommen, und das hatte ich ausgekotzt. Ich ging in den ersten Coffeeshop, an dem ich vorbeikam. Auf der Speisekarte standen mehrere Salate. Ich bestellte ein Schinkensandwich mit Fritten. Fett ist soviel tröstlicher als Grünzeug. Außerdem war mein Gewicht immer noch zu niedrig – ich brauchte Kohlehydrate, damit ich wieder zu Kräften kam.

Weil ich außerhalb der Stoßzeiten gekommen war, wurden die Fritten frisch für mich zubereitet. Ich aß sie zuerst, solange sie noch heiß und knusprig waren. Mittendrin fiel mir ein, daß ich stündlich beim Auftragsdienst hätte anfragen müssen, ob mich die Streeter Brothers bald in ihren Terminplan einschieben konnten. Ich trug die letzte Handvoll Kartoffeln zum Münztelefon am Eingang des Coffeeshops.

Dieses Mal meldete sich Tim Streeter. »Wir können morgen früh als erstes damit anfangen, Vic, aber Sie müssen die Jungs instruieren, ihnen eine Beschreibung und vielleicht auch Hinweise darauf geben, welche Orte sich Ihre Tante aussuchen könnte.«

Mir wurde flau im Magen. Bis morgen früh schien mir eine entsetzlich lange Zeit zu sein. Ich konnte jedoch nicht protestieren – sie taten mir einen Riesengefallen. Ich sagte Tim, ich werde mich um acht an der Kreuzung zwischen der Indiana Avenue und der Cermak Road mit ihm treffen, und legte auf.

Vielleicht war es heute abend noch hell genug dafür, mich selbst auf die Suche zu machen. Ich konnte in August Crays Büro Station machen und dann nach Hause fahren, um den Tempo zu übernehmen. Ich rief die Autovermietung an. Sie schlossen um sechs, würden den Tempo aber vor die Tür stellen, die Schlüssel unter die Stoßstange geklebt. Falls jemand ihn klaute, ehe ich dorthin kam, hatten sie nicht viel verloren.

Ich bezahlte – weniger als zehn Dollar, obwohl ich dem noblen Teil vom South Loop gefährlich nahe war – und nahm das Sandwich mit, um es auf dem Weg zu Crays Büro zu essen.

Die Hausnummer, die Freeman Carter mir genannt hatte, war im nördlichen Teil der LaSalle Street. Ich nahm einen Bus zur Van Buren Street und stieg dann in die Dan-Ryan-Hochbahn – um diese Tageszeit brachte sie mich schneller um den Loop herum als ein Taxi. Es war kurz vor halb fünf, als ich in der Clark Street ausstieg und die drei Blocks zu Crays Büro zu Fuß ging. Ich hoffte, daß noch jemand im Büro war, auch wenn Cray schon gegangen war.

Ich ging einer Flut von Arbeitern auf dem Heimweg entgegen. In der Halle mußte ich mich an die Wand drücken, um der den Aufzügen entströmenden Menge auszuweichen. Ich fuhr mutterseelenallein in den achtundzwanzigsten Stock hinauf und ging über weichen grauen Teppichboden zur Suite 2839. Die schwere Holztür trug das schlichte Schild: »Grundstücksverwaltung«. Vermutlich leiteten sie von hier aus so viele verschiedene kleine Firmen, daß man nicht alle Namen an der Tür auflisten konnte.

Der Türknopf ließ sich nicht drehen, deshalb drückte ich auf einen Summer, der diskret in den rechten Türrahmen eingelassen war. Nach einer langen Pause fragte eine blecherne Stimme, wer da sei.

»Ich interessiere mich dafür, in Farmworks zu investieren«, sagte ich. »Ich möchte August Cray sprechen.«

Die Tür klickte. Ich ging durch einen schmalen Empfangsbereich, der ziemlich ungastlich wirkte: zwei unbequeme Stühle, kein Tisch, keine Zeitschriften – nicht einmal ein Fenster, aus dem wartende Kunden schauen konnten.

Ein Schiebefenster in der linken Wand ermöglichte es den Büromenschen, Besucher anzuschauen, ohne den ganzen Körper zu zeigen. Als ich hereinkam, war es geschlossen. Ich schaute mich um und sah in einer Ecke der Decke eine kleine Fernsehkamera. Ich lächelte und winkte hinauf, und Sekunden später öffnete Star Wentzel die Tür neben dem Schiebefenster. Ihr blondes Haar war zurückgekämmt und wurde von einer juwelenbesetzten weißen Spange gehalten. Sie trug einen langen engen Rock, der ihre dürren Beckenknochen betonte. Sie sah aus wie ein High-School-Mädchen in den Fünfzigern, nicht wie eine Beteiligte an einem betrügerischen Baugeschäft.

»Was machen Sie denn hier?« wollte sie wissen.

Ich lächelte. »Ich könnte Ihnen dieselbe Frage stellen. Ich will zu August Cray – dem offiziellen Vertreter von Farmworks. Und da sind Sie, in Trauer um Ihre Mutter, aber Sie tragen es mit Fassung und kommen ins Büro.«

»Ich kann Mutter nicht wieder lebendig machen, wenn ich zu Hause bleibe«, sagte sie mürrisch.

»Natürlich nicht, Star. Können wir hineingehen? Ich möchte immer noch mit August Cray sprechen.«

»Er ist nicht da. Könnten Sie nicht mir sagen, was Sie wünschen?«

Das war eindeutig ein eingeübter Satz – sie rasselte ihn ohne die bisherige Feindseligkeit herunter. Ich lächelte.

»Ich bin gekommen, um in Farmworks zu investieren. Das ist eine Firma mit Zukunft. Ich habe gehört, sie bekommt ein riesiges Stück vom neuen Stadionprojekt ab – ich hätte auch ganz gern ein paar Millionen wie Boots und Ralph.«

Sie strich mit der Hand über einen vorstehenden Hüftknochen. »Ich weiß nicht, worüber Sie sprechen.«

»Dann werde ich es Ihnen erklären. Setzen wir uns doch – das dauert eine Weile. In den Stöckelschuhen werden Ihnen die Füße weh tun, wenn wir hier draußen reden.«

Ich stieß die Tür auf und scheuchte Star in das Büro. Es war ein kleines Zimmer mit einem hellen Holzschreibtisch in etwa derselben Farbe wie ihr Haar. Zwei tragbare Computer standen darauf – einer wirkte identisch mit dem Apollo, den ich am Sonntag bei Alma Mejicana gesehen hatte. Aktenschränke aus Holz füllten die fensterlosen Wände und setzten sich im schmalen Flur fort. Das war ein Büro, in dem tatsächlich gearbeitet wurde.

Ich schob einen Stapel Prospekte von einem der Stühle auf dem Flur und trug den Stuhl ins Büro, während sich Star auf den gepolsterten Drehstuhl hinter ihrem Schreibtisch setzte. Sie hatte den Mund zu einer störrischen Linie verzogen. Ich muß ähnlich ausgesehen haben.

Sie hob ein dünnes Handgelenk und musterte einen gewichtigen Goldchronometer. »Ich habe nicht viel Zeit, also werden Sie los, was Sie auf dem Herzen haben, damit ich nach Hause gehen kann. Meine Schwester und ich müssen heute abend Freunde meiner Mutter aus der Kirchengemeinde bewirten.«

»Mein Besuch hat zum Teil mit Ihrer Mutter zu tun«, sagte ich.

»Sie haben behauptet, Sie seien mit ihr befreundet gewesen, aber niemand aus der Gemeinde hat je etwas von Ihnen gehört«, sagte sie scharf.

»Das liegt daran, daß ich sie nur im Zusammenhang mit ihrer Arbeit für Seligman kannte. Seit dem Brand im Indiana Arms – darüber wissen Sie sicher Bescheid, nicht wahr? – habe ich mehrmals mit ihr geredet, um dahinterzukommen, wer das Feuer gelegt haben könnte. Sie hat eindeutig irgendein Geheimnis für sich behalten. Und dieses Geheimnis hatte etwas mit Ihnen oder mit Ihrer Schwester zu tun. Nachdem ich am Montag im Beerdigungsinstitut mit Ihnen gesprochen hatte, war ich mir ziemlich sicher, daß es dabei um Ihre Arbeit hier ging. Und das möchte ich von Ihnen hören – warum sie mir nicht sagen wollte, wo Sie arbeiten.«

Eine Andeutung des gerissenen Ausdrucks, den ich bei ihrer Mutter gesehen hatte, huschte über ihr Gesicht. »Das geht Sie doch nichts an, oder?«

Sie sagte es in einem frechen Singsang, wie kleine Kinder so etwas sagen. Das reizte mich, und schon verhielt ich mich ebenfalls wie ein Kind. Ich legte beide Hände auf den Schreibtisch und beugte mich zwischen den beiden Computern hindurch. »Star, Schätzchen, Sie müssen jetzt sehr tapfer sein, aber Sie sollten wisen, daß Ihr Chef Ihre Mutter umgebracht hat.«

Kleine rote Flecken brannten auf ihren Wangen. »Das ist eine Lüge! Mutter ist von einem brutalen Einbrecher umgebracht worden, der geglaubt hat, das Büro ist leer, und –«

»Und eingebrochen ist und nur die Unterlagen gestohlen hat, die sich auf das Kaufangebot von Farmworks für das Indiana Arms beziehen«, schnitt ich ihr das Wort ab. »Schluß damit, Star. Ralph und Boots drehen Ihnen einen Strick. Ihre Mutter hatte erfahren, daß ich ein Bild von Ihnen hatte. Und sie hat befürchtet, daß Sie mit dem Brand in Verbindung gebracht werden, wenn ich es herumzeige. Sie ging zu Ralph und sagte ihm, sie müsse mir alles über sein Kaufangebot sagen – sie wollte nicht, daß es Ihnen an den Kragen geht, wenn man Sie tatsächlich mit dieser Brandstiftung in Verbindung bringen konnte. Und er hat sie umgebracht. Oder umbringen lassen. Um welchen Preis wollen Sie diese Kretins eigentlich schützen? Um den Preis, daß sie ungeschoren mit dem Tod Ihrer Mama davonkommen?«

»Das ist frei erfunden! Ralph und Gus haben mich gewarnt, daß Sie möglicherweise herkommen und mich belästigen werden. Er hat mir auch gesagt, was Sie mir erzählen werden. Sie halten sich für so schlau, aber er ist schlauer als Sie.«

»Gus?« Ich wollte fragen, dann begriff ich, daß sie August

meinen mußte. »Eins ist verflucht sicher – er ist schlauer als Sie! Ist Ihnen denn nicht klar, daß ich gar nicht genau *wußte*, ob MacDonald an Farmworks beteiligt ist, bis Sie es eben gesagt haben? Es war eine Vermutung, aber sie hat ins Schwarze getroffen. Soll ich raten, was sonst noch passiert ist, und Sie sagen mir, ob es falsch oder richtig ist? Oder wollen Sie es mir selbst erzählen?.

Sie riß sich im Drehstuhl zusammen. »Gehen Sie, ehe ich die Polizei rufe. Sie belästigen mich in einem Privatbüro, und das verstößt gegen das Gesetz.«

»Lassen Sie mich noch mal raten.« Ich zog ihr Telefonregister zu mir her und blätterte darin. »Rufen Sie einfach Roland Montgomerys Privatnummer an, und er stellt einen Trupp Uniformierte ab, die mich wegschleppen. Und Star! Was für ein Zufall! Hier steht sie.«

»Ich... äh...« Sie fing mehrmals einen Satz an, beendete ihn aber nicht. »Sie haben keine Beweise.«

»Nein«, mußte ich zugeben. »Auch bloß wieder eine Vermutung. Aber er – oder mindestens Farmworks – steht im Mittelpunkt einer ganzen Reihe verschiedener Aktionen, von denen das FBI besser nichts erfährt. Aber es wird bald davon erfahren, Star, weil der *Herald* die ganze Geschichte drucken wird. Und dann wird die Bundespolizei Ihre Akten beschlagnahmen, und Sie werden angeklagt, wegen Beihilfe zu Betrug, zur Brandstiftung und zum Mord. Und dann sind Sie nicht nur eine arme kleine Waise, Sie sind eine arme kleine Waise im Gefängnis. Bloß wird die Jury, wenn sie erfährt, daß Sie Ihre Mutter zum Sündenbock gemacht haben, Sie nicht wie ein hilfloses Findelkind behandeln.«

»Daß mein Arbeitgeber versucht hat, ein Gebäude zu kaufen, das dem Arbeitgeber meiner Mutter gehört, heißt noch lange nicht, daß er sie umgebracht hat.« Ihre Stimme war voller Verachtung.

»Ralph und Boots wollten das Indiana Arms unbedingt, stimmt's? Um jeden Preis. Ich weiß über ihr Angebot für das Stadion Bescheid – das ist kein Geheimnis. Und eine gründliche Suche nach einem Rechtstitel in Ihren Akten würde nicht allzulange dauern, deshalb können Sie es mir genausogut sagen.«

Sie dachte gründlich darüber nach, dann räumte sie schließlich ein, daß Farmworks im Dreieck hinter dem McCormick Place und dem Dan Ryan Expressway seit mehreren Jahren Objekte kaufte, im Hinblick auf das geplante Stadion. Das Indiana Arms war eines der wenigen bewohnten Gebäude, die sie nicht hatten kaufen können. Star hatte damals Seligmans Buchhaltung erledigt – sie war gelernte Buchhalterin. Sie hielt seine Weigerung für idiotisch und versuchte, ihn unter Druck zu setzen.

»Er hat sich benommen, als ob ihm der Schuppen mehr bedeutet als die eigenen Kinder«, sagte Star verärgert. »Er hätte doch froh sein können über das, was sie ihm geboten haben – das wäre viel besser für Barbara und Connie gewesen, als diese heruntergekommene Bruchbude zu erben. Auch später – später, als es wirklich übel wurde, als beispielsweise die Aufzüge ausfielen und niemand kam, um sie zu reparieren, sah er nicht ein, daß er nur Geld verlor.«

»Es hatte für ihn einen sentimentalen Wert. Und was geschah als nächstes? Sie sind zu August Cray und Ralph gegangen und haben gesagt, wenn die beiden Sie einstellen, könnten Sie durch Ihre Mutter weiter Druck auf Seligman ausüben?«

Sie warf verächtlich das goldene Haar zurück. »Sie haben mir ein Angebot gemacht. Sie haben gemerkt, daß ich gut bin, daß ich zu schade bin für diesen Billigladen.«

»Was sollten Sie tun? Eine Rechtstitelübertragung fälschen? Waren Sie für so was gut genug? Oder sollten Sie bloß Ihre Mutter dazu bringen, daß Sie dem alten Mann weiter einheizt, damit er verkauft?«

Sie lächelte mich kalt an. »Das werden sie nie erfahren, nicht war?«

»Aber dann hat Rita gehört, daß Mr. Seligman mir ein Foto gegeben hatte, auf dem Sie und Shannon mit seinen Töchtern zu sehen waren. Und voller Panik ist sie zu Ihnen gekommen.

Sie hatte Angst, wenn ich es jemandem zeige, der im Indiana Arms gewohnt oder gearbeitet hat, würden Sie erkannt. Was haben Sie dort gemacht? Die Aufzüge lahmgelegt? Oder bloß dafür gesorgt, daß niemand kommt und sie repariert? Sie haben also Ralph erzählt, daß Ihre Mom kalte Füße bekommen hat, und er hat das einzig richtige getan – er hat sie umbringen lassen.«

Sie saugte an der Unterlippe, aber so leicht war sie nicht zu erschüttern. »Sie geben Vermutungen weiter und erfundene Geschichten. Wenn Sie daran Spaß haben, ich will Sie nicht daran hindern.«

»Ja, es sind Vermutungen und Geschichten, aber sie sind ganz schön brisant. Eine unbeteiligtere Zuhörerin hätte längst nach den Bullen, nach Anwälten oder Zeugen geschrien. Aber Sie hören sich das alles an, um herauszufinden, wieviel ich wirklich weiß, nicht wahr? Vielleicht hat Boots die hiesigen Bullen in der Gesäßtasche. Aber ich glaube nicht, daß ihm das FBI schon gehört.«

Ich stand auf. Star hatte ein seltsames kleines Lächeln im Gesicht. »Natürlich müssen Sie erst mal mit denen reden, nicht wahr? Und selbst wenn Boots beim FBI nicht viel Einfluß hat, er kann dafür sorgen, daß die Ihnen nicht zuhören.«

Mein Magen hob sich leicht, aber ich sagte ruhig: »Oh, haben Ralph und Boots Ihnen von dem Scherz mit meiner Zündung erzählt? Ich habe ihn entdeckt und werde sorgfältig auf weitere achten. Ich erinnere mich daran, daß LeAnn mir erzählt hat, was für ein Witzbold Boots ist. Ich weiß das erst jetzt so richtig zu schätzen.«

Sie griff schon zum Telefon, als ich noch gar nicht draußen war. Ich schloß die Tür nicht ganz hinter mir und hielt das Ohr ans Holz. Sie fragte nach Ralph, sagte, es sei dringend, sie warte am Schreibtisch auf seinen Rückruf. Die Freunde aus der Kirchengemeinde ihrer Mutter waren offenbar doch nicht so wichtig.

43 Das Auge des Hurrikans

Da stand ich auf der LaSalle Street und versuchte, eine aufsteigende Welle von Panik zu unterdrücken. Ich brauchte Verbündete, und ich brauchte sie schnell. Es war schlicht und einfach Glück gewesen, daß ich mich heute nicht in meine Einzelteile aufgelöst hatte. Wäre das geschehen, hätte Roland Montgomery die Ermittlung wegen Mangels an Spuren eingestellt – oder mich als wahnsinnige Selbstmörderin verkauft. Ich war durch ein Wunder meinem Schicksal entgangen, aber das würde nicht Ralph MacDonalds letzter Versuch bleiben, mich mit seiner Seite der Geschichte zu konfrontieren, wie er sich neulich ausgedrückt hatte.

Vielleicht war es eine übereilte Schlußfolgerung, hinter dem Dynamit in meinem Auto Ralph zu vermuten. Vielleicht war es Roland Montgomery gewesen – er hatte Zugang zu Sprengstoff jeder Art. Oder Michael, der das Dynamit von Wunsch und Grasso hatte. Michael. Mir krampfte sich der Magen zusammen. Es war unmöglich, daß er mich hatte in die Luft sprengen wollen. Wir hatten uns nie geliebt, aber wir waren eine kurze, schöne Zeit lang ein Liebespaar gewesen. Kann man sich wünschen, daß ein Körper, den man einmal liebkost hat, in blutige Fetzen zerrissen wird? Oder hatte meine Abfuhr in ihm den Wunsch geweckt, mich so zu sehen?

Ich schüttelte den Kopf, ungeduldig mit mir. Das war kaum die richtige Zeit oder der richtige Ort, mich in melancholische Träumereien zu versenken. Ich mußte Pläne machen. Die Smith & Wesson war in meinem Rucksack, das war wenigstens etwas Gutes. Natürlich konnte ich sie schlecht mitten auf der LaSalle Street ziehen, aber ich glaubte nicht, daß jemand versuchen würde, mich im Berufsverkehr zu erschießen. Ich hatte Glück gehabt, daß Montgomery so wild darauf gewesen war, mich in das Verhörzimmer zu schaffen und mir den Kiefer zu brechen, daß er sich nicht mit den üblichen Formalitäten aufgehalten hatte. Niemand hatte mich durchsucht; ich hatte die Waffe nicht abgeben und mich dem ermüdenden Ritual unterziehen müssen, den Waffenschein vorzulegen und die Erlaubnis einzuholen, sie wieder tragen zu dürfen.

Ich brauchte ein Telefon, aber ich wußte ja nicht, aus welcher Richtung MacDonald – oder Montgomery – oder Michael – als nächstes zuschlagen würde, also hatte ich Angst davor, in mein Büro zu gehen. Dort wäre es leicht, mir eine Falle zu stellen. Aus demselben Grund wollte ich nicht nach Hause – oder zu Lotty. Falls Montgomery es wieder mit Dynamit probierte, wollte ich verhindern, daß er beim Versuch, mich auszuschalten, Peppy oder Lotty umbrachte.

Schließlich winkte ich einem Taxi und ließ mich neun Blocks weit zum Golden Glow fahren. Sal würde mir erlauben, ihr Telefon zu benutzen, und ein bißchen Black Label konnte auch nicht schaden, um die heftigeren Magenkrämpfe zu besänftigen.

Während sich das Taxi waghalsig durch den letzten Stau des Berufsverkehrs schlängelte, ging mir durch den Kopf, daß Ralph vermutlich das Dynamit in meinem Auto gar nicht anordnen mußte. Aller Wahrscheinlichkeit nach war es gewesen wie bei Becket – er strich sich durch das gut geschnittene Silberhaar und fragte in tragischem Ton, ob ihn denn niemand von dieser lästigen Priesterin befreien könne. So ist das immer, dachte ich bitter, von Heinrich II. bis zu Reagan – die Barone oder Oliver North oder wer auch immer erledigen die Dreckarbeit, und man hüllt sich in einen Mantel aus Bestürzung und Anwälten. Davon habe ich nichts gewußt, meine Anweisungen sind falsch verstanden worden.

»Haben Sie was gesagt, Miss?« fragte der Taxifahrer.

Mir war nicht bewußt, daß ich in meiner Wut laut gesprochen hatte. »Nein. Behalten Sie das Wechselgeld.«

Murray saß an der Hufeisentheke aus Mahagoni, trank ein Holstein und unterhielt sich mit Sally über die kommende College-Basketball-Saison. Keiner von beiden unterbrach die angeregte Diskussion über die Sanktionen des Verbands gegen die Jayhawks, als ich auf den Hocker neben Murray stieg, aber Sal griff nach dem Black Label und goß mir ein Glas ein.

Sals Vetter kümmerte sich um die Kunden an den Tischen. Ich trank meinen Whisky, ohne eine Meinung über die Gemeinheiten von Larry Brown zu äußern oder über die Fähigkeiten von Milt Newman, seit Danny Manning nicht mehr Kapitän war. Als Sal und Murray die Ideen zum Thema ausgingen, fragte Murray mich beiläufig, was es Neues gebe.

Ich schluckte den Rest des Drinks und ließ mir von Sal nachschenken. »Heute wär dein Wunsch, meinen Nachruf zu schreiben, fast in Erfüllung gegangen, Starreporter – jemand hat an meine Zündung eine Bombe angeschlossen.«

Erst glaubte Murray, ich machte Witze. »Wirklich? Wie kommt's dann, daß du noch da bist und davon erzählen kannst?«

»Wirklich passiert.« Als ich erzählte, daß sich der Leiter des Dezernats für Brandstiftung und Sprengstoffanschlage geweigert hatte, eine korrekte Ermittlung durchzuführen, sagte er, ich solle eine Pause machen, und holte seinen Kassettenrecorder aus dem Auto. Er war etwas sauer, daß er die Geschichte verpaßt hatte. Er war den ganzen Tag bei einer Besprechung am Flughafen gewesen und hatte deshalb nichts von den Sensationen mitbekommen, die von den Medien hinausposaunt worden waren.

Ich sagte ihm alles, was ich wußte, von Saul Seligman und dem Indiana Arms über das Betrugsmanöver zwischen Farmworks, Alma Mejicana und Wunsch und Grasso bis zu Roland Montgomerys seltsamer Theorie, ich hätte das Prairie Shores Hotel in Brand gesteckt und mich dann aus Reue in die Luft sprengen wollen.

Als ich fertig war, legte Murray den Arm um mich und gab mir einen schmatzenden Kuß. »Du bist wunderbar, Vic. Ich verzeihe dir, daß du mich letzten Winter so kurzgehalten hast. Eine tolle Story. Es fehlen nur noch die Beweise.«

»Du nennst Dynamit keinen Beweis?« Sal stellte unsanft eine Flasche Holstein vor Murray ab. »Hätte ihre Leiche mehr Eindruck auf dich gemacht?.

»Das beweist, daß jemand sie umbringen wollte, aber nicht,

wer.« Murray trank aus der Flasche. »Du hast nichts von dem Zeug, das du bei Alma und Farmworks gefunden hast, kopiert, oder?«

»Bei Alma habe ich mir Notizen gemacht, aber bei Farmworks habe ich nichts von den Büchern zu sehen bekommen. Aber kannst du nicht etliches davon über Lexis, das Grundbuchamt und so weiter rauskriegen? Und jemanden vom County dazu bringen, dir zu erzählen, was Roland Montgomery Boots schuldet? Davor habe ich fast mehr Angst als vor allem anderen – wenn einen ein großkotziger Bulle auf dem Kieker hat, kann er einen umbringen oder einem etwas anhängen, ganz nach Belieben. Ich rasiere mir den Kopf und lasse mir einen Bart wachsen, bis dieses Schwein so auf die Schnauze fällt, daß ich nicht mehr allein im Rampenlicht steppe.«

Sal bot mir die Flasche ein weiteres Mal an, aber ich lehnte ab. Ich konnte die Nacht nicht im Golden Glow verbringen und würde nicht überleben, wenn ich so betrunken hier wegging, daß ich nicht mehr merkte, wer hinter mir war.

Murray ging in Sals Büro, um ein paar Telefongespräche zu führen. Es war zu spät, in Akten im County-Gebäude nachzuschlagen, aber er hatte vor, gründlicher im Lexis-System zu recherchieren, als es Freeman Carter für mich getan hatte – jetzt, wo wir nach einer Verbindung zwischen MacDonald oder Meagher und Alma Mejicana suchten, konnte Murray das System nach Namenskombinationen abfragen, auf die ich früher noch nicht gekommen war.

»Und was machst du jetzt?« fragte Sal. »Verkriechst du dich, bis der Sturm sich gelegt hat?«

»Ich glaube, ich gehe nach Hause.« Ich unterbrach ihren lautstarken Protest. »Ich weiß, ich hatte Angst, als ich hereinkam, daß ich um Hilfe gerufen habe. Ich habe immer noch Angst, aber –« Ich brach ab, versuchte, meine wirren Gedanken in eine halbwegs logische Form zu bringen.

»Es ist so. Jetzt hat Murray die Story – er kann morgen soviel Material zusammenbekommen, daß vielleicht sogar schon am Freitag oder Samstag etwas in Druck gehen kann, falls der *Star* nicht zuviel Angst vor Boots und Ralph hat. Sobald die beiden sehen, daß die Sache ans Licht kommt, werden sie wie verrückt Unterlagen durch den Reißwolf drehen, ihre Spuren bei dem Ryan-Projekt verwischen. Vermutlich sammeln sie jetzt schon eine Lastwagenladung von Hispanics und Schwarzen, mit Papieren, die beweisen, daß sie seit dem ersten März dort arbeiten.

Wenn sie glauben, daß ich immer noch auf mich allein gestellt bin, versuchen sie vielleicht, auf mich loszugehen. Und dann können wir wengistens ein paar von ihnen auf frischer Tat festnageln.«

»Du und Murray?« Sal verzog voller Verachtung das Gesicht.

»Ich sorge für die Action – Murray macht die Fotos«, sagte ich mit einer Leichtigkeit, die ich bei weitem nicht empfand. »Nein. Ich glaube, zu Hause passiert mir nichts. Vorhin war ich in Panik, habe mich gefragt, ob Ralph das ganze Haus mit Dynamit in die Luft jagt, bloß um mich zu erwischen. Aber es ist viel wahrscheinlicher, daß er wartet, bis ich allein bin, und es mit etwas anderem versucht. Alle Sender haben den alten Mann, der unter mir wohnt, gezeigt, wie er über die Männer geredet hat, die er gestern gesehen hat – über die beiden, die mich besuchen wollten, und die beiden, die vermutlich die Bombe gelegt haben. Ich kann also nicht glauben, daß sie dort noch mal was riskieren, jedenfalls nicht so bald.« Ich hoffte es.

Zwei Männer in Geschäftsanzügen kamen herein und setzten sich an die andere Seite des Mahagonitresens. Sal ging hinüber und nahm die Bestellungen entgegen.

Ich spielte verdrossen mit dem Whiskyglas. Der einzige Name, den ich Murray nicht genannt hatte, war der von Michael Furey. Das lag nicht daran, daß ich Furey schützen wollte, aber ich hatte keine Beweise – nur eine Reihe von Vermutungen, die sich ausschließlich auf Kombinationen stützten. Sein Name hatte nicht einmal in Stars Telefonregister gestanden.

Ehe ich in die Offensive ging, wollte ich wissen, wie tief Furey in die Geschäfte seiner Jugendgang verstrickt war – ob er nur etwas Geld aus der Lebensversicherung seines Vaters in Farmworks investiert hatte, als sie ihm die Gelegenheit dazu gaben, oder ob er tiefer drinsteckte. Sich zum Beispiel Heroin aus der Asservatenkammer der Polizei ausgeliehen hatte, damit Cerise sich umbringen konnte.

Wenn er so etwas getan hatte – ich konnte mir nicht vorstellen, wie ich Bobby das beibringen sollte. Ich hatte es heute ohne Beweise versucht. Falls ich sie bekam – mir schauderte. Ich mußte dafür sorgen, daß nicht ich es Bobby sagen mußte, das war alles.

Als Murray aus Sals Büro kam, ging ich hinein und rief Lotty an, um ihr zu sagen, was ich vorhatte. Sie hatte die Geschichte über meine Bombe von ihrer Praxisschwester erfahren, die sie nach den Sechs-Uhr-Nachrichten angerufen hatte, und war entsetzt. Sie wollte, daß ich zu ihr kam, daß ich mich zurückzog, bis die Polizei den Attentäter gefaßt hatte, aber als sie hörte, wie die Polizei reagiert hatte, pflichtete sie meiner Entscheidung widerstrebend bei.

»Bloß eins, Vic – sei vorsichtig, ja? Ich könnte es nicht ertragen, wenn du umgebracht würdest. Denkst du an mich, ehe du dich abknallen läßt?«

»Herrgott, Lotty, ich denke an mich, ehe ich das tue. Glaub das nicht. Glaub ja nicht, daß ich leichtsinnig mit meinem Leben umgehe. Ich weiß nicht, wann ich das letzte Mal solche Angst hatte. Wenn Bobby Mallory auch nur ein bißchen entgegenkommender wäre, würde ich diese Geschichte nicht mit der Feuerzange anfassen.«

Wir sprachen noch eine Weile miteinander. Als wir auflegten, war ich den Tränen nahe. Ich stand langsam von Sals Schreibtischstuhl auf und ging durch die Mahagonitür in die Bar zurück. Meine Handflächen juckten vor Nervosität, aber die Whiskywärme beruhigte meinen Magen.

Die Bar hatte sich geleert. Sal spülte die leeren Gläser, die ihr Vetter von den Tischen abräumte. Sie hängte die Gläser in die Halterungen über die Theke und kam zu mir herüber.

»Bist du dir sicher, daß du gehen willst, Mädchen?«

»Ja.« Ich vergrub die Hände tief in den Taschen. Die Finger der rechten stießen auf Metall. Ich zog die Schlüssel des Cavalier heraus – ich hatte vergessen, daß ich sie dort hineingesteckt hatte. Der Anblick des eingeprägten Chevy-Logos steigerte meine Nervosität.

Sal neigt nicht zu demonstrativen Gesten, aber sie kam um die Theke herum und umarmte mich fest. »Sei vorsichtig, Vic. Das alles gefällt mir überhaupt nicht.«

»Was ich jetzt tue, ist weit besser als alles, was ich bisher getan habe«, rezitierte ich im Versuch, tapfer zu sein.

»Wenn du stirbst, landest du nicht an einem besseren Ort, also paß auf dich auf, hörst du?«

»Ich tu mein Bestes, Sal.«

Murray bot mir an, mich nach Norden mitzunehmen. »Dann fahre ich vielleicht immer mal wieder um den Block, um zu sehen, ob du noch am Leben bist.«

»Halt die Klappe, Ryerson«, sagte Sal grob. »Galgenhumor kommt heute abend nicht gut an.«

Wir standen ein paar Augenblicke in unbehaglichem Schweigen da. Ein später Gast kam herein und brach den Bann. Murray und ich gingen, während Sal für den Gast einen Martini rührte.

Murray und ich haben einen Plänkelton miteinander, der manchmal das Vorspiel zu echter Vertrautheit ist. Heute war ich zu nervös, auf seine Art von Scherzen zu reagieren. Zu nervös, überhaupt zu reagieren. Ich wischte mir immer wieder die Handflächen an den Jeansbeinen ab und versuchte, mir nicht vorzustellen, was MacDonald als nächstes tun würde.

44 Ein alter Freund meldet sich

Murray setzte mich bei der Autovermietung in meiner Gegend ab. Er wartete, während ich den Motor untersuchte – ich fragte nicht, ob aus Höflichkeit oder weil er auf eine weitere Dynamitstory hoffte, nachdem er die erste verpaßt hatte. Niemand konnte wissen, daß ich bei Bad Wheels einen Mietwagen bestellt hatte; es lag nur an meinen malträtierten Nerven, daß ich nachschaute. Der Motor des Tempo sprang an, stoßend und grollend, aber unter der Kühlerhaube schossen keine Flammen hervor. Als Murray sah, daß ich nicht in Rauch aufging, fuhr er in seinem ramponierten Fiero ab, während ich unschlüssig mit den Fingern auf das Lenkrad trommelte.

Die Sonne war untergegangen. Etwa eine halbe Stunde würde es noch hell sein, nicht lang genug, um gründlich nach Elena zu suchen. Falls Michael sie gefunden und umgebracht hatte, spielte es dann noch eine Rolle, wenn ihre Leiche bis morgen früh auf mich wartete? Genau besehen, sie würde ja nicht allein sein – da waren die vielen Ratten, die ich letzte Woche gesehen hatte.

Mir zitterten Hände und Füße, als ich an den kleinen Fellball dachte, den ich berührt hatte, als ich im Dunkel nach der Taschenlampe tastete. Ich fuhr nach Hause, parkte westlich von der Racine Avenue in der Nelson Street und ging die Gasse zum Hintereingang zu meinem Haus entlang.

Peppy fing ein Mordsgebell an, als ich durch die Hintertür hereinkam. Mr. Contreras erschien in der Küchentür, hielt den Hund mit der linken Hand an einer kurzen Leine und trug in der rechten Hand eine Rohrzange.

»Ach, Sie sind's, Engelchen. Hab einen Schreck bekommen. Ich hab gedacht, jemand will Ihnen auflauern.«

»Danke«, sagte ich friedlich. »Ich wollte mich nur ins Haus schleichen. Hatte keine Lust, im Treppenhaus überfallen zu werden.«

»Darüber brauchen Sie sich keine Sorgen zu machen. Die Königliche Hoheit und ich passen schon auf.«

Er ließ die Leine los – der Hund jaulte vor Eifer, mich zu begrüßen. Peppys Schwanz schlug einen großen Kreis – nicht das Abbild eines scharfen Wachhunds. Ich gab ihr ein Küßchen und streichelte ihr die Ohren. Sie tänzelte mit mir zur Treppe und kam mit hinauf, überzeugt davon, das sei das Vorspiel zu einem langen Lauf. Mr. Contreras trottete hinterher, so schnell es seine steifen Knie zuließen.

»Was machen Sie denn jetzt, Engelchen?« fragte er laut, nachdem er ungebeten meine Wohnung betreten hatte.

»Ich versuche, mich daran zu erinnern, wo meine Taschenlampe ist«, rief ich aus dem Schlafzimmer. Sie war unter das Bett gerollt, wie ich schließlich sah. Peppy legte sich neben mich, als ich sie hervorzog. Sie fraß ein Kleenex und nahm sich als nächstes eine alte Laufsocke vor, die halb unter der Bettwäsche steckte.

»Lecker, was?« Ich zog ihr die Socke aus dem Maul und ging in die Küche.

»Ich meine, wo wollen Sie hin?« wollte der alte Mann streng wissen, als er sah, daß ich das Magazin meiner Pistole überprüfte.

»Ich will nur versuchen, meine Tante zu finden. Ich mache mir Sorgen, sie könnte tot sein und in einem der leerstehenden Gebäude hinter McCormick Place liegen.« Was das anlangte, hatte sie das Krankenhaus in einem schlechten Zustand verlassen – sie konnte tot sein, ohne daß jemand auch nur einen Finger krumm gemacht hatte. Oder bewußtlos dort liegen.

»Ich komme mit – ich und die Prinzessin.« Sein Kiefer versteifte sich störrisch.

Ich machte den Mund auf, um mich mit ihm zu streiten, und dann wieder zu. Das war eine vollkommene Gelegenheit, ihn mir gegenüber friedlich zu stimmen – er konnte sehen, was sich tat, ohne allzuviel Schaden anzurichten. Nicht nur das, Peppy konnte die Ratten totbeißen. Ich nahm seine Begleitung gnädig an und wurde mit einem strahlenden Lächeln und einem kräftigen Klaps auf die immer noch schwachen Schultern belohnt.

»Wedeln Sie bloß nicht mit der Rohrzange herum«, warnte ich ihn, als ich das Tor gegenüber seiner Küchentür abschloß. »Sie haben wegen diesem Ding eine Verwarnung bekommen, wissen Sie noch?«

Er hängte sie züchtig an eine Gürtelschlaufe und kam glücklich durch die Gasse mit zum Auto. Auf dem ganzen Weg zum Lake Shore Drive und zum McCormick Place plauderte er fröhlich vor sich hin.

»Wissen Sie, Ihr Chevy steht immer noch mit offener Haube vor dem Haus. Keiner will ihn anfassen. Ich hab versucht, diesen jungen Kerl, den mit dem Abschleppwagen, dazu zu bringen, daß er ihn wegschafft, aber er war zu feige. Ich hab gesagt: ›Lassen Sie mich das machen. Ich hänge ihn an und schleppe ihn für Sie in die Werkstatt, Sie haben die Hosen zu voll‹, aber er ist bloß abgehauen wie ein geölter Blitz, wenn Sie wissen, was ich meine.«

»Ich weiß genau, was Sie meinen.« Abgesehen davon, daß er eine Lenkung hatte, die so steif wie ein altmodischer Hemdkragen war, machte der Tempo einen Höllenlärm. Bad Wheels legte nicht viel Wert auf Auspuffreparaturen – »Fahrt sie, bis sie auseinanderfallen« war die Firmendevise. Der Krach ersparte mir den größten Teil von Mr. Contreras' Konversation, bis ich auf der Prairie Avenue parkte.

Peppy war begeistert davon, daß sie an der Expedition teilnehmen durfte. Sie zog an der Leine, beschnüffelte jeden Schutthaufen und untersuchte Abfallberge mit dem feierlichen Ernst von Heinrich Schliemann. Mr. Contreras war nur eine Spur weniger enthusiastisch in seinen Kommentaren über den allgemeinen Verfall um uns herum.

»Hat hier eine Menge Brände gegeben.«

»Ja«, sagte ich kurz. Als Gewohnheitstier hatte sich Elena aller Wahrscheinlichkeit nach ein Gebäude in der Nähe des Indiana Arms ausgesucht wie letztes Mal, als sie sich für das Prairie Shores entschieden hatte. Im schnell schwindenden Licht wollte ich höchstens zwei inspizieren. Der Rest konnte bis morgen warten.

Wir gingen zuerst in ein zwei Türen vom alten Hotel entferntes Lagerhaus. Mr. Contreras' Rohrzange kam gelegen, als wir die Bretter vor dem Eingang wegschlagen mußten – ärgerlich, weil er jetzt bestimmt nicht mehr dazu zu bewegen war, sie künftig zu Hause zu lassen.

Als wir drin waren, übernahm Peppy die Führung. Sie hatte ihren großen Auftritt bei der Rattenjagd. Ich zog die Pistole für den Fall, daß eine auf uns losging, aber es gab genug Fluchtwege, so daß die Viecher nicht angriffslustig wurden. Nach fünf oder zehn Minuten Sport rief ich Peppy zu mir und behielt sie in meiner Nähe, während ich durchsuchte, was von dem Gebäude übrig war.

Die Innenwände waren eingefallen, so daß man ohne nach Türen suchen zu müssen von Raum zu Raum gelangte. Überall lagen Putzbrocken herum. Von den Decken hingen Elektrokabel ohne Fassungen herunter. Als ich gegen eins dieser Kabel lief, stieß ich einen gedämpften Schrei aus, weil es sich anfühlte, als führe eine Hand durch mein Haar. Mr. Contreras stolperte über die morschen Dielen, um nach mir zu sehen.

Ein riesiger Traktorreifen, der an einer Wand lehnte, war das einzige Anzeichen dafür, daß hier je Menschen gewesen waren. Er bewies im Grund nicht einmal das – er bewies nur, daß Traktoren hier gewesen waren.

Als wir nach draußen kamen, war es dunkel, so dunkel, daß es nicht besonders schlau gewesen wäre, in baufälligen Gebäuden herumzuirren. Und es erinnerte mich für meinen Geschmack zu stark daran, wie ich im Prairie Shores beinahe geröstet worden wäre – meine Kleider waren schweißnaß, meine Hände dreckig von den zerfallenden Wänden. Ich war froh, daß ich im Lagerhaus den Hund bei mir gehabt hatte.

Auch Mr. Contreras' Stimmung hatte die Expedition gedämpft. Er protestierte pro forma, wir sollten jetzt, wo wir auf dem richtigen Kurs seien, nicht umkehren. Als ich sagte, es sei zu dunkel, um weiterzusuchen, stimmte er mir bereitwillig zu und erbot sich, am Morgen zum Treffen mit den Streeter Brothers mitzukommen.

»Klar«, sagte ich herzlich. »Sie werden die Hilfe zu schätzen wissen.«

Ich steckte die Pistole in den Jeansbund und packte Mr. Contreras und Peppy ins Auto. Auf dem Heimweg schüttelte er immer wieder den Kopf und murmelte Kommentare, die mich nur sporadisch über den Lärm des Motors hinweg erreichten – er hoffe, Elena – brumm, brumm – kein Ort für – brumm, brumm – Sie sollten wirklich etwas unternehmen, Engelchen. Ich gab mehr Gas, um zu übertönen, was ich tun sollte.

Ich fand einen Parkplatz in der Wellington Avenue und ließ den Tempo dort stehen. Ich wollte es niemandem zu einfach machen, mich mit dem Auto in Verbindung zu bringen. Ich lehnte die Einladung zum Abendessen ab und ging die Treppe hinauf, richtete die Taschenlampe auf die Stufen über mir.

Furey wartete auf dem Treppenabsatz im zweiten Stock. Ich ließ die Taschenlampe fallen und griff nach der Pistole. Als er einen Satz auf mich zu machte, drehte ich mich um, um hinunterzurennen. Die Müdigkeit und die Verletzungen machten mich langsam. Er packte mich am Fuß und nahm meinen Kopf brutal in den Schwitzkasten.

»Du kommst mit, Vic. Du darfst deiner Tante einen Abschiedskuß geben, und dann bekommst du auch eine Abschiedsparty.«

Er saß auf meinem Rücken. Ich versuchte, mich unter ihm durchzuwinden, biß ihn ins Bein. Er schrie vor Schmerz auf, packte aber meine Hände und schloß sie mit Handschellen zusammen. Er packte die Handschellen und zerrte mich die Treppe hinunter. Ich stieß einen lauten Schrei aus, der Mr. Contreras und den Hund an die Wohnungstür rief.

»Ich erschieße beide, Vic«, zischte Furey mich an. »Behinderung der Polizei bei der Ausübung ihrer Pflicht. Willst du zuschauen? Sonst hör auf, dich zu wehren, und komm mit.«

Ich sog Luft ein, versuchte, mein Herz so weit zu beruhigen, daß ich sprechen konnte. »Gehen Sie hinein«, sagte ich mit zittriger Stimme zu Mr. Contreras. »Er erschießt Peppy.«

Als der alte Mann trotzdem in den Flur kam und die Rohrzange schwenkte, schoß Furey auf ihn. Die Zange flog zu Boden, als der alte Mann zusammenbrach. Als wir gingen, sah ich, wie Peppy zu ihm rannte und ihm das Gesicht leckte. Ich würgte an meinen Tränen, aber mir war, als hätte ich gesehen, wie er den Arm hob und sie tätschelte.

45 Spaziergang am Abgrund

Fureys Auto parkte halbwegs den Block hinunter. Er riß die Fahrertür auf und schob mich über den Schalthebel auf den Beifahrersitz. Ich hob die gefesselten Hände, um mein Gesicht zu schützen, als ich gegen die Tür schlug. Mein linkes Bein hatte sich am Schaltknüppel verfangen. Ich lag in einem ungünstigen Winkel da und konnte Michael nicht treten, als er mein Bein auf die Beifahrerseite stieß.

Wenigstens hatte er sich nicht die Mühe gemacht, mich abzuklopfen. Vielleicht wußte er nicht, daß ich manchmal eine Waffe trug. Wenn ich meinen Verstand zusammennahm, konnte ich sie vielleicht benutzen.

Eine Handvoll Leute waren auf der Straße, aber sie wandten sich beflissen ab, als sie sahen, daß ich mich gegen ihn wehrte – niemand möchte in eine häusliche Auseinandersetzung hineingezogen werden. Ich verbiß mir den Ruf, sie sollten die Polizei holen. Schließlich war Michael die Polizei. Was hätten die Streifenpolizisten gemacht, wenn Michael ihnen gesagt hätte, ich sei eine gewalttätige Festgenommene?

»Bei dir laß ich es auf nichts ankommen, Vic – Ernie und Ron hatten die ganze Zeit völlig recht über dich. Du interessierst dich nicht für die Dinge, die einer normalen Frau etwas bedeuten – du treibst nur Spielchen und wartest auf die Gelegenheit, einem Mann in die Eier zu treten.«

Ich lehnte mich im Ledersitz zurück. »Du bist unglaublich tapfer, Furey, schießt auf einen alten Mann, der dein Großvater sein könnte. Gibt es dafür Lehrgänge auf der Polizeiakademie?«

»Halt's Maul, Vic.« Er nahm eine Hand vom Steuer und schlug mir ins Gesicht.

»Toll, Michael, jetzt habe ich richtig Angst. Du und deine Freunde, ihr wißt wirklich, wie ihr eure Frauen kirre macht. Wie wär's damit, meinen Gurt festzuschnallen, damit ich nicht mit dem Kopf voraus durch die Windschutzscheibe fliege – es wäre nicht einfach für dich, das Bobby zu erklären.«

Er ignorierte meine Bitte und fuhr mit einem solchen Tempo an, daß ich gegen das Leder geworfen wurde. Ich verrenkte mich ungeschickt, um an den Gurt zu gelangen, der sich an der Tür verklemmt hatte.

»Sie haben mich dauernd ausgelacht, weil ich vor dir auf dem Bauch herumgekrochen bin – Ernie hat gesagt, LeAnn ist ihm nur einmal so gekommen, dann hat er ihr gezeigt, wer der Boß ist. Das hätte ich mit dir von Anfang an machen sollen. Draußen bei Boots' Barbecue haben sie mich gewarnt – daß du nur Süßholz raspelst, damit du die Nase in unsere Geschäfte stekken kannst. Carl und Luis haben das ernst genommen – aber ich! Ich wollte einfach nicht hören!« Er hämmerte gegen das Lenkrad, während seine Stimme lauter und brüchig wurde.

Es gelang mir schließlich, die Metallzunge in die Halterung einzurasten. »Vor zwei Wochen, als du mir erzählt hast, daß Elena auf Freierfang geht, war das gelogen, nicht wahr? Deshalb hast du darauf bestanden, daß ich Bobby nicht anrufe und mit ihm darüber spreche.«

Er bog in die Diversey Avenue ein und fuhr auf die entgegenkommende Spur, um den Verkehr zu umgehen, der sich vor der Ampel an der Southport Avenue staute. »Du bist so klug, Vic. Das hat mich immer angezogen an dir. Warum kannst du nicht gleichzeitig schlau und lieb sein?«

»Einfach Pech, nehme ich an.« Ich versuchte, das jähe Abbremsen zu parieren, als er auf die richtige Spur zurückfuhr. »Du hast gesagt, du hast meine Tante. Wo hast du sie gefunden? In einem leerstehenden Gebäude an der Cermak Road?«

Er lachte. »Sie war direkt vor meiner Nase. Ist das zu fassen? Gleich um die Ecke in meiner Gegend. Eileen hatte sie gesehen und es meiner Mutter erzählt, und Mutter hat es beim Essen gestern abend erwähnt. Sie hatte sich bei ihren alten Freunden versteckt, aber sie bekam Durst – sie mußte sich einfach eine Flasche besorgen. Ich wußte, daß sie früher oder später, wenn sie nicht tot war, den Durst nicht mehr aushalten würde. Ich hatte bloß nicht erwartet, daß das gleich bei mir um die Ecke passieren sollte. Also habe ich den ganzen Nachmittag lang gewartet, und richtig, gegen acht kam sie. Ich habe ihr bloß ins Auto geholfen. Sie hat versucht, mich anzumachen. Es war widerlich.«

Durch den Park zum Lake Shore Drive fuhr er hundert. Ich nehme an, die Streifenpolizisten kannten sein Nummernschild oder erfuhren wenigstens, wenn sie es meldeten, daß es einem Detective gehörte. Die anderen Verkehrsteilnehmer hatten keine solchen Beziehungen und hupten wütend, wenn sie ihm ausweichen mußten.

»War sie widerlich wegen ihres Alters oder wegen ihrer Sauferei oder wegen beidem?« fragte ich.

»Frauen, die glauben, sie verfügen über eine sexuelle Anziehungskraft, die sie nicht haben, sind ekelhaft.«

»Auf manche Männer wirkt sie. Daß sie nicht dein Typ ist, heißt noch nicht, daß jeder sie abstoßend findet.«

Er bog so schnell in den Lake Shore Drive ein, daß ich gegen ihn geschleudert wurde. Als ich wieder aufrecht saß, sagte ich im Konversationston: »Mir kommt es widerlich vor, dich zu berühren, aber manche Frauen wären da bestimmt anderer Meinung.«

Er sagte gar nichts, beschleunigte die Corvette nur auf hundertvierzig, wechselte die Spuren, wich anderen Wagen aus; es schien, als stünden sie still im diffusen Licht. Ich befürchtete, jeden Moment zu kotzen, als er in der Kurve der Ausfahrt zur Michigan Avenue abbremste. Danach fuhr er langsamer – der Verkehr war zu dicht für ein derart wahnsinniges Tempo.

»Du hast einen Knall, Michael. Du hinterläßt eine kilometerbreite Spur. Selbst wenn Roland Montgomery dich deckt, vor dem Chaos, das du heute anrichtest, kann er dich nicht schützen.«

Im Licht der Straßenlampen am Drive sah ich Schweißperlen auf seiner Stirn. Er machte eine heftige Geste mit der rechten Hand, aber das Auto rutschte weg; er bremste und brachte uns durch ein Wunder auf die Spur zurück.

»Was schuldet Roland Boots?« Ich hielt meinen Ton neutral. »Und warum hat er dich gebraucht, um das Feuer zu legen – warum konnte er das nicht selbst tun?«

Furey bleckte die Zähne. »So scheißschlau bist du nun auch wieder nicht, Vic. *Ich* bin zu Montgomery gegangen. Ich habe ihn für Boots gefunden. Er brauchte mir nur den Brandbeschleuniger zu geben und dafür zu sorgen, daß nicht besonders sorgfältig ermittelt wurde.«

»Was für ein braver Junge«, sagte ich staunend. »Haben sie dir daraufhin die Corvette geschenkt?«

»Du verstehst gar nichts, nicht wahr? Ich war entschlossen – ich war bereit – du hättest leben können wie LeAnn und Clara – hättest haben können, was du willst – aber du –«

»Ich habe, was ich will, Michael. Meine Unabhängigkeit und mein Privatleben. Du hast einfach nie verstanden, nicht wahr, daß dieser ganze Krempel, diese Diamanten und das ganze Zeug, mich einfach nicht anmachen.«

Er bog an der Ausfahrt zur Grand Avenue ab und raste um die Kurven zur Rapelec-Baustelle. Er parkte die Corvette ein gutes Stück von der Straße entfernt, hinter einem Holzzaun, der die Baustelle absperrte.

Er sprang aus dem Auto und kam zur Beifahrertür herum. Ich hatte geglaubt, ich könne ihn beim Aussteigen treten, aber er hatte viel Erfahrung mit Festnahmen – er stand weit weg vom Rahmen und wartete ab, bis ich mit dem Gurt gekämpft und die Beine selbst herausbekommen hatte. Er legte in einer spöttischen Kavaliersgeste den Arm um mich und führte mich in das Gebäude.

Ich zitterte unwillkürlich, als wir in die tintenschwarzen

Flure kamen. Wir waren auf der bretterbelegten Rampe, auf der ich vor drei Wochen zu den Büros hinaufgestiegen war. Hinter den nackten Glühbirnen lag wie ein klaffendes Loch der Baustellenkomplex. Ich fragte mich, wo meine Tante sein mochte, falls sie noch lebte, welches Schicksal uns beiden bestimmt war.

Furey hatte kein Wort mehr gesagt, seit wir zu der Baustelle gekommen waren. Ich fühlte mich von dem Schweigen so gefesselt wie von den Handschellen.

Um die Fassung wiederzugewinnen, sagte ich im Konversationston: »Hat McGonnigal dir gesagt, daß ich das Armband habe? Bist du deshalb heute abend gekommen, um mich abzuholen?«

Er bleckte wieder in einer wilden Parodie eines Lächelns die Zähne. »Du hast dein Halstuch bei Alma Mejicana hinterlassen, Vic. Ich habe gesehen, wie du es an dem Tag, an dem wir uns kennengelernt haben, ausgepackt hast, Eileen hat es dir geschenkt. Du erinnerst dich nicht daran, aber ich weiß es noch gut, weil ich gedacht habe, daß du die schärfste kleine Nummer bist, die ich je gesehen habe. Ich will mein Armband wiederhaben, aber ich habe es damit nicht eilig.«

»Das ist gut«, sagte ich ruhig, obwohl mir bei der Vorstellung, ich sei eine scharfe Nummer, die Wangen brannten. »Ich habe es in meiner Wohnung gelassen. Du brauchst einen Sturmtrupp, um hineinzukommen. Du kapierst es nicht, nicht wahr? Nicht mal als Bulle kannst du deine Spuren verwischen, wenn du erst mal ein solches Blutbad angerichtet hast. Nicht mal Bobby wird das für dich tun. Es wird ihm das Herz brechen, aber er wird dich ans Messer liefern.«

Michael schlug mir mit dem Handrücken auf den Mund. »Du mußt noch ein paar Lektionen lernen, Vic, und dazu gehört, daß du das Maul hältst, wenn ich es dir sage.«

Es brannte etwas, tat aber nicht weh. »Ich habe im Augenblick keine so lange Lebenslinie, Mickey, daß ich noch neue Tricks lernen müßte. Und selbst wenn es anders wäre, ich finde dich schlicht und einfach zum Kotzen.«

Michael blieb mitten auf der Planke stehen und drückte mich gegen die Wand. »Ich hab dir gesagt, daß du die Klappe halten sollst, Vic. Muß ich dir erst den Kiefer brechen, damit du auf mich hörst?«

Ich schaute ihn mit festen Blick an und staunte darüber, daß ich diese vor Wut dunklen Augen je anziehend gefunden hatte. »Natürlich will ich das nicht, Michael. Aber ich darf doch fragen, ob du dich stark fühlst oder ob du dich schämst, wenn du mich schlägst, während ich wehrlos bin?«

Er packte mit der linken Hand meine Schulter und wollte mir mit der rechten direkt ins Gesicht schlagen. Als er ausholte, trat ich ihn so heftig, wie ich konnte, gegen die Kniescheibe, so heftig, daß ich sie ihm hätte brechen können. Er stieß einen lauten Schrei aus und ließ meine Schulter los.

Ich lief die Rampe hinunter, übel behindert von den gefesselten Händen. Über mir hörte ich Furey schreien und dann Ernie Wunsch, der herunterrief, was zum Teufel los sei. Ich stürzte in das finstere Innere der Baustelle und stolperte in der Dunkelheit über Bretter. Ich machte zuviel Krach – es war für niemanden schwierig, mich zu finden.

Ich lief nicht länger, ging vorsichtig vorwärts, bis ich einen dicken Pfeiler erreichte, Stahl mit Beton. Ich glitt seitlich dahinter und stand dort, während ich versuchte, nicht laut zu atmen, und nach meiner Pistole tastete. Meine Hände steckten jedoch in den Handschellen, und ich konnte sie nicht so weit ausstrecken, daß ich die Pistole erreichte.

Eine starke Taschenlampe warf Lichtbündel auf den Boden um mich herum. Ich rührte mich nicht.

»Wir wollen nicht die ganze Nacht lang Verstecken spielen«, sagte Ernie. »Hol die Tante. Die bringt sie schon auf Vordermann.«

Ich rührte mich immer noch nicht. Kurz darauf hörte ich Elenas atemlose Stimme, piepsig vor Angst.

»Was machen Sie da? Sie tun mir weh. Es ist nicht nötig, mich so fest anzupacken. Ich weiß nicht, wo Sie aufgewachsen sind, aber zu meiner Zeit hat ein echter Gentleman den Arm einer Dame nie so brutal gepackt, daß sie hinterher blaue Flekken hatte.«

Gute alte Elena. Vielleicht hatte ich einen glücklichen Tod, konnte über ihre unpassende Schimpferei lachen.

»Wir haben deine Tante hier, Warshawski.« Das war jetzt Ron Grasso. »Rufen Sie Ihre Nichte, Tantchen.«

Er tat etwas, das sie zum Schreien brachte. Ich zuckte bei dem Laut zusammen.

»Lauter, Tantchen.«

Sie schrie wieder, ein Aufschrei aus echtem Schmerz. »Vicki! Sie tun mir weh!«

»Wir haben ihr einen Finger gebrochen, Warshawski. Wir brechen ihr einen Knochen nach dem anderen, bis es Ihnen reicht.«

Ich schluckte Galle und kam hinter dem Pfeiler hervor. »Okay, ihr starken Männer. Es reicht mir.«

»So ist es brav«, sagte Ernie und kam auf mich zu. »Ich habe Mickey immer gesagt, daß man dich schon kirre kriegt, wenn man es nur richtig anfängt... Behalt sie mit der Taschenlampe im Auge, Ronnie. Das kleine Miststück hat Mickey möglicherweise die Kniescheibe gebrochen. Ich will nicht, daß sie mir mit den Nägeln ins Gesicht geht.«

Er kam her und packte mich am Arm. »Jetzt versuch gar nichts mehr, Vic, denn Ron hat deine Tante im Griff.«

»Vicki?« fragte Elena mit zittriger Stimme. »Du bist doch nicht böse auf die arme alte Elena, oder?«

Ich hielt ihr die gefesselten Hände hin. »Natürlich bin ich nicht böse auf dich, Herzchen. Es war sehr schlau und tapfer, daß du dich so lange versteckt hast.«

Was hätte es schon genützt, wenn ich sie beschimpft hätte, weil sie mir nicht von Anfang an die ganze Geschichte erzählt hatte – oder spätestens, als sie im Michael Reese im Bett lag.

»Sie haben mir weh getan, Vicki, sie haben mir den kleinen Finger gebrochen. Ich wollte nicht schreien, damit sie dich nicht finden, aber ich konnte nichts dafür.« Ihr Gesicht lag im Schatten, aber ich spürte, daß die Tränen kamen.

»Nein, nein, Herzchen, ich weiß, daß du nichts dafür kannst.« Ich tätschelte die dünnen Knochen ihrer Hand. Sie waren so dünn, so ungeschützt, leicht zu brechen wie Porzellan.

Hinter Ron und Elena stand August Cray, der Leiter des Nachtdienstes. »Was ist mit Ihrem Nachtwächter passiert? Er hat wohl mit dem Mord nichts zu tun?« fragte ich. »Und die liebe kleine Star sehe ich auch nicht. Sie und ich haben uns heute nachmittag ganz reizend unterhalten.«

Niemand antwortete mir. »Wir machen nur einen kleinen Ausflug, Vic«, sagte Ron. »Stell dich nicht an. Wir sind zu dritt, und wir können es ganz schön unerfreulich für euch beide machen, wenn du einen deiner netten Tricks an uns ausprobierst.«

»Nur zu dritt? Was ist mit Furey passiert? Habe ich ihm wirklich die Kniescheibe gebrochen? Zu einem solchen Schlag gehört eine Menge Übung.« Ich war verblüfft darüber, daß ich so munter wie ein Anfeuerungschor klang. »Wißt ihr, falls er ins Krankenhaus kommt, habt ihr ein kleines Problem – ich meine, wenn meine Leiche mit seinen Handschellen gefunden wird, dann wird es schwierig für den armen Jungen, das zu erklären.«

»Du bist nicht der einzige Mensch hier, der ein Köpfchen hat, Warshawski, mach dir also deshalb nicht in die Hose.« Ernies lautere Stimme war hinter mir. »Mickey läßt uns schon nicht die ganze Geschichte ausbaden.«

»Stimmt«, sagte ich zustimmend. »Ihr seid alle Kumpel, und Kumpel müssen zusammenhalten bis in den Tod, jedenfalls bis zum Tod unschuldiger Zuschauer.«

»Du bist keine kleine Unschuld, Vic, bring mich also nicht dazu, daß ich deinetwegen Tränen vergieße.«

Wir kamen zum Bauaufzug, und sie packten uns hinein. Cray bediente die Hebel, während Ron und Ernie Elena und mich scharf im Auge behielten. Ich wünschte mir sinnloserweise, ich hätte mehr Polnisch gelernt, als meine Großmutter Warshawski zu Weihnachten zu begrüßen. Ich hätte Elena sagen können, daß ich eine Pistole hatte und daß sie die Waffe aus meinem Hosenbund ziehen sollte, ehe Ron oder Ernie sie fanden, aber wenn ich Elena das zugemurmelt hätte, hätten sie das gehört und mich entwaffnet.

Während wir langsam nach oben fuhren, wuchsen mein Entsetzen und meine Hilflosigkeit. Ich konnte mir unser Ende vorstellen, wie wir vom Gebäude heruntergestoßen wurden, der Unfalltod einer wackeligen Säuferin und ihrer eifrigen, aber hilflosen Nichte. Ich hörte damit auf, die Jungs mit meinem fröhlichen Geplapper zu ärgern, und sackte an der Aufzugwand zusammen, den Kopf in den Händen.

»Was hat sie vor?« wollte Ron wissen.

»Mir ist schlecht«, ächzte ich. »Ich muß gleich kotzen.«

»Tu, was du nicht lassen kannst«, sagte Ernie sarkastisch.

Ich stieß Würglaute aus und ließ mich auf den Aufzugboden fallen, umklammerte meinen Magen mit den gefesselten Händen. Elena flatterte neben mir zu Boden. »Ach, mein armer Liebling, was würde bloß Gabriella sagen, wenn sie dich so sehen müßte? Das würde sie mir nie verzeihen. Ich hoffe, ich komme nicht in den Himmel, wenn ich sterbe, ich könnte es nicht ertragen, wie sie mich anschaut, wenn sie erfährt, daß ich dich in eine solche Patsche gebracht habe. Komm zu Elena, Liebling, komm her, Vicki, lehn den Kopf gegen die arme besoffene Elena, vielleicht fühlst du dich dann ein bißchen besser.«

Ich setzte mich auf und lehnte den Kopf an ihre Schulter. Ihr knochiger Nacken dämpfte meine Stimme, als ich ihr von der Pistole erzählte. »Wart ab, bis wir hier draußen und im Dunkeln sind, dann zieh sie raus und gib sie mir.«

Die Angst hatte ihren Verstand geschärft. Sie ließ sich nicht anmerken, daß sie mich verstanden hatte. »Ach, Vicki, ja, alles in Ordnung, Liebling, bloß nicht weinen. So ist es brav.«

Vielleicht hatte sie mich nicht verstanden. Ich fragte mich, ob ich versuchen sollte, meine Botschaft zu wiederholen, aber der Aufzug war zum Stillstand gekommen, und Ernie zwang mich aufzustehen. Ich umklammerte immer noch meinen Magen und ächzte, schlingerte auf dem Weg hinaus und stolperte über den Beton.

Wir waren ganz oben auf dem Gebäude in einem offenen Stockwerk. Um uns herum ragten Stahlträger wie schwarze Finger in den dunklen Himmel auf. Wir waren fünfundzwanzig oder dreißig Stockwerke über der Erde. Ein starker Wind brachte die Träger zum Schwanken und mein Mark zum Gefrieren. Der Anbick von nichts als Luft in alle Richtungen machte mir wirklich übel. Ich fiel um, einer Ohnmacht nahe.

Elena war blitzschnell bei mir, weinte um ihre arme kleine Vicki. Während Ron versuchte, sie wegzuziehen, tasteten ihre knochigen Finger nach der Waffe in meinem Rücken. Er zog Elena hoch, aber sie hatte die Smith & Wesson herausgezogen und ließ sie vor mir fallen. Das laute Geräusch von Metall auf Beton hallte tausendfach in meinen Ohren wider.

Ernie und Ron begriffen nicht sofort, was passiert war. Das einzige Licht kam aus dem Aufzug. Ich konnte nur das Glitzern des Metalls ausmachen und grabschte wie besessen nach der Waffe. Ich erreichte sie im selben Augenblick, als Ernie mich hochriß. Ich nahm sie in die rechte Hand und entsicherte sie mit dem Daumen. Ich riß mich von Ernie los, drehte mich um und schoß auf ihn.

Cray stand noch im Aufzug. Als er den Schuß hörte und sah, wie Ernie fiel, machte er die Tür zu und fuhr wieder hinunter. Ron zog Elena zum Rand der Plattform. Ich konnte ihn nur als ein Bündel Finsternis ausmachen, das sich vor dem helleren Schein des Betons bewegte. Ich zwang mich, ihm zu folgen, gegen meinen schwindelnden Kopf anzukämpfen, den Lauf gegen seinen Rücken zu pressen und abzudrücken.

Einen Meter vom Abgrund entfernt brach Ron zusammen und fiel über Elena. Ich hatte noch nie zuvor einen Menschen getötet, aber so, wie sein Körper dalag, ein dunkler Fleck auf dem Beton zusammengekrümmt, wußte ich, daß er tot war. Ich brachte es nicht über mich, hinzugehen und mich zu vergewissern – was hätte ich getan, wenn er noch am Leben gewesen wäre?

Meine Tante schlug um sich, versuchte, sich von ihm zu befreien. Das brachte mich schließlich dazu, hinüberzugehen. Schon einen Meter vom Abgrund entfernt wurde mir schwarz vor den Augen. Ich schloß sie, und es gelang mir, Ron vom Oberkörper meiner Tante wegzurollen. Ich schleppte sie zur Mitte der Plattform.

Hinter uns dräute der Kran. Das blasse Licht des Mitternachtshimmels glitzerte auf dem langen, schwankenden Arm. Ich dachte an das Loch darunter, dreißig Stockwerke bis zum Boden des Aufzugschachts, und mir schauderte.

Ernie lebte noch. Ich hatte ihm die Schulter zerschmettert. Er verlor soviel Blut, daß er Hilfe wollte, aber er sagte mir auch, es sei ausgeschlossen, daß ich den Aufzug selbst nach oben brachte. Ernie war nicht in der Stimmung, viel zu sagen. Ich versuchte, ihn nach seinen Beziehungen zu Boots und MacDonald zu fragen und danach, warum Roz und er soviel für die beiden taten, aber er sagte nur, ich sei ein neugieriges Miststück, das sich in alles einmische, solle mich um die eigenen Angelegenheiten kümmern, ehe es zu spät sei. Gleichzeitig nahm er es mir übel, daß ich nicht hinunterkletterte – es seien Leitern in die Schächte genagelt worden, wo später Feuertreppen gegossen werden sollten.

»Du könntest wenigstens versuchen, Hilfe zu holen«, jammerte er. »Du hast auf mich geschossen – du bist mir etwas schuldig.«

»Ernie, Herzchen, ich habe auf dich geschossen, weil du mich hinunterstoßen wolltest. Ich klettere im Finstern keine dreißig Stockwerke die Leiter hinunter, schon gar nicht, wenn ich die Hände nicht richtig bewegen kann.«

Daraufhin fluchte Wunsch noch mehr, dieses Mal auf seine Partner. Offenbar hatte Furey den Schlüssel zu meinen Handschellen Cray gegeben – er hatte sie aufschließen sollen, ehe ich hinunterfiel – sie wollten nicht das Risiko eingehen, daß mich jemand fand, ehe sie da waren. »Jetzt schau dir bloß dieses Arschloch an. Haut ab und läßt uns hier oben sterben.«

»Ich habe dich für einen echten Macho gehalten«, sagte ich

mißbilligend. »John Wayne hätte niemals herumgelegen und seine beschissenen Kumpel verwünscht, bloß weil er eine Kugel abbekommen hat.«

Ernie beschimpfte mich, dann bat er mich, mein Sweatshirt auszuziehen und ihn damit einzuwickeln, ihm sei von dem Blutverlust so kalt.

»Ernie, ich krieg es nicht über die Hände. Weißt du noch? Sie sind zusammengeschlossen. Außerdem habe ich sowieso keine Lust, die ganze Nacht hier mit nichts als einem BH zwischen mir und dem kalten, grausamen Wind zu verbringen.«

Ernie warf mir noch ein paar phantasielose Schimpfwörter an den Kopf, dann wurde er still. Wenn das nur auch für Elena gegolten hätte. Nachdem sie einmal im Leben die Rolle einer Heldin gespielt hatte, wurde meine Tante geschwätzig. Sie redete, als ob sie eine Injektion Pentobarbital bekommen hätte, sprach über ihre Kindheit, über ihre Streitereien mit ihrer Mutter, darüber, was Tony sagte, als er allen ihren Puppen das Haar abgeschnitten hatte, das war, als sie acht war.

Nach einer Weile glaubte ich, der gefühlsbetonte, zusammenhanglose Redestrom werde mich zum Schreien bringen. Ernie fand ihn so unerträglich, daß er verlangte, ich solle sie zum Schweigen bringen.

»Sie treibt mich mit diesem Gewäsch zum Wahnsinn«, erklärte er. In seinem Wohnzimmer führte das vermutlich sofort zum Erfolg. Ich konnte mir vorstellen, wie LeAnn kicherte und sagte: »Du bist ja so süß, Ernie«, aber ihre strapaziösen Freundinnen, Kinder oder Mutter in die Küche schaffte. Ich fragte mich, was LeAnn und Clara jetzt gemacht hätten.

»Sie tut dir doch gar nichts, Ernie. Hör ihr zu – das lenkt dich von deinen Sorgen ab.« Ich bat Elena, eine besonders wirre Geschichte zu wiederholen, bei der es um meinen Onkel Peter, einen Hund und den Blumengarten des Nachbarn ging.

Ich weiß nicht, wieviel Zeit vergangen war, bis ich hörte, daß der Aufzug zurückkam. Es kann nicht lange gedauert haben, aber allein in der Finsternis mit dem Verletzten und dem Geplapper kam es mir vor, als seien es Stunden gewesen.

Ich brachte Elena dazu, still zu sein und sich mit mir hinter einen Pfeiler zurückzuziehen. »Ganz still, Tantchen. Vielleicht sind sie zurückgekommen, um uns zu erschießen, und wir wollen ihnen nicht auch noch dabei helfen, uns zu finden.«

»Klar, Vicki. Du weißt, was du tust. Alles, was du sagst. Ich habe noch nie im Leben so viel Angst gehabt wie da, als der Junge mit den wunderschönen Augen mich im Schnapsladen –«

Ich legte ihr die Hand auf den Mund. »Sei still, Liebling, jedenfalls jetzt. Du kannst mir alles später erzählen.«

Der Aufzug kam ächzend zum Stehen. Meine Hände waren steif von der Kälte. Ich konnte mich kaum daran erinnern, welche die rechte und welche die linke war. Ich zählte mühsam im Kopf, versuchte auszurechnen, wie viele Kugeln noch im Magazin waren. Ich versuchte, das Zittern in der rechten Hand zu unterdrücken, damit ich sie an den Fingern abzählen konnte.

Ich wartete auf das Geräusch der aufgehenden Tür und auf Schritte auf dem Beton. Als eine Weile ohne Laute vergangen war, schaute ich um den Pfeiler herum. Ich konnte den Aufzugkasten nicht sehen. Über den Wind und Elenas nervöses Geflüster hinweg lauschte ich angespannt. Schließlich bewegte ich mich in der Dunkelheit weg von ihr, überhörte ihren jämmerlichen Aufschrei.

Zu meiner Linken sah ich einen schwankenden Lichtstrahl. Ich ging vorsichtig darauf zu, verlagerte bei jedem Schritt mein Gewicht auf die Ferse, bis ich sicher war, daß ich nicht auf ein Loch stieß. Ernie hatte von einer Leiter im Schacht für das Treppenhaus gesprochen. Das mußte Cray oder ein anderer Komplize sein, der hoffte, er könne hinaufklettern und uns von hinten überraschen.

Meine Augen hatten sich so an die Dunkelheit gewöhnt, daß ich die Treppenhausöffnung als dunkleren Fleck in der Finsternis vor mir sah. Ich legte mich auf den Bauch und schaute hinunter, bis das Schwarz sich wieder veränderte, ein Fleck, der nach oben wanderte. Als eine Hand auf dem Boden auftauchte, schlug ich den Kolben der Smith & Wesson mit aller Kraft darauf.

Cray schrie auf, lehnte sich aber gegen die Leiter, hob die andere Hand und schoß. Die Kugel flog weit in die Nacht hinaus, aber ich rutschte zurück, weg von der Öffnung, als er sich mit einer Hand heraufhievte.

Ich zielte auf den dunklen Umriß vor mir und schoß. Gehandicapt wie ich war, verrenkte mir der Rückstoß die linke Schulter. Ich kippte auf die andere Seite, aber es gelang mir, die Pistole festzuhalten. Licht fiel auf mich, blendete mich, und ich rollte mich instinktiv weg, als er schoß.

Irgendwie gelang es mir, auf die Beine und hinter einen Pfeiler zu kommen. Cray ließ das Licht noch einen Augenblick an, begriff aber, als ich wieder schoß, daß ihn das genauso zur Zielscheibe machte wie mich. Als das Licht aus war, ließ ich mich auf alle viere nieder und kroch zum nächsten Pfeiler. Dort hielt ich inne und lauschte. Elena hatte wieder zu reden begonnen in einem Flüsterton, der über den Wind hinweg kaum zu hören war.

»Die Alte kannst zu erwischen, Cray«, rief Ernie mit schwacher Stimme. »Die sabbelt da drüben vor sich hin. Du findest sie durch ihr Gewäsch.«

Elena wimmerte, konnte sich aber nicht zum Schweigen bringen.

»Bist du noch da, Wunsch?« rief Cray zurück. »Gib die Hoffnung nicht auf – ich habe dich bald unten.«

Cray ging hinter mir in der Dunkelheit im Kreis. Ich konnte nicht verfolgen, wo er war. Ich war müde und desorientiert und klammerte mich an den Pfeiler, ohne mir vorzustellen, was er als nächstes tun würde. Plötzlich stieß er einen Schrei aus, einen Schrei voll solcher Panik, daß mein Herz heftig pochte.

»Was ist passiert? Wo bist du?« rief Ernie.

Von der Mitte des Stockwerkbodens aus konnte ich Cray schreien hören, mit gedämpfter Stimme, die aus der Ferne kam. Er war in die Öffnung für den Kran gefallen, aber die Netze, die das Loch sicherten, hatten ihn gerettet.

46 Auf Justitias Waage

Es fällt mir schwer, mich an den Rest der Nacht zu erinnern. Irgendwie gelang es mir, an der Leiter ein Stockwerk tiefer zu klettern. Meine Arme zitterten so heftig, daß ich nicht weiß, wie mir das gelang, wohl mehr mit Willens- als mit Muskelkraft. Und ich bekam den Aufzug nach oben, nach einer Reihe schmerzhafter Fehlversuche. Er war nicht leicht zu dirigieren; mit einer Hand war es die reine Hölle. Und ich brachte Elena und Ernie in den Käfig und fuhr uns auf den Erdboden hinunter.

Furey wartete dort, aber er hatte Gesellschaft von uniformierten Polizisten bekommen. Ein vorbeifahrender Streifenwagen hatte die Schüsse gehört und hatte an der Baustelle gehalten. Die Polizisten blieben bei Furey, bis der Aufzug unten war. Ich verbrachte einen guten Teil dessen, was von der Nacht übrig war, in dem Polizeigefängnis in der Eleventh Street – ich trug Handschellen, und Furey redete den uniformierten Jungs ein, ich hätte Widerstand gegen die Festnahme geleistet.

Furey fuhr ins Krankenhaus, um sein Knie versorgen zu lassen. Er war trotz quälender Schmerzen tapfer auf der Baustelle geblieben und hatte auf seine Kumpel gewartet – sein Pech, daß der Streifenwagen vorher gekommen war.

Ich konnte die Bullen, die mich festhielten, nicht davon überzeugen, daß noch ein Mann oben auf dem Gebäude war, in den Netzen um den Kran herum, und daß er den Schlüssel zu meinen Handschellen hatte. Nach einer Weile gab ich es auf. Ich sagte ihnen überhaupt nichts außer meinem Namen. Als die Gemeinschaftszelle hinter mir abgeschlossen wurde, legte ich mich auf den Boden und schlief ein, merkte nichts mehr von dem Krawall der Betrunkenen um mich herum.

Sie weckten mich etwa zwei Stunden später. Ich war so schläfrig und durcheinander, daß ich nicht einmal fragte, wohin sie mich brachten – ich nahm an, es sei ein früher Termin beim Haftrichter. Statt dessen führten sie mich in den zweiten Stock, in den Bereich der Mordkommission, in das Eckbüro, in dem Bobby Mallory hinter seinem Schreibtisch saß. Seine Augen waren rot vom Schlafmangel, aber er war rasiert, und seine Krawatte war korrekt gebunden.

»Gibt es einen Grund dafür, daß sie noch Handschellen trägt?« fragte Bobby.

Die Männer, die mich eskortierten, wußten nichts darüber. Sie sagten, ihnen sei erklärt worden, ich sei gefährlich, sie sollten mich gefesselt lassen.

»Nehmt die Fesseln ab, ehe ich euch bei eurem Kommandanten melde.«

Er sagte nichts mehr, bis sie einen Schlüssel gefunden hatten, der zu den Handschellen paßte. Als ich frei war, mir die wunden Arme rieb, ging er mit wütender Bitterkeit auf mich los. Er redete endlos darüber, daß ich Spielchen mit der Polizei trieb, seine besten Männer ruinierte, die Abteilung durcheinanderbrachte, bis keiner mehr wisse, was er tue. Ich ließ es über mich hinweggehen, war zu müde, hatte zu große Schmerzen, war zu überwältigt von seinem Zorn, als daß ich versucht hätte, etwas zu erwidern. Als er schließlich erschöpft war, saß er still da, und Tränen liefen ihm über das rötliche Gesicht.

»Darf ich jetzt gehen?« fragte ich mit schwacher Stimme. »Oder muß ich immer noch mit einer Anklage rechnen?«

»Geh. Geh.« Das Wort war ein heiserer Krächzlaut. Er bedeckte das Gesicht mit der rechten Hand und schwenkte die linke in der Luft, als wolle er mich aus dem Zimmer scheuchen.

»Die Jungs wollten nicht auf mich hören, aber oben auf dem Rapelec-Gebäude sitz ein Mann namens Cray fest. Er ist in die Netze um den Kran herum gefallen.« Ich stand auf. »Kannst du mir sagen, wo meine Tante ist?«

»Geh, Vicki. Ich kann heute nacht den Klang deiner Stimme nicht ertragen.«

Als ich sein Büro verließ und zum Ausgang in der Eleventh Street kam, wartete Lotty auf mich. Ich fiel ihr in die Arme, ohne Überraschung und ohne Frage.

47 In Lottys Nest

Lotty nahm sich den Donnerstag frei, um sich um mich zu kümmern. Sie ließ niemand in meine Nähe, weder Murray noch das Fernsehen, nicht einmal den Bundesstaatsanwalt. Als guter Republikaner war er wild auf eine Gelegenheit, den demokratischen Vorsitzenden zu Fall zu bringen. Mit ihrem typischen Sinn für Einzelheiten rief Lotty meinen Auftragsdienst an und sagte ihnen, sie sollten alle Gespräche für mich zu ihr durchstellen – aber sie ließ mich nicht ans Telefon.

Als ich schließlich gegen fünf erwachte, fiel mir Mr. Contreras ein. Lotty packte mich auf der Bettcouch in ihrem Wohnzimmer in Decken und bestand darauf, daß ich etwas Suppe aß, ehe sie mir ihren Teil des Abenteuers erzählte.

Der Schuß und unser Gerangel hatte Vinnie und Rick York alarmiert. Sie waren noch wach gewesen, aber im Schlafzimmer, das nach hinten liegt, sonst wären sie vielleicht früh genug da gewesen, um mir zu helfen – oder um selbst einen Schuß abzubekommen. Wie auch immer, Mr. Contreras hatte die Kugel in der Schulter und konnte Rick Lottys Nummer geben.

»Es geht ihm gut«, versicherte Lotty mir. »Es gehört mehr dazu als eine gebrochene Schulter, um ihn außer Gefecht zu setzen – sobald wir jemand aufgetrieben hatten, der ihn zusammenflickte, mußte er unter Beruhigungsmittel gesetzt werden, um ihn davon abzuhalten, daß er sich sofort auf die Suche nach dir macht.«

»Wie hast du mich gefunden?« fragte ich von meinem Nest auf der Bettcouch aus.

»Ich habe Lieutenant Mallory angerufen. Dein lästiger Nachbar wußte, wer auf ihn geschossen hatte – ich nehme an, er führt Buch über alle deine männlichen Besucher?« Sie ließ ein boshaftes Lächeln aufblitzen. »Muß rund um die Uhr beschäftigt sein, meine Liebe. Jedenfalls war der Lieutenant überhaupt nicht dazu aufgelegt, einzugreifen, aber er konnte die Aussage eines Mannes, auf den geschossen worden war, schlecht ignorieren. Schließlich war er bereit, mich anzurufen, sobald sie dich gefunden hatten. Ich befürchtete, er werde sich nicht allzuviel Mühe geben – ich hatte große Angst um dich, meine Liebe.«

Sie preßte die Lippen zusammen und drehte den Kopf weg, um die Fassung wiederzugewinnen.

»Ich hatte auch eine Höllenangst«, sagte ich ehrlich. »Ich hatte einfach nicht begriffen, daß die Jungs derart verzweifelt waren.«

»Wie auch immer, ich habe einmal einer stellvertretenden Staatsanwältin bei einer schwierigen Entbindung geholfen, also habe ich sie angerufen und ihr gesagt, was ich wußte. Ich glaube, sie hat eine Suche nach dir organisiert, aber dann bist du auf dem Zentralrevier aufgetaucht. Was für ein widerlicher Ort. Ich habe mir alle Mühe gegeben, hineinzukommen und dich herauszuholen, aber sie haben, ja sie haben mich körperlich daran gehindert.«

Ich stieg aus meinem Nest und umarmte sie. Lotty ist allergisch gegen Polizeireviere – sie haben in ihrer Kindheit eine fürchterliche Rolle gespielt –, und das machte ihren Einsatz doppelt wertvoll für mich.

Ich fragte sie nach Elena. Meine Tante war wegen Erschöpfung behandelt und der gebrochene Finger war geschient worden, aber das Krankenhaus hatte sie gegen Mittag entlassen. Nachdem sie mir von Elena berichtet hatte, versuchte Lotty, mich mit anderen Dingen abzulenken, zum Beispiel mit der Aussicht auf Ferien. Sie holte einen dicken Aktendeckel mit Reiseprospekten heraus – Reisen in die Karibik, an die Costa Brava, in ein warmes freundliches Klima, das mich den Winter von Chicago, der sich näherte, vergessen machen würde.

Am Freitag schließlich ließ Lotty den Rest der Welt auf mich los. Sie legte die Regeln mit ihrer ganzen gebieterischen Macht fest: Wer mich sprechen wollte, mußte in die Sheffield Avenue kommen. Leider war jede Menge von Leuten so erpicht darauf, mit mir zu sprechen, daß sie diese Bedingung akzeptierten.

Die erste in der Schlange war Alison Winstein, die stellvertretende Staatsanwältin, der Lotty letztes Jahr das Leben gerettet hatte. Sie ging mit mir durch, was ich wußte und was ich vermutete. Wie alle Staatsanwälte hatte sie nicht das Gefühl, sie müsse sich für irgend etwas revanchieren, aber sie sagte mir immerhin, sie hätten Haussuchungsbefehle für Alma und Farmworks durchgesetzt. Sie hatten die County-Vertragsunterlagen beschlagnahmen wollen, aber Boots war ein gerissener Kämpfer – weder er noch Ralph hätten ohne ein heftiges Gefecht Akten herausgerückt.

Als Ms. Winstein gegangen war, las ich die Zeitungsberichte über mein Abenteuer. Murray hatte auch ohne mit mir zu sprechen einen äußerst starken Artikel zusammengebracht – er hatte ein Exklusivinterview mit Mr. Contreras bekommen, und es war ihm gelungen, Elena aufzuspüren, ehe sie aus dem Krankenhaus entlassen worden war. Ich grinste über das Interview mit meinem Nachbarn. Von allen Männern, die ich kenne, kann Mr. Contreras Murray am wenigsten leiden – er hält ihn für einen arroganten Schnösel und einen scharfen Hund. Mit diesem Artikel hatte sich Murray zumindest den zweiten Beinamen verdient.

Als ich die Zeitungen gelesen hatte, rief ich Robin Bessinger bei der Ajax an. Er hatte die Zeitungen gelesen und war ziemlich kleinlaut. »Tut mit leid, daß wir dein Urteilsvermögen nicht richtig eingeschätzt haben, Vic. In diesem Fall warst du der Profi. Ich – könnten wir uns wieder zum Abendessen treffen?«

»Ich weiß es nicht«, sagte ich langsam. »Darüber muß ich nachdenken. Aber etwas kannst du für mich tun – laß einen Scheck für Saul Seligman ausschreiben. Ich bringe ihn morgen früh zu ihm.«

»Wir möchten als Nebenkläger gegen MacDonald und Boots auftreten«, sagte Robin.

»Meinen Segen habt ihr. Aber laßt den alten Mann nicht hängen. Er hat schlimme drei Wochen hinter sich; sein Liebling unter den alten Gebäuden ist fort, und seine Mitarbeiterin ist ermordet worden. Ich weiß, daß du die Räder der Bürokratie ölen kannst. Bring ihn auf dem Heimweg zur Post, und morgen gebe ich ihn Mr. Seligman.«

Robin war einverstanden, etwas widerstrebend. Vielleicht lag es an der Hoffnung auf ein Abendessen – und so weiter –, daß er sich überhaupt bereit erklärte. Ich mußte erst wieder zu Kräften kommen und eine Menge Verletzungen auskurieren, ehe ich in der Stimmung war für Abendessen und so weiter.

Lotty war ins Beth Israel gefahren, um nach ihren dringenden Fällen zu sehen, aber sie kam zum Mittagessen zurück und machte eine selbstgekochte Hühnersuppe warm. »Du bist so dünn, Liebchen. Ich möchte, daß diese violetten Ringe um deine Augen verschwinden.«

Ich aß gehorsam zwei große Portionen und ein paar Scheiben Toast. Beim letzten Stück Toast kam Murray. Ich hatte keine große Lust, mit ihm zu sprechen, aber je früher ich es tat, desto schneller hatte ich es hinter mir. Und als ich ihm alles gesagt hatte, war ich froh darüber, denn er wußte, was mit Furey war – fristlos ohne Gehalt vom Dienst suspendiert, gegen eine Kaution von hunderttausend Dollar auf freiem Fuß, unter Anklage auf versuchten Mord an mir, Elena und Mr. Contreras.

»Im Fall dieses jungen Mädchens – wie hieß sie noch? Cerise? – werden sie ihm nie etwas beweisen können. Sergeant McGonnigal hat mir im Vertrauen erzählt, daß sie Heroin vermissen, das sie bei einer Drogenrazzia vor etwa einem Monat beschlagnahmt haben. Er meint aber, daß die Abteilung damit nicht herausrücken wird.«

»Was ist mit Boots?« fragte ich. »Wie sieht es mit der Wahl nächsten Monat aus?«

Murray verzog das Gesicht. »Das ist Chicago, Herzchen, nicht Minneapolis – bei der Sitzung des County Board gestern abend haben sie ihm stehend Beifall geklatscht. Und die Wahlkampfspenden fließen immer noch – zu viele Bauunternehmer schulden dem alten Knacker zu viel. Sie springen nicht ab, solange er sich noch über Wasser halten kann.«

»Hat er Roz die Unterstützung entzogen?«

»Selbe Geschichte – sie ist einfach zu beliebt bei den Hispanics. Wenn Boots sie fallenläßt, kann er die Wählerschaft in Humboldt Park und am Logan Square vergessen. Und außerdem gibt es auch im Gebiet um den Mount Prospect eine stattliche mexikanische Bevölkerung – sie hat nicht nur in der Stadt Anhänger.«

»Warum hat sie sich dann so aufgeregt?« brach es aus mir heraus. »Warum war es ihr so wichtig, was ich tue und mit wem ich rede? Das versteh ich immer noch nicht. So wie sich die Leute aufgeführt haben, mußte ich ja glauben, daß sie Bigamie verheimlicht oder uneheliche Kinder ins Waisenhaus gesteckt hat. Und dann stellt sich heraus, daß es nur die üblichen Geschäftspraktiken in dieser Stadt sind. Verflucht noch mal, mir steht das wirklich bis zum Hals, aber es ist nun einmal üblich, warum hat sie bloß geglaubt, daß es irgendwen stören könnte?«

Murray zuckte die massigen Schultern. »Vielleicht kam sie sich verwundbar vor. Erste Frau, die Boots groß herausgebracht hat. Und die erste von den Hispanics. Vielleicht hat sie befürchtet, daß für sie andere Regeln gelten. Ausgerechnet du solltest das verstehen.«

»Vielleicht.« Plötzlich war ich furchtbar müde, so müde, daß ich fast eingeschlafen wäre, als Murray mich etwas über Elena fragte. Ich versuchte, ihm zusammenhängend zu antworten, aber er merkte, welche Mühe ich hatte.

»Geh wieder schlafen, Kleines. Die Superfrau hat wieder einmal die Stadt gerettet. Leg dich hin.« Er tätschelte mir die Schulter und ging, großmütig, weil ich dafür gesorgt hatte, daß er soviel Ruhm geerntet hatte.

Es war spät am Nachmittag, nachdem ich eine Weile geschlafen hatte, als Velma Riter vorbeikam. Als Lotty mir sagte, wer da war, hätte ich mich am liebsten wieder unter der Decke verkrochen. Statt dessen wankte ich auf weichen Beinen ins Wohnzimmer und wappnete mich für ihren Angriff.

Sie stand mitten im Zimmer und drehte ein Exemplar des *Star* in den Händen.

»Da haben Sie ja eine unglaubliche Geschichte ausgegraben«, sagte sie schließlich mit einer Stimme wie trockener Lehm.

Ich schaute sie mißtrauisch an. »Sie scheint Roz nicht viel zu schaden. Natürlich ist die Wahl erst in einem Monat.«

»Ich weiß nicht, auf wen ich wütender bin – auf Roz, weil sie das alles getan hat, oder auf Sie, weil Sie auf eine Schwester losgegangen sind und das alles an die Öffentlichkeit gebracht haben.«

Ich rieb mir mit dem Handrücken das Gesicht. »Darauf fällt mir keine passende Antwort ein, Velma. Wenn man eine Feministin ist, heißt das, daß man *alles* unterstützen muß, was die Schwestern tun? Auch wenn man meint, daß sie einen mißbrauchen?«

»Aber hätten Sie denn nicht wenigstens vertraulich mit ihr reden können?«

»Das hat sie nicht zugelassen. Ich hab's versucht. Sie war einfach zu erpicht auf diese goldenen Äpfel. Ich bin mir sicher, daß sie gute Arbeit leisten wird. Sie wird vermutlich besser sein als die meisten. Aber so risikofreudig ist sie nun auch wieder nicht, daß sie nach den Äpfeln greift, ohne daß ihr ein paar Würmer dabei helfen.«

Velma warf die Arme hoch. »Es ist zuviel. Jedenfalls für mich. Ich hätte beim Fotografieren bleiben sollen – das ist sicherer.«

Ich schaute sie direkt an. »Velma – Ihre Bilder sind ehrlich, und zu ihnen gehört eine Menge Mut – Mut des Gefühls. Ich glaube, das wünschen Sie sich bei jeder Frau, die sich der Öffentlichkeit stellt. Ich wünsche mir das. Und ich lasse es mir nicht gefallen, mich einwickeln zu lassen – von *niemandem*. Und schon gar nicht von jemandem wie Roz, die auf alte Loyalität setzt und von uns verlangt, daß wir – ihre Würmer schlukken.«

»Sie hat es nicht des Geldes wegen getan, wissen Sie«, sagte Velma.

Ich machte eine ungeduldige Geste. »Ich weiß – sie hat es für ihren Vetter getan, aus Loyalität zu ihrer Familie, weil sie wollte, daß die Hispanics ein größeres Stück vom County-Kuchen abbekommen. Aber daß ihre Motive so verflucht ehrenhaft sind, heißt noch lange nicht, daß mir das alles besser gefällt.«

Velma starrte mich unverwandt an. »Wer sich Ihren Körper anschaut, Warshawski, der weiß, daß Sie Risiken eingehen. Das muß ich Ihnen lassen. Ich bin heute aus dem Wahlkampfteam ausgeschieden. Sie – sie –« Der breite, üppige Mund wurde schmal. »Sie hat so lieb mit mir gesprochen, man hätte meinen können, das ist die Stimme aller Mütter auf der Welt, die ein Wiegenlied singen. Das hat weh getan. Ich mußte Schluß machen.«

Ich schaute sie an und nickte wortlos. Sie blinzelte die Tränen zurück und ging ganz schnell.

48 Die Geburtstagsparty

Am Samstag, ehe ich dem alten Mr. Seligman seinen Scheck brachte, machte ich bei einem Pontiac-Händler in der Western Avenue Station und kaufte einen knallroten Trans Am. Ich habe noch nie ein neues Auto besessen, schon gar keins mit Kat und hundertachtzig PS. Ich wußte noch nicht, wie ich das Geld auftreiben sollte, um es zu bezahlen, aber als es mit einem leisen Flüstern auf achtzig ging, kam es mir vor wie das Auto, auf das ich mein Leben lang gewartet hatte.

Ich ließ mir Zeit, in den Nordwesten nach Norwood Park zu fahren. Eileen hatte beschlossen, die Party für Bobby auf jeden Fall zu geben. Sie hatte vorweg soviel in sie investiert, hatte so viele Nachbarn daran beteiligt, daß sie glaubte, nicht absagen zu können. Die Nachbarn rechts und links stellten ihre Gärten zu Verfügung, so daß Platz war für ein Erfrischungszelt und eine kleine Blaskapelle.

Ich hatte Eileen angerufen und ihr gesagt, ich sei nicht in der Stimmung, Bobby zu sehen, aber sie bat mich inständig zu kommen.

»Vicki, versuch doch, das zu verstehen. Michael ist sein Patensohn. Er war für Bobby wie ein siebtes Kind und seine große Hoffnung in der Abteilung. Er hat dich nur angeschrien, weil ihm das mit Michael so weh getan hat.«

»So funktioniert das nicht für mich, Eileen. Michael wollte mich umbringen, und es wäre ihm fast gelungen. Als Bobby mit mir fertig war, hatte ich das Gefühl, es wäre ihm lieber gewesen, wenn Michael es geschafft hätte.«

»Nein, nein, so etwas darfst du niemals denken.« Ihre herzliche, warme Stimme brach vor Kummer. »Tonys Kind? Gabriellas Kind? Er wollte sich selbst etwas antun, weil er es zugelassen hat, daß er so verraten wurde. Er – Bobby ist ein guter Mensch, Vicki. Und auch ein guter Polizist. Das weißt du. Tony hätte ihn nie akzeptiert, wenn er das nicht gewesen wäre. Aber – es liegt ihm nicht, über so etwas nachzudenken, herauszubekommen, warum er so auf dich losgegangen ist. Er hat andere Stärken, aber das kann er nicht. Ich bitte dich – ich flehe dich an –, daß du das verstehst und es besser machst als er. Es wäre so wichtig. Nicht nur für ihn, auch für mich. Wenn du es für ihn nicht tun kannst, tust du es dann für mich?«

Und so ertappte ich mich dabei, wie ich an der Kreuzung zur Nagle Avenue unter einer Werbetafel für Boots Meagher den Kopf einzog – ein immerfort lächelndes Porträt mit dem Slogan »Boots ist Chicago« – und in Bobbys Gegend hineinfuhr. In Michaels Gegend. In der mein Vater, meine Onkel und Tante Elena aufgewachsen waren. Aus der Boots und Ernie und Ron kamen. In der sie alle aufgewachsen waren und sich gegenseitig geholfen hatten, weil man in Chicago eines nie vergessen darf: sich um die eigenen Leute zu kümmern.

Wenn ich sonst über die unsichtbare Grenze von Norwood Park fahre, habe ich das Gefühl, ich sei in die heile Welt gekommen, an einen Ort mit kleinen, sauberen Bungalows in winzigen, gepflegten Gärten. Die Gegend ist wie ein Wunder – sie scheint nichts zu tun zu haben mit der wuchernden, von Graffiti überzogenen, müllverseuchten Stadt im Südosten.

Heute wirkte das Viertel tot. Die Oktoberluft war grau,

und die Häuser sahen trist aus und farblos. Selbst die Herbstblumen in den gepflegten Gärten wirkten leblos, die bronzefarbenen Chrysanthemen braun, die goldenen krank. An jedem anderen Ort auf der Welt wäre ich lieber gewesen als an diesem.

Ich stellte mein neues Spielzeug in eine Schlange anderer Autos, die die Straße verstopften. Heute würde niemand Strafzettel schreiben. Ich schleppte mich langsam den kurzen Weg zum Haus entlang. Ich hörte Gelächter und den Klang von Dudelsäcken. Einige Grüppchen hatten sich im Vorgarten versammelt. Sie lächelten und winkten mir in der fröhlichen Kameraderie einer großen Party zu, und ich winkte pflichtschuldig zurück.

Als ich nach hinten kam, war jeder Zentimeter Boden vollgestopft, nicht nur in Eileens Garten, sondern auch in den beiden nebenan. Ein Baldachin stand in der Mitte, Bobbys Name prangte in Leuchtschrift darüber. Ich sah weder die Dudelsackpfeifer noch jemanden, den ich kannte. Ich stand linkisch am Rand, bis Eileen plötzlich aus dem Nichts auftauchte und mich an ihre großen weichen Brüste zog.

»Oh, Vicki, oh, wie schön, daß du da bist. Hab herzlichen Dank, daß du gekommen bist. Ich hatte befürchtet... Jedenfalls, Bobby ist dort drüben. Er wird so froh sein... er hat nichts gesagt, aber du weißt...« Tränen glitzerten auf ihren langen schwarzen Wimpern. Sie nahm meine Hand und bahnte sich einen Weg mitten durch das Gewühl, wo Bobby stand. Neben ihm spielte ein Dudelsackpfeifer, und die Menge bat ihn zu tanzen.

Eileen wartete, bis das Geheul vorbei war, ehe sie mich nach vorn schob. »Bobby. Schau, wer gekommen ist.«

Als Bobby mich sah, erstarb das Lächeln auf seinem Gesicht. Er schaute mich mit einer Mischung aus Verlegenheit und Strenge an.

»Ihr müßt mich entschuldigen, Leute«, sagte er unvermittelt zu der Gruppe um ihn herum. »Ich muß mich kurz mit dieser jungen Lady unterhalten.«

Er brachte mich ins Haus, ein langsamer Weg durchs Gedränge fröhlicher Nachbarn, Polizeikollegen – ich sah sogar Officer Neely mit erhitztem Gesicht in einem fuchsienroten Kleid – und schreienden Enkelkindern.

Im Haus setzten zwei von Bobbys Töchtern eine Riesentorte zusammen. Sie kreischten, als sie ihn sahen. »Daddy! Du weißt doch, daß du nicht hereinkommen sollst.«

»Schon in Ordnung, Mädels – ich habe nichts gesehen. Ich gehe nur kurz mit Vicki nach unten. Sorgt dafür, daß alle anderen draußen bleiben, okay?«

»Klar, Daddy, aber geh weiter, ehe du was siehst!« Sie scheuchten uns die Treppe hinunter.

Bobby hat den Keller selbst ausgebaut, ein Bad installiert, Böden und Decken eingezogen, Stockbetten für seine zwei Söhne gebaut, als in den sieben Zimmern oben sechs Kinder lebten. Jetzt waren nur noch zwei Töchter zu Hause, aber er hatte die Betten stehenlassen, damit die Enkel darin schlafen konnten – er hatte es gern, wenn sie hier übernachteten.

Er schaltete eine Lampe ein und setzte sich auf die rote Plaidcouch neben den Stockbetten. Ich setzte mich in den schäbigen Sessel ihm gegenüber, neben dem unechten Kamin. Er bewegte unbehaglich die großen Hände, überlegte, was er sagen sollte. Ich half ihm nicht.

»Ich habe nicht damit gerechnet, daß du kommst«, sagte er schließlich.

»Ich wollte nicht kommen. Eileen hat mich überredet.«

Er schaute auf den Boden und murmelte: »Letzte Woche habe ich eine Menge Dinge gesagt, die ich nicht hätte sagen sollen. Es tut mir leid.«

»Du hast mich sehr verletzt, Bobby.« Ich konnte nicht verhindern, daß mir die Stimme brach. »Dein Goldjunge hätte mich um ein Haar umgebracht, und du hast mit mir gesprochen, als sei ich Abschaum von der Straße.«

Er rieb sich das Gesicht. »Ich – Vicki, ich habe mit Eileen darüber gesprochen, sie hat versucht, für mich etwas Sinn hineinzubringen. Ich weiß nicht, warum ich es getan habe, das ist die Wahrheit, bei Gott. Frau Doktor Herschel hat mich angerufen. So habe ich erfahren, daß du in Gefahr bist. Über diesen Teil weißt du Bescheid, nicht wahr?«

Ich nickte wortlos.

»Da wußte ich, daß es Mickey war. Gut, du hast versucht, es mir zu sagen, aber erst, als sie mir sagte, daß er auf den alten Mann geschossen hatte, habe ich – schau mich nicht so an, Vicki, du machst es mir schwer, das zu sagen, und es ist schon schwer genug.«

Ich wandte den Kopf und schaute die Cowboyüberwürfe auf den Stockbetten an.

»Ich habe John und Finch angerufen. Sie waren nicht so durcheinander wie ich – sie wußten, daß Mickey sich seit dem Tag, an dem du das verfluchte Armband angeschleppt hast, seltsam benommen hatte. Und andere Dinge kamen ihnen auch komisch vor. Natürlich hätten sie mir das nie gesagt – ich war der Lieutenant, und er war mein blonder Liebling.« Er lachte rauh auf. »Was war das für eine Geschichte mit dem Armband? Warum ist er deshalb durchgedreht?«

Ich erklärte es. »Ich habe am Mittwoch versucht, dir das zu sagen. Ich habe es nicht erkannt – ich glaube nicht, daß er es mehr als zweimal in meiner Gegenwart getragen hat. Er glaubte – weißt du, solange Elena am Leben war, konnte sie ihn damit in Verbindung bringen. Nein, nicht nur das. Sie wußte, daß er etwas mit dem Brand im Indiana Arms zu tun hatte. Und er war es auch, der uns in dem anderen Gebäude bewußtlos geschlagen und versucht hat, uns zu verbrennen.« Als die Erinnerungen über mich hereinbrachen, fing ich an zu zittern. Ich versuchte standzuhalten, konnte es nicht.

Bobby grunzte und stand auf, um einen der Cowboyüberwürfe vom Bett zu ziehen. Er warf ihn mir zu, und ich wickelte mich hinein. Nach einer Weile hörte das Zittern auf, aber wir saßen beide versunken in die eigenen Gedanken da.

Wenigstens war mein letzter Besucher von gestern gutartig gewesen – Zerlina, die wieder drei Busse genommen hatte und wissen wollte, wie ihre Tochter gestorben war. Sie teilte eine Cola und Lottys Hühnersuppe mit mir und sie weinte mit mir.

Staunend schüttelte sie den Kopf, als sie hörte, wie Elena mir das Leben gerettet hatte: »Hab gedacht, sie hätte ihren Verstand schon viel zu lange in Alkohol eingelegt, als daß sie so was schafft, aber der Herr sorgt, wo man es am wenigsten erwartet.«

Als wäre er meinen Gedanken gefolgt, fragte Bobby unvermittelt nach meiner Tnate.

»Es ist, als sei das alles nie geschehen. Ich war gestern abend im Windsor Arms – dem Hotel, in dem sie jetzt wohnt. Sie war draußen vor der Tür mit einer Flasche und einem Haufen schmuddeliger alter Männer, zeigte stolz ihren geschienten Finger und gab an mit ihren Heldentaten. Manche Menschen kann nicht mal ein Wirbelsturm ändern, nehme ich an.« Ich lachte freudlos.

Bobby nickte sich ein paarmal zu. »Ich möchte, daß du etwas verstehst, Vicki. Daß du es jedenfalls versuchst. Tony, dein Daddy, hat mich unter die Fittiche genommen, als ich zur Polizei ging. Er muß gute dreizehn, vierzehn Jahre älter als ich gewesen sein. Damals kamen eine Menge Kerle aus dem Krieg zurück, und sie haben es uns Grünschnäbeln nicht leicht gemacht. Tony hat sich vom ersten Tag an um mich gekümmert.

Ich habe geglaubt, ich kann dasselbe für Mickey tun, und es tut mir weh, verletzt meinen Stolz, wie Eileen sagt, daß ich mich so irren konnte. Ich denke immer wieder, was würde Tony denken, wenn er miterlebt hätte, was für einen kolossalen Fehler ich gemacht habe?«

Er schien keine Antwort zu erwarten, aber ich gab ihm trotzdem eine. »Du weißt, was er gesagt hätte, Bobby: Jeder kann eine Sauerei anrichten, aber nur ein Trottel suhlt sich darin.«

Bobby lächelte schmerzlich. »Ja, gut. Vielleicht. Ja, vermutlich. Aber jetzt kommt das, was du verstehen mußt, Vicki. Ich habe geglaubt, ich kann Tony alles, was er für mich getan hat, am besten zurückzahlen, wenn ich auf dich aufpasse. Ich habe nie verstanden, wie Tony und Gabriella dich erzogen haben, ganz anders als ich meine Mädchen. Du bist mir nie wie ein richtiges Mädchen vorgekommen, mit dem, was du wolltest, mit dem, was du getan hast. Ich bin mir nicht einmal sicher, ob ich dich besonders gut leiden konnte. Ich habe nur geglaubt, ich sei es Tony schuldig, mich um dich zu kümmern.«

Ich glaubte, er sei fertig, aber er machte nur eine Pause, um sich zu lockern, ehe er die Hürde nahm. »Du bist also nicht wie andere Mädchen. Eileen – Eileen hat das nie gestört, sie hat dich immer geliebt wie eine eigene Tochter. Aber ich kam einfach nicht damit zurecht. Und dann, als du Mickey bloßgestellt hast – er war wie mein Sohn, und du warst wie ein Ungeheuer aus dem Weltraum. Aber wenn er deinen Mumm und deine Ehrlichkeit gehabt hätte, dann hätte er sich nie mit diesen Typen eingelassen. Hätte sich nie eine solche Grube gegraben.

Ich habe also darüber nachdenken müssen. Über dich nachdenken müssen, meine ich. Von Anfang an. Ich liebe meine Mädchen. Ich will sie nicht anders haben, als sie sind. Aber du bist die Tochter der beiden Menschen, die ich außer Eileen am meisten geliebt habe, und du kannst nicht anders handeln, darfst nicht anders handeln, als Gabriella und Tony dich erzogen haben. Verstehst du?«

Die Tür oben an der Treppe ging auf, und Bobbys Tochter Marianna rief herunter. »Daddy! Die Leute warten auf dich!«

»Bin gleich oben, Schätzchen!« rief er zurück. »Laß bloß nicht zu, daß sie ohne mich anfangen.«

Er stand auf. »Okay? Reicht das?«

Ich stand auch auf. »Ja, ich glaube, das reicht.« Ich griff in die Tasche und gab ihm ein kleines Päckchen. »Das habe ich für dich mitgebracht. Bloß für den Fall, weißt du – bloß für den Fall, daß ich das Gefühl habe, ich möchte dir etwas schenken.«

Er wickelte das Geschenk aus und machte das Schächtelchen auf. Als er hineinschaute und Tonys Dienstmarke auf der Watte liegen sah, sagte er gar nichts, aber ich sah ihn zum zweiten Mal in dieser Woche weinen.

Dank

Angelo Polvere von der Baufirma Mayfair in Chicago gab mir einen Überblick darüber, wie eine Baufirma ein großes Projekt angeht und wie das Büro eines Bauunternehmens arbeitet. Jay Meyer nahm mich mit auf das Dach eines sechzigstöckigen Hochhauses, das in Chicago in Bau war, stieg zu Fuß mit mir nach unten und erklärte mir die verschiedenen Baustadien. Ich erlebte den Schrecken einer Hochhausetage ohne Außenwände aus erster Hand. Ed Keane knüpfte diese Kontakte für mich. Meine Ahnungslosigkeit über Großprojekte ist bei weitem größer als mein Wissen – faktische Irrtümer sollten meinem Unverständnis angelastet werden und nicht diesen hervorragenden Lehrern.

Ray Gibson half mir bei Recherchen auf anderen Gebieten, mit denen sich V. I. Warshawski in diesem Buch beschäftigt. Dr. Robert Kirschner, der Chef der Gerichtsmedizin von Cook County, führte mich durch das Leichenschauhaus. Es war nicht erfreulich, aber erhellend.

Wie immer bei den Abenteuern von V. I. gibt es keine Ähnlichkeiten mit Figuren des öffentlichen Lebens, die im Augenblick eine Gefängnisstrafe verbüßen oder ein Amt innehaben. Boots Meagher, Ralph MacDonald, Roz Fuentes, Alma Mejicana und Wunsch und Grasso sind Ausgeburten meiner glühenden Phantasie. Auch die Bauarbeiten an den Rapelec Towers beruhen nicht auf einem Gebäude, das inzwischen in Chicago steht oder gebaut wird.

Courtenay, Cardhu und andere Freunde standen mir in den diversen Krisen bei, zu denen es während der Arbeit an diesem Buch kam.